삼대

대한민국 스토리DNA 010

# 삼대

**초판 1쇄 발행** | 2016년 1월 15일
**초판 3쇄 발행** | 2017년 6월 15일

**지은이** 염상섭
**발행인** 이대식

**주간** 이지형 **편집** 김화영 나은심 손성원
**마케팅** 배성진 **관리** 이영혜
**디자인** 모리스

**주소** 서울시 종로구 평창길 329(우편번호 03003)
**문의전화** 02-394-1037(편집) 02-394-1047(마케팅)
**팩스** 02-394-1029
**전자우편** saeum98@hanmail.net
**블로그** blog.naver.com/saeumpub
**페이스북** facebook.com/saeumbooks

**발행처** (주)새움출판사
**출판등록** 1998년 8월 28일(제10-1633호)

© 새움출판사, 2016
ISBN 979-11-956326-7-1 04810
        978-89-93964-94-3 (세트)

이 도서의 국립중앙도서관 출판예정도서목록(CIP)은 서지정보유통지원시스템
홈페이지(http://seoji.nl.go.kr)와 국가자료공동목록시스템(http://www.nl.go.kr/kolisnet)에서
이용하실 수 있습니다. (CIP제어번호 : CIP2016000435)

대한민국
스토리DNA
010

# 삼대

염상섭 장편소설

새움

차례

# 두 친구

덕기는 안마루에서 내일 가지고 갈 새 금침을 아범을 시켜서 꾸리게 하고 축대 위에 섰으려니까, 사랑에서 조부가 뒷짐을 지고 들어오며 덕기를 보고,

"얘, 누가 찾아왔나 보다. 그 누구냐? 대가리 꼴하고…… 친구를 잘 사귀어야 하는 거야. 친구라고 찾아온다는 것이 왜 모두 그따위뿐이냐?"

하고 눈살을 찌푸리고 못마땅하다는 잔소리를 늘어놓다가, 아범이 꾸리는 이불로 시선을 돌리며 놀란 듯이,

"얘, 얘, 그게 뭐냐? 그게 무슨 이불이냐?"

하며 가서 만져 보다가,

"당치 않은! 삼동주 이불이 다 뭐냐? 주속*이란 내 나쎄나 되어야 몸에 걸치는 거야. 가외** 저런 것을 공부하는 애가 외국으로 끌고 나가서 더럽혀 버릴 테란 말이냐? 사람이 지각머리가……."

하며 부엌에 쪽치고 섰는 손자며느리를 쏘아본다.

---

* 紬屬. 명주붙이. 명주실로 짠 여러 가지 피륙.
** 可畏. 두려워할 만함.

덕기는 조부의 꾸지람이 다른 데로 옮아간 틈을 타서 사랑으로 빠져나왔다.

머리가 텁수룩하고 꼴이 말이 아니라는 조부의 말눈치로 보아서 김병화가 온 것이 짐작되었다.

"야— 그러지 않아도 저녁 먹고 내가 가려 하였었네."

덕기는 이틀 만에 만나는 이 친구를 더욱이 내일이면 작별하고 말 터이니만치 반갑게 맞았다.

"자네 같은 부르주아가 내게까지! 자네가 작별하러 다닐 데는 적어도 조선은행 총재나……."

병화는 부옇게 먼지가 앉은 외투 주머니에 두 손을 찌른 채 딱 버티고 서서, 이렇게 비꼬는 수작을 하고서는 껄껄 웃어 버린다.

"만나는 족족 그렇게도 짓궂이 한마디씩 비꼬아 보아야만 직성이 풀리겠나? 그 성미를 좀 버리게."

덕기는 병화에게 '부르주아, 부르주아' 하는 소리가 듣기 싫었다. 먹을 게 있는 것은 다행하다고 속으로 생각지 않는 게 아니나 시대가 시대이니만치 그런 소리가, 더구나 비꼬는 소리는 듣고 싶지 않았다.

"들어가세."

"들어가선 무얼 하나. 출출한데 나가세그려. 그년의 하숙 노파의 눈칫밥 먹으러 하숙에 기어들어 가고도 싶지 않은데…… 군자금만 대게, 내 좋은 데 안내를 해줄게!"

"시원한 소리 한다. 내 안내할게 자네 좀 내보게."

하며 덕기는 임시 제 방으로 쓰는 아랫방으로 들어갔다.

"여보게, 담배부터 하나 내게. 내 턱은 그저 무어나 들어오라는 턱일세."

하며 병화는 방 안을 들여다보고 손을 내밀었다.

"나 없을 땐 도통 담배를 굶데그려."

덕기는 책상 위에 놓인 '피존' 갑을 들어 내던지며 웃다가,

"그저 담배 한 개라도 착취를 해야 시원하겠나. 자네와 나와는 착취와 피착취의 계급적 의식을 전도시키세."

하며 조선옷을 홀홀 벗는다.

"담배 하나에 치를 떠는, 천생 그 할아버지의 그 손자다!"

병화는 담배를 천천히 피워서 맛이 나는 듯이 흠뻑 빨아 후 뿜어내면서,

"여보게, 난 먼저 나가서 기다림세. 영감님이 나와서 횐동자로 위아랠 훑어보면 될 일도 안 될 테니까!"

하고 뚜벅뚜벅 사랑 문밖으로 나간다.

아닌 게 아니라 덕기도 조부가 나오기 전에 얼른 빠져나가려던 차이다. 조부는 병화가 누구인지도 모르면서 다만 양복 꼴이나 머리를 텁수룩하게 하고 다니는 것으로 보아 무어나 뜯으러 다니는 위인일 것이요, 그런 축과 어울려서 술을 배우고 돈을 쓰러 다닐까 보아서 걱정을 하는 것이었다. 덕기는 병화의 말에 혼자 픽 웃으며 벽에 걸린 학생복을 부리나케 떼어 입고 외투를 들쓰며 나왔다.

"내일 몇 시에 떠나나?"

"글쎄, 대개 저녁이 되겠지."

덕기도 유한계급인의 가정에서 자라나니만치, 몇 시 차에 갈 지 분명히 작정도 안 하였거니와, 내일 못 가면 모레 가고 모레 못 가면 글피 가지 하는 흐리멍덩한 예정이었다.

"언제 떠나든 상관있나마는 상당히 탔겠네그려?"

"영감님 솜씨에 주판질 안 하시고 내놓으시겠나."

"우는소리 말게. 누가 기댈까 봐 그러나."

"기대면 줄 것은 있구……."

"앗! 그래도 한 달 치는 해주어야 떠나보낼 텔세. 있는 놈의 집 같으면 그대로 먹어 주겠지만, 주인 딸이 공장에를 다녀서 요 새 그 흔한 쌀값에 되되이* 팔아먹네그려. 차마 볼 수가 있어야 지……."

"흥……."

하고 덕기는 동정하는 눈치더니,

"자네 따위를 두기가 불찰이지."

하고 웃어 버린다.

공장에 다니는 주인 딸, 한 되에 20여 전씩 한다는(덕기는 확실 한 쌀금은 모른다. 남들이 하는 말을 귓결에 들었을 뿐이다) 쌀을 되되 이 팔아먹는 집, 게다가 밥값을 석 달 넉 달씩 지고 얹혀 있는 병 화…….

덕기는 병화의 하숙에 한번 찾아가마고 집을 배워만 두고 못 가보았지만 그들의 생활을 분명히 머리에 그려 볼 수는 없었다.

* 한 되 한 되씩.

그러나 병화에게 그 말을 들을 제 어쩐지 그들이 측은한 생각도 들고 까닭 없는 일종의 감격 비슷한 충동을 받았다. 끼니때 밥 먹으러 들어가기를 겸연쩍어하는 친구의 심사에도 물론 동정이 가지만 공장에 다닌다는 딸의 모양을 상상하여 보고는 얇은 호기심과 함께 몹시 가엾게 생각되었다. 덕기는 밥걱정 없는 집안에 자라나서 구차살이란 어떠한 것인지 딴 세상 일 같지마는 그래도 워낙 판이 곱고 다감한 성질이니만큼 진순한 청년다운 감격성과 정열을 가지고 있는 것이었다.

"딸이 벌어 오는 외상 밥 먹다가 딸까지 함께 집어 자시지는 않으려나? 하하하."

오륙 분 동안의 침묵도 깨뜨리려니와 설궁*을 한 뒤끝에 좀 점적해하는 친구를 되레 위로하려고 덕기가 이런 농담을 꺼냈다.

"홍, 몹시 걱정이 되나 뵈마는 나 같은 빈털터리에게 눈이 멀었다고 딸 내주겠다."

병화는 자기의 청구가 반 이상 성공된 것을 속으로 안심하면서 이렇게 대꾸를 하였다.

"공장에 다니것다. 똑 알맞은 배필이 아닌가. 그는 고사하고 우선 자네 그룹에 끌어넣어도 좋지 않은가."

"그 걱정은 말고 자네나 좀 생각을 해보게."

"나……? 나 같은 부르(유산자)야 문제 밖이고……."

덕기가 회피하듯이 이런 소리를 하며 전찻길로 나서자,

---

*說窮. 살림의 구차한 형편을 남에게 말함.

"대관절 어디로 갈 텐가?"

하고 저녁 먹으러 갈 데를 의논한다.

여기는 황금정(을지로) 2정목이다.

"타지 말고 좀 더 걷세. 본정(충무로) 3정목까지."

"어딘데?"

"좋은 데를 하나 발견하였네. 값싸고 스테키나샹(썩 말없는 미인)이 있고…… 그런데 자네 너무 놀라 자빠졌다가는 큰일일세."

"왜?"

"왜든 가보기만 하세그려."

두 청년은 본정통으로 하여 꼽들었다.*

"이왕이면 음식 맛 좋은 데로 가세그려."

"그런 귀족 취미는 넣어 두게. 양식 한 접시면, 이 사람아, 쌀한 되가 넘네. 그런 넉넉한 돈이 있거든 나 같은 유위한** 청년의 사업에 보태게."

"구렝이 제 몸 추듯 잘도 추네만 좀 더 유위해지면 3년 동안은 고무공장 계집애의 밥을 먹고 들어앉을 셈일세그려."

덕기도 지지는 않았다.

"우리 집주인 딸이 무척 마음에 키이나 보이그려."

"자네 신세도 딱하고 그 계집애도 가엾으니까 말일세."

"내 신세가 왜 딱한가?"

하고 병화는 약간 불쾌한 기색을 보이다가,

---

* 꼽들다 : 가까이 접어들다.
** 유위(有爲)하다 : 능력이 있어 쓸모가 있다.

삼대

"그러기에 자네 같은 무위의 프티 부르는 크게 반성하여야 한다는 말일세."

하는 어조가 지금까지의 농담과는 다르다.

"이건 무슨 딴전인가. 그런데 대관절 어딘가?"

"다― 왔네."

하고 병화는 상점이 쪽 붙은 틈바구니에 눈에 잘 띄지도 않는 조그만 쪽문을 밀친다.

무심코 지나칠 만한 덕기는 의외라는 듯이 문 위를 쳐다보았다. '바커스(酒神)'라고 영서로 간판이 붙었다.

하여간 구경 삼아 따라 들어가 보니 동경(일본 도쿄)서 보는 찻집 모양으로 된 조그만 바라크*다. 구두 바닥이 푹신하기에 내려다보니 그냥 흙바닥 위에 톱밥을 깔아 놓고 아무도 없는 게딱지만 한 그 안이 유난히 우중충하다.

부엌 쪽에서 휘장을 밀치고 일녀(日女)가 나오면서 병화를 보고 반색을 한다. 서로 안면이 있는 눈치다. 서까래 같은 것으로 가장 운치 있게 하느라고 만든 일긋일긋하는 교의에 걸어앉으면서 덕기는 그 여자를 유심히 바라보았다. 어둠침침한 속에서 얼굴만 하얗게 보이나 상스럽지 않은 얌전스러운 삼십 전후의 아낙네였다.

놀라 자빠지지 말라는 병화의 말이 있었기 때문에 호기심을 가지고 유심히 본 것이나 어쩐 영문인지 모르겠다.

* baraque. '막사'를 뜻하는 프랑스어.

"여기는 오뎅하고 술뿐일세."

"기껏 온 게 여기야?"

덕기는 다소 실망도 하고 불쾌한 듯이 핀잔을 주었다.

"싫건 미안하나 자넨 구경만 하게. 카페니 요릿집이니 하는 데는 가본 일도 별로 없지만 돈 많고 예의범절이 분명한 상등인의 오락장이 되어서 나같이 막된놈은 도리어 불편한데. 더구나 없는 놈이 부르 영감이 계집애들을 끼고 노시는 좌석에 줄줄 쫓아가 앉아서 자작자배를 하고 앉았으면 제 신세가 공연히 가련해 뵈어 싫데."

있는 사람을 따라다니며 얻어먹기도 싫다. 화려한 좌석에서 어울리지 않게 놀기도 싫다고 하는 병화의 말이 옳지 않은 것은 아니요. 그 기분을 아주 이해하지 못하는 것은 아니나, 덕기는 자기를 빗대 놓고서나 하는 말 같아서 듣기 싫었다. 그뿐 아니라 언제든지 뺏어 먹고 쓰고 할 것은 다 하면서 게걸대고 입바른 소리를 툭툭 하는 것이 밉살맞기도 하였다. 있는 사람의 통성으로 자기에게 좀 고분고분하게 굴어 주었으면 좋았다.

그러나 없는 사람이 있는 친구와 어울리면 병정 노릇이나 하는 것 같은 일종의 굴욕을 느끼는 것도 사실이겠고, 또 그렇게 구질칙하거나* 더럽게 굴지 않고 자기의 자존심을 더럽히지 않으려는 것이 취할 모라고, 아직 경력 없는 덕기건만 돌려 생각도 하는 것이었다.

---

* 구질칙하다 : 당당하지도 분명하지도 못하다.

주부가 술상을 차려 왔다. 술상이래야 유리 곱뿌에 담은 노란 술과 김이 무럭무럭 나는 오뎅 접시뿐이다.

술을 좋아하지 않는 덕기는 더구나 그 유착한* 곱뿌 찜을 보고 눈이 저절로 찌푸려졌다. 모든 것이 그의 그 소위 고상한 취미에 맞지 않았다. 그러나 주부의 얼굴을 가까이 보게 되는 것만은 결코 불유쾌하지 않았다.

꼭 째인 얼굴판이 좀 검은 편이었으나 어디인지 교육 있는 여자 같고, 맑은 눈 속이라든지 인사성이 있는 미소를 띤 입술을 삐뚜름히 꼭 다문 표정이 몹시 이지적인 것을 알 수 있다.

"놀라 자빠지지 말라던 여자가 지금 그 여자인가?"

덕기는, 병화가 주부가 들어가기도 전에 그 큰 컵을 들고 벌컥벌컥 다 켜기를 기다려 물어보았다.

병화는 오뎅을 반이나 덤뻑 떼 물어서 우물우물 씹느라고 미처 대답을 못하다가 반씩반씩 씹는 말로,

"아니, 참 물어볼걸."

하고 입으로는 여전히 씹으면서 손뼉을 친다. 병화는 먹기에 정신이 팔린 것은 아니다. 덕기에게 말은 그렇게 하였어도 실상 이 집에 미인이 있고 없는 데에 그리 마음이 쓰이는 것이 아닌지라 이때껏 무심하였던 것이다.

주부가 오니까 병화는 씹던 것을 이제야 삼키고,

"그 사람 어디 갔소?"

* 유착하다 : 몹시 투박하고 크다.

하고 묻는다.

"예, 지금 막 목욕 갔어요. 곧 오겠지요."

하며 중턱에 서서 상글 웃고는 시선을 덕기에게 준다.

주부의 눈에 비친 덕기는 해끄무레하고 예쁘장스러운 똑똑한 청년이었다. 이 여자에게는 조선인이라는 경멸하는 마음은 벌써 없으나 그 해끄무레하고 예쁘장스러운 데다가 학생복이나마 값진 것을 조촐하게 입은 양으로 보아서, 어느 부잣집 아기거니 하는 생각이 들어서 약간 경멸하는 마음이 들었다. 그러나 한편, 손님(병화)이 그동안 두어 번 보았어도 허술한 위인은 아닌 모양인데, 그런 사람하고 추축이 되면은 저 청년(덕기)도 그런 부잣집 귀동아기로만 자라난 모던 보이 같지 않다는 생각도 들었다. 이 여자는 올가을에 처음으로 이 장사를 벌인 터라, 드나드는 손님이 하도 많지만, 이런 장사에 찌들어서 여간 것은 눈에 띄지 않을 만치 신경이 굳어지지 못한 탓이랄까, 여하간 여염집 여편네의 호기심으로 처음 보는 남자마다 유난히 호기심을 가지고 인금* 나름을 하는 것이다.

그러면서도 어쩐 일인지 별안간 머릿속에 정자 생각이 떠올랐다. 정자란 조선에 와 있는 ××지방 재판소 오 판사의 맏딸이다. 성은 오(吳)가라도 일본말로 '구레'라고 하는 일본 사람이다. 이 주인 여편네가 ××시 도(道) 자혜병원에서 간호부장 노릇을 할 때에 오정자가 무슨 병으로던가 입원한 후로 자연히 가까워졌

---

* 사람의 가치나 인격적인 됨됨이.

삼대

던 것이다.

그러나 왜 지금 그 정자 생각이 났는가? 어쩐지 덕기에게서 받은 인상이 그 정자와 남매 같다고 생각하는 것이었다. 남매…… 가당치도 않은 생각이다. 민족이 다른 사람이다.

그러나 그보다도 정자가 퍽 새로운 생각을 가지고 사회비평이나 정치비평을 도도히 할 때마다, 이 집주인은 상긋상긋 웃으면서 다만 귀엽게 들어 주기도 하고 장단을 맞추어 주기도 한 일이 있어서, 자기 역시 비교적 신지식에 어둡지 않다고 생각하는 터이다. 그러므로 머리 텁수룩한 청년이 친구들과 와서 일본말로 저희끼리 떠드는 소리를 귓결에 들을 때도 소위 '마르크스 보이'로구나 하고 반은 비웃음 섞인 친근한 감정을 느꼈었기 때문에 지금 보는 덕기도 한 종류려니 하는 생각도 부지중에 나서 '마르크스 걸'인 정자가 불시에 연상된 듯도 싶다.

# 홍경애

주인 여편네는 손님이 심심해하는 양을 보고 가까이 교의를 끌어다 놓고 두 사람을 타서 앉으며,

"오늘도 주정하시렵니까, 주정하시면 내쫓습니다."

하고 웃는다. 일전에 병화가 취중에 여기 있는 여자를 붙들고 시달리며 껴안으려고 법석을 하였기 때문이다.

"언제 내가 그랬단 말이오?"

병화는 놀란다. 사실 그날도 점심 저녁 다 굶고 술을 과히 먹었기 때문에 그런 생각이 지금 어렴풋도 하지만, 혹시는 평시에 계집에게 담백하니만치 일시 희롱했는지도 모르겠다고 혼자 생각을 하여 보았다.

"시치미 딱 떼고 딴전을 붙이는군요. 약주 취한 체하고!"

주부는 이야깃거리를 만들려고 여전히 병화의 주정 이야기를 계속한다. 그러나 병화는 재미없었다.

"사실 그런 게 아닌데……! 당신 같으면 붙들고 시달렸을지 모르지만, 하하……."

"호…… 그랬더면 정말 큰일 났게!"

주부가 이런 소리를 하려니까,

"다다이마(지금 옵니다)."

하고 역시 일복한 여자가 들어오다가 손님이 있는 것을 보고 오뚝 서버린다.

이 순간에 덕기는 얼음장을 목덜미에 넣는 듯이 전신에 소름이 끼치면서 모가지를 옴츠러뜨렸다.

'경애!'

덕기는 속으로 이렇게 부르짖으며 눈알맹이까지 얼어붙은 듯이 눈길을 돌리지 못하고 가만히 앞만 내다보고 앉았다. 그 뒤에는 두 눈이 확 달면서 더운 것이 흐르는 것 같았다. 그러나 앞에 앉았는 친구와 주부가 아무 말 없는 것을 보면 자기 눈에서 눈물이 나오는 것은 아닌가 보다 하고 안심이 되었다.

다시 눈을 쳐들 때는 문 밑에 목욕 제구를 들고 섰던 미인은 없어졌다.

덕기는 눈을 내리깔았다. 앞에서는 7홉쯤 남은 술 컵이 위아래로 춤을 추는 것 같았다. 술을 아무리 못 먹어도 그것쯤 먹고서야 술에 취할 리가 만무한 것은 덕기 자신도 번연히 알면서 머리가 어찔하고 앉은 자리가 휘휘 둘리는 것 같았다.

"어떤가? 놀라 자빠지지는 않겠나? 허허허…… 내 눈도 자네 눈만큼은 높지?"

하며 남의 마음은 몰라주고 취기가 돈 병화는 껄껄 웃는다.

"그야 미인보고 이쁘다 하지 않을 사람이 어디 있기에요!"

주부는 여자의 본능으로 지금 그 여자에게 엷은 시기를 느끼면서 병화에게 이런 핀잔을 주었다.

"오바상! 술을 또…… 그리고 아이상더러 어서 나오라고 해주
슈."

'아이상'이라는 것은 이 집에서 경애(敬愛)의 애(愛) 자를 일본
말로 부르는 이름이다. 주부는 발딱 일어나서 들어갔다.

"여보게! 그것 누군 줄 아나?"

주부가 안으로 들어간 뒤에 병화가 웃으며 묻는다.

"누구라니?"

덕기는 위아래 어금니가 맞닿는 소리로 대꾸를 하며, 무엇에
놀란 표정으로 친구의 얼굴을 말똥히 쳐다보았다. 이 친구가 그
여자의 내력을 뻔히 아는가 싶어서 무서웠던 것이다.

"아니, 지금 그 여자가 일녀인 줄 아나?"

병화는 또다시 싱글싱글 웃는다.

"그럼 조선 여자란 말인가?"

덕기는 역시 자기의 눈이 틀리지 않았다는 생각을 하면서 물
었다.

"허허허…… 나도 처음 왔을 때는 못 알아보았네마는, 조선
여자, 수원 여자라네! 이름은 홍경애……."

덕기는 가슴이 한층 더 두근거렸다. 아무 말도 못하였다.

병화는 덕기가 깜짝 놀라리라고 생각하였던 것과 달라서, 아
무 대답도 없이 한 모금 술에 발개졌던 얼굴이 파랗게 죽는 것
을 보고, 무슨 의미인지 해석할 수 없다는 듯이 머쓱한 낯빛으
로 친구를 한참 바라보다가,

"자네, 그 여자를 아나?"

하고 물어보았다.

"몰라!"

덕기는 약간 떨리는 듯하면서 침통한 소리로 간단히 대답을 하면서도 자기의 낯빛이 친구에게 이상히 보일까 보아 술 컵을 선뜻 들어서 얼굴을 가리며 마시기 시작하였다.

껄떡껄떡…… 반 이상이나 한숨에 켰다.

병화는 덕기가 이렇게 단숨에 켜는 것을 처음 보았다.

'웬일일까?'

병화는 혼자 의아하였다.

손뼉을 쳤다. 그러나 '아이상'이 술을 가지고 나오는 게 아니라 주부가.

"미안합니다."

하고 소리를 치며 나온다.

"아이상은 왜 안 오우?"

병화가 물었다.

"머리 빗어요. 인제 나오겠지요."

주부는 들고 나온 술통에서 술을 따르며 대답을 하고 덕기에게도 따랐다. 한 컵이나 마셨으니, 덕기는 싫다고 할 터인데 잠자코 있다. 덕기는 어떻게 할지 속으로 망설였다. 그대로 병화를 충동여 일어나고도 싶고 이왕이면 좀 더 앉았다가 그 미인을 다시 한 번 만나 보고 가고도 싶다.

"여보게, 고만하고 저녁을 먹으러 가세."

덕기는 암만 생각하여도 일어서 버리는 것이 옳겠다고 생각하며 발론하여 보았다. 그러나 뒤숭숭한 마음은 조금 간정된 것 같기도 하였다.

"왜 그러나? 모처럼 왔다가 미인도 안 보고 가려나?"

하며 병화는 둘째 잔을 반이나 한숨에 마시고 움직일 생각도 없이 혼자만 유쾌한 듯이 태평으로 앉아서 안주를 주워 먹는다.

"자네두 어서 좀 먹게그려. 오늘은 좀 취하면 어떤가? 오래 또 못 만날 터이니……!"

"왜, 이 양반 어디 가시나요?"

주부는 병화의 말에 덕기를 친숙한 눈치로 쳐다본다.

"아직 공부하는 어린애지요. 동기 방학에 자식놈이 보구 싶어서 불러왔다가 내일 떠나보내는데, 지금 송별연을 차린 거라우."

하며 병화는 껄껄 웃는다.

"이 양반이 아드님? 호호호…… 부자분이 아주 의취가 좋으십니다그려."

하며 주부가 웃으려니까.

"미친 사람!"

하며 그제서야 덕기가 픽 웃는다.

"학교는 어디시게요?"

"경도(일본 교토) 삼고(三高)!"

덕기가 딴생각에 팔려서 잠자코 앉았으니까 역시 병화가 대꾸를 하였다.

"에— 경도! 경도에 오래 계세요?"

하고 주부는 경도라는 데 반색을 하면서 덕기의 얼굴을 들여다본다.

"에— 한 이태 동안 되지요!"

덕기는 얼빠진 사람처럼 앉았다가 병화더러,

"어서 일어서게!"

하고 또 재촉을 한다.

"왜 그러세요? 오시자마자."

주부는 장사치의 인사로만이 아니라 어쩐지 이 젊은 사람들을 더 붙들고 이야기가 하고 싶었던 것이다.

"떠날 준비도 있고, 어디 가서 밥을 먹어야지."

덕기는 경애를 단연코 만나지 않고 가리라고 생각하였다. 그 여자에게 자기로서는 아무 감정이 있는 것은 아니나 어쩐지 만나기가 가슴 아팠다. 더구나 이런 자리에서 술집 고용살이로 다니는 경애와 만난다는 것은 의외라도 이런 의외가 있을 리 없고, 자기인들 아무리 타락하였기로 만나려고 할 리가 없을 것 같았다.

"이 사람아, 밥은 밤낮 먹는 밥 아닌가? 좀 가만 앉았게그려."

"술이라면 떨어질 줄을 모르니, 그 유위한 청년의 머리를 술에 절여 버리려나?"

덕기는 좌석이 거북하니만치 거의 노기를 품은 소리로 이런 소리를 하였다.

"사실은 난 밤낮 먹는 그 밥도 없네마는 술도 못 얻어먹으면 냉수나 마시고 살라는 말인가? 대관절 무산자에게서 술마저 뺏으면 무에 남겠나? 자네 같은 계급인에게는 밥도 있고 옷도 있고 에로(계집)도 있고 고로(엽기)도 있겠지만 내게 무에 있나? 하하하…… 그래도 술을 먹지 말라는 말인가?"

"암 그렇고말고요! 퍽 유쾌하신 모양입니다그려?"

별안간 이런 소리를 치면서 '아이상'이란 여자가 내달아서 주부 옆에 와 서며 덕기에게는 눈도 거들떠보지 않고,

"긴상, 저런 도령님과 무얼 그렇게 설교를 하고 앉으셨소? 자, 술이나 잡수세요."

하고 주부 앞에 놓인 술통을 들고 달려든다.

"사실 아이상 말이 옳지? 자, 당신부터 한 잔……"

하고 병화는 의기양양하여 빈 컵을 내민다.

"나두 먹지요."

하고 경애는 선뜻 잔을 받고 술통을 병화에게 전한다.

병화는 선 채 내미는 경애의 잔에 술을 따랐다.

경애가 곱뿌 술을 받아서 마시는 것을 보고 덕기는 외면을 하였다. 처음에 소리를 치며 희희낙락하여 내닫는 그 꼴에도 가슴이 내려앉듯이 놀랐지만, 그 술 마시는 데에 한층 더 놀라고 밉고 가엾고 더럽고 한 복잡한 감정을 참을 수가 없었다.

부친에게 이 꼴을 뵈었으면 좋겠다고 생각하였다. 부친에 대하여 이때껏 느껴 보지 못한 반항심이 부쩍 머리를 들어 오는 것을 깨달았다.

그러나 경애가 술을 이렇게 마구 먹는 것을 보고 놀란 사람은 덕기만이 아니었다.

"어쩌자구 이래? 오늘은 무슨 일 났나?"

주부는 경애가 장난으로 대객 삼아 그러는 줄만 알고 웃으며 바라보다가, 정말 반 컵 턱이나 흘러들어 가는 것을 보자 질겁을 하면서 경애의 입에서 술잔을 붙들어 끌어내렸다.

"에구 이게 얼마야! 이러구두 사람이 배기나!"

하며 주부는 내려놓은 컵의 술 대중을 본다.

그 말이, 지나는 인사거나 주인으로서 부리는 사람을 꾸짖는 어투가 아니라, 주책없는 어린 동생이나 나무라는 것같이 다정스러이 들렸다. 두 청년은 그것이 자기에게나 당한 일같이 고마운 생각이 들었다.

"나두 이만한 술은 먹어요."

경애는 언제 들으나 도리어 얄미울 만치 혀끝이 도는 일본말로 이런 소리를 하고, 무슨 대담한 장난이나 한 뒤의 어린아이처럼 얼레발 치는 웃음을 생글 웃어 보이며,

"담배 하나를 실례해요."

하고 거기 놓인 '피존' 한 개를 꺼내 붙인다.

덕기는 담뱃불을 붙이는 동안에 경애의 얼굴을 잠깐 엿보았다. 그렇게 보아서 그런지 새맑은 두 눈에 성냥불이 어리어서 그런지 눈물이 글썽글썽한 것 같다.

'그래도 우는구나!'

덕기는 도리어 가엾은 생각이 났다.

예전에 같이 보통학교에 다니고 교당에 다니던 생각을 하면, 이렇게도 변하였으랴, 이렇게도 타락하였으랴 싶건마는, 지금 이렇게 술을 먹는 것도 화풀이 술이요, 하등 카페의 여급 모양으

로 무람없이 손님의 담배를 제 마음대로 피워 먹는 것도 화풀이로 그러려니 하는 생각이 들었지만, 그보다도 눈물을 머금은 것을 보니 그래도 아직 타락하지 않은 곳이 남아 있는 것 같아 보이고, 그렇게 생각할수록 측은해 보였다.

"그 술잔을 내게 돌려보내 주어야지! 괜히들 술 못 먹게 하는군! 아이상! 어서 그 잔을 마시고 내 주우."

병화는 가만히 앉아서 이 사람 저 사람 눈치만 보다가 남은 술을 또 경애에게 권한다.

"난 참 싫어요. 어서 당신부터…… 나 먹던 술은 못 자시겠어? 부르주아의 술도 얻어먹는데 나 먹던 술은 더러워서 못 자시겠소?"

어느 틈에 병화와 덕기의 새에 들어와 앉은 경애는 이런 소리를 하며 자기가 먹던 술잔을 끌어다가 병화의 앞으로 밀어 놓는다.

덕기는 경애의 입에서 '부르주아의 술도……'라고 비꼬는 말을 듣고 또 한 번 가슴이 선뜩하면서 무심코 놀란 눈을 경애에게로 보냈다.

대관절 이 여자의 정체를 알 수 없다고 도리어 무서운 생각이 들었다.

"자! 마시세요!"

하고 경애는 제가 먹던 잔 위에 더 부어 가득 채운다.

병화는 기다렸다는 듯이 선뜻 들어서 벌컥벌컥 켠다.

"이젠 가세."

덕기는 병화가 안주도 들 새 없이 재촉을 하였다. 도깨비에게 홀린 것 같아서 이제는 더 앉았을 수가 없었다.

"가만있게! 아이상 말마따나 부르주아의 술을 얻어먹으니까 이렇게 세도인가? 먹을 건 먹어야 가지 않나?"

하고 병화는 주기가 도니만치 불쾌스럽게 대꾸를 하고 오뎅을 어귀어귀 먹는다.

주부가 깔깔깔 웃는다. 덕기는 좀 머쓱해졌다. 실상 주부가 웃은 것은 병화가 게걸스럽게 먹는 것을 보고 웃은 것이나, 덕기 생각에는 병화나 경애가 비꼬듯이 주부 역시 자기를 우스꽝스럽게 보고서 비웃는 것인가 하여 열적어졌던 것이다. 덕기는 잠자코 앉아서 세 사람의 눈치만 보는 수밖에 없으나, 아무리 보아도 그 세 사람이 자기와는 딴 세상 사람 같았다. 세 사람이 입을 모으고 자기만 따돌려 세운 것같이 섭섭한 생각이 들었다.

"참, 이 양반도 약주를 좀 잡수세요. 색시처럼……"

주부가 인사성스럽게 다시 덕기에게 알은체를 하고 술을 권하려니까.

"아직 도련님을 술을 먹여 되나요. 내가 먹지!"

하고 덕기 앞에 놓인 술잔을 얼른 들어 오면서 별안간 조선말로 덕기만 알아들을 만치,

"빨아먹을 수만 있으면 부자의 피를 다— 빨아먹겠는데."

하고는 바로 앉는다. '부자'라는 말은 '아비 아들'이란 말인지 돈 있는 부자란 말인지 알 수 없었다.

덕기 부자의 피라도 빨아먹겠다!는 한마디가 하고 싶어서 경

애는 일부러 덕기의 술잔을 빼앗아 온 것이었다. 그리고 이 말을 일부러 한 것은 내가 너를 몰라본 것이 아니라는 예기지름*을 하고 싶었던 까닭이었다. 그러면서도 경애는 그 술잔을 들어서 입에 대려고는 아니하였다.

이 술잔은 조상훈(趙相勳)이의 아들 조덕기(趙德基)의 술잔이거니 하는 생각을 잊어버리지는 않았기 때문이다.

상훈이는 누구요 덕기는 누구냐……? 어쨌든 한때는 내 남편이요 따라서 아무리 연상약한** 어릴 때의 학교 동무라 하여도 아들이라는 이름이 지어 있던 사람이다!

이러한 생각이 앞을 서기 때문에 경애는 덕기의 술잔을 끌어다가 놓아도 입에 대려고는 아니하였던 것이다.

덕기는 모든 것이 어이가 없어서 가만히 쭉치고 앉았을 뿐이었다. 도리어 경애가 술이 취해서 괴둥괴둥 제 내력을 이야기할까 보아 속으로 무서웠다.

"아이상! 왜 이래? 또 애인 생각이 나는 게로군?"

주부가 경애를 웃으며 바라보다가 놀리는 듯하면서 이렇게 타일렀다.

'애인 생각!'

하며 덕기는 가슴이 찌르르 하는 것을 깨달았다.

"실없는 소리 마세요! 오늘은 유쾌해서 죽을 지경이니까 좀 먹지요."

---

* 장차 될 일에 대해 미리 짐작하여 그것을 막으려는 일.
** 연상약(年相若)하다 : 나이가 서로 비슷하다.

삼대

하고 경애는 앞에 놓인 술잔(덕기의 술잔)을 들어서 가운데 놓인 담배 재떨이에 주르르 쏟더니 다시 술잔을 병화에게 내밀며 따르라고 한다.

이번에는 병화가 반 잔만 따랐다.

"저런 법이 있나! 손님 잔을……."

하고 주부가 또 나무라니까 경애는 거기에는 대꾸도 아니하고 덕기에게로 향하여,

"각세이상(학생 양반)! 당신은 안 자시니까 그래두 상관없지?"

하고 보통 손님에게 대하듯이 상냥스럽게 묻는다.

덕기는 얼떨결에 얼굴이 새빨개지며 '응'이라고 하였는지 '예'라고 하였는지 자기도 알 수 없는 대답을 얼버무려뜨렸다.

"내가 이렇게 술을 먹는다고 누구든지 타락하였다고 하겠지? 하지만 타락하였으니까 술을 먹는다는 말도, 술을 먹으니까 타락하였다는 말도 안 될 말이 아니야요. 또 여자가 술을 먹는다고 타락하였다면 술 먹는 남자는 모두 타락하고 술 안 먹는 목사님 같은 사람은 모두 천당 가신다는 말이지? 네? 긴상(김씨) 정말 그런가요?"

하고 병화의 무릎을 탁 친다.

경애는 술이 도니까 점점 웅변이 되고 하느적거리는 교태가 여자의 눈에도 한층 더 아름다워 보였다.

그러나 경애가 목사를 끌어내는 말에 병화는 하려던 말을 멈칫하고 고개를 끄덕거리며 덕기를 쳐다보았다.

병화의 아버지가 현재 장로요, 덕기의 아버지도 목사 장로는

아니라 하여도 교회 사업을 하고 있는 터이다. 물론 경애가 병화나 덕기의 부친을 알 리 없으니 빗대 놓고 한 말은 아니리라고 생각하였지마는, 현재 자기가 장로인 부친과 사상 충돌로 집을 뛰어나와서 떠돌아다니는 신세이니만치 평범한 그 말이 몹시 가슴에 찔렸다. 그러나 덕기는 경애의 말을 결코 무의미한 말로 듣지는 않았다. 무의미는 고사하고 자기더러 들어 보라고 한 말임을 짐작하자, 참 정말 이제는 일어서 버려야 하겠다고 속이 달았다.

"난 결단코 타락하지 않았어요! 설사 내가 타락하였더라도 그것이 남의 탓이라고 칭원을 하지는 않지만, 내가 타락하였다면 이 세상 연놈은 어떻게 하게요! 난 천당에 자리를 비워 놓았대도 가지 않겠지만……."

경애는 점점 더 취기가 돌아서 가다가다 혀 꼬부라진 소리를 내지만, 목사니 천당이니 하는 소리를 연발하는 것을 보면, 이 여자가 어떤 교회학교 출신인가 하는 생각을 병화는 하였다.

"그렇구말구요. 그런 소리는 마시우. 우리는 우리의 할 일이 있으니까……. 당신은 언제든지 그런 생각으로 굳세게 살아가시기를 바랍니다!"

병화도 얼굴이 시뻘게져서 맞장구를 치고 공연히 흥분이 되었다.

"한데 당신은 대관절 무얼 하는 양반요?"

경애가 별안간 병화에게 이렇게 묻고 이야기판을 차리려는 듯이 달려든다.

"나? 나요? 흐흥…… 당신 눈에는 무얼 하는 사람같이 뵈우?"
하고 병화는 여전히 웃는다.

그러자 문이 획 열리면서 다른 손님 한 축이 서넛 몰려 들어오는 바람에 말허리가 잘렸다.

# 이튿날

"어서 일어나요. 어머니 오셨어요."

아내가 건넌방 창으로 달아와서 깨우는 바람에 덕기는 그제 서야 우뚝 일어나 앉았다.

"어제 늦은 게로구나? 그래 오늘 떠나니?"

모친은 들어오면서 말을 건다. 아들이 떠난다니까 보러 온 것이었다.

"봐서 내일 떠나지요……."

덕기는 일어서며 하품 섞인 소리로 대답을 한다.

아내도 뒤따라 들어와서 부리나케 자리를 개어 얹는다.

안방 식구는 내다보지도 않는다. 안방 식구란 덕기의 서조모 (庶祖母) 식구다. 말하자면 서시어머니가 안방에 계실 터이나 덕기의 모친은 건너가 보려고도 아니하고, 또 나이 어린 서시어머니는 조를 차려서 들어와 보려니 하고 버티고 앉았는지 내다보지도 않는다.

서시어머니가 안방 차지를 한 지가 5년, 따라서 덕기의 부모가 따로 나간 지도 5년이다. 자기보다도 다섯 살이나 아래인 서시어머니하고 한솥의 밥은 먹기 싫었다. 싫기는 피차일반이다.

부자간에도 역시 그러하였다. 노영감은 손주는 귀해해도 아들은 못마땅했다. 게다가 귀한 젊은 첩을 들어앉히자니 아들 식구는 밀어냈던 것이다. 피차에 난편도 하였던* 것이다.

　칠십 당년에 첩의 몸에서 고명딸 겸 막내딸을 낳았다. 지금 네 살, 이름은 귀순이다.

　덕기의 부모가 따로 날 때 중학교에 다니던 덕기도 물론 부모를 따라 나갔었다. 그러나 중학교 4년 때에 장가를 들자 반년쯤 부모 앞에서 지내다가 이 할아버지의 집으로 옮아왔다. 어머니는 내놓으려고 아니하였다. 색시의 친정에서도 젊은 서시조모 밑에 두기를 싫어했다. 그러나 조부님의 엄명을 거역하는 수는 없었다. 조부의 엄명은 서조모의 엄명이다. 서조모가 만만한 어린 내외를 데려다 두고 휘두르며 부려먹기에도 알맞고 또 한 가지는 나이 먹은 며느리, 눈 안 맞는 며느리를 고독하게 만들자는 것이었다. 손주 내외를 떼어 놓자는 것이었다.

　그래도 노영감으로서는 손주 내외가 귀여워서 데려온 것일지 모른다. 또 덕기도 저 아버지보다는 조부를 따랐던 것이다. 게다가 재산이 아직도 조부의 수중에 있고 단돈 한 푼이라도 조부가 차하를 하는 터이라 조부의 뜻을 맞추어야 하겠다는 따짐도 있었다.

　혼인한 이듬해에는 건넌방에서도 아이 우는 소리가 나게 되었다. 첫아들이었다. 집안이 경사 났다고 떠들었다. 그러나 입으로

* 난편(難便)하다 : 몹시 불편하다.

만이었다. 서조모는 소견이 좁았다. 보고 배운 것이 없었다. 공연히 건넌방 아이, 증손자를 시기하는 것이었다. 네 살짜리의 할머니와 세 살 먹은 손주가 자라 갈수록 손이 맞아서 일을 일리고 어른 싸움을 버르집게 하는 것이다.

증조부가 간혹 건넌방 아이를 좀 안아 주면 안방마마의 눈귀가 가로 째지는 것이었다.

노영감도 불공평하자는 것이 아니나 몸이 괴로웠다. 결국에는 자기 딸이 귀엽고 젊은 첩에게로 쏠리건만……

"아버지 계셔요?"

덕기는 마루로 나와서 또 한 번 커다랗게 하품을 하고 방에다 대고 물었다. 부친에게 길 떠나는 문안을 갈 생각이다.

"몰라! 사랑에 계신지 나가셨는지."

모친의 대답은 냉담하였다. 원체 이 중늙은이 내외는 이름만 걸린 내외였다.

식사도 사랑, 잠도 사랑, 세수까지도 사랑에서 내다가 하는 것이었다. 남편의 코빼기도 못 보는 날이 많다. 그래도 남 보기에는 그리 의가 좋지 않은 것 같지도 않다. 검다 희다 말이 도대체 없기 때문이다. 그가 특별히 하느님의 아들 노릇을 하기 때문에 세속 일에 대범하고 초연해서 그런지? 도를 닦아서 여인에게는 근접을 안 하느라고 그런지? 어쨌든 사십에 한둘 넘은 이 중년 부인은 얼굴을 잊어버리게 된 남편을 미워하고 원망하는 것이었다.

"이 애는 어디 갔나?"

모친은 손주새끼의 얼굴이 보고 싶은 것이다.

"업고 나갔어요. 사랑 마당에서 노는지요."

하고 어린 며느리는 안방 애 보는 년을 불러내서 나가 보라고 이른다.

"얘, 얘, 사랑에 나가건 영감님께 화개동 마님께서 오셨다고 여쭈어라."

며느리는 안방 아이를 업고 마루로 내려가는 계집년에게 소곤소곤 일렀다. 자기 시어머니가 시할아버지께 문안드릴 기회를 만들자는 생각이다.

노영감이 곧 들어왔다. 며느리가 그리 급히 보고 싶은 것이 아니라 온종일 할 일이 없어서 하루에도 몇십 번씩 들락날락하는 것이 유일한 소일인데, 성미가 급해서 듣기가 무섭게 들어온 것이다.

사랑문에서부터 기침을 칵 하는 소리에 건넌방에서 며느리가 나왔다.

"음⋯⋯."

며느리를 쳐다보고는 이렇게 한마디 하고 마루 끝에서 일본 자리옷을 입고 세수를 하다가 일어서는 손자를 보고,

"무슨 옷을 저렇게 헤갈*을 해 입었니?"

하고 우선 한번 쏜 뒤에,

"어제는 어디를 갔다가 몇 시에 들어왔단 말이냐?"

하고 역정을 낸다. 몇 시에 들어온 것은 오늘 아침에 벌써 안방

* 흩뜨려 어지럽힘. 또는 그런 상태.

마마의 보고로 알고 있으면서 묻는 것이다.

덕기는 물 묻은 얼굴로 가만히 비켜섰을 수밖에 없었다. 영감이 안방으로 들어가니까 며느리도 따라 들어가서 절을 하였다. 비로소 시서모와 대면을 하였다.

"응, 별고 없지?"

영감이 출입이 별로 없고 며느리도 이 집에를 여간한 일이 아니면 오기를 싫어하니까 시아버지 문안이 한 달에 한 번도 될까 말까다.

"내일모레 제사까지 묵어갈 테냐?"

며느리는 천만의외의 소리를 시아버지에게 들었다. 잠자코 섰을 뿐이다.

생각해 보니 모레가 바로 시할아버지 제사. 이 영감에게는 친기(親忌)인 것을 깜박 잊어버렸던 것이다.

"급한 일 없거든 왔다 갔다 하느니 아주 묵으려무나. 어린것들만 맡겨 두어 안 될 것이고 하니……."

며느리의 입에서는 '네' 소리가 좀처럼 아니 나왔다. 시아버지는 못마땅하였다.

"그럼! 좀 있어서 차려 주어야지. 나 혼자서는 어린것을 데리고 이 짧은 해에……."

한옆에 모로 앉았던 젊은 시서모가 비로소 말참견을 했다. 어린것들에게만 내맡겨 둘 수 없다는 영감의 말이 며느리 앞에서 자기에게 모욕이나 준 것 같아 못마땅하였던 것이다. 며느리는 꿀 먹은 벙어리처럼 여전히 입을 봉하고 섰다.

첫째 그 반말이 듣기 싫었다. 마주 반말을 해도 좋으나 그래도 밑지는 수밖에 없는 것이 분하다.

'첩 노릇은 할지언정 원 바닥이 있고 얌전하다면서 소대상을 차리니 말인가. 무슨 장한 제사를 차린다고 엄두를 못 내는 것이람! 어린애 핑계를 하니 아이 기르는 사람은 제사도 못 지내던 가……'

이런 생각도 하여 보았다.

"너희는 예수교인지 난장인지 한다고 조상 봉제사(奉祭祀)도 개떡같이 알더라마는 내가 살아 있는 동안에는 막무가내하다!"

며느리가 끝끝내 잠자코 섰는 것이 못마땅하니까 연년이 제사 지낼 때마다 부자간에 충돌이 생기던 것을 생각하고 주름살 많은 얼굴이 발끈 상기가 되며 치미는 화를 참는다. 며느리는 좀 선뜻하였으나 무어라고 입을 벌릴 수는 없었다.

"그래 너두 이제는 천주학쟁이가 되었니? 내가 죽은 뒤에는 어떤 연놈이 물 한 방울 떠놓겠니?"

시아버지의 언성은 점점 더 높아 갔다.

수원집(시서모는 수원 태생이다)은 영감이 며느리 꾸짖는 것을 보고 까닭 없이 시원하였다.

며느리가 무어라고 말대답이나 한마디 하였으면 좋겠다고 생각하였다.

"아녜요. 쟤 떠나는 것도 보고 아주 제사까지 치르고 가겠에요. 그렇지 않아두 그럴 생각으로 왔에요."

며느리의 말이 의외로 온순하여지니까 영감은 도리어 김이 빠지는 것을 깨달으면서도 마음이 적이 풀렸다. 그러나 수원집은 마치 불구경 나갔다가 연기만 모락모락 나고 그만두는 것을 보고 돌아올 때와 같은 섭섭하고 싱거운 생각이 들었다.

"예수교 아니라 예수교보다 더한 것을 믿기로 그래 조상 제사, 부모 제사 지내는 게 무에 틀리단 말이냐? 예수는 아버지를 모른다더라마는 어쨌든 예수도 부모가 있었기에 태어나지 않았겠니……? 덕기도 잘 들어 두어라!"

하고 영감은 마루 편으로 소리를 치고 나서 또 밤낮 듣는 잔소리를 꺼낸다.

예수교 놀래*, 뒤따라서 아들의 놀래를 한참 늘어놓고 나서는,

"덕기야!"

하고 제 방으로 들어가서 수건질을 하고 섰는 손주를 불렀다.

"네……."

하고 건너왔다.

"그 일복 좀 벗어 버려라. 사람이 의관을 분명히 하고 있어야지!"

하고 우선 꾸지람을 한 뒤에,

"너도 제사 지내고서 떠나거라!"

하고 엄명을 하였다.

덕기는 조부가 부친에 대하여 육장** 줄로 친 듯이 꾸지람을 하는 것이 듣기 싫었다. 누구 편은 더 들고 누구 편은 덜 드는

---

* 자주 하여 주위를 불편하게 만드는 이야기.
** 六場. 한 번도 빠지지 않고 늘.

것이 아니지만, 조부의 결은 잔소리, 그거나마 어려서부터 귀에 못이 박이도록 들은 예수교 놀래에는 시비는 하여간에 이제는 머리가 땅하였다. 1년에 몇 차례씩 되는 제사 때면 한층 심한 것이다. 더구나 자기 마나님 제사, 즉 덕기에게는 조모 제사요 부친에게는 친기가 되지만 그때가 되면 연년이 난가(亂家)가 되는 것이다.

"에미도 모르는 자식!"

이 소리가 사랑으로 안으로 들락거리는 노영감의 입에서 몇 십 번 몇백 번이나 나오는지 파제삿날 저녁때나 되어서 눈에 띄는 사람이 없어져야 간정이 되는 것이었다.

"대체는 영감마님이 의는 퍽 좋으셨던 게야"

젊은 여편네들이 수원집 들어 보라고 짓궂이 이런 소리를 하면, 덕기 모친은,

"내외분의 의가 좋으셨기나 했기에 혼쭐나게 얌전하고 유명짜한 그런 아드님을 낳으셨지."

하고 자기 남편을 비웃는 것이었다.

그러나 부친은 끝끝내 자기 어머님 제사 참례를 아니하고 영감님 분별로 덕기 모자와 일가에서 모여드는 동 항렬끼리만 지내는 것이었다.

게다가 이 제사에 또 한 가지 겹치는 것은 수원집이 까닭도 없이 방구석에만 쪽치고 들어앉아서 꽈리주둥이가 되어 아이들만 들볶는 것이었다. 여편네들은 그 꼴이 미워서 잔칫집처럼 깔깔대고 법석을 하면서 영감님이 친기보다도 마님 제사는 더 위

하신다는 둥, 나도 죽어서 영감의 손으로 이런 제사를 받아 보았으면 원이 없겠다는 둥 마님 혼령이 오늘은 안방에 드셔서 편히 쉬고 가시겠다는 둥 하는 소리를 수원집 턱밑에서 주거니 받거니 하고 밤새도록 떠드는 것이었다.

덕기는 조부에게 제사에 참례하고 가라는 분부를 듣고 사흘이나 물러 떠나면 학교가 늦겠다고는 생각하였으나 그리 해로울 것은 없다고 생각하였다. ……우선 어제 갔던 바커스, 경애, 주부, 병화, 오뎅 접시가 한꺼번에 떠올랐다. 조부의 말은 잘 들리지 않았다. 조부가 쓰고 앉은 안경알이 눈에 어른거릴 뿐이었다.

'오늘 바커스에 다시 한 번 가볼까?'

이런 생각도 머리에 떠올라 왔다.

어제 왔던 그런 좋지 못한 친구하고 어울려서 밤늦도록 나다니지 말라는 훈계가 끝나자, 덕기 모자는 겨우 안방에서 풀려서 건넌방으로 건너왔다.

덕기는 밥상을 받고, 화롯가에 담배를 피워 물고 가만히 앉았는 모친을 바라보고는 또다시 어제 만난 경애 생각이 났다.

'어머니는 대관절 그 일을 아시나? 아신다면 그 당시에 어쨌을꾸? 그러나 대관절 어떻게 되어서 언제 헤어지고 말았는구? 분명히 소생, 내게는 누이동생이나 코빼기도 보지 못한 고마울 것도 없는 누이동생이 하나 있다는 말을 들었는데…….'

덕기는 혓바닥이 알알이 해어지고 머릿속에서 그저 지진이 나는 것 같은 것을 참고 물말이를 정신없이 퍼 넣으며 혼자 생각을 하였다.

'어머니께 여쭈어 볼까?'

이런 생각도 하여 보았다. 그러나 모친에게 묻기가 너무 잔인한 것 같기도 하고 알든 모르든 가엾은 생각이 나서 그만두리라고 돌려 생각하였다.

그러나 이 수수께끼 같은 일을 뉘게 물어보나? 하고 공연히 갑갑증이 났다. 부친에게 직통 대고 묻는 수도 없고 집안에서도 물어볼 사람이 없다. 시급히 알아보아야 할 일은 아니건마는 그래도 궁금하였다.

부친의 친구를 찾아가서 물으면 알리라 하는 생각이 들자 물어봄 직한 사람을 속으로 골라 보았다. 몇 사람 머리에 떠오르기도 하나 부친은 혼자만 속에 넣어 두는 일생의 비밀일 터인데 섣부른 짓을 하다가 덧들여 내게 되면 큰일이라고 이것도 돌려 생각을 하였다. 교회 속 일이니만치 그리고 아직도 부친이 교회의 신임도 받고 그 사회 속에서는 그래도 웬만치 알리어 있으니만치 부친의 전비(前非)는 어쨌든지 명예를 위하여 함부로는 발설 못할 일이었다.

그러나 부친을 위하는 마음이 생길수록 이상하게도 한옆에서 부친을 미워하는 마음이 머리를 들었다. 부자의 정리보다도 부친에 대한 인격적으로 존경할 수 없는 불쾌한 감정이 불현듯이 떠올라 왔다. 그와 동시에, 혹은 그와 같은 정도로 옆에 앉았는 모친과 경애가 가엾이 생각되었다. 죽었는지 살았는지도 알 수 없는 경애가 낳은 딸, 보지 못한 누이동생. 그리고 자기 남매까지 불행하고 측은히 생각되었다.

부친이 그리 잘난 인물은 못 되더라도 인격적으로 아들에게만이라도 숭배를 받았던들 얼마나 자기는 행복하였을까? 덕기는 자기 부친에게 인격적으로 경의를 표할 수 없는 것을 몹시 괴로워하였다. 그랬다면 설혹 부친이 자기에게 냉정하더라도 자기가 진심으로 섬겨 보고 싶었다.

'할아버지께서 이해가 없으신 것도 사실이지만 아버지만 그러시지 않아도 어머니도 행복이시고, 우리도 행복이었을 것이다. 경애도 제대로 올곧게 제 운명 제 갈 길을 찾아 나갔을 것이 아닌가……'

이번 양력설을 쇠고는 스물세 살이 된 그다. 세상의 못된 물이 들지 않고 지각도 들 만큼 들어갈 때다.

"어머니! 요새두 아버지께서 약주 잡수세요?"

덕기는 숭늉을 천천히 마시다 말고 옆으로 앉은 모친을 쳐다보았다.

"누가 아니! 약주를 잡숫든 기생방에를 가든!"

하고 모친은 핀잔을 주다가 자기 말이 너무 몰풍스러운* 것을 뉘우친 듯이,

"술상 보아 내오라는 말씀이 없으니 안 잡숫는 게지."

하고 다시 웃는 낯을 지어 보였다.

그러나 모친의 나중 말도 덕기에게는 부친을 비웃는 말로밖에 아니 들렸다.

---

* 몰풍(沒風)스럽다 : 성격이나 태도가 정이 없고 냉랭하며 퉁명스러운 데가 있다.

삼대

"아버님께서 잡숫는 걱정은 말고 당신이나 주의를 해요!"

시어머니와 화롯불 곁에서 윗목에 쪼그리고 앉았던 아내가 오금을 박는다.

"잔소리 말어!"

하고 핀잔을 주고 덕기는 담배를 들고 가만히 화롯불에 꼭꼭 눌러 붙인다.

"너두 술 먹니?"

하고 모친은 얼마쯤 놀란 듯이 아들을 돌려다본다.

"어제두 곤드레만드레가 되어서 오밤중에나 들어왔답니다."

며느리는 남편이 행여 무어랄까 보아 얼른 이렇게 고자질을 하고는 상을 번쩍 들고 나가 버렸다.

"내력 술이니까 하는 수 없지만 벌써부터 술을 배워 되겠니……."

모친은 가볍게 나무라 두었다.

"친구에게 끌려서 부득이…… 몇 잔 먹구 취하나요. 하지만……."

하고 덕기가 말을 끊으니까, 모친은 뒷말을 기다리고 앉았다가,

"너 아버지 말이냐? 너 아버지야 그저 그런 이로 돌리려니와……."

하고 말을 미리 받는다.

"글쎄 금주 선전 신문인가 무엇엔가 글이나 쓰시지 말았으면 좋지 않아요! 도무지 교회도 나와 버리시구 그런 데 간섭을 마셨으면 좋을 게 아니에요. 밤 10시까지는 설교를 하시고, 그리고

10시가 지나면 술집으로 여기저기 갈 데 안 갈 데 돌아다니시니 그러면 세상이 모르나요. 언제든지 알리고 말 것이오…… 그것도 거기다가 목숨을 매달고 서양 사람의 돈푼이나 얻어먹어야 살 형편이면 모르겠지만……."

덕기는 일전에 병화가 새문 밖 냉동 근처의 좋지 못한 술집에서 자기 부친을 분명히 만나 보았다고 신야 넋이야 하며 듣기 싫은 소리를 주절대던 것을 생각하며 분해 못 견디겠다는 듯이 이런 소리를 조용조용히 하였다.

"그런 소리를 왜 나더러 하니? 너 아버지한테 가서 무슨 소리든 시원스럽게 하렴!"

하고 모친은 핀잔을 주었다.

'그러니 어머니도 너 그러면 나 그러지 하고 남남끼리 하듯 하시지 말고 지성껏 아버지를 받들고 그렇게 못하시게 하시면 자연히 아버지 신상이나 집안 꼴이나 나아 가지 않아요!'

덕기는 이런 말을 하려다가 참아 버렸다.

말은 그쳤다. 모자는 담배만 피우고 싸운 사람들같이 가만히 앉았다.

중문간에서 아이 우는 소리가 애애…… 난다. 모친은 앞창을 열고 내다보며,

"추운데 어디를 이렇게 싸지르는 거냐?"

하며 애년을 나무라고 나서,

"어― 울지 마라! 어― 울지 마라!"

하고 어른다.

며느리가 얼른 가서 우는 아이를 받아 안고 들어왔다.

할머니가 손을 내밀어 보았으나 아이는 어머니 겨드랑이만 파고 울음을 그치지 않는다.

"이게 무슨 짓이야? 할머니께 안녕 안녕— 하는 게 아니라."

하고 에미는 나무라면서 그래도 시어머니 앞에서 젖퉁이를 내놓기가 부끄러운지 머뭇머뭇하니까,

"어서 젖을 물리렴!"

하고 시어머니는 그래도 귀한 손주새끼를 넘겨다본다.

어린애는 젖을 물자 눈을 감아 버린다.

"잠이 와서 그러는구나."

"새벽같이 깨어서 바스락거리니까……."

고식*도 더 말할 게 없는 사람처럼 다시는 입을 아니 벌렸다.

이 방(건넌방)의 아이 보는 계집애년은 세 식구가 잠잠히 앉았는 것을 보고 심심해서 스르르 마루로 나가 버렸다. 그 바람에 시어머니는 말을 꺼냈다.

"이 추위에 얼마나 고생이냐? 손등에 얼음이 들었구나!"

하며 시어머니는 아이를 안고 앉은 며느리의 새빨간 두 손을 바라보고 눈을 찌푸렸다.

"무어 그저 그렇지요."

며느리는 예사롭게 대답을 하며 상끗 웃었다.

"안방에서는 여전히 쓸어맡기고 모른 척하니?"

* 姑媳. 고부(姑婦). 시어머니와 며느리를 아울러 이르는 말.

"그럼요!"

하고 어린 며느리는 시어머니의 다정한 말에 눈물이 글썽글썽하여진다.

"밤낮 그 아이 하나로 온종일 헤나지 못하고 방문 밖에나 나오시나요."

하고 하소연을 한다.

"계집애년두?"

"네."

"행랑것은 새로 들어왔다더니 어떠냐?"

"밥이나 짓죠마는 온 지 며칠 안 된 것이 능글능글하게 얼레발을 치고 안방에만 들락날락거리고 가관이지요."

"지시는 누가 했는데?"

"모르겠어요. 할아버지께서 사랑에서 데리고 들어오셔서 오늘부터 두게 된 것이라고 하셨으니까, 아마 사랑 손님이 지시한 것이지요."

"어쨌든 그래서 안됐구나."

"무어요?"

"아니, 글쎄 말이다. 안방에만 긴한 듯이 달라붙어 버리면 어지중간에 너만 괴롭지 않겠니?"

"……."

며느리는 시어머니의 동정에 감격해서인지 제 고생이 서러워서인지 고개를 숙이고 콧물을 훌쩍거린다.

"어리다고 하속배라도 넘볼 것이요 윗사람이라고 그 모양이니…… 네 고생도 다 안다. 내가 너희들만 데리고 있으면야 낸들 무슨 걱정이 되고 무슨 불평이 있겠니! 그것두 모두 내 팔자소관 이니까."

시어머니는 이런 소리도 하였다. 이 부인은 야소교인*이 아닌 지라 '그것두 모두 하느님의 뜻'이라 하지 않고 내 팔자소관이라고 한다.

덕기는 더 듣고 앉았기가 싫어서 벌떡 일어났다. 쓸데없는 소리 말라고 핀잔을 주려다가 모친 앞이라 참아 버렸다.

덕기는 사랑으로 나오면서 혼자 한숨을 쉬었다. 집안이 어찌 되려고 이러는고 싶었다.

사랑 댓돌 위에는 고무신 경제화가 네댓 켤레 놓여 있다. 할아버지의 그 쌀쌀한 규모로 사랑에도 육십 먹은 지주사 한 사람 외에는 군식구를 두지 않건마는, 그래도 놀 데 없고 먹을 것 없는 노인들은 모여드는 것이었다.

덕기는 제 방으로 들어가 누우면서 지금 안에서 듣던 말을 생각해 보았다.

지체 보아서 한다고 할아버지가 야단야단치고 얻어 맡긴 아내요 또 그것도 처음에는 좋다가 일본 갈 때쯤은 싫증도 났던 아내이건마는, 시서조모 앞에서 남편도 없는 동안에 고생하는 생각을 하면 가엾기도 하였다.

사실 소학교밖에 졸업 못하고 구식 가정에서 자라났기에 이

---

* 耶蘇敎人. '예수교인(예수교를 믿는 사람)'의 음역어.

속에서 배겨 있지. 요새의 신여성 같았으면야 풍파가 나도 몇 번 났을지 모르겠다고 생각하면, 신지식 없다고 싫어하던 것이 이제는 도리어 잘 되었다고도 생각하였다.

"……덕기도 제사까지 지내고 가라고 하였다……."

덕기는 분명히 조부의 이런 목소리를 들은 법하다. 꿈이 아니었던가 하며 소스라쳐 깨어 눈을 떠 보니 머리맡 창에 볕이 쨍쨍히 비친 것이 어느덧 저녁때가 된 것 같다. 벌써 새로 3시가 넘었다. 아침 먹고 나오는 길로 따뜻한 데 누웠으려니까 잠이 폭폭 왔던 것이다. 어쨌든 머리를 쳐드니, 인제는 거뜬하고 몸도 풀린 것 같다.

"네 처두 묵으라고 하였다만 모레는 너두 들를 테냐? 들르면 무얼 하느냐마는……."

조부의 못마땅해하는, 어떻게 들으면 말을 만들어 보려고 짓궂이 비꼬는 강강한 어투가 또 들린다.

덕기는 부친이 왔나 보다 하고 가만히 유리 구멍으로 내다보았다. 수달피 깃을 댄 검정 외투를 입은 홀쭉한 뒷모양이 뜰을 격하여 툇마루 앞에 보이고 조부는 창을 열고 내다보고 앉았다. 덕기는 일어서려다가 조부가 문을 닫은 뒤에 나가리라 하고 주저앉았다.

"저야 오지요마는 덕기는 붙드실 게 무엇 있습니까. 공부하는 애는 그보다 더한 일이 있더라도 날짜를 대서 하루바삐 보내야지요……."

이것은 부친의 소리다. 부친은 가냘프고 신경질인 체격 보아서는 목소리라든지 느리게 하는 어조가 퍽 딴판인 인상을 주는 것이었다. 그 부드러운 목소리와 급히 죄어치지 않는 느린 말투는 퍽 젊었을 때에도 그랬는지는 모르겠으나 아마 예수교 속에서 얻은 수양인가 보다고 덕기는 생각하였다. 거기다가 비하면 조부의 목소리와 어투는 자기 생긴 거와 같이 몹시 신경질이요 강강하였다.

"그보다 더한 일이라니?"

시비를 차리는 사람이 저편의 말끝을 잡은 것만 다행해하는 듯이 조부의 목소리는 긴장하여졌다.

부친은 잠자코 섰는 모양이다.

"계집 자식이 붙드는 게 그보다도 더한 일이냐? 에미 애비가 숨을 몬다면 그보다 더한 일이냐?"

"왜 불관한 일에 그렇게 말씀을 하세요?"

똑같이 부드럽고 똑같이 1분간에 50마디밖에 아니 되는 듯한 말소리다. 그러나 노영감은 아들의 그 말소리가 추근추근히 골을 올리려는 것같이 들려서 더 못마땅하였다.

"그래 무에 어쨌단 말이냐? 에미 애비 제사도 모르는 놈이 당장 숨을 몬다기로 눈 하나 깜짝이나 할 터이냐? 그런 놈을 공부는 시키면 무얼 하니?"

영감은 입에 물려던 담뱃대로 재떨이를 땅땅 친다. 방 안에 좌우로 늘어앉은 노인 축들은 두 손을 쓱쓱 비비며 꾸벅꾸벅 조는 사람처럼 고개들을 파묻고 앉았을 뿐이다. 이 사람들은 주인 영감의 말이 꼭 옳은지 안 옳은지 뚜렷이 판단할 수는 없으나 어쨌든 일리 있다고들 생각하였다.

"종교가 달라서 제사 안 지낸다고 반드시 부모의 임종까지 안 하리라고야 할 수가 있겠습니까?"

'아들의 말을 들으면 그도 그래!'

하는 생각을 노인들은 하였으나, 그래도 제사 안 지낸다고 야단 치는 점만은 주인 영감이 옳다고 속으로들 시비를 가리는 것이 었다.

"무슨 잔소리를 그래도 뻔뻔히 서서 하는 것이냐? 어서 가거 라! 네 자식도 너 따위를 만들 작정이냐? 덕기는 내가 기르고 내 가 공부를 시키는 터이다. 너는 낳았달 뿐이지 네 손으로 밥 한 술이나 먹이고 학비 한 푼이나 대어 주었니? 내가 아무러면 너 만치 못 가르쳐 놓겠니! 잔소리 말고 어서 가거라! 도덕이니 박 애니 구원이니 하면서 제 자식 하나 못 가르치는 놈이 입으로만 허울 좋은 소리를 떠들면 세상이 잘될 듯싶으냐!"

이것도 이 영감의 입에서 한두 번 들은 말이 아니나 옳은 말 이라고 노인들은 생각하였다.

"영감, 고정하시지요. 영감 말씀이 저저이 옳으신 말씀이지만, 저 사람도 사회에 나가서 일을 하려니까 그런 거요. 원체 예수교 란 것이 그러니까 제사 참례만 안 한다는 것이지 어디 누가 반대 를 하는 건가요?"

저녁때가 되어서 사람이 비어 식구가 줄면 술상이 나올까 하 고 배를 축이고 앉았던 제일 연장 되는 노인 한 분이 중재를 하 는 것이었다.

덕기는 더 참을 수가 없어서 아랫방에서 나왔다.

"오늘 가 뵈려고 하였어요. 글피쯤 떠날까 봅니다."

덕기는 부친 앞에 가서 이런 소리를 하고,

"안으로 들어가시지요."

하고 재촉을 하였다.

부친은 잠자코 아들을 바라보다가 모자를 벗고 방 안에다 대고 인사를 한 뒤에 안에는 아니 들르고 대문 편으로 나가 버렸다.

조부가 창문을 후닥닥 닫자 덕기는 안으로 들어갔다.

올 적마다 조부에게 꾸중만 맞고 안에도 들르거나 말거나 하고 훌쩍 가버리는 부친의 뒷모양을 바라보고 덕기는 민망한 생각이 들었다.

자기 부친에게 잘못이 없다는 것은 아니나 그렇다고 남에 없는* 위선자이거나 악인은 아니다. 이 세상 사람을 저울에 달아 본다면 한 돈〔一錢〕도 못 되는 한 푼〔一分〕 내외의 차이밖에 없건만 부친이 어떤 동기로이었든지, 어떤 동기라느니보다도 이삼십 년 전 시대의 신청년이 봉건사회를 뒷발길로 차버리고 나서려고 허비적거릴 때에 누구나 그리하였던 것과 같이, 그도 젊은 지사(志士)로 나섰던 것이요, 또 그러노라면 정치적으로는 길이 막힌 그들이 모여드는 교단 아래 밀려가서 무릎을 꿇었던 것이 오늘날의 종교생활에 첫 발새였던 것이다. 그것도 만일 그가 요새 말

---

* 남에 없는 : 남다르게 아주 특별하거나 극심한.

로 자기청산을 하고 어떤 시기에 거기에서 발을 빼냈더라면 그가 사상적으로도 더 새로운 시대에 나오게 되었을 것이요, 실생활에 있어서도 자기의 성격대로 순조로운 길을 나가는 동시에 그러한 위선적 이중생활이나 이중성격 속에서 헤매이지는 않았을 것이다.

"나도 너희들이 생각하는 것이나 기분을 이해하지 못하는 것은 아니다. 사회의 현실상 앞에 눈이 어두운 것은 아니다. 그러나 나는 내가 살아온 시대상과 너희의 시대상의 귀일점을 찾으려는 것이다. 쉽게 말하자면 네 사상과 내 사상이 합치되는 소위 '제3제국'을 바라는 것이다. 너희들은 한 걸음 나아갔고 나는 그만치 뒤떨어진 것은 사실이다. 그러나 너희 시대에서 또 한 걸음 다시 나아가면 그때에는 내 시대사상, 즉 지금 내가 가지고 있는 사상의 어떠한 일부분이라도 필요하게 될지 누가 아니? 나는 그것을 믿고 그것을 찾는다……."

이번에 덕기가 돌아와서 부친과 병화의 이야기를 하다가 사회사상 문제와 실제 운동 문제에까지 화제가 돌아갔을 때, 덕기가 부친에게 종교를 내던지라고 하니까 부친은 이와 같은 대답을 하였던 것이다.

덕기는 부친의 이러한 의견에 반대하고 싶지 않은 것은 아니었으나, 역시 구습상 부친에게 반대할 수도 없고 또 제 주제에 길게 논란할 수도 없는 터여서 그만두었다. 그뿐 아니라 부친이 생각하였던 것보다는 현대 사상 경향이나 사회 현상에 대하여 아주 어둡고 무관심한 것이 아닌 것을 발견한 것이 반갑기도 하고, 부자간의 이런 토론은 처음이었으나 그로 말미암아 부친과 자기 사이가 좀 가까워진 것 같은 기쁜 생각이 들어서 그대로 웃고만 말았지만, 어쨌든 부친은 봉건시대에서 지금 시대로 건너오는 외나무다리의 중턱에 선 것 같다고 생각하였다. 마침 집안에서도 조부와 덕기 자신의 중간에 끼어서 조부 편이 될 수도 없고 아들인 덕기 자신의 편도 못 되는 것과 같은 어지중간에 선 사람이라고 새삼스러이 생각하였다. 따라서 그만치 사회적으로나 가정적으로나 또는 자기의 사상 내용으로나 가장 불안정한 번민기에 있는 처지인 것이 사실이다.

덕기는 부친에 대하여 다소 이러한 이해가 있으므로 가다가다 반감이 불끈 치밀다가도 한편으로는 가엾은 생각, 동정하는 마음이 나는 것이었다.

안으로 들어온 덕기는 제 방에서 어젯밤에 들어와 벗어 건 양복을 주섬주섬 갈아입었다. 웬셈인지 오늘은 더욱이 사랑에 나가서 혼자 오똑이 앉았기도 맥없고 안에 들어와서 고식이 마주 앉아 안방 놀래나, 부친 놀래를 하고들 있는 것을 듣기도 싫었다.

"저녁두 안 먹고 지금 어디를 가니?"

모친은 나무라듯이 물었다.

"잠깐 바람 쏘이고 들어와요."

"아버지 뵈러 가지 않니?"

"아버진 지금 다녀가셨는데요."

"웅……?"

모친은 놀라는 소리를 하다가 입을 꼭 다물고 말았다. 자기가 와 있어서 안에는 안 들러 갔구나 하고 생각한 것이었다.

"그럼, 안에 어쩌면 좀 안 들어오시고 그대로 가셨어요?"

아내도 섭섭한 듯이 시어머니 대신에 묻는다.

"바쁘시니까 그런 게지!"

하고 덕기는 핀잔을 주었다.

덕기는 잔소리를 길게 늘어놓기가 싫어서 그런 것이지만 모친은 속으로 아들도 못마땅하였다.

'너두 네 아비 편만 드는구나!'

하는 야속한 생각으로.

"어머니, 그런데 오늘 묵어가세요?"

덕기는 다시 온유한 낯빛으로 물었다.

"그럼 어쩌니! 나는 사십을 먹어도 호된 시집살이다!"

모친은 이렇게 자탄을 하다가 나간 길에 화개동 집에 가서 자기가 묵는 말을 하고 누이동생을 데리고 오라고 한다.

# 하숙집

"글쎄, 갈 새가 있을라구요. 아무쪼록 가겠습니다마는 누구든지 보내십쇼그려."

덕기는 정처가 있어서 나가는 것은 아니지만 여기서 화개동 막바지까지 가기가 싫어서 이렇게 일러 놓고 나오면서 지갑 속에 든 돈 요량을 하여 보았다.

그것은 아직 노비와 학비를 분명히 타지 않았기 때문에 병화의 밥값 한 달 치를 주기는 어려웠다.

진고개로 올라가서 무어나 사볼까? 꼭 무엇이 살 게 있는 것이 아니나 돈푼 있는 사람의 버릇으로 막연히 이런 생각을 하다가,

'오늘 떠날 줄 아는데 병화가 어찌 안 들렀나?'

하는 생각을 하니 어제 취중에 병화더러 밥값을 해가지고 하숙으로 가마고 약속을 하지나 않았나? 기억이 몽롱하였다.

덕기는 지나가는 전차에 뛰어올랐다. 서대문에서 내려서 몇 번이나 물어 홍파동에까지 와가지고 수첩을 꺼내 보고, 이 골목 저 골목 뺑뺑 돌아야 양의 창자다. 서울서 20여 년을 자랐건만 이런 동네에는 처음 와보았다. 한 시간 턱이나 휘놀아서 짧은 해

가 뉘엿뉘엿 넘어갈 때나 되어서 바위 위에 대롱 매달린 일각대문 앞에 와서 딱 서게 되었다. 이 동네를 휘더듬는 동안에는 이런 집도 많이 보았지만 그래도 하숙이라 하니 우연만한* 집인 줄 알았다. 덕기는 참 정말 이런 집은 처음 본 것 같았다. 쓰러져 가는 일각대문이라도 명색이 문이 있으니 물론 움은 아니다. 그러나 마치 김칫독을 거적으로 싸듯이 꺼멓게 썩은 거적으로 뺑 둘러싼 집이다.

'이놈이 여기 들어 엎대서 게다가 외상 밥을 먹어!'

이런 생각을 하니 병화가 불쌍하다느니보다도 너무 무능한 것 같고 밉살맞은 생각이 났다.

세 번 네 번 불러도 대답이 없다. 기웃이 들여다보니 고양이 이마만 한 마당인데 안이 무에 멀다고 안 들릴 리는 없다.

얼마 만에 발자취도 없이,

"어디서 오셨어요?"

하는 소리가 들린다. 문틈으로 보니 머리는 부엌방석 같고 해끄무레한 얼굴만 없었다면 굴뚝에서 빼놓은 족제비다. 아니, 그보다도 깜장 토시짝 같다. 이 아낙네는 그렇게 가냘프고 키가 작았다. 목소리도 그렇지만 얼른 보기에도 삼십은 넘어 보인다.

"김선생요? 편찮아 누우셨에요."

대번에 튀어나오지 않는 것을 보고 혹시 자기에게나 간 것을 길이 어긋나서 못 만나 보는 게다 하였더니 그래도 집에 있다는

* 우연만하다 : '웬만하다'의 본말.

삼대

데에 덕기는 반색을 하였다.

"못 나오면 좀 들어가 보아도 좋을까요?"

덕기는 조금 문을 밀치며 이렇게 물었다.

주부는 사나운 꼴을 보이는 것이 부끄러워서 찔끔하면서도 손님의 얼굴을 보려는 듯이 말끄러미 내다보다가,

"잠깐 가만히 계세요."

하고 들어가려니까, 안에서 창문 열리는 소리가 나며,

"조군인가? 들어오게!"

하는 병화의 목쉰 소리가 난다.

덕기는 헛기침을 한 번 하고 들어섰다.

주부는 안방 문을 열면서도 손님을 또 한 번 돌아다보았다. 덕기도 무심코 마주 쳐다보며 얌전한 아낙네라고 생각하면서 가 엾은 생각이 들었다.

'딸은 없나? 어머니가 저럴 제야 딸도 예쁘장하고 얌전하겠 다!'

하는 생각을 하면서 병화를 쳐다보고,

"웬일인가? 주호가 술병이 났나?"

하고 웃고만 섰다. 마루 끝하고 움 속 같은 방 안에 들어갈 생각 은 아니 났다.

"어서 들어오게. 에 추워!"

하며 병화는 입고 자던 양복 주머니에 손을 찌르고 어깨통을 흔 든다. 입고 자던 양복이 아니라 출입벌이고 무어고 단벌이다. 덕 기는 먼지가 뿌옇게 앉은 그 양복바지를 비참하다는 눈으로 한

참 바라보고 섰다.

"왜 이렇게 얼이 빠졌나? 모든 것이 너무 비참한가?"

병화는 막걸리에 거른 사람 같은 거센 목소리로 이런 소리를 하였다.

"나가세……"

"나가더라도 좀 들어오게. 난 게다가 감기가 들고 허기가 져서 꼼짝할 수 없네."

병화는 떼를 쓰듯이 이런 소리를 한다.

덕기는 망단하였다.* 더구나 안방 영창에 붙은 유리 구멍으로 누가 내다보는 것이 공장에 다닌다는 딸인가 싶어서 호기심도 없지 않았으나 열적은 생각이 들어서 어느 때까지 그대로 섰을 수가 없었다.

"그럼 약이라도 어서 먹어야지!"

덕기는 이런 인사를 하며 껑충 뛰어 툇마루로 올라섰다.

"허기가 져서 죽겠다는데 약은 무슨 팔자에……"

병화는 일종의 분기를 품은 목소리로 이런 소리를 한다.

방바닥이 얼음장이다. 이때까지 들쓰고 누웠던 이부자리는 어디가 안이요 어디가 거죽인지 알 수가 없다. 발바닥에서부터 찬 기운이 스며 올라오건마는 퀴퀴한 기름때 냄새 같은 사내 냄새가 코를 찔러서 비위를 뒤흔들어 놓는다.

덕기는 담배를 하나 꺼내 물고 책상 위의 성냥통을 집었다. 책

---

* 망단(望斷)하다 : 이러지도 저러지도 못하여 처지가 딱하다.

삼대

상에는 잡지 권이 되는대로 흐트러져 있고 잉크병밖에는 눈에 띄는 것이 없다. 머리맡에는 신문이 헤갈을 하여 있다.

'이런 생활도 있다.'

고 덕기는 속으로 놀라면서 병화가 가엾은 생각이 들었다. 이런 궁극에 달한 생활을 하면서도 남에게 굽히지 않고 자기 주의를 위하여 싸우는 것이 말하자면 수난자의 굳건한 정신이 있기 때문이려니 하는 생각이 든 것이다.

'나 같으면 하루도 못 배기겠다. 벌써 다시 집으로 기어들어가서 부모의 밥을 먹었을 것이다.'

고 덕기는 생각하였다.

"안 나가려나?"

또 한 번 재촉을 하여 보았다.

"자네 같은 귀골은 1분이 민망할 걸세마는 어쨌든 이리 좀 앉게."

하고 방 주인은 이불을 밀쳐놓고 앉는다. 그러나 덕기는 구중중해서 앉기가 싫었다.

"이는 없네. 이 옴을까 보아서 못 앉겠나?"

그런 중에도 병화는 연해 비꼬는 소리만 한다.

"미친 사람! 그러지 말고 어서 옷을 입게."

"머리가 내둘려서 못 나가겠어. 그런데 오늘 떠나나?"

"사흘 동안 물렸네."

"왜?"

병화는 실망한 낯빛으로 물었다. 이 사람이 오늘 안 떠나면 어제 약조한 돈이 오늘 틀리기 때문이다.

"증조할아버지 제사 지내고 가라고 하셔서."

"자네, 증조부 뵈었나? 코빼기도 못 본 증조부 제사에 자네가 꼭 참례를 해야 제사를 받으시겠다고 천당인지 극락세계에선지 라디오가 왔던가?"

하며 병화가 웃으려니까, 덕기도 마주 웃으면서,

"에이 미친 사람!"

하고 찌푸려 보인다.

"하여간 자네 증조부 덕에 내 일이 낭팰세."

"왜?"

"자네가 어서 떠나야 내 형편이 피지 않겠나!"

"그렇게 급한가?"

"급하고말고, 오늘은 안집에서 그대로 있네. 사람들이 무던해서 내게는 아무 말도 없지만, 그런 눈치기에 이래저래 싸고 드러누워서 실상은 자네 오기만 은근히 기다리고 있었네."

덕기는 무엇보다도 주인집이 가엾었다.

"딸은 공장에도 아니 갔나?"

"간 모양이지만 가면 당장 무어나 들고 돌아오나."

"주인 사내는 무얼 하게?"

"놀지! 집안 보탬이라고는 유치장 밥이나 콩밥을 나가 먹어서 한 식구 덜어 주는 것 외에는 별수 있나!"

하며 병화도 코웃음을 치고 덕기가 내놓은 담뱃갑에서 담배를 꺼내 붙인다.

삼대

"왜? 부랑잔가? 주의잔가?"

덕기는 놀라는 눈치로 묻는다.

"글쎄, 그렇지!"

하고 병화는 말을 돌려서,

"아무것도 가진 것은 없나?"

하고 급한 문제부터 꺼낸다.

"글쎄, 아직 노비를 못 타서 많이는 없어두 우선 한 5원 내놓고 가려던 차일세."

"그럼 됐네. 이리 주게."

병화는 급한 듯이 손을 내민다. 병화는 5원을 받아 들고 마루로 나가면서 아주머니를 부른다. 안방에서도 마주 나오며 수군수군하다가,

"에구, 손님께 미안해서 어떡허나!"

하는 주부의 얕은 목소리가 두세 번 난다. 덕기는 좋은 일 하였다는 기쁜 생각과 주인에 대한 자랑도 느꼈지만 처음 목도하는 이 광경이 너무나 참담하여 도리어 송구스러웠다.

"자, 인젠 나가세."

병화는 인제는 한시름 잊었다는 듯이 화기가 돌면서 부덩부덩 옷을 입고 앞장을 선다. 덕기는 무엇 하나 놓치고 가는 듯이 서운하였다. 생각해 보니 이 집에는 또다시 올 일이 없을 텐데 주인이란 사람과 주인 딸이 보고 싶다. 주인보다도 주인 딸이 까닭 없이 호기심을 끌었다. 실상 생각하면 오늘 여기 나온 동기가 딸도 좀 보겠다는 몽롱한 호기심이 반은 되었던지도 모른다.

"자네 자당께서는 자네가 여기 있는 걸 아시겠지? 설마 그 꼴을 보시면야 어느 때까지 그대로 내버려 두시겠나?"

　덕기는 잠자코 걷다가 지금 속생각과는 딴전의 소리를 했다.

　"가만 내버려 두지 않으면 어떻게 하겠나마는 우리 어머님도 하느님의 딸이 아닌가?"

하고 병화는 냉소를 한다.

# 너만 괴로우냐

병화가 자기 모친까지를 비웃는 듯한 빙퉁그러진* 소리를 하는 것이 덕기에게는 못마땅한 생각이 들었다.

계모 같으면 그도 모르겠지마는 병화의 모친이 계모가 아닌 것은 번연히 아는 터이다. 중학교 시대에는 병화의 부친이 황해도 지방에 목사로 내려가 있었기 때문에 그 부모를 별로 만나 본 적이 없었으나 그래도 졸업 임시에는 한두 번 학교로 찾아온 것을 보았었다. 3년 전 일이니 기억에 몽롱하나 그래도 얌전한 시골 아낙네였던 생각이 남아 있다. 지금은 서울 와서 살기 때문에 덕기의 부친도 병화 부친과 안면은 있는 모양이지마는 중학교를 졸업한 후 덕기는 3년이나 경도에 가 있었고 병화는 1년 뒤떨어져서 동경에 건너갔다가 올 가을에(해가 바뀌었으니 작년 가을이다) 서울로 돌아왔기 때문에 두 청년은 그리 자주 만날 기회가 없었더니만큼 피차에 더욱이 덕기는 병화의 부모를 만나 볼 새가 없었다. 따라서 그들의 인품은 짐작할 수 없으나 아무러면 같은 서울 안에서 자식이 이렇게 곤궁한 것을 모친까지 모른 척하

---

* 빙퉁그러지다 : 하는 짓이 꼭 비뚜로만 나가다, 성질이 싹싹하지 못하고 뒤틀어지다.

고 내버려 두랴 싶었다. 그건 하여간에 이 두 청년이 졸업 후에 만난 것은 병화가 동경에 갈 적 올 적에 경도에 들른 것과 이번에 와서 만난 것 얼러 세 번째요 그럭저럭 상종이 드물었었다.

학교에 있을 때도 그리 자별한 동무는 아니었다. 그러나 피차의 부모가 교회의 교역자라는 것과 또 자기 자신들이 교회에 다니는 점으로써 얼마쯤 서로 친하였던 것이다. 그것도 ××고등보통학교 3학년부터는 병화가 덕기를 따라서 ○교 예배당으로 옮겨 온 뒤부터였다. 그러나 이 천진스러워야 할 두 아이들의 교제도 교인끼리의 버릇으로 친하긴 하면서도 제각기 제 생활을 들추어 보일까 보아 경이원지(敬而遠之)하는 그러한 친절로써 사귀었던 것이다. 그러던 것이 중학교를 떠난 뒤에 피차에 교회와 멀어지게 되니까 또다시 새로운 친분이 서로 생기게 된 것이었다.

경성제국대학의 법문과에 지원을 하였다가 실패한 병화가 1년을 부모가 있는 해주로 내려가서 다음 해의 입학시험 준비를 하고 있다가 1년을 뒤떨어져서 경도로 왔을 때 병화는 덕기더러 이런 소리를 하였다.

"아버지는 동지사(경도에 있는 대학이다) 신학부에 들어가거나 거기서도 안 되거든 동경으로 가서라도 신학을 공부하라고 하시기에 네, 그러겠습니다 하고 떠나오긴 했지만, 난 목사 노릇은 아니할 텔세. 목사는커녕 사실 내 짐 속에는 바이블(성경책)도 없네."

이 말을 들을 때 덕기는 친구의 말에 놀라기보다는 내심으로 반색을 했다. 종교생활에 대하여 병화처럼 노골적으로 대담히 반기를 들 수 없이 머뭇머뭇하고 있던 차에 옛 동무, 더구나 같은 처지에 놓인 교회 동무가 이러한 말을 할 제 동감하지 않을 수 없었다.

"하지만 그런다면 당장 학비가 오지 않을 게 아닌가? 더구나 자네 어머니께서는 어떻게 그렇게 해서 입학만 되면 교회 속에서 학비라도 끌어내실 작정일 텐데……?"

병화의 집이 그리 넉넉지 않은 것을 아는 덕기는 그때부터 이러한 염려까지 하였던 것이다.

"그야 내가 자네보다 더 생각했겠지! 하지만 몇 해 동안 학비 얻어 쓰자고 자기를 팔 수야 있나? 자기의 신념을 팔 수야 있나? 만일 신앙을 잃고서 그 잃은 신앙의 내용을 공부한다면 그건 대관절 무엇인가? 예수를 팔아먹는 것이 아닌가? 나더러 유다가 되란 말이 아닌가? 그보다도 송장 빼놓고 장사 지내는 걸세그려! 죽은 자식의 수의는 지을지언정 파묻은 자식의 설빔을 짓는 사람은 없겠네그려? 여보게, 사리가 그렇지 않은가?"

그때의 병화는 이렇게 떠들어놓으며 기고만장이었다.

"여보게, 세상은 움직이네. 가령 종로 바닥에 자선냄비를 걸어놓고 기도를 올리는데 사대문 바람에 이리 휩쓸리고 저리 휩쓸리는 거지 깍쟁이가 돈 지키는 사람이 조는 줄 알고 그 자선냄비에서 동전 한 푼을 훔치다가 들킬 때 자네는 그 거지를 붙들어 때리고 절도범으로 옭아 넣겠나? 혹은 회개하고 부활하라고 기도를 또 한 번 하겠나? 우선 그것만 말하게! 여보게, 세상은 움직이고 앞에서는 거지가 훔치네! 그리고 자네나 나나, 아니 자네 부친이나 우리 아버지나 그 자선냄비를 털외투를 입고 나서서 지키고 섰어야 옳을 건가?"

그때 병화는 입에 게거품을 품고 팔짓을 해가며 이러한 열변도 토하였던 것이다. 그는 때를 기다리고 있었던 것처럼 중학교를 졸업하자 사상이 돌변하였고 또 첫 서슬이니만치 유치는 하였어도 순진하고 열렬하였다. 그 병화를 지금 앞을 세우고 석다리(서대문 밖)를 지나 내려오며 덕기는 그 뒤의 병화의 생활과 지금 생활을 곰곰이 생각하여 본다……

그렇게 하고 동경에 간 병화는 와세다 전문부의 정경과에 이름을 걸어 놓고 한 학기쯤 다녔으나 부친이 학비를 보낼 리가 없었다. 애초에 경성제대의 법문과에 입학하려는 것을 허락하였던 부친이니 제대로 내버려 두고 아무리 어려운 중에라도 뒤를 대어 주었다면 모든 일이 순편하였을지 몰랐으나 두 고집이 맞장구를 쳐서 학비는 끊어지고 말았다.

거기에는 물론 병화가 노골적으로 반항하는 편지를 한 탓도 있었다. 제 사상이 변했더라도 어름어름 부친의 비위를 맞춰 나갔으면 좋았겠지만 변통성 없는 어린 마음에 곧이곧솔로 대들었던 것이다.

그러나 굶으며 먹으며 동경 바닥에서 1년간 뒹구는 동안에는 생활이 그러니만치 사상이나 기분이 더욱 과격해졌었다. 부친과의 거리가 천리만리 떨어진 것은 말할 것도 없고, 할 수 없이 경도까지 노자를 만들어 가지고 덕기에게 귀국을 시켜 달라고 왔을 때 덕기도 자기와 사상으로 거리가 여간 멀어지지 않은 것을

삼대

보고 놀랐었다.

집에 돌아와서는 두 달도 못 되어서 부친과 충돌이 생겼다. 밥상 받고 기도 아니하는 데서부터 충돌이 생겼던 것이다. 아비 말 안 듣고 신앙도 빠뜨리고 다니는 자식은 어서 뒈져 버리든지 하라고 야단을 친 것이었다.

"죽기는 싫으니까 나는 나갑니다."

하고 덮어놓고 나왔던 것이다.

"여보게, 그러지 말고 그때 얌전히 신학교에나 들어갔다면 좋지 않았겠나!"

덕기는 혼자 생각에 팔려서 걷다가 밑도 끝도 없는 말을 불쑥 내놓으며 웃었다.

"무어? 무어?"

병화는 마주치는 찬바람에 눈물이 글썽해진 눈을 안경 속에서 번득거리며 불쾌한 듯이 묻는다. 자기의 처지가 이 사람에게 가엾이 보여서 이런 소리를 듣는구나 하는 생각을 하니 좀 아까 5원 받은 것까지 손에 쥐었으면 내던지고 싶을 만치 불쾌한 것을 참았다.

"아니, 자네 뒷머리를 늘인 것을 보니 경도에서 만났을 제 생각이 별안간 나네그려……."

하며 덕기는 일부러 웃었다. 무어라나 들어 보고 싶고 골을 내고 덤비는 것이 우스워서 짓궂이, 깐깐히 말을 만드는 것이었다.

"그래 어쨌단 말인가?"

병화는 점점 시비조다.

"그렇게 골을 낼 게 아니라. 그랬다면 지금쯤은 편안히 자선냄비를 지키고 섰을 것이란 말일세. 하하하."

하고 덕기는 또 웃었다.

덕기는 물론 그때에 병화의 말을 되풀이하여 목사가 되었다면 좋지 않았느냐는 말이었으나 병화의 귀에는 몹시 거슬렸다.

"자네의 그 5원은 자선냄비에서 훔친 것은 아닐세. 언제든지 갚음세."

병화는 이런 소리를 내던지고 휙 돌아서서 인사도 없이 가버린다. 덕기는 웃으면서 바라보다가 잠자코 따라섰다.

"어린애처럼 왜 그러나?"

"머리가 아파서 난 들어가 누워야 하겠네."

병화는 여전히 걷는다.

"내가 공연한 소리를 해서 잘못되었네. 허지만 그까짓 돈 말은 꺼내지 말게. 내가 아무러면 그따위 소견으로 그러겠나. 다만 자네가 좀 돌려 생각을 하고 머리를 숙이고 집으로 들어가게 했으면 좋겠다는 생각으로 그러는 걸세."

"어쨌든 자네와 언제까지 이대로 교제해 나가기는 어려울 것 같으이. 자네가 내게로 한 걸음 다가오거나 내가 자네게로 한 걸음 양보를 하지 않으면…… 그러나 피차에 어려운 일이요. 이대로 나간다면 무의미할 뿐 아니라 공연히 자네에게 신세만 지는 셈쯤 될 거니까."

병화는 재래의 교분으로 현상 유지를 해오기는 하나, 돈 있는 친구와 사귀기가 어려운 것을 생각하고 친구의 교의도 아주 청산을 해버리겠다는 불끈한 생각이 들었던 것이다.

"나도 그런 생각이 없는 것은 아닐세마는, 하여간 가세. 어디든지 들어가서 천천히 이야기나 하고 헤어지세그려."

하며 덕기는 붙들고 발길을 돌렸다. 병화도 잠자코 돌아섰다. 다시 감영 앞까지 와서 저녁 먹을 데를 찾다가 남대문 편으로 그대로 내려서서 일본 국숫집 앞까지 왔다. 쌀쌀한 저녁 바람이 어두워 가는 길거리를 휩쓸었다. 전등불이 환한 문 안으로 덕기가 앞장을 서 들어가려니까, 두어 걸음 뒤졌던 병화가 들어오려다 말고 또 돌아 나간다. 덕기는 이 사람이 또 그래도 객기를 부리나 하고 따라가 보니 병화는 문밖에서 남대문 편을 바라보고 섰다. ……한 간통* 앞에서는 흰 저고리에 검정 치마를 입은 색시 하나가 목도리를 오그려 두 볼을 가리고 종종걸음을 걸어온다. 병화는 이 여자를 기다리고 섰는 모양이다.

머리는 틀어 올렸으나 열일고여덟쯤 되어 보이는 어린 아가씨다. 덕기는 병화의 하숙집 딸임을 즉각하였다.

"선생님, 여기 웬일예요?"

하며 덕기를 바라보는 필순이도 그 학생이 누구인 것을 대번에 짐작하자 부끄러운 듯이 외면을 하고 잠깐 멈칫하다가 그대로 지나치려 한다.

"춥지?"

병화는 인사로 한마디 하고 무슨 말을 걸려니까 덕기가 다가

---

* 간통. 넓이의 단위로, 한 간통은 집의 몇 칸쯤 되는 넓이다.

서며 귀에다 대고,

"추운데 잠깐 녹여 가렸으면 어때?"

하고 수군거린다. 실상은 병화도 그리고 싶은 생각은 있으나 모
르는 남자와 음식집에 끌고 들어가기가 안되었을 뿐 아니라, 당
자도 들을 것 같지도 않고 지금 막 말다툼을 한 끝이라 그렇게
하고 싶지도 않았으나 덕기의 말이 퍽 간절한 눈치요, 또 아침도
변변히 먹지 못하고 갔을 텐데 이 쌀쌀한 날 용산서 걸어 들어
오는 것을 생각하면 무어나 먹여 보냈으면 하는 생각도 없지는
않았다. 그뿐 아니라 자기 친구의 사진들을 구경시키다가 덕기
사진을 보고 칭찬을 할 때 언제든지 놀러 오면 인사시켜 주마고
실없는 소리도 한 일이 있던 것을 생각하면 당자도 좋아할지 몰
랐다.

병화는 그래도 주저주저하며 뒤만 바라보다가 몇 발자국 쫓
아가며,

"필순이, 이리 좀 와."

하고 불렀다.

"왜요?"

하고 싹 돌아선다.

"글쎄, 이리 좀 와."

필순이는 느럭느럭 다가온다.

"춥지? 그 먼 데를 걸어오느라 다리도 아플 테니 나하고 잠깐
쉬어서 같이 가."

"싫어요."

하고 한 간통이나 떨어져 섰는 덕기를 바라본다.

"상관없어. 그때 왜 내가 말하던 친구인데 잠깐 이야기하고 갈 게니 같이 들어가서 불이나 쬐고 가요."

하고 병화는 덮어놓고 끈다.

필순이는 좀 망단하였다. 병화의 친구들이 오면 같이 앉아 놀기도 하고 또 병화의 친구는 대개 자기 부친의 친구여서 모두 통내외하고 무관히 지내니까 다른 때 같으면 조금도 꺼릴 것 없으나 저 사람이 부잣집 아들 조덕기거니 하는 생각이 앞을 서서 어쩐지 제 꼴사나운 게 부끄럽고 더구나 음식집에 끌려가는 것이 구죽죽한 듯하여 창피스러웠다. 뱃속이 비었을수록에 더 그런 생각이 들어서 용기가 아니 났다.

"상관없어! 요릿집도 아니요 일본 소바(국수)집인데 불만 쬐고라도 가요."

하고 병화는 잡담 제하고 앞장을 서서 들어갔다. 필순이도 하는 수 없이 따라 들어섰다.

먼저 들어와서 난로 앞에 섰던 덕기는 반색을 하면서 자리를 비켜섰다. 세 사람은 난로를 옹위해 섰다.

"자, 이 친구는 조덕기라는 모던 보이, 이 아가씨는 고무공장에 다니시는 이필순 양. 조군이 불량소년 같으면 이렇게 소개를 할 리가 없지만 그래도 불량은 아니니까 이런 영광을 베푸는 걸세."

병화는 아까 불뚝 심사를 부리던 것은 잊어버린 듯이 너털웃음을 내놓았다.

두 남녀는 웃으면서 고개를 숙여 보였으나 필순이는 얼굴이 발개지며 난로 연통 뒤로 얼굴을 감추어 버렸다.

덕기의 눈에는 필순이가 미인으로 보였다. 아직 자세히 뜯어볼 수 없으나 밝은 데서 보니 나이는 들어 보이면서도 상글상글한 앳된 티가 귀여운 인상을 주었다.

옷 입은 것도 얄팍한 옥양목 저고리 하나만 입은 것이 추워 보이기는 하나 깨끗하고, 깜장 세루치마 밑에 내다보이는 버선 등도 더럽지는 않다. 공장에 다니는 계집애들이 구두 모양을 내고 인조견으로 울긋불긋하게 차린 것에 비하면 얼마나 조촐하고도 수수한지 몰랐다.

테이블로 와서들 앉으니까 필순이는 손에 들었던 조그만 보따리를 무릎 위에 가만히 숨기는 듯이 내려놓았다. 벤또갑이 뎅그렁 소리를 낼까 보아서 조심하는 것이다. 병화는 또 그 벤또 그릇을 보고 아침은 못 지었는데 어제 저녁밥을 싸두었다가 가지고 갔는가 하는 생각을 하니 가엾은 증이 났다.

덕기가 음식을 시키려니까 병화가 필순이 몫은 닭고기 얹은 밥을 시키라고 하였다. 그러나 필순이는 자기만 밥을 먹으려는 것은 굶은 줄 알고 그러는 것 같아 얼굴이 발개지며 싫다고 굳이 사양하였다.

우선 국수가 나오고 술이 벌어졌다. 구수한 국수 냄새에 비위가 당기기도 하나 지금쯤 집에서는 밥이나 지었나? 그대로들 앉으셨나? 하는 조바심에 필순이는 젓가락을 들기가 어려웠다. 그뿐 아니라 걸신들린 사람처럼 허겁지겁을 해 먹는 것같이나 보일까 보아서 머뭇거리기만 하고 앉았다.

"집엔 걱정 없어! 내가 어떻게 해놓았으니까 염려 말고 어서 먹어요."

병화가 이런 소리를 한다. 필순이는 이 말에 안심은 되었으나 병화가 떠드는 게 또 창피스러웠다.

부친과 병화 들의 감화를 받아서 구차라는 것을 창피한 것, 부끄러운 일이라고는 생각지 않으나 집안 이야길랑은 여기 들어오기 전에라도 은근히 귀띔을 해주거나 스스러운 사람 앞이니 잠자코 있어 주었으면 좋을 것을 기탄없이 탕탕 말하는 것이 듣기 싫었다.

'잔칫집에 데리고 다녔으면 좋을 사람이다!'

필순이는 이런 생각을 하면서 점점 더 자리가 불편하여 그대로 가버릴 것을 공연히 들어왔다고 후회를 하였다.

그러나 그건 고사하고 돈이 변통되었으면 쌀, 나무를 사들여오고 할 사람이 없는데 어쩌나?

아버지는 단벌 두루마기를 빨아 입느라고 어제부터 갇혀 들어앉았는 터요…… 어머니가 두루마기를 오늘 다 지으셨을까? 이러한 자질구레한 걱정을 하노라니 날은 추운데 모친이 혼자 쩔쩔매는 양이 눈에 선히 보이는 것 같아서 좀이 쑤시고 곧 일어나고만 싶었다.

그러다가 문득 그 돈이 어디서 생겼을까 하는 생각이 들 때 눈이 번쩍 띄는 것 같고 얼굴이 확확 달아올라 왔다. 사실 찬바람을 쏘이다가 더운 데 들어오기는 하였지마는.

"어서 자시지요. 우리집에 한번 놀러 오세요. 내 누이하고 사귀어 노세요. 올에 열일곱, 아니 양력설을 쇠었으니까 열여덟이 되었습니다."

덕기가 비로소 이런 말을 붙였다.

필순이는 덕기의 말이 귀에 들어오는 둥 마는 둥 하였으나 고개만 꼬박해 보였다. 속으로는 여전히 딴생각, 필시 돈이 덕기에게서 나온 것이리라. 덕기가 오늘 찾아왔다가 밥 못 지은 것을 보고 돈을 내놓고 종일 굶어 누운 김선생님을 끌고 나온 것이리라 하는 생각에 팔려서 앉았었다.

"참, 어서 식기 전에 먹어요."

병화도 뜨거운 국수를 걸신스럽게 쭈룩쭈룩 먹다가 이렇게 권하고 나서,

"참, 자네 누이가 벌써 그렇게 컸나? 꼭 동갑세로군! R학교 고등과에 다니지?"

"응, 인제 4년급 되는군."

"하지만 자네 누이와 교제는 안 될걸! 나는 자네를 감화를 시킬 자신이 있어도 여자란 암만해두 마음이 약해서 그런 부르주아의 귀동 따님하고 놀면 허영심만 늘어 가고 못쓰지!"

필순이가 부잣집 딸과 사귀면 마음이 변해 갈 것을 염려해 하는 말이나 덕기는 듣기 싫었다.

"부르주아란 우리가 무슨 부르주아란 말인가? 일본 정도로만 본대도 중산계급도 못 되는 셈일세. 그는 하여간 내 누이가 그런 요새 계집애는 아닐세."

덕기는 심사 틀리는 것을 참고 조용히 이런 변명을 하였다. 필순이는 병화가 너무 사리는 것 없이 남 듣기 싫은 소리를 텅텅 하는 것이라든지 자기가 아무러면 그런 허영심 많은 사람이랴 하는 마음이 들어서 못마땅하였다.

"참, 어서 좀 같이 드십시다요. 시간이 늦으면 댁에서 궁금해 하실 텐데 외려 미안합니다."

덕기가 또 이렇게 권하는 바람에 필순이는 겨우 저를 들었다. 그러지 않아도 늦어져서 애가 쓰이는데 그런 사정까지 보아주는 남자의 다심한 인사가 필순에게는 고마웠다.

병화는 필순이의 몹시 수줍어하는 것이 못마땅하였다. 다른 남자에게는 아무리 초대면이라도 할 말은 또랑또랑하게 하고 과 똑똑이란 별명을 들을 만치 매섭게 굴던 사람이 오늘에 한하여 덕기의 앞이라고 별안간 꼭 들어앉았던 구식 처자처럼 몸 둘 곳을 몰라 하는 양이 보기 싫었다.

'돈 있는 남자라니까? 조촐한 미남자이니까?'

병화는 공연히 소개를 하지나 않았나? 하는 엷은 후회도 났다. 결코 질투심은 아니다. 어린애 마음을 뒤숭숭하게 만들어 놓거나 모처럼 공들여서 길러 가는 사상의 토대가 흔들려서는 안 되니까 걱정이 된다고 병화는 자기의 심중을 홀로 살펴보고 스스로 변명을 하였다.

필순이는 그래도 뎀뿌라우동 한 그릇을 그럭저럭 다 먹었다. 저를 짓고 가만히 입가를 씻은 뒤에 병화를 보고 먼저 가겠다고 소곤소곤하였다.

덕기는 무엇을 더 먹여 보내려 하였으나 병화가 늦기 전에 보내야 한다 하여 두 청년은 문간까지 필순이를 배웅해 내보냈다.

"공부라도 좀 시켰으면 좋을 것을, 똑똑한데!"

하며 덕기는 진심으로 가엾이 생각하고 진심으로 칭찬하였다.

"정 그렇거든 자네가 공부나 시켜 주게그려."

"당자가 그럴 생각만 있으면 그리 어려울 것도 없지. 화개동 집에 가서 있으면 누이도 혼자 적적해하는데 마침 좋고 아무러면 학교 뒷배야 하나 못 보아주겠나."

병화는 실없이 한 말인데 덕기는 진담이다.

"날 좀 그렇게 시켜 주게그려. 나는 사내니까 안 되겠나?"

하고 병화는 비꼬아 보다가,

"돈 있는 놈이 여학교 공부시키는 것은 다 야심이 있어 그러는 게 아닌가? 자네두 자네 부인 하나에만은 만족을 못하겠나 보이만 그 애가 첫눈에 그렇게 드나? 허허허……."

하고 또 듣기 싫은 소리를 한다.

"어디까지든지 나를 그렇게 모욕을 주어야 하겠나?"

덕기는 불쾌히 대거리를 하다가,

"하지만 자네두 우리 아버지와 타협을 하겠거든 방 하나 치우라 하고 가서 있게그려."

하며 웃어 버린다.

"고만두게. 자네 부친하고 타협하려면야 우리 부친하고 벌써 타협했게!"

하고 병화는 머리가 그저 내둘린다고 곱뿌를 가져다가 또 곱뿌

쩜을 한다.

"이렇게 먹고 내일 또 머리가 내둘린다고 또 먹어야 할 테니 언제 맑은 정신이 들어 보나?"

덕기는 딱한 듯이 친구의 술잔을 바라보다가,

"그리 말고 그야말로 타협을 하고 댁으로 들어가게. 언제까지 이런 방랑생활을 하고서 무슨 일이 되겠나?"

하며 진담으로 권고를 하여 보았다.

"타협? 자네 따위의 하염직한 소릴세!"

하고 병화는 코웃음을 친다.

"요컨대 아버지와 타협이 아니라 밥하고 타협하고 밥을 옹호하는 부르주아의 파수 병정하고 타협을 하라는 말이지?"

"부자간에 그런 이론을 세워서 담을 쌓는다는 게 말이 되는 수작인가? 타협이 아니라 이용으로 생각하면 어떤가?"

"그러면 부자간에 이용이란 말은 되는 말인가? 하여간에 자기의 직업적 신앙에 따라오지 않고 입내를 내지 않는다고 내쫓는 부모면야 자식이 부모의 소유물이나 노예가 아닌 이상, 자식도 제 생활이 있는 이상 어찌하는 수 없지 않은가?"

병화는 취기와 함께 점점 열변이 되어 간다.

"이용이라는 말은 자네 부친을 이용하라는 말이 아닐세. 자네 말마따나 밥을 옹호하는 부르주아의 파수 병정을 이용하는 것은 해로울 게 없다는 말일세……. 그는 하여간에 부자간 윤리라는 것이야 어찌하는 수 없지 않은가? 거기에는 타협이니 이용이니 하는 문제가 애초에 붙을 리가 있나!"

덕기는 자기가 꺼내 놓은 타협이니 이용이니 하는 말을 병화가 부자간 관계를 두고 한 말인 줄 오해할까 봐 또 한 번 다졌다.

　"여보게, 이용이고 무어고 자기가 먼저 이용될 각오를 가지고 덤비지 않으면 저편이 이용될 리가 없지 않은가? 내가 자네를 이용하려면 자네는 순순히 되겠나?"

　"그러지 않아도 이용되어 가지 않는가?"

하며 덕기는 웃었다.

　"오, 가끔 돈 원간 돌려주니까?"

하고 병화는 분연히 직통을 쏜다.

　"조그만 이용이지만 그것도 이용은 이용이지!"

하며 덕기는 또 냉소를 하다가,

　"자네는 아까도 곧 절교라도 할 듯이 날뛰데마는 나 같은 놈은 실상은 있어 필요한 걸세."

하고 입을 다문다.

　"무엇이······?"

　"우선 자네에게라도······."

　덕기는 냉연히 대답을 한다.

　"정말 우정에는 이용이란 것이 없는 걸세. 더구나 동지애면야······."

　병화는 무슨 생각에 팔려 앉았다가 한마디 내놓는다.

　"소위 동지애, 동지의 우정이란 점으로는 자네게 불만일지 모르네. 그러나 어쨌든 자네만이 괴로운 것은 아닐세······."

　덕기는 침울한 표정이었다.

　　　　　　　　　　　　　　　　　　　　　　　　삼대

"그런 건 부르주아의 호사스러운, 호강스러운 고통이요 센티멘털한 눈물이겠지."

병화는 또 비꼰다.

"자네 같은 사람의 눈에는 그렇게 보일지 모르지만 우선 우리 집안, 삼대가 사는 우리 집안 속을 모르니까 그런 소리를 하는 걸세……."

"그러니까 자네가 할아버지나 아버지께 타협하듯이 나더러도 타협 타협 하네그려? 그야 상속받을 것도 있으니까!"

하고 병화는 또 시달려 본다.

덕기는 잠자코 일어나서 셈을 한다.

# 새 누이동생

덕기는 낮에 조부 몰래 빠져나와 총독부 도서관에 들어가 앉아서 반나절을 보냈다. 급히 참고해야 할 것이 있는 것은 아니나 어디서 시간 보낼 데가 없기 때문이다. 제삿날 집에 들어앉았으면 영감님이 안팎으로 드나들며 잔소리하는 것도 듣기 싫고, 안에서는 여편네들이 법석을 하는 통에 부접*을 할 수 없는 데다가 생전 붙잡아 보지 못하던 모필로 조부 앞에 꿇어앉아서 축문을 쓰기도 싫고 제물을 괴어 올리는 데 시중을 들기도 싫었다. 하여간에 오늘은 조부의 분부가 내리기 전에 일찌감치 빠져나왔다가 제사 지낼 때쯤 해서 들어가자는 것이었다.

덕기는 전깃불이 들어오기 전에 도서관에서 나와서 어디 가 저녁이나 먹을까 하고 진고개로 향하였다. 병화 생각도 나기는 하였지만 병화를 끌면 또 술을 먹게 되고 게다가 사람을 꼬집는 그 찡얼대는 소리가 머릿살도 아파서 혼자 조용히 돌아다니는 편이 좋았다.

우선 O책사에 들어가서 책을 뒤지다가 잡지 두어 권을 사들

---

* '부접(附接)'을 강조하여 이르는 말. 가까이 접근하여 기대는 일.
  부접 못하다 : 한곳에 붙어 배기거나 견디어 내지 못하다.

고 나와서 복작대는 거리를 예서 제서 흘러나오는 축음기 소리
를 들어 가며 올라갔다.

바커스. 일전에 갔던 바커스 생각이 났다. 경애가 여전히 잘
있나? 하는 생각도 났다.

그동안 며칠이 퍽 오래된 것 같기도 하고 그날 저녁 일이 먼
날 꾸었던 꿈같이 기억에 흐릿하기도 하다. 떠나기 전에 한 번
더 가서 경애를 만나 보고 자세한 사정이나 물어보고 가려는 생
각이 없지 않았고, 또 그저께 저녁에 병화와 새문 밖 소바집에
서 나와 끌고 그리 가볼까 하는 생각도 하였으나 병화를 데리고
가면 조용히 이야기가 되지 못할 것이요, 공연히 부친의 감춰진
허물까지 병화에게 알리게 될 것이 싫어서 언제든지 가면 혼자
가보리라 하는 생각이었다. 그러나 좀처럼 갈 용기가 아니 났다.
진고개로 향할 때부터 몽롱히 그런 생각이 아니 나는 것은 아니
었다.

'하지만 거기에는 술뿐이요, 밥이 없어……'

바커스가 가까워 오니까 덕기가 이런 생각을 하고 또 그만두
어 버리겠다고 생각을 하였다. 그러나 그것은 안 가려는 핑계에
지나지 않았다.

'지금 못 가면 못 가보고 떠나는 게다. 그동안에, 봄방학에 다
시 귀국할 동안에 또 어디로 불려갈지 모르니까 결국 다시는 영
영 못 만날지 모른다……'

이렇게 생각하면 그래도 그대로 가버리는 것이 섭섭하고 인사
가 아닐 것 같기도 하다.

'하지만 내가 안 찾아가 본다고 인사가 아닐 것이야 무어 있나! 자기네들이 해결할 문제면 자기네들이 해결할 것이요, 또 벌써 해결되었으면 고만 아닌가…….'

이렇게 내던지는 생각으로 단념해 버리려고도 하였다.

그러나 딸, 누이가 살았다면 문제가 그렇게 간단할 것도 같지 않다.

'간단치 않으면 또 어떡하나? 간단치 않을수록에 내 힘으로는 해결키 어려운 일이요, 자기네들도 그만 생각들이야 있겠지! 그러나 한 핏줄이다! 부모가 다 세상을 떠난다면 그 애는 누가 거두나?'

덕기는 머릿속이 떵하였다. 부모들의 일이니만치 또 게다가 경애란 사람이 단순히 서모였던 사람이 아니라 자기와는 어렸을 때 동무이니만치 모든 일이 거북하다. 덕기의 성질이 무뚝뚝하게 무어나 딱 끊어 버리는 사람 같으면 아무 일 없지만 그렇지도 않은 성미다. 너무 다심하고 다감하니만치 무엇을 보거나 듣고는 혼자 께름해하는 것이다.

'어쨌든 밥이나 먹어 가며 좀 더 생각을 해보고 가든 말든 하자.'

는 생각을 하며 밥 먹을 집을 고르며 천천히 걷는다.

"어디 가요?"

복작대는 속에서 뒤에서 이런 여자의 목소리가 들린 법하나 덕기는 그대로 걷는다.

"나 좀 봐요!"

바로 뒤에서 같은 목소리가 난다. 덕기는 깜짝 놀라며 휙 돌아다보았다.

경애가 딱 섰다!

웃지도 않는 얼굴로 누구를 나무라는 사람처럼 눈을 똥그랗게 뜨고 마주 바라본다.

덕기는 마침 이렇게 만난 것이 신기도 하고 놀랍기도 하다.

"어디 가슈?"

경애는 그제서야 조금 상글해 보인다.

"밥 먹을 데를 찾는 중인데……."

하고 덕기도 의미 없이 웃어 보인다.

"왜 그저 안 떠났소?"

"내일 떠날 텐데……."

덕기는 말끝을 어떻게 아물려야 좋을지 몰라서 어름어름한다. 깍듯이 공대도 하기 싫고 반말도 하기 어려운 터이다.

"내가 바쁘지만 않으면 어디든지 같이 가서 이야기라도 좀 하겠지만……."

하며 경애는 눈을 말뚱히 뜨고 무슨 생각을 한다.

"그리 늦지도 않았는데 잠깐 이 근처에서 저녁이나 먹읍시다그려. 그러지 않아도 좀 다시 한 번 들러 볼까 하였던 터인데……."

"이야기할 것도 별로 없지만, 아이가 감기로 대단해서 지금 가는 길인데……."

'아이'라는 말에 덕기는 더욱이 붙들어 물어보고 싶었다.

"그럼 잠깐만⋯⋯."

하고 경애는 따라섰다.

덕기는 나란히 서서 걸으면서 그전 경애와 지금 경애를 비교해 보았다. 벌써 5년 만에 비로소 만나건마는 얼굴은 조금도 상한 데가 없어 보이고 키도 그때보다 더 컸을 것 같지도 않다. 다만 얼굴 표정과 몸 가지는 것, 수작 붙이는 것이 달라졌을 뿐이다.

'이 여자가 바커스 같은 그런 조그만 술집의 고용살이꾼이라고 누가 곧이들을꾸?'

덕기는 경애의 양장한 모양을 보고 혼자 생각을 하였다. 속에다가는 무엇을 입었는지 어스름한 속에서 보이지 않으나 위에들쓴 짙은 등황색 외투와 감숭한* 모자와 허리를 기껏 후려 패인 서슬 있는 에나멜 구두로 보아서 어떤 무도장이나 무대에 내놓아도 빠지지 않을 만한 차림차리다.

"아이는 지금 어디 있는데, 대단치는 않으우?"

한참 만에 덕기가 입을 벌렸다.

"창골 어머니한테. 그런데 돌림감기인지 벌써 사흘째나 되는데 점점 더해 가나 봐. 뒈질 거면 어서 뒈져 버려두 좋겠지만."

경애는 이런 소리를 하고 생긋해 보인다.

다른 데는 변화할 것 같아서 역시 일본 국숫집으로 데리고 들어갔다.

---

* 감숭하다 : 잔털 따위가 드물게 나서 가무스름하다.

마주 앉고 보니 할 말이 많을 것 같으나 할 말이 없었다.

"다—들 안녕하슈?"

경애가 먼저 입을 벌렸다.

"예."

"아버지께서는 여전히 '아—멘' 하시고?"

경애는 모멸하는 냉소를 띤다.

"그렇지요."

덕기도 열적은 웃음을 띠었다. 부친의 말이 나오는 것은 괴로웠다.

경애는 저녁을 먹고 나왔다고 아무것도 먹지 않았다. 덕기도 한편이 가만히 앉았으니 먹고 싶지 않아서 국수 한 그릇만 시켰다.

"지금 있는 데는 어떻게 간 거요?"

덕기는 우선 궁금한 것을 묻기 시작하였다.

"왜요?"

하고 경애는 웃기만 하다가,

"그 주인 여편네가 내 동무지요. 그래서 첫 솜씨고 하니 같이 해보자고 끌어서 심심하기에 그대로 가본 것인데 재미있어요."

하고 살짝 웃는다.

덕기는 더 캐묻기도 어려웠다.

"그 애 몇 살 되었소? 계집애던가……."

"인제 다섯 살이지요. 허지만 아들이었다면 더 성이 가시게."

부끄러워하는 기색도 없이 이렇게 대답을 하다가,

새 누이동생

"그 애야말로 예수, 계집애 예수지!"

하고 또 냉소를 한다.

"왜요?"

"애비 없는 아이니까 말요."

"왜?"

"호적이나 했다구…… 예수교인. 목사님은 그런 딸은 소용없고 조씨 댁의 가문을 더럽히니까 으레 그럴 것 아니오."

뱉듯이 이런 소리를 할 때 경애의 얼굴에는 살기가 잠깐 떴다 꺼진다.

덕기는 잠자코 국수만 쫓겨 가는 듯이 먹는다.

"길은 좀 외지지만 한번 안 가보시려우? 지금 와서야 어린게 불쌍하니 어쩌니 하고 싶지도 않지만 어쨌든……."

경애는 소바집에서 나와서 진고개 길을 같이 내려오며 이런 소리를 꺼냈다.

경애가 '어쨌든……' 하고 말끝을 흐려 버리는 것은 '어쨌든 한 핏줄이 아니냐, 동기간이 아니냐'고 말하고 싶었으나 차마 입에서 나오지 않았던 것이다.

덕기도 말눈치를 못 알아들은 것은 아니나 가자고 선뜻 대답은 아니하였다.

처음부터 모른 척해 버리거나, 자란 뒤에는 몰라도 앓는 아이를 일부러 찾아가 볼 필요는 없을 것같이도 생각이 들었다. 찾아가 볼 성의, 성의라느니보다도 애정이나 의리가 있다면 그것은 부친의 일이다. 쥐뿔 나게 자기가 튀어나올 막(幕)이 아닐 성도

삼대

싶었다.

'대관절 아버지는 어떤 생각이시고 얼마만한 정도의 책임감을 느끼시는 건구? 그는 그렇다 하고 민적을 안 해주면 그 애는 자라서 어떻게 되라는 셈인구?'

이런 생각을 하니 경애가 가엾고 보지 못한 이복동생이 불쌍하지 않은 것도 아니다. 그리고 이 두 모녀가 가엾으면 가엾을수록 부친이 또 못마땅하였다.

"내가 어째서 그렇게 되었든지 또는 어째서 지금 이렇게 되고 말았는지 그건 혹시 덕기 씨도 알지 모르지만 알면 알고 모르면 모르는 대로 내버려 두고 내게 물을 것도 못 되며, 또 내가 말을 내놓고 시비를 따지고 싶지 않지만, 어쨌든 그 애나 한번 가서 만나 보아 주슈그려. 가만히 생각하면 그 역시 무의미한 일이요, 덕기 씨로서는 성이 가신 군일이겠지만 그래도 그 애 쪽으로는 1년 열두 달 한 번 들여다보는 사람도 없으니까. 아무리 어린것일지라도 너무 가엾어서……."

경애의 말은 의외로 감상적이었다.

'이 여자도 역시 보통 여성, 가정적 여성이로구나!'

덕기는 이런 생각을 하면서 가자고 응낙을 하였다.

"내 처지는 실상 생각하면 매우 우스꽝스럽게 난처는 하지만 그 애를 생각하면 가보는 것도 옳은지 모르고…… 또 더구나 아버지께서 그대로 내버려 두신다면, 그리고 역시 조가로 태어난 다음에는 10년 후, 20년 후에 아무도 돌아볼 사람이 아주 없어진다면 나마저 시치미 뗄 수도 없지 않소. 이왕이면 잘 길러 놓아야지. 어리삥삥하게 내버려 두었다가 사람을 버려 놓는다든지 한 뒤에 거둔댔자 꼴만 안 될 것이오……."

덕기는 말하기가 퍽 거북한 듯이 떠듬떠듬 이런 소리를 해 들려주었다.

경애는 찬찬히 걸으면서 귀만 기울이고 아무 대꾸도 아니하였다. 어쨌든 그만치라도 생각해 주는 것이 나이 보아서는 숙성하고 고맙기도 하였다. 그뿐 아니라 사실 말하자면 네 아버지 대신에 너라도 맡아 가거라 하는 생각이 있어서 데리고 가서 보이려던 것이라서 이편이 꺼내기 전에 저편에서 그만큼 생각하고 있는 것은 반가웠다.

'어쨌든 한번 만나 뵈어 놓고 자주 찾아다니게 하면 그러는 동안에는 버리지는 못하게 되는 게다!'

이런 생각도 경애는 하였던 것이다.

경애의 집은 북미창정(북창동) 쪽 들어가서였다. 덕기는 처음 오는 길이라 다시 찾아 나가기도 어려울 것 같았다.

"약이나 좀 지어 가지고 왔니?"

모친은 기다렸다는 듯이 내달으며 소리를 치다가 덕기가 뒤에 섰는 것을 보고 물끄러미 내려다본다.

집은 비교적 오똑한 얌전한 기와집이라 전등을 환히 켠 마루 안을 들여다보아도 살림이 군색하지는 않은 것을 알 수 있다.

'누구하고 사나? 아버지가 차려 준 것일까?'

이런 생각을 하면서 덕기는 마루 위로 뒤따라 올라섰다.

누웠던 어린아이는 엄마를 보니까 금시로 캥캥거린다. 하루에 한 번씩 보지만 이 엄마에게 안겨 보는 일은 드물다.

그렇기 때문에 누워서 짜증을 낼 뿐이지 엄마더러 안으라고는 아니한다.

"울지 마라, 손님! 손님!"

하고 덕기를 가리키니까 낯 서투른 손님을 말끄러미 쳐다보다가는 이번에는 아주 울어 버린다.

"우리 예수 씨, 우리 그리스도!"

젊은 모친은 외투를 벗어서 벽에 걸고 와서 앉으며 누운 아이를 무릎 위에 안아 올린다.

덕기도 아랫목 발치에 앉았다.

"오빠! 오빠야. 너 오빠 보고 싶다고 하였지?"

하며 경애는 아이를 추슬러서 덕기 편으로 얼굴을 내민다. 열기로 해서 얼굴이 빨갛게 피어오른 아이는 오빠라는 소리에 눈물 어린 두 눈을 놀란 듯이 크게 뜨고 바라보다가 어머니 겨드랑 밑으로 고개를 파묻는다.

"왜? 오빠 아닌 것 같으냐?"

하고 경애는 덕기에게로 향하고 웃는다. 자기 입에서 오빠라는 말이 거침없이 나오는 것이 속으로 우습고 열적기도 하지만 덕기의 귀에도 서툴렀다.

영리한 예쁜 애라고 덕기는 생각하며 벙벙히 앉았기가 안되어서,

"아직두 열이 있겠군! 한약을 좀 써보지요."

하고 경애의 모친을 쳐다보았다. 모친이란 사람은 좀 수다스럽고

거벽스러워는* 보이나 함부로 된 위인 같지는 않다.

이때까지 눈치만 슬슬 보고 앉았던 모친은 입을 벌릴 틈을 탄 듯이,

"이 양반이 맏아드님?"

하고 딸에게 눈짓을 슬슬 한다.

딸도 눈으로 대답을 하며,

"우리 어머니세요."

하고 덕기에게 인사를 시킨다.

"응, 이 양반이 맏아드님이야!"

하고 누구를 놀리듯이 넌다.

아까부터 오빠라는 말에 알아차렸던 것이나 좀 못마땅한 얼굴빛으로 호들갑스럽게 대꾸를 하고 나서 수다를 늘어놓으려 한다.

"어쩌면 그렇게 발을 뚝 끊으신단 말이오? 이태 3년이 되어야 같은 서울 안에서 자식이 궁금해서라도 좀 들여다보아 줄 게 아니오? 내 딸하고 원수를 졌기로 그럴 수는 없는데……."

딸이 눈짓을 하다 못해,

"그런 소리는 왜 이 양반보고 해요!"

하고 핀잔을 주려니까, 말을 멈칫하다가 그래도 분이 치미는 듯이,

"어쨌든 이것을 이만치라도 키워 놓을 제야 이 늙은 년의 뼛골

* 거벽(巨擘)스럽다 : 보기에 사람됨이 억척스럽고 묵직한 데가 있다.

삼대

이 얼마나 빠졌겠는가를 좀 생각해 보라고 가서 말씀 좀 하슈."
하고 얼굴이 시뻘게진다.

덕기는 의외의 큰소리에 뜨끔하지 않을 수 없었으나 꿀 먹은
벙어리처럼 고개를 수그리고 앉았을 따름이다. 애초에 어떻게
된 일이요, 또 무슨 까닭에 헤어졌는지 궁금은 하나 물어볼 수
도 없었다.

"이 장한 집 한 채 내맡겼다고 어린애도 아니 돌아보니 그럴
자식을 왜 낳아 놓았더란 말이오."

또 꺼내려니까. 모친더러 건넌방으로 가라고 소리를 친다.

덕기는 애매한 야단을 만나나 어찌하는 수 없었다. 그러면
'응, 이 집은 아버지가 사주신 집이로군!' 하며 무슨 새 소문이나
들은 듯싶어 노파의 입에서 또 무슨 말이 나왔으면 좋겠다고 생
각하였다.

"왜 말 못할 게 무어냐? 무슨 죄 졌니? 부자간이면야 부친에
게 당한 듣기 싫은 소리라도 듣는 것이지⋯⋯. 당신이나 이 애(어
미 무릎에 안긴 애를 가리키며)나 아버지 잘못 만난 탓이지, 어쨌든
인제는 이 애를 데려가슈. 당신두 이제는 공부 다 하고 나온 모
양이니 아버지가 안 데려다 기른다면 당신이라도 데려다 기르슈.
어엿한 누이동생인데 데려다 기르기로 억울할 건 조금도 없을
게니?"

"가만히 계세요. 어떻게 하든 좋도록 조처를 하지요. 그보다
도 어서 약을 써서 병부터 나아야 하지 않아요."

덕기는 겨우 이렇게 한마디 하였다.

"어머니는 괜히 까닭도 모르는 이를 붙잡고 왜 이러슈. 참 정말, 어서 건너가세요."

하고 딸은 민주를 대듯이[*] 모친을 또 윽박지른다.

---

[*] 민주대다 : 몹시 귀찮고 싫증 나게 하다.

# 추억

"아버지께는 나 만났단 말씀도 말우."

경애는 모친이 나간 뒤에 이런 소리를 꺼냈다. 모친을 제지할 때와는 딴판으로 암상[*]이 난 소리다. 모친이 충동여 놓은 바람에 잠자던 노염이 다시 머리를 든 것이다.

"이것 하나만 없어도 덕기 씨를 이 집에 오시라고 하기는커녕 길에서 만나도 알은체도 아니하였을지 모르지! 교회 안의 소문이 무섭고 사회의 시비가 무서워서…… 말하자면 남은 몸을 버렸든지 자식이 있든지 없든지 남의 사정은 손톱만큼도 모르고 나 하나만 사회적 생명을 이어 나가면 고만이라고 걷어찰 제, 누가 비릿비릿하게 쫓아다니자던 것도 아니요, 다시는 잇살[**]도 어우르자는 게 아니니까……"

경애는 조용조용히 이야기를 하면서 뼈에 맺힌 무엇이 있는 듯한 말소리다.

"그야 내 잘못도 모르는 것은 아니야요. 그렇게 말씀하는 어머

---

[*] 남을 시기하고 샘을 잘 내는 마음. 또는 그런 행동.
[**] 잇새. 이와 이 사이.
　잇새도 어우르지 않는다 : 말 한마디 없음을 비유적으로 이르는 말.

님두······."

경애는 또 한참 만에 이런 소리를 하다가 뚝 끊어 버리고 무슨 생각을 하는 양이더니 머리맡에 놓인 약봉지를 꺼내서 환약을 헤면서 건넌방에다 대고 아이년더러 물이 더웠느냐고 소리를 친다.

경애가 제 잘못도 안다는 것은 자기의 허영심이 이렇게 일을 버릇어* 놓은 것이라는 뜻이요, 모친도 지금은 큰소리를 하지만 잘하였을 것 없다는 말이다. 이태 동안이나 미국 다녀온 사람, 그리고 도도한 웅변으로 설교하는 깨끗한 신사······ 그때는 덕기의 부친도 사십이 아직 차지 못한 한창때의 장년이요 호남자였다. 게다가 뒤에는 재산이 있으니 교회 안의 인기는 이 한 사람의 독차지였다. 이십 전후의 젊은 여자의 추앙이 일신에 모인 것도 사실이었을 것이다.

건넌방에서 조그만 계집애년이 어린애 놋대접에 물을 가지고 건너왔다.

조금 간정하고 코가 막혀서 쌔근쌔근하던 아이는 약과 물그릇을 보더니 불이 붙은 듯이 울어 젖힌다.

그래도 어쩐둥해 세 알갱이 약이 어린아이의 입에 들어갔다. 무릎에서 미끄러져 내려와서 발버둥질 치는 것을 덕기도 거들어서 먹이고 나서는 어린애를 붙들었던 것을 생각하고 덕기는 속으로 웃었다.

* 버릇다 : 파서 헤집어 놓다. 또는 벌여서 어수선하게 늘어놓다.

덕기는 지난날의 일이 머리에 어제 일같이 떠올랐다.

덕기와 경애는 남대문 ×소학교에서 9년 전에 한 해에 같이 졸업을 하였다. 물론 남녀부가 다르고 경애는 덕기보다 두 살이 위이지마는 학년은 같았다. 경애는 3년급에 중간에 들어와서 같은 해에 졸업한 것이다.

이 학교는 덕기의 부친이 돈을 조금 내는 관계로 설립자의 명의를 한몫 가지고 있는 교회학교였다. 덕기의 부친이 본디 이 교회에 관계가 깊었기 때문에 학교에도 돈을 기부한 것이요, 또 아들도 교인인 관계도 있지만 다른 공립보통학교에 보내지 않고 수하정(수하동)에서 남대문까지 먼 데를 다니게 한 것이었다.

어쨌든 이 두 아이는 같은 3학년 때의 크리스마스 축하 연극을 할 때부터 서로 알게 되었다. 열 살 먹은 덕기와 열두 살 먹은 경애는 학교의 재동이로 장을 쳤다. 둘이 똑같이 이쁘고 둘이 똑같이 창가와 연설과 연극이 능란하고 재롱거렸던 것이다. 그때 덕기는 아직 어렸으니까 어리둥절하게 지낸 일도 많지만 계집애요 또 열두 살이나 된 경애는 덕기를 어린애다운 우정으로 퍽 귀해하였던 것을 지금도 분명히 기억하고 있다.

학교에서 파해서 혹시 어린애들끼리 몰려나오게 되면 두 아이는 그중에서도 함께 걸어 남대문 밑까지 와서는 경애는,

"잘 가거라!"

소리를 치며 봉래교 편으로 떨어져 가는 것이었다. 그러나 경애가 수원서 올라온 아이인지, 저 아버지가 감옥에 들어가 있는지, 미근동 근처의 외삼촌 집에 부쳐 있는지 그런 것은 조금도

모르고 지냈던 것이다.

지금도 제일 기억에 똑똑한 것은 4년급 때던가 5년급 때 크리스마스 연습으로 학교에 모였던 날 점심시간에 경애가 문밖에 끌고 나가서 모찌떡(찹쌀떡)을 사서 저도 먹고 덕기에게도 한턱내던 것이었다. 이것을 같은 동무애가 고자질을 해서 덕기는 상관없었으나 경애는 열세 살이나 되는 커단 계집애가 군것질이 무슨 군것질이냐고 여선생님에게 몹시 꾸지람을 듣고 창가도 아니하고 반나절이나 교실 밖에서 울고 섰던 경애가 지금도 덕기의 머리에 분명히 떠오른다.

그러던 경애가 지금 덕기 앞에 덕기의 누이동생을 안고 앉아서 자기 부친의 원망을 하고 있다. 덕기는 웃어야 좋을지 울어야 좋을지, 그때가 꿈인지 지금이 꿈인지 도무지 알 수가 없다.

"그것도 없는 탓이지만 아버지께서 살아만 계셨어도 이렇게는 아니 되었을 것을…… 우리 아버지 못 보셨지?"

덕기와 경애는 소학교 마친 뒤에 교제가 없었고, 소학교에 다닐 때에는 감옥에 들어앉았던 경애의 부친을 보았을 리가 없다.

"우리 아버지는 너무 호활하시고 살림에 등한하셔서 삼사백 하던 재산을 모두 학교에 내놓으시고 소작인에게 탕감해 주어 버리시고 감옥에 들어가시기 전에는 무슨 장사를 해서 다시 번다고 하시다가 그 일이 덜컥 나서 감옥에 들어가게 되니까 옥바라지 하고 변호사 대고 어쩌고 한다고 자꾸 끌려 들어가기만 해서 나중에는 집까지 팔아 가지고 올라왔었지요. 지금 생각하면 서울로 올라온 것이 내 신상에도 좋을 건 조금도 없건마는……."

경애는 자기가 그렇게 된 변명을 하느라고 그러는지 조금 아까 살기가 돌 때와는 딴판으로 재미있는 옛이야기나 하듯이 자기 집 내력, 자기 내력을 풀어낸다.

덕기는 그런 변명이나 하소연을 들을 묘리도 없고 더구나 자기 부친에 대한 푸념을 듣고 앉았는 것은 불쾌도 스러웠으나 남의 내력을 듣는 호기심으로 귀를 기울이고 있었다.

"집 팔고 어쩌고 해서 어머니께서 돈 천 원이나 가지고 올라오신 모양이나 당장 집을 사려야 마땅한 게 나서지도 않고 해서 외삼촌 집에 가서 부쳐 있으면서 그 돈을 외삼촌에게 맡겼더니 아저씨가 몽땅 가지고 들고 뺐겠지요……."

"흥! 난봉이던가요?"

덕기는 놀라는 소리로 장단을 맞춘다.

"아니에요. 자기 딴은 무슨 일을 해본다고 상해(중국 상하이)로 뛴 것이지만 우리집에는 큰 못할 일이었지요."

두 남녀는 서모뻘이라는 격이 스러지고 옛날 동무라는 생각이 앞을 서서 서로 공대를 한다.

"어쨌든 그래서 아버지께서 옥중에서 병환으로 집행정지가 되어 나오시니까 약은 고사하고 여전히 외갓집 구석에서 세 때가 분명치 못한 형편……."

경애는 급작스레 말을 뚝 끊는다. 별안간 무슨 생각이 난 것이었다.

덕기는 말 뒤를 기다리다가 가만히 쳐다보았다. 경애는 어린

아이에게로 눈을 떨어뜨리고 앉았다. 어린애는 쌔근쌔근 겉잠이 어리어리 든 모양이다.

"난 가겠소."

하고 덕기는 마침 잘되었다는 듯이 일어서 버렸다.

"그럼 내일 떠나슈?"

하고 경애는 앉은 채 쳐다본다. 좀 더 이야기할 것이 있는 듯도 싶으나, 더 붙들고도 싶지 않았다.

"봄방학에 혹시 돌아오게 되면 그때나 또 만납시다."

"그럼 난 못 나가요. 어린애가 잠이 들어서."

"에― 바람을 쏘이면 안 될 테니까."

덕기는 마루로 나와서 구두를 신으려니까, 노파가 건넌방에서 나와서,

"어둔데 살펴 가슈."

하고 인사를 한다. 또 무슨 수다가 나오려니 하였더니 의외로 인사가 간단하다.

안방에서도,

"먼 길에 조심해 가셔요."

하는 경애의 목소리가 난다.

대문 밖을 나서니 선뜻한 밤바람이 시원하였다. 울한 방 속에 있어서도 그렇겠지만 무엇에 갇혔다가 빠져나온 것같이 기분이 거뜬해 좋았다.

'응, 그때부터였다! 그때가 시초였던 것이다…… 그래서 지금 말을 하다가 뚝 끊어 버린 것이다!'

덕기는 꿈틀거리는 밤길을 더듬어 나오면서 혼자 이렇게 생각하였다.

벌써 5년이 되었는지 6년이 되었는지, 그 겨울에 덕기는 화개동 집으로 경애가 부친을 찾아왔던 것을 잠깐 본 기억이 지금 새삼스러이 난다. 그때 덕기는 아직 화개동 집에 있을 때이다.

소학교에서 헤어진 지 삼사 년이 되었고 또 그동안 덕기는 화개동에서 가까운 안국동 예배당에 다니기 때문에 오래 못 보았지만 그동안 경애는 놀랄 만치 커져서 어른 꼴이 박히고 자기 따위는 어린애로 내려다보는 것 같아 반가우면서도 말도 변변히 붙여 보지 못하고 경애보다도 자기 편이 더 열적어하였던 생각이 난다.

그때 부친에게,

"그 애가 왜 왔었어요?"

하고 물어보니까, 저 어머니 심부름으로 왔다 하면서 경애 모친이 남대문교회에 다닌다는 것과 또 부친은 감옥에서 나와서 근 1년이나 앓아누웠는데 이제는 죽기나 기다리는 터라는 말을 간단히 들려주었다. 그때는 다만 가엾다고만 생각하고 신지무의(信之無疑)하였지만 지금 생각하니 그때 아마 모친의 심부름으로 돈을 취하러 왔던 것 같았다.

같은 교회 안에서 수원의 누구라면 알 만한 교역자요. 감옥 소식이나 집행정지로 나오게 될 때에는 신문에 여남은 줄이라도 기사로 쓰이는 인물의 부인이라 하니 하느님의 아들딸이 가만히 있을 수 없었을 것이다. 목사의 기도 속에 경애 부친의 이름이

한 번 나오고, '이 병든 아드님을 아버지의 뜻이옵거든 좀 더 이 세상에 머무르게 하사 저희의 일을 더 돕게 하여 주시옵소서' 하고 경애의 부친의 중병이 낫게 하여 달라고 기도를 드린 뒤부터 경애의 모친의 존재는 교회 안에 뚜렷해지고 경애의 미모는 한층 더 빛났던 것이다. 예배가 파하면 경애 모친은 보지도 못하던 뭇 형님 아우님과 이름도 모르는 오라버니의 호들갑스러운 인사, 남편의 병 위문을 받기에 얼굴이 취하도록 한바탕 분주하였던 것이다.

이렇게 되고 보니 인제는 병이 근심 걱정이라느니보다도 호강이다. 그 오라버니 중에는 물론 조상훈이가 빠질 수 없었다. 자선심 많고 돈 많고 죽으면 목사보다도 천당에 먼저 갈 사람이라고 지목받는 조상훈이에게 친절한 인사를 받는 것은 다른 교인의 열 몫 혹시는 백 몫이나 되는 것이라고 누구든지 생각하는 것이었다. 더구나 조상훈이는 이 부인에게 한층 더 친절하고 은근하였다. 그렇다고 결단코 자기 학교에서 길러 내고 또 교회 안에서도 재색이 겸비하다고 손꼽는 경애의 모친이라 하여서 그런 것이라 하여서는 조상훈이의 명예와 인격에 큰 모욕이다. 적어도 모든 사람이 그렇게 보지도 않았고, 또 조상훈이 자신도 그렇게 생각해 본 일은 없었다.

"아버지 병환이 요새는 좀 어떠신가?"

조상훈 선생님은 경애를 만나면 자상하고 온유한 말소리로 이렇게 물었던 것이다. 그리고 모친을 만나면,

"차도가 계신가요. 한번 가 뵌다 하며 바빠서 못 갑니다. 선생

님은 이때껏 뵈온 일은 없지만 병환이 안 계시더라도 선배로서 찾아가 뵈어야 할 텐데!"

하고 가볼 시간을 묻는 것이다.

그러기를 한 서너 번 한 뒤에 그해 겨울 어느 일요일에 예배를 마치고 경애 모녀를 앞세우고 조상훈은 목사와 함께 미근동 경애 외삼촌 집으로 선배에 대한 경의를 표할 겸 병 위문을 갔던 것이다.

병인은 반가워하였다. 신장염에 기관지병이 겹쳐서 중태였으나 강기로 버티고 누웠던 사람이 일어나서 손을 맞았다. 그는 고사하고 상훈이를 첫대바기*에 놀라게 한 것은 그 마님이 사십쯤밖에 안 되었는데 영감은 육십을 훨씬 넘은 듯한 백발이 성성한 것이었다. 사실 경애의 모친은 이 영감의 첩장가나 다름없는 삼취였고 경애는 전무후무한 이 삼취 소생이었다. 이 몸에서 남매가 겨우 나서 경애 하나가 자란 것이다.

동지 전 추위에 방은 미지근하고 머리맡의 양약병에는 먼지가 앉고 중문 안에 놓인 삼태기에 쏟아 버린 약 찌꺼기는 얼고 마르고 한 것이 상훈이의 눈에 띄었다. 약이나 변변히 쓰랴 하는 생각을 하니 늙은 지사의 말로가 가엾었다.

조상훈은 한 시간이나 병인과 감옥 이야기, 교육계 이야기, 사회 이야기를 하다가 돌아갈 제 상훈이는 부인을 조용히 불러서 이따가 3시 후에 따님아이든지 누구든지 자기 집으로 보내 달

* 맞닥뜨린 맨 처음.

라 하고 주소를 두 번 세 번 일러 주었다.

"왜요? 왜 그러세요?"

하고 부인은 물었으나 속으로 그 뜻을 대강 짐작지 못한 것은 아니었다.

"아니, 선생님께 무어 좀 보내 드릴 게 있어 그래요."

상훈이는 다만 이렇게 귀띔만 하여 주었다.

이리하여 경애가 화개동으로 찾아간 것이요, 그때에 덕기가 만나 본 것을 지금 기억에서 찾아낸 것이다.

그때 상훈이는 부친이 지금도 경영하는 남대문 안 대성정미소에서 찾을 쌀 한 가마니 표와 돈 10원을 넣은 봉투를 경애에게 주어 보냈던 것이다. 그 속에는 물론 아까 만나고 온 노선배에게 얌전한 붓끝과 맵시 있는 편지 봉투로 보내는 것을 받는 사람이 부끄러이 여기지 않게 정중한 편지를 써넣는 것을 상훈이는 잊지 않았다.

그러나 이 모든 호의가 늙은 지사의 비참한 말로를 동정하는 데서 나온 것이요, 결코 오늘날 경애의 무릎에서 신열이 40도 내외를 오르락내리락하는 가운데 신음하는 딸 하나를 얻고 싶어서 계획적으로, 그 값으로 보낸 것은 아니었다.

며칠 후에 상훈이는 병인을 또 위문 갔었다. 결코 전일의 호의에 대한 인사를 받자고 간 것은 아니다. 그러나 세 식구는 상훈이를 에워싸고 엎드러질 듯이 치사하였다. 또 이 사람도 어쩐지 이 세 식구가 마음으로 가엾었다.

하여간 치사를 받을수록 호의는 더 높아 갔다. 그리하여 그

날은 자기 집 단골 의사를 청하여다가 진찰을 시켜 주었다.

아주 절망상태니까 가출옥이 된 것이요 워낙 노인이라 병도 하도 여러 가지니까 이루 이름을 주워섬길 수 없지만 그래도 나와서는 좀 놀리는 눈치더니 심한 추위와 구차로 해서 또다시 기울어져 갈 뿐이었다. 상훈이가 댄 의사도 별도리는 없었다.

해가 바뀌어서는 한층 더하였다. 약을 쓰는 것은 마치 죽기를 재촉하느니나 다름없이 말라 가는 등잔불이 깜박거리다가 홀깍 꺼지고 말았다.

살려 하고 살리려 하는 것이 본능이요 원칙이니까 한시라도 더 끌게 하였지만, 일을 당하고 나니 살아났어도 얼마 안 남은 목숨을 또 시기하는 편이 있는 바에 남은 징역살이를 하다가 옥사를 하느니보다는 처남의 집에설망정 편안히 눈감은 것이 차라리 다행하다고들 생각하였다.

임종에는 목사도 있었고 상훈이도 있었다. 유언이란 것은 별로 없었으나 남기고 가는 처자가 마음에 놓이지 않아서 안타까워하였다. 그러나 조상훈이를 얼마쯤은 믿었다. 사귄 지는 얼마 안 되어도 그처럼 친절히 해주는 것을 보고 아무리 다른 사람과 다른 종교 사업가라 하여도 지금 세상에는 어려운 일이라고 가상히도 생각하고 고마운 생각이 그지없었다.

"여러분이나 가족에게 그렇게 폐를 끼치지 않고 어서 하느님의 안온한 품으로 들어가고 싶었더니 이제야 때가 온 것 같소이다. 가는 사람은 편안하고 행복되나 남은 사람은 여전히 괴로운 것이오. 우리 동포 우리 동지, 이 사회를 그대로 두고 먼저 가는 것이 무엇보다도 거리끼어요. 여기 앉았는 이 자식을 혈혈단신으로 내던져 두고 가는 거나 다름없는 일이오. 육십 평생에 그래도 무슨 일이나 하나 남겨 놓고 가자 하였더니 남은 것이란 이 자식, 벌거벗겨 길거리에 내놓으나 다름없는 이 자식 하나와 이 세상에 오랫동안 끼친 신세뿐이오. 하여간 사회의 일은 여러분이 잘 맡아 하시려니와 저 어린것도 여러분이 잘 돌보아 주시오. 공변된 일을 맡으시라 하면서 또 사삿일까지를 부탁하는 것은 인사가 아니지마는 그래도 혈족에 끌리는 애정이야 어찌하는 수 없지 않소. 조선생께는 무어라고 치사를 다할지 결초보은하여도 오히려 족하지 않겠거니와 나 죽은 뒤라도 이 두 모녀를 지금과 변함없이 보호해 주시기를 염의없는 말이나마 마지막으로 부탁하는 것이오……."

이러한 장황한 유언은 아니나 자기의 감회를 남겨 놓고 여러 사람의 기도와 축복 속에 운명을 하였던 것이다.

상훈이는 힘자라는 데까지는 죽은 이의 뜻을 받겠다고 맹세하였다. 그 맹세를 지키고 안 지키는 것은 물론 죽어 간 사람의 알 바 아니나, 그러나 그 자리에 앉은 사람은 한가지로 증인이 되었다. 아니 그보다도 존엄한 하느님이 천만 인간에 못지않은 증인이었을 것이다.

초상은 치렀다. 교회와 수원 학교 측과 유지 인사의 기부와 열성으로 호상이었다. 상훈이는 경성 측의 장의위원장 격이었고 장비로도 50원을 내놓았다.

장례는 남대문 예배당에서 치르고 수원까지 운구를 하여 거기서 영결식을 하고 선영에 안장을 하였던 것이다.

초상을 치르고 나니 살아서는 쌀 한 되 값 나무 한 단 값에 그렇게 쩔쩔맸어도 오륙백 원 돈이 남았다. 그래도 전 재산을 사회와 교육계를 위하여 내던진 보람이었다.

하여간 그 500여 원 돈은 우선 생활에 큰 도움이라느니보다도 한밑천이 되었다. 상훈이와 의논한 결과 그것으로 조그만 전셋집을 얻기로 하였다. 흐지부지 녹여 써버려도 안 되겠거니와 오라범댁과 그대로 살림을 한다면 안방 식구와 여전히 한데 먹어야 할 것이니 그것도 할 수 없는 일이라, 역시 아무 턱없는 오라범집 식구를 그대로 두고 나오기도 박정한 노릇이나 펀둥펀둥 노는 맏조카 자식더러 벌어먹으라 하고 나오기로 한 것이다.

그리고 경애가 올 봄에 여학교만 졸업하면 어떻게든 벌어먹을 수 있는 큰 희망도 있었다.

상훈이는 이것저것 많이 애도 쓰고 앞일에 무엇에나 의논에 대거리가 되어 주었지만 집을 정하고 들어앉으면 경애가 두 달 후에 졸업하고 취직이 될 때까지 식량만은 몇 달 대어 주마고 자청하였다. 그리하여 두 모녀의 앞길은 도리어 환하였다.

집은 우대*로 얻어서 옮기고 경애는 여학교 3년 제도 시대라 두 달 후에는 졸업하고 예정과 같이 모교, 자기가 졸업한 소학교에 30원짜리 선생님이 되었다.

인제 남은 문제는 경애의 결혼이었다. 든든한 사위를 하나 골

---

* 예전에, 서울 도성 안의 서북쪽 지역을 이르던 말. 인왕산 부근의 동네가 해당된다.

라서 두 식구 살림을 세 식구로, 세 식구를 네 식구로 재미를 보고 싶었다.

경애 모친은 교회 안에서 골라 보았다. 그러나 인물 있으면 경박하고 학식 있는 듯하면 구차하였다. 아들 겸 사위 겸 그리고 자기 남편의 유지를 이을 만한 젊은 애란 그리 흔치 않았다. 더구나 조그만 교회 안에서는 인물이 동이 났다. 모친은 혼자 속으로 상훈이에게 그런 아들이 있었다면 하는 생각도 없지 않았으나 상훈이 집에 가서 보니 덕기라는 외아들은 나이가 자기 딸보다 두 살이나 아래일 뿐 아니라 잔약해 빠진 그 애는 합당치 않다고 생각하였다.

더구나 노영감이 예수교를 대반대를 하여 며느리도 믿지 못하게 하고 손자며느리는 가문 좋은 집으로 통혼 중이라는 말도 들었다.

적어도 나이 스물세넷 된 대학 출신으로 굶지 않는 둘째나 셋째 아들로 처가살이를 할 사람이 알맞았다. 그래도 조씨 문중에 조카고 당실이고 그런 아이가 있었으면 좋았다.

"아직 열여덟밖에 안 되었으니까 그리 급할 것은 없지만 사윗감 하나를 골라 봐주세요. 댁 당내*로 혹시 알맞은 아이가 없을까요?"

하고 상훈이에게 의논을 할 제 자기 집안에는 그런 애가 없지만 유의해 두마고 하였다.

* 堂內. 같은 성(姓)을 가진 팔촌 안에 드는 일가.

삼대

상훈이도 경애의 배필 될 사람은 범연한 사람을 골라서는 안 되겠다고 생각하였다. 같은 학교 안에도 독신으로 있는 교원들이 있고 또 젊은 애들이 끼룩거리는 것을 모르는 바가 아니나 그 따위들에게 내주기가 상훈이는 아까웠다. 설사 저희끼리 눈이 맞아서 떨어져 나간다 하더라도 그까짓 삼사십 원짜리 교원에게 경애를 내주는 것은 얼토당토않은 일이라고 생각하였다. 그런 생각이 들수록에 상훈이는 학교 안에서 매일 경애의 신변과 행동을 주의하게 되었다. 혼담의 의논을 받은 뒤로는 날이 갈수록 그 문제가 상훈이의 머리에서 떠나가지를 않고 또 교원들 간이나 교회 청년과의 교제를 살피기에 점점 더 눈이 날카로워지고 신경이 흥분되었다. 또 그러면 그럴수록 경애를 보호하고 지도할 전 책임이 상훈이 자신에게만 있는 듯이 책임감을 느끼는 동시에 그만치나 아끼는 생각이 간절하여 갔다. 이런 생각이 극도로 심해지니까 경애와 친숙히 이야기하는 남자까지가 무심히 보이지 않았다. 이편이 무심히 보지 않으면 저편에서도 무심히 보이지 않았을 것이다.

'이상하다!'

이런 생각들이 학교 안 젊은 교원들의 머리에 떠올라 왔으나 누구나 입 밖에 내지는 않았다. 그것은 저희들끼리도 서로 의심하고 서로 시기하기 때문에 서로 입을 모으고 뒷공론을 하도록 저희끼리 일치가 되기 어려운 까닭이다. 그들은 매일 어린애 공부를 시키러 학교에 가는 것이 아니라 새로 온 여선생 경애를 보러 가는 것이 아닌가? 하는 자괴지심을 느끼지 않을 수 없었다.

이러한 감정은 교회에 모이는 청년 남녀 간에도 마찬가지였다. 계집애들은 조상훈에 대한 경앙의 순정과 경애에 대한 시기심으로였다.

"홍경애야 3학기 안으로 월급이 50원엔 올라갈 테지."

"그러면 그 50원은 조상훈 선생더러 따로 내놓으라지."

같은 교원끼리도 이런 뒷공론들을 하게 되었다.

"그 계집애는 시집도 안 가려나? 제기랄!"

하고 교회의 총각이 탄식을 하면,

"조상훈이 잔뜩 끼고 도니 전들 가고 싶지만 어쩔 수 있나."

하고 또 한 총각이 비꼬는 것이었다.

"조선생 부인은 교인도 아니요, 밤낮 쌈질만 한다니 속으로는 얼른 죽어나 버렸으면 좋겠다고 생각할지 모르지! 후보자가 대령하고 있는 터이었다!"

"그야 죽지 않으면 어떨라구!"

계집애들도 이러한 말괄량이 소리를 소곤거리고 깔깔대게 된 것이었다.

어쨌든 이런 당치 않은 뒷공론이 한 입 두 입 퍼져 갈수록 교회의 중심 세력이요 인기의 초점이던 조상훈이의 이름도 차츰차츰 떨어져 가는 것이요, 또 그렇게 명성이 떨어져 가는 것은 목사를 비롯하여 교회와 학교 간부들에게는 싫지 않은 일이었다.

그러노라니 이런 조롱과 평판이 당자들의 귀에 안 들어갈 리도 없었다.

경애로서 조상훈을 대할 때 그는 다만 존경과 흠모의 대상일

뿐 아니라 은인이다. 부친의 생전 사후를 통하여 은인일 뿐 아니라 자기의 현재와 앞길이 그에게 달린 것이다. 이 사람이 살라면 살고 죽으라면 죽어도 아까울 것 없을 만치 마음을 턱 실리려는 믿음과 애정을 느꼈고 또 그 모친도 친오라비 이상으로 믿은 것이다. 그러나 경애의 그 믿음과 그 애정은 부친이나 오라비나 혹은 친한 동무에게 느끼는 소녀다운 그런 애정이었다.

그러던 것이 동무들의 뒷공론이 점점 노골적으로 맞대해 놓고 입을 삐쭉거리며 비웃게까지 되었을 제 놀랍고 분한 한편에 조선생을 슬슬 피하게 되었다. 그러나 조선생에 대한 공포심은 일어날지언정 결코 조선생이 미운 것은 아니었다. 미워졌으면 좋겠는데 밉지가 않은 자기 마음이 도리어 밉고 안타까웠다. 사실 생각하면 조선생을 미워할 아무 건더기가 없었다. 조선생은 예나 이제나 다름없는 조선생이었다.

그러나 동무들의 면대에서 쏘지도 않는 빗대 놓은 조롱은 점점 더 늘어 갔다. 빗대 놓고 들큰거리는 말이니 탄할 수도 없고 변명할 길도 없다. 울분과 번민이 어린 가슴을 터지게 하였다. 그러나 그러면 그럴수록에 거죽으로는 조선생을 슬슬 피하면서 속으로는 무서워하던 마음까지 스러지고 한층 더 경애하는 마음이 스며 솟았다. 모친에게도, 이 세상에서 단 하나 의지할 모친에게도 터놓고 하소연할 수 없는 그 분한 말을 조선생에게는 다 쏟아 놓을 수 있을 것 같았다.

경애는 3학기도 거진 가까워졌을 때 조선생과 한번 만나서 의논을 하고 싶었다. 설마 당신 때문에 학교에를 다닐 수 없다고는 할 수 없으니까 될 수 있으면 다른 학교로 옮겨 가게 해달라고 청도 하고 의논도 하고 싶었다. 모든 사람의 눈총을 맞아 가며 학교에 다니기가 싫도록 경애의 신경도 쇠약해졌던 것이다.

그러나 조용히 만날 틈이 없었다. 이때쯤은 조선생도 경애에게서 멀어져 가는 듯이 설면하게 굴고 경애 집에도 들러 주지를 않았다. 그러므로 아무래도 자기 집으로 찾아가는 수밖에 없었다. 집으로 가면 작년 겨울과 같이 덕기와 마주칠 것이 싫기도 하였지만 그래도 학교 안에서나 예배 파한 뒤에 만나자면 남의 눈에 뜨일 것이니 그보다는 낫다고 생각하였다. 집으로 청해다가 이야기하고도 싶었지마는 그것도 모친 때문에 어려웠다.

그래도 얼마를 망설이다가 조선생이 감기로 이틀이나 학교에 나오지 않는다는 말을 듣고 모친에게도 조선생 위문을 잠깐 갔다 오마고 하고 학교에 다녀오는 길로 책보만 내놓고 큰마음 먹고 나섰다. 모친도 앓는다는 말에 놀라면서 같이 가도 좋을 듯이 말을 하다가 저녁도 지어야 하겠고 우선 딸을 보내서 전갈만 시켜 놓고 병이 더하다면 자기도 나중에 가리라는 생각으로 어서 가보라고 하여 내보냈다.

경애는 사실 병 위문도 겹쳤을 뿐 아니라 모친에게까지 알리고 가는 것이니까 조금도 떳떳지 못할 게 없겠으나 화개동이 차차 가까워 오니까 혹시 학교에서나 교회에서 누가 위문을 오지 않았을까 하는 애도 쓰이기 시작하였다. 그러나 이왕 왔다가 다시 발길을 돌이킬 수도 없었다. 문 앞에 다 와서도 차마 들어가지를 못하고 또 망설였다. 누구나 나왔으면 하고 문전에서 기웃거리려니까 마침 행랑어멈이 벌써 저녁이 되었는지 밥그릇을 들고 나온다.

어멈은 안으로 들어갈 줄 알았더니 사랑으로 들어갔다가 나와서 들어오라 한다. 주인이 저녁밥을 먹는다면 안에 있을 터인데 사랑에 있다면 필시 손님이 있는 것인데 누굴까? 학교에서 누가 온 것은 아닐까? 상관은 없는 일이지만 이런 걱정을 하며 들어가 보니 아무도 없이 주인 혼자 마루 끝에 나와서 반가이 맞아 준다. 말소리를 들어서는 그리 심한 감기에 든 것 같지도 않았다.

"잠깐, 추운데 미안하지만 기다려 주. 급히 어디를 갈 데가 있어서 나가려던 터이니……."

하고 상훈이는 방으로 다시 들어가서 입고 있던 두루마기 위에 외투를 입고 모자를 손에 들고 급히 나온다.

유리알 안으로 보니 밥상을 막 내다 놓은 모양이다.

"진지 잡수세요. 저는 가겠습니다. 편찮으시다니까 어머니께서 다녀오라구 하셔서 왔었에요."

경애는 이렇게 인사를 하면서도 이왕이면 같이 나가는 것이 덕기에게나 다른 손님에게 안 들키겠느니만치 도리어 안심이 된다고 생각하였다. 상훈이도 역시 그래서 앞질러 급히 나온 것이요. 또 마누라의 공연한 잔소리가 듣기 싫은 것도 한 가지 이유였다.

경애를 앞세우고 상훈이가 나오려니까 어멈이 숭늉을 떠 가지고 나오다가 이쪽을 바라보느라고 정신이 팔려서 축대에 낙수가 얼어붙은 데에 미끈둥하면서 놋쟁반에 얹힌 숭늉 대접도 미끄러져서 하마터면 언 마당에 떵그렁 떨어뜨릴 것을 질겁을 해서 붙들기는 하였으나 물은 반나마 출렁하고 엎질러졌다.

문 밑까지 나가던 사람들은 어멈이,

"에그머니!"

소리를 치는 통에 멈칫하고 돌아다보았다.

"조심을 하고 다녀!"

하고 주인나리는 불쾌히 소리를 쳤다.

어멈은 무색해서 진지를 잡수셨나? 상을 들여갈까? 물어보지도 못하고 얼이 빠져 섰었다.

상훈이는 이때까지 돌아오지 않는 덕기와 길에서 마주칠까 봐 삼청동으로 빠져서 영추문 앞 넓은 길로 길을 잡았었다.

두 사람은 언제까지 말이 없었다.

'엎지른 물이다!'

상훈이는 금방 집에서 나올 제 본 광경이 머리에 떠올라 와서 무심코 이런 생각을 하다가 그것이 자기의 지금 심리를 설명하는 말인 것 같아서 선뜩한 생각이 들면서,

'언제 엎질러졌나?'

하고 변명을 하였다. 귓속에는,

'조심해 다녀!'

하고 나무라던 자기 말이 그저 남았다.

"집으로 바로 갈 텐가?"

총독부 앞에 나와서 상훈이는 비로소 입을 벌렸다. 경애의 집

은 거기서 멀지 않은 당주동이기 때문이다.

"예, 한데 선생님께 조금 말씀할 게 있는데요."

경애는 망설이다가 결단을 하고 이렇게 대답을 하였다.

"무슨 말……?"

하고 상훈이는 발을 멈칫하고 계집애의 얼굴을 들여다보다가 길가에 섰을 수가 없어서 전차 정류장 앞으로 와서 나란히 섰다. 그러면서도 상훈이는 가슴속이 설렁설렁하는 것을 어찌할 수 없었다.

그동안 상훈이도 경애만큼 혼자 번민을 하던 것이었다. 자기 귀에 여러 가지 소리가 떠들어 오는 것을 처음에는 귀를 막고 지내려 하였다. 또 그다음에는 경애 모녀와 떨어져 지내면 그만이라고 생각하였다. 또 그다음에는 어서 경애의 혼처만 골라서 그 부친의 초상을 치르듯이 얼른 결혼식까지 치러 주면 모든 오해가 일소될 뿐 아니라 자기의 낯이 한층 더 나타나리라고 생각하였다. 그러나 멀리하자 하면 마음으로는 이상히도 한 걸음씩 더 다가서는 것 같았다. 혼처를 구하자면 마땅한 데가 금시로 나설 수도 없겠으나 그럴 기력까진 없었다. 자기의 마음을 채찍질해도 보았으나 그러면 그럴수록 번민은 늘어 갈 뿐이었다.

감기가 들었다 하고 이틀 동안 가만히 누워 보았다. 그러나 별 도리도 없고 마음은 간정이 되지를 않았다. 거기에 무엇이 지시를 하여 끌어다 댄 듯이 경애가 달려든 것이다. 사실은 감기로 앓는다는 말을 듣고 경애나 경애 모친이 오지나 않을까? 하는 생각이 어렴풋이 있었던지도 모를 것이다…….

"왜? 무슨 일이 있어?"

경애의 입에서 무슨 소리가 나올지 공연히 애가 쓰이면서 또다시 물었다.

"글쎄, 학교를 어떻게 할지요……. 다른 데로 주선해 주실 수 없을지요?"

삼각산에서 내리지르는 석양 바람이 총독부 지붕 끝에서 꺾여서 경애의 말을 휩쓸고 날아간다.

"왜 별안간 그런 생각이 든 거람?"

물론 그 심중을 못 살피는 것이 아니나 이런 소리를 하였다.

"……."

전등불이 환한 전차가 효자동서 내려와 닿다가 떠난다. 상훈이는 어찌할까 망설였다. 이야기를 좀 하자면 어디로든지 들어가 앉아야 하겠는데, 갈 만한 데도 마땅치 않고 전차를 태워 가지고 진고개 방면으로 가자 해도 우선 차 속에서부터 누구를 만난다든지 하면 안 되었고 그렇다고 언제까지 벌판에 섰을 수도 없다.

"하여간 좀 걸읍시다."

상훈이는 이런 소리를 하고 앞장을 섰다.

황토현 앞까지 내려오면서도 두 사람은 또 아무 말 없었다. 말을 꺼내기에는 똑같이 가슴이 벅찼던 것이다.

경애는 따라가면서도 일종의 불안과 공포를 느끼지 않을 수 없었다. 잠깐 만나서 몇 마디 이야기만 하고 헤어지면 그만이었을 텐데 일이 이렇게 되니 숨어서 무슨 나쁜 짓이나 하는 것 같은 이상한 불안과 공포를 느끼는 것이다. 그러면서도 유혹의 감미(甘味)라 할까 어쨌든 뿌리치고 가고 싶지는 않았다.

당주동 자기 집 들어가는 골목 앞을 지나치면서도 경애는 잠자코 말았다.

두 남녀는 황토현 네거리에 있는 파출소 옆 식당으로 들어갔다. 누구나 저녁 먹을 때라 식당 안은 불만 환하고 난로 앞에 일본 계집애들이 옹기종기 앉았다가 우중우중 일어난다. 미인을 앞세우고 들어가는 훌륭한 신사인지라 대우가 융숭하다. 난로와는 떨어졌으나 구석배기에 가서 경애는 돌아앉히고 자리를 잡았다.

"다니기가 고단해서 그러는 거야?"

상훈이가 아까 말의 계속을 꺼냈다.

"고단두 하고 성가셔서 수원 ××학교로나 가볼까도 하는데요?"

××학교란 경애 부친이 설립한 학교요, 경애도 3년급까지 다니던 학교다.

"거기서 오라고 하던가?"

"아녜요. 하지만……."

"하지만 어째?"

하고 상훈이는 웃어 보이다가,

"설사 자리가 있다기로 서울서 살림을 벌였다가 또 내려간다는 것도 말이 안 되고, 여기 학교에서 누가 무어라기에…… 혹 젊은 애들이 성가시게 굴어?"

"아뇨!"

하고 경애는 얼굴이 발개진다.

"그럼 알 수가 없지 않은가?"

하고 상훈이도 또 웃으며 저녁을 시킨다. 상훈이는 천천히 웃으면서도 자기의 가슴속은 입덧 난 사람처럼 근질거리는지 느글거리는지 알 수가 없었다.

"모두들 듣기 싫은 소리만 하고 놀려요."

한참 만에 경애는 입이 배쭉배쭉해지며 울상이다가,

"분해서……"

하고 입 속에 넣은 소리를 하며 고개를 폭 수그린다.

"누가 무어라고 놀린단 말이오? 놀리건 받아 주기만 하면 고만 아니겠나!"

하며 상훈이는 대범하게 타이르듯이 위로를 해주었다.

"나만 놀렸으면 좋겠지만 공연한 선생님까지……"

경애는 차마 입에 올릴 수 없는 말을 꺼내고 나서는 눈물이 걷잡을 새 없이 쭈르르 흘러서 고개를 둘 데가 없었다. 자기도 왜 이렇게 눈물이 나오는지 알 수가 없었다. 실상인즉 학교 자리를 하나 다른 데로 구해 주든지 그렇지 않으면 수원 학교로 운동해 가겠다는 간단한 의논을 하자는 것이지만 마주 대하고 보니 정작 의논보다도 억울하고 분하던 생각부터 앞을 서서 하소연이 나오고 만 것이요, 참고 참았던 눈물이 북받치고 만 것이다.

"울기는 왜 울어요. 남은 무어라든지 나만 바르면 그만이지!"

상훈이는 나무라듯이 이런 큰소리를 하였으나 그 눈물이 측은도 하고 자기 마음이 자기 말과 같지 않은 것을 무어라고 형언할 수 없이 괴로워하였다.

두 남녀가 맥맥히 마주 앉았으려니까 음식을 날라 온다.

상훈이는 좀 멈칫하다가 맥주를 청하였다. 경애는 놀라며 쳐다보았다. 그러나,

"약주를 잡수세요?"

하고 묻기도 싫고 그건 왜 먹느냐고 말리기도 싫었다. 그보다도 감기는 들었다면서 이 추운 날에 찬 맥주를 마시면 어쩌나 하는 애가 쓰였다.

"교인이라 해서 술 담배를 절대로 먹지 말라는 법도 없겠지만 웬일인지 가슴속이 홧홧해서 조금 시원한 것을 마셔 보려는 것이니 용서하우."

하고 상훈이는 침울한 얼굴이 벌게지며 웃는다.

그러나 다른 사람은 몰라도 조선생이 술을 마신다는 것은 의외였고 절대로 믿으니만치 인격을 의심하는 생각이 어렴풋이 났다. 그러면서도 과히 책잡고 싶은 미운 생각까지는 아니 났다.

맥주를 따라 놓는 것을 들고 벌컥벌컥 반이나 마시는 것을 경애는 곁눈으로 슬슬 보다가,

"신열이 나서서 홧홧하시다면서 그 찬 것을……."

하고 눈을 찌푸려 보였다.

상훈이는 거기에는 들은 척 만 척하고 성난 사람처럼 접시의 안주를 먹는다. 가슴이 홧홧하다는 말을 신열이 난다는 뜻으로 알아들은 것이 다행하기도 하나 얼마쯤 섭섭하기도 하였던 것

이다.

경애는 나오는 접시마다 반쯤씩은 남겨서 돌려보냈다. 공연히 머리가 뒤숭숭하고 앉은 자리가 불편하여 먹고 싶지 않았던 것이다.

"선생님, 어떻게 할까요?"

차가 나왔을 때 경애는 마지막으로 또 채쳐 보았다.

상훈이는 두 병째나 먹던 맥주잔을 놓고 눈을 흡뜨듯이 경애를 한참 바라보다가 씨근거리는 소리로,

"공연한 소리 말우. 무에 어쨌다고 고만둔다는 것이오? 까닭 없이 지금 고만둔다면 도리어 감잡히는 셈이 아닐 것이오?"

하고 핀잔을 주다가 자기 말이 너무 무뚝뚝한 것을 풀어 주려는 듯이 껄껄 하고 헛웃음을 웃어 버린다.

맥주가 독하지 않다는 말은 들었지만 두 병이나 먹고도 그리 취기가 없는 것을 보고 인제 알았더니 술을 픽 먹는고나, 생각하였다.

신성(神聖)에 대한 환멸을 느꼈다. 예수교인이라면 으레 술 담배 안 먹는 사람이요, 계집은 자기 아내밖에 모르는 사람······ 자기 아내기로 성경을 읽고 기도를 하고 찬미를 하는 사람이 어찌 한자리에 누울꼬? 하는 어렴풋한 생각을 혹시 하여도 그런 더러운 일은 상상할 수조차 없는 경애가 그 신성하여야 할 조선생님이 술을 마시고 얼굴이 벌게진 것을 보고는 딴사람 같아서 마주 보기가 도리어 난안하였다.

조선생이나 그런 종류의 사람들을 신성한 사람으로 보아 온

것이 잘못이었던가? 자기가 아직 철이 덜 나고 경력이 부족해서 이만쯤 한 일에 놀라는 것인가? 혹시는 그들이 신성한 체 얌전한 체를 눈 가리고 아웅 하는 셈으로 꾸몄던 것인가? 또는 세상이란 으레 그러한 것이오, 세상 사람이란 그저 그렇게 살아가는 것을 모르고 유달리 생각하던 자기가 어리배기였던가? 우리 아버지도 그런 이였던가……?

숭배하던 조선생이 맥주를 조금 먹었다는 조그만 일이 이 소녀의 머리를 한층 더 뒤숭숭하게 했다.

두 사람은 식당에서 나와서 오던 길로 다시 향하였다. 경애는 자기 집으로 가는 지름길로 들어가려 하였으나 조기까지만 걸어 보자고 하여서 따라선 것이었다.

"왜, 내가 술을 먹었다고 못마땅해서 입을 봉하고 있소?"

육조 앞 컴컴한 넓은 길로 들어서려니까 상훈이가 입을 벌렸다.

"아뇨!"

하면서도 경애는 자기 마음을 속인다고 생각하였다. 그러나 조선생이 자기의 눈치를 짐작해 준 것도 좋고 사과하듯이 부드러운 목소리로 다정히 말을 붙이는 것도 얼마쯤 마음을 녹여 주는 것이었다.

"추운데 목도리를 꼭 해요."

하며 상훈이는 목도리 뒤를 추켜 주었다. 경애는 전신이 오싹하면서 뱃속에서 무엇이 찌르르 스며 내려가는 것 같은 느낌을 깨달았다. 머리 꼭지에는 어느 때까지 상훈이의 손이 닿은 감촉이 남아 있었다.

"이 야기(夜氣)에 감기 안 들게 조심해요."

어린 사람을 가꾸는 자애스러운 목소리다. 경애는 얼굴이 홧 홧 달아오르는 것을 깨달았다.

그러나 그래도 상훈이가 밉거나 무서운 생각은 아니 들었다. 술을 먹은 데 대한 책망도 잊어버렸다.

'그러나 내가 왜 이럴까? 누가 어쨌기에…… 추우니까 감기 들까 보아 목도리쯤 추켜 주었기로……'

경애는 자기를 되레 꾸짖고 울렁거리는 가슴을 간정시키려 하였다. 보병대 앞까지 왔을 제 경애는 헤어져 가려 하였다.

"그럼 늦기 전에 어서 가우. 그리고 공연한 생각 말고 잘 다니 면 차차……"

하고 상훈이는 말을 얼버무려뜨리며 헤어지려는 눈치더니 다시 발을 아래로 떼어 놓으며 어두워서 호젓할 테니 데려다주마고 한다. 경애는 싫다고 하였으나 역시 따라설 수밖에 없었다.

"성가시고 괴롭기는 피차일반이오."

상훈이는 애수에 잠긴 목소리를 가라앉혀서 이런 소리를 하 다가 자기의 감정을 좀 더 분명히 표시하고 싶어서 다시 말을 잇 는다.

"남이 들으면 웃을지 모르지만, 사십이나 된 놈이 나이 아깝 다고 욕을 할지 모르지만, 아직 이십 때의 생각, 내 자식 보기가 부끄럽고 경애 양에게 눈치를 보일까 봐 부끄러운 그러한 10년 전 20년 전의 정열과 얼마나 싸웠는지 아무도 모를 것이오."

기어코 이런 소리를 하고야 말았다. 상훈이는 자기가 지금 무슨 소리를 했는지 귀가 먹먹하였고 숨이 목 밑까지 차올라 왔다.

경애도 주기를 품은 남자의 더운 입김이 반만 내놓은 위뺨에 스치는 것을 깨달았으나 지금 무슨 소리를 들었는지 머릿속이 띵하였다. 한 말도 한 마디도 입을 벌릴 기운이 없었다. 다만 가슴이 울렁거릴 뿐이었다.

당주동으로 돌아들어 가는 동구에 왔을 때 경애는 상훈이더러 인제는 가라고 하고 싶었으나 말이 목 밑에 붙어서 아무래도 나오지를 않았다. 하는 수 없이 또다시 캄캄한 길로 들어섰다. 아무쪼록 한 걸음 뒤서려고 애를 쓰면서……

"그러나 그까짓 소리는 다 그만두고……"

상훈이는 다시 말을 꺼내면서 한 걸음 멈칫하여 나란히 서며,

"……쓸데없는 소리 말고 어쨌든 곧 결혼을 하우! 결혼만 하면……"

하고 말을 딱 끊는다. 경애는 다소 안심이 되며 말 뒤를 기다리려니까 별안간 손에 무엇이 와서 닿는다. 상훈이의 화끈하는 손이다. 경애는 감전된 듯이 전신이 찌르르하여 하마터면 발부리가 채어 엎드러질 뻔하였다.

경애는 붙잡힌 손을 뿌리칠 수도 없이 놀란 비둘기는 소리는 치건마는 숨을 죽이고 몇 발짝 따라가려니까 상훈이는 별안간 손이 으스러질 듯이 꽉 쥐었다가 탁 놓으며 노한 사람처럼,

"가우! 가―."

하고 돌아서 가버린다. 컴컴한 속에서 검은 그림자가 어른어른

움직이는 것을 경애는 잠깐 바라보다가 고개를 떨어뜨리고 그대로 한참 섰었다. 지나던 사람이 들여다보고 간다.

경애의 머리에는 아무 생각도 떠오르는 것이 없었다. 까닭 없이 울고만 싶었으나 눈은 보송보송하다.

이 몇 시간 동안에 경애의 눈에 비치는 세상은 금시로 변하였다. 조상훈이의 세상이 아니거든 조상훈에 대한 관찰이 변하였다고 세상까지 돌변해 보이랴마는 세상이 우스꽝스럽다 할지, 무섭다 할지, 더럽다 할지, 재미있고 희망에 가득하다 할지, 형용할 수 없는 것이 이 세상인 듯하였다.

이튿날 경애는 학교에 아니 갔다. 갈 용기가 아니 났다. 온밤을 모친 몰래 꼬박 새우고 머리가 내둘리기도 하지만 학교에 가면 오늘쯤은 조선생이 나왔을지도 모르는데 얼굴을 맞대할 것이 걱정이었다. 부끄럽기도 하고 이상하기도 했다. 겁도 났다. 아니, 그보다도 무슨 중대한 일을 해결해야 할 것 같았다. 그러나 그 중대한 일이 무엇인지는 알 수 없었다.

모친은 간밤에 야기를 쏘여서 감기가 들었느냐고 애를 쓰며 약을 지어다 주마고 서둘렀다. 그러나 모두 싫다 하고 하루를 버둥버둥 누워서 지냈다. 아무쪼록은 모친과 떨어져서 혼자 있고 싶었다.

'조선생이 미쳤는가? 술이 취한 것인가? 미쳤거나 술이 취하지 않았으면 어제 헤질 때 무슨 짓이더람?'

그러나 암만 생각해도 실진한 사람은 아니다. 그리 취하지도 않았던 것이다.

자식 보기에 부끄럽고 어쩌고 하던 말을 생각하여 보았으나 머리에 다시 떠오르지 않는다. 그러나 다만 한 가지 뜻은 어렴풋이 알 수 있는 것 같았다. 천만의외였다. 그러나 그러면 또 나중에 어서 결혼을 하라는 말은 무슨 뜻인가?

'쓸데없는 소리 말고 결혼만 하면……'
하고 조선생이 말을 뚝 끊던 것을 생각해 보았다.

'쓸데없는 소리는 누가 하였던가? 결혼만 하면…… 어떻게 되리라는 말인가?'

경애는 알 수가 없었다.

실상은 자기가 자기 자신에게 한 말이었다. 그따위 쓸데없는 소리 말고 경애를 혼인만 시키면 상훈이 자신도 마음이 가라앉고 아무 일 없어지리라는 뜻이었을 것이다. 상훈이는 자기 마음이 위험해 가는 것을 피할 도리는 다만 경애를 얼른 결혼시키는 데 있다고 생각하는 것이었다.

하루 놀고 다음 날은 학교에 가보았다. 둘째 시간에 들어갈 때 조선생은 사무실에 들어왔었다. 여러 사람이 병 위문을 아니 하는 것을 보니 조선생은 어저께도 왔던 모양이다. 조선생은 그제 저녁에 보던 조선생이 아니다. 그전대로의 조선생이다. 경애에게 인사를 하고 수작을 붙이는 것도 조금도 그전과 다를 것이 없다. 경애는 또 한 번 얼떨떨한 생각에 끌려 들어갔다. 그저께 일이 꿈결 같고 사람이란 옷 한 겹만 입은 것이 아니라 마음과 몸뚱어리 위에 몇백 겹 몇천 겹 눈에 보이지 않는 그 무엇으로 싸고 살아가는 것 같았다. 조선생뿐 아니라 모든 사람이 조선생 같아 보였다. 대하는 사람마다 새삼스러이 얼굴이 쳐다보였다. 그중에 오직 자기만이 아무것으로도 싸지 않고 난 대로 벌거벗고 있는 것 같고 또 그것이 자랑이라느니보다도 이상스러웠다…… 허위의 갑옷을 입을 것을 배웠다.

하학 후에 누구보다도 먼저 책보를 싸들고 나가려니까 문간에서 마주 들어오는 조선생과 마주쳤다. 조선생은 눈으로 좌우를 경계하는 표정이더니 외투 주머니에서 봉투를 꺼내 약삭빠르게 준다. 경애는 얼굴이 화끈하며 급히 받았다. 결코 그 편지가 반가운 것이 아니라 누구에게 들킬까 봐 아무 소리도 못하고 받아서 책보 밑에 감춘 것이다.

편지에는 아무 말 없이 어제 왜 아니 들어왔더냐는 인사와 그저께 저녁 일은 아무 일 없었던 듯이 피차에 기억에서 없애 버리자 하고 용서하여 달라고 여러 번 진심으로 뇌었을 뿐이다. 가슴을 두근거리며 몰래 펴던 경애는 도리어 김이 빠졌다. 좀 더 무슨 뼈진 말이 있을 것같이 생각되었고 또 그런 말이 없는 것이 이상히도 섭섭했던 것이다. 그렇다고 결코 상훈이를 그립게 생각하거나 뼈 있는 말이 듣고 싶었던 것은 아니다. 다만 편지가 너무 싱거웠기 때문이었다.

5년 전의 이러한 일을 누가 알랴? 덕기는 물론이요, 경애의 모친도 결과만을 알 뿐이지 자초를 알 리가 없다. 지금 어미의 무릎 위에서 잠든 이 아이인들 그 결과를 설명할지언정 그 설왕설래야 알 것이냐!

그 당자끼리들도 이제는 가끔 머리에 떠오르는 추억에 그치고 만 것이다.

경애가 상훈이의 첫 편지를 받은 지 다섯 달도 못 되어서 경애는 학교를 나오고야 말았다. 그 다섯 달 동안의 생활을 독자는 궁금히 생각하리라. 그러나 지나간 일을 후벼 파서 백일하에 내놓은들 무슨 소용이 있으랴. 필자는 앞길이 바쁘니 수시 수처에서 다시 보고할 기회가 있겠거니와 경애는 그때 학교를 나오면서 서울을 떠났다.

동경 유학, 이름 좋은 동경 유학을 내세우고 학교를 떠났던 것이요, 또 사실 동경에 안 간 것도 아니었다. 그러나 호화로운 유학이 아니라 할 수 없이 피접* 나간 것이었다.

학교에서들은 동경 유학이란 말을 들을 제,

"그러면 학비는 누가?"

하고 서로 웃는 입들을 쳐다보았다. 다른 사회에서면야 그런 것이 그다지 문제도 되지 않았겠지만 교회 속이니까 문제는 수군거리며 커가는 것이었다.

어쨌든 경애가 동경 가서 아무도 만나지 않고 시외 오모리 한 구석에 박혀 있던 석 달 동안은 징역살이였다. 몸 고된 일이 있고 돈이 군색해서가 아니라 적막하기가 귀양살이 같았기 때문이었다. 더구나 만날 사람을 못 만나는 고민은 피차가 일반이었다. 그러나 상훈이는 서울을 떠날 수가 없었다. 서울에서 단 일주일이라도 소문 없이 자취를 감춘다면 스러져 가려던 소문, 동

---

* 避接. '비접'의 원말. 앓는 사람이 자리를 옮겨 요양하는 것.

경으로 경애의 뒤를 따라갔다는 소문이 꼬리에 꼬리를 물고 날 것이기 때문이다. 그러나 경애는 동경 간 지 3개월 만에 다시 도망꾼처럼 서울로 기어들었다. 용산역에서 내려서 사람의 눈을 피하여 밤중에 자동차로 모친에게 끌려 들어온 경애는 지금 들어 있는 북미창정 이 집에 처음 집알이*를 하게 된 것이었다.

이 집은 물론 상훈이가 경애를 위하여 마련해 놓았던 집이다. 하필 교회와 학교에서 가까운 이 근처에 정할 묘리는 없었으나 경애의 모친이 당주동으로 떠난 뒤에는 그 근처의 종교 예배당을 다닌 관계로 우대에서는 살기 싫고 삼청동 근처도 아니 되었고 또 집도 알맞은 것이 나서지를 아니하니까 부친이 경영하는 이 근처인 대성정미소의 주무에게 부친이 빌려 주었던 이 집을 내놓게 하고 들여앉힌 것이었다. 그렇게 해놓고 보니 등하불명이란 말도 있다 싶어 도리어 상관없을 성싶었다.

하여간 예닐곱 달 된, 남의 눈에 뜨일 만한 배를 안고 새 집에 들어와 앉으니 경애는 그래도 마음이 후련하고 다시 살아난 것 같았다.

모친은 처음부터 아무 말 없었지만 석 달 만에 만나서도 별말 없었다. 이왕지사 떠들면 무얼 하랴는 단념으로인지? 자기 남편 때 일을 생각하고 은인이라 하여 그것을 딸의 몸으로 갚겠다는 생각인지? 혹은 명예 있고, 아니 그까짓 명예라는 것은 무엇 말라 뒈진 것이냐, 돈 있는 사람이니 이 사람의 첩장모 노릇이라도

---

* 새로 집을 지었거나 이사한 집에 집 구경 겸 인사로 찾아보는 일.

하여 두면 죽을 때 육방망이*는 못 써도 마주잡이**를 해서 나가지는 않으리라는 속다짐으로인지…… 그러나저러나 이 속다짐이 무엇보다도 앞을 섰던 것일 것이다.

이 늙은 부인은 손에 성경책 넣은 검은 헝겊 주머니를 들고 다니는 전도 부인이다. 그러나 살아 나아가야 할 수단을 잊어버린 어리배기는 아니었다. 게다가 첩에서 조금 면한 삼취댁이다. 만일 예수 믿고 사회 일 하는 남편을 만나지 않았다면 장거리에서 술구기***를 들었을지 딸자식을 기생에 박았을지 누가 알랴. 이것은 이 노부인을 모욕하여 한 말이 아니라 이 부인의 성격이 그만치나 걸걸하고 수단성 있다는 말이요, 또 누구나 그 놓인 처지에 따라서 이렇게 되고 저렇게도 된다는 말이니 만일에 자기 남편이 단 사오십 석의 유산만 남겨 주었던들 이 부인은 조상훈이의 은혜를 받을 기회는커녕 서울로 올라오지도 않았을 것이 아니냐?

그러나저러나 이 부인은 새집 든 지 석 달 만에 손주딸을 보았다. 쉬쉬하고 세상을 숨기고 낳은 목숨이다. 그러나 이 손주새끼는 외할머니로 하여금 교회에서 멀어지게 하였던 것이다.

* 방망이 여섯 개를 가로 꿰어 열두 사람이 메게 된 상여.
** 두 사람이 앞뒤에서 메는 일. 또는 그런 상여나 들것.
*** 독이나 항아리 따위에서 술을 풀 때 쓰는 도구. 바닥이 오목하고 자루가 달렸으며 국자보다 작다.

# 제1충돌

"글쎄, 아버지께서는 망령이 나셔서 그러시든, 옛날 시절만 생각하고 그러시든 형님으로서는 되레 그러지 못하시게 말려야 할 것이 아닌가요?"

"자네가 못하는 일을 내가 어떻게 말리나? 자네가 못하시게 하지 못하기나 내가 여쭈어 안 들으시기나 매한가지가 아닌가?"

"못하시게 하기는 고사하고 그렇게 하시도록 충동이고 다니는 사람은 누구게요."

"글쎄, 이 사람아, 딱한 소리도 하네그려. 그래 아저씨께서 누구 말은 들으시던가? 내가 다니면서 일을 꾸며 놓은 것같이 생각을 하지만 자네 어쩌자고 그런 소리를 하나?"

"어쨌든 이 전황한 판에 무슨 정성이 뻗쳤다고 별안간 십대조니 십몇 대조니 하는 조상의 산소 치레를 하고 있단 말씀이오?"

상훈이는 문제의 산소가 몇 대조의 산소인지도 모른다.

"아버지께 여쭈어 보게그려!"

상훈이의 재종형 창훈이는 핏대를 올리고 소리를 높인다.

제삿날이라 10시가 넘으니까 당내가 꾸역꾸역 모여들어서 사랑 건넌방 안은 뿌듯하고 담배 연기가 자욱하다. 상훈이는 제사 참례는 아니하여도 으레 제삿날이면 사랑에 와서 앉았다가 음복까지 끝나야 가는 것이다.

영감님은 모든 분별을 하느라고 안방에 들어가 앉았고 사랑 큰방에는 윗항렬 노인들과 제삿밥 기다리는 노인 측이 점령하고 떠든다. 덕기도 아까 8시가 넘어서 들어와서 제삿날 나다닌다고 조부에게 한바탕 꾸중을 듣고 안에서 제물 올리는 시중을 들고 있다. 일할 사람이 없어서 그러는 것이 아니라 어동육서니 조율이시니 하는 절차부터 가르치기 위하여 꼭 손주를 시키는 것이다. 영감으로서 생각하면 죽은 뒤에 아들의 손으로 제사 받기는 틀렸으니까 장손에도 외손자인 덕기 하나를 믿는 것이었다.

내가 죽은 뒤에 기도를 어떤 놈이 하면 내가 황천으로 가다 말고 돌아와서 그놈의 혓바닥을 빼놓겠다고 노영감은 미리미리 유언을 해둔 터이다. 아들이 예수교 식으로 장사를 지내 줄까 보아 그것이 큰 걱정인 것이다. 그러기 때문에 자기가 죽으면 호상은 사랑에 있는 지주사로 정하고 모든 초종범절은 지금 사랑 건넌방에서 상훈이와 말다툼을 하고 있는 당질 창훈이더러 서로 의논해 하라는 것이 벌써부터의 유언이다. 아들더러는 프록코트나 입고 마차나 자동차를 타고 따르든지 기생집에서 콧노래를 부르고 누워 있든지 너 알아 하라고 일러두었다.

도대체 영감의 소원은 앞으로 15년만 더 살아서(15년이면 여든 두셋이나 된다) 안방 차지인 수원집의 몸에서 아들 하나만 더 낳겠다는 것이다. 이제라도 태기가 있다면 죽을 때는 열다섯 먹은 상제 하나는 삿갓가마를 타고 따르리라는 공상이다. 영감의 걱정이란 대개 이런 따위다. 창피해서 입 밖에 내지는 않으나 작년 올에 있을 태기가 없어서 아들 낳는다는 보험만 붙은 계집이면 또 하나 얻어도 좋겠다는 속셈이다. 날마다 지주사는 아랫방 마루 안에 놓인 약장 앞에서 15년 더 살 약과 아들 낳을 약을 짓기에 겨울에는 발이 빠질 지경이다.

그러나 이 영감이 15년을 더 사는 동안에는 호상 차지할 맞늙는 지주사와 오십 넘은 창훈이가 먼저 죽을지 모를 것이다.

"대관절 대동보소*를 이리 옮겨 온 것도 형님이 아니오?"

상훈이는 종형을 또 들이댄다.

"옮겨 오고 말고가 있나. 그런 일이란 집안 어른이 하셔야 할 것이요. 나는 영감님 심부름만 한 게 아닌가? 자네는 나만 보면 들큰거리네마는 대관절 내가 무얼 잘못했단 말인가?"

창훈이는 다시 순탄한 목소리로 녹진녹진 대거리를 하고 앉았다.

"그야 큰댁 형님 말씀이 옳지요. 또 사실 사무소를 둘 만한 곳이 어디 있습니까?"

옆에 앉았던 젊은 재종이 창훈이 편을 든다.

"대동보소로 모두 얼마나 쓰셨소?"

상훈이는 자기 부친이 족보 인쇄하는 데 적어도 삼사천 원은 그럭저럭 부스러뜨렸으리라고 생각하는 것이었다.

"그 역시 나도 모르지. 장부에 뻔한 것이요. 회계 본 애가 있으

---

* 大同譜所. 동성동본에 딸린 모든 파보를 합쳐서 엮은 대동족보의 일을 맡아보는 곳.

　　　　　　　　　　　　　　　　　삼대

니까."

창훈이는 냉연히 이렇게 대답하다가,

"자네 생각에는 내가 거기서 담배 한 갑이라도 사먹고 밥 한 그릇이라도 먹었을 성싶지만 없네, 없어! 나도 조카로 태어났으니까 싫어도 하고 좋아도 하는 노릇이 아닌가?"
하고 코웃음 친다.

서울 올라올 제의 고무신짝이 구두로 변하고 뙈뎅이 두루마기가 세루두루마기로 되더니 올 겨울에는 외투가 그 위에 또 는 것은 어디서 생긴 것이오? 하고 들이대고 싶은 것을 상훈이는 참았다.

"그래, 대동보소 문패는 언제 떼게 될 셈인가요?"
한참 만에 상훈이는 또 비꼬아서 말을 꺼냈다.

"인쇄가 다 되었으니까 떼지 말래도 떼게 되겠지."

"응, 그러니까 일거리가 이제는 없어져서 여관 밥값들이 밀리게 되니까 또 새 일거리를 꾸며 냈단 말이지……"

좌중은 아무도 대꾸를 안 하고 조용하였다.

수하동 조의관 댁 문지방 없는 솟을대문에는 언제부터인가 ×× 조씨 대동보소라는 넓고 기다란 나무패가 붙기 시작하였다. 근 이태 동안 무릇 ×× 조씨라고 하는 '종씨' 쳐놓고 안 드나드는 사람이 없게 되었다. 종씨, 종씨, 보도 듣도 못하던 종씨의 사태가 났던 것이다. 그 종씨가 상훈이에게는 구살머리쩍고* 못

---

* 구살머리쩍다 : 마음에 마땅치 않고 귀찮다.

마땅하였다. 그러나 조의관은 그 무서운 규모로도 이 종씨들, 할아버지 아저씨 하고 덤벼드는 시골고라리* 젊은 애들을 며칠씩 묵혀서는 노잣냥 주어 내려보내는 것이었다.

조의관에게는 평생의 오입이 세 가지 있다. 하나는 을사조약 한창 통에 그때 돈 2만 냥, 지금 돈으로 400원을 내놓고 40여 세에 옥관자를 붙인 것이니 차함은 차함이로되 오늘날의 조의관이란 택호가 아주 터무니없는 것이 아니요, 또 하나는 6년 전에 상배하고 수원집을 들여앉힌 것이니 돈은 여간 2만 냥으로 언론이 아니나 그 대신 귀순이를 낳고 또 여든다섯에 죽을 때는 열다섯 먹은 아들을 두게 될지 모르는 터인즉 그다지 비싼 오입이 아니나, 맨 나중으로 하는 오입이 이번 이 대동보소를 맡은 것인데 이번에는 좀 단단히 걸려서 2만 냥의 열 곱 20만 냥이나 쓴 것이다. 그것도 어엿이 자기 집 자기 종파의 족보를 꾸민다면야 설혹 지금 시대에 역행하는 일이라 하더라도 덮어놓고 오입이라고 하여서는 말이 아니요 인사가 아니겠지만, 상훈이를 보아서는 대동보소라는 것부터 굳이 반대는 안 한다 하여도 그리 긴할 것이 없는데 게다가 ××씨의 족보에 한몫 비집고 끼려고(덤붙이가 되려고) 4천 원 탬이나 생돈을 내놓는다는 것은 적어도 오입 비슷한 일이라고 생각하는 것이었다.

'돈 주고 양반을 사!'

이것이 상훈이에게는 일종의 굴욕이었다.

---

* 어리석고 고집 센 시골 사람을 놀림조로 이르는 말.

그러나 조의관으로서 생각하면 이때껏 자기가 쓴 돈은 자기 부친이 물려준 천량에서 범용한 것이 아니라 자수로 더 늘린 속에서 쓴 것이니까 그리 아깝지도 않고 선고(先考)의 혼령에 대하여도 떳떳하다고 자긍하는 것이다. 저 잘나면 부조(父祖)의 추증*도 하게 되는 것인데 있는 돈 좀 들여서 양반 되기로 남이 웃기는새로에 그야말로 이현부모(以顯父母)가 아닌가 하는 요량이다. 어쨌든 4천 원 돈을 바치고 조상 신주 모시듯이 ×× 조씨 대동보소의 문패를 모셔다가 크나큰 문전에 달고 ×× 조씨 문중 장손파가 자기라는 듯싶이 버티고 족보까지 박게 되고 나니 이번에는 ×× 조씨 중시조인 ○○당 할아버지의 산소가 수백 년래에 말이 아니 되었으니 다시 치산을 하고 그 옆에 묘막보다는 큼직한, 옛날로 말하면 서원 같은 것을 짓자는 의논이 일어났다.

지금 상훈이가 창훈이더러 일거리가 없어져 가니까 또 새판으로 일을 꾸민다고 비꼬는 말이 이를 두고 하는 말이다.

제절** 앞의 석물도 남 볼썽사납지 않게 일신하게 하여야 하겠고 묘막이니 제위답***이니 무엇무엇…… 모두 합하면 한 만 원 예산은 있어야 할 터인데 반은 저희들이 부담하겠지만 절반 5천 원은 아무래도 조의관이 내놓아야 하겠다는 것이다.

양자를 들어가면 재산상속을 받을 권리도 있지만 없는 양부

* 追贈. 종이품 이상 벼슬아치의 죽은 아버지, 할아버지, 증조할아버지에게 벼슬을 주던 일.
** 祭砌. 자손들이 늘어서서 절할 수 있도록 산소 앞에 마련된 평평하고 널찍한 부분.
*** 祭位畓. 추수한 것을 조상의 제사 비용으로 쓰기 위하여 마련한 논.

모면야 벌어서 봉양할 의무도 지는 것이다. 조씨 문중에 돈 낼 만한 사람이 없고 또 벌이지 않았으면 모르거니와 벌인 일인 바에야 시종이 여일하게 깡그러뜨려야 할 일이다. 그러나 5천 원을 저희가 분담한대야 그것은 이 영감에게서 울궈 내려는 미끼로 하는 헛말임은 물론이요, 이 영감이 내놓은 5천 원에서 뜯어먹으려고나 안 했으면 다행이나 원체가 뜯어먹자는 노릇인 다음에야 더 말할 것도 없는 일, 어쨌든 뭇놈이 드나들며 굽실거리고 노영감을 쑤석대기도 하지만 아무래도 못하겠다는 말이 입에서 아니 나와서 울며 겨자 먹기로 추수나 하면 내년 봄쯤 어떻게 해보자고 아직 밀어 나오는 판이다. 내년 봄이래야 음력설만 쇠면 석 달이 못 가서 한식이다.

이 영감에게 제일 신임 있는 창훈이를 앞장세우고 요새로 부쩍 조르고 다니는 것은 어서 급급히 착수할 준비를 하여 한식 다례를 잡숫게 하고 어울려 일을 시작하자는 것이다.

그러나 영감으로서는 이렇게 쌀값이 폭락하여서는 도저히 힘에 겨우니 좀 더 연기를 하였다가 추석에나 가서 착수를 하든지 또다시 내년 한식 때에 의논을 해보자는 것이다.

영감도 결단코 어수룩한 사람은 아니다. 어수룩이라니, 거의 후반생을 산가지와 주판으로 늙은 사람이다.

속에서는 쪼르륵 소리가 나면서 천냥만냥 판으로 돌아다니거나, 있는 집 사랑 구석에서 바둑으로 세월을 보내는 조가의 떨거지들이 다른 수단으로는 이 영감의 주머니끈을 풀게 할 도리가 없으니까 족보를 앞장세우고 삶고 굽고 하는 바람에 조츰조

츰 쓰기 시작한 것이 3천여 원, 근 4천 원을 쓰게 되고 보니 속으로는 꽁꽁 앓는 판에, 또 ○○당 할아버지가 앞장을 서서 5천원 놀래가 나온 것이다. 그러나 5천 원을 부른 사람도 그만큼 불러야 3천 원은 울궈 내려니 하는 것이요, 조의관도 5천 원의 반절은 아무래도 또 털리는 것이라고 생각하고 있는 것이다. 그것도 죽을 날이 얄팍하여 가니까 ×× 조씨 문중에서 자기가 둘째중시조나 되는 셈치고 이 세상에 남겨 놓고 가는 기념사업이라는 생각도 없지 않아서 해보려는 노릇이다.

그래서 요새로 부쩍 달고 치는 바람에 그러면 우선 천 원 하나를 내놓을 터이니 500원은 산역에 쓰고, 500원은 묘막을 짓되 부족되는 것은 묘하에 있는 조씨들이 금력으로 보태든지 돈없는 사람은 부역으로 흙 한 줌, 떼 한 장씩이라도 떠다가 힘으로 보태라고 한 것이다.

그러고 나서 제위답으로는 다소간 나중에 마련해 놓으마고 하였다. 조의관 생각에는 그렇게 하면 천 원 내놓고 2천 원 들인 생색은 나려니 속 따짐이었다.

"그래야 결국 아저씨께서는 돈 천 원, 하나밖에 안 내놓으신다니까 나중 뒷갈망은 우리가 발바투 돌아다니며 긁어모아야 할 셈이라네. 말 내놓고 안 할 수 있나! 이래저래 뼛골만 빠지고 잘못되면 시비는 우리만 만나고……."

창훈이는 한참 앉았다가 혼잣말처럼 이런 소리를 한다.

"장한 사업 하슈. ○○당 할아버지가 묘막 지어 달라고, 제절 앞에 석물이 없어서 호젓하다고 하─십디까?"

상훈이는 '합디까?'라고 입에서 나오는 것을 겨우 '하십디까'라고 존대를 하였다. ○○당 할아버지라고 부르는 것도 좀 어설프다. 예수교인이라 하여 자기 조상을 존경할 줄 모르는 것이 아니라 부친이 새로 모셔 온 십몇 대조 할아버지라 하니 좀 낯 서투른 때문이다.

"그런 소린 아예 말게. 자네는 천주학을 하니까 이런 일에는 반대인지 모르지만 조상 없이 우리 손이 어떻게 퍼졌으며 조상 모르는 사람이 이 세상에 어디 있단 말인가? 어떻게 우리 조씨도 그렇게 해서 남에 빠지지 않고 자자손손이 번창해 나가야 하지 않겠나."

창훈이는 못마땅한 것을 참느라고 더욱 이죽이죽 대거리를 한다.

"조가의 집이 번창하려고? 조상의 음덕을 입으려고? 하지만 꾸어 온 조상은 자기네 자손부터 돕는답디다……."

상훈이는 불끈하여 소리를 높이며 또 무슨 말을 이으려다가 마루 끝에서 영감님의 기침 소리가 나는 바람에 좌우 방 안은 괴괴하여졌다.

"왜들 떠드니……?"

화를 참는 못마땅한 강강한 목소리와 함께 건넌방 문이 활짝 열린다. 방 안의 젊은 애들은 우중우중 일어서며 상훈이는 윗목으로 내려섰다.

방 안에서는 더운 김이 서린 담배 연기가 뭉긋뭉긋 흘러나온다.

삼대

"이게 굴뚝 속이지, 젊은것들이 무슨 담배를 이렇게 피우며 주책없는 소리들만 씨부렁대는 거냐?"

영감은 방 안을 들어서며 우선 나무라 놓고 아랫목으로 가서 앉으며 자기의 발끈한 성미를 속으로 간정하려는 듯이 목소리를 가라앉혀서,

"어서들 앉아라."

하고 무슨 잔소리를 꺼내려는지 판을 차린다. 영감은 제청을 다 배설해 놓고 시간을 기다리느라고 사랑으로 나오다가 종형제간의 말다툼을 가만히 듣고 섰다가 참을 수 없어 뛰어든 것이다.

"너 어째 왔니? 오늘은 예배당에 안 가는 날이냐?"

영감은 얼굴이 발끈 취해 올라오며 윗목에 숙이고 섰는 아들을 쏘아본다.

"어서 가거라! 여기는 너 올 데가 아니야! 이 자식아! 나이 오십 줄에 든 놈이 철딱서니가 없이 무엇이 어째고 어째? 조상을 꾸어 왔어? 꾸어 온 조상은 자기네 자손만 도와? 배우지 못한 자식!"

영감은 금시로 숨이 넘어가려는 사람처럼 헐떡거리며 벌건 목에 푸른 힘줄이 벌렁거린다. 상훈이는 여전히 고개를 숙이고 한 구석에 섰다.

"너두 내가 낳아 놓은 자식이면야 사람이겠구나? 부모의 혈육을 타고났으면 조상은 알겠구나? 가사 젊은 애들이 주책없는 소리를 하더라도 꾸짖고 가르쳐야 할 것이 되레 철부지만도 못한 소리를 텅텅 하니 이게 집안이 되려고 이러는 거란 말이냐? 안

되려고 이러는 거란 말이냐?"

여기서 영감은 숨을 잠깐 돌리고 나서 다시 목청을 돋운다.

"이 집안에서 나만 눈을 감아 보아라! 집안 꼴이 무에 되나? 가거라! 썩썩 나가거라! 조상을 꾸어 왔다니 너는 네 아비도 꾸어 왔겠구나? 꾸어 온 아비면야 조금도 네게는 도울 게 없을 게다! 다시는 내 눈앞에 뜨일 생각도 마라!"

오른손에 든 장죽을 격검대 모양으로 들었다 놓았다 내밀었다 들이켰다 하며 펄펄 뛴다.

4천 원 돈이나 드는 줄 모르게 들인 것을 속으로 앓고 또 앞으로 돈 쓸 걱정을 하는 판에 애를 써 해놓은 일에 대하여 자식부터라도 그따위 소리를 하는 것이 귀에 들어오니 이래저래 화는 더 나는 것이다. 게다가 원래 못마땅한 자식이요, 또 오늘은 친기라 제사 반대꾼을 보니 가만있어도 무슨 야단이든지 날 줄은 누구나 짐작했지만 마침 거리가 좋아서 야단이 호되게 된 것이다.

"아니에요. 그런 말씀이 아니에요. 아저씨께서 잘못 들으셨나 보외다."

창훈이는 속으로는 시원하다고 생각하면서도 인사치레로 한마디 하였다.

"잘못 듣다니? 내가 이롱증이 있단 말인가?"

"그만해 두세요. 상훈 군도 달래 그렇겠습니까? 이 전황한 통에 꿈쩍하면 돈이니까 그것을 걱정해서 그러는 것이지요."

창훈이는 이런 소리도 하였다. 그러나 상훈이로서는 때리는 사람보다 말리는 놈이 더 미웠다.

"누가 돈 쓰는 것을 아랑곳하랬나? 누가 저더러 돈을 쓰라니 걱정인가? 내 돈 가지고 내가 어떻게 쓰든지……."

"아버지께서 하시는 일에……."

조금 뜸하여지며 부친이 쌈지를 풀어서 담배를 담는 동안에 상훈이는 나직이 말을 꺼냈다.

"……돈 쓰신다고만 하는 것도 아닙니다마는 어쨌든 공연한 일을 만들어 내는 사람들이 첫째 잘못이란 말씀입니다."

"무에 어째 공연한 일이란 말이냐?"

부친의 어기는 좀 낮추어졌다.

"대동보소만 하더라도 족보 한 길(질)에 50원씩으로 매었다 하니 그 50원씩을 꼭꼭 수봉하면 무엇 하자고 삼사천 원이 가외로 들겠습니까?"

"삼사천 원은 누가 삼사천 원 썼다던?"

영감은 아들의 말이 옳다고는 생각하였으나 실상 그 삼사천 원이란 돈이 족보 박는 데에 직접으로 들어간 것이 아니라 ×× 조씨로 무후(無後)한 집의 계통을 이어서 일문일족에 끼려 한즉 군식구가 늘면 양반의 진국이 묽어질까 보아 반대를 하는 축들이 많으니까 그 입을 씻기 위하여 쓴 것이다. 그러기 때문에 마치 난봉자식이 난봉 피운 돈 액수를 줄이듯이 이 영감도 실상은 한 천 원 썼다고 하는 것이다. 중간의 협잡배는 이런 약점을 노리고 울궈 쓰는 것이지만 이 영감님으로서는 성한 돈 가지고 이런 병신구실 해보기는 처음이다.

"그야 얼마를 쓰셨던지요. 그런 돈은 좀 유리하게 쓰셨으면 좋겠다는 말씀입니다."

'재하자 유구무언(在下者有口無言)'의 시대는 지났다 하더라도 노친 앞이라 말은 공손했으나 속은 달랐다.

"어떻게 유리하게 쓰란 말이냐? 너같이 오륙천 원씩 학교에 디밀고 제 손으로 가르친 남의 딸자식 유인하는 것이 유리하게 쓰는 방법이냐?"

아까부터 상훈의 말이 화롯가에 앉아서 폭발탄을 만지작거리는 것 같아서 위태위태하더라니 겨우 간정되려던 영감의 감정에 또 불을 붙여 놓고 말았다.

상훈이는 어이가 없어서 얼굴이 벌게진다.

부친의 소실 수원집과 경애 모녀와는 공교히도 한 고향이다. 처음에는 감쪽같이 속여 왔으나 수원집만은 연줄연줄이 닿아서 경애 모녀의 코빼기도 못 보았건마는 소문을 뻔히 알고 따라서 아이를 낳은 뒤에는 집안에서 다 알게 되었던 것이다. 덕기 자신부터 수원집의 입에서 대강 들어 안 것이다. 그러나 내외가 몇 번 충돌한 외에는 노영감님도 이때껏 눈감아 버린 것이요, 경애가 들어 있는 북미창정 그 집에 대하여도 부친이 채근한 일은 없는 것이라서 지금 조인광좌중*에서 아들에 대하여 학교에 돈 쓰고 제 손으로 가르친 남의 딸 유인하였다는 말을 터놓고 하는 것을 들으니 아무리 부친이 홧김에 한 말이라 하여도 듣기에 괴

---

* 稠人廣座中. 여러 사람이 빽빽하게 많이 모인 자리 가운데.

삼대

란쩍고* 부자간이라도 너무 야속하였다.

"아버지께서는 너무 심한 말씀을 하십니다마는 어쨌든 세상에 좀 할 일이 많습니까. 교육 사업, 도서관 사업, 그 외 지금 조선어 자전 편찬하는 데……"

상훈이는 조심도 하려니와 기를 눅여서 차근차근히 이왕지사 말이 나왔으니 할 말을 다 하겠다는 듯이 말을 이어 나가려니까 또 벼락이 내린다.

"듣기 싫다! 누가 네게 그따위 설교를 듣자던? 어서 가거라."

"하여간에 말씀입니다. 지난 일은 어쨌든 지금 이 판에 별안간 치산이란 당한 일입니까. 치산만 한대도 모르겠습니다마는 서원을 짓고 유생들을 몰아다 놓으시렵니까? 돈도 돈이거니와 지금 시대에 당한 일입니까?"

상훈이는 아까보다 좀 어기를 높여서 반대를 하였다.

"잔소리 마라! 그놈 나가라니까 점점 더하고 섰고나. 내가 무얼 하든 네가 무슨 상관이란 말이야. 내가 죽으면 동전 한 닢이라도 너를 남겨 줄 줄 아니! 너는 이후 아무리 굶어 죽는다 하여도 한 푼 없다. 너는 없는 셈만 칠 것이니까…… 너희들도 다 들어 두어라."

하고 좌중을 돌려다보며 말을 잇는다.

"내 재산이라야 얼마 있는 게 아니다마는 반은 덕기에게 물려 줄 것이요. 그 나머지로는 내가 쓰고 싶은 데 쓰다 남으면 공평

---

* 괴란(愧赧)쩍다 : 얼굴이 붉어지도록 부끄러운 느낌이 있다.

히 나누어 주고 갈 테다. 공증인을 세우든 변호사를 불러 대든 하여 뒤를 깡그르뜨려 놓을 것이니까 너는 인제는 남 된 셈만 쳐라. 내가 죽으면 네가 머리를 풀 테냐? 거상을 입을 테냐?"

영감은 사실 땅문서도 차츰차츰 덕기의 명의로 바꾸어 놓아 가는 판이요 반은 자기가 쓰다가 남겨서 수원집과 막내딸의 명의로 물려줄 생각이다. 만일에 15년 더 사는 동안에 아들 하나를 더 본다면 물론 그 아들을 위하여 반은 물려줄 요량도 하고 있는 터이다.

이때까지 술이 취하면 주정으로 이런 말을 하는 것을 듣기도 하였지만 오늘은 친기라 하여 술 한 잔 안 자신 이 영감이 맑은 정신으로 여러 젊은 애들 앞에서 떠들어 놓는 것은 처음이다. 그래야 이 방중은 고사하고 이 집안 속에서 자기 편을 들어 줄 사람이라고는 하나 없고나 하는 생각을 하니 상훈이는 새삼스러이 고독을 느끼고 모든 사람이 야속하였다.

"애비 에미도 모르고 계집 자식도 모르는 너 같은 놈은 고생을 좀 해봐야 한다. 내가 돈이 있으니까 네가 한 달에 한 번이라도 들여다보는 것이지 내가 아무것도 없어 보아라. 돌아다보기커녕 고려장이라도 족히 지낼 놈이 아니냐. 어서 나가거라. 이 자식, 조상을 꾸어 왔다는 자식은 조가가 아니다."

하고 노인은 별안간 벌떡 일어나서 아들을 떼밀며 내쫓으려는 듯이 덤벼든다. 젊은 사람들은 와— 덤벼들어서 가로막는다.

"상훈이, 어서 나가세. 흥분이 되셔서 그러시니까……"

창훈이는 상훈이를 끌고 마루로 나왔다.

부친이 망령이 나느라고 그러는지는 모르겠으나 젊은 사람들이나 자식 보는 데 창피도 스러웠다. 상훈이는 안방으로 들어가는 수도 없고 아랫방에도 덕기 또래의 아이들이 모여 있으니 그리 들어갈 수도 없다. 하는 수 없이 모자를 집어 쓰고 축대로 내려오니까 덕기가 아랫방에서 나와서 뜰로 내려온다.

"아랫방으로 들어가시지요."

덕기는 민망한 듯이 이렇게 부친에게 말을 걸었으나 부친은 잠자코 나가 버렸다.

# 제2충돌

파제삿날 아침에도 간밤 2시에나 취침한 영감이 꼭두식전에
일어나서(이날은 사랑에서 자는 사람이 많아서 영감은 안방에서 잤다)
아침 술 석 잔을 마시고 사랑으로 나갔다. 밤을 새우다시피 한
젊은 사람들을 들쑤셔 깨우려는 생각이었다.

그러나 영감이 사랑으로 막 나가자 사랑 편에서 방문을 우당
퉁탕 여닫는 소리가 나고 지껄지껄하는 소리가 안방에 앉았는
수원집의 귀에까지 들렸다. 부엌에서 어제 휩쓸어 두었던 그릇
을 설거지하던 손자며느리가 깜짝 놀라서 귀를 기울이다가 옆에
서 쌀을 일고 섰는 어멈더러 나가 보고 들어오라고 재촉을 하려
니까, 안방에서도,

"어멈, 사랑에 좀 나가 보고 들어오게."

하고 소리를 친다. 뛰어나갔던 어멈은 단걸음에 되짚어 뛰어 들
어오면서,

"에구 안방마님! 어서 나가 보세요. 큰일 났에요. 영감마님께
서 댓돌에 미끄러져서 넘어지셨에요."

하고 소리를 친다.

"무어……?"

안방에서는 수원집이 경풍*을 해서 뛰어나와서 고무신짝을 거꾸로 꿸 듯이 사랑으로 내달았다. 손자며느리도 뒤따르고 어멈도 다시 줄달음질을 쳐서 나갔다. 안방 계집애년도 뛰어나왔다. 그 바람에 안방에서는 어린애가 잠을 깨어 킹킹대며 울기 시작한다.

건넌방에서 아침잠이 뭉긋이 들었던 덕기는 그제서야 눈이 뜨여서,

"왜 그러니?"

소리를 치며 미닫이를 여니까, 아랫방에서 모친이,

"어서 사랑에 나가 봐라. 할아버지께서 넘어지셨단다."

하고 소리를 친다. 모친은 어제 와서 같이 잔 딸이 학교에 가느라고 머리를 빗는데 일어나는 길로 뒷머리를 땋아 주고 있었기 때문에 얼른 일어서지 못하였다. 한방에 자던 여편네들도 이제야 들 일어나 앉아 씩둑거리고 있다가 매무시도 채 못해서 곧 나오지들 못하였던 것이다.

덕기가 바지저고리만 꿰고 뛰어나간 뒤에야 비로소 모친과 덕기 누이 덕희가 사랑으로 나갔다.

덕기 모친은 먼저 나갔던 사람들과 사랑 문간에서 마주쳤다. 수원집은 암상이 나서 못 본 척하고 지나쳐 버린다. 늦게 나온다고 못마땅해서 그러는구나 하는 생각을 하니 덕기 모친도 심사가 났다.

---

* 痙風. 경증이 발작할 때에 몸이 뻣뻣해지고 오랫동안 정신이 흐려지는 증상.

"좀 어떠시냐? 다치시지는 않으셨니?"

그래도 노인이 빙판에 넘어졌다니 애가 쓰여서 시서모의 뒤따른 며느리더러 물어보았다.

"다치신 데는 없어요. 들어가 누우셨어요."

사랑방에 누운 영감도 며느리가 늦게 나와 보는 것이 못마땅하였다. 그래도 며느리는 아들보다 낫게 생각하는 터이라 내색은 보이지 않고 며느리가 문안 겸 인사를 하니까,

"응, 허리가 좀 아프지만 별일 있겠니?"

하고 나서 손주딸을 쳐다보고 온유한 낯빛으로,

"학교 가기 곤하겠구나? 그저 잤던?"

하고 물었다. 그저 자리 속에 있어서 인제야 나왔나 하고 묻는 것이었다.

"아녜요. 머리 빗느라고 어머니가 막 땋는데 넘어지셨다지요."

하고 덕희는 어리광 삼아 생글 웃고 옆에 섰는 오라비를 돌려다보고,

"오빠 같은 게으름뱅이나 이때까지 자지요."

하고 놀린다.

"예끼 년! 이때까지 머리를 제 손으로 못 땋는단 말이냐?"

할아버지는 이런 소리 하고 웃었다.

"저두 땋는답니다. 하지만 숱이 많아서…… 그리고 제 손으로 땋으면 하이칼라가 못 돼서요."

하고 덕희는 또 색색 웃는다.

"조년, 벌써 하이칼라만 하려 들고…… 그럼 학교 안 보낸다."

조부도 재롱을 보느라고 연해 웃으며 대거리를 하여 준다. 방 안에는 웃음소리와 화기가 가득하였다. 사실 이런 때의 이 노인은 천진한 어린아이같이 백발동안이 온화하였다.

조부가 몸을 추스르다가 허리가 아픈 듯이 에구구 하며 눈살을 찌푸리니까,

"너 좀 주물러 드려라."

하고 모친이 시키는 대로 덕희가 가까이 가려니까,

"고만두어라. 학교 갈 시간 늦는다. 의사를 부르러 갔으니까 인제 올 게다."

고 하며 안으로 쫓아 들여보내고 어서 수원집을 나오라고 불러 내었다.

바지와 마고자에 흙이 묻어서 수원집은 가림것을 가지고 사랑으로 나갔다.

"어쩌면 집안이 그렇게 떠드는데 모른 척하고 들어앉았더람……."

수원집은 혼잣말처럼 며느리 모녀를 두고 하는 말이다.

"계집애년 머리를 땋아 주느라고 그랬다지만 아무러면 상관있나."

영감이 이런 소리를 하는 것이 수원집은 싫었다. 맞장단을 쳐 주어야 좋을 것인데 며느리 역성을 들어 주는 것 같은 말눈치가 싫은 것이다.

"내일모레면 시집갈 년의 머리를 일일이 빗겨 주어야 할까요. 공연한 소리지. 아까부터 약주상을 들여가고 해야 모른 척하고

들어앉아서……."

수원집은 아까부터 못마땅하였던 것이다.

"그야 어제 늦게 자고 또 새애기가 없으면 모르거니와 그 애가 나와서 일을 하니까 그렇겠지."

영감의 말은 옳았다. 그러나 수원집은 점점 더 뾰로통해졌다.

영감은 허리가 아파서 옷은 이따가 갈아입는다 하여 수원집은 마지못해 잠자코 영감의 허리만 주무르고 앉았다.

며느리가 늦게 나왔다고 시비는 하면서도 허리를 주무르기는 귀찮았다. 더구나 한통이 돼서 며느리 흥하적을 하지 않는 것이 못마땅하니까 더욱이 싫증이 났다. 그건 고사하고 영감이 넘어졌다 할 제 그렇게 허겁을 하면서 뛰어나오면서 얼마나 애가 키었던가? 지금 이 당장에는 제 생각이 어떠한가? 이보다 좀 더 몹시 다쳤다면 생각이 어떠하였을꼬…… 모를 일이다.

의사가 오니까 수원집은 안으로 들어와 버렸다. 의사나 누구나 내외를 하는 것이 아니니 진찰하는 것을 보고 들어가도 좋으련만…… 하는 생각이 영감에게도 없지 않았다.

의사는 그리 대단치는 않으나 혹시 삐었는지 모르니까 반듯이 누워 있는 것이 좋겠다 하며 약을 바르고 찜질을 해놓고 갔다.

안방에서 아침밥을 먹을 제 여편네들은 영감님 넘어지신 것으로 떠들어 댔다.

"그래두 고만하시니 다행이지, 노래(老來)에 빙판에 넘어지셨으니 속으로 골탕을 잡숫거나 하였더면 어쩔 뻔했어?"

한 여편네는 이런 소리를 하였다.

"저기서 누구도, 최사천 영감 말야. 그건 빙판도 아니요 댓돌에서 내려서다가 허리를 삐어서 석 달을 꼼짝을 못하고 누웠었대……."

침모는 이런 소리도 하였다.

"음, 참 최사천 영감? 어디 댓돌에서 넘어졌나? 젊은 댁을 너무 바치다가 어느 날은 자리 속에서 그렇게 되어서 이내 못 일어났는데."

하며 돌아간 마님의 친구 늙은이가 웃었다.

"마님두, 무에 그렇게 되었단 말씀예요?"

하고 침모도 따라 웃는다. 방 안에서는 수원집과 주인 고식만 빼놓고 모두 웃었다. 수원집은 얼굴이 발개졌다.

"그래도 퍽 정정하신 셈야. 10년은 넉넉히 더 사실걸."

당숙모 마님이 이런 소리를 한다.

"하지만 마님이 주의를 해드려야지."

침모가 또 짓궂이 이런 소리를 하였다. 수원집은 점점 더 듣기 싫었다.

"강기로 버티시기는 하지만 이제는 아주 그전만 못하세요. 살 만큼도 사셨지만……."

덕기 모친은 무심코 이런 소리 하였지만 수원집은 귀에 예사로이 들리지 않았다.

"그래두 더 사셔야지. 천량 많겄다, 저런 귀한 마님과 따님이 있겄다……."

어제 제사 받은 마님의 생전 친구라는 노인은 이런 소리를 한다. 그러나 '저런 귀한 마님'이라는 말이 또 수원집의 귀를 거슬렸다. 아까부터 모두들 자기만을 놀리는 것 같아 점점 더 심사가 좋지 못한 것이다.

"더 사시기로 무얼 보시겠어요. 그저 돌아가실 때 되면 편안히 돌아가시는 게 좋지요."

덕기 모친은 또 이런 소리를 하였다. 물론 무슨 생각이 있어 한 소리는 아닐 것이요, 자기가 세상이 신산하니까 무심코 한 말일 것이나 수원집은 매섭게 눈을 뜨고 쳐다본다.

"말을 해두 왜 그렇게 해!"

수원집은 손위 며느리의 밥술이 들어가는 입을 노려보다가 한마디 톡 쏘았다.

"무엇을 말인가?"

덕기 모친에게는 당숙모요, 수원집에게는 사촌동서뻘인 노마님이 영문을 모르는 듯이 탄한다.

"아니, 글쎄 말예요, 어서 돌아가셨으면 좋을 것같이 말을 하니 말씀이죠."

"그게 무슨 소리야? 내가 언제 어서 돌아가시라고 했단 말야?"

하고 덕기 모친도 눈을 똥그랗게 뜨고 쳐다보다가,

"사람 잡겠네!"

하고 코웃음을 치고 먹던 것을 먹는다. 두 암상이 마주쳤으니까 그대로 우물쭈물하고 싱겁게 떨어지지 않을 것이다. 하여간 좋은 구경거리가 생겼다고 다른 여편네들은 말리려고도 아니하고 물계*만 보고 있으나 손자며느리는 애가 부덩부덩 쓰였다.

"그래 내 말이 틀린단 말이야? 그야말로 참 사람 잡을 소리 하네. 나만 들었으면 모르겠지마는 다른 사람은 고만두고 재(손자며느리를 가리키며)더러 물어봐도 알 일이 아닌가. 죽을 때가 되건어서 죽어야 한다고 당장 한 소리를 잊어버리지는 않았겠지?"

수원집은 밥술도 짓고 아주 시비판을 차리는 모양이다.

"그래 내가 아버지께 돌아가시라고 그랬어? 아버지께서 더 사신대야 시원한 꼴을 못 보실 테니까 그게 가엾으시다는 말이지."

덕기 모친은 말끝 흠잡힌 것이 분하기도 하거니와 해혹을 하기가 좀처럼 어렵게 된 것이 더 분하였다.

"왜 시원한 꼴을 못 보신단 말이야? 누구 때문이기에?"

"누구 때문이기에라니? 나 때문이란 말이야?"

덕기 모친도 발끈하였다.

"자기 입으로도 그러데. 아드님을 잘 두셨다구."

"아드님을 잘 두셨든 못 두셨든 자기가 낳아 놓았으니 걱정인가! 누구나 내 똥 구린 줄은 모르겠다!"

"무어 어째? 내가 구린 게 뭐야? 구린 게 있건, 대! 대요! 무에 구리단 말야?"

수원집은 얼굴이 파래지며 달겨든다. 아닌 게 아니라 덕기의 모친은 감잡힐 소리를 또 무심코 해놓고 보니 말문이 꼭 막히고 말았다.

---

* 어떤 일의 처지나 속내.

"왜 안방 차지가 하고 싶어서 사람을 잡는 거야? 안방에 들고 싶거든 순순히 내놓으라지, 왜 사람을 잡아 흔들어서 내쫓지를 못해서 야단이야!"

"누가 안방 내놓으랬어?"

"그럼 무어야? 무에 구리다는 거야?"

수원집은 점점 악을 쓰고 덤비나 덕기 모친은 잠자코 앉았을 뿐이다.

"어디 무슨 뜻이 있어서 그런 말인가. 처음에 한 말은 무심코 한 말이요, 말다툼이 되니까 자연 그런 말이 나온 것이지 말을 잡자면 모두 시비가 되는 것이지."

당숙모가 이렇게 변명을 해주었다.

"그러기로 무슨 까닭이 있어서 그러는 게지? 응! 내가 소년 과부가 되어서 팔자를 고쳤다고 깔보고 그러는 것이지?"

수원집은 바르르 떨다가 그만 울음이 확 쏟아지고 말았다.

"팔자가 사나워서 이렇게 와 있기로 나중에는 들을 소리 못 들을 소리 다 듣고……."

울음 섞인 푸념을 하려니까 밖에서 인기척이 난다. 새며느리가 내다보니 시아버지다. 여편네들은 우— 나와서 인사를 하였으나 싸우는 두 사람만은 앉은 채 앉았다.

상훈이는 딸이 학교에 가는 길에 기별을 해서 급히 왔으나, 부친이 잠깐 눈을 떠 보고는 그대로 눈을 감고 자는 척하기 때문에 곧 나와서 안에 들른 것이었다.

"추운데 어서 들어오게."

하며 당숙모가 권하는 데는 대꾸도 아니하고,

"왜들 그러니?"

하고 축대에 내려섰는 며느리를 바라본다.

"아녜요……."

안방에서는 한층 더 섧게 운다.

상훈이는 벌써 알아차렸다.

"왜 지각없이 그 모양이야? 이 집 저 집으로 다니면서!"

안방에다 대고 자기 마누라를 꾸짖고, 다시 며느리더러 대고,

"어서 너 어머니 집으로 가시라고 해라."

하고 상훈이는 훌쩍 나가 버렸다.

덕기 모친은 영감이 가는 기척을 듣고 건넌방으로 건너가 버린다.

수원집은 손님들이 가도 변변히 인사 한마디 없이 입을 봉하고 있다가 다 가기를 기다려서 사랑으로 나갔다.

영감은 운 눈이 벌겋고 눈등이 통통히 부은 것을 보고 놀랐다. 말이 없이 옆에 쪽치고 앉은 것을 한참 보다가,

"왜 그래?"

하고 물으니까,

"저는 여기 있을 수 없어요. 여관 구석으로든지 어디로든지 나갈 테야요."

하고 눈물이 글썽글썽해진다.

영감은 놀라면서도 화가 났다.

"무슨 주책없는 소리야! 왜 그러는 거야? 말을 시원히 해야

지?"

하고 소리를 벼락같이 질렀다.

"나중에 차차 아세요. 전 어쨌든지 나가요."

하고 수원집은 참 정말 당장 나갈 듯싶이 막 잘라 말을 하고 일어선다.

영감은 일어나려야 일어날 수 없는 몸이다. 성한 몸 같으면 급한 성미에 벌떡 일어나서 머리채라도 휘어잡을지 모르나 꿈쩍할 수 없다.

"거기 앉어! 왜 사람이 그 모양이야?"

하고 몸을 놀리지 못하느니만치 소리만 고래고래 높아 간다.

수원집은 잠자코 반 간통이나 떨어져 앉았다.

"누구하고 싸운 거야?"

며느리와 평시부터 맞지 않는 것은 알지만 며느리와 싸웠느냐고 묻기는 싫었다.

"제가 아무리 이렇게 이 댁에 들어와 있기로 어쨌든 아랫사람인데 아랫사람에게 입에 담지 못할 욕을 먹고서야 어떻게 한신들 붙어 있을 수가 있겠습니까……."

"누가 무어라기에?"

"덕기 어멈이 영감님은 어서 돌아가셔야 하고 저는 제 똥이 구린 줄 모른다고 제멋대로 야단야단이니 이 댁은 며느리만 사람입니까?"

"그게 무슨 소리란 말인가? 그럴 법이 있나? 그 애가 그런 애는 아닐 텐데……."

영감은 노기를 감추고 도리어 나무라는 어조다. 영감은 그렇게밖에는 할 말이 없었다.

"그래도 영감께서는 그런 소리를 하시죠. 내 말씀은 못 믿으셔도 며느님 말은 믿으시겠다는 말씀이지요?"

또 발끈하며 대들었다.

"잔소리 말어. 이 집안에는 그래 어른이 없고 예절도 없다는 말이냐? 그래 그런 소리를 좀 들었다기로 나간다는 것은 무슨 당치 않은 소린가. 이 집안에는 덕기 모만 있고 덕기 모를 바라고 이 집에 와서 사는 거란 말인가? 생각을 좀 해보아! 그만 요량은 들었을 게 아닌가?"

영감은 천천히 나무랐다. 수원집은 당신 말씀이 옳소이다 하는 듯이 고개를 숙이고 앉았다. 새삼스럽게 이 영감의 말에 감동이 되어서 마음을 돌렸으랴. 처음부터 나간다는 것은 한번 트집을 잡고 말썽을 만들어 보자는 것이다.

"그리고 아무러면 나더러 어서 죽으라고야 할까. 설사 그런 악독한 생각이 있기로서니 제 속에 넣어 둘 게지 입 밖에 낼 리야 있나. 그래 당장에 내 귀에 들어올 것을 알면서 자네 듣는 데 그런 소리를 할 사람이 있단 말인가……."

역시 며느리 두둔만 하는 것같이 들렸다.

"그런 생각이 노상 마음속에 있으니까 무심 중간에 나오는 것이지요. 암상 많은 사람이 발끈하면 무슨 말은 아니하겠습니까."

그렇게 듣고 보니 또 그럴듯도 하다. 영감은 잠자코 눈만 껌벅거리고 누웠다.

"그래 무엇 때문에 그 애가 나 죽기를 바란단 말인가?"

하고 말을 시켜 보려 한다.

"무엇 때문은 무에 무엇 때문예요. 영감 돌아가시면 나는 자연히 밀려 나갈 테니까 그러면 제가 안방 차지를 하고 아들 내외와 재밌다랗게 살자는 것이죠."

듣고 보니 그 역시 그럴듯도 하다. 영감은 잠자코 화를 참는다.

"그래 자네한테는 무에 구리다던가?"

영감의 입에서 또 그런 소리 말라고 달래는 듯 나무라는 듯하는 소리가 나오지 않은 것을 보니 영감의 마음이 차차 돌아서는 기미다. 수원집은 좋아라고 얼굴을 쳐든다.

"누가 압니까. 제가 못된 짓을 하는 것을 본 게지요!"

하고 아랫입술을 악물다가,

"그런 소리를 내놓아서 정 안 되면 내쫓자는 게지요!"

하고 치를 떤다.

이 말도 또한 듣고 보니 그럴듯한 말이다.

"그것두 아무도 없는 데면 모르겠지만 손님들이 열좌를 하고 어린 손자며느리가 있는 앞에서……."

수원집은 말을 맺지 못하고 울어 버린다. 영감은 첩이 볶이는 게 가엾은 생각이 들었다.

# 제3충돌

덕기는 떠나는 것을 또 하루 이틀 물리는 수밖에 없었다. 부친이 시탕*을 한다든지 하면 걱정이 없겠지만 형편이 제가 있어서 조부가 기동이나 하는 것을 보고 갈 수밖에 없었다.

조부도 떠날 테거든 떠나라고는 하지만 그래도 옆에 있어 주기를 바라는 눈치였다.

그러나 집에 들어앉았기도 싫었다. 모친과 서조모와 충돌이 생긴 이후로는 제 처와 안방 식구와도 싸우고 난 닭 모양으로 지내는 것이 보기 싫었다.

이튿날 덕기는 부친에게 가보았다. 이것저것 이야기할 것이 많았다. 경애 이야기도 물론이려니와 그제 저녁에 조부와 충돌된 데에 대해서 제 의견을 이야기하고 싶었다.

부친은 아직 일어나지 않아서 안으로 들어갔다. 모친이 조부의 증세를 물은 뒤에 서조모가 무어라 하더냐고 물었으나 모른다고만 하였다. 어제 사랑에 나와서 울며불며 무슨 말 한 것은 몰라도 제 처를 가지고 나는 나갈 테니 잘들 살아 보라느니, 너

---

* 侍湯. 어버이의 병환에 약시중을 드는 일.

의 세 식구가 입을 모으고 나를 쫓아내려느니 하는 소리를 하는 것을 못 들은 것도 아니요. 또 아내에게 자질구레한 사연을 듣고는 분하기도 하고 의아한 점도 있었으나 그까짓 말을 준신*하고 말질을 하고 다니는 형편쯤 되어서는 아니 되겠기로 모두 귓가로 넘기자는 것이었다.

"또 네 처를 들볶겠구나? 할아버지께 또 있는 말 없는 말 쏘삭이는 것은 어쨌든지 간에 그 어린것을……."

모친은 새삼스럽게 분해한다.

"그런 줄을 뻔히 아시면서 덧들여 놓으시는 어머니께서 딱하시지 않아요. 무어라든 어쩌든 가만 내버려 두시면 그만 아녜요."

"사람을 까닭 없이 들큰거리는 것을 어떻게 가만있니? 어제 아침만 해도 좀 늦게 나갔다고 시비요. 네 처를 보고 시아버지가 숨을 몰아도 눈 하나 깜짝 안 할 사람이니 어서 돌아가셔서 모두 제 차지가 되었으면 너희들은 춤을 추겠구나 하고 생트집을 잡더라니 그게 말이냐? 제가 그따위 악심을 먹고 어서 돌아가셔서 볏백**이고 꾸려 가지고 더 늙기 전에 조씨 집에서 빠져나가려는 생각이니까 그러는 게 아니냐."

모친은 이에서 신물이 나는 듯이 펄펄 뛴다.

"글쎄, 어머니께서부터 그 사람을 그렇게 생각하시니 그 사람도 우리를 또 그렇게 들씌우는 소리를 하는 게 아닙니까. 첩이라 하고 게다가 나이 젊으니까 하는 수는 없지만 더구나 네 똥 구

* 遵信. 그대로 좇아서 믿음.
** 벼 100섬.

린 줄을 모르느니 하는 말씀을 하시면 누구는 가만있을까요?"

팔이 안으로 굽는 것이라 덕기는 자기 모친에게 더 동정이 가기는 하지만 그래도 자기 모친이 매사에 좀 더 점잖게 해서 수원집을 꽉 누르고 채를 잡지 못하는 것이 마음에 부족하였다.

"아무러면 내가 공연한 소리를 했겠니? 제삿날만 하더라도 그 법석통에 어멈과 틈틈이 수군거리다가 남들은 바빠서 쩔쩔매는데 친정에서 누군가 올라와서 무슨 여관에선가 앓아누웠는데 곧 가보아야 할 일이 있다고 영감님이 안 계신 틈을 타서 휙 나가 버리니 저 어멈이 숨을 몬대도 그럴 수 없는데 그게 말이냐? 그건 고사하고 간난이년이 보니까 최참봉하고 문간서 또 수군거리다가 최참봉은 사랑으로 들어가 버리고 수원집은 허둥지둥 나가더라니 저희끼리 무슨 꿍꿍이속이 있는지 암만해도 수상하지 않으냐? 아무리 정성이 없고 할 줄 모르는 일이라 하기로 대낮까지 경대를 버티고 앉았던 사람이 겨우 나물거리를 뒤적거리는 체하다가 쓸어맡겨 놓고 휙 나가는 그런 버릇은 어디 있고, 원체 그 어멈이 최참봉의 천으로 들어온 거라는데 들어온 지 며칠이 못 되어서 부동이 되어 숙덕거리고 또 게다가 나갈 제 대문 안에서 최참봉과 수군거린다는 것은 무엇이냐. 어쨌든 저희들끼리 무슨 내통들이 있는 것이 뻔한 게 아니냐마는 할아버지께서야 그런 걸 아시기나 하시니!"

덕기는 수원집이 제삿날 조부가 출입한 틈을 타서 한 시간 동안이나 나갔다 들어왔다는 말은 아내에게 들었으나 그다지 의심스럽게 생각하지 않았다. 그러나 모친의 말대로 그렇다 하면 좀 더 의아하기는 하다.

"그래 할아버지께서는 무어라고 하셔요?"

"무얼 무어라시긴! 아시기나 하나……."

건넌방 아이 보는 간난이년이 보고 들어와 한 말이니 최참봉하고 수원집이 문간에서 만나 본 것은 사실일 것이나 애초에 수원집을 조의관에게 대준 사람이 최참봉이니 들어오고 나가고 하다가 우연히 문간에서 만난 것인지도 모르겠고, 어멈을 최참봉이 지시하여 들인 것도 우연히 그렇게 된 것이지 반드시 그 지간에 맥락이 있는 일이라고만 생각할 수도 없으며, 또 수원집이 제삿날 나갔다는 것만 하여도 사실 친정에서 누가 와서 있다가 독감이고 걸려서 누워 있게 되어 사람을 보내 만나자고 기별하니까 어멈이 말을 받아넘기느라고 수군수군하고 뒤미처 나갔던 것인지도 모를 일이다.

"친정에선 누가 왔대요?"

덕기가 물으니까,

"오라비라고 하더라마는 오라비면야 왜 사랑에 와서 판을 차리고 누웠지 않고 여관에 가서 자빠졌겠니? 어쨌든 오라비기로 그렇게 불이시각*하고 뛰어갈 건 무어냐?"

하는 모친의 말눈치는 어디까지든지 의심을 내는 것이었다.

"그 역시 사람의 일을 누가 안다고 그렇게만 밀어붙여 둘 수 있나요? 할아버지께는 벌써 말씀해 두고 나갔던 것인지도 모를

---

* 不移時刻. 시각을 잠시도 지체하는 법이 없음.

삼대

것이요……."

덕기는 그래도 모친의 그런 생각을 말리려 하였다. 수원집을 두둔하려는 게 아니라 어쨌든 구순하게 지내게 하자는 생각으로였으나, 모친은 아들이 자꾸 수원집 편을 드는 것 같아서 못마땅하였다.

모자는 잠깐 말을 그치자 덕기는 일어서면서,

"할아버지께서 이따고 내일이고 좀 오시라고 하시더군요."

하고 조부의 명을 전하였다.

"어차피에 어떠신가 가뵈려 했지만 무슨 말씀이 계신 게로구나?"

모친은 잠깐 뜨끔한 생각이 들었다.

"몰라요. 수원집이 뭐라고 했는지요."

"그야 묻지 않아도 그렇겠지만……."

모친은 아무래도 뒤가 꿀리는 말을 해놓아서 애가 쓰였다.

부친은 사랑에서 밥상을 받고 앉았었다.

"오늘 못 떠나겠구나?"

"네……."

딕기는, 할아버지와 아버지께서만 그러시지 않으셨으면 저야 가도 좋겠지요만……이라고 하고 싶었으나 말이 나오지를 않았다.

"이번 봄이 졸업 아니냐? 그래 어디를 들어갈 테냐?"

부친이 아들의 공부에 대하여 묻는 것은 처음이다. 절대 방임주의, 절대 자유주의라 할지 덕기가 꽁꽁 혼자 생각하고 결정을 하여 조부에게 말하면 이 양반은 신지식에 어두워 그런지 학비만 내어 줄 뿐이요. 부친에게 허락을 구하면 그저 고개만 끄떡일 뿐이었다. 그것으로 보면 덕기가 이만치나 되어 가는 것은 제가 못생기지 않고 재주도 있거니와 철도 일찍 들어 그렇다고 할 것이다.

"경도제대로 들어갈까 하는데요."

"그럴 게 무어 있니? 경성제대로 오면 입학에 경쟁이 심한 것도 아니요. 또 집안 형편으로도 좋지 않으냐."

"글쎄올시다. 그래도 좋겠지요."

덕기는 아무쪼록 서울을 떨어져 있고 싶었으나 경성으로 오게 되면 와도 그리 싫을 것도 없었다.

"그렇게 해라. 그렇게 하는 게 무엇보다도 집안 형편에 좋고."

부친은 말끝을 아물리지 않았다. 실상은 '내게도 좋겠다'는 말을 하려다 만 것이었다.

상훈이의 생각으로 하면 부친이 이대로 나가다가는 어떠한 법률상 수단으로든지 자기는 쑥 빼놓고 한 대 걸러서 이 아들에게로 상속을 시킬지 모르겠고 또 게다가 수원집의 농락이 있으니까 아무래도 뒷일이 안심이 안 된다. 그렇다고 요사이의 누구누구의 집 모양으로 부자가 법정에서 날뛰는 그따위 추태는 자기의 체면상으로도 못할 일이요. 더구나 종교가라는 처지로서 재산 문제로 마구 나설 형편은 못 되는 것이다. 그러니까 어쨌든 덕기를 꼭 붙들어 앉혀서 수원집이나 기타 일문일족의 간섭이나 농간을 막게 하고 한편으로는 덕기를 자기 손에 쥐고 조종해 나가는 것이 제일 상책이라고 생각한 것이요, 또 그러자면 아무리 부자간이라 하여도 지금까지와는 태도를 고쳐서 비위를 맞춰 주고 살살 달래서 버스러져 나가지 않게 해야 하겠다고 생각하는 것이었다.

이렇게 되고 보니 부자간도 서로 이용하고 서로 이해타산으로 살아 나가는 것쯤 된다. 돈, 그 돈도 아직 생긴 돈은 아니나, 하여간 돈 앞에는 아들에게도 머리를 숙이게 되는 것이다.

"무슨 과가 지망이냐?"

"법과를 할까 보아요."

덕기는 법과 중에도 형법에 주력을 써서 장래에는 변호사가 되겠다는 생각을 가지고 있다. 형사 전문의 변호사는 아니 되더라도 어쨌든 조선 형편으로는 그것이 자기 사업으로 알맞을 것 같았다.

병화에게 언젠가 그런 말을 하니까,

"흥, 자네는 전선(戰線)의 후부에 있어서 적십자기 뒤에 숨어 있겠다는 말일세그려?"

하고 비웃은 일이 있었다.

"군의총감(軍醫總監)이 되겠다는 말인가?"

병화는 이런 소리도 하였다.

"군의총감이 아니라 일 간호졸이 되겠다는 말일세."

덕기가 이렇게 대거리를 하니까,

"간디도 변호사 출신이었다!"

하고 짓궂이 놀렸다.

어쨌든 덕기는 무산운동에 대하여 무관심으로 냉담히 방관할 수 없고 그렇다고 제일선에 나서서 싸울 성격도 아니요 처지도 아니니까 차라리 일 간호졸 격으로 변호사나 되어서 뒷일이나 보면 좋겠다는 생각이었다. 덮어놓고 크게 되겠다는 공상도 가지고 있지 않으나 책상물림의 뒷방 서방님으로 일생을 마치기도 싫었다. 제 분수대로는 무어나 하고 싶었다.

"법과보다는 경제과나 상과를 하면 어떻겠니?"

부친은 아들을 실업 방면으로 내보내고 싶어 하는 말눈치였다. 그렇게 되면 자기는 그것을 이용하여 자기대로의 무슨 사업을 해보겠다는 셈속이다.

"경제과는 해도 좋지만 상과는 싫어요."

여기에도 덕기는 몽롱하나마 제 속 따짐이 있는 것이었다.

"아무래도 좋지……"

부친은 아무쪼록 아들의 말을 거스르지 않으려는 듯이 가벼이 대답을 해 집어치우고 나서 목소리를 낮춰서,

"그건 그렇다 하고 너 일전에 어느 카페 갔었니?"

하고 조용히 묻는다.

덕기는 깜짝 놀랐다. 카페를 갔기로 부친이 별안간 물을 리가 없다.

'이 양반이 벌써 어디서 듣고 묻는 것일까?'

하는 생각을 하며,

"네, 김병화에게 끌려서 가본 일이 있어요."

하고 부친의 눈치를 쳐다보았다. 그러면서도 도리어 덕기의 얼굴

이 벌게졌다.

"거기서 누구 만났니?"

덕기는 부친에게 앞질러서 한 수 넘어간 듯도 하여 무어라 대답할지 맥맥하였다.

"대강은 짐작하는 터요, 상관없는 일이지만……."

부친은 또 말을 시키려고 애를 쓴다.

"홍경애를 만났지요."

홍경애라는 이름을 부르기가 서먹서먹하였다.

"어느 카페던?"

"카페가 아니에요. 바커스라는 술집…… 오뎅야더군요."

덕기는 이렇게 대답을 하면서도 조금도 겸연쩍은 낯빛 없이 남의 일처럼 묻는 부친의 얼굴이 빤히 보였다.

"무얼 하고 있던?"

한참 만에 또 묻는다.

"술을 팔더군요."

"제 손으로 경영을 해?"

"아뇨, 고용살이인가 봐요."

덕기는 그 주인과 동무로 같이 하자고 하여 소일 삼아 하느니 어쩌느니 하는 말을 하고 싶지 않았다. 도리어 가엾은 사정이요 타락한 모양이더라고 하고 싶었다. 그것은 경애에게 동정이 가게 하려는 것이 아니라 그 여자가 당신 때문에 그렇게 되었습네다……고 오금을 박고 싶은 충동으로였다.

"꼴은 어떻던?"

"그저 그렇지요. 일본옷 조각을 입고……."

부자의 말은 잠깐 끊겼다.

"그건 어디서 들으셨어요?"

한참 만에 덕기가 물었다.

"글쎄 어디서 잠깐 들었기에 말이다."

하고 부친은 웃어 버린다.

덕기는 더 캐어 볼 수도 없고 궁금증이 났다.

"김병화가 그런 말씀 해요?"

"아니다. 김병화를 내가 만나기나 하였니?"

하고 또 웃으면서,

"하여간 그런 데로 술을 먹고 다니지 마라. 벌써부터 그렇게 술을 먹고 다녀서 쓰겠니?"

하고 부친은 타일렀다.

그 말이 옳기는 하면서 덕기에게는 도리어 반항심을 자극하고 말았다. 하여간 술을 그렇게 먹지 말라는 말을 들으니 그날 몹시 취한 김에 뉘게 그런 말을 해서 부친의 귀에까지 들어가지 않았나 싶었다. 그러나 뉘게 이야기를 하였을꼬? 생각이 막연하다.

그날 취중에 이내에게 경애를 만났다는 이야기를 하였던가? 그래서 아내가 어머니에게 말씀하고 또 말이 아버지께로 들어가고 만 것인가? 덕기는 이렇게 생각하여 보았다.

사실 그 추측이 옳았다.

모친은 가뜩이나 한 판에 며느리에게 '어제 애아범이 홍경애인가를 일본 술집에서 만났대요' 하는 소리를 들을 제 한동안 잊었던 일이 다시 머리를 쥐어뜯었고 영감이 그저 끼고 돌면서 밑천을 대어 주어서 그런 하이칼라 술집까지 경영시키는 것이라고만 믿어 버렸다.

모친은 아들을 보고 너까지 그년과 한편이 되어서 술을 얻어먹으러 다니느냐고 듣기 싫은 소리를 하고 싶었으나 그동안 큰집에서는 이런 말을 꺼낼 틈이 없었고 아까 안방에서는 수원집 놀래를 하기에 깜빡 잊어버렸던 것이다.

하여간에 영감이 어젯밤에 모처럼 안방에 들어와서 왜 수원집과 싸우고 다니느냐고 야단을 칠 때 마누라의 입에서 홍경애 놀래가 나오고 말았다.

마누라의 말은 네 살이나 다섯 살 먹은 자식까지 달렸는데 좀처럼 헤어질 리가 있겠느냐고 상성이요, 영감의 말은 헤어지든 말든 아랑곳이 무어냐? 지금이라도 이혼해 달라면 이혼해 주마고 맞장구를 친 것이었다.

"어떻게 된 일인지 모르겠습니다마는 저대루 내버려 두시면 어떻게 합니까?"

덕기는 말을 꺼내기가 거북한 것을 억지로 부리를 땄다.

"내버려 두지 않으면 어떻게 하니? 내 처지도 내 처지요. 제가 발광을 하고 떨어져 나간 것을⋯⋯."

"말눈치가 그렇지 않은가 보던데요? 어쨌든 아버지 체면만 생각하시고 거기 달린 두 사람 세 사람을 희생을 해버리고 마는 것은 아무리 아버지께서 하신 일이라도 저는 큰 잘못이라고 생각합니다."

덕기는 당돌히 하고 싶은 말을 꺼냈다.

"네가 참견할 것이 아니야!"

하고 부친은 소리를 친다.

"제가 참견할 것도 아닙니다마는 처음이고 나중이고 모두 아버지 책임이 아닙니까? 그 책임을 어떻게 하시렵니까?"

아들은 대드는 수작이다.

"책임이 내가 무슨 책임이란 말이냐? 어쨌든 네가 쥐뿔 나게 나설 일이 아니야!"

부친은 또 불쾌히 핀잔을 주었다. 학교 이야기를 할 때까지는 덕기의 비위를 거스르지 않고 잘 어루만져 주어야 하겠다는 생각을 하였으나 지금은 그것도 잊어버리고 전대로의 까닭 모를 못마땅한 생각이 머리를 든 것이다.

"어쨌든 저편에서 일을 버르집어 낸 것도 아닐 것이요, 저편에서 물러선 것은 아니겠지요. 세상에서 떠드는 것이 무서우시니까……."

"잔소리 마라! 어린게 무얼 안다고 주책없이 할 소리 못할 소리 기탄없이……."

부친은 듣기에도 싫지만 아비 된 성검을 세우려는 것이다.

덕기는 잠자코 앉았을 수밖에 없었다. 그러나 말이 난 김이니 하고 싶던 말은 다 하고야 말겠다고 단단히 결심하였다.

"어쨌든 그 애가 불쌍하지 않습니까? 그 애까지야 무슨 죄로 희생이 됩니까? 제가 감히 아버지의 잘잘못을 말씀하려는 게 아닙니다마는 뒷갈망을 하셔야 하지 않습니까?"

"나더러 무슨 뒷갈망을 하라는 말이냐? 그 자식은 내 자식이 아니야!"

하고 부친은 소리를 한층 더 버럭 지른다.

"그건 무슨 말씀입니까? 저도 그제 저녁에 가 보고 왔습니다만 어째서 그런 말씀을 하십니까? 안 할 말씀으로 아버지께서 책임을 모피하시려고, 허물을 저편에 들씌우고 발을 빼시려고 그렇게 모함을 잡으신 것은 설마 아니시겠지요?"

덕기는 상성이 났다.

"무어 어째? 그게 자식으로서 아비에게 하는 말버릇이냐?"

하고 부친은 화를 참느라고 소리를 낮추어서,

"어서 가거라! 어서 가!"

하고 들것질을 한다. 마치 제삿날 조부가 자기에게 한 말을 대를 물리듯이 나가라고 한다.

부친은 덕기가 아이까지 가 보았다는 말에는 역정을 내면서도 궁금증이 났다. 그러나 그것을 다시 따져서 물어볼 형편도 아니다.

지금 덕기에게 그 자식은 내 자식이 아니라고 막가는 말을 하기는 하였지만, 이때까지 교회 사람이나 일반 사회에 대하여 경애와 아무 관계가 없는 듯이 변명하기 위하여 하여 내려온 말을 자식에게도 되풀이한 것에 지나지 않는 것이나, 자기 마음을 혼자 몰래 쪼개 놓고 본다면 그 자식이 자기 자식이 아니라고는 생각해 본 적이 없다. 더욱이 자식보다 경애 자신에 대하여까지라도 3년이 넘는 오늘날까지 아주 잊어버린 것은 아니다. 다만 지금 와서는 새삼스럽게 가까이할 기회도 멀어졌고 만나 볼 면목도 없고 보니 애를 써 묵은 부스럼을 건드릴 필요가 있으랴는 생각으로 내버려 둘 뿐이다.

지금은 상훈이만 하여도 그때에 경애를 그렇게 매정스럽게 떼버리지 않고도 다른 도리가 있었을 것이지만 그 당시의 상훈이는 대담치가 못하였다. 세상, 세상이라느니보다도 교회 속에 소문이 퍼지는 것만 무서워서 겁을 벌벌 내다가 그야말로 어떻게 뒷갈망을 할 수 없으니까 그렇게 서로 좋지 못한 감정으로 흐지부지 떨어지게 되고 만 것이다. 그때 돈 천 원가량만 들여서 멀리 딴 시골로만 보내 버려도 좋았겠지만 부친의 손에서 명목 없는 돈을 천 원씩 끌어내기 어렵고 화개동 집의 집문서조차 부친의 수중에 있으니 불시에 빚을 내는 수도 없는 터에 동경 간 경애는 미칠 듯이 돌아오겠다 하고 또 사실 몸이 무거워 가는 것을 내버려 둘 수도 없고 하여 데려 내오기로는 하였으나 나와서 당주동 집에 있으면 드나드는 교회 전도 부인들의 눈이 무섭고 하니까 급한 대로 북미창정 집으로 숨겨 버린 것이었다.

남 듣기에는 딸은 여전히 동경서 공부하고 자기는 서울서 혼자살이하기 어려우니까 수원으로 다시 내려간다 하고, 교회 사람의 전별까지 무서워서 어름어름하고 수원까지 잠깐 갔다가 올라와서 집 정돈을 하고 딸을 맞아들인 것이다. 모녀의 종적이 감쪽같아진 것을 보고 누구나 천당에 먼저 올라가서 거룩하신 아버님 앞에 있으리라고 생각지는 않았던 것이다. 감추고 숨기는 것도 하루 이틀이지, 요 좁은 서울 바닥에서 전차 속에서

나 길거리에서 전일의 교회 형님 아우님을 만날 때 시골서 잠깐 다니러 왔다는 평계도 한두 번이다. 소문은 얼토당토않은 데서 부터 시작되어 점점 정통을 쏘아 들어가게 되니 어지중간에서 볶이는 사람은 경애 모친이요, 상훈이는 얼굴이 노래서 돌아다닐 뿐이었다. 아주 교회와 담을 쌓고 패를 치고 나선다면 첩 하나 얻었다고 세상에 없는 죄를 지은 것이 아니요 도리어 떳떳할지 모르겠지만 그래도 세간적 명예를 희생할 용기는 아니 났다. 그러면서도 아직은 멀리 보내거나 떨어지기도 싫었다. 그동안에 아이는 낳았다.

"자, 인제는 멀리 떨어져 가 살 테니 한밑천 해주우. 죄인같이 서울 속에서 숨어 살 수도 없고 수원으로도 갈 수가 없지 않소. 자식은 물론 길러 바칠 것이요, 인연을 끊자는 것도 아니오."

경애 모친은 또다시 돈 놀래를 꺼냈다. 생각해 보니 상훈이가 교인이라 아내가 죽기 전에야 이혼을 할 수 없고 이혼 못하면 떳떳이 내놓고 살 수 없다. 그것도 자기네들이 교회 방면에 연이 없었다면 모르겠으나 그렇지 못한 사람의 유족으로서 가위* 조상 훈이의 첩 노릇을 한대서야 상훈이의 체면도 체면이려니와 죽은 이의 낯도 깎이는 것이다. 어쨌든 서울은 떠나고만 싶었다.

그러나 상훈이는 몇 달 전에 경애를 동경서 불러내려 할 때보다도 돈 순환이 더 어려웠다. 그것은 수원집이 그동안에 수원 떨거지 편으로 소문을 듣고 영감님에게 고자질을 했기 때문이다.

---

* 可謂. 한마디의 말로 이르자면. 또는 그런 뜻에서 참으로.

영감은 아들에게는 이런 말 저런 말 안 하였으나 한층 더 돈한 푼 자유로 쓰지 못하게 단속을 한 것이었다. 이와 같이 돈을 시원히 해줄 수 없는 한편에 소문은 점점 퍼져 가고 게다가 수원집이 덕기 모친의 속을 태워 주느라고 이런 사연을 짓궂이 들려주고 나니 덕기 모친도 가만히 있지는 않았다.

덕기 모친은 부부끼리 옥신각신하기 전에 수원집이 가르쳐주는 대로 단통 북미창정으로 뛰어가서 경애 모녀를 붙들고 머리채만 내두르지 않았을 뿐이지 갖은 욕설 갖은 위협을 다 하였던 것이다. 위협이라는 것은 너희가 떨어지지 않으면 교회 속에 소문을 퍼뜨리고 우리 서시어머니를 시켜서 너의 고향인 수원에까지도 발을 들여놓지 못하게 만들겠다는 것이었다.

이때부터 상훈이 부부는 아주 등을 맞대고 살게 된 것이다.

덕기 모친이 방망이를 들고 난댔자 그것이 무서운 것은 아니요, 또 덮어놓고 세상을 꺼린다 하여도 상훈이로서는 세상 사람이 경애의 부친이나 그 가족에게 친절히 한 것이 처음부터 그 딸 하나를 보고 야심이 있어서 한 것이라고 오해할 그 점이 싫었던 것이다. 처음에는 다만 지사요 선배요 또한 그들의 가긍한 처지에 동정하여서 도운 것이요, 나중에 경애와 그렇게 된 것은 전연 딴 문제이건만 그것을 혼동해 생각할 것이 자기의 인격상 큰차이가 있게 된다고 생각한 것이었다.

어쨌든 시퍼렇게 살아 있는 자기 아내를 교인인 처지로서나 장성한 자식들의 낯을 보아서나 도저히 이혼할 수는 없는 처지이니 어차피 오래가지 못할 바에야 아이는 얼른 떼어서 누구에게나 내맡기고 제대로 시집이나 가게 하자는 생각도 없지 않았다. 그러재도 역시 얼마간 주어서 시골로, 아무쪼록 학교에 취직할 자리가 있는 먼 시골로 쫓아 보내는 게 상책이었으나 그렇게 입에 맞는 떡이 여기 있소 하고 나설 리도 없으니 차일피일하고 지냈던 것이다.

그러나 경애 모로 생각하면 이런 억울한 일이 없다. 딸 버리고 넓은 세상을 좁게 살고 욕더미에 앉아서 소득이라고는 성가신 손주자식 하나뿐이다. 들어 있는 집도 문서가 남의 손에 있으니 내 것이 아니다. 만일 이 사람이 은인이라는 한 가지 굽죄는 일만 없으면 멱살이라도 들고 날 것이요, 둘러치나 메치나 매한가지니 벗고 나서서 세상에 떠들어 욕이라도 보이고 싶으나 그럴 수도 없는 의리가 있다.

우선 돈 천 원 해달라고 하여 어디로든지 서울을 뜨자는 것이나 그 역시 정말 힘에 겨워 그런지 마음에 없어 내대는 수작으로 그런지 어름더듬하고 그날그날을 보낼 따름이었다.

그러다가 하루 와서는 큰 결심이나 한 듯이 척 하는 소리가,

"아이는 뉘게 맡기고 우선 이것을 가지고 어디로든지 가시오. 자식은 꼭 내 자식이란 법도 없고 내 자식이기로 없었던 셈만 치면 그만 아니오."

하고 돈 300원을 내놓았던 것이다.

그리고 또 한다는 소리가 당주동 집을 떠날 때 500원 전셋돈 찾은 것이 있으니 그럭저럭 천 원 돈은 되는 셈이 아니냐는 것이다. 그 500원이라는 것은 이사하고 세간 장만하고 해산하고 하

는 데 상훈이가 대준대도 넉넉지 못하니까 쩔러 들어가고 그동안 몇 달 사는 데도 시량 이외에는 날돈으로 대준 게 없으니 자연 흐지부지 다 쓰기도 하였지마는 어쨌든 하는 말이 괘씸하였다. 또 그것은 고사하고 딸자식은 꼭 내 자식이란 법도 없고, 내 자식이라 하여도 없었던 셈만 치자는 말을 들을 제 이것이 사람의 탈을 쓴 놈의 말인가 하고 어이가 없어 말이 아니 나왔다. 대자바기*만큼 싸워야 소용이 없었다. 남은 것은 단돈 300원이요, 그 이튿날부터는 상훈이가 발그림자도 아니하였다.

상훈이는 그렇게 하여 피차에 정을 떼자는 것이요, 세상에 대하여도 변명거리가 된다고 생각한 것이다. 결국에 경애 모녀가 종적을 감춘 것은 누구인지는 모르겠으나 그 아이 아비 되는 남자와의 연애 때문이라고 소문을 내놓기에 편리하기 때문이었다. 그뿐 아니라 그렇게 해놓고 보면 싫어도 하는 수 없이 조만간 자기 말대로 아이는 뉘게 내맡기고 시골로 취직자리를 얻어서 숨어 버릴 것이요, 그러노라면 다른 사람과 결혼을 해버리리라고 생각한 것이다. 자기 손으로 뒷갈망을 못할 것이니까 자연히 해결되게 할 도리는 그것밖에 상책이 없다고 믿었던 것이다. 그러나 경애 모녀는 그대로 오늘날까지 삼사 년간을 그 집 속에서 들어 엎대어 사는 것이다.

경애 모친도 사내같이 걸걸한 성미에 그까짓 사람답지 못한 놈과 다시 잇살은 어울러서 무엇 하겠느냐는 뻗대는 생각과, 또

---

* 대짜배기. 대짜인 물건.

하나는 그래도 전일의 은인이라는 의리를 저버릴 수 없어서 모든 분을 참고 제대로 내버려 둔 것이었다.

한 달 두 달이 1년이 되고, 1년이 이태 되니 분도 식어 간 것이다. 그동안 상훈이는 은근히 소문을 들어 알았으나 집을 내놓으라고 채근한 일은 없었다. 노영감도 그 집에 대하여는 세전 안 받고 빌린 셈치고 내버려 두었다. 그것은 수원집이 한 고향이라 하여 그럼인지 쏘삭대지 않은 관계도 있지만, 노영감으로 생각하면 잘못은 아들에게 있고 경애 편이 가엾다는 생각이 든 것과 또 하나는 그래도 아들의 명예를 위하여 집 사단으로 문제를 또 일으키기 싫기 때문도 있었다.

# 재회

덕기는 사흘 후에 경도로 떠났다. 조부는 점점 더 허리를 꼼짝 못하게 되어 척 늘어뜨리고 누워서 똥오줌을 받아 내는 터이나 원체가 생병이라 먹을 것은 다 먹고 의사의 말도 한 일주일 있으면 기동하리라고 하니까 조부도 떠나라 하고 학교도 졸업 미쳐에 너무 빠질 수 없어서 떠나는 것이었다.

모친은 오늘도 오지 않았다. 그끄저께 덕기가 기별을 하여 문안 겸 왔을 때 시아버지께 어찌나 혼이 났던지 좁은 생각에 암상도 났고 분하고 무서워서 그전 같으면 날마다 않는 시아버지 문안을 왔을 텐데 그제 어제 이틀은 덕희만 보내고 자기는 오지를 않았다. 그러기 때문에 오늘은 와보고 싶건마는 그러면 시아버지가 너는 않는 아비는 보러 오지 않고 자식이 길 떠난다니까 온 거로구나 하고 또 야단을 만날까 보아 안 오고 만 것이다.

저번에 왔을 제 시아버지는 수원집보다 한 길 더 뛰며 야단을 쳤다.

시아비더러 얼른 죽으란 년은 쫓아 버릴 것이로되 자식들의 낯을 보아서 십분 용서하지만 다시는 오지도 말라고 아들에게 같이 하는 소리를 며느리에게도 하였다. 그것은 외려두커

176                                                              삼대

녕* 수원집이 구린 게 무어냐고 본 일이 있으면 본 대로, 들은 것이 있으면 들은 대로 아뢰 바치라는 데는 진땀을 뺐다.

그렇지 않다는 변명을 요만치라도 하려면 꼼짝 못하고 반듯이 누운 영감이 손짓 발짓, 발짓이라느니보다도 어린애처럼 발버둥질을 해가며 소리를 고래같이 지르는 통에 한마디 핵변도 못하고 돌아왔던 것이다.

"너희 연놈들이 짜고서 나를 어서 죽으라고 기도를 하는고나? 그놈은 하느님한테 기도를 한다더니 너는 산천 기도를 올리니? 너 같은 년이 내 앞에 있다가는 약에 무엇을 타서 먹일지 모르겠다."

고 어린애처럼 뛰었다. 덕기 모친은 무엇보다도 이 말에 가슴이 선뜩하고 정이 떨어졌다. 아무리 젊은 첩에게 빠져서 그 말을 곧이듣고 그렇다 하더라도 그 이튿날만 되면 역시 웃어른이니 병문안을 갈 것이로되 참 정말 무슨 탓이나 무슨 모해를 만날까봐 가기가 무섭기도 하였다. 안 할 말로 잠깐 다녀온 뒤에 누가 무슨 짓을 해놓고 자기에게 들씌울지 수원집을 못 믿느니만치 무서웠다.

덕기는 이래저래 성가시고 또 펀둥펀둥 있어야 소용이 없어서 떠나는 것이다. 저녁때 화개동 집에를 가보니 모친은 할아버지께 억울한 꾸중만 듣고 한마디 변명도 못한 것이 분하다고 울고 앉았고, 사랑에서는 부친이 친구들과 앉았다가,

* 두고라도 오히려.

"응 떠나니? 하여간 봄방학에는 나오렴."

하고 냉랭히 대꾸를 하다가 아들이 절을 하려는 것도,

"얘, 그만둬라. 어서 가거라."

하고 절도 안 받으려 하였다.

너무 신식이 되어서 그런지 아들이 못마땅해 그런지 하여튼 덕기는 여기를 가나 저기를 가나 쓸쓸하고 순편치가 못하였다.

그러나 구두를 신고 나오려니까 부친이 마루까지 쫓아 나와서,

"너 일전에 말하던 술집이라든가 카페라든가 어디던?"

하고 방 안에 들리지 않게 묻는다.

"본정통 3정목예요."

덕기는 얼른 대답을 하고 꾸벅하며 다시 안으로 들어갔다.

집안 식구들은 배웅을 나와 뜰에들 서서 덕기가 아버지 뵈고 들어오기를 기다렸다.

"그럼 잘 가거라."

"오빠, 난 이따 정거장에 나갈게요."

이렇게들 인사를 하는 통에 모친만은 주저주저하고 섰다가 따라 나오며,

"본정통 3정목이란 무엇 말이냐?"

하고 곧게 묻는다. 덕기는 눈을 무심코 찌푸리며,

"아녜요, 무슨 책사 말예요."

하고 얼른 둘러대었다.

모친은 사랑 문 밑에 서서 아들이 다녀오기를 기다리다가 귓

결에 들은 것이었다. 부친은 목소리를 작게 하였으니까 못 알아들었지만 덕기는 무심코 좀 크게 말하였던 것이다.

"경애가 그 근처의 어느 술집에 있다지?"

모친은 중문 밖까지 쫓아 나오며 이제야 생각난 일을 채쳐 물었으나 덕기는 창황 중에 무어라 대답할 수 없어서,

"모르겠에요."

하고 딱 잘라 버렸다.

모친의 얼굴빛은 변하였다. 떠나는 아들이 섭섭한 것보다도 너까지 한통이 되어서 나만 돌려세우는구나 하는 야속한 생각이 앞을 섰던 것이다.

덕기가 간 뒤부터 눈발이 날리기 시작하였다. 화개동 사랑에서는 그저들 가지 않고 앉았다가 마작판을 끌어내 놓고 둘러앉았다. 오늘은 금요일이라 여기 모인 사람들은 교회에 볼일들이 없는 판에 눈이 오기 시작하니까 한판 놀자는 생각들이다. 누구의 머리에나 끝장에는 청요리 접시라도 나오거나 늘 가는 '그집', '숨은 집'에를 가게 되리라는 희망이 있는 것이다.

밖에서는 함박눈이 퍼부어서 삽시간에 허옇게 쌓이니 우중충하던 방 안이 도리어 환해졌다.

교인들의 놀이라 그러한지 사랑 문을 닫아걸어 버리고 조용히들 앉아서 노름 모양으로 수군수군할 뿐이요, 마작짝 부딪는 소리만 자그럭댄다.

"내년에도 또 풍년 들겠군. 올해는 대체 눈도 퍽 온다."

"풍년이라도 들어야지. 조선생 같으신 분은 머리를 내두르겠

지만."

"요따위로 풍년만 들어서 무얼 한담."

마작과는 딴판으로 이런 소리들을 하고 앉았다.

전등불이 들어오자 안에서 주인 밥상이 나왔다. 그러나 아무
도 밥상을 거들떠보는 사람은 없었다.

어멈은 눈살을 찌푸렸다. 무엇인지는 모르겠으나 골패짝 같은
것이 벌어지면 밥상은 오밤중까지 놓여 있고 청요리를 시키든지
하여 이 추운 날 얼른 들어앉을 수가 없기 때문이다. 그것도 풍
성풍성히 사들여서 하다못해 청요리 찌꺼기라도 남는 것이 있으
면 모르겠지만 여기 모이는 손님들은 삼대 주린 걸신들인지 접
시를 핥아 내놓으니 조금도 반가울 것이 없다.

"진짓상을 다시 들여갔다가 잡술 때 내올까요?"

식을까 봐 이렇게 물으니까 주인나리는 그대로 두라 하고 자
기끼리 수군수군하더니 아니나 다를까, 청요리를 시켜 오라고
쪽지를 적어 준다.

"사랑 문을 꼭 닫아 두고 누가 오든지 없다고 해라."

이 댁 나리는 하느님 앞에서는 누구나 형제자매지만 집에 들
어오면 양반이라 해라를 하는 것이다. 그건 어쨌든 오늘은 문만
닫는 게 아니라 누가 오든지 따버리라 하는 것이 어멈에게도 처
음 듣는 일이요, 이상하였다.

빚쟁이가 오나? 아주 판을 차리고 밤들을 새울 생각인가? 어
멈은 이렇게 생각하였으나 기실은 그 청요리 이름을 적은 쪽지
에 배갈 한 근이 적혔기 때문이었다. 설경을 보아 가며 한잔 먹

자는 판인데 자기네 축 이외의 교회 사람이 찾아오거나 하면 여간 파흥으로 언론이 아니기 때문이다.

마작이 두 판째 끝날 무렵에 청요리는 왔다. 어멈이 안에 있었기 때문에 사랑지기가 나가서 문을 열어 주었다. 바깥은 깜깜히 어둡고 눈은 아까보다는 뜸하나 그래도 세차게 온다.

사랑 사람이 안에다 대고 소리를 쳐서 어멈이 소반을 들고 나와서 마루 끝에 놓고 청요리 접시를 꺼내 놓는다. 방에서는 상 들어올 동안 얼른 끝을 내려고 급히 서두른다.

그러자 사랑문이 삐걱하며 눈을 밟는 소리가 서벅서벅 난다. 어멈이 돌려다보니 검은 양복쟁이가 뒤에 우뚝 섰다. 깜짝 놀랐다.

"누구세요?"

"큰댁 서방님 오시지 않았소?"

"다녀가셨에요."

방 안에서는 금시로 괴괴해지더니 문이 열리며 눈살을 찌푸린 주인의 얼굴이 나타난다.

"저올시다!"

하며 양복쟁이는 모자를 벗고 굽실해 보였다.

"어, 난 누구라고. 어서 올라오."

병화인 것을 알자 주인은 안심한 듯이 웃음을 띠며 일어섰다.

"아니올시다. 자제가 오늘 떠난다죠? 이리 왔다기에 쫓아왔는데요."

"응, 벌써 다녀갔는데…… 왜 저 집에 없던가?"

"지금 들렀더니 이리 왔다고 해요."

"하여간 추운데 어서 올라오."

"아니올시다. 가겠습니다."

하면서도 병화는 교인들 축이 숨어 노는 꼴이 보고 싶은 호기심도 났다.

"관계치 않아. 추운데 녹여 가야지."

하며 주인은 강권하였다. 속으로는 왜 문신칙을 잘못해서 이 사람이 들어오게 하였단 말이냐고 불쾌도 하였으나 음식도 벌어지고 술병도 놓이고 했는데 이 험구가*를 그대로 쫓아 버려서는 아니 되겠다고 한층 더 친절히 하는 것이었다.

사실인즉 청인놈이 와서 섰는 틈이기에 들어온 것이지 그렇지 않으면 이 눈을 맞고 문전에서 그대로 뒤통수를 쳤을 것이다. 병화도 권하는 대로 성큼 올라섰다.

방 안 사람들은 새로운 침입자를 거들떠보지도 않고 하던 놀음에 팔려 있으나 병화가 보기에는 그중의 한두 사람은 병화도 교회에 출입할 시절에 안면이 있던 사람이다.

음식상이 들어온 뒤에도 얼마 만에야 끝이 났다. 몇천 끗이니 몇백 끗이니 하고 떠들며 상을 둘러 앉을 때 병화는 일어나려 하였으나 주인은 놓아 보내지 않았다.

정거장으로 나간대도 아직 시간이 멀었고 저녁 전일 것이니 같이 먹자고 하여 주인은 자기 몫을 병화에게 권하였다. 병화도

---

* 險口家. 남의 흠을 들추어 헐뜯거나 험상궂은 욕 하기를 좋아하는 사람.

삼대

저녁을 굶고 다니는 것보다는 낫다 하고 넙적넙적 먹기 시작하였다. 술도 순배가 도는 대로 받아먹었다. 안주는 넉넉하지만 술이 적다고 한 병을 더 시켰다. 그들은 혀가 문드러지는 술을 갈급이 들린 듯이 쪽쪽 들이마셨다. 무엇에 쫓겨가는 사람처럼 급급히 마시는 것이었다. 술의 풍미를 본다거나 눈 오는 밤에 운치로 먹는다느니보다는 어서 취하여 버리겠다는 사람들 같았다. 그 점에는 병화도 일반이나 그 뜻이 달랐다.

"요새 새문 밖 어디 있다지?"

한참 동안 쭈루룩쭈루룩 쩌덕쩌덕 하고 부산히 먹기에 입을 벌리는 사람이 없다가 비로소 주인이 병화에게 말을 걸었다. 이 사람이 아들의 친구건마는 상훈이는 무관히 할뿐더러 얼마쯤 친숙하게도 생각하는 한편에 무서워도 하는 것이었다. 오늘만 하더라도 자기네의 이러한 비밀한 놀이를 하는 것을 여기저기 다니며 떠들어 놓을까 봐 한층 더 관대를 하는 것이었다.

"그래 무어 버는 것도 없이, 지내는 게 용하이그려. 언젠가 일전에 어르신네는 잠깐 만나 뵈었지만……. 그러지 말고 댁으로 그만 들어가는 게 어떤가?"

상훈이도 술이 몇 잔 들어가더니 아까와 같이 '하소'를 집어치우고 아들의 친구라 '하게'를 한다.

"여기서처럼 술도 먹고 밥을 먹을 때 기도도 않고 하면 들어가도 좋지요마는 집의 아버지는 아편중독에도 3기는 넘으셨으니까요."

하고 병화는 웃었다. 그네들은 종교를 아편이라 부르는 버릇이 있다.

병화의 말에 여러 사람은 무색하였다. 상훈이도 말이 꼭 막히고 말았다. 사실 그들은 집에서 처자와 밥상 받을 때에는 기도를 하나 지금 여기서는 기도할 것을 잊어버렸다. 청국 요리와 술에 대하여는 하느님이 기도를 면제하여 준 것같이!

"실례입니다만 여러분께서도 언제나 이렇게 노시면 자유스럽고 유쾌하고 평화스럽고 사람 된 제대로 사는 맛을 보시겠지요. 시집가는 색시처럼 성적*을 하고 눈을 감고 활옷을 버티어 입고 앉았으면 괴로우시겠지요?"

병화는 이렇게 역습을 하여 보았다.

"사람이 파탈을 하는 것도 어떤 경우에 좋을지 모르겠지만 무상시로 술이나 먹고 취생몽사로 흘게** 느즈러져서야 쓰겠나. 가다가다 긴장한 정신과 생활에 안식을 주려고 이렇게 노는 것도 무방은 하지만……."

상훈이가 반대도 아니요 변명도 아닌 어름어름하는 수작을 하였다.

"하필 술을 먹고 논다 해서 말씀이 아니라 기분으로나 양심으로 말입니다. 술이나 먹고 마작이나 하고 농세상으로 지내니까 자유스럽고 유쾌하고 평화스러우리라는 그런 타락한 인생관이 어디 있겠습니까마는 지금 말씀하신 그 긴장한 정신, 긴장한 생활이란 무엇을 위한 것이었던가를 생각하실 필요가 있겠지

---

* 成赤. 혼인날 신부가 얼굴에 분을 바르고 연지를 찍는 일.
** 매듭·사개·고동·사북 따위를 단단하게 조인 정도나, 어떤 것을 맞추어서 짠 자리.

삼대

요. 종교생활보다도 더 긴장한 생활, 더 분투의 생활이 있는 것을 생각하셔야지요⋯⋯."

병화가 문학청년같이 도도한 열변을 꺼내 놓으려니까 여러 사람은 나중 시킨 술이 왜 안 오나? 하는 생각들을 하며 눈살을 찌푸리고 앉았다. 그러자,

"술이 왔어, 술이 왔어."

하고 닫은 문을 흔드는 바람에 방문들을 여닫고 또 한참 부산하였다. 병화는 좀 더 자기의 포부도 늘어놓고 좌중 사람에게 듣기 싫은 소리를 내놓고 싶었으나 이야기할 틈을 탈 수가 없었다.

음식이 끝나니까 상훈은, 병화를 재촉하듯이 하여 데리고 나와 버렸다. 병화는 취하지 않았으나 상훈이 생각에는 취한 것 같아서 공연히 여러 사람들에게 쌩이질*을 할까 보아서 얼른 배송**을 내자는 것이었다.

"마작인가 하는 그따위 고등 유민, 유한계급의 소일거리 판을 차려 놓고 어중이떠중이 모아들이시지 말고 그런 돈을 좀 유리하게 쓰시는 게 어때요?"

병화는 문간에 나오면서 또 이런 듣기 싫은 소리를 하였다.

그런 돈을 유리하게 쓰라는 말에 상훈이는 일전에 자기 부친더러 유리하게 돈을 쓰라고 하던 말을 생각하면서,

"누가 마작판을 늘 차려 놓고 모나코 왕국을 꾸미겠나마는

---

* 한창 바쁠 때에 쓸데없는 일로 남을 귀찮게 구는 짓.
** 拜送. 해로움이나 괴로움을 끼치는 사람을 건드리지 아니하고 조심스럽게 내보냄.
  배송(을) 내다 : 쫓아내다.

올봄에 안동현 갔던 길에 싸니 사라고 권하기에 사다가 두었던 것이지……."

하고 변명을 하고 나서는,

"김군도 주량이 상당하군! 어디 가서 좀 더 자실까?"

하고 물었다.

"손님들을 두고 나오셔서…… 어서 들어가십시오. 저는 정거장에 좀 나가 봐야 하겠습니다."

"벌써 떠났을걸."

"지금 곧 나가면 되겠습니다."

"지금이 몇 신 줄 알고 무턱대고 나간다는 것인가. 8시가 넘었네."

상훈이는 시계를 꺼내 보았다.

"그러지 말고 어디 좋은 데 있거든 가보지."

실상은 병화를 보내고 한잔 한 김에 경애가 있다는 '바커스'라던가 하는 데를 가보고 싶어서 손님들도 내버려 두고 나선 것이었다.

"한 군데 가보실까요?"

병화도 정거장에는 틀렸으니 술이나 먹고 싶었다.

"어디?"

안국동 네거리에서 전차를 기다리며 상훈이는 물었다.

"저만 쫓아오셔요."

하고 전차에 상훈이부터 타게 하였다. 병화는 역시 바커스로 끌고 가고 싶었다. 어쩐지 '아이짱(경애)'이라는 모던 걸이 늘 마음에 키웠던 것이요. 더구나 일전에 덕기를 데리고 갔을 때도 이야기를 하다가 다른 손님들이 들어오는 바람에 덕기에게 끌려오고 말아서 그 후 궁금도 하고 다시 만나서 이야기를 해보고 싶었다. 어쨌든 그 여자가 심상한 여자 같지 않아 보이는 것이 병화에게는 호기심을 더 끌게 하는 것이었다.

상훈이는 바커스로 끌고 가는구나 하는 생각을 하면서 한편으로는 마침 잘된 것 같기도 하고 또 한편으로는 이 사람 앞에서 경애가 함부로 할까 보아 겁도 났다. 그보다도 병화가 덕기를 끌고 간 지 며칠 못 되어서 자기가 끌려가는 것이 실답지 못하게 보일 것 같아서 경애에게 창피하기도 하나, 또 어떻게 생각하면 아무러면 상관있겠니 하는 풀어진 생각도 드는 것이었다. 어쨌든 한번 가본다면 맹숭맹숭한 얼굴로 가기도 어렵고 또 이런 사람에게 끌려가면 경애가 보기에도 덕기에게 무슨 말을 듣고 일부러 찾아온 것이 아니라 젊은 애에게 술을 사달라고 졸려서 지나는 길에 끌려온 것같이 보일 것이니 도리어 이런 기회에 들여다보고 오는 것이 좋을 것 같기도 하였다. 또 생각하면 실상은 이 사람이 앞장을 서주기를 은근히 기대하고 같이 나왔던 것인지 자기도 자기 마음을 분명히 모른다. 어쨌든 상훈이가 오늘은 종일 들어앉아서 경애 생각을 하다가 밤이 되거든 한번 가보리라는 작정은 하였던 것이요, 또 그 생각이 지금 술김을 빌려서 실행하게 된 것이다.

"어디로 갈 텐가?"

상훈이는 전차에서 내려서 끌려가며 시치미를 떼고 물었다.

병화가 무어라나 말을 들어 보려는 것이다.

병화도 일전에 이 사람의 아들이 줄줄 쫓아오면서 대관절 어디를 가느냐고 조바심하던 것을 생각하고는 혼자 웃으며,

"아무튼지 와보시기만 하십시오그려. 훌륭한 데지요. 경국지색을 보여 드릴 테니 그 대신에 하느님의 은총을 감사하실 게 아니라 제게 한턱이나 단단히 내십시오."

하고 웃는다.

"이 늙은 사람에게 미인이 무슨 소용 있나, 허……."

"아직 노인도 아니시지만 노인에게는 미인이 따르지 않아 걱정이지 신로심불로*란 말이 있지 않습니까? 하하하…… 하여간 중년 연애란 더 무서운 것이지요."

하고 병화는 비웃듯이 또 껄껄 웃는다. 상훈이는 '중년 연애란 더 무서운 것이지요'라는 말을 듣자 속으로 깜짝 놀랐다. 병화가 모든 것을 다 알고 자기를 무슨 욕이나 보이려 끌고 가는 것이 아닌가 하는 겁이 펄쩍 드는 것이었다. 그러나 지금 와서 안 간달 수도 없다.

덕기가 경애의 내력을 이야기했을지 모른다. 그렇게 생각하면 자식이 미웠다. 또 비록 아비의 명예를 위하여 제 친구에게 발설을 아니하였더라도 이 사람이 다른 데서 듣지 말라는 법도 없다. 어쩌면 경애 자신과 한통이 되어 가지고 덕기를 만나 보게 하여 주고 또 이번에는 자기를 끌고 가서 욕을 보이려거나 욕은 안 보

---

* 身老心不老. 몸은 비록 늙었으나 마음은 늙지 아니함.

이더라도 무슨 귀정을 내려는 것일지도 모른다. 상훈이는 이런 생각을 하니 술이 금시로 깨고 관(棺)에 들어가는 소같이 바커스에 들어가기가 싫었다. 그러나 저희들이 아무러면 하는 반감을 가지고 상훈이는 병화의 뒤를 따라 들어섰다.

눈 오고 푸근한 밤이라, 네 패쯤 앉을 테이블이 꽉 차고 방 안은 운기와 담배 연기로 자욱하였다.

상훈이의 노중에서 꺼내 쓴 노랑 알 안경에 김이 서려서 잠깐 동안은 아무것도 아니 보였다. 안경을 벗어서 접어 넣으며 난로 앞으로 가려니까.

"실례의 짓 말아요."

라고 일본말로 소리를 치는 여자의 목소리가 들린다. 귀에 익은 목소리다. 건너다보니 오른편 쪽 들어간 구석에 경애가 틀어박혀 서 있다. 술 취한 손님들이 좌우를 막고 앉아서 안 보내려느니 경애는 나오겠다느니 하여 실랑이를 하는 거동이다.

경애는 병화를 건너다보고,

"어서 옵쇼!"

하고 눈웃음을 쳐 보이다가 상훈이의 늙직하고도 혈색 좋은 얼굴이 뒤미처 나타나자 놀란 눈이 말뚱해지며 맥없이 섰다. 너무 의외인지라 저 사람이 여기 올 리가 왜 있나? 하며 자기 눈을 의심하였다. 그러나 두 사람의 의미 없는 눈이 마주치자 피차에 눈을 내리깔고 말았다.

나오려던 경애는 그대로 앉아 버리고 말았다. 경애를 시달리던 손님들은 이편을 돌려다보다가 경애가 앉는 것을 보고 '으아'

소리를 치며 환호들을 한다. 그러나 병화는 좀 불쾌하였다. 앉을 자리도 없지만 새로 온 사람을 어디 가 비집고 앉게 한다든지 자리가 없으니 가란다든지, 어쨌든 나와서 알선을 해주어야 할 것인데 나오려던 사람이 그대로 앉아 버린다는 것은 괘씸하였다.

"췬 없소?"

하고 병화는 불끈하며 손뼉을 쳤다. 주부가 등 뒤에 섰던 것처럼,

"하이(네)."

하고 쏙 나왔다. 손에는 종이로 만든 접시에 거스른 돈을 담아 들었다. 바로 옆에 앉았던 손들은 돈을 집어 들고 일어섰다.

병화와 상훈이는 그 뒤를 물려서 앉았다. 공교롭게도 병화가 경애와 등을 지고 상좌로 앉고 상훈이가 마주 앉게 되었다. 병화는 앉다가 다시 생각하고 바꾸어 앉자고 하였으나 상훈이는 그대로 앉아 버렸다. 경애는 여전히 눈도 거들떠보지 않고 일본 손님들과 마구 터놓고 기롱을 하고 앉았다. 일부러 이편에서 보라는 듯싶이 유쾌히 깔깔대며 웃는다. '메이센'인지 홀가분한 일복을 입고 금테 안경을 쓴 양이 생각하였더니보다는 조촐해 보였다. 그러나 아까 들어올 제 '이랏샤이마세(어서 옵쇼)' 하고 인사를 하는 어조라든지 지금 손님하고 노는 양을 보니 조선집으로 말하면 갈보요, 일본집으로 하면 작부나 하등 카페의 여급사라는 것이 틀에 박힌 것 같았다. 상훈이는 저절로 눈살이 찌푸려지고 어금니에 무에 낀 것같이 뻐근하였다.

"그것만 한숨에 켠다면 내 10원 한 장만 포티를 주지."

경애의 옆에 앉았는 손은 곱뿌 술을 먹이지 못해서 애를 쓴다.

"10원? 그럼 먹지!"

경애의 이런 목소리가 나자 그 상에서는 잠잠해졌다. 상훈이가 힐끗 돌려다보니 경애는 유리 곱뿌를 입에다 대고 턱을 차차차차 쳐들어 간다. 곱뿌의 노랑 물은 반이나 기울어져 들어간다. 병화도 돌려다보다가 눈살을 찌푸리며 상훈이에게 눈을 준다. 상훈이는 얼굴이 검어지며 고개를 떨어뜨리고 앉았다.

한 곱뿌가 그득한 것은 아니나 한숨에 쭉 마시고 나니까 옹위를 하고 앉았던 일복 손님들은,

"용하다, 용하다!"

하고 또 한 번 환성이 일어났다. 경애는 얼굴이 발개지며 생글생글 웃기만 하고 맥이 빠진 듯이 앉았다가 안주로 담배를 붙인다.

"아이상. 그런 화풀이 술을 먹으면 안 되어요."

이편에서 병화가 일본말로 소리를 쳤으나 경애는 못 들은 척하고 한눈을 팔고 있다. 병화는 머쓱해서 바로 앉으며 술잔을 들다가,

"어서 잡숫지요."

하고 상훈이에게 말을 걸었으나 상훈이는 손에 든 담뱃불만 들여다보고 무슨 생각에 팔려 있다.

화풀이 술을 먹지 말라는 병화의 말이 상훈이에게는 또 무심코 들리지 않았다. 암만해도 자기네들의 내용을 알고 비꼬는 것 같았다. 그는 고사하고 대관절 경애가 왜 저렇게 술을 먹는 것인

가? 나 때문에 그야말로 화풀이 술을 먹는 것이리라……

'그렇지 않으면 돈 10원에……?'

하는 생각을 하니 상훈이는 앞이 캄캄한 것 같았다.

그러나 정말 화풀이 술이라면 고마웠다. 너는 너요 나는 나라는, 길에 지나가는 사람같이 생각하면야 저럴 리가 없을 것이라고 상훈이는 도리어 고마운 생각이 드는 것이다. 그러나 다만 한가지 미심쩍은 것은 병화와 둘의 사이가 퍽 가까운 모양인 것이다. 말을 걸어도 못 들은 척하는 것은 자기 때문일 것이라고 생각하였다.

"사람을 이렇게 깔보기야? 아무러면 돈 10원에 팔려서 먹기 싫은 술을 먹었으려구!"

별안간 경애의 째진 목소리가 방 안에 퍼진다. 모든 사람의 시선이 그리로 쏠렸다. 만지면 베어질 것 같은 10원짜리 지폐가 경애의 손에서 후르르 날아가 땅바닥에 떨어진다.

"그럼 100원?"

하고 옆의 청년이 웃는다.

"흐응! 100원이면 10원의 열 곱인가! 하하하……"

경애는 옆의 남자를 멸시하는 눈으로 바라보며 웃고 나서,

"이건 누구를 큰길가에서 재주 피우는 청인으로 알았는가베, 하하하…… 100원이면 끔찍한 돈이겠지만 어서 집어넣어 두었다가 마누라 고시마키(속옷)라도 사다 주시죠! 보너스 푼이나 타서 돈 10원 남았다고 이렇게 쓰다가는 자볼기 맞으시리다!"

하고 또 커다랗게 웃으며 발딱 일어선다.

"하하…… 걸작, 걸작!"

하고 좌중은 손뼉을 치며 떠든다. 돈 내놓은 청년은 도리어 무색해서 설익은 웃음을 띠고 앉았다가 취중에 무슨 모욕이나 당했다는 생각이 들었던지 별안간 얼굴을 붉히며,

"사람을 업신여겨두 분수가 있지! 약속을 한 것이니까 약속대로 돈을 주는 게 아니냐? 나두 신사다! 돈 10원쯤에 네 따위에게 그런 말 듣겠니?"

하고 소리를 버럭버럭 지르나 원체가 이 여자의 환심을 사느라고 한 노릇이라 딴 손님들 보는데 창피할 것 같아서 허풍을 치는 눈치다.

"굉장한 호기로군! 준다는 돈 싫다는데 호령이야? 이 양반은 도둑놈에게 절하고 다닐 양반이로군! 지금 세상에 좀 보기 드문 여덟 달 반 치로군!"

하며 빠져나오다 말고 선 채 깔깔 웃는다. 여러 사람들은 또 손뼉을 치며,

"히여 히여!"

하고 웃는다.

"어디 얼마나 가지고 그러는지 있는 대로 밑천을 다 털어놓아 보슈. 그 돈 가지고 한턱 잘 먹읍시다그려! 여러분, 내 한턱 쓸게요!"

경애는 또 찧고 까부는 수작으로 농처 버린다.

"옳지, 됐다! 됐어! 그래도 우리 아이상이 달라! 아이상 만세! 아이코상 예찬!"

하고들 떠들었다. 숭배하는 미인의 당의즉묘*한 말솜씨에 외국
청년들은 아주 녹았다. 그 바람에 기껏 노해 보이던 친구도 껄껄
웃고 마는 수밖에 없었다.

"자, 갑시다. 이런 살풍경한 속에서 꾸물거리지 말고 요릿집으
로 자리를 옮깁시다. 오 아이상, 어서 대장, 우리 여왕 전하부터
일어나셔야지!"
하고 덤벙대는 축은 벌써부터 일어나서 서두른다.

"자, 그럼 가자구!"
하고 경애는 일어나서 안으로 들어간다. 병화의 상 앞을 지나가
다가,

"미안합니다. 많이 잡숫고 가세요"
하고 지나는 인사 한마디만 내던져 주었다.

상훈이는 점점 더 모욕을 당한 것 같아서 술을 입에 댈 맛도
없었다.

경애는 후딱 양장을 차리고 나왔다. 푸근한 털외투에 검정 모
자를 삐딱이 쓴 모양이라든지, 주기가 오른 불그레한 얼굴이 아
까와는 또 다른 교태가 남자들의 눈을 현황하게 하였다.

"자아, 어서 나오슈"
하고 경애는 앞장을 섰다.

"그럼 일찍이 들어와요. 술 먹지 말고……. 요새는 왜 이렇게
난봉이 났누"

---

* 當意卽妙. 그 경우에 적합한 재치를 그 자리에서 부림. 곧 임기응변.

주부는 이런 소리를 하였으나 못 나가게 말리지는 않았다. 주인으로서 말리지 못하는 것을 보니 경애가 이 집에 꽉 매인 고용꾼이 아닌 것은 상훈이도 짐작할 수 있었다.

사오 인의 주정꾼을 몰고 나가는 경애의 뒷모양을 상훈이와 병화는 멀거니 바라보고만 앉았을 수밖에 없었다. 닭 쫓던 개의 상판을 연상하게 하였다.

그 한 패가 나가니까 한구석이 텅 빈 듯 별안간 쓸쓸해졌다.

"그 누구들이오?"

병화가 주인을 보고 물었다.

"여기 다니시는 은행 축들예요. 재미있는 젊은이들예요."

"퍽 친한가 보군요?"

"아뇨, 공연히 오늘은 해망*이 나서 그러지요. 인제 곧 오겠지요."

"곧 오거나 말거나……."

병화는 이런 소리를 하면서도 모처럼 왔다가 무시를 당하는 것이 분하기도 하고 섭섭하기도 하였다.

"일 보는 사람을 손님들이 마구 끌고 나다녀도 가만 내버려 두시오? 카페 같은 데서는 그렇게 못하지?"

상훈이의 말은 시비 비슷하게 들렸다. 주부는 말뚱히 이 처음 보는 남자를 쳐다보다가,

"아무러면 어떻습니까? 그 사람은 내가 부리는 사람도 아니

* 駭妄. 행동이 해괴하고 요망스러움. 또는 그런 행동.

요, 내 친구예요."

하고 무슨 상관이냐고 대거리를 하는 눈치다가 다시 말을 눅여서,

"요 뒤에 우리 아는 요릿집이 있는데 거기들 간 것이에요."

하고 휘갑을 친다.

아무려나, 더 앉았기는 싫었다. 욕보러 애를 써 온 것 같아서 다만 분하였다. 두 사람은 그대로 일어섰다.

"왜 그러세요? 미인이 없어서 그러십니까?"

하고 주부가 놀리듯이 웃는 것도 못마땅하였다.

두 사람은 다른 카페로 가서 술을 또 먹기로 하였다. 상훈이는 그야말로 화풀이 술을 기껏 먹으려고 판을 차렸다. 병화가 있거나 말거나 체면 없이 계집애들을 주물러 터뜨릴 듯이 떠들거리는 일본말을 반씩 반씩 해가며 갖은 추태를 부리는 양을 보고 병화도 어이가 없었다.

이 사람이 이러다가도 내일이면 교당에 가서 '아멘'을 부르려니 하는 생각을 하면 미운 생각이 지나쳐서 흠씬 놀려 주고도 싶었으나, 그래도 친구의 부친이라 웃고만 앉았을 수밖에 없었다.

11시나 넘어서 카페에서 겨우 떨어져 나왔다. 그러나 이때까지는 이것저것 다 잊어버렸던 것 같던 사람이 거리로 나오니까 또 바커스로 가자고 발론을 한다.

"여보게, 우리 다시 한 번 가세. 고 계집애에게 그런 푸대접을 받고 자네 낯이 깎이지 않나."

삼대

상훈이는 다소 혀 꼬부라진 소리를 하나 그래도 꿋꿋하였다.

"가시죠. 내 체면이 깎인다는 것보다도 그 계집애 손이라도 한 번 못 만져 보시고는 댁에 가서 잠이 아니 오시겠지요?"

하고 병화는 놀렸다.

"그까짓 년. 세상에 계집이 그밖에 없겠나마는 그 애가 조선 년이라지?"

"그래요. 하지만 자제하고 매우 친한 모양인데 선생께선 마구 못하십니다."

병화는 무어라나 들어 보려고 장난으로 이런 소리를 해보았다.

"무어? 어째?"

상훈이는 코웃음을 치며 시치미를 떼었다.

"왜, 실망하셨습니까?"

병화는 또 냉소를 한다.

"실망은 내가 왜 실망을 해? 나는 지금 자네와 결혼이라도 시켜 줄 판인데……"

상훈이는 이런 실없는 소리를 하면서도 병화의 말눈치가 자기의 내력을 모르는 것 같아서 안심이 되었다.

"그런 여자가 저 같은 빈털터리에게 눈이나 거들떠보겠습니까?"

병화는 상훈이의 농담이 결코 듣기 싫은 것도 아니었다.

"아까 못 보았나. 돈 10원이고 100원이고 그까짓 돈 보고 하기 싫은 일 하겠느냐고 하던 말을 들으면 퍽 돈에는 더럽지 않은 위인인 모양이니 안심하게."

"글쎄 그럴까요? 그럼 부디 잘 주선만 해주십쇼, 하하하……."
하고 마주 웃어 버렸다.

"사막에 해가 떨어지고 밤이 될 때…… 임이시여……."

자정이 넘으니까 이 좁은 거리의 발자취도 드물어지고 점점
가까워지는 유행 창가 소리가 유난히 요란스럽게 들려온다. 그
중에서도 째진 여자의 목소리가 도드라지게 들리자 병화와 상
훈이 둘이만 앉았는 옆에서 주정을 받아 가며 앉았던 주부가 놀
라며 일어난다.

"주정뱅이들이 이제야 오는군! 하지만 길거리에서 저게 무슨
짓들이야."
하고 주부는 닫은 문을 열려고 마주 나가는 것이다. 자정을 치
니까 가게는 들이고 이 두 손님도 보내려고 애를 쓰고 있는 판이
었다.

주정꾼들은 문 밑에 와서 소리를 딱 그치며 떠들썩한다.

"가게는 들였어요. 내일들 또 오세요."
하고 주부가 가로막으며 또 들어오겠다는 손들을 막는 모양이
다.

경애는 거기에는 아랑곳도 안 하고 여전히 '아라비아 노래'인
가 하는 것을 콧노래 삼아 하면서 주부가 길을 터주는 대로 들
어오다가 환한 불 밑에 두 남자가 고주가 되어서 청승맞게 마주
앉았는 것을 보자 경애는 웬일인지 눈물이 핑 돌았으나 취중에
도 그것을 감추려고 소리를 한층 더 높여서 하던 노래를 계속하

며 테이블 사이로 댄스를 하고 한 바퀴 돌더니 병화에게로 와락 달려들어서 무심히 앉았는 사람의 팔을 홱 낚아 잡아 일으키니 부엌방석 같은 남자의 머리가 어느덧 여자의 가슴에 싸였다. 경애는 유착한 남자의 몸을 질질 끌면서 여전히 춤을 추며 테이블 새로 돈다.

"정신 좀 차려요. 두부로 빚어 만든 사내도 다 보겠다! 곤냐쿠(족편 같은 일본 음식)처럼 왜 이 모양이야?"
하고 경애는 눈물을 감추고 병화의 대강이를 장갑 낀 조그만 주먹으로 쥐어박고 나서 깔깔 웃다가 또 다른 소리를 같은 곡조로 꺼내며 맴을 돈다.

"……이운 달이 또 이지러졌으니 해 뜨면 못 볼까 봐 동틀 때까지 지키고 앉았나? 해 뜨면 못 볼 게니 눈이 시도록 보아라…… 턱을 괴고 앉았는 꼴 기구망측지상이로구나…… 하하하…… 하하하……."

무당 넋두리하듯 입에서 나오는 대로 노래를 만들어 보다가 말이 아니 되니까 경애는 커다랗게 웃으며 남자를 탁 떠밀고 오똑 서다가 취한 사람이 나가자빠지려는 걸 보자 얼른 가서 다시 얼싸안으며,

"에구 가엾어라. 우리 큰둥이를 누가 그랬단 말이냐?"
하고 어미가 자식 어루만지듯이 등을 두드리다가 입을 쭉쭉 맞춘다.

상훈이는 일거일동을 바라만 보고 있다가 무심코 실소를 하며 외면을 하였다.

그러자 밖에서 이때껏 실랑이를 하고 있던 주정뱅이가 주부가 안으로 잠그고 두 손으로 버티고 섰는 것을 떼밀고 쏟아져 들어오고야 말았다. 쏟아져 들어왔대야 두 사람밖에 아니 되었다. 그중 한 사람은 아까 10원짜리를 내놓던 청년이다. 두 청년은 한가운데 들어와서 딱 버티고 두 남녀가 끼고 섰는 것을 보자 눈에 쌍심지가 뻗치면서,

"흥…… 잘들 노는구나! 그래서 우리를 따돌려 세우려는 거로구나! 인제 알았더니 또 한 가지 영업하는 게 있구나! (밀매음을 시킨다는 말이다) 훌륭한 음식점 취체 위반이다! 어디 해보자……."

하고 두 청년은 겨끔내기*로 떠들어 댄다. 경애는 그래도 못 들은 척하고 공중 매달려 다니는 병화를 끼고 좁은 속에서 밀고 나갔다, 끌고 뒷걸음질을 쳤다 하며 춤추는 형용을 하다가 고개를 획 돌리더니,

"시끄럽게 왜들 이래? 찰거머리처럼 무얼 먹겠다고 쫓아다니는 거야? 어서 그만 가 자요."

하고 몰풍스럽게 소리를 친다.

"무어 어째? 그래두 못 떨어지겠어?"

"무슨 상관이야? 남이 어쩌든지 이건 제 계집이나 가지고 욱살리듯** 하네! 어서 집에 가봐요…… 마누라가 어떤 놈하고 이렇게 끼고 돌지 모를 게니! 그때 할 소리를 미리 여기서 연습을 해

* 서로 번갈아 하기.
** 욱살리다 : 남을 마구 놀려 주거나 집적거리다.

보는 게로군! 좀 또 보여 줄까?"

하고 경애는 또다시 병화에게 입을 맞추는 형용을 한다. 형용만을 하는 것이 아니라 참 정말 맞춘다. 병화는 싫다고도 할 수 없고 헤— 할 수도 없으나 좋지 않을 것도 아니었다.

"누구를 놀리는 거냐? 더러운 것들! 파출소에 고발할 테다."

술이 취한 젊은 애들이 몇 달을 두고 다니다가 결국에 이런 꼴을 보는 것도 분한데 골을 올려 주니 눈에 불이 나는 것이다. 더구나 이때까지 서너 시간을 같이 놀면서 수십 원 돈을 쓰고도 손 한 번 만져 보지 못하던 '여왕'이 다른 남자에게 키스를 하다니 해괴한 일이다.

# 봉욕

주부는 청년들의 말에 노하면서도 취한 사람으로 돌리고 뜯어말려 돌려보내려고만 하였다. 그러나 병화는 그렇지 못하였다.

"더러운 것들이라? 고발을 한다? 더러운 걸 무얼 봤니? 마뜩지 않은 놈들! 너희들은 뭐냐? 경찰의 개냐?"

경애를 떼어 놓고 몹시 노려보던 병화는 단번에 달려들려 하였다. 저편도 물론 그대로 있지는 않았다. 그러나 경애는 병화를 마주 얼싸안아 버리고 주부는 두 청년을 두 활개를 벌리고 가로막았다. 상훈이는 그대로 앉아서 물계만 본다. 술이 금시로 번쩍 깨는 것 같았다.

그러나 두 계집의 힘으로 술 취한 장정을 막아 낼 장비가 없었다. 담배 재떨이가 병화의 뺨 옆으로 날며 맞은 벽에 우지끈 딱 하고 악살*이 되는 것을 군호로 하고 세 사람은 맞달라붙었다. 어느덧 한 놈은 벌써 나둥그러졌다. 상훈이도 일어서려니까 나둥그러진 자가 일어나서 상훈이에게 달려들었다. 이번에는 병화와 맞붙은 자와 상훈이가 나둥그러졌다. 이것을 보자 병화는

---

* 박살.

둘째 번 넘어진 자를 서너 번 발길로 쥐어박고서 상훈이에게 응원을 갔다. 멱살을 낚아 가지고 일긋거리는* 테이블과 교의에 허리를 걸쳐서 메다치니 우지끈 하고 부서지는 위에 널치가 되어 쓰러진다.

"잘한다! 잘한다!"

하고 경애는 마치 씨름판이나 투우장에 와서 구경하듯이 바라만 보고, 주부는 아직도 불기가 있는 난로에 와서 쓰러질까 보아 가로막고만 섰는 것이다.

상훈이는 단박에 고꾸라져서 외투는 흙투성이가 되고 오른쪽 엄지손가락을 깨물렸는지 짓찧었는지 피가 줄줄 흐르는 것을 추켜들고 씨끈거리며 앉았으나 경애는 못 본 척할 뿐이다.

밖에서는 길 가던 사람이 우중우중 모여 서서 두런두런하는 모양이나 아무도 문을 열고 들어오지는 못하였다.

두 청년은 일어서서 인제는 덤비지는 못하고 욕지거리만 하였으나 또 달려들 거동이라 주부가 발발 떨며 두 청년을 흙을 털어 주며 어서 가라고 달래나 장본인인 경애는 샐샐 웃고만 서서,

"왜들 그래? 젊은 사람들이 술들을 먹거든 곱게 먹고 삭여야지! 그러나 애들 썼네! 우선 한숨들 돌리게."

하고 외투 주머니에서 해태표를 꺼내 일일이 권하러 돌아다녔으나 두 청년은 손으로 탁 쳐버리고 상훈이는 권하지도 않으니까 차례에 못 가고 병화만 하나를 받아서 붙여 주는 불에 붙였다.

---

* 일긋거리다 : 짜인 물건의 사개가 맞지 아니하고 느슨하여 이리저리 자꾸 비뚤어지다.

경애도 피워 물었다.

"눈은 쌓이고, 이 좋은 날 이 속에서 싸우다니…… 훈련원 벌판이나 경성운동장으로 가서 최후의 결승을 하거나 장충단 솔밭에 가서 결투를 해버리는 게 옳을 일이지."

하고 경애는 또 골을 올린다.

"가자, 너 같은 놈은 버릇을 가르쳐야지."

한 청년이 숨을 돌려 가지고 병화에게 달려들었다.

"어디든지 가자! 하지만 어디냐?"

"비릿비릿하게 경찰서에 갈 거 무어 있니. 대문 밖에라도 나가서 요정*을 내자."

"그거 좋은 말이다."

하고 병화가 이번에는 찢어진 외투를 벗어부치려니까 문간에서 동동 두들기는 소리가 난다. 호기스럽게 호령하듯 문 열라는 소리가 순사다. 주부는 구세주나 만난 듯이 얼핏 가서 열었다. 뒤따라 들어오려는 흑작꾼을 막고 순사는 들어와서 휘 둘러다보았다. 순행 순사의 출현을 두 청년도 반가워하였다. 잔뜩 긴장하였던 마음이 풀리니까 다시 취해들 올라왔다. 순사가 보기에는 모두 주정뱅이 같아서 대강 이야기를 듣고 모두 파출소로 가자고 하였다. 주부와 경애도 가자고 하였다. 경애는 나섰으나 주부는 집이 빈다고 못 간다고 하고 테이블이며 기명 깨어진 것은 값을 안 받아도 좋으니 어서들 끌고 가서 무사히 보내 달라고만 부

* 了定. 결판을 내어 끝마침.

　　　　　　　　　　　　　　　　삼대

탁하였다.

상훈이도 하는 수 없이 따라나서면서 누구나 만나지 않을까 그것이 염려되었다.

구경꾼은 쫙 헤어졌다가 하나둘씩 모여서 줄줄 쫓아온다. 순사도 이제는 제지도 아니하고 가만 내버려 둔다. 좌우 양쪽의 상점 문은 다 들이고 낮같이 밝은 전등불이 눈 위에 반사되어 끌려가는 사람들의 얼굴들이 한층 더 분명히 보인다. 상훈이는 이 밤중에 설마 아는 사람, 그중에도 교회 사람을 만나랴 싶었으나 그래도 애가 쓰여서 멀리서 사람 그림자만 나타나도 겁을 벌벌 내었다. 외투 깃을 올리고 노랑 안경을 다시 꺼내 썼다.

교번소에 들어가서는 데리고 간 순사가 한층 더 뽐내며 으르 딱딱거렸다. 그중에서도 병화와 상훈이에게 더하였다. 옆의 순사는 경애를 보자,

"얘는 바커스 계집애가 아닌가?"

하고 반색을 하는 듯이 웃다가,

"우와기(난봉)를 작작 하지!"

하고 놀린다.

이런 데 와서 대접받으랴마는 생전 처음 당하는 일이라 경애는 분해 못 견디었다. 술집에 있기 때문에 이런 하대를 받고 놀림감이 되는구나 하는 생각이 가슴을 찔렀다. 하나 무어라고 대거리 한마디 할 수 없었다.

데리고 온 순사가 동료에게 설명했다. 그중에도,

"고이쓰토 키스오! 고이쓰토 키스오!"

라는 말이 여러 번 나왔다. 이놈과 입을 맞추었다는 말이다.

"흥, 이왕이면 돈 무게가 나가는 남자하고 키스를 하든 무얼 하든 할 일이지?"

하고 젊은 순사가 병화의 구지레한 꼴을 바라보다가 경애를 놀린다.

"요게이나 오섹가이데스! 오마와리상와 도로보니다케 요가 아루모노토 오못타라 나카나카 오이소가시이요데스네…… 키스도로보 쓰카맛타쟈 아루마이시(오지랖 넓은 일이외다. 순사란 도적놈에게만 필요한 줄 알았더니 꽤 바쁘신 모양이로군! 키스 도적놈을 잡은 것도 아닐 텐데)."

경애는 분한 김이라 대거리로 한번 씹었다.

"잔소리 마라! 건방진 년! 예가 어딘 줄 알고 주둥아리를 함부로 놀리는 거냐!"

데리고 온 순사가 불호령을 한다.

"아직 술이 덜 깨었군! 본서로 데리구 가서 재워야 하겠는걸……."

섣부른 소리 했다가 핀잔맞은 순사도 발끈하였다.

싸움한 경위를 또다시 한 번 취조를 하고 나서 두 일본 청년은 주소 성명만 적고 돌려보냈다. 그러나 세 사람은 모른 척하고 한참 세워 두더니 본서로 전화를 건다. 말눈치가 저편에서는 그대로 놓아 보내라 하는 모양인데, 이편에서,

"암만해도 너무 반항을 해서……."

하고 어쩌고어쩌고한다.

전화를 끊더니 아까 실없은 소리를 하던 순사더러 본서로 데리고 가라고 분부를 한다.

"누가 반항을 했단 말이오? 아까 그놈들하고 함께 가기 전에는 안 갈 테요."

병화는 눈에 쌍심지가 솟았다. 경관에게 육장 부대끼는 병화는 이런 데쯤에 비쓸비쓸할 사람은 아니었다.

"나두 우리집으로 갈 테에요."

하고 경애가 교번소에서 톡 튀어나오려니까 순사는 허겁을 해서 목덜미를 휘어잡았다.

경애는 빙판에 하마터면 넘어질 뻔한 것을 겨우 가누고 다시 끌려 들어갔다. 줄기차게 지키고 섰던 구경꾼들 속에서는 킥킥 웃는 소리가 났다.

데리고 갈 순사는 부리나케 칼을 저그럭거리며 차고 모자를 떼어 쓰며 나선다. 경애는 그래도 발악을 하고 병화도 발을 구르며 떠들어 댔으나 무슨 소리인지 순사들의 호령 소리와 맞장구를 쳐서 잘 들리지 않는다. 그러는 동안에도 상훈이는 반씩 반씩 어우르는 일본말로 애걸을 하고 있었다. 그러나 경애에게 감정이 잔뜩 난 순사들은 마음을 돌리려고는 아니하였다. 그렇다고 세 사람을 포승으로 묶어 가지고 갈 수도 없고 지랄들을 치는 것을 끌고 나설 수도 없다.

병화는 뺨을 두어 번 얻어맞았으나 얻어맞으면 더 날뛴다. 하는 수 없이 데리고 가는 것은 단념하고 병화의 정강이를 구둣발길로 걷어차서 마루에 주저앉게 하니 그제서야 좀 조용해졌다.

상훈이가 그 틈을 타서 또 애걸을 하니까 그제서야 주소 성명 직업을 적으라 하고 상훈이만은 나가라 한다. 직업에 학교 교원이라고 쓰니까 어느 학교냐고 묻더니 순사도 남대문학교를 알았던지 장황한 설유가 나왔다.

"미션 스쿨이 아닌가! 교원이요 게다가 크리스천으로서 그만한 지각이 들었을 사람이 젊은 사람을 데리고 다니면서 술을 먹고 우리들을 성가시게 하고 다니다니 창피한 줄 알겠지?"

개 꾸짖듯 꾸짖는 것도 고개를 굽실거리며 듣는 수밖에 없었다.

상훈이는 혼자 갈 수 없었다. 그러나 상훈이 말로 내놓을 리도 없다. 순사는 병화를 구류간 속인지 뒷간 속인지 저 구석으로 끌어다 넣어 버렸다. 경애에게는,

"넌 여기 있거라. 한데 두면 또 키스를 할라!"

하고 숙직실인 다다미방에다 데려다 두었다. 경애는 그래도 미인이라 우대를 하는 것이다. 저희들 자는 방에다가 넣어 두는 것도 우스운 일이나 어쨌든 어한도 되고 구경꾼 보는 데 섰는 것보다는 좋았다.

상훈이가 바커스로 향하여 가려니까 구경꾼도 흩어졌다.

"선생님……!"

몇 간통쯤 떨어져 가려니까 뒤에서 누가 부른다. 돌려다보니 중산모 쓰고 양복 입은 청년이다. 목도리를 칭칭 감아서 그런지 누구인지는 알 수 없으나 상훈이는 등에 식은땀이 쭉 배었다.

"지금 어딜 가십니까?"

하고 모자도 벗지 않고 인사를 하며 목도리 속에서 턱을 빼낸다. 그러나 역시 상훈이는 알아볼 수 없다. 청년은 짓궂은 웃음을 띠며,

"저 몰라보십니까? 덕기하고 한 회에 졸업한 ×××올시다."

하고 제 이름을 내세운다.

"어……."

하고 대꾸를 해주었으나 결코 반갑지 않은 손이었다. 입에서는 술 냄새가 후르르 끼친다.

"파출소의 그 여자도 같은 옛날 동창생인데요. 왜 그랬어요?"

또 반갑지 않은 인사다.

"응, 나 아는 청년이 술이 취해서 싸움을 하는 것을 말리려고 하다가……."

상훈이는 어름어름하고 빠져 달아나려 하였다. 그러나 짓궂게 쫓아오며 잔소리를 꺼내 놓다가 추우니 어디 가서 술을 먹자고 조른다.

"선생님은 저를 잘 모르셔도 저는 길러 내주신 은혜를 잊지 않습니다. 제 정성을 그렇게 막으시면 안 됩니다."

실없이 주정처럼 하는 소리가 비웃는 것같이 들렸다. 상훈이는 화를 참으며 달래어 보내고 나니 마침 바커스의 주부와 마주쳤다. 주부는 기다리다 못해서 문을 잠그고 파출소로 가는 길이었다. 잘되었다 하고 둘이 또다시 파출소로 갔다.

파출소에 가서도 거진 한 시간이나 애걸복걸을 하여 두 사람을 데려 내왔다.

그들이 그렇게까지 승강이를 한 것은 그 영업을 벌이고도 어느 기회에 한잔 안 낸 것과, 언제인가 조사를 갔을 때 경애가 나와서 보통 카페 계집애처럼 아양을 부리지 않은 것들이 감정을 사게 된 때문이었다.

이튿날 상훈이는 자리 속에 누워서 일어날 기운이 없었다. 마작꾼들이 새벽 3시에 들어오는 주인을 기다리고 그대로들 있어서 함께 자버렸지만 그야말로 노름꾼처럼 늦은 아침에 일어나서 어제 어디 갔다냐고 묻는 데에 변변히 대답도 못하였다. 생각할수록 자기 낯이 뜨거웠다. 봉욕, 봉욕 하여야 그렇게도 가지각색으로 욕을 톡톡히 보기는 좀처럼 어려울 것 같았다. 경애에게 기구망측지상이라고 놀림을 받았다든지 파출소에 불려가서 설유를 당한 것은 외려두커녕 경애가 병화와 입을 맞추고 그 법석을 한 것과 나중판에 예전 소학교 졸업생이라는 아이를 만난 것이 생각할수록 분하고 께름하였다. 병화의 춤에 논 것이지만 어쨌든 그대로 내버려 둘 수는 없었다. 오늘이 토요일이라 저녁에 예배당에 갔다가 오는 길에 또다시 경애를 한번 찾아가 보리라는 궁리를 하였다. 그러나 그는 고사하고 어젯밤에 만난 고놈이 술을 먹고 다니는 것을 보면 교회에는 아니 다니는 것 같았으나 그래도 저희들 축에서 소문이 돌아서 교회 속에까지 말이 들어갈까 봐 그것이 또 염려가 되기는 하였다.

# 새 번민

부친은 간밤부터 감기가 더쳤다. 큰집에서 하인이 다녀간 뒤에 상훈이가 갔을 때에는 의사도 와서 앉았었다. 암만해도 폐렴이 되기가 쉽겠으니 요새 며칠 특별히 주의하라고 하고 가버렸다.

상훈이는 그래도 한약을 쓰는 것이 좋겠다고 생각하였으나 자기가 발론을 하면 부친이 안 들을 것 같아서 나와서 지주사를 시켜서 말씀을 해보았더니 영감은 싫다고 한다. 별안간 개화를 해서 그런지 감기는 내치라도 양약이 한약만 하고 더구나 폐에 관한 것은 양약이 좋다는 의견이다. 그러나 상훈이의 생각에는 그날에 부친이 안에서 취침하고 나오던 판에 넘어졌고 감기 기운도 그때부터 있었던 터이요 하니 한약 몇 첩으로 다스려 버렸으면 그만일 것 같았다.

어쨌든 하는 수 없이 지주사는 종일 영감 옆에 앉아서 허리와 가슴에 찜질을 갈아 대고 있었다. 가슴에는 폐렴이 될 염려가 있다고 하여 오늘부터 시작한 것이다.

영감은 사지와 머리만 빼놓고는 오줌 싼 자리에 누운 듯이 뜨뜻하고 축축한 솜 속에 파묻혀 있는 셈이었다. 그것이 영감에게는 처음 해보는 일이요, 또 뼈만 남은 몸뚱어리에 퍽 좋았다. 조금 몸을 추스를 수만 있으면 안방으로 옮겨 들어가서 수원집의 간병을 받고 편안히 누워 있겠으나 허리 때문에 절대로 움직이지 말랄 뿐만 아니라 또 사실 움직일 수도 없었다.

영감은 안방에만 들어가 누우면 한약을 써도 좋겠다고 생각하는 것이다. 한약에 반대를 하는 것은 정말 양약을 믿기 때문이 아니라, 양약은 병마개를 종이로 풀칠까지 해서 꼭 봉해 오는 것을 머리맡에 두고 자기 손으로나 혹시 자기가 보는 앞에서 따라 먹는 것이요, 또 만일에 약에 무슨 병통이 생기더라도 즉시 의사만 불러 대서 남은 약을 검사만 해보면 당장 해혹도 되고 또 의사도 그만큼 책임을 지고 약을 쓰겠지만, 한약이면 달여서 사랑에 내올 때까지 일일이 감독도 할 수 없거니와 그 중간에 몇 사람의 손을 거치느니만큼 안심이 아니 되는 것이다. 사랑에서 자기 눈앞에서 달이게 한다면 누구나 면괴로 여길 것이요, 자기의 심중을 들추어 내보이는 셈쯤 될 뿐 아니라 도대체 양약처럼 몇 번에 잘라 먹는 것이 아니다. 한약이란 한 번에 쭉 마셔 버리는 것이니까 오장에 들어가만 놓고 나면 그만이다. 약그릇을 씻어 버리고 약 찌꺼기를 없애 버리면 무슨 일이 있은 뒤라도 감쪽같이 흔적도 찾을 수 없는 것이다……

영감의 신경질은 이러한 공상과 강박관념을 나날이 심하게 한 것이었다. 더구나 수원집이 며느리를 헐어서 속삭인 뒤로 더해진 것이다. 죽을까 봐 생겁을 벌벌 내는 사람에게 자식들이 어서 죽기를 조인다고 해놓았으니 겁도 내는 것이 무리치 않다면 무리치도 않을 것이나 게다가 몸을 꼼짝 못하는 생병이다. 워낙

잠이 없는 늙은이가 긴긴 밤을 새우노라니 느는 것은 그런 까닭 없고 주책없는 공상뿐이다. 게다가 자식부터 노리고 있는 재산이 있다 생각하면 믿을 사람이라고는 그래도 한자리에서 자는 귀여운 수원집뿐이요. 그 외 놈년들은 남이요 한 푼이라도 뜯어먹지 못해서 눈이 벌게 돌아다니는 놈들뿐이다……

상훈이는 저녁밥을 먹고 교회에 가는 길에 큰집에 또 한 번 들렀다. 환자는 저녁때가 되면 오한이 심하다가 이맘때쯤에는 번열이 다시 나는 것이었다. 그러나 상훈이로서는 여전히 약 쓰는 데 개구를 못하고 병인은 안방으로 옮겨만 달라고 어린애 보채듯 보챌 뿐이다. 야기를 쐬어서는 아니 될 테니 내일 옮겨 드리마고 간신히 간정이 되는 것을 보고 상훈이는 예배당으로 갔다. 친환이 어서 낫게 해달라고 기도하려고?

사실 예배당에 가서는 부친의 병 위문을 받기에 상훈이는 분주하였고 기도들을 할 때에도 상훈이 부친의 병이 어서 쾌차하게 해달라는 한마디를 끼울 것을 잊지 않았다.

오늘 토요 예배는 9시 전에 끝이 났다. 예배가 끝난 후 마작 축들이 슬슬 상훈이의 기색만 보면서 따르는 수작이 어디로 놀러 가자고 발론이 났으면 좋을 듯한 눈치였으나 상훈이는 모른 척하고 혼자 전차를 타버렸다. 진고개로 올라가는 길이니 전차를 탈 필요도 없지만 그 사람들을 피하려니까 길을 돌아가려는 것이었다.

상훈이는 바커스 앞을 지나면서 들어갈 생각은 아니 났다. 속에는 손님이 없는지 조용한 모양이나 그대로 지나쳤다. 어제 봉욕하던 교번소 앞을 지날 때 저절로 외면이 되면서 경애가 빠져 나가다가 순사에게 고작*을 들려서 끌려 들어가던 꼴을 생각해 보고는 그래도 경애가 가엾었다. 그러나 병화와 미친 사람처럼 키스를 하고 자기에게 빗대 놓고 창가를 하곤 하던 양이 눈앞에 떠오르니까 또 얄미운 생각이 났다.

'만 이태! 그동안에 변하니 변하니 해도 그렇게 변하였을까?'

상훈이는 이런 생각을 하다가 일전에 아들이 '책임'이란 말을 꺼내던 것이 생각났다.

'전부가 내 책임일까?'

상훈이는 혼자라도 변명할 거리를 생각해 보다가,

'책임을 회피하려는 것은 아니지만 그러면 그 책임에 대하여 나는 어떠한 수단을 취하면 좋다는 말인가?'

하고 스스로 물었다. 그러나 아무 방침도 머리에 떠오르는 것은 없었다. 하여간에 어제고 오늘이고 경애를 만나러 가는 것이 그 '책임'을 어떻게 조처하려는 것인가? 아니다. 어제는 다만 묵은 추억이 유혹한 것이요, 오늘은 어제에 꼬리가 달려서다. 그보다 도 병화에 대한 질투와 모욕을 참을 수 없어서다······.

K호텔에 들어간 상훈이는 사무소로 바로 들어가서 급히 인력 거를 불러서 경애에게 편지를 써 보냈다.

K호텔은 한 3년이나 발을 끊었건만 하녀들만은 갈렸으나 그 전과 조금도 변함이 없었다.

* 상투를 속되게 이르는 말.

삼대

"그동안 왜 그렇게 한 번도 안 들러 주세요. 오쿠상(아씨)께서도 다 안녕하시고?"

반토(사무원)는 이런 인사를 하고 불경기 타령을 꺼내 놓았다. 상훈이는 하회*를 기다리는 동안에 이야기 대거리를 하다가 뒤에 단 하나 있는 온돌방을 치운 데로 건너갔다.

이 방은 언제 보나 산뜻하고도 아늑하고 반가웠다. 방이 반가운 것이 아니라 이 방이 주는 인상이나 과거의 연상이 반갑고 유쾌한지 모르는 것이다. 5년 전, 그때도 이런 겨울날이었지만 그때와 변한 것은 순 조선식으로 꾸며 놓았던 보료며 장침 안석들이 더러운 것과 방에 인제 불을 때느라고 그런지 알코올 불을 켠 스토브를 놓은 것이다.

상훈이는 석유 냄새가 훅 끼치는 데에 눈을 찌푸리면서 화로만 놓아두고 알코올 스토브는 내가라고 명하였다.

찬 기운이 훌쩍 끼치는 보료 위에 앉으니 금시로 쓸쓸한 증이 나면서도 마음속은 봄을 만난 듯이 서성거렸다. 방 안을 휘 돌려다보니 처음 경애와 이 방에 들어앉을 때의 생각이 아름다운 꿈처럼 머리에 떠오르는 것이었다.

그러나 결국에 아니 오고 보면 어쩌나 하는 애가 쓰이기 시작하였다. 지금과 같이 이 방에서 초조한 마음으로 혼자 기다리고 앉았던 것도 여러 번이었다. 어제도 그랬고 그제도 그랬던 것처럼 먼 날의 일이 이상히도 가깝게 생각되는 것이었다. 그러나 오

---

* 下回. 다음 차례. 윗사람이 회답을 내림, 또는 그런 일.

늘은 경애가 아니 올까 봐 애가 타고 몸이 다는 것이 아니라 이렇게 앉았다가 결국에 오지도 않고 혼자 뒤통수를 치고 나가게 되면 주인이나 하인들 보기에 창피할 것이 먼저 걱정되는 것이다.

하녀가 차를 날라 왔다. 그래도 그때까지 보낸 인력거꾼은 아직 아니 왔다. 상훈이는 그대로 입고 앉았는 외투 주머니에서 담뱃갑을 찾다가 담뱃갑은 아니 나오고 조그만 책이 만져지는 걸 무심코 꺼내 보았다. 성경책이다. 혼자 픽 웃고는 누가 볼까 봐 무서운 듯이 다시 넣었다.

지금 생각하고 보니 오늘은 교당에 가는 날이라 담뱃갑을 아니 넣고 나왔다. 담배를 가져오라 하려고 초인종을 누르려니까 멀리서 발자취 소리가 가까워 온다. 상훈이는 새삼스러이 가슴이 설렁하며 외투를 급히 벗어 걸고 얌전히 앉았다.

그러나 방문 밑에서 나는 발자취는 한 사람의 자취다. 하녀가 문을 열고,

"조금 있다가 오신답니다."

는 전갈이다. 전화가 왔느냐니까 그런 게 아니라 인력거는 도로 보내왔다 한다.

10시나 되었는데 좀 있다가 온다면 오늘은 여기서 자게 될 거니 잘되었다고 생각하였다. 보료 밑은 차차 더워 오나 그래도 춥기도 하고 심심하여 술이나 한잔 먹고 싶으나 주기가 있어 만나면 위신이 깎이고 또 어제 모양으로 흐지부지 실없는 농담이나 하고 헤어질 것 같아서 참기로 하였다.

그러나 입에도 아니 대는 차를 두 번째 갈아 온 것이 또 식어

삼대

버릴 때까지 소식이 감감하다.

상훈이는 옹송그리고 드러누웠다가 제일 선선해 견딜 수가 없어서 그예 술을 명하고 말았다. 11시나 되어 술을 시작하고 앉았으니 이런 외딴 방에 하녀부터도 붙어 앉았으려고 아니한다. 그러나 혼자 술을 먹는 수도 없다. 반토를 불러들이니 이자도 추운 판에 암칫국하고* 들어와 앉아서 대작을 한다.

"오쿠상이 오시는 것은 아니겠지요만 매우 늦습니다그려."

반토는 술 한 잔에 고개를 세 번씩 꼬박거린다.

오쿠상이라는 것은 경애 말이다. 이 사람은 경애와 북미창정에서 살림하는 것을 상훈이 자신의 입으로 들어서 아는 터이다.

"아니 누구를 잠깐 만날 사람이 있어서……."

하고 상훈이는 웃었다. 경애가 조금 있으면 오겠지만 잔소리가 나올 게 귀찮으니까 이렇게 대꾸를 해둔 것이다.

"허허허…… 너무 외도가 심하시면 오쿠상이 가만 계시겠습니까? 그런 좋은 오쿠상을 가지시고도 온 영감도 너무 과하십니다. 욕심이 과하십니다."

반토는 이런 소리를 하고 또 껄껄 웃는다.

으레 어떤 종류의 계집이 올 것을 알아차리는지라 내일 아침이면 이 불경기한 판에 행하**가 상당하리라고 반토부터 이런 손님을 속으로 반기는 것이다. 더구나 상훈이는 돈 씀씀이가 호활

* 암칫국하다 : 압칫국하다. 자기 입장이나 지위로 보아 지켜야 한다고 생각되는 위신이나 체모를 생각지 않고, 거리끼지 않다.
** 行下. 심부름을 하거나 시중을 든 사람에게 주는 돈이나 물건.

한 데 맛을 들여서 대접이 융숭하다.

"내가 무슨 외도를 한다고 별명을 짓나. 허허…… 난 원체 계집 복이 없어서…… 허허."

"게서 더 있으면 어쩝니까? 그때 그 색시는 어떻게 되었나요? 그 후에 또 좀 들르실 줄 알았더니……."

반토는 벌써 이태 3년이나 되는 옛이야기를 꺼내는 것이다. 경애와 그렇게 된 후 재작년 봄에 한참 달떠 돌아다니는 판에 숨어 다니는 술집 주모가 대준 모던 걸 하나를 데리고 주체를 할수가 없어서 이 집에 데려다가 한 사날 묵혀 보낸 일이 있었다. 그 후에도 두어 번 더 와서 하루씩 묵은 일은 있으나 상훈이는 벌써벌써 잊어버린 생게망게한* 묵은 치부장이다.

"어쨌든 그 후에는 벌써 이태나 되어 갑니다만 아주 발을 뚝 끊으셨으니 그동안은 퍽 얌전해지셨습니까. 혹시 단골을 다른 데를 정해 놓고 다니십니까? 저희가 거행 잘못한 일은 없을 듯한데요."

상훈이는 웃고만 앉았으니까 반토는 또 이런 소리를 하고 웃는다.

"실없이 날 난봉꾼으로 만드네그려. 허허…… 그건 하여간에 사람을 또 좀 보내 볼까?"

"그럽지요. 어딥니까?"

"응, 바로 요기야……."

---

* 생게망게하다 : 하는 행동이나 말이 갑작스럽고 터무니없다.

삼대

하고 상훈이는 그런 조그만 술집에 이 집 사람을 보내서 경애를 데려오는 것은 반토 보기에도 창피하여 망설이다가 경애가 그 술집을 경영한다는 이야기를 간단히 체면 좋게 꾸며 대고서 사람을 보내라고 부탁하였다.

"예…… 예…… 저라도 가서 모셔 옵죠."

하고 반토는 굽실거리며 나갔다.

나간 지 10분도 못 되더니 여러 사람의 발자취가 이리로 향하여 온다. 벌써 데려왔을 리는 없고 마침 제풀에 왔나 하고 가만히 앉았으려니 문이 활짝 열리며 경애가 딱 섰다.

"흐흥……."

하고 코웃음을 치는 표정이나 선뜻 들어오려고도 아니한다. 술이 취했나? 하고 쳐다보니 그렇지도 않다.

경애도 이 방을 들여다볼 제 반갑기도 하면서 선뜻 발을 들여놓을 수가 없을 만치 정이 떨어지는 듯한 이상한 느낌이 없지 않았다.

이대로 획 가버릴까 하는 생각이 났다. 만나고 싶은 생각은 꿈에도 없었으나 어제 의외로 찾아와서 그렇게 하고 갔으니까 으레 한 번쯤은 또 오려니 하는 짐작도 없지 않았던 차에 기별이 왔기에 무슨 소리를 하나 들어나 보고 실컷 듣기 싫은 소리도 해준 뒤에 어린애 문제를 귀정을 내보려고 오기는 왔으나 지지벌게* 앉았는 이 중늙은이를 더구나 이 방 속에서 바라보니

---

* 지지벌겋다 : 보기에 아름답지 아니하게 벌겋다.

속이 볶여서 치받치는 것이다.

'누구 탓을 하랴. 내가 어려서 그 수에 넘어간 것이 어림없지.'

속에서 불뚝 심지가 나고 나도 남과 같이 시집을 가서 재미있
게 살아 보았으면 하는 생각이 날 제마다 이렇게 생각하여 왔지
만 오래간만에 딱 만나니 그래도 심사가 편할 수 없다.

경애는 들어와서 멀찌감치 모로 앉았다.

"추운데 이리 가까이 앉아요."

상훈이는 감개무량한 낯빛과 어제 바커스에서 뒹굴고 교번소
에서 아들 같은 순사에게 굽실거리던 상훈이가 아니라 옛날 숭
배하던 시절의 상훈이가 죽었다 살아온 듯이 점잖고 엄숙한 자
태를 꾸며 보인다. 경애는 속으로 흐흥 하고 코웃음을 치며 남자
를 말끄러미 쳐다보다가,

"왜 오라고 하셨어요?"

하고 묻는다. 상훈이는 대답이 탁 막혔다. 무슨 까닭이든지 까닭
이 있어서 오라기는 한 것이겠건만 그 까닭을 자기도 분명히 알
수가 없고 말로 표시하기 어렵다.

"시비하려는 사람처럼 그럴 것 무엇 있소. 지난 일은 도리어
내가 잘못이니까……."

하고 말을 이으려는데, 경애를 데려다 두고 물러갔던 하녀가 되
짚어 와서,

"오늘 묵으시는지요. 묵으시면 묵을 차비를 차리구요……."

하고 묻는다.

상훈이는 으레 묵을 작정이면서도 시계를 공연히 들여다보고,

"늦었으니 묵기로 하지."

하고 경애를 쳐다본다.

"난 곧 갈 테니 문은 걸지 마우."

경애가 옆에서 주의시켰으나,

"어쨌든 그렇게 준비를 해주게."

하고 상훈이는 눈짓을 했다.

하녀는 다 알아차렸다는 듯이 가버렸다.

"내가 잘 데가 없을까 보아 부르셨군요? 오늘도 파출소에 가서 잘까 보아?"

하고 경애는 냉소를 한다.

"아무려나! 누가 붙들자는 것은 아니지만 오래간만에 이야기나 좀 하자고 청한 것이니 바쁘건 지금이라도 가고 또 다른 기회를 만듭시다그려."

상훈이도 그리 탐탁지 않은 눈치로 탁 내맡기는 소리를 한다. 그러나 경애는 남자가 냉연한 태도를 보이니까 도리어 김이 빠지는 것을 느꼈다.

상훈이는 언제나 이러한 수단으로 여자의 마음을 낚아 왔고 또 경애는 이 사람의 그 수단에 넘어간 것이었다. 처음에 밤거리를 거닐다가 손목을 잡혔을 때 상훈이는 실성한 사람처럼, 혹은 자기의 불의의 실수를 금시로 뉘우치는 것처럼 홱 뿌리치고 달아났었다. 그러나 그로 말미암아 한자리에 제대로 섰던 경애의 마음은 상훈이에게 향하여 한 걸음 물러섰다가 다시 한 걸음 다가서게 하였고, 그 다음다음 날 학교에서 간단한 사과 편지를 주어서 호기심과 막연한 기대를 들쑤셔 놓고는 모른 척하니까 경애는 도리어 서운한 생각이 들어서 이편에서 답장을 하게 되었던 것이 시초가 되어서 오늘날 이렇게까지 된 것이다. 5년 전 그때는 심지가 미정하고 이성을 꿈결같이 찾던 때이니까 한층 더 그랬지만 지금도 누구나 저편이 덤벼들면 툭 차다가도 만일에 저편에서 냉담한 눈치면 이편에서 짓궂이 덤벼드는 그런 성질이었다. 누구나 다소 그렇지만 이 여자는 한층 더하였다.

"어제오늘 별안간 웬일이에요. 이제는 하느님의 허락이 내려서 나 같은 사람을 만나도 괜찮은가요? 매당집에 계집년들이 떼도망을 갔나요?"

매당집이라는 것은 상훈이의 축이 수년래로 비밀히 술을 먹으러 다니는 고등 내외술집*이요 동시에 뚜쟁이들과 소위 은근짜**가 번갈아 드는 집이지만 경애가 매당집을 안다는 것은 천만의외다.

"매당집이 어디란 말인가?"

하며 상훈이는 웃다가 이 계집애도 그런 데 연줄이 닿은 것은 아닌가? 하는 생각을 하니 그렇게까지 타락한 것이 새삼스럽게 놀라왔다. 무엇에 속았던 것처럼 엷은 실망까지 느꼈다.

"그래 아이는 잘 자라지?"

한참 만에 다시 말을 꺼냈다.

"아닌 적엔 그건 왜 물으시나요?"

---

* 접대부가 술자리에 나오지 않고 술을 순배로 파는 술집.
** 몰래 몸을 파는 여자를 속되게 이르는 말.

경애는 아이 말을 꺼내니까 지금과는 아주 딴사람처럼 얼굴이 발끈해지며 싸우려는 사람처럼 무섭게 쳐다보다가,

"조상훈 씨의 명예를 위하여 이 세상을 이따라도 하직할 테니 안심하셔요!"

하고 아랫입술을 악문다. 눈물까지 핑 돌았다. 자식에 대한 애정으로인가? 이 남자에게 못 들을 소리를 듣고도 참아 내려온 원한으로인가? 어쨌든 뼈에서 우러나오고 치가 떨리는 그 무엇이 있는 것이었다.

"왜, 그년이 앓나?"

상훈이는 무표정한 얼굴로 남의 말 하듯이 묻는다.

"앓든 숨을 몰든 당신이 아랑곳이 무어요? 조가의 씨가 아니라는 다음에 더 말할 게 무어 있소!"

하고 경애는 더 앉았을 수가 없는 듯이 발딱 일어섰다.

"왜 이래? 앉아요."

"앉긴 왜 앉아요? 당신 앞에 무엇하자고 앉았에요? 뉘 놈의 자식이든 내 뱃속으로 난 자식이니까 내 무릎에 뉘고 죽일 거니까 곧 가봐야 해요."

입으로는 이런 소리를 하면서도 이 남자가 정말 끝끝내 냉담히 할까 봐 염려가 아니 되는 것도 아니었다. 지금 또 이대로 헤어진 뒤에 남자가 영영 시치미 떼어 버리면 걱정 아닌 것도 아니다. 이태 3년을 모른 척하다가 별안간 찾게 된 것은 덕기가 무어라고 하여서인지는 모르겠으나 어쨌든 이렇게 전황한 판에 도저히 살아가는 수가 없고 바커스에서 밤낮 뒹굴댔자 어엿하게 돈

한 푼 생기는 형편도 아니다. 어쨌든 이 사람을 다시 붙들고 집 귀정도 내어야 하겠고 다시 생활 방도도 차려야 하겠다는 생각을 한 것이었다.

"나도 생각이 아주 없는 것도 아니요. 어떡하든지 의논해서 잘 조처할 게니 염려 말아요."

하며 상훈이는 옷자락을 붙들어 앉히려 한다.

경애는 상훈이가 너무나 선선한 데에 도리어 의심이 들었다. 이 느물느물한 사나이가 무슨 생각으로 별안간 이러는 것인가? 심심파적으로 또 얼마 동안 농락이나 하다가 툭 차버리려는 계교 속인가? 툭 차버리거나 말거나 그까짓 것은 조금도 무서울 것이 없지만 이번에야말로 어설피 떨어지지는 않겠다. 골탕을 먹여도 단단히 먹이고 말리라고 혼자 생각하였다.

"그럼 어떡하시겠단 말예요?"

경애는 다시 앉으며 물었다. 그러나 상훈이는 또 말이 막혔다. 경애를 다시 찾은 것도 일시적 충동으로였지만 더구나 아이에 대한 구체적 방침을 생각한 것은 아니다.

"글쎄 어떡했으면 좋을까? 소원대로 말을 해보지?"

"난 그 애를 내놓고는 살 수 없에요. 지금 독감에 걸려서 내일 어떨지 이따 죽을지는 모르겠지만……."

상훈이는 이왕이면 죽어 주었으면 좋겠다고 혼자 생각하였다. 그러나 그 애가 죽으면 경애와의 인연이 아주 끊고 말 것이니 그것도 아니 되었다.

"글쎄 누가 그 애를 떼어 놓으려는 것은 아니지만 그러자면 모든 오해고 불평이고 다 잊어버리고 다시 살아 볼 도리를 차려야 그 애 신상에도 좋은 것이 아닌가? 나는 아무래도 좋으나 경애만 마음을 돌리면 당장이라도 원만히 해결될 것이지……?"

"별안간 그게 무슨 소리세요. 그따위 입에 붙은 말에 넘어갈 이전 홍경애도 아니지만 내 사정이 그렇게는 못 되어요."

경애는 지금 와서는 어름어름해 두고 실사귀*만 하였으면 그만이라고 생각하였으면서도 한번 퉁겨 보았다.

"왜……?"

하고 상훈이는 의외라는 듯이 묻는다. 다른 남자가 있어서 그러느냐는 뜻이다.

이삼 년을 젊은것이 그대로 지냈을 리가 없고, 그동안 먹고 사는 것은 어디서 났을까? 그런 것을 지금 캐어 보는 사람이 어림없다. 그러나 그 남자가 누구일까? 설마 병화는 아니겠지. 하지만 어제 눈치로 보아서는 병화일지도 모른다. 병화는 돈은 없으나 새파랗게 젊고 인물이 깨끗하다. 돈 10원을 내주어야 눈도 거들떠보지도 않는 여자이니 목통이 커서도 그럴지 모르지만 예전에 지내보아도 그 모녀가 돈에는 그리 더럽지 않은 것도 사실이니 병화에게 돈 없다고 뜻이 안 맞을 리도 없다. 이렇게 생각하면 경애가 매당집 같은 데 드나드는 축과 어울리나 보다 하는 추측은 가당치도 않은 생각이요, 주의자들 속에서 '여왕' 노릇을 하는 '모던 걸'인지도 모를 것 같다. 그렇다면 더욱이 가만

* 실속. 겉에 드러나지 아니한 실제의 이익.

내버려 둘 수 없는 일이다.

"김병화는 언제부터 알았어?"

상훈이가 불쑥 이렇게 물으니까, 경애는 벌써 그 배짱을 알아차리고,

"왜요?"

하고 빼쭉 웃었다. 경애는 주책없는 소리 말라는 경멸하는 마음으로 웃었으나 상훈이에게는 그 웃음이 더욱 의심스러웠다.

"어제 아무리 주기가 있다기로 그 애가 내 자식 친구인 줄은 번연히 알 터인데 내 앞에 그게 무슨 짓이야?"

이렇게 나무라 보았다.

"누가 누구의 친구인지 어떻게 일일이 압니까? 아들의 친구를 데리고 다니며 술을 자시는 이가 잘못이지요."

"그야 길가에서 취한 아이에게 붙들려서 하는 수 없이 끌려 들어갔지만……."

어제 부득이 또 우연히 끌려갔던 변명을 하고 나서,

"하여간 여러 번 만나서 친한 모양이기에 함부로 그러는 것이지?"

하고 웃어 보인다.

"그야 그렇겠지요."

경애는 웃지도 않고 태연히 이런 대답을 한다. 상훈이는 이 말에 서운하고 정이 떨어졌다.

"그러지 말고 분명히 말을 해요. 공연히 남 창피한 꼴 당하지 않게!"

상훈이는 몸이 달아 간다.

"무얼 분명히 말을 하고 무에 창피하단 말예요?"

하고 경애는 또 코웃음을 친다. 상훈이는 점점 더 의혹이 들어간다. 의혹이 들게 만드는 것이다.

"노골적으로 말하면 말이야."

"어째요?"

경애는 뒷말을 기다리다가 또 뱅긋 웃는다. 이거 왜 겉몸이 달아서 이래! 하는 표정이다.

"탁 터놓고 말하면 누구하고 살림을 할 텐데 그 아이가 성가셔서 조처를 해달라는 말이냐 말이야?"

"왜 그렇게 '말이야'가 많으슈?"

하고 경애는 여전히 남자를 놀리며 웃기만 하다가,

"그렇단 말예요!"

하고 한마디 내던지고서는 담배를 붙인다.

두 사람의 이야기는 자연히 버스러져 버렸다.

"이태 3년씩 모른 척할 때는 언제요. 별안간 몸이 달아서 내 생활의 비밀을 알려고 애를 쓰실 제는 언제요? 내야 어떻게 살든지 누구하고 결혼을 하든지 그거야 상관하실 게 무어 있나요. 전일엔 잘못하셨다 하셨지요? 그러니까 다시는 그 아이가 어쩌니어쩌니 못하실 테니 그 아이 민적부터 넣어 주시고 그 아이 평생 기르고 살아갈 몫을 떼어 내놓으세요. 하지만 그 아이를 내 손에서 내놓지는 않을 테야요."

"민적이 그렇게 급한가."

"급하지 않으면 이따 죽어도 당장 파묻을 수가 없고 요행이 살아나서 유치원에라도 보내고 남과 같이 학교에를 보내려면 민적 없이 되나요."

경애는 남자 편에서 허덕허덕 덤벼드는 눈치니까 막 버티어 보는 것이다.

"글쎄 그건 어려운 일이 아니지만 정말 결혼을 할 테란 말이야?"

"결혼할 테에요. 할 테니 어쩌란 말예요?"

"누구하고?"

"그건 알아 무얼 하세요?"

"아니, 글쎄 작히나 좋으랴 싶어서⋯⋯."

하고 상훈이는 머쓱해 웃어 버린다.

아무리 이야기를 하여야 속 각각 말 각각임을 피차에 깨닫자 오늘은 이대로 헤어지는 수밖에 없다고 생각하였다. 그러나 상훈이로서는 경애가 확실히 결혼하는지 또는 누구와 당장 사는지 그것만은 알아 두고 싶었다. 다시는 마음을 돌리게 할 여지가 없다면야 애를 써 쫓아다니며 만날 필요가 없기 때문이다. 그러나 안 만날 때는 그렇지도 않더니 이렇게 만나니 욕심이 다시 머리를 드는 것이다. 이때껏 계집을 많이는 못 보았으나, 이것 저것 보는 중에 경애만 한 계집도 사실 얻기 어려운 것을 깨달았다. 마누라와는 이제 다시는 제대로 들어설 수 없고 그렇다고 마누라가 죽을 때만 바라고 언제까지 홀아비생활을 할 수도 없는 것이다. 무어나 하나 얻고야 말 터이면 동가홍상으로 이 계집을 다시 붙드는 게 상책이요. 그렇게 되면 아이 문제도 원만히 해결되는 것이다. 그러나 뒤에 정말 누가 있다면 섣불리 건드려만 놓아서 자기 마음만 뒤숭숭하게 되고 또 혹을 떼려다가 붙이는 격으로 어린애만 안고 자빠지게 될 것이다.

하지만 또 한 면으로 생각하면 그런 술집에서 일을 보고 있는 것으로 보아 아직까지는 딸린 남자가 없으나 요즈음에 작자가 나섰거나 나설 형편인지도 모르겠다. 그것이 혹시는 병화일까? 그렇다면 일이 우습게 되고 창피하여 갈 것이나 아무리 돈에 담박하다 하여도 설마 아주 빈털터리인 병화를 어를 리는 없을 것 같기도 하다.

"그러면 아이는 내가 데려가기로 하지."

상훈이는 아이만 안고 자빠지는 한이 있더라도 무슨 굳은 결심이나 있는 듯싶이 힘 있게 한마디 하였다.

"데려다 어떻게 하시게요?"

"어떻게 하든지 내 자식이니까 내가 데려가는 것이 당연하지 않은가? 그렇게 되고 보면 그 애 신상에도 좋지 못할 것이요, 신혼부부에게도 성가실 게 아닌가?"

"남의 사정 몹시 보시는군요."

경애는 비꼬아 보았다. 별안간 자식 귀한 생각이 났다는 것도 말이 아니요, 도대체 믿을 말 같지도 않으나 짓궂이 권리를 주장하고 뻗대면 성가신 일이다.

"하여간 그렇게만 하면 일이 순편히 낙찰될 게 아닌가?"

말을 시키느라고 짓궂이 들쑤신다.

"안 되어요. 자식은 아비에게 딸린 것이요, 에미에게는 권리가 없으란 법이 어디 있어요?"

"암, 자식은 아비에게 딸린 것이지! 법률이 그렇게 인정하는 것이고 도덕 관습이 그런 것을 어쩌나?"

상훈이는 분연히 주장한다.

"법률이고 도덕이고 난 몰라요. 나는 그 자식은 못 내놓아요."

"결국에 그 자식을 내세우면, 자식 떠세*를 하면 돈이 나올 줄 알지만 안 될 말이지."

상훈이는 물론 미운 생각이 있는 것은 아니나 분을 돋워 주려고 밉둥을 부리는 것이다.

"이것두 말이라구 해! 내가 당신의 돈을 얼마나 썼다고 그런 소리가 뻔뻔스럽게 어느 입에서 나오는 거요? 이때까지 내 자식 아니랄 때는 언제요, 무슨 정성이 뻗쳤다고 별안간 자식 찾을 생각이 이렇게 간절해졌누?"

"이때까지 먹지를 못했으니까 좀 먹어 보려고 자식을 붙들고 늘어지는 것이란 말이야. 그렇지 않으면야 결혼한다면서 서방 얻어 가는 사람이 남의 자식을 붙들고 늘어질 필요가 없지 않은가?"

"그만두어요! 이것도 사람의 탈을 쓴 사람의 말이람! 내가 돈을 먹으려면 아무렇게 하면 못 먹어서! 정조 유린죄로도 몰 수가 있고, 위자료를 청구하려도 어엿이 청구할 테요. 부양료도 받겠

---

* 재물이나 힘 따위를 내세워 젠체하고 억지를 씀. 또는 그런 짓.

삼대

고…… 자식 내놓고 막가기로 말하면 누가 성가시겠기에! 해봐요! 마음대로 해보슈. 나도 인제는 참을 대로 참았으니까 수단껏 할 테니!"

실없이 말다툼이 되니까 경애는 바르르 떨면서 모자를 만지작거리고 일어서려 한다.

"그러면 누가 눈 하나나 깜짝할 줄 아는 게로군. 어떤 놈이 뒤에서 쑤석거리는지는 모르겠지만 공연히 주책없는 소리 말고 좋도록 의논을 하잔 말야."

상훈이는 다시 휘갑을 치려 한다. 그러나 저편이 수그러지는 것을 보자 경애는 한층 더 뾰롱뾰롱하며 일어서 버렸다.

"난 몰라요. 그래도 조금은 자기 잘못을 회개하고 본정신이 든 줄 알았더니…… 개 꼬리 3년 묻어야 황모 못 된다더니……."

마지막 한마디를 내던지고 경애는 획 나가 버렸다. 상훈이는 좀 지나쳤다고 후회를 하면서도 붙들려고는 아니하였다. 붙들면 점점 더 약점을 잡히는 것 같고, 더구나 개 꼬리 3년 묻어도 어쩌고어쩌고 하는 소리를 듣고서야 체면을 차려서라도 노하지 않을 수 없기 때문이다.

# 순진? 야심?

병화는 파출소에 붙들려 갔던 이튿날 아침 주부에게서 덕기의 편지를 받았다. 어제 저녁때 덕기가 와서 자기 방에까지 들어와 편지를 써서 필순이에게 맡기고 간 것이라 한다. 그러니까 길이 어긋났던 모양이다. 뜯어보니 우선 반가운 것이 돈 10원이다. 길 떠나는 사람이 이렇게까지 먼 데를 찾아와서 돈까지 두고 갈 줄 알았더면 화개동서 청요리 접시에 팔려서 눌어붙지를 말고 정거장에 나가 주는 것을 잘못하였다고 병화는 후회했다. 그러나 눈이 퍼붓는데 정거장까지 기를 쓰고 쫓아 나가면 부탁한 돈 때문에나 그런 줄 알 듯도 싶고 하여 되어 가는 대로 그만 내버려 두었던 것이다.

자네에게 충실한 친구임을 표시하려 또 자기의 신용을 자랑하려 왔던 것은 아닐세마는 필순 양을 만나고 가는 것만은 왔던 보람이 있는 것 같으이. 그러나 실없는 말을 할 줄 모르는 나이니 웃으며 이 글을 쓰지는 못하는 것일세. 내가 없어지면 자네가 담배를 굶을 듯하기에 내 벤또 값을 두고 가네……. 일전에 실없는 말로만 하였지만 참 정말 필순 양이 공부할 의향이면 기별만 하게. 어떻게든지 도리는 있을 것이니…….

병화는 실없는 말을 못하는 성미이니 웃으면서 편지를 못 쓴다는 말이 무슨 의미인지 처음에는 선뜻 못 알아보았다. 그러나 필순이를 만나서 반갑다는 말과 공부를 시켰으면 좋겠다고 실없이 한 말을 또 뇐 것을 대조해 보고는 알 수 있었다.

병화야말로 편지를 물끄러미 들여다보며 웃어야 좋을지 울어야 좋을지 몰랐다. 이런 생활을 보지 못하고 자란 귀동자라 몹시 동정이 가는 것인지도 모르겠지만 필순이란 여자가 없었던들 그렇게 열심이었을 수가 있을까? 필순이를 한 번 보고 그렇게까지 열심인 것도 결코 순진한 것으로만 볼 수도 없는 것이다. 다만 그 위인이 아깝다거나 그 가정 사정이 가엾어서 마음이 움직였다고 할 수는 없었다. 이 세상에 그런 천진스러운 사람이 있을 수 있을까? 자기의 감정을 대담히 솔직히 표백하는 것은 정직한 일일지 모르지만 그렇게 정직하고 동정심 많은 위인이기로 호기심이나 한 걸음 더 나아가서는 야심이 없다고는 말 못할 것이다.

그러나 덕기는 처자가 있는 사람이다.

그는 고사하고 대관절 공부를 시키면 어쩐다는 말인가? 별로 야심이 있는 것은 아니나 귀동자다운 센티멘털한 감정이 퍼뜩하는 대로 당장 보기에 가엾어서 그럴 수도 없지 않으나 어쨌든 병화는 그대로 내버려 두어서는 안 되겠다고 생각하였다. 이 두 남녀 간에 장래에 무슨 비극이 생길지도 모를 것 같은 겁이 났다.

두 사람 사이에 열렬한 연애가 성립되어 필순이는 호의호식하게 되고 부모들도 그 덕에 밥은 안 굶게 된다고 하자. 그러나 그 결과는 어떻게 되나? 딸을 팔고 주의(主義)를 팔고, 동지를 팔고 그리고 덕기의 현재의 처자는 생목숨을 끊을 것밖에 아무것도 아니 남을 것이다. 병화는 그렇게 되는 듯싶이 혼자 공상을 하다가 혼자 눈을 부릅뜨며 화를 내어 보았다.

그러나 그 돈 10원은 당장 생광스러웠다. 누구보다도 필순이 모친이 기뻐하고 칭찬이 늘어졌다. 그렇게 잘생기고 얌전한 사람도 없지만 아무리 친한 사이기로 길 떠나는 사람이 그 눈 속에 애를 써 찾아와서 돈을 두고 간다는 사람은 이 세상에 둘도 없으리라고 자기 일같이 기뻐하였다.

병화는 자기 친구가 칭찬 듣는 것이 좋지 않은 것도 아니요, 덕기가 자기에게 그렇게 고맙게 구는 것이 특별히 필순이란 계집애가 여기 있기 때문에 한층 더 꾸며서 하는 일이라고는 생각지 않으나 그래도 그 뒤에는 필순이에게 자랑하는 마음이나 필순이에게 보라는 조그만 허영심이 움직인 자취가 아주 없지 않으리라는 것이 얼마쯤 불쾌도 하였고 그런 생각이 있을수록에 아무 멋도 모르고 입에 침이 없이 칭찬하는 주인댁의 말이 듣기 실쭉하기도 하였다.

병화의 고분고분치 않은 성질로는 덕기에게 고맙다는 엽서 한 장이라도 부치기가 귀찮았다. 감사한 생각이 없는 것이 아니나 감격한 듯이 허겁지겁을 해서 인사치레하는 것이 그 사람에게 굴하는 것 같기도 하고 또 으레 길 떠난 사람이 잘 도착했다는 기별을 먼저 할 것이니까. 그때나 자기 부친과 하룻밤 지낸 이야기를 할 겸 답장을 해주려고 생각하였다.

삼사 일을 지내니까 생각하였던 거와 같이 덕기에게서 간단한 엽서가 왔다. 다만 안부와 졸업시험 준비로 바빠서 긴 편지는 못 쓴다는 말뿐이었으나 끝에 필순이와 주인 내외에게 안부 물어 달라고 말을 껴었었다.

필순이에게만 인사를 한 것이 아니라 아직 안면이 없는 주인 부부에게까지 안부를 전하라는 것에 병화는 혼자 웃었다. 물론 필순이에게 호의를 가지니까 자연히 그 부모에게도 마음이 가는 것이겠지만 병화는 이것까지를 무슨 야심으로 뒷길을 두느라고 이 부모의 환심을 사려는 인사치레로 생각지는 않았다. 도리어 이 집안 전체에 대해 그 극도의 빈궁을 동정하기 때문에 저절로 우러나오는 호의인 것을 짐작할 수 있고, 또 그렇게 생각하니 병화는 얼마쯤 마음이 가벼워지는 것을 깨달았다.

사람이란 간특한 것이다. 지나는 전차 속에서 잠깐 마주 보는 사람도 공연히 달라는 것 없이 얄미운 사람이 있기도 하고, 오고 가는 길가에서 눈결에 스쳐 가는 사람도 많이 본 사람같이 눈에 익고 호의가 쏠리는 경우가 있다. 덕기의 이 집안 사람에 대한 감정이 그러한 것일지 모른다. 필순이가 세상에 없는 미인이라 하여 그런 것도 아니요, 필순이나 이 집안 사정이 남에 없이 동정할 만한 처지라 하여 그런 것이 아니라 덕기에게는 어쩐지 가엾고 어쩐지 남의 일 같지 않은 것인지 모를 일이다. 그러한 까닭 없는 동정을 받고 안 받는 것은 그 사람의 임의겠지만 어쨌든 받는 사람으로서는 소위 인복이 있는 사람이다. 사실 필순이의 집안 사람은 누가 보든지 싫다 안 할 것이요, 인복이 있는 사람 같다. 인복이 있는 게 아니라 인복을 받을 만치 마음씨가 좋고 깨끗한 사람들이다.

병화는 이런 생각을 혼자 하며 버둥버둥 누웠다가 일어나서 제 머리처럼 먼지가 뿌옇게 앉은 책상 앞으로 다가앉았다. 덕기에게 편지를 쓰려는 것이나, 편지 쓰는 그 일이 흥미가 나는 게 아니라 일전에 덕기 부친과 하룻밤을 지낸 일을 써 보내고 싶은 충동이 더 많은 것이었다.

여보게, 바커스 퀸(여왕)의 우박 같은 키스, 아니 실상은 진눈깨비 같은 키스였던지 모르지만, 어쨌든 불의에 맛보는 그 키스의 촉촉한 쾌감이 자네의 전송을 방해하여서 그날은 정거장에 못 나간 것일세. 이것은 자랑이 아니요 핑계도 아니라 나에게도 난생처음 당하는 행복의 절정(?)이 있었다는 것을 정직하게 고백(보고)하는 것일 뿐일세. 하여간 그날부터 내 마음이 좀 싱숭생숭해진 것은 사실일세. 그렇다고 내 인생관이나 신념에 지진이야 왔겠나마는. 하여간 그 후부터는 그 집에는 가고 싶지가 않은 내 심경을 혼자 생각해 보아도 얼굴이 붉어지네그려. 왜 안 가고 싶을까마는 차마 발길이 나서지를 않네그려. 머리도 좀 깎을 생각이 나고 옷의 먼지도 털고 싶고, 될 수 있으면 크림도 발라 보고 싶으니. 이 사람! 자네 웃으려나? 웃지 말게! 정말일세. 자네 일전에 그 굉장한 편지와 함께 내 담뱃값을 두고 갔데마는 이번에는 어쩌면 자네가 크림 값까지 대어야 할지 모르겠

삼대

네, 하하……. 그러나 다행한 일은 내가 그 헌털뱅이 외투를 면하게 된 것일세. 여기에 대한 설명은 차차 추후에 하기로 하고 어쨌든 인간 도처 유청산이라더니 죽으면 파묻힐 곳만 있는 게 아니라 사람이란 살라는 마련일세. 다른 말이 아니라 내 그 외투가 어느 때 어느 경우에 운수가 좋느라고 갈가리 찢어졌네그려. 그래서 자네 어르신네가 특별히, 특별히라느니보다도 그 자선심에 호소하셔서 여벌 외투를 하나 내리셨네. 이 어의(御衣)의 대추(물려주는 헌옷)를 입고 나니 거리의 룸펜이 내가 보아도 놀랄 만치 깎은 듯한 신사가 되었네. 이것을 입고 바커스의 퀸을 찾아가서 배알하고 싶은 생각이야 간절하나 여보게, 내 주제에 얻어 입은 것이 빤히 보일 것 같아서 낯이 간지럽기도 하고 또 군량(술값)이 있어야 가지 않나. 그래서 이 외투를 잡혀 가지고 가볼까 하는 생각도 없지는 않으나 날이 좀 뜨뜻해져야 하지 않나. 꽁지 빠진 새 모양으로 북더기 양복 위아랫막이만 입고 갈 수도 없으니까 말일세. 지금도 벽에 걸린 외투를 바라보고 침을 삼키네…….

그러나 내가 정말 그 여자를 사랑하는가? 만일 사랑한다면 아무리 자네에게이기로 이렇게도 경솔히, 더구나 실없이 설토를 하겠나. 모르면 몰라도 자네도 아마 소위 첫사랑의 경험이 없는 모양이지만 나도 동정은 지키지 못하였으나 연애한 경험은 없네. 세상 사람은 청춘을 그대로 시들리고 늙히는 것을 불행이라 하지만 나는 그런 생각조차 없네. 이지적이요 타산적인 내 성격도 성격이지마는 중학교 졸업 후의 생활환경이 그렇게 만들었는가 보이.

내가 오늘까지 욕정을 돈으로 식히는 수단 이외의 여자로서 아는 사람은 필순이밖에 없네마는 필순이는 내게 대하여 이성이 아니라 동기(同氣)일세. 웬일인지 내게는 누이동생으로밖에는 보이지 않네. 그 애의 존재가 내 생활의 중축이요, 그 애가 있기 때문에 굶고 벗는 고통의 반분 이상이 덜리고, 그 애가 있음으로 말미암아 내 마음이 언제나 깨끗할 수가 있는 것일세. 그러나 그 애를 나의 사랑하는 이성으로 생각해 본 적은 없네. 공상으로라도 그 애를 장래의 내 배우자로 생각해 본 일은 없네. 그러기에는 그 애가 너무나 맑고 그러기에는 그 애가 너무나 천진하고 귀여운 여러 가지 미점을 가졌기 때문일세. 나의 이러한 감정이 모순일까? 그러나 결코 나는 모순을 느끼지 않네. 그 애 자신은 세상의 모든 소녀들과 같이 제 본능과 이 사회가 가르쳐 주고 보여 주는 갖은 욕망을 공상하고 있을지 모르나 그 욕망을 채울 기회가 절대로 없기를 나는 축수하는 것일세. 후일 그 애의 배우자를 선택한다면 나 같은 무능자도 못 쓰겠지만 자네 같은 유위의 청년도 거절하여야 할 것일세. 고무공장에 보내는 것도 아니 되었으나 그래도 자네 댁 같은 유산계급이나 중산계급의 가정에 며느리로 들여보내는 것보다는 낫다고 생각하네. 공장 안에서는 그래도 제 생활이 있으나 중산계급 가정에 들어가서는 마네킹 걸이 되니까 말일세. 자네가 만일에 빈궁한 서생이었다면 혹시 30퍼센트까지는 필순이를 사랑할 자격이 있었을지?

어떻게 말이 딴 길로 나갔네마는 자네가 필순이를 공부를 시키지 못해 하는 본의는 어디 있나? 시비조같이 들릴지 모르나 그 열성이 어디서 나온 것인가? 공부를 시킬 수만 있으면 시켜도 좋은 일은 좋은 일이지만 공부를 시키면 무얼 하겠다는 말인가. 거기에도 프티 부르주아의 유희적 기분이 섞이지 않았나 하는 의심도 없지 않으나 그건 고사하고, 지금 이 집에서는 그 애의 매삭 십오륙 원 수입이 아니면 당장 사오 식구의 입에 쉬가 슬 지경일세. 이런 속에 끼아치고 있는 나 같은 잡아먹지도 못할 위인은 애초에 거론도 할 것 없거니와, 하여간 그 애를 공부시키자면 그 부모의 생활비부터 부담할 각오가 있어야 할 것이나 자네의 자력(資力)과 성의가 거기까지 미치겠나? 결국에 자네 같은 사람의 하염직한 동정인지 취미인지는 모르겠지만 그는 고사하고 지금의 그 알뜰한 교육은 시키면 무얼 하나. 너무 막 잘라 말하였다고 노하지나 말게.

써놓고 보니 역시 공연한 잔소리였네. 그보다는 우리의 퀸 이야기를 좀 더 하여야 하겠네. 대관절 자네 생각에는 내가 홍경애라는가 하는 여자를 사랑할 자격이 있겠나. 자격 심사부터 해보아 주게. 아마 자네가 필순이에게 무자격한 것 이상으로 무자격할 것은 나도 모르는 것이 아닐세. 그러나 여보게, 나 보기에는 그 여자가 암만해도 보통 여자 같지는 않으이. 아니 그보다도 먼저 할 말은 자네가 그 여자를 예전부터 아는가? 하는 의문일세. 더구나 자네 부친이 그 여자를 아시는 모양이데그려. 암만해도 내 눈에는 이상히 보이기에 말일세. 가령 이런 경우를 상상해 보게. 그 여자가 나의 작반해* 간 사람을 놀린다든지 혹은 그 사람의 속을 태워 주려고 아무 상관없는 나에게 친절한 작태를 해 보인다면 내 꼴은 무에 되나. 가만히 생각하면 내게 특별 호의를 보인 그 우박 같은 키스, 아니 진눈깨비 같은 키스가 무슨 이용거리가 아니었던가 싶어서 이상도 하고 께름도 하이. 그야말로 멍텅구리 노릇을 하고 혼자 좋아서 날뛰는 내 꼴을 자네도 멀리 상상해 보고 혼자 웃지나 않을지?

병화는 덕기 부친과 파출소에 붙들려 갔다는 말은 덕기에게 쓸 수가 없었다. 아무래도 부자간인 다음에는 듣기 싫어할 것이요 대접이 아닐 것 같아서 무척 찧고 까불어 줄 말이 많건마는 참아 버렸다. 그러나 어제 덕기 부친에게 일자이후의 인사를 하러 들렀을 때에 외투를 준 것은 고마우나, 경애와 무슨 깊은 관계나 있는 듯이 미투리꼬투리 패는 데는 성가셨다.

"그래도 몇 번 만난 사람이면야 그럴 리가 있겠나?"
하며 나이 아깝게 체통 없이 자꾸 뇌까릴 제, 병화는 진정으로 변명을 하다가 놀려 주고 싶은 생각이 나서,

"예전부터 친한 관계가 있습니다만 선생님께서 정 마음에 드신다면 양보하지요."
하고 웃어 버렸다. 그러나 관계라는 말에 상훈이는 또 놀라는 눈치였다.

* 작반(作伴)하다 : 동행자나 동무로 삼다.

"바른대로 말을 하게. 그 애를 내가 대강 짐작하는 게 있으니까 말일세."

하고 점점 더 몸이 달았다.

"바른대로 말씀입니다마는 저도 대강 짐작하지요."

병화는 짐작은 무슨 짐작이 있으랴만 어디까지든지 수수께끼 같은 소리를 하여 도리어 속을 뽑아 보려 하였다.

"그 애 어르신네를 안단 말이야?"

"어르신네는 인사는 없지요만 대강 짐작은 하지요."

이것도 병화는 공연한 헛소리였다.

"아, 홍×× 씨를 안단 말이야?"

홍××란 이름에 병화는 깜짝 놀랐다.

'경애가 그 사람의 딸이야?'

하고 마음으로는 입을 딱 벌렸으나 병화는 능청스럽게,

"글쎄, 그러니 딱하지요."

하고 대꾸만 하여 주었다.

홍××라는 이름은 병화가 기미사건 이후에 들어 알던 이름이다. 그가 죽었다 할 때도 덕기에게 들은 것을 기억하나 그 후에는 덕기에게 그 댓말은 다시 들어 본 일이 없었다.

"나 역시 어려서만 보았고 그 후에는 어떻게 되었는지 몰랐다가 거기서 만나 보고 놀랐네만 자네라도 또 만나거든 권고를 하게."

"무어라구요?"

"그런 데서 나와서 무어든지 정당한 직업을 붙들든지 시집을 가라고 말일세."

"글쎄요. 부자에게 첩으로나 들어가면 갈까요. 지금 판에 취직도 용이치 않겠지만 웬만한 거야 눈에 찰 리도 없고…… 선생님이 어떻게 거들어 주십쇼그려."

병화는 슬쩍 이렇게 말을 걸어 보았다.

"글쎄, 나 역 그 부친과 다소 교분이 있던 것을 생각해두 그대로 내버려 둘 수는 없으나, 그러자면 공연한 세상의 오해가 무서워서……."

상훈이는 이런 소리를 하고 웃어 버렸다. 상훈이는 병화의 속을 뽑으려다가 도리어 뽑힌 것쯤 되었으나, 상훈이로서는 이렇게 말을 비쳐 두어야 병화에게 오해를 받지 않겠기 때문이었다. 실상은 아주 탁 터놓고 홍경애와 나와는 그렇지 않은 관계라는 말을 들려주어서 다른 마음을 먹지 못하게 만들어 두고도 싶었으나, 그 말을 꺼내면 자초지종을 기다랗게 설명해야 할 것이니 그것이 창피도 스럽고, 또 제 말은 그야말로 무슨 관계나 있는 듯싶이 풍을 치나 머리 하나 못 깎고 담뱃값 한 푼 없이 돌아다니는 위인이 감히 그런 하이칼라의 모던 걸하고 어울리지도 못할 것이요. 경애도 결단코 병화쯤이야 문제도 삼지 않을 것이니 공연히 숙호충비*로 먼저 말을 꺼낼 필요도 없다고 생각한 것이었다.

그러나 덕기 역시 별안간 그 아이 문제를 해결하라고 한 것을

---

* 宿虎衝鼻. 자는 호랑이의 코를 찌른다는 뜻으로, 가만히 있는 사람을 공연히 건드려서 화를 입거나 일을 불리하게 만듦을 이르는 말.

삼대

생각해 보면 수상하지 않은 것도 아니다. 가령 제 친구인 병화가 전일의 서모요. 더구나 그 자식이 있는 경애와 심상치 않은 관계인 것을 알고 방관만 하고 있을 수 없어. 이 기회에 단연히 귀정을 내고 자식을 찾아오라는 뜻으로 그런 말을 꺼냈던 것인지도 모르겠다는 의혹이 부쩍 들었다. 만일 그렇다면 일이 여간 꼴사납게 되지 않을 것이다.

그러나 설사 그렇더라도 자기의 내력을 지금 병화에게 설파하기에는 아직 이르다. 증이파의*면야 더구나 결과를 기다려 보아야 할 것이다.

"하여간 그 애는 여간내기가 아니니 어련할 게 아니나, 자네야말로 섣부른 짓 하지 말게."

상훈이는 그래도 미심쩍어서 헤어질 때 병화에게 이런 충고 비슷한 소리를 하였다.

"온 별소리를 다 하십니다. 저야 문제도 아닙니다마는 선생께서야말로……"

하고 병화도 슬쩍 한마디 대거리를 해두고 헤어져 나왔다. 그러나 어쨌든 경애에게 한번 가서 캐어 보리라고 생각하였다.

병화가 이런 생각을 할 제, 상훈이도 속히 경애를 다시 만나서 따져도 보고 병화에게 절대로 자기네 내평을 발설 못하게 일러 놓아야 하겠다고 궁리를 하였다.

그러나 병화는 어제 상훈이와 설왕설래하던 것도 편지에는

---

* 甑已破矣. 시루는 이미 깨어졌다는 뜻으로, 그릇된 일을 뉘우쳐도 소용이 없음을 이르는 말.

한마디도 비치지 않았다. 이렇게 부리만 따놓으면 덕기 편에서 무어라고든지 답장이 올 것이니 그것을 보리라고 생각하였다.

편지를 써놓고 났으나 우표가 없다. 이 집 문 안에 돈 10원이 들어온 것도 벌써 삼사 일이 지났으니 더구나 병화의 주머니 속에 오리동록*이 남았을 리 없다. 혹시 안에는 동전푼 남았을지 모르나 한 푼을 둘에 쪼개 쓰려는 터에 우표 값 내놓으라고 하기도 염의가 없어 여차직하면 그대로 넣어 버려도 좋고, 이따 나가면 친구의 주머니를 털리라 하는 생각으로 그대로 내던져 두고 이불을 뒤집어쓰고 몸을 녹였다.

요새는 낮잠 자는 게 일이다. 추우면 추워서 그렇고, 배가 고프면 배가 고파서도, 그러나 두 끼니를 먹는 날도 할 일이 없어 누웠다. 동지가 모이는 데는 난롯불도 못 피우는 먼지 구덩이에 들어가서 뿌연 책상만 바라보고 앉았을 수 없으니 가기 싫고, 겨울 들어서며부터 모이던 두셋 친구의 여관도 한 동지가 붙들려 들어간 뒤로는 요새는 위험해서 모이지들을 않는다. 얼마간은 누구나 잠잠하고 들어앉아서 물계만 보는 판이다. 그야말로 동면상태. 무료하고 무능하게 쪽치고 누웠는 생각을 하면 저번통에 나도 휩쓸려 들어갔더면 차라리 편했겠다는 생각도 없지는 않으나 그렇게 한 모퉁이 해보지도 못하고 어설피 붙들려 들어가고는 싶지 않다.

요새 며칠은 불도 뜨뜻이 때고 마음 놓고 밥도 먹으니까 심신

---

* 五釐銅綠. 반 전짜리 녹슨 동전이라는 뜻으로, 몹시 적은 액수의 돈을 비유적으로 이르는 말.

이 편해 그런지 잠이 많아졌다. 어쩐둥 잠이 든 것이 전등불 들어올 때까지 잤다. 눈을 떠보니 필순이가 들어와 깼는지 앞에 딱 섰다.

"무슨 잠을 이렇게 주무세요? 이젠 동이 텄으니 어서 일어나 진지 잡수세요."

하고 나무라듯 하며 웃는다. 팔을 걷고 손에는 검댕칠을 하고 한 모양이 벌써 공장에서 와서 일을 하다가 들어온 모양이다.

"에쿠쿠…… 이거 미안하군! 아가씨의 꾸중을 듣게 되긴 되었군마는 바깥이 춥지? 남은 추운 데 갔다 왔는데 나는 이렇게 코를 골고 자빠져서 죄송 무쌍합니다."

하고 병화는 이불을 걷어차고 일어나 앉으며 넙죽이 절을 한다.

"그래두 잠이 덜 깨신 게군? 정신 차리세요?"

"정신 바짝 차렸지만……."

하고 병화는 무슨 실없는 소리를 하려는 듯이 웃다가 말을 돌려서,

"방이 왜 이렇게 더운가? 응? 불까지 땠어? 이거 정말 미안해서 살 수가 있나. 오늘은 내 밥일랑 필순이가 겹쳐 먹게. 입두 염의가 있겠지 함부로 먹자고 보챌 리야 있나."

하며 기지개를 커다랗게 켜고 하품을 한다. 병화는 제 방 군불을 제 손으로 때는 것이나, 필순이가 땐 것이 더욱 미안하였다.

필순이는 어린애처럼 병화의 하품하는 그 큰 입에 주먹을 넣으려는 흉내를 내며,

"이구, 저 입 봐! 저 입 봐!"

하고 깔깔 웃다가,

"게으름뱅이 선생님의 죄지. 그 입이야 무슨 죄가 있다고 굶기세요. 어서 안방으로 건너가세요."

하고 소리를 쳤다.

병화가 나가던 뒤를 따라 나오던 필순이는 책상 위에 놓인 편지가 눈결에 띄자 멈칫하며 들어 본다.

"선생님, 편지 부치십니다그려?"

"응, 거기 놔두어!"

"고맙단 말씀이나 단단히 하시지요."

"응, 모두 고맙다고 하는데 필순이만은……."

하다가 병화는 말을 뚝 끊어 버렸다.

필순이만은 고맙다 안 한다고 썼다고 하려다가, 그런 실없는 소리를 하는 것이 안되었다는 생각이 들어서 말을 끊어 버린 것이었다.

"필순이만은 어째요? 네?"

필순이는 여전히 편지를 들고 서서 마루 끝에 나와 앉았는 병화에게 소리를 친다.

뒷말이 듣고도 싶고 어쩐지 아까부터 '조덕기 형'이란 넉 자가 반가이 보이는 것이었다.

"아냐, 실없는 소리야. 필순이만은 욕을 하더라고 썼단 말야."

병화는 하는 수 없이 꾸며 대었으나,

"왜 내가 그이 욕을 해요? 아무 상관없는 이한테 왜 내가 욕을 해요?"

하고 짜증을 낸다.

필순이도 실없이 하는 말 같으나 목소리는 실없지 않았다.

병화는 도시 공연한 소리를 꺼냈다고 후회하며,

"거기 놔두어! 장난의 말야."

하고 방문 안을 들여다보다가 다시 방으로 들어갔다.

"그런데 왜 안 부치셨에요?"

"우표가 있어야지. 그대로 두어."

하고 병화는 빼앗아서 벽에 걸린 외투 주머니에 넣어 버렸다.

"돈 드릴까? 내게 3전 있는데."

"3전 있건 고구마나 사먹어요."

"누구를 어린애로 아시네."

"어린애가 아니면 고구마는 쇠통 싫어하는데!"

하고 병화는 껄껄 웃어 버렸다.

병화는 주인과 겸상을 해 밥을 먹는 것이었다. 마누라는 안방을 아니 치웠다고 사내들의 밥상은 건넌방으로 들어가게 하였다.

밥을 먹으며 필순이 부친도 덕기의 말을 꺼냈다. 별 의미가 있는 것이 아니라 아까 딸과 이야기하는 것을 안방에서 들었기 때문이다.

"이 밥이 말하자면 그 사람의 밥이라 해서 말이 아니라, 위인 딴은 퍽 얌전하고 상냥한 모양이야. 사상은 어떤지 모르지만 장래 잘 이용해두 상관없지. 별수 있나. 무슨 일을 하든지 한 푼이라도 있는 놈의 것을 끌어내는 수밖에."

필순이 부친은 이런 소리를 하였으나 병화는 잠자코 먹기만 한다.

"요전에 일본서는 무산 병원에 어느 재산가가 기부를 한다는 것에 대해서 문제가 많다가 한편에서는 안 받기로 결의를 하고, 한편에서는 받는다고 하였는데, 결국에는 기부자가 취소를 하였다더군마는, 내 생각 같아서는 얼마든지 받아도 좋을 것 같더군. 내는 놈이야 회유 수단이거나 말거나 거기에 이용되고 넘어가지만 않으면 고만 아닌가. 결국에 그 회유 수단이란 것도 생각하기에 따라서는 섶을 지고 불로 들어가는 것이 아닌가. 적이 주는 군량을 먹고는 못 싸우란 법이 있나. 그따위 조그만 결벽도 역시 소시민성이지."

병화가 잠자코 있는 것은 불찬성의 뜻인 줄 알고 주인은 이런 주장을 한 것이다.

"그렇지만 문제가 표면에 나타나면 일반 민중의 유치한 의식이 흐려질 것이요. 또 돈 내놓는 사람은 그 점을 노리고 하는 일이니까 정책상 받지 않는 것도 옳은 일이지요."

병화는 한마디 대꾸를 하였다.

"그야 물론이지만, 조선같이 조직적 기반이 없고 부득이 비합법적으로 나가는 경우에는 그런 결백성은 불필요하단 말이야."

"하지만 덕기 따위 아직 어린애야 이용하고 무어고 있나요. 그집 영감이 미구불원간 죽으면 덕기 부친이 상속을 하니까 얼러본다면 덕기보다 한 대 올라가서 얼러 봐야죠."

병화는 무슨 속셈이 있는 듯이 이런 소리를 하다가,

"참 그런데 한 가지 이용해 보시려우?"

하고 웃는다.

"무어?"

"실없는 말이지만 조군이 필순이를 보더니 공장에 보내서 썩히는 것이 아까우니 공부를 시켰으면 좋겠다고 하던데……."

"공부?"

하고 필순이 부친이 고개를 들다가 잠자코 만다.

"왜, 어떠세요?"

"글쎄, 조금만 셈이 피면 공부를 시켜서 제 손으로 벌어라도 먹게 만들어 주고 싶지만, 그런 젊은 애를 믿을 수가 있나?"

"아까 이용한다는 말씀과는 다릅니다그려?"

하고 병화는 웃었으나 믿을 수 없다는 의미가 아까 말과는 딴 의사인 것을 짐작 못하는 것도 아니었다.

주인은 무슨 말을 좀 더 하려다가 안방에서 필순이가 숭늉을 뜨러 나오는지 인기척이 나니까 말을 뚝 그쳐 버렸다.

주인이란 사람은 지금은 표면에 나선 운동자는 아니나 병화의 선배 격이요 한때는 칠팔 년 전에 제1기생 격으로 감옥에도 다녀 나온 사람이다. 나이 사십이 훨씬 넘었으니 인제는 한풀 빠졌다고도 보겠으나, 그렇다고 아주 무기력한 사람도 아니다. 다만 어린 처자와 생활에 너무 찌들고 또 지금 형편에 직업을 붙든다는 수도 없으니, 이렇게 들어앉아서 썩으면서 딸이 벌어 오는 것을 얻어먹는 판이다. 그러니만치 딸자식만은 자기의 밟은 길을 밟히지 않고 그대로 평범히 길러서 시집가기 전까지는 아들 겸 앞에 두고 벌어먹다가 몇 해 후에 시집이나 잘 보내자는 작정이다. 그러나 그것도 제 소원대로 남과 같이 공부나 시켜서 하다못해 소학교 교원 노릇이나 유치원 보모 노릇이라도 시켰으면 좋겠건만 가운이 이렇게 기울어지고 보니 고등과 2년에서 그만두게 하고 만 것이다. 그래도 당자는 지금이라도 공부라면 상성*이다.

---

* 喪性. 몹시 보챔. 또는 본래의 성질을 잃어버리고 전혀 다른 사람처럼 됨.

# 외투

병화는 밥을 뚝 따세고는 허둥허둥 나왔다. 아까부터 드러누워 생각하였지만 암만해도 오늘은 경애를 가 보고 싶은 것이다. 오늘은 덕기에게 보내는 편지에 경애 말을 쓰기 때문에도 그렇지만 아까 주인과 이야기한 것과 같이 덕기 부친을 이용하기 위해서도 경애를 잔뜩 껴야만 되겠다는 생각이 불현듯이 난 것이다. 병화는 결단코 경애를 사랑한다고 생각지는 않는다. 그 여자가 자기를 사랑할 리도 없지만 자기도 그 여자의 정체를 캐어 보자는 호기심이 있을 따름이요. 또 형편 보아서 상훈이와의 관계를 이용이나 해보겠다는 생각을 하는 것이다. 사랑하고 싶은 정열이 없는 게 아니나 자기 처지가 허락지를 않으니까 단념을 하는 것이다.

병화는 쌀쌀한 바람을 안고 육조 앞으로 삼청동으로 기어 올라갔다. 상훈이에게로 가는 것이다. 어제 새 외투를 주는 바람에 입었던 찢어진 헌 외투는 거기다가 벗어 두고 왔는데. 그때도 그렇게 생각했지만 역시 가지고 왔다면 좋을 것을 공연히 두고 왔다고 생각하였다.

상훈이는 없었다. 저녁때 나갔다고 한다. 주인이 없다는 말을 들으니 경애를 만나러 가지 않았나 하는 의심이 든다. 볼일이 그 밖에 없을 리가 없겠건마는 공연히 그렇게 생각이 드니 더욱이 시기가 나면서 점점 더 계획대로 할 생각이 든다. 사랑지기를 앞 세우고 방으로 들어가 보았으나 외투가 아니 걸렸고. 가택 수색 하듯이 양복장 문을 열게 하자니 잠겼다. 적지않이 낙심이 되어 멀거니 섰으려니까 사랑 사람이 그제서야.

"무슨 외투 말씀요?"

하고 꿈속같이 묻는다.

"아니, 어제 내 외투를 여기 벗어 놓고 갔는데……."

"그 찢어진 거요?"

"예, 그것 말씀요."

하며 병화는 반색을 한다.

"그럼, 그건 아까 주인 영감이 아범을 주시나 보던데."

하고 픽 웃는다.

"아범을? 행랑아범을?"

하고 병화는 더욱 낙심이 되면서도 실소하지 않을 수 없었으나 웃고만 있을 때가 아니다.

"그건 남의 단벌 외투인데…… 그건 고사하고 아무리 찢어졌 어도 삼대째 물려 내려온 우리집 가보나 다름없는 것인데 말이 되나. 하여간 바꿔 입으려 왔는데……."

하고 병화는 서둘러 댔다.

"그대로 입어 두시구려. 설마 영감이 그 외투를 다시 벗어 내 라고야 하시겠소."

사랑 사람은 여전히 싱글싱글 웃으며 가장 사폐나 보아주듯
이 이런 소리를 한다.

"안 돼요. 좀 창피는 하지만……."

체면이고 무어고 다 집어치웠다. 사랑 사람은 참았던 웃음을
커다랗게 한번 웃고서 마루 끝에 나와서,

"아범! 아버엄."

하고 소리를 친다. 아범 대신에 어멈이 한참 만에 대답을 하고
행랑방 문을 덜컥 열고 나와 사랑 문을 삐걱 밀치고 들어온다.

"왜 그러세요? 아범은 병문*에 나갔는데요."

이거 틀렸구나 하고 병화는 또 염려가 되었다. 어디로 벌써 갔
으면 낭패다.

"어서 가서 불러오게."

어멈은 나갔다. 그러나 혹시 외투를 아껴서 방에 걸어 두고 나
가지나 않았는지? 만일 그렇다면 창피하게 당자가 보는데 가져
가는 것보다도 그대로 뚝 떼어 가지고 가버렸으면 설왕설래 말
없이 좋을 것 같았다.

"아, 그럴 게 아니라 제 방에 두고 나갔으면 내가 떼 가지고 가
지."

하고 병화는 말리는 것도 듣지 않고 구두를 끌고 쭈르르 나가
버렸다.

병화가 빈손으로 들어오려니까 뒤미처 아범이 큰기침을 하고

---

* 屏門. 골목 어귀의 길가.

터덜터덜 들어온다.

걷어 올린 외투 깃 속에 방한모 쓴 대가리를 푹 파묻고 좌우 주머니에 두 손을 찌른 양이 푸근한 눈치다.

"여보게, 그 외투 벗어서 이 양반 드리게."

"왜요?"

하고 아범은 놀란다.

"왜든 어서 벗어 드려! 이 어른 거야."

하고 사랑 사람은 두 사람을 다 조롱하듯이 웃는다.

"아니, 영감께서 저더러 입으라고 내주셨는데요?"

그래도 아범은 벗기가 아까운 모양이다.

"아따, 잔소리 픽두 하네. 자네 팔자에 외투가 당한가! 하루쯤 입어 봤으면 고만이지."

하고 껄껄 웃는다.

아범은 그래도 내놓기가 서운해서 외투 입은 제 모양을 두서 너 번 위아래로 훑어보다가 기가 막힌 듯이,

"흠!"

하고는 입맛을 다시고 또,

"흠!"

하고는 입맛을 쩍쩍 다시다가,

"옜습니다!"

하고 홀떡 벗어서 병화에게 내던지듯이 준다.

"이거 대단 미안하우. 추운데…… 내 며칠 후에 형편 피면 다시 갖다주리다."

병화는 참 미안하였으나 이왕지사 지금 와서는 그대로 안 받을 수도 없다.

"싫습니다!"

아범은 코대답을 하고,

"흠! 이건 섣불리 감기만 들겠는걸!"

하고 웅숭그리고 나간다.

병화는 아범이 입었던 외투를 속에 껴입고 뚜벅뚜벅 버티고 나오려니까 외투를 바꿔 입고 갈 줄 알았던 사랑 사람은 문을 걸러 쫓아 나오다가 이력차게,[^1]

"전당국에 가시는 모양이구려?"

하고 또 커다랗게 웃는다.

한 시간쯤 후에는 병화는 바커스에 들어설 수가 있었다. 주부는 일전 일이 있는지라 반가워하지 않으나 경애는 난로 앞에 앉은 채 은근히 반기는 눈웃음을 치며,

"그동안 웬일예요?"

하고 묻는 양이 오래 안 온 것을 나무라는 듯싶다.

"무에 웬일이란 말이오?"

병화는 반갑지 않은 게 아니요, 더욱이 전일보다 더 친숙히 말을 거는 어조나 태도가 기쁘기는 하나, 일부러 핀잔주듯이 맛대가리 없이 대꾸를 하였다.

"아니 글쎄 말야……"

[^1]: 이력차다 : 이력이 나다. 어떤 일에 경험을 많이 쌓아 숙달되다.

하고 경애는 눈을 떨어뜨려 버린다. 처음 들어올 때부터 수심이
긴 낯빛으로 풀이 없이 앉았는 모양이나, 그것이 병화의 감정에
는 발자하게* 새새거리며 날뛰는 경애보다 은근하고 깊이가 있
어 보여서 좋았다.

"거기 앉으셔요."

시름없이 무슨 생각을 하는 눈치다가 옆에 불을 쪼이고 있는
병화를 다시 쳐다본다.

"왜, 무슨 걱정이 있소?"

병화는 담배를 꺼내며 앉으라는 교의에 털썩 주저앉았다. 경
애는 거기에는 대꾸도 안 하고 병화의 길다랗게 얽어맨 외투 소
매를 만져 보면서,

"그날 이렇게 찢어졌어? 어디 입겠소."

그 말투가 구차한 부부끼리 옷 걱정을 해주듯이 붙임성이 있
어서 병화는 또 기뻤다. 만약 상훈이가 준 그 외투를 입고 왔던
들 어땠을까? 하는 생각도 났다. 상훈이의 대추인 줄은 모른다
하여도 한창 모양이나 내느라고 뻗쳐 입은 것을 보고 이 여자가
속으로 웃었을 것이다. 웃기까지는 않더라도 적어도 이러한 다정
한 말은 아니 붙였을 것이다.

"아무러면 어떤가? 그러지 않아도 그 덕에 외투가 하나 생겼
는데……."

병화가 웃으며 여기까지 말을 꺼내려니까 저편에서 조용히 술

---

* 발자하다 : 성미가 급하다. 또는 꺼리거나 주저함이 없다.

을 먹던 한 패가 부르는 바람에 경애는 일어섰다. 오늘은 날이 몹시 추워서 그런지 9시나 되었건만 조선 손님이 단 한 패뿐이다. 이 사람들은 이 집이 익숙하지가 못해 그런지 양복 값을 하느라고 체면 차려 그런지 이편을 가끔가끔 유심히 바라볼 뿐이나 그리 떠들지도 않고 경애를 불러 가려고 애도 안 쓴다.

경애는 술을 가져다가 따라 주고 곧 이리로 다시 왔다.

"그래 어쨌어요? 왜 안 입었에요?"

허리가 부러진 재미있는 이야기나 되는 듯싶이 경애는 소곤소곤 뒷말을 채친다.

"그래 하루를 입어 보니까 암만해도 내 꼴에는 구격이 들어맞지 않기에 오늘 여기 오는 군자금으로 꾸려 버렸지."

하며 병화는 웃는다.

"뉘 건데?"

"뉘 걸까? 생각을 해보구려."

병화는 웃으면서도 '여기다!' 하는 듯이 경애의 얼굴을 유심히 바라보았다. 무어라고 말이 나오나 들어 보자는 것이다.

"응, 같이 왔던 그이?"

"그이가 누군지 알아? 서로 아는 모양이던데 왜 그날 내 앞에서는 시치미를 뚝 떼어요?"

"글쎄, 안다면 알고 모른다면 모르지만, 왜 그이가 무어라고 해요?"

"별말은 없지만……."

경애는 아직까지도 상훈이와의 내력을 이야기하기 싫었다. 그

러나 이 남자가 그러한 창피스러운 말까지 흥허물 없이 하는 것
이 사내답게 시원스러워 좋다고 생각하였다. 지금 맑은 정신으
로 생각하면 일전 밤에 키스를 하고 댄스를 한 것이 어렴풋하고
취중에 상훈이 보라고 일부러 한 일이지만 그렇다고 후회를 하
거나 께름한 생각이 들지는 않는다. 어느 모를 보아서 그런지 병
화가 첫눈에 흉하지 않고, 일전 만났을 제 덕기에게 들은 말이지
만 자기 부친과 신앙 문제로 충돌이 되어서 그 모양으로 떠돌아
다닌다는 것이 동정을 끄는 것이다.

　병화로 생각하면 무엇보다도 큰 동기는 역시 일전에 그 키스
를 해준 데 있지만, 그것이 일시적 희롱이거나 무슨 이용거리로
한 일이라는 의심이 없지 않으면서도 어느덧 이런 통사정까지
하게 되었는가 하는 생각을 하면 이상도 하다.

　"아무것도 안 잡수세요? 애를 써 전당까지 잡혀 가지고 오셨
는데."

　어설피 말문이 막힌 것을 깨뜨리려고 경애가 물었다.

　"왜, 안 먹긴. 오늘은 내 한턱 쓰리다."

　"난 그렇게 못 먹어요."

　"왜?"

　"어디 좀 갈 데가 있어서."

　"어디요? 좋은 데면 나두 대서 볼까?"

하고 병화는 웃으려니까 경애는 곤댓짓*을 하며 마주 웃고 일어

---

* 뽐내어 우쭐거리며 하는 고갯짓.

선다.

병화는 문득 상훈이나 만날 약속을 한 것이나 아닐까 하는
의혹이 들자 자기도 놀랄 만치 시기심이 부쩍 나는 것을 깨달으
면서 오늘은 아무래도 놓아 보내지 않으려고 생각하였다. 상훈
이가 아니고 다른 남자일지라도…….

경애는 싫다던 술을 심심풀이로 홀짝홀짝 마시고 앉았다. 술
을 먹여서 못 가게 하겠다고 생각한 병화는 애를 써 권할 필요
도 없었다.

병화는 아까 아범의 외투를 벗겨 입던 이야기를 하여 들려주
며 서로 웃었다.

"이 헌털뱅이라도 그 사람에게는 가문에 없는 것일 텐데 남 못
할 일을 했어. 병문에 나가서 친구들에게 자랑도 하였겠고, 좋아
라 하고 어깨춤이 났을 텐데 생각하면 가엾지."

병화는 이런 소리도 하였다.

"그러지 말고 잡힌 것을 다시 찾아 입고 그 외투는 갖다가 주
슈. 술은 얼마든지 내가 낼 테니."

"나두 그럴 생각이지만 실상이야 누가 술에 몸이 달아 왔나?"

"그럼 무엇에 몸이 달아서? 흐흥……."

하고 경애는 코웃음을 친다. 그것이 병화에게는 자기를 모멸하
는 듯이 들려서 불쾌하였으나 말을 돌려 어째 덕기 부자를 만나
서 모르는 체하였느냐고 여러 번 조짐을 해보아도 경애는 생글
생글 웃기만 하다가,

"차차 알지요. 이야기할 계제가 되면 이야기하죠. 하지만 좀

더 지내보고요."

하고 좀처럼 말을 아니하였다. 그러나 좀 더 지내보고 이야기한
다는 말에 병화는 반색을 하였다.

"좀 더 지내보다니, 내가 당신의 비밀을 지킬 만한 사람인가
아닌가를 떠보겠다는 말이오?"

"그도 그렇지만……."

하고 경애는 여전히 웃을 뿐이다.

병화는 수수께끼 같은 이 여자의 속을 점점 더 알 수가 없었
다. 자기와 동지가 될 만한 교양이나 의식이 있는 것인가? 단순
히 성욕적으로 자기가 총각이라니까 호기심이 있어서 그러는 것
인가? 혹은 자기를 상훈이나 덕기의 병정으로 알고 상훈이와의
사이에 자기를 다리를 놓으려는 수단인가? 자기에게 취할 점이
라고는 없는데 이 계집이 무슨 소득이 있으리라고 이러는지를
알 수가 없다. 행랑아범이 입었던 외투를 벗겨 입고 다니는 처지
인 줄 알면서 웬만한 계집이면 아랫입술을 빼물 텐데, 아무리 핏
줄은 다르다 하겠지만 역시 홑벌로만 보기 어려운 계집 같다.

"간다는 데는 안 가우?"

병화는 도리어 뚱겨 주었다.

"차차 가지요. 하지만 당신도 쫓아와 보지 않으려우?"

주기가 조금 도니까 경애도 도리어 추킨다.

"어딘데? 좋은 데면 가다뿐이겠소."

"좋은 데 아니면 내가 가나?"

"은근한 데?"

실없이 이런 소리도 해보았다.

"은근도 하지!"

하고 경애도 웃는다.

"나하구 둘이만?"

"그럼 둘이만이지!"

"만난다는 사람은 누구게?"

"만날 사람이야 어쨌든지……."

"무슨 소리인지 알 수가 없군."

"잔소리 말구 오고 싶건 나만 쫓아와요. 훌륭한 데 데리고 갈 테니."

"알고 보니 여간 불량이 아니군!"

"에— 에— 불량에도 불량! 대불량 소녀지."

하고 경애는 깔깔 웃으며 일어나서 안으로 들어간다.

아까 있던 손들도 벌써 가버리고 텅 빈 방에서 혼자 유쾌한 듯이 술잔을 기울이고 앉았으려니 한참이나 치장 차리느라고 거레*를 하고서 경애가 나온다.

"자식새끼는 숨을 모는데 술만 먹고 돌아다니는 이러한 철저한 불량도 없을걸."

경애는 병화 앞에 와서 서며 자탄하듯이 이런 소리를 한다.

"자식이라니? 아이가 있소?"

병화는 놀랐다.

---

* 까닭 없이 지체하며 매우 느리게 움직임.

"왜, 동정녀 마리아도 아이를 낳았는데 나는 혼잣몸이라고 아이 못 낳았을까? 둘이 만드는 것보다 혼자 만드는 게 더 용하고 현대적이라우."

경애는 말끝만 붙들면 예수교를 비꼬는 버릇이다.

"흥, 딴은 용하군마는 현대적을 찾자면 애아버지는 기저귀 빨고, 애어머니는 술 먹고 돌아다니는 게 원래 제격이지…… 한데 아이가 앓는다고?"

"앓아요. 약은 지어서 이렇게 들고만 다니구……"

경애는 농담을 집어치우고 금시로 애연한 낯빛을 띠며 외투 주머니에서 양약 봉지를 꺼내 보인다.

"아이는 어디 있기에 아무려면 약 갖다줄 틈이 없을라구? 약부텀 갖다줍시다. 애아버지도 구경할 겸."

애아버지를 구경하겠다는 말에 경애는 속으로 웃으면서 그러지 않아도 애아버지를 구경 가는 길이라고 혀끝까지 말이 나오는 것을 참아 버렸다.

길에 나와서도 병화는 약부터 갖다주자고 여러 번 권하였으나 경애는 잠자코 나만 따라오라고 하면서 앞장을 서서 걷는다.

병화는 쫓아가면서도 처음에는 물론 상훈이를 만나러 가나 보다 하고 생각하였다. 그러나 상훈이를 만나는데 자기를 끌고 갈 리가 없다. 취흥인지는 모르겠으나 상훈이라면 언제 약속을 했는지 알 수 없다. 어쨌든 경애와 같이 가서 만나서는 재미없는 일이 많다.

경애는 K호텔까지 와서 잠깐 섰으라 하고 먼저 뛰어 들어간다.

정말 장난으로 둘이만 끌고 왔는가도 싶다. 그렇다면 이 거지 꼴을 하고 따라 들어가기가 창피하여 애가 쓰였다. 어쨌든 이러한 데에 드나드는구나 생각을 하니 처다보던 경애가 뚝 떨어진 것 같은 경멸하는 생각도 든다. 모던 걸이란 으레 그런 줄 알았지만 경애도 보통 소위 밀가루에 지나지 않는다 하는 환멸을 느꼈다. 그러나 상훈이고 누구고 없다면 자기를 무얼 보고 이렇게 쉽사리 제풀에 서두를까? 의심적기도 하다. 그러나 결코 재미없을 것도 없다. 물계만 보고 있으려니까 사무실로 들어가는 눈치던 경애가 하녀와 같이 마루 끝에 나와서 밖에 컴컴한 속에 섰는 병화를 손짓으로 부른다.

병화는 볼이 미어진 구두를 벗으면서 나올 제 닦아나 신을걸― 하는 생각을 했다.

촌계관청*으로 병화는 두 계집애 뒤만 따라서 으슥한 복도를 돌아 들어가면서 어쩐지 마음이 싱숭생숭하는 것을 깨달았다.

하녀는 어느 구석진 양실 방문 앞에 와서 딱 선다. 밑에는 슬리퍼 한 켤레가 코를 밖으로 돌려서 얌전히 놓였다. 병화는 새삼스럽게 무엇에 속았던 것처럼 놀라면서 무슨 말을 붙이려는데 경애가 벌써 손잡이를 돌려서 문을 활짝 열었다. 병화의 눈에 또 놀란 것은 맞은 벽에 둘러친 조선 병풍이다. 무엇에 홀린 것 같다.

경애의 뒤에서 들여다보니 거기에는 상훈이의 지지벌건 상이

---

* 村鷄官廳. 촌닭을 관청에 잡아다 놓은 것 같다는 뜻으로, 경험이 없는 일을 당하여 어리둥절해하고 있음을 이르는 말.

내려다본다. 상훈이의 얼굴에서는 웃음이 스러지며 병화를 험상스러운 눈으로 칩떠보다가 얼른 감추고 다시 웃는 낯으로,

"어서 들어오."

하고 알은체를 한다.

'망신이로구나! 공연히 왔구나!'

하는 후회가 잠깐 났으나,

'망신은 내가 망신이냐? 네가 망신이지.'

하는 생각이 들어서 딱 버티고 들어서며 껄껄 웃음부터 내놓았다.

"이거 댁 사랑을 떠다 놓으신 것 같습니다그려? 아늑한 품이 미인 앉히고 술 먹기 좋은걸요."

"그래서 이렇게 미인을 청해 오지 않았소. 허허허."

상훈이는 무색하고 화증이 나는 것을 참느라고 호걸풍의 속빈 웃음을 내놓았다.

"자, 술친구를 모셔 왔으니까 나는 갑니다."

앉지도 않고 섰던 경애는 다시 나가려 한다.

상훈이는 얼떨떨하였다. 그보다 병화의 처지가 몹시 군색하였다.

"명색 없이 영문도 모르는 사람을 데려다 놓고 가면 어쩌란 말이오? 두 분이 재미있게 노실 텐데 멋모르고 따라와서 우습게는 되었지만 잠깐 앉으시구려. 나는 곧 갈 게니."

병화는 경애를 붙들었다.

"누가 당신 때문에 간다나요? 난 약을 갖다주어야 해요. 어린

것이 숨이 깔딱깔딱하는데 술주정뱅이하고 앉았겠소?"

경애는 상훈이 들어 보라고 이런 포달*을 부렸다.

"그럼 무엇하자고 나를 끌어다 놨단 말요? 그러지 말고 앉으슈. 약은 댁이 어딘지 가르쳐만 주면 내가 가는 길에 갖다가 두리다."

"고맙습니다. 하지만 무얼 무엇하자고 오셔요. 애아버지 구경하겠다고 하셨지? 이렇게 애아버지 구경두 하시구 내 대신 술 대작도 하시구려."

하고 경애는 두 사람을 다 놀리듯이 샐샐 웃는다.

병화는 애아버지 구경하라는 말에 눈이 번쩍 띄었으나 시치미 딱 떼고,

"나더러 당신 서리**를 보라지만, 선생님이 들으시나 이 손으로 술을 따라서야 맛이 있나요? 허허허……."

하며 슬쩍 농쳐 버리다가,

"선생님, 이거 실례 많습니다. 선생님께서 저두 데리구 오라셨다고 끄는 데로 온 것이라서 누가 이런 줄야 알았겠습니까? 저는 물러갑니다. 용서하십쇼."

하고 엉덩이를 들먹거린다.

상훈이는 실없이 자기가 놀림감이 된 것 같아서 창피스럽고 화가 났으나 꾹 참고 병화는 붙들면서 경애더러는 가라고 역정을 내었다.

* 앙상이 나서 악을 쓰고 함부로 욕을 하며 대드는 일.
** 署理. 조직에서 결원이 생겼을 때 그 직무를 대리함. 또는 그런 사람.

"왜 내게 화를 내슈? 당신께는 자식이 아무것두 아니겠지만 나는 그렇지 않아요. 자식이 발을 뻗게 되어도 당신 술타령이나 하는 데 쫓아다녔으면 좋을 듯싶지요? 왜 오너라 가너라 하고 날마다 성가시게 하는 거야요?"

경애는 시비판을 차리려는 듯이 주저앉아 버린다.

상훈이는 어제 오늘 이틀이나 이 집에 와 앉아서 경애를 부르는 것을 어제는 가만 내버려 두고 오늘은 올까 말까 망설이던 차에 병화가 달려들어서 이렇게 늦게야 오게 된 것이다.

경애도 말이 그렇지 그렇게 뿌리치고 가려는 것은 아니었지만 남자들은 경애가 앉는 것을 보고 마음이 놓였다.

상훈이는 말대꾸를 하면 점점 창피할 것이니까 시치미 뚝 떼고 병화에게 술만 권한다. 얼른 곱뿌 찜으로 몇 잔 먹여서 배송을 내려는 것이다.

"이건 내가 댁의 산소를 봅니까?"

병화는 곱뿌 술을 먹이려는 의사를 알아차렸다.

"김군은 우리집 산소 보고 나는 김군 댁 산소를 봄세그려."

하고 상훈이는 웃다가 병화의 외투를 인제야 보았는지 깜짝 놀라며,

"그건 웬 외투요?"

하고 묻는다.

"왜요? 내 외투지요."

"응? 아까 바깥애를 내주었는데?"

"네! 바깥애에게서 찾았습니다."

병화는 시치미를 뗀다.

"온, 말이 되나. 내 건 어떻게 했단 말인가?"

"배에 들어갔습니다."

"벗어 버리게. 행랑것 입힌 것을…… 이가 꼬였을 거야."

하고 상훈이는 눈살을 찡그렸다.

"벗어 버리면 또 주시겠습니까? 물각유주(物各有主)인데 내 말 없이 주신 게 잘못이시지요."

"주는 대로 잡혀 먹게! 김군 줄 게 또 있으면 바깥애를 대신 주겠네. 없는 사람이란 으레 그런 거지만 여간 천량 가지고는 밑 빠진 가마에 물 붓기지 대는 수가 있나."

상훈이가 웃으면서도 삐쭉하고 핀둥이를 준다. 이때까지의 화풀이를 여기다 하려는 것 같다.

병화는 아니꼬운 품이 곧 대들어 보고 싶었으나 그래도 덕기의 낯을 보아서 참으려니까, 경애가,

"이 양반한테 무얼 얼마나 대어 주셨다고 그런 소리를 하슈?"

하고 말을 가로맡는다.

"아니야, 옳은 말씀은 옳은 말씀인 것이, 원래 술이란 밑 빠진 가마에 물 붓기니까…… 술만 안 얻어먹으면 그런 소리 들을 리도 없겠지만 외투는 내일 댁으로 갖다가 드리지요. 자, 난 갑니다. 더 앉았으면 인제는 가달라고 하실 거니까……."

하고 병화는 홱 일어섰다.

"나도 가요. 같이 가세요."

경애도 일어섰다.

상훈이는 다시 붙들고도 싶지 않았으나 일이 이렇게까지 되어 가는 것이 무슨 때문인지 얼떨떨하였다.

"이것 봐, 잠깐 내 말 듣고 가."

경애를 붙들려 하였으나, 그대로 나가면서,

"약이 급해서 그래요. 이야기는 같이 가면서 못하세요."

하며 그래도 차마 훌쩍 가지는 못한다.

상훈이는 하는 수 없이 따라 일어섰다.

병화는 두어 간통 앞을 서서 뒤도 아니 돌아다보고 휘죽휘죽 간다.

"김군, 김군!"

하고 상훈이는 불러 보았다. 그래도 나이 어린 사람을 그 모양으로 노해 보내서는 체면이 아니라고 생각한 것이다.

"내가 가서 붙들지요."

하고 경애는 쪼르르 쫓아간다.

"너무 그러지 말아요. 어쨌든 그러지 말아야 할 일이 있으니 슬슬 비위를 맞추어요. 그리고 내일 저녁때 3시에 저리 오슈."

경애는 병화에게 이렇게 일러 보내고는 뒤떨어져서 상훈이와 만났다.

"술이 취해 간대요. 실례가 있더라도 용서하시라구요."

경애는 아까보다도 마음을 푼 것 같았다.

"실례야 무슨 실례 될 거 있나. 내가 실없이 말이 잘못 나갔지만 그것도 저편이 없는 사람이니까 곡자아의(曲者我意)로 그러는 거지."

하고 상훈이는 신지무의(信之無疑)하였다.

두 사람은 잠자코 조선은행 앞을 지나 남대문 편으로 향한다.

"어디를 가세요? 댁으로 아니 가세요?"

경애는 줄줄 쫓아오는 상훈이를 가만 내버려 두었다가 재동 빌딩 앞에 와서 발을 멈춘다.

"어서 가요. 데려다줄게."

상훈이는 앓는 자식의 얼굴도 보고 경애 모친과 묵은 감정도 풀어 볼까 하는 생각이 있어서 경애를 집까지 데려다준 것이었다. 그러노라면 모녀의 감정도 풀려서 모친도 딸을 권할 것이요, 또 경애 자신의 의향도 자세히 들을 수 있으리라는 생각이었다. 그러나 문전까지 와서는,

"늦었으니 가시지요. 서로 불편한 일도 있고 하니 며칠 후에 아이나 성해지고 하건 다시 들러 주세요."

하고 아이년이 열어 주는 문 안으로 들어서서 들어올까 봐 가로 막고 서버린다.

상훈이는 어쩌는 수 없이 돌아서 버렸다. 그러면서도 어떤 놈이 있어서 그러는 거나 아닌가 하는 의혹과 불쾌가 없지 않았다. 그렇다고 몇 해 만에 가는 집에를 부덕부덕 들어가자 할 체면도 아니었다.

상훈이는 이튿날 늦은 아침에 일어나서 세수를 하다가 아범이 도로 땟덩이 회색 두루마기를 입고 터덜터덜 들어오는 것을 보고 우스운 생각이 나서,

"그 외투는 도루 뺏겼다지!"

하고 말을 걸었다.

"네, 십상 좋은 걸 그랬어와요. 부덕부덕 벗으라시는 걸 어쩔 수가 있나요? 그런데 그 나리 댁이 어디야요?"

"왜? 다시 가서 달래려구?"

"아니야요……"

"참 그런데 어제 그 편지 갖다 두었니? 만나 뵈었니?"

어제 저녁때 나갈 제 아범에게 편지 써 맡기고 나간 생각이 인제야 난 것이었다.

"네! 갖다 드렸에요…… 그런텝쇼……"

아범은 눈이 멀게서 망단한 듯이 어름거린다.

"왜 무엇 말이냐?"

"저, 무얼 적어 주시던텝쇼……"

말을 할까 말까 망설이다가 꺼내고야 말았다.

"무어? 그래 어쨌단 말이냐?"

상훈이는 급히 묻는다.

"언다가 떨어뜨렸는지 온 식전 찾아봐두 없사와요. 분명히…… 아마 그 외투 주머니 속에 넣은 걸……"

"분명히…… 아마란 무슨 소리야? 지금 곧 가서 찾아 가지고 오너라."

하고 야단을 친다.

여자에게서 오는 답장이라 으레 불호령이 내릴 것을 생각하고 아주 속여 버릴까 하는 생각도 없지 않았으나, 그랬다가 나중에 그 외투 임자가 편지를 가지고 와서 주머니 속에 이런 게 있습디

삼대

다 하고 주인에게 내놓으면 그때 가서는 속였다는 죄목이 하나 또 늘 것이니 그것이 무서워서 망설이다가 이실직고를 하고 만 것이다.

"네! 그 외투 속에 제가 넣기만 하였으면 잃어버리기야 하겠습니까?"

"잔소리 말고 어서 갔다 와, 이놈아."

"네! 네!"

하고 아범은 천방지축 한걸음에 뛰어나갔다.

잃어버리고 안 잃어버린 게 걱정이 아니라, 그동안 병화가 그 편지를 뜯어보았을 것이 염려다. 그러나 어떻게 생각하면 어제 취했고 아직 이르니까 그대로 넣은 채 벗어 두었으면 감쪽같이 주머니 속에 있을 것 같기도 하다.

이런 조바심을 하며 맛없는 아침상을 받고 앉았으려니까 아범이 다시 허둥지둥 뛰어 들어온다.

"왜 입때 안 가고 또 들어왔니?"

상훈이는 미닫이를 홱 밀치고 또 호령이다.

"저, 그 댁이 어디던가요?"

"미친놈! 옛이야기 같구나! 난 그렇게 뛰어나가기에 어딘 줄 아나 보다 하였구나……."

이렇게 나무라면서도 속으로는 웃지 않을 수 없었다. 가는 사람이나 보내는 사람이나 등신이긴 매한가지다. 그러나 병화가 어디 있는지 자기 역시 알 수가 없다.

생각다 못해 경애 집을 가르쳐 주고 거기 가서 알아 가지고 찾아가라고 일러 보냈다.

　아범은 오정 칠 때나 허발을 치고 돌아와서,

　"그 댁에서두 모른답세요."

하고 머리를 긁적거린다.

# 밀담

"조씨에게서 댁에 하인 갔지요?"

경애는 병화를 만나는 맡에 물었다.

"에? 하인요? 아니……."

"집을 가르쳐 달라고 내게 왔던데?"

"안 왔어! 이 곤룡포가 탐이 나서 상전 하인이 똑같이 몸이 단 게로군!"

"하하하…… 하지만 아무러면 그럴라구. 참 어쨌든 그 외투를 찾아 입으슈. 너무 흉해요. 얼마?"

"얼만 줄 알면 찾아 주려우?"

"많이는 못해두 조금은 보탤 수 있지만……."

"그만두슈."

병화는 너무 고마워서 실없는 말도 아니 나왔다. 언제 친한 사람이라고 그렇게까지 빈말이라도 해주는지 고마운 게 지나서 의혹이 들었다. 덕기가 그렇게 해주는 것은 어렸을 때부터의 소위 죽마고우니까 그럴지 모르지만 설사 덕기 부자의 친한 사람이라 하기로 그렇게까지 할 리는 없는 것이다.

'그야말로 내가 인복이 좋아서 그런가?'

하고 생각도 하여 보았다.

"이것만 하면 되겠지요. 부족하면 남았을 테니 채우시구려."

경애는 허리춤에서 지갑을 꺼내더니 5원 한 장을 꺼낸다. 5원한 장쯤 아무것도 아닌 듯이 쑥쑥 빼내는 것도 의외이지만 병화는 아무려나 까닭 없는 돈을 이 여자에게 받으랴 하고 다시 넣으라고 단연히 거절하였다. 그는 고사하고 7원에 잡힌 것을 어제 조금 쓰고 오늘 아침에 1원 얼마쯤 남긴 뒤에는 주인에게 다 털어놓고 나왔으니 어차피 그것 가지고는 찾지도 못할 것이다.

"그러지 말고 표를 이리 내슈."

하며 경애가 달려들 듯이 일어나서 다가온다.

이 계집애가 왜 이렇게 열심인가? 인제는 도리어 겁까지 날 지경이다.

"여기서는 이야기할 수 없고 어디를 같이 가야 할 텐데 내가 창피해요. 그 꼴을 하고는……"

경애는 아주 노골적으로 말을 털어놓았다.

"어디를 가자는 건지 잔칫집이면 이 옷 입고 못 갈라구."

하며 병화는 버텼으나 경애는 인제는 달려들어서 외투 주머니에 손을 집어넣고 뒤지려 든다.

"이건 뭐야?"

몸을 빼낼 새 없이 경애는 봉투 한 장을 쑥 빼들고 겉봉을 보려 하는 것을 도로 뺏으려 하니 뒤로 감추고 서서,

"그럼 표를 내노슈. 바꿉시다."

병화는 하는 수 없이 전당표를 한 손에 꺼내 들고 마주 붙들

고 바꾸었다.

이 편지를 경애에게 안 보이려느니보다도 좀 실컷 애를 태워 주고 시달려 보다가 보여 주려고 벼르고 온 터이라 그렇게 쉽사리 빼앗기기는 싫었다. 그러나 경애는 피봉 위에 이름이 아니 씌어서 그것이 무엇인지는 몰랐다.

"그건 무슨 편지기에 그렇게 질겁을 하슈? 러브레터?"

"에! 러브레터!"

"그럼 좀 봅시다."

경애는 눈이 샐쭉해진다.

"러브레터기에 아니 보인다는데, 그러면 보자니 말이오?"

"자, 외투 찾아 드릴게 하이칼라하고 애인한테나 가슈. 이런 곱장사는 다시없을걸."

경애는 자기를 조소하듯이 실소하면서 전당표를 들고 안으로 들어간다.

30분도 못 되어 요리간 사내 하인이 외투를 찾아 가지고 왔다.

"이건 너무 미안한데. 그 대신에 좋은 것 하나 보여 드릴까?"

병화는 외투를 갈아입으면서 실없는 소리를 하였다.

"고만두어요. 남의 '러브레터' 조각이나 얻어 보려고 애쓰는 사람은 아니니…… 당신한테 반한 여자를 좀 보았으면! 오죽할라구."

하고 비꼬아 보다가,

"이건 자네나 입게."

하고 병화가 벗어 놓은 헌 외투를 옆에서 불을 쪼이는 사내 하인에게 집어 준다. 이 사람은 조선 사람이다.

"엣? 그건 임자가 있는데."

하고 병화가 놀라다가,

"그래 버려라! 날 좀 뜨뜻해지면 이 외투를 벗어서 바깥애를 주지!"

하고 또 커다랗게 웃는다.

"자, 인제는 내가 차비를 차릴 테니 잠깐 기다려 주어요."

하고 경애가 쪼르르 들어가더니 부리나케 양장으로 갈아입고 나온다.

"어디를 가자는 거요?"

"서백리아(시베리아)!"

하고 경애는 앞장을 선다.

주부는 그제야 나와서 일찍 들어오라고 신신당부를 한다.


"좀 걸어 보지 않으랴우?"

"아무려나."

오후 4시나 되어 쌀쌀해지기는 하나 그래도 오늘부터는 날이 풀려서 손발이 시릴 지경은 아니다. 길을 남산으로 들어선다. 병화도 잠자코 따라설 뿐이다.

"지금 무얼 하세요?"

경애는 별안간 불쑥 묻는다.

"낮잠 자고 술집 가서 쌈이나 하고!"

병화는 혼자 웃었다.

"하지만 이때껏 내가 무얼 하는지도 모르고 사귀었습니까?"

벼락닫이로 사귄 터라 그렇기도 하겠지만 자기의 정체를 알면 이 여자가 놀랄 것이요, 다이너마이트를 만지던 아이가 내던지고 물러서듯이 질겁을 하리라고 생각하였다. 그러나 평범한 여자가 아니니만치 코웃음을 칠지도 모를 것 같다.

"어디 취직이라도 하면 어떠슈? 총독부 속은 어를 수도 없겠지만 허다못해 군 서기고 군속이고……."

경애는 시치미 떼고 이런 소리를 한다.

"그 얘기 하려고 끌고 나왔소?"

"그래요. 나 아는 총독부 관리를 소개해 드릴까 하고 이렇게 외투까지 찾아 입혀 가지고 나왔지."

"고맙소. 시켜 준답디까?"

"응!"

"그래 내가 취직을 하면 어떻게 하겠다는 거요? 우리집 동리에서 움집에 사는 사람들에게 구세군 쌀(섣달 대목에 구세군에서 주는 쌀)을 얻어 주고 구문을 얻어먹는 전도 부인도 보았지만 당신도 내가 취직하면 구문이나 생길 줄 알고 이러는 거요?"

"무어요? 우리집 동리에서 토굴 속에서 구세군에게 쌀을 주어서…… 하하…… 왜 그리 '서'가 많소. 어쨌든 취직하고 결혼하고 뜨뜻이 먹고 때고 들어앉았으면 좀 좋겠소."

"만사구비에 지흠 동남풍*이라더니 다른 것은 다 돼두 색시

---

* 만사구비 지흠 동남풍(萬事具備只欠東南風) : 모든 조건을 갖추었으나 중요한 하나를 갖추지 못했음을 이르는 말.

없어 고만둘래요."

하고 병화가 웃어 버리려니까,

"그거 무어 어렵소. 정 없으면 나라두 색시 노릇 해드리리다그
려."

하고 경애도 웃어 버린다.

"여보……."

하고 경애는 또 말을 추거 내려고 사내 말투처럼 병화에게 말을
건다.

"조상훈 씨한테 어제처럼 공연히 그러지 말아요. 있는 사람이
뻗대는 거야 당연한 일인데 그걸 일일이 탄하다가는 아무것두
안 되어요. 귀에 거슬리는 소리가 있더라도 슬슬 흘려들어만 두
면 그만 아니오."

경애는 타이르듯이 낮은 소리를 한다.

"언제 볼 사람이라구! 심사 틀리면 집어치는 거지…… 그래두
덕기의 낯을 보아서 참았지."

병화는 속으로 경애의 말을 옳게 생각하였으나 이런 소리를
해보았다.

"그렇지 않아요. 사람이 살자면 서서 똥 누기로 되나. 어쨌든
내 말대로만 해요."

경애의 이 말에 병화는 귀가 번쩍 띄었다.

"그럼 어떻게 하겠다는 말이오?"

"별로 당장 어떻게 한다는 게 아니라…… 나도 돈 바람에 휘
둘려 오늘날 이 지경이 되었으니까 돈을 먹어도 먹고 무슨 끝장

삼대

이든지 내야지…… 하지만 어제는 그렇게 했더라도 인제는 조씨 보는데 우리가 친한 듯이 보일 것도 아니오. 좀 주의를 해요."

"언젠 누가 어쨌나?"

병화는 핀잔을 주다가,

"이거 왜 이렇게 끌고 가는 거요? 어, 추워 추워. 그까짓 이야기 하자고 남산 골짜기까지 찬바람 맞고 올라올 거 무어 있소."

"또 이야기가 있지만 어디든지 들어가시랴우?"

"불기 있는 데면 아무 데나 좋지."

인기척이라고는 없는 쓸쓸한 조선 신궁 앞마당을 휘 돌아서 삼백여든몇 층이라는 돌층계를 나란히 서서 간신히 내려서니 해는 벌써 뉘엿뉘엿해졌다.

전차 선로까지 나와서 경애는 자기 집이 바로 조기니 같이 가서 저녁이나 먹자고 한다.

병화는 좀 의외였으나 아무려나 좋다 하면서 따라섰다.

어떤 생활을 하는지, 문제의 아이는 어떠한지 구경하고 싶은 호기심이 여간치 않으나 그보다도 자기 집에까지를 끌고 가려 할 만치 무관히 구는 것이 어쩐 까닭인지 알 수 없다. 꼬물꼬물하는 성질이 아니요, 발자하고 경쾌한 신경질적 영리한 계집애이긴 하지만 오다 닿다 만난 사람이나 다름없는 자기를 제 집에까지 끌고 가는 것은 여간 친절히 생각한 것이 아니면 안 될 것이다.

"우리집에 와본 남자 손님으론 당신 얼러 세 사람밖에 없어요. 내가 이러고 다니니까 이놈 저놈 함부로 끌어들이는 듯싶이 생각할지 모르지만 우리집이 아무리 더러워도 여간 사람은 못 오는 데요."

마치 요샛말로 하면 치수 나가는 명기(名妓)의 말티* 같다.

"매우 치수가 나가는 거로구려! 그 단 셋에 하나 끼었으니 채표 타기보다도 어려운 행운이요, 알성급제만 한 명예는 되겠지만, 나 빼놓고 두 사람의 행운아는……."

이죽이죽하는 병화의 말을 경애는 가로막으며,

"비꼬지 말아요. 내가 기생인 줄 아슈?"

하고 나무란다.

"황송한 말씀입니다…… 하여간 나 말고 다른 두 사람이 누군가요?"

"한 사람은 보셨고, 또 한 사람은 인제 기회 있으면 뵈어 드리지요."

"만나 본 사람이 누구인가?"

병화가 어리뻥뻥한 표정으로 눈을 꿈벅거리니까,

"애아버지. 구경 안 했어요!"

하고 핀잔을 준다.

"그럼 둘째애 아버지만 구경하면 다 본 셈이로군. 그리고 내가 셋째애 아버지! 허허……."

"이거 왜 이렇게 사람이 컴컴해!"

하고 경애는 큰길 사람이 보는 것도 창피한 줄 모르고, 창피한 줄 모른다느니보다도 계관치 않고 병화의 넓적팔을 쥐어박는다.

* 말투.

"내가 컴컴하우? 당신이 말을 잘못했소."

병화는 여전히 느물느물 웃기만 한다.

"몰라요, 몰라요. 마음대로 생각해 두구려."

"그런데 그 첫애 아버지하고는 어떻게 된 셈속인지 좀 들어 봅시다그려? 처음에 어떻게 애아버지가 되고 지금은 왜 애아버지 노릇을 쉬고 있고, 또 무슨 까닭에 요새로 별안간 애아버지로 복직을 하려는지? 우렁이 속 같아서 도무지 알 수가 있소."

"아이가 나면 애아버지 노릇 하고 애어머니가 구박하면 애아버지 구실이 떨어지고, 또 마음을 돌리면 애아버지를 다시 시키고, 마음 못 돌리면 귀양 보내고…… 뻔한 노릇이지."

"한참 당년의 ×비* 같구려? 세도 좋은 품이! 하지만 어떤 애아버지든지 떡국은 먹는 거로군? 나는 어떻게 종신관으로 될 수 없을까? 판검사처럼."

"객쩍은 소리 그만두어요. 그따위 실없는 소리를 할 때가 아니야요. 우리집에 들어가서 그런 실없는 소리를 하다가는 뺨 맞고 쫓겨날 테니 정신 바짝 차려요!"

경애는 실없는 듯이 이런 소리를 하였으나 별안간 그 말소리라든지 얼굴빛에 추상같은 호령과 남을 압도하는 표독한 기운이 차 보인다.

병화는 무심중에 선뜩하며 여자의 얼굴이 다시 쳐다보였다. 그러나 병화는 태연한 낯빛으로 여전히 싱글싱글하면서,

* 명성황후, 민비를 가리킴.

"그 호령이 어디서 나오는 것이오? 얻다가 준비해 두었다가 쑥 내놓는 것 같으니!"

하고 역시 농담을 붙여 보았으나 경애는 다시는 입을 벌리지 않았다. 생각할수록 경애란 이상한 계집애다. 지금 말눈치로 보아서는 노는계집과 다름없고, 자기에게 성욕적으로 덤비는 것같이밖에는 보이지 않았다. 그뿐 아니라 어제 상훈이에게 끌고 간 것이라든지, 또 전일에 상훈이 앞에서 키스를 한 것이라든지, 혹은 자기와 상관한 남자들을 모두 서로 대면시키려는 말눈치로 보면 일종의 변태성욕을 가진 색마나 요부 같다. 그러나 별안간 호령을 하고 함부로 윽박지르는 것을 보면 그것이 혹시는 히스테리증의 발작인지는 모르겠으나, 어떻게 생각하면 불량소녀의 괴수로서 무슨 불한당의 수두목 같기도 하다. 옛 책이나 탐정소설에서 볼 수 있는 강도단의 여자 두목이라면 알맞을 것 같다. 사실 청인의 상점이 쭉 들어섰고 아편쟁이와 매음녀 꼬이는 음침하고 우중충한 이 창골 속을 휘돌아 들어갈수록 병화는 강도들의 소굴로 붙들려 들어가는 듯한 음험한 불안과 호기심을 느끼는 것이었다.

그러나 경애 집 문전에 왔을 때, 병화는 이때까지의 자기의 종작없는* 공상을 속으로 웃었다. 조촐한 기와집이 문간부터 깨끗하고 얌전한 것이 도리어 의외였다. 중문간에 고르게 팬 장작을 가득 쌓고 비스듬히 들여다보이는 장독대가 겨울철이건만 앙그

---

* 종작없다 : 말이나 태도가 똑똑하지 못하여 종잡을 수가 없다.

러져 보이는 것을 보니 불한당이나 불량소녀의 소굴은커녕 사실
이놈 저놈 함부로 드나드는 뜨내기의 난봉살림은 결코 아니다.

'나두 퍽 신경쇠약이 되었나 보다.'

고 병화는 공연한 겁을 집어먹었던 자기를 또 한 번 웃었다.

경애는 안방으로 병화를 데리고 들어가서 외투와 모자를 벗
어 던지고 아랫목에서 자는 아이 옆에 가만히 앉는다. 그러나
아이는 눈을 반짝 뜨고 캥캥댄다.

"응 응, 엄마 몸 녹여 가지고! 엄마 몸이 차요."

하며 달래는 경애를 병화는 이상스러이 쳐다보고 앉았다.

바커스의 경애, 상훈이 앞에서 보는 경애, 아니 그는 고사하
고 지금 대문 밖에서의 경애와 이 방 안에서의 경애가 이렇게도
다를까 싶었다. 여자란 그런 것인지 모르지만 이 여자같이 다각
형으로 자유자재하게 변화하는 성격을 가진 여자는 없으리라고
생각하였다.

"인제는 다 살아난 셈이에요. 삼사 일 전만 해도 죽는 줄 알았
어요."

경애는 어린애의 머리를 짚어 보며 얼러 주다가 병화를 돌려
다보고 상냥스러이 말을 건다. 집 안에 들어오더니 자기가 주인
이라 해서 그렇겠지만 아까 새롱거렸다 호령을 했다 하던 것은
잊어버린 듯이 다정스럽게 대접을 하고 말씨도 고와졌다.

"어머니, 어머니, 나 좀 보세요."

부엌에서 애년을 데리고 밥을 짓는 모친을 불러올리더니 돈
1원을 내주고 반찬을 좀 해달라고 이른다.

"술도 조그만치만 사오라고 하세요."

경애는 그제서야 캥캥거리는 아이를 안아 올려놓고 달래면서 먹먹히 앉았는 병화에게 아까 그 편지를 보이라고 조른다. 편지가 보고 싶은 것이 아니라 벙벙히 앉았는 병화를 이야기를 시키려는 것이다.

"진정한 사랑은 자랑이 아니라 비밀이요, 행복이 아니라 고통인 것쯤은 알 터인데 남의 비밀을 자꾸 보자니 딱한 양반이오."

하며 병화는 웃었다.

"당신 같은 분도 그런 연애의 경험이 있을지?"

"남만 업신여기시는구려. 당신은 애아버지하고 어땠을꾸?"

"어쨌든 첫사랑이었지요."

"첫사랑, 첫정이면야 나중에는 또다시 그리 쏠리구 말지."

"하지만 원체 나이가 틀리고 불시에 우격으로 그렇게 되어서 그랬던지 지금 생각하면 그저 어리둥절하고 정 반 미움 반인 것 같애요."

"그래두 아이가 있으니까, 평생 연을 끊지는 못하지요."

"끊으려면 끊고, 말면 말고……."

경애는 신푸녕스럽게* 대꾸를 하다가,

"그런데 참 아까 좋은 것 하나 보여 주신댔지? 편지 대신에 그 좋은 것 좀 보여 주시구려?"

하고 말을 돌린다.

---

* 신푸녕스럽다 : 신청부같다. 근심 걱정이 너무 많아서 사소한 일을 돌아볼 여유가 없다. 또는 사물이 너무 적거나 모자라서 마음에 차지 아니하다.

삼대

"글쎄, 그것도 함부로는 좀 어려운데! 보이기는 보이지만 보여 주는 대신에 무슨 턱을 낼 테요?"

"무슨 딴소리야? 외투 찾아 준 대신에 보여 주기로 한 것인데."

하고 어린 계집애처럼 조르다가,

"그래 무슨 턱이든지 소원대로 낼게 보이세요."

하고 덤빈다.

"빈말로만이야 소용 있나마는 속는 셈치고 그래 버리지."

하고 병화는 아까 그 봉투를 꺼내서 경애에게 툭 던진다.

"무어길래 야단스럽게 그러는 건구."

하며 경애는 찬찬히 꺼내 펴본다.

마침 급한 판에 잊지 않고 보내 주신 것은 여간 생광스럽게 쓰지 않겠습니다. 그러나 왜 10여 일이나 그렇게도 뵈일 수가 없습니까? 하여간 이따라도 들러 주세요. 이렇게 어름어름하시고 마신다면 저는 죽는 사람입니다. 집안에서는 날마다 야단입니다. 어쨌든 급한 것이 민적을 가르시는 것입니다. 아버지께서는 경성부에 가셔서 민적 조사를 하신다고까지 날마다 야단이십니다. 뵙고 자세한 말씀 하겠지만 시원스러운 말씀을 곧 해주셔야 일가나 친구들에게도 망신을 안 하겠어요. 몸이 달아서 안절부절을 하고 그날그날을 보냅니다. 그나 그뿐입니까, 남에게 말 못할 이런 사정을 좀 생각해 주세요. 사람을 세워 놓고 너무 급해서 무슨 소리를 썼는지 모르겠습니다. 어쨌든 이따 6시에 거기 가서 기다리겠어요.

그저께도 밤 11시까지 기다리다가 허발을 치고 돌아와서 꾸중만 들었어요……

"놀랐지요?"

편지를 다 보기 전에 병화는 놀리듯 충동이듯 웃는다.

"놀라긴, 그런 사람인 줄 언제는 몰랐던가? 허지만 이게 어디서 나왔어요? 외투 속에서?"

병화는 그렇다는 대답 대신에 흥 하고 웃어 버렸다.

"응, 그래서 몸이 달아 찾으러 다녔군, 하지만 누굴까?"

"왜 알면 쫓아가서 들부어 놓으랴우?"

하며 병화는 껄껄 웃다가,

"정신 바짝 차려요. 애아버지 빼앗긴 뒤에 후회 말고."

하며 또 충동인다.

경애는 아무렇지도 않은 듯이 웃으면서도 그 편지 임자가 누구인지 몹시 몸이 다는 모양이다.

"허니까 아범이 심부름 가서 맡아 가지고 온 것을 외투에 넣은 채 잊어버린 것이지요? 그러니 아범을 갖다주고 좀 물어봐다 주시구려? 다시 잘 봉해 드릴게."

경애는 장 밑에서 붙임풀 그릇을 찾아내 가지고 얌전히 봉해서 다시 준다.

"그래도 마음에 안 놓이는 게구려? 그러지 말고 당신도 이혼하고 어떤 계집애인지 이 계집애도 떼버려야 애아버지 노릇을 다시 시켜 주마고 해보구려?"

"그랜 무엇하게. 몇 년이든지 데리고 놀라지. 하지만 남의 집 딸년을 모조리 버려 놓는 게 안됐으니까 좀 버릇을 가르쳐 놓아야 하기는 할 거야. 더구나 이혼을 한다든지 하면 정말 혼을 내주고 말걸! 그전에는 나도 그런 생각이 없지 않았지만 덕기를 생각하면 그 어머니가 가여운 생각이 들어요."

병화는 경애가 그만큼 요량이 드는 것이 무던하다고 생각하였다.

밖에서 밥상을 보느라고 데그럭거리면서 모친이,

"먼첨들 먹으란? 기다릴 테냐?"

하고 물으니까 경애가 좀 천천히 먹겠다고 대답을 하는 양이 누구를 기다리는 눈치 같다.

"누가 또 올 사람이 있소? 그건 애아버지 아니오?"

병화가 또다시 실없이 소리를 꺼내려니까 경애는 눈으로 나무라고 자는 아이를 가만히 눕힌다.

수세미가 된 양복치마 앞을 털고 화로 옆에 동그랗게 꿇어앉으며 무슨 생각에 팔린 기색이더니,

"지금 회의 일은 어떻게 되어 가는 셈이야요?"

하고 묻는다.

"회라니?"

병화는 생게망게한 소리를 묻는다고 놀란 눈을 멀뚱히 떠 보았다.

"××동맹 중앙본부 집행위원 아니세요?"

"그래, 어쨌단 말이오?"

그런 것쯤은 덕기에게 들어서도 넉넉히 알 일이지만 그 이야기를 왜 지금 별안간 꺼내는 것인지 알 수가 없다. 그뿐만 아니라 경애의 말 붙이는 태도가 너무나 긴장해 보이는 것이 이상하다.

"왜 그렇게 놀라세요? 회 형편이 지금 어떻게 되었는지 좀 알아보자는 거예요."

병화는 점점 더 의혹이 부쩍 들어 간다. 아까 취직을 하라는 둥 총독부 속으로 소개를 해주마는 둥 할 때는 실없는 농담으로만 들어 두었지만, 지금 이런 소리를 꺼내는 것을 들으니 이런 사람의 습관으로 경계하는 공포심이 버쩍 나는 것이었다.

'이 계집애가 스파이가 아닌가?'

하는 생각이다.

"그건 알아 무얼 하려는 거요?"

"글쎄, 무얼 하든지…… 그런데 저번 통에 당신은 어째서 빠지셨소?"

경애의 말은 점점 의심스러워 간다.

"저번 통이 무슨 통이란 말이오?"

병화는 어름어름하며 딴전을 붙인다.

"제2차 ××당 사건 말예요. 물론 당신네 회가 중심은 아니었지만……."

제2차 ××당 사건이 병화의 회에서 중심이 아니었던 것까지를 아는 것을 보면 경애가 이편이든 저편이든 하여간 좌익 단체의 소식에 맹문이가 아닌 것은 사실이다. 병화는 너무나 의외인데에 호기심과 놀라운 생각이 뒤섞여서 경애의 얼굴을 물끄러미 바라만 보고 앉았을 따름이다.

"왜? 무시무시하슈? 옭혀들까 보아 가슴이 덜컥 내려앉으시는 게로구려?"

하고 경애는 남자를 놀리다가 정색을 하며,

"당신이야말로 정신 차려요. 문간에 나가기 전에 본정서에서 형사대가 달겨들 테니. 독 안에 든 쥐지. 인제는 하는 수 있나! 공연히 창피한 꼴 보이지 말고 인제는 딱 마음을 먹고 조용히 당하는 대로 당하실 생각을 하슈. 그 대신에 잡숫고 싶은 것은 마음대로 해드릴 테니 내게서 마지막 술 한잔 잡숫고……"

하며 얼러대듯이 타이른다.

병화는 사실 저번 통 획책에 끼지 않았고, 그 당시에는 그래도 미심쩍어서 며칠 떠돌아다니다가 간정되니까 필순이 집으로 들어간 터이다. 말하자면 병화와 몇몇 동지는 회의 뒷일을 보기 위하여 빠졌던 것이나, 그 후에는 도망을 해 다니는 것도 아니니 아무러면 못 잡아서 경애를 시켜 이런 군색한 짓을 할 리가 만무한 노릇이다. 그러나 참 정말 경애가 스파이라면 꼬염꼬염하여 내막을 떠보려고 할지는 모를 일이다.

"그래 이렇게 하나 낚아 들이면 얼마씩이나 먹소?"

병화는 웃으면서 대꾸를 한다.

"먹긴 무얼 먹어요. 중국식으로 모가지 하나에 몇만 원씩 현상을 하고 잡는 줄 아슈?"

"생기는 것 없이 돈 들여 가며 술까지 받아 먹이고 붙들어 줄 게 무어 있나."

"그것두 내 재미지! 그런데 어쨌든 잡혀가도 억울하지는 않을 것 아니오?"

"잡혀가기로 무슨 상관이 있나. 죄 없으면 내놓겠지."

하고 병화는 코웃음을 친다.

"죄가 없어? 들어간 사람의 뒤를 받아서 제3 ××당을 조직해 놓은 것을 뻔히 아는데?"

경애는 눈을 날카롭게 떠 보인다.

"그리구 책임비서는 김병화라고 보고가 들어갔습디까?"

"책임비서 노릇이나 할 자격이 웬걸 있기에! 그런 기미만 채면 겁이 벌벌 나서 꽁무니를 슬슬 빼고 배돌면서⋯⋯."

"그런 걸 번연히 알면서 나 같은 놈은 잡아다가 무얼 한답디 까?"

"그런 사람일수록 잡아다가 족치면 중정이 허하니까 물 쏟아 지듯 하지 말라는 소리까지 분단 말이지! 불기만 하면 당장 놓여 나올 거니까. 몇십 명이 옭혀 들어가도 자기만 어서 모면하고 빠 져나오려고⋯⋯."

"어떻게 그렇게 잘 아우?"

하며 병화는 이죽이죽 웃기만 한다.

"그만 것두 모를까? 나는 관상쟁이는 아니라두 사람을 쓱 보 기만 하면 알아요. 애초에 당신 같은 사람이 사회운동이니 무어 니 하고 나돌아 다니는 것이 잘못이지."

경애는 야죽야죽 골만 올리려고 애를 쓴다.

"그러니까 군속이나 면 사무원 노릇이나 하라는 거구려?"

"아니면 덜!"

"그건 그렇다 하고 제3 ××당을 조직한다는 말은 뉘게 들었소?"

"그게 다 어림없는 소리예요. 뉘게 들었다고 내 입으로 말을 할 듯싶소? 그건 고사하고 벌써 일주일 전부터 시내 각 경찰서에서 뒤집어엎고 법석인데 그걸 이때까지 꿈속같이 모르고 조상훈이의 꽁무니나 줄줄 쫓아다니며 바커스에나 들어 엎데 있고 싶어 하는 이런 운동자두 있나? 키스 한 번에 이렇게 녹초가 되었으니 내 침이 초보다두 더한가 보군!"

경애의 입에서 이런 심한 소리까지 나오는 것을 듣고는 병화는 그대로 앉았을 수가 없었다. 기연가미연가하는 의혹도 의혹이려니와 아무리 실없는 소리라도 거기까지 막 트고 덤비는 데는 모욕을 느끼지 않을 수 없었다. 분한 생각과 부끄러운 생각에 얼굴이 벌게지며 모자를 들고 벌떡 일어섰다.

"누구를 어린애로 아는 셈이란 말이오? 가만히 듣고 앉았으려니까 나중엔 별 옴도까지 소리를 다 듣겠군! 스파이질을 해먹든지 잡아를 가든지 마음대로 해봐요!"

하고 병화는 문을 화닥닥 밀치고 마루로 나섰다.

그러나 방 안에서는 흐흥 하면서 냉소를 등덜미에다 끼얹을 뿐이요, 쫓아 나와 붙들려고도 아니한다.

"어디 얼마나 마음대로 가나 봅시다! 대문 밖까지도 못 나가고 다시 들어오지는 말아요."

하고 경애는 또 부아를 돋는 소리를 한다.

"사람이 아무리 타락을 했더라도 제 밑천은 찾아야지, 여기까지 쫓아온 내가 잘못이지만"

병화는 좀 실컷 들이대고 싶었지만, 속아 넘어간 것이 자기 불찰이라는 열적은 생각도 들고 또 한편으로는 이것 역시 이 계집의 무슨 꾀에 한 수 넘어가는 것이나 아닌가 싶은 어리둥절한 생각이 들어서 뻐진 소리가 나오지를 않았다.

건넌방에 있던 모친은 무슨 일이나 난 듯이 눈이 휘둥그레서 내달아 나오며,

"당신이 누구인지는 모르겠소마는 왜 남의 딸자식을 가지고 타락을 했느니 어쩌니 하고 야단이오?"
하고 역성이 시퍼렇다.

병화는 잠자코 꾸부리고 앉아서 구두를 신으려니까 이번에는 중문이 찌이걱 하며 우중우중 누가 들어온다.

병화는 무심중에 가슴이 선뜩하는 것을 깨달으며 쳐다보았다.

후줄근하게 차린 헌칠한 양복 신사가 앞에 와서 딱 서며 입가에는 조소를 머금고 면구스러이 바라보는 눈이 안경 뒤에서 부리부리하다.

'형산가?'
하는 뜨끔한 순간이 지나니까 병화는 이상히도 마음이 가라앉으며 휙 지나쳐 나가려 하였다. 그 청년의 신은 구두 본새가 조선에서 보기 드문 서양제나, 상해 다녀온 친구가 신은 것을 많이 본 것 같은 점과, 양복을 모양 낸 것은 아니나 몸에 턱 어울리는

삼대

것이 어딘지 외국 갔다 온 사람 같은 인상을 주었던 것이다. 형사의 티라면 어둔 밤중에 손끝으로 더듬어 만져 보고도 알 만큼 그들에게 접촉이 많은 병화가 얼떨결에라도 겁을 잠깐 집어 먹던 자기를 속으로 웃으며,

'이것이 그 소위 이 집에 드나드는 둘째 남자, 둘째애 아버지인가?'

하는 생각을 하였다.

"마침 잘 들어왔네."

모친이 반색을 하는 눈치로 알은체를 하려니까 안방 문이 열리며 경애가 눈짓을 하고 나온다. 병화는 그 눈짓을 못 보았다.

"여보세요, 날 좀 보세요."

김선생이라고 하기도 싫고 말다툼 끝에 친숙히 병화 씨라고 부르기가 서먹해서 그대로 소리만 쳤다.

병화는 건넌방 모퉁이를 돌아서려다가 돌아잇을 하여 딱 섰다. 그대로 갈 것이지만 그러면 정말 겁이나 나서 줄행랑을 치는 줄이나 알까 봐 가는 것도 우습다고 생각한 것이다.

"벌에 쐬었소? 이야기를 하다 말고 가는 법이 어디 있에요?"

경애는 내려와서 끈다.

"들어가시지요. 오비이락으로 오자 가시니 미안하외다그려."

그 청년도 생각하였더니보다는 소탈하게 말을 붙이고 껄껄 웃는다.

"오비이락으로 말하면 내가 할 소리외다. 관할 경찰서에서 문간에 와서 지키고 있다기에 지금 자수를 할까 하고 나가려는 길

인데 마주 들어오니 노형이 그거든 같이 갑시다그려."

하고 병화도 마주 웃는다.

　"잘 생각하셨소. 내가 뭐랍디까? 문지방도 못 넘어서 다시 들어올 걸 왜 그러는 거요."

하고 경애도 놀리며 웃었다.

　그러나 모친만은 웃을 수 없었다. 무에 무언지 어리둥절히 마루 한가운데 섰을 뿐이다.

　"어머니, 어서 차려서 상을 건넌방으로 들여다 주세요."

　경애는 남자들을 안방으로 몰아넣고 이런 부탁을 하며 따라 들어갔다.

　"두 분 인사하세요. 이분은 우리 일가 오빠, 이번에 시골서 올라오셨에요. 또 이분은 ××회 간부로 계신 분. 며칠 있으면 군속이나 면 서기로 취직해 가실 양반입니다. 오늘은 환영 겸 송별 겸 약주나 한잔 대접하려구……."

　두 남자가 통성을 하고 앉았는 동안에 경애는 혼자 조잘댄다. 그러는 병화는 이 청년이 시골서 올라온 오빠라는 말에 그의 얼굴을 다시 보고 다시 보고 하였다. 그 소위 '둘째애 아버지'가 아닌 것이 섭섭도 하거니와, 차림차리나 수작 붙이는 것이 촌 속에서 갓 잡아 올린 위인은 아니다. 그건 그렇다 하기로, 하고많은 성명에 가죽 피 자, 가죽 혁 자의 피혁(皮革)이라는 성명이 있을 리 없다. 피혁상을 하는 놈인가, 바지저고리의 껍질만 다니는 놈인가? 위인 됨됨이 껍질만도 아닌 양하다. 또 혹시 성은 피가라 하여도 이름을 하필 혁이라 지었을꼬? 외국 나간 사람이나 요새 젊은 애들이 무슨 필요로는 물론이요, 필요하지 않은 경우에도 신유행의 첨단적 모던 취미로인지 부모가 지어 준 이름을 거꾸로 세로 찢어발겨서 쓰는 것을 많이 보았지만 하여간 경애가 오빠라는 말이 준신할 수 없는 것만치 피혁이란 성명도 입에서 나오는 대로 떠대는 이름 같다.

병화는 꿀 먹은 벙어리처럼 이 사람 저 사람 눈치만 보고 앉았다.

피혁 군은 밥을 먹을 때 별로 말도 없이 병화의 인금을 보는지 슬슬 눈치만 보다가,

"관변에 취직을 하려면 용이할까요? 다른 사람과 달라서."

이런 소리를 떠듬떠듬 한다.

"공연히 누구를 떠보는 수작인지, 실없이 놀리는 것이지요."

병화는 심중의 경계를 풀지는 않았으나 아까 같은 불뚝한 감정은 어느 결에 스러져 버렸다.

"술 몇 잔에 마음을 돌리셨구려? 아까 같아서는 곧 무슨 야단이라도 낼 듯싶더니! 그러기에 값이 싸단 말예요. 지금 누가 돈천은 고사하고 돈 백 주어 보슈. 주의구 사상이구 가을바람의 새털이지!"

경애가 또 갉작거린다.

"주어 봐야 알지."

"보나마나! 지금은 아주 입찬소리를 하지만 총독부 사무관 하나 준다 해보구려. 아니, 사무관까지 어를 게 아니라 그저 당신께 군속이 제격이지, 하하……"

"그 역 지내봐야 알지. 당신은 나하고 언제 지내봤다고 그렇게 남의 속을 잘 아슈? 여자의 좁은 소견으로 큰 새의 마음을 어찌 알리오!"

하고 병화가 호걸풍의 웃음을 터뜨려 놓는다.

"그야 그렇지요. 아낙네들, 더구나 요새 모던 걸들의 물욕이 교폐한 그런 염량으로야…… 하하하."

피혁 군은 경애의 눈총에 껄껄 웃어 버리고 말을 돌려서,

"아, 그럴 거 없이 정 그런 튼튼한 자국으로 취직이 하고 싶으시다면 우리 고을로 가십시다. 내 권리 자랑 같소마는 군청 속에 한 자리 비집기야 그렇게 어려울 것도 아니니……."

하고 떠본다.

"노형까지 왜 이러슈?"

하고 병화는 웃으면서,

'이 사람들이 왜 이러는 건구?'

하고 점점 더 의아해진다.

"누구누구니 하는 사람들도 미즈텐(不見転, 정조 없는 기생) 볼 쥐지르게* 변질도 하는데 상관있나요. 김병화를 누가 그렇게 끔찍히 안다고……."

"김병화도 쫄딱 망했구나. 그러나 대관절 내가 무슨 짓을 했기에 이렇게 깔뵈는 건가?"

병화는 자탄하듯이 이런 소리를 하고는 밥상에서 물러나 앉

---

* 볼쥐지르다 : '볼쥐어지르다'의 준말. 뺨치다.

삼대

는다.

"어쨌든 도회에 있으면 아무래도 유혹이 많으니까…… 당장 입에 풀칠을 할 수 없는 데다가 속에 똥만 들어앉았어두 이름은 나고. 게다가 정치의 중심이 있는 데니까 그런 유혹의 손이 뻗치기도 쉽고 따라서 끌리기도 쉬운 일이지. 그런 걸 보면 오히려 지방 청년들이 곧이곧솔이요. 도리어 열렬하지. 첫째 지방 관헌이야 그런 고등정책을 쓸 여지도 없고 머리도 없으니까. 늘 대치를 해 있기 때문에 긴장해 있고 투쟁적 자극이 더 심하거든……."

피혁의 의견이 병화에게도 그럴듯이 들렸다.

병화는 역시 맹문이가 아니고나 하는 생각을 하면서,

"고향이 어디세요? 무얼 하시나요?"

하고 묻는다.

"나요? 나는 저 황해도 두메에서, 촌구석에 들어 옆데서 부조 덕택으로 밥이나 치우고 있는 위인이지요."

하고 피혁 군은 자기를 조소하듯이 웃어 버린다.

병화는 더 캐묻고 싶었으나 대답이 탐탁지가 않아서 입을 닫쳐 버렸다.

밥상을 물리고 나니까 경애는 안방으로 건너가서 후딱 옷을 입고 나선다.

"난 벌이 가야 하겠습니다. 앉아서들 이야기하세요."

하고 건넌방을 들여다보고 인사를 하자 그 김에 병화도 따라 일어섰다.

"더 놀다 가시지요."

하고 피혁 군은 인사로 붙드는 모양이나 그리 탐탁히 권하지도 않고 마루 끝까지 나와서 작별을 하고 들어간다.

경애는 내려서서 마루 위에 섰는 남자의 기색을 살피다가 병화더러는 문밖에서 기다리라 하고 다시 구두를 벗고 방으로 따라 들어갔다.

"어때요? 쓸 만해요?"

급급히 소곤소곤한다.

"웅! 어쨌든 자주 오게 해주."

제 소위 피혁 군도 수군수군한다.

경애는 더 캐지 않고 생글 웃으며 나가 버렸다.

"그거 누구요? 정말 일가요?"

병화는 컴컴한 속에서 나란히 걸으며 말을 꺼냈다.

"그럼 정말 일가지 가짜 일가두 있나?"

"그런데 왜들 찧고 까부는 거야."

"왜? 무얼 어째서?"

"글쎄 말야."

"흐흥……."

하고 경애는 코웃음을 치다가,

"선을 보였으니까 왜 안 그렇겠소."

하고 소리를 내어 웃는다.

"선을 뵈다니?"

병화는 눈이 뚱그레진다.

"사윗감을 고르구 다닌다우. 그래서 내가 당신을 중매를 들려는 건데 다른 것은 다 가합해두 당신이 주의자인 것하구 놀고 술 자시는 것만은 파라고 싫답니다. 그래서 자꾸 군속이든지 면서기라도 취직하라고 뇌까리지 않습디까?"

"얼굴만 예쁘면 당신 사위 노릇은 못하겠소."

"하지만 주의도 버리고 술도 끊어야지."

"글쎄…… 생각해 봐서."

하고 병화는 코대답이다.

"생각해 보고 뭐고가 있나. 벌이 있고 술만 끊으면 고만이지. 무남독녀 외딸에 지참금은 적어도 500석은 되겠다!"

"호박이 굴렀군! 간밤에 꿈자리가 하두 좋더라니."

"남의 말은 듣나마나."

"그런데 주의를 가지고 있으면 고자가 된답디까?"

"고자나 다름없지. 밤낮 감옥살이나 하구……."

"감옥에 들어가게 되면 대리를 세우고 들어가지."

하고 병화는 느물느물하다가,

"그런데 여보! 그 사람이 언제 들어왔소?"

하고 별안간 딴청을 한다.

"무에 언제 들어와?"

"밖에서 언제 들어왔느냐 말예요."

"아까 저녁때 들어오는 것 당신도 보지 않았소?"

경애도 웃으면서 딴전이다.

"그만두우. 나를 이때까지 시달렸것다! 두고 봅시다. 인제는 내가 꼬실 테니."

"잠꼬대 고만하고 이쁘게 보여서 어서 국수나 먹여요."

"여보!"

하고 병화는 금시로 은근히 부른다.

"왜?"

"황송한 말씀입니다만 국수는 우리가 그 사람을 먹입시다? 그러는 게 옳겠지?"

병화는 술내 나는 입을 경애의 뺨에 닿을 듯이 들이대고 웃는다.

"이거 왜 이리 컴컴한 소리를 해."

하고 경애는 핀잔을 주고 물러선다. 그러나 결코 노한 기색은 아니다.

"하고 보면 그동안 내게 왜 그렇게 친절했나 하였더니 결국……."

하고 병화는 말을 뚝 끊는다. 자기의 아까 말이 너무 노골적인 것이 잘못이라고 후회하였다.

"결국 어째?"

"글쎄 말야. 결국에 그 사람에게 소개하려고 한 것 이외에는 아무 의미도 없단 말이지?"

"무슨 의미?"

경애는 말귀가 어둔 것은 아니나 시치미 떼는 것이다.

전찻길로 나서니까 피차에 잠자코 말았다.

'대관절 피혁이란 위인의 정체는 무엇인구? 사위를 고르러 왔다는 말은 역시 경애의 입에서 함부로 나온 소리겠지만 정말 무슨 일거리를 가지고 다니는 자인가? 계통은 무슨 계통일꾸……'

병화는 겁겁한 성미에 다시 뛰어가서 단도직입적으로 물어보고 싶었다. 그러나 그자가 정말 무슨 계획을 가지고 국외에서 숨어 들어온 자라면 무슨 계획일꼬? 응할까? 안 응할까? 그것도 문제지만 그렇다면 단단한 결심과 각오가 있어야 할 것 같다.

어쩐지 몸이 스슬스슬한 것 같기도 하나, 이러고 무위하게 지내는 판에 일거리가 생겨서 막다른 골목에 든 운동을 다시 뚫어 나갈 수 있게 된다면 활기가 생겨서 도리어 다행하기도 하다.

'그건 그렇다 하고, 요놈의 계집애는 어쩔 텐구? 차차 두고 볼수록 여간내기가 아닌데 이대로 씁쓸히 하고 말 수야 있나? 상훈이하고 그렇거나 덕기의 서모뻘이 되거나 그거야 누가 알 일인가?'

병화는 기위* 내놓은 발길이면야 갈 데까지 가고야 말아야 하겠다고 생각하였다. 그리고 요 김을 놓치고 미끄러져 버리면 안 되겠다고도 생각하였다. 설사 그 남자와 무슨 일을 하게 된다 하더라도 경애와의 관계가 두 사람을 맞붙여 주는 데 그치고 경애는 발을 쑥 빼버리든지 하면 아무 흥미가 없어지는 것이다. 일을 팔아서 사랑을 살 수는 없으나 일은 일이고 사랑은 사랑이다. 사랑까지 얻고야 말겠다는 욕심이다.

---

* 旣爲. 이미.

"그런데 무얼 보고 그이가 외국서 돌아왔다는 거요?"

컴컴한 길에 사람이 뜸한 데를 오니까 경애는 아까부터 물어보고 싶은 말을 꺼냈다.

"내가 해삼위* 시대에 본 사람이에요."

"무어? 공연한 소리……."

경애의 목소리는 천연한 듯하면서도 놀라는 기색이다.

"당신이 언제 갔다 왔어요?"

"어머니 뱃속에 있을 때!"

하고 병화는 웃으면서,

"하여간 그 방면에서 온 것은 사실 아니오?"

하고 다진다.

"글쎄, 무얼 보고 그런 눈치더냐는 말예요!"

"구두를 봐두 그렇고, 양복 스타일을 봐두 그렇지 않소. 여보! 내 눈에 그렇게 띌 제야 나보다 더 밝은 눈이 얼마든지 있으니까 주의를 하라고 하슈."

경애는 깜짝 놀랐다. 병화의 눈치 빠른 것도 탄복할 만하지만 어서 옷을 갈아입혀야 하겠다고 생각하였다.

"자, 여기서 나는 실례!"

조선은행 앞까지 와서 경애는 장갑을 빼고 하얀 손을 내밀어 악수를 청한다.

경애는 웬일인지 힘을 주어 흔들면서,

* 海蔘威. 블라디보스토크.

"아까 그 편지 꼭 물어다 주세요. 내일두 그맘때 오세요."

하고 떨어져 총총총 가버린다. 병화는 그 편지를 잊지 않은 것을
웃으며 한참 바라보고 섰다가 걷기 시작하였다.

# 편지

"필순아. 군불도 그만두고 방이나 좀 치워라. 오늘도 또 어디서 한잔 걸린 겐가 보다."

저녁밥상을 내다 놓고 필순이가 설거지를 하려고 부엌으로 들어오는 것을 모친이 한사코 올라가서 쉬라고 쫓아내다가 이번에는 동나뭇단을 들고 나서는 것을 보고 그것도 말리는 것이었다. 모친은 추운데 온종일 뻗치고 온 딸을 위하여 애쓰고 딸은 찬물에 하는 설거지를 모친에게 쓸어맡기기가 딱한 것이었다.

"오늘은 전차 타고 와서 괜찮아요."
하고 건넌방 군불을 때기 시작한다.

불을 한 거듬 넣다가 아궁이 앞에 종이 부스럭지를 모아서 디밀려던 필순이는 손을 멈칫하고 그 대신 나무를 또 꺾어 넣어서 불을 살려 놓고 눈에 띈 반 토막 양봉투를 집어 불에 비춰 본다. 상경구(上京區) 무슨 정(町)이라고 번지 쓴 것이 덕기의 편지 겉봉 같아서 별 뜻이 있는 것은 아니나 집어 보고 싶었던 것이다. 세 토막, 네 토막 난 것이나 속에 편지가 든 채 찢어 버린 것이었다.

필순이는 한 손으로 나무를 꺾어 넣으며 네 겹에 접은 채로 찢어진 알맹이를 꺼내 보았다. 글씨 구경이나 하겠다는 생각이었다.

……왔던 것은 아……
……양을 만나고 가……
……든 보람이 있……
……실없은……

어느 가운데 토막인지 위아래 없는 이런 말을 읽다가, '양을 만나고 가……'라는 구절을 두 번 세 번 노려보고는 얼굴이 저절로 취해 오르는 것을 깨달았다.

'양'이란 글자 위에는 암만해도 '필순'이란 두 글자가 씌었을 것 같다. 아궁이의 불은 넣기가 무섭게 후르르 타고는 껌벅거린다. 필순이는 휴지 뒤지는 손 밑이 컴컴해지는 것을 보고야 깜짝 놀라 나무를 꺾어 넣는다.

이 편지도 여러 장을 찢어 버리는 길에 함께 찢어 버린 것인지 좀처럼 다른 토막이 나오지는 않았다. 그래도 급한 대로 뒤져서 지금 것과 맞대어 보니 이해가 잘 닿지는 않으나,

……실없는 말로만 하였지만……
……공부를 할 의향……
……도리는 있……

이러한 구절은 분명히 알 수 있었다.

"무얼 그렇게 뒤지고 있니? 바람은 부는데 어서 때고 들어가지."

모친이 부엌문을 찌―걱 닫치며 소리를 치는 바람에 필순이는 정신이 왁 들며 북데기를 손으로 긁어 들이뜨리고 몽당비를 들어 아궁이 앞을 쓱쓱 쓸어 넣은 후 기왓장으로 막고는 마루로 올라왔다.

"방은 내가 치울게, 안방에 들어가 앉어라."

그래도 딸을 어서 뜨뜻한 데 쉬게 하고도 싶지만 그보다도 홀아비 방을 커다란 딸에게 치우라고 싶지 않았던 것이다. 한집안 식구 같다 해도 나이 찬 딸을 가진 어머니의 생각은 늘 조심스러웠다.

"괜찮아요. 내가 치울 테야요."

필순이는 얼른 비를 들고 앞장서 들어갔다. 퀴퀴한 사내 냄새인지 기름때 냄새인지가 훅 끼친다.

"에이 방 속두……"

코를 찌르는 냄새를 말로 표시할 수 없어 필순이는 이런 소리만 하고 비질을 하기 시작한다. 그러나 모친이 어서 가주었으면 좋았다. 방을 치울 정성이 난 것보다도 서랍을 좀 뒤져 보고 싶은 것이었다.

모친이 건너간 뒤에 비를 놓고 책상 앞으로 다가앉았다. 지금 본 편지가 경도 가서 처음 온 것인 모양인데 혹시 그 후에 또 온 것이 없을까. 저번에 써 부치던 그 편지의 답장이라도 있을 것

삼대

같다. 그러나 찢어 버렸을 것도 같다.

도둑질이나 한 듯이 임자가 들어올까 봐 밖으로 귀를 기울이며 서랍을 열어 보던 필순이의 눈은 번쩍 띄는 듯하였다. 편지 봉투라고는 별로 없고 종이 북데기 위에 넣어 놓은, 허리가 두 동강이 난 편지 봉투가 역시 아까 아궁이 앞에서 보던 그런 양 봉투다.

'이것은 왜 안 찢어 버렸을까?'
하는 생각을 하면서 무어나 훔쳐 내듯이 가만히 놓인 모양을 눈여겨본 뒤에 꺼냈다.

이렇게 훔쳐보는 것이 옳고 그른 것을 생각할 여유도 없이 다만 '양을 만나고'란 말과 '공부를 할 의향'이란 말이 누구를 두고 한 말인지 그게 알고 싶어서 조바심을 하는 것이었다.

자네는 왜 그렇게 밤낮 으르렁대나? 비꼬지 않으면 노기를 품지 않고는 말이 아니 나오나? 필순 양에 대한 이야기로만 하여도 그렇게까지 심하게 말할 것은 없지 않겠나?

여기에서 필순이는 눈이 화끈하며 목덜미까지 발갛게 피어올라오고 목이 메는 것 같아서 마른침을 삼켰다.

자네는 투쟁 의욕……이라느니보다도 습관적으로 굳어 버린 조그만 감정 속에 자네의 그 큰 몸집을 가두어 버리고 쇠를 채운 것이 나 보기에는 가엾으이. 의붓자식이나 계모 시하에서 자라난 사람처럼 빙퉁그러진 것도 이유 없는 것이 아니요. 동정은 하네마는 그런 융통성 없는 조그만 투쟁 감정을 가지고 큰 그릇 큰일을 경륜한다는 것은 나는 믿을 수 없네. 그건 고사하고 내게까지 그 소위 계급투쟁적 소감정으로 대하는 것이 옳은 일일까? 자네는 평범한 사교적 우의보다는 동지로의 우의, 동지애를 구한다고 하데마는 그것이 그릇된 생각이라는 게 아니라 너무 곧이곧솔로만 나가기 때문에 공과 사를 구별치 못하는 것이 아닌가? 자네가 가정에 대하여 반기를 들고 부자간 의절까지 한 것도 그런 편협한 감정 때문이지만 만일 자네가 기혼한 사람으로서 그 부인이 자네 일에 이해하는 정도로 내조만 하는 현부인이었을지라도 동지가 아니라는 반감으로 이혼하였을 것이 아닌가? 동지애를 얻으면 거기에서 더한 행복은 없을지 모를 것이지마는 그렇다고 사생애와 실제 생활도 돌아보아야 할 것이 아닌가? 투쟁은 극복의 전(全) 수단은 아닐세. 포용과 감화도 극복의 유산탄만 한 효과는 얻는 것일세. 투쟁은 전선적·부대적 행동이라 하면 포용과 감화는 징병과 포로를 위한 수단일세. 포용과 감화도 투쟁만큼 적극적일세. 지금 자네는 자네 춘부께 대하여 당당한 포진을 하고 지구전을 하는 듯싶지만 나보기에는 그 조그만 감정과 결벽과 장상(長上)에 대하여 어찌하는 수 없다는 단념으로 퇴각한 셈이 아닌가? 훌륭한 패전일세. 이렇게 말하면 춘부께는 실경일지 모르지만 포용과 감화라는 적극 수단으로 종교의 성루에 돌진할 용기는 없나? 그와 마찬가지로 내게 대하여도 만일 동지애를 구한다면 자네로서는 당

연히 조그만 투쟁 감정을 떠나서 제2의 수단을 취할 것이 아닌
가? 결코 좇아가면서 비럿비럿하게 애걸하는 것은 아닐세마는
자네로서는 그렇다는 말일세. 나 같은 사람도 자네 옆에 있어서
해될 것은 없네. 자네의 반려가 되겠다고 머리를 숙이고 간청하
는 것은 아닐세마는 나도 내 길을 걷노라면 자네들에게도 유조
한 때도 있고 유조한 일도 없지 않으리라는 말일세. 이왕이면
한 걸음 더 나서서 자네와 한길을 밟지 못하느냐고 웃을지 모
르지만 나는 내 견해가 따로 있고 나와 같은 처지에 놓인 사람
들에게는 피하지 못할 딴 길이 있으니까 결코 비겁하다고 웃지
는 못할 것일세. 공연한 잔소리 같았네마는 내 딴은 잔소리만
이 아닐세. 자네 의견이 듣고 싶으이……

필순이는 자기의 지식욕으로 아무쪼록 뜯어보려 하였으나 애
를 써 찾는 말이 아니니만치 흥미도 없고 터득도 잘 되지 않았다.

그런데 참 여보게, 요새도 거기에 매우 발전인 모양일세그려?
크림 값을 보내라고? 지금은 자네가 바를 크림 값만 들지 모르
지만 조금 있으면 홍경애의 크림 값도 대라고 하지 않겠나? 그
러나 크림 값보다도 당장 술값이 급할 걸세. 대단히 동정은 하
네마는 동정뿐일세. 날도 차차 뜨뜻해 갈 테니 그 외투나 처분하
게그려. 연애에는 원래 밥도 안 먹어야 철저한 것인데, 누가 아나
마는 세상에서 그렇다고들 하던데 외투쯤은 고사하고 아주 벌
거벗고 다닌들 누가 뭐라겠나. 홍경애의 눈에만 들면! 하하하.

필순이는 아랫입술을 물고 숨을 죽이며 웃었다. 편지가 이제 차차 재미있어 간다고 생각하였으나 홍경애란 어떤 여자고 김선생님(병화)이 간다는 데는 어딘가 궁금하다. 김선생님이 연애를 한다는 생각을 하니 암만해도 정말 같지도 않다.

……내가 그 여자를 아느냐고? 내가 알고 모르고 간에 자네가 사랑하면야 했지 무슨 계관 있나. 그러나 동지애를 얻을 수 있을까? 허영심과 발자한 성질이니까 끌릴지도 모를 것일세. 돈 없는 남자를 사랑한다는 것도 어떤 경우에는 자랑이 되고 자살이라도 해서 신문에 이름이 한번 나보았으면 좋겠다는 여자도 없지 않은 세상이니까 말일세. 그러나 무척 이지적이면서도 타산적인 여자니까 문지방에 발을 걸쳤다가는 싹 돌아설 여자일세. 깊은 고비에는 결코 들어가지 않는 것이라는 말일세. 그것은 연애에도 그렇고 일에도 그럴 걸세. 그러나 자네로서도 깊은 데까지 끌고 들어갈 거야 무어 있나. 자진하여 앞장을 서지 않는 한에는 남자로서도 힘에 겨운 짐을 지워서 되겠나. 더구나 비합법적인 경우에 말일세. 여자는 밥만 짓고 아이만 기르라는 거냐고 흔히 말하데마는 세상에는 밥 짓고 아이 기를 손이 필요한 것을 어떻게 하나. 남자에게 유방이 생기기 전에는 여자의 가정으로부터 해방이란 관념상 문제가 아닌가. 여자로 하여금 가정을 지키게 할 원칙을 버릴 이유가 어디 있나! 가두에는 남자만 동원하여도 될 게 아닌가.

내가 왜 이 말을 하였는가? 홍경애에게 어린아이가 매달렸다고, 자네는 아는지 모르겠으나 그 아이가 내 동생이라고 그 아이를 못 기를까 보아서 이런 말을 한 것인가. 또 그에게는 노모가 있다고 그 노모를 돌볼 사람이 없을까 보아 이런 말을 하였는가? 홍경애가 자네들과 휩쓸려서 무슨 일을 할지 안 할지 그역시 추측조차 못할 일이 아닌가. 그러나 바커스의 주부가 평범한 여자가 아닌 것을 생각할 제 홍경애도 다만 술을 팔고 웃음을 팔고 자네에게까지 키스를 팔기만 하는 여자가 아닐 것 같으이. 자네 역시 그 주부의 이름조차 누구인지 모를 걸세마는 내가 떠나오던 날 홍경애를 잠깐 만났을 제(떠나올 제 만났다니까 자네는 떼버리고 혼자 바커스에 갔던 줄 알지 모르지만 정거장에 나가는 길에 어린애 병 위문으로 잠깐 들렀던 걸세) 하여간 그때 홍의 말이 그 주부의 부탁이라면서 경도에 가거든 동지사 여자부 영문과에 있는 오정자라는 여학생의 소식을 알아서 기별해 달라고 하데그려. 오정자라는 이름만 들으면 조선 여자로 알 것일세마는 조선 가 있던 판사인가 검사의 딸이라네그려. 어쨌든 그대로 듣고 와서 그동안 분주한 중에 잊었다가 그저께 유학생회가 모였을 때 동지사에 있는 동포 여학생을 만나서 생각이 나기에 물어보니까, 여보게 자네는 놀라지도 않겠지만, 지금 미결감에 있다지 않나! 사건은 아직 신문에 해금도 아니 되었다데마는 어쨌든 판검사의 딸로서는 의외 아닌가. 그건 고사하고 그 말을 듣고 홍이 자네에게 우박 같은 키스인지 진눈깨비 같은 키스인지를 하였다는 말을 생각해 보니 거기에 무슨 맥락이 있는 것 같기도 하이. 그야 그 주부라는 사람과 오정자는 오래 연신이 끊였던 것으로만 보아도 일가 간이라든지 보통 아는 사이일지도 모르지만……

필순이는 홍경애라는 여자를 좀 보았으면 하는 생각과 함께 머릿속이 뒤숭숭해졌다. 세상이란 퍽도 복잡하구나! 하는 생각도 났다.

공연히 이런 소리를 해서 숙호충비가 되지 않을지? 호기심과 정열에 부채질을 하는 셈일세마는 나는 무엇보다도 홍을 거기서 나오게 하고 싶으이. 홍이 무슨 의미로든지 거기 두어서는 좋을 일이 없지 않은가. 자네가 사랑하면 할수록 그렇게 권하게.
또 필순 양의 일만 해두 그렇지 않은가? 자네는 자네의 동지로서 지도하고 싶어 할 것일세마는 만일에 자네 친누이나 자네 딸이었으면 어떻게 하였을 것인가……

필순이는 가슴이 덜렁하며 한 자 한 자를 눈으로 짚어 가며 읽는다.

자네는 누이동생같이 생각한다지 않았나? 그러나 누이동생 '같이'와 누이동생과는 다르지 않은가? 우리는 다만 그의 부모가 원하는 대로 맡겨 둘 것이요, 그 자신이 걷고자 하는 길을 열어 주도록 하는 이외에 남의 생활에 간섭할 것이 아닐세. 인생에 대한 경험이 없는 어린애를 자기의 뒤틀린 환경에서 얻은

삼대

경험이나 사상이나 습관 속에 몰아넣으려는 것은 죄악이요, 모든 비극은 여기서 시작되는 것이라고 생각하네. 또 한 가지 생각할 것은 청춘의 꿈은 그것이 꿈이라 해서 경멸하여서는 아니 될 걸세. 조만간 꿈에서 깰 것이요, 꿈에서 깨면 환멸의 비애를 느낄 것이니까 애당초 꿈을 꾸지 말게 하거나, 혹은 얼른 꿈에서 깨게 하겠다는 것도 몹쓸 생각일세. 피어나는 청춘의 꿈을 왜 미리 깨우려나! 조금이라도 더 꾸게 내버려 두는 것이 먼저 살아온 사람의 의무는 아닐까! 인생에 있어서 청춘의 꿈을 빼놓고 또다시 행복이 있을 것인가? 청춘의 꿈을 애초에 빼앗아 버린다는 것은 긴 일평생에서 그 짧은 행복의 시간까지를 빼앗는 것일세. 인생에 있어서 꿈 이외에 행복을 찾을 데가 다시 없기 때문일세. 현실에서 만족을 얻을 아무것도 없고 아무 수단도 사람에게는 없거니와, 설사 현실에서 만족을 얻는다 하여도 그것은 행복이 아니라 다시 더 높은 행복의 출발점밖에 아니 되는 것일세. 그러면 다시 새로운 더 높은 행복을 바라는 마음…… 그것은 무엇인가? 꿈이 아닌가? 공상, 환상, 몽상일세. 그러므로 행복은 언제나 현실적인 것이 아니라 실현의 과정에서 경험하는 불만과 갈망과 노력에서 맛보는 것이라고 생각하네. 그렇지 않고서는 이 괴로운 세상을 어떻게 산단 말인가?

또 잔소리가 길어졌네마는 이십도 못 된 젊은 처녀에게서 꿈 중에도 제일 행복스러운 청춘의 꿈을 빼앗거나 깨뜨리지는 말게. 그의 운명에 대하여 간섭하지를 말게. 만일에 친절하거든 그 꿈에서 저절로 깨어날 제 그 몹쓸 절망에 빠지지 않을 만큼 마음의 준비를 하도록 지도해 둘 필요가 있을 걸세. 이것도 여 담일세마는 오늘 온 신문을 보니 서울서 양가의 부녀자가 정사 를 하였다고 뒤떠들지 않나? 그것이 소위 연애의 극치를 찾는 이성 간의 순정적 정사로 볼 것도 못 됨은 물론일세. 또 여러 가 지 원인을 주워섬기는 속에는 어찌할 수 없는 성격적 결함이라 는 것도 한 가지 칠 것이요, 생리적 조건이라든지 기후 관계 같 은 것, 여성의 특수성…… 이러한 것들을 헤일지도 모르네. 그 렇지만 무엇보다도 앞서 산 사람이 자기의 뒤틀린 경험과 사상 과 습관 속에 뒤에 오는 사람을 가두어 넣으려 하는 데서 그 비 극의 씨를 뿌려 가지고 청춘의 꿈이 깰 때 어떻게 집심(執心)하 고 조신(操身)하겠는가 하는 마음의 준비를 시켜 주지 못하고 방임하였던 실책에서 그 열매를 거둔 것이나 아닐까? 이것이 너 무나 실제에 먼 관념론이라 할까? 만일 나의 이 의견과 이 관찰 이 옳다면, 그리고 자네가 정말 필순 양을 누이동생같이 사랑 한다면 자네의 인생관이나 자네의 사회관 속에 들어와서 자네 생활을 생활하라고 강제하여서는 아니 될 것일세. 그것은 너무 나 극단이요, 자기만을 살리는 이기적 충동이요, 남의 생명의 존재를 무시하는 것일세. 그가 그대로 자란 뒤에 자주적·자발 적으로 자네의 길을 함께 걷는 것은 상관없지만, 지금부터 서둘 러서 피어날 꽃에 찬서리를 맞혀 떨어뜨려 버린다면 그것은 얼 마나 애처로운 일인가? 꿈을 꾸는 대로 내버려 두라는 말일세. 청춘을 행복한 꿈속에 안온히 평화롭게 즐기게 하라는 말일세. 자네는 내가 왜 이처럼 필순 양에게 열심이냐고 의심하는 모양이데마는 길 가는 손이 바위틈에 돋아난 가련한 꽃 한 송이를 꺾는 것은 욕심이요 죄일지 몰라도 아름다운 것을 아름답다고 느끼지 말라는 것도 안 될 일이요, 흙 한 줌 북돋아 주고 가기로 그것을 뒷날에 크거든 화초분을 가지고 와서 모종내 갈 더러운 이해타산으로만 보는 것은 보는 사람의 자유라 하여도 너무나 몰풍취 몰인정한 일이 아닌가?

필순이가 여기까지 읽는 동안에 모친은 안방에서 어서 치우고 건너오라고 두 번이나 소리를 쳤다. 필순이는 마지막을 급급히 읽는다.

장장이 허리가 두 동강 난 것을 몰려 가며 이어 보기에 필순이는 애를 썼으나 그래도 자기에 관한 말은 어렴풋이라도 짐작이 들었다. 결국 말하면 공부를 시켜 주마는 말이나 반갑다느니보다도 부끄러운 생각이 앞을 섰다. 고마운 것은 말할 것도 없지만 과분한 생각이 앞을 섰다. 내까짓 것을 무얼 보고, 더구나 얼마 사귄 것도 아닌데 그렇게까지 굴까? 지나는 나그네가 바위틈에 돋아난 꽃 한 송이를 아름답다고 못할 게 무어 있으며, 흙 한 줌 북돋기로 그것을 욕심이 시키는 일이라고만 하느냐고 책망한 말을 필순이는 보고 또 보고 하다가는 자기의 얼굴을 머릿속에 그려 보았다. 내가 꽃일까? 이런 꽃이 어디 있을꾸? 거울을 보지 않아도 핏기 하나 없는 팔초한* 이 얼굴이다. 필순이의 머리

---

* 팔초하다 : 얼굴이 좁고 아래턱이 뾰족하다.

에는 추석 뒤에 배틀어진 산국화 한 송이가 부연 햇발을 받으며 간들거리는 양이 떠올라 왔다. 혼자 어이없는 웃음을 해죽 웃다가 자기 손이 눈에 띄자 얼굴이 혼자 붉어졌다. 몇천만의 낯모를 사람이 이 손으로 만든 고무신을 신고 다니는지, 피가 마르니 뼈가 굵어졌는지, 뼈마디가 불퉁겨지니 피가 속으로 스몄는지 전차 속에서도 깍지에 매달리면 손이 창피하여 한구석에 기대어 섰는 요새의 필순이다. 어쨌든 이 손이 유공하다. 네다섯 식구가 이 손으로 1년 동안이나 입에 풀칠을 하여 왔다.

'그러나 내가 공부를 한다면 누가 벌어먹을꾸?'

필순이는 손 부끄러운 생각을 하다가 이런 실제 문제가 머리에 떠올라 오자 가슴이 답답하였다.

"무얼 그렇게 하는 거냐? 냉돌에 앉아서."

모친이 안방 문을 여닫는 소리가 난다.

필순이는 마침 접어 넣은 두 쪽 봉투를 서랍에 들이뜨리고 얼른 쓰레기를 쓰레받기에 그러모았다.

"무얼 하고 있니?"

모친은 방문을 열고 들여다본다.

"신문 좀 보았에요."

필순이는 쓰레받기와 비를 좌우 손에 들고 나오면서도 병화가 들어와서 그 편지를 꺼내 본 줄 알지나 않을까 좀 애도 쓰였다.

'그러나 어째서 그건 찢다가 말고 넣어 두었누? 나를 보이려고 두었나?'

하는 생각도 들었다.

"아버지께선 왜 이렇게 늦으시누?"

필순이는 모친과 마주 반짇고리를 끌어다 놓고 앉으며 혼잣말을 하였다.

"또 김선생님과 술 타적이나 하고 다니시는 게지."

모친은 못마땅한 듯이 이런 소리를 한다. 모친으로 생각하면 시집갈 대가리 큰 딸년을 내놓아서 벌어먹는다는 것이 그나마 죽술도 제때에 흘려 넣지 못하는 터에 남편이라고 한다는 일이 객쩍게 형사들이나 뒤밟는 짓이요, 죽치고 들어 엎뎄던 때는 열 손길을 늘어뜨리고 앉았지 않으면 술이나 얻어걸려서 늦게 들어와 주정을 해대니, 오십 줄에 든 사람이 이 판에 벌이 구멍이 입에 맞는 떡으로 있을 리는 없지만 그래도 무슨 변통성이 좀 있어야 365일에 하루라도 사는 듯한 날이 있겠건만, 앞일을 생각하면 캄캄하다.

"아버진들 화가 나시니까 그렇지요."

필순이는 어머니도 동정하지만 아버지 사정도 동정 아니할 수 없다.

"화난다고 계집자식은 입에 물 한 모금이 안 들어가도 술만 잡숫고 다니면 되겠니?"

"그야 돈 가지고 잡숫나요, 생기니까 잡숫지."

"그러니 말이다. 술을 사준다거든 처자식 굶겨 놓고 술 먹겠느냐고 대전을 달라지."

"에그 어머니두…… 남부끄럽게 그런 말이 나와요?"

하고 필순이는 웃어 버린다.

"그는 그렇지. 술은 사달래면 사주어도 밥 한 끼 먹이라면 눈을 찌푸리는 법이지만……."
하고 모친도 웃고 말았다.

필순이는 내일 신고 갈 버선을 감치면서 잠자코 앉았다. 머리에는 어리둥절하게 편지 사연의 구절구절이 떠올라 왔다. 그러나 어떻게 할까 하는 분명한 생각이라고는 하나도 나지를 않는다. 그러면서도 어쨌든 이때까지 비었던 마음의 한구석이 듬뿍이 찬 것같이 든든하였다. 실상은 지금까지 자기 마음의 한구석이 비었던지 찼던지도 몰랐다가 그 무엇인지 자리를 잡고 들어앉으니까 비로소 한구석이 비었던 거구나! 하는 생각이 드는 것이다. 어쨌든 이 세상에 자기의 행복을 축수하는 사람이 의외의 곳에 살아 있구나 하는 생각을 하면 희한하기도 하고 부끄러우면서도 기쁘다.

'행복스러운 청춘의 꿈을 꾸게 하게…….'

필순이의 머리에는 또 이런 편지 구절이 떠올라 왔다. 그러나 어떤 게 행복스러운 청춘의 꿈일꾸? 필순이는 무엇이 그 꿈인지 알 수 없다. 지금 당장 자기가 청춘의 꿈을 행복스러이 꾸는 줄은 깨닫지 못한다.

# 바깥애

"자, 보고를 하세요."

"무슨 보고?"

"몰라요!"

하고 경애는 앵돌아져 보인다.

"남의 부탁은 하나도 안 들어주고……."

"누가 안 들어주려나, 잠깐 잊었지."

하며 병화는 웃다가,

"그렇게 몸이 달거든 ××유치원에 가보슈."

하고 또 웃어 버린다.

"흐흥…… 그런 데 있는 것이야?"

"웅, 그런 데 있는 것이야."

경애의 코웃음치는 양이 우스워서 병화도 까짜를 올리듯이<sup>*</sup> 이렇게 대꾸를 한다.

"이름은?"

"그렇게 쉽게 거저 대줄 수야 있나! 나도 기밀비를 상당히 쓰

---

* 까짜를 올리다 : 추어올리는 말로 남을 놀리다.

고 반나절이나 다리품을 팔고 얻어 온 레포(리포트, 정보라는 뜻)인데……."

"만나 보았소? 예쁩디까?"

"응, 쫓아가 보았지. 절세미인입디다."

대답이 너무 허청 나오는 것 같아서 경애는 도리어 김이 빠졌다. 어쨌든 그 여자가 ××유치원에 다니는 것은 사실일 듯싶으나 그렇다면 매당집인가 하는 술집에 드나드는 여자려니 하던 추측과는 틀렸을 뿐 아니라 듣고 보니 의외의 질투 비슷한 생각이 들었다. 사실이고 보면 뜨내기로 노는계집과 달라서 자기와 얼마쯤 경쟁적 적수가 될 것이요, 또 정말 미인이고 보면 자기에게 별안간 덤벼드는 것은 무슨 수단으로 농락을 하는 것인지도 모를 일이다. 무슨 농락일까? 그 계집이 이혼을 해달라고 하도 조르니까 본마누라가 있는 것은 싹 속여 버리고 경애 자신의 소생을 떼어다가 '자, 이렇게 헤어지고 자식까지 뺏어 왔다'고 증거를 보이려는 수작인가? 일전부터 자식은 자기가 데려가마고 서두르던 생각을 하면 더욱 이렇게밖에 의심이 아니 들어간다. 어쨌든 이 김에 자기와는 셈을 닦고 자식 문제를 귀정을 내려는 것인가 보다고 경애는 곰곰 생각하는 것이다.

'만일 그렇다면 더군다나 가만히는 안 있을걸! 게도 잃고 구럭도 잃게 망석중*이를 만들어 놓고 말걸!'

하고 경애는 혼자 분에 못 이겨 입술을 악물었다.

---

* 나무로 다듬어 만든 인형의 하나. 팔다리에 줄을 매어 그 줄을 움직여 춤을 추게 한다. 또는 남이 부추기는 대로 따라 움직이는 사람을 비유적으로 이르는 말.

삼대

"그래 아범이 일러 줍디까? 나 좀 못 만나 볼까?"

경애는 열심으로 물으니까,

"글쎄 ××유치원으로 쫓아가서 김의경이만 찾으면 당장일걸!"

하고 병화는 추겨 내는 눈치다.


병화의 말을 들으면 어젯밤에 경애와 헤어진 뒤에 술을 한잔
더 먹고 싶으나 집으로 나가서 필순이의 부친을 끌고 나오기도
싫고 동지를 찾아가서 끌고 다니는 것도 요새 형편에 더욱 안되
었고 해서 종로 바닥을 빙빙 돌다가 경애의 부탁을 생각하고는
화개동으로 '바깥애'를 찾아갔더라 한다. 물론 바깥애에게 선심
도 쓸 겸 주붕으로 선술집에나 끌고 갈까 하는 생각이 더 긴하
였던 것이다.


바깥애는 조상훈 씨 저택에까지 들어갈 것 없이 동구의 반찬
가게 앞 병문에서 마침 잘 만났다.

"여보! 동무! 매우 춥구려. 한잔합시다그려."

병화는 댓바람에 이렇게 말을 붙였다.

아범(아범이니 바깥애니 하는 것은 조상훈이 집의 아범이요 조상훈
의 바깥애지 병화에게는 친구다. 병화는 도리어 이런 친구와 놀기가 좋았
다)은 얼떨떨해서 한참 바라만 보고 말이 아니 나왔다. 어제 일
도 어제 일이거니와 별안간 이런 농담을 붙이는 게 암만해도 정
신에 고동이 잘못 틀린 것 같다.

"술도 아무것도 싫습니다. 그 편지나 내놓으세요. 그것 때문에

오늘 온종일 다릿골만 빠지고 저 댁에서는 쫓겨나게 되고……
흥, 참 수가 사나우려니까……."

아범은 잡담 제하고 맡긴 것 내놓으라는 듯이 손을 내밀고 섰
다.

"편지가 무슨 편지란 말요?"

"응, 외투가 또 바뀌었군! 훌륭한데요! 그러나 그 외투, 편지 든
내 외투 말씀예요! 그건 얻다 내버리셨에요?"

아범은 막 내 외투라고 한다.

"글쎄 이 사람아! 그까짓 외투니 편지니, 사람두 되우 녹록은
하군. 이따 찾아 줄게 술이나 먹으러 가잔 말야."

"천만의 말씀 마시고 외투든지 편지만 내놓으세요. 왜 또 오
셔서 히야까시*를 하십니까?"

아범은 어제부터 심사 틀리는 분수로 할 양이면 한번 집어세
거나 한술 더 떠서 '그래 보세그려. 한잔 낼 텐가?' 하든지 무어
라고 대꾸를 하고 따라나서서 여차직하면 입은 외투를 벗겨라
도 보고 싶었으나 그래도 상전의 친구라 꾹 참을 수밖에 없었다.

"글쎄 외투구 편지구 찾아 준단밖에 픽두 조급히는 구는군.
춥건 이거 벗어 줄게 입우."

하며 병화는 입은 외투를 정말 벗어 주려는 듯이 서두른다. 벗
어 주면 당장 아쉽다는 생각도 잠깐 까먹었던 것이다.

"주면 못 입을 게 아니지만 누구를 까짜를 올리는 거요? 약주

---

* 히야카시(ひやかし) : 놀림, 놀리는 사람.

삼대

가 취했건 곱게 가 주무슈."

아범은 볼멘소리로 불공스러이 대꾸를 하다가 구경거리나 난 듯이 눈들이 휘둥그레서 물계만 보고 섰는 병문친구*들을 돌려 다보며 입 속으로,

"나 온 별꼴을 다 보겠군!"

하고 중얼거린다.

"아따, 입게그려. 어제 그보다 아주 신건인데."

한 자가 껄껄대며 충동이니까,

"못 이기는 체하고 입어 두게그려. 게다가 술까지 생기고…… 복야명야** 하는구나."

"어디 나두 대서 볼까. 말하자면 그 외투 입어 주는 품삯으로 술 사준다는 게 아닌가. 그거 무어 어려운가! 나리, 내가 대신 입어다 드릴까요?"

제각기 한마디씩 하고는 미친 사람이나 놀리듯이 웃어 댄다.

병화는 옆에서 떠드는 것은 못 들은 척하고 외투를 홀떡 벗더니,

"자아, 우선 입우. 편지도 그 속에 들었으니…… 인제 가겠지? 친구가 술 한잔 먹자는데 이렇게 승강이를 할 거야 무어람."

하고 벗은 외투를 뚤뚤 뭉쳐서 복장을 안기듯이 아범에게 내민다. 병화는 물론 술 조금 먹은 것이 다 깨었으나 그렇게 하는 것

---

* 골목 어귀의 길가에 모여 막벌이를 하는 사람.
** 복이야명이야 (한다) : 내게 닥친 복이냐 아니면 내 운명이 그러하냐는 뜻으로, 뜻밖에 좋은 수가 나서 어쩔 줄을 모르고 기뻐하는 모양을 이르는 말.

을 보면 강주정 같다.

아범은 외투를 정말 벗는 것을 보니 놀랍고 의아하여 시비조가 쑥 들어가고 미안한 생각이 도리어 났다.

"그럼 갈 테니 어서 입으십쇼. 그리고 제가 손을 넣어서는 안 되었으니 편지나 꺼내십쇼."

하며 아범은 다시 말공대가 나왔다.

"주머니 속의 편지가 도망 갈 리는 없으니 자, 가세."

하고 병화는 외투를 뭉뚱그려 든 채 앞장을 섰다. 아범도 헛기침을 하고 따라섰다.

"이왕이면 외투도 입고 대서게그려."

"술 사달라고 조르는 놈은 보았어도 술 사주마고 시비하는 사람은 요새 세상에 좀 보기 드문데!"

"부처님 가운데 토막이로군!"

"아따 우리 같은 막벌이꾼하고 술집에 같이 들어서기가 싫으니까 모양을 내서 데리고 가자는 말인 게지."

"선 뵈러 가나! 괭이털은 내 뭘 해."

"제 꼴은 얼마나 얌전하기에."

"어쨌든 땡일세. 나두 어디 밤새구 섰어 볼까? 혹시 그런 활불이라도 걸릴지."

"옳은 말일세. 꼼짝 말고 고대로 섰게. 통명태가 다 되면 새벽녘쯤 경성부에서 들것을 들고 모시러 올 테니 고택골 나가다가 막걸리 한잔 먹여 줌세그려."

뒤 남은 병문친구들은 두 사람이 화개동 마루턱으로 우중우중 내려가는 것을 부러운 듯이 바라보며 팔짱을 끼고 이런 객담을 입심 좋게 주거니 받거니 하는 것이다.

술을 오륙 배나 먹도록 아범은 첫 잔부터,

"그렇게 못 먹는뎁쇼. 그렇게 못 먹는뎁쇼."

하고 사양을 하였으나 그 외에는 군소리 한마디 없이 넙죽넙죽 잘 먹었다.

"우리 인사나 하고 지냄세."

병화는 이제야 생각난 듯이 말을 걸었다.

"천만의 말씀이십니다. 저는 원삼이라고 합니다."

고 아범은 꾸벅하였다.

"나는 김병화요. 그러나 성은 없단 말요. 원씨란 말요."

술청에 앉았는 주인은 두 사람의 수작에 싱긋 웃었다. 들어올 때부터 양복쟁이는 이 추운 날 외투를 뚤뚤 말아 들고 서로 입으라고 미는 양이 우스웠지만 실컷 먹다가 이제야 통성명하는 것도 우스웠다.

"네, 제 성은 김가입지요. 저도 꼴은 이렇습니다만 청풍 김가랍니다."

원삼이는 술이 들어가니까 마음이 확 풀려서 이런 소리도 하였다.

"허, 알고 보니 우리 종씨로군! 하지만 꼴이 이렇다니 어때서 말이오. 청풍 김가면 또 어떻단 말이오?"

하고 병화는 웃었다.

"일자무식으로 남의 행랑살이나 다니니 말씀입죠."

"구차하면 글 못 읽고 글 못 읽으면 무식하지 별수 있소. 하지만 청풍 김가라는 것이 자랑이 아닌 것처럼 무식한 것도 흉이 아니오. 남의 행랑살이를 하기로 내 노력 팔아먹는 데 부끄러울 거 있소. 놀고먹고 내가 바르지 못하면 부끄럽겠지만……."

병화는 평범한 말이나 힘을 주어서 가르치듯이 말하였다. 그 언성이 매우 친절한 데에 원삼이는 감동되었다느니보다는 고마웠다.

"그야 그렇지요만……."

원삼이는 좀 더 말이 하고 싶으나 자기 뜻을 말로 표시할 줄 몰랐다.

"무식한 것이 걱정이면 내가 가르쳐 주리다. 사십 문장이란 옛적에만 있는 것이 아니니까."

"말이 그렇지. 이 나이에 그게 무에 되겠습니까? 그저 간신히 기성명이나 하니 그대로 늙어 죽는 것이지만 어린놈이나 남과 같이 가르쳐 보고 싶습니다."

"그것두 좋은 말이야. 더구나 기성명을 하는 다음에야……."

"통감 셋째 권까지는 배웠더랍니다마는 20여 년을 이렇게 살아오니 무에 남았겠습니까? 그저 목불식정(目不識丁)은 면하였지요만."

아범은 문자를 한 번 쓰며 자탄과 자긍이 뒤섞인 소리를 한다.

"그럼 염려 없소. 넉넉히 책을 볼 것이니 내 요담 올 제 책을 가져다줄 게 읽어 보슈. 공부라는 것은 사서삼경을 배워야 맛이오? 아무 책이나 잡지 같은 것이라도 소일 삼아 보아 지식이 느는 것이 아니오? 자식을 가르치려도 세상 물정을 알아야 아니하오?"

"이르다뿐이겠습니까?"

원삼이는 제가 판무식이 아니라는 자랑 끝에 부친 대까지도 글자나 하는 집안이라는 자랑을 하고 싶었으나 병화의 말이 다른 데로 새니까 원삼이도 얼쯤얼쯤 대꾸만 해두었다.

"제 이름도 원래 원삼이는 아니랍니다. 항렬자를 맞춰서 분명히 지었었으나 서울 올라와서 이 지경이 되니까 일가고 무어고 다 끊어 버리고 아주 숨어 버리느라고……."

원삼이는 그래도 자기의 근지가 그렇지 않다는 것을 이야기하고 싶어 했다.

"또 청풍 김씨가 나오는구려? 이름은 부르자는 이름이지 족보 놓고 골라내자는 이름이겠소."

하고 병화는 듣기 귀찮다는 듯이 핀잔을 주면서도 그만큼 행세하던 집 자손으로 아무리 영락하였기로 말투까지 저렇게 '아범'이 되었을까 하는 생각을 하고는 혼자 우습기도 하고 그럴 것이라고 속으로 고개를 끄덕였다.

병화의 생각으로 하면 이러한 사람이 자기의 동지가 되리라고 믿는 것도 아니요, 또 동지로 끌어넣자는 것도 아니다. 처자가 주줄이 달린 오십 줄에 든 사람을 끌어 내세우느니보다는 그 자신이 프롤레타리아 의식만 가지고 그 동무들에게 이해를 가지게 전도를 하게 되는 정도에 만족하려는 생각이었다. 그러노라면 자식들도 그 감화를 받을 것이니 후일 정말 일꾼은 그 자식들 가운데서 구할 것이라고 비교적 원대한 생각을 가지고 있는 것이다. 당장 아쉽다고 비루먹은 당나귀 한 마리까지 앞에 내세우려고 욕심을 부리다가 그 새끼까지 굶겨 죽이느니보다는 그 자식을 잘 길러 줄 만큼 그 아비를 교양시키는 한도에 만족하자는 것이다. 또 이러한 생각으로 병화는 병문친구를 많이 사귀는 것이다.

병화는 자기의 첫째 볼일이 끝나니까 둘째 볼일, 경애의 부탁을 염탐하기로 하였다.

병화는 편지를 내주면서 차츰차츰 물으니 원삼이는 처음에는 실실 웃기만 하다가 한잔 김이기도 하지만 어떤 집 하인이나 상전을 헐고 싶은 생각은 가진 것이라 고맙게 굴어 준 대접으로도 저 아는 대로는 일러 준 것이다.

"작은댁인가 싶어요. 어제는 ××유치원, 저 ○○골에 있는 유치원 말입쇼. 그리로 매삭 보내는 돈을 보내 드리고 이 답장을 맡아 온 것입니다마는 댁은 모르겠어와요."

"그런데 작은댁인지 무언지 어떻게 알았소?"

"저번에 안동 별궁 뒤에 있는 어느 댁으로인지 그리 한 번 편지를 가지고 가본 일이 있는뎁쇼. 그 집이 보통 여염집 같지는 않고 그 아씨 댁 같지도 않고…… 좀 자세히 알 수가 없어와요."

"어떤 집이기에?"

"글쎄올시다, 누구 작은댁 같기도 하고 술집 같기도 한데 주인 마나님은 늙수그레하고 젊은 아낙네들이 많아요."

"그럼 색주가인 게로군?"

"그런 것 같지도 안하와요. 그러나 손님들이 술은 자셔요."

그러나 원삼이가 그 집 번지는 모른다 하여 병화는 집만 자세히 물어 두었었다.

그 여자의 편지에 거기서 만나자는 거기가 즉 그 집이구나 하는 짐작이 들었던 것이다.

"요담 또 편지 가지고 갈 일이 있거든, 내게 기별 좀 못해 줄까?"

"그럽죠. 댁만 알려 주시면."

원삼이는 선선히 대답을 하였으나 병화의 집이 새문 밖이라는 데는 입을 딱 벌렸다.

"술값이야 주지. 어쨌든 그렇게 해주우."

병화는 이런 객쩍은 부탁을 하는 자기의 할 일 없는 사람 같은 짓이 속으로는 낯이 붉어졌으나 경애의 환심을 사자면, 그리고 상훈이를 떼버리게 하자면 발바투 뒤를 캐어 보아야 하겠다고 생각한 것이었다.

# 김의경

오늘 아침에 병화는 김의경인가 하는 여자를 ××유치원으로 찾아갔다. 이왕이면 철저히 캐어 보겠다는 호기심도 있지만 새 문 밖에서 들어오는 역로라 무작정하고 들러 본 것이다. 유치원 아이들을 놀리는 것이 언제 보나 재미있어서 심심하면 지나는 길에 들여다본 적도 있던 것을 생각하고 들어갔다. 그러나 가놓고 보니 오늘이 공일인 것을 깜박 잊었다.

'그야말로 천사 같은 남의 집 어린애들을 데리고 노는 계집애가 안국동에 있다는 집이 어떤 집인지 그런 데로 숨어 다니며 못된 짓을 하는 년의 얼굴을 좀 보았으면……'
하는 생각을 하며 나오다가 문간의 행랑채 같은 데서 늙직한 교지기 같은 영감이 성경책인지 책보를 끼고 나오는 것과 만났다.

"김의경 선생 댁이 어디요?"
하고 물어보았다.

"왜 그러슈?"
하고 영감쟁이는 병화의 위아래를 훑어보더니,

"만나실 일이 있건 나하고 예배당으로 갑시다."
한다.

"예배당엔 갈 새가 없고 그 댁에 볼일이 있는데……."

하고 집을 가르쳐 달라니까 그자는 집을 정말 몰라서 그런지 하여간 예배당이 바로 요기니 같이 가서 만나 보고 물어보라고 한다.

병화는 도리어 괜찮겠다고 따라섰다. 예배당에서는 주일학교 공부를 시키는 모양이었다. 밖에 잠깐 섰으려니까 앞서 들어간 영감쟁이가 조그마한 금테 안경 쓴 여자를 앞세우고 나온다. 모든 구조가 작고 가냘프지만 허리통은 한 줌만 하고 수족은 여남은 살 먹은 아이 같다. 눈 하나만은 서양 인형 같으나 얼굴관은 동양화를 생각하게 하는 미인이다. 살갗은 건드리면 미어질 것 같이 두 볼이 하늘하늘 얇다. 병화의 눈에는 열대여섯 살쯤 된 계집애같이 보였다. 그러나 말을 붙이는 것을 보니 역시 나이가 차 보였다.

알지 못한 남자가 협수룩히 우뚝 섰는 것을 보고 김의경이는 축대 위에 멈칫하며 말뚱히 바라보다가 두어 발자국 내려서며 아무에게나 하는 버릇으로 생글하고 인사를 해 보였다.

"물론 모르실 것이올시다. 댁을 알아다 달라는 사람이 있어서 학교로 갔다가 이리 왔습니다."

병화는 모자를 벗고 천연히 말을 붙였다.

"누구신데요?"

"나요?"

"아뇨, 저…… 집을 찾아오신다는 이가요."

여자는 무엇을 경계하는 눈치다.

"댁 어르신네께 가 뵐 양반이 있어서요……."

"간동 ××번지예요."

"네, 고맙습니다."

병화는 고개를 꾸뻑하고 휙 돌아서 버렸다.

그 길로 병화는 자기네들의 단골 책사에 들러서 자기들이 만든 팸플릿을 두세 권 얻어 가지고 간동 ××번지를 찾아갔다.

병화는 간동 초입의 커단 솟을대문 앞에서 몇 번이나 오락가락하였다. 큼직한 문패에는 김○○라고 씌어 있다. 그러나 그 외에도 네다섯 개나 문패가 붙었고, 그중에도 김가가 두엇 있으니 어느 것이 김의경의 집 문패인지 알 수가 없다. 어쨌든 조그만 문패의 하나가 의경이의 부친의 이름이려니 하고 문 안에 들어서서 빨래하고 앉았는 행랑어멈더러,

"김의경이란 여학생의 집이 어느 채에 들었소?"

하고 물어보았다.

"여학생요? 안댁 아가씨 말씀요?"

안댁 아가씨라는 말에 병화는 좀 놀랐다.

"아니, 세 든 이 가운데 학교 선생 다니는 이 없소?"

"세 든 이 중에는 없에요."

"그럼 안댁 아가씨로군. 지금 계시우?"

"안 계셔요. 예배당에 가셨에요. 어디서 오셨에요?"

어멈은 학생 아가씨에게 찾아오는 남자라 해서 눈이 점점 커졌다.

"주인 영감 계시우?"

"출입하셨어요."

"어디 다니시는데?"

"지금은 다니시는 데 없어요."

어멈은 별걸 다 묻는다는 듯 한참 만에 발끈하는 소리로 대꾸를 하고는 빨랫돌에 무엇인지 쓱쓱 비비고 엎뎄다.

"그래 다시는 여기 세놓을 방이 없소?"

병화는 좀 더 캐어 보아야 별로 물을 말이 없어 셋방 얻으러 다니는 것처럼 말을 돌려댔다.

"없에요!"

어멈은 또 쥐어박는 소리를 한다.

"사랑채에 방이 났다던데?"

추근추근히 묻는다.

"큰사랑은 벌써 들었고, 영감님 쓰시던 작은사랑도 며칠 전에 사람이 들었어요. 이젠 꽉 찼어요."

또 한참 만에 마지못해 핀잔주는 소리를 하고는 물통을 들고 안으로 들어가 버린다.

병화는 간동서 나와서 원삼이에게 책을 주러 갔었다. 사랑으로 들어가긴 싫고 어정버정하다가 행랑방 문 앞에 사내 고무신이 놓인 것을 보고 두들기니까 문이 풀썩 열린다. 가지고 간 책을 들이뜨리고 원삼이와 같이 나왔다.

"오늘 안동 좀 가보시지 않으랍쇼?"

아범은 밤사이로 무척 친숙해졌다.

"왜?"

"색시도 보구 약주도 잡숫게요."

하며 원삼이는 웃다가 오늘 저녁 7시쯤 해서 가보라고 한다.

원삼이는 조금 전에 그 집에를 다녀왔다고 한다. 병화가 뒤를 캐는 것을 보니 원삼이도 웬일인가 하는 궁금증도 나고, 또 병화에게 알리러 가마고 약속한 것을 생각하고는 편지를 들고 나와서 제 방에서 몰래 뜯어보았던 것이다.

"댁까지 가서는 무얼 합니까? 제가 뜯어보고 이렇게 만나 뵈옵건 일러 드리기만 하면 좋지 않습니까?"

하고 원삼이는 껄껄 웃는다.

"그러니까 그 집에서는 또 그 색시 집으로 기별을 해둘 모양이로군?"

병화는 이런 소리를 하다가,

"오늘이 공일인데 저녁 예배는 안동 그 집에 모여서 볼 모양이로군."

하고 마주 웃었다.

"술상 놓고 색시 끼고 보는 예배가 어디 있습니까."

아범은 기가 막힌다는 듯이 코웃음을 친다.

"술 한 잔 마시고 기도로 안주하고 또 술 한 잔 들고 기도하고……"

병화가 노랫가락처럼 하니까, 원삼이도 지지 않고,

"색시 입 맞추고 성경 읽습니까?"

하고 보기 좋게 웃는다.

"인제 알았더니 원삼이도 오입쟁이로군!"

하고 병화는 다정스러이 원삼이의 어깨를 탁 치고 나서,

"그건 다 실없는 소리요. 지금 갖다준 그 책이나 잘 읽어 보우.
세상의 종교가니 양반이니 재산가니 하는 것들이 모두 그따위
인 것을 보구려. 우리는 두 주먹밖에는 아무것도 없지만 돈도 명
예도 지체도 종교도 아무것도 없는 우리 같은 사람이 정말 사람
다운 구실을 하고 세상 일을 하려고 손목만 맞붙들면 무어나 되
는 것이오. 저 사람들은 말하자면 인간의 찌꺼기요 걸레들이오.
기생 자릿저고리란 말이 있지 않소? 값진 비단은 비단이지만 닳
고 해져서 쓸데없는 헌 넝마란 말이오. 우리는 싱싱한 베올 같은
사람들이오. 짜놓으면 투박하고 우악스럽지만 그것이 우리에게
는 쓸모가 있는 것이 아니오……."

"그렇습죠."

원삼이는 장단을 맞추었다.

"지금도 그 문제의 계집애 집에를 무슨 일이 있어서 찾아가 보
았지만……."

병화가 다시 말을 꺼내려니까, 원삼이는,

"그전부터 아십니다그려?"

하고 놀란다.

"어쨌든 말야. 의외에도 훌륭한 집에서 살 뿐 아니라 상당한
집 딸이오. 공부까지 하였네마는 그렇게 돌아다니는 것은 무슨
때문인 줄 알우? 그 훌륭한 집이 채채이 세를 들이고, 심지어 주
인 영감이 쓰던 큰사랑 작은사랑에까지 사람을 들였다는 것을
들으면 그전에 잘살다가 갑자기 어려워지고 버는 사람은 없으니

까 다만 하나 남은 집 한 채를 가지고 세를 놓아 먹는 모양이나, 그 집인들 웬걸 자기 손에 지니고 있겠소. 몇 달이고 몇 해 안에 잡은 사람에게 쳐 나가면 인제는 자기네가 셋방으로 밀려 나갈 것이로구려……."

"헤, 그런 대가댁 따님예요."

하고 원삼이는 감탄한다.

"글쎄 그런 대가댁 딸이면 무얼 하나 말요. 호화롭게 자란 버릇은 그대로 남아 있고 유치원 같은 데서 받는 것쯤이야 분값도 안 되고 하니까 원삼이네 댁 영감한테 월급을 받아야 살지 않겠소. 월첩*이란 별거요!"

하고 병화는 웃는다.

"그렇습죠. 그러나 그러면 상관있습니까? 그렇게라도 한세상 잘 지내면 좋지요."

"좋고 안 좋은 것은 고사하고 그런 월급을 제꺽제꺽 주는 주인 영감은 또 어떻게 되어 가는지 아느냐는 말이오. 모르면 몰라도 김의경인가 하는 여자의 부친도 요전까지는 그런 월급을 몇몇 년에게 척척 치렀을 것이지만 오늘날 저렇게 된 것을 보면 그네들의 앞길이란 뻔히 보이지 않소?"

"그렇기로 아무러면 우리 댁 영감이야 그렇겠습니까?"

원삼이는 그런 일은 상상도 못할 일 같았다.

"그러리다. 경복궁 대궐을 다시 지을 때 누가 100년도 못 채우

---

* 月妾. 매월 일정한 돈을 받고 남의 첩이 되어 사는 여자.

고 남향 대문인 광화문이 동향이 될 줄 알았겠소! 하여간 그 책을 잘 읽어 보슈. 지금 내 말을 차차 터득하게 될 것이니!"

병화는 이런 부탁을 남겨 놓고 헤어져서 돌아다니다가 경애를 찾아온 것이다.


"하지만 그 계집애를 만나면 어떻게 할 테란 말이오?"

경애가 나갈 차비를 차리고 나니까 병화도 이렇게 급히 서두르는 것을 속으로 웃었다.

"만나 보고 어쩌든지 어서 나갑시다."

하고 재촉을 한다.

경애는 손님이 꾀어들기 전에 어서 빠져나가려는 것이다.

"지금 간동으로는 가서 소용없고 이대로 가서 저녁 겸 점심이나 먹읍시다."

길거리로 나와서 병화는 이런 발론을 하였다.

경애는 잠자코 걷다가 어느 소삽한 골목쟁이로 돌더니 커단 문을 쩍 벌려 놓은 요릿집으로 뒤도 아니 돌아다보고 쏙 들어가 버린다. 병화는 물어볼 새 없이 따라 들어섰다.

"여기는 김의경의 집이 아닌데……."

병화는 구두를 벗으며 놀렸다.

"잔소리 말아요. 김의경이가 어떤 년인지 그까짓 걸 쫓아다닐 사람이 다 있지! 아무러면 내가!"

경애는 그따위쯤을 적대를 해서 시기를 하거나 질투를 하겠느냐고 큰소리를 치는 것이다.

"흥, 조상훈 선생이 오신다고 이 집으로 지휘가 내린 게로군?"

병화는 권하는 대로 상좌로 화로를 끼고 앉으면서도 짓궂은 소리를 하였다.

"그런 눈치 없는 어림없는 소리 좀 말아요. 당신두 언제나 좀 똑똑해질 모양이오?"

경애는 혼자 깔깔 웃는다.

"너무 똑똑해서 밥이 없는데 예서 더 똑똑하라면 어쩌란 말요?"

"자, 잔소리 말고 오늘은 피혁 씨의 장래 사위님께 첨을 하느라고 한턱내는 것이니 부자 사위 돼서 거드럭거릴 때 나 같은 사람두 잊지는 마슈."

"여부가 있소! 하지만 부자놈이 웃돈까지 놓아서 없는 놈에게 딸을 복장 안길 제야 가지(可知)지 오죽하겠소. 남편이란 이름값 받아서는 첩치가*하라는 것일 게니 그때 가선 정말 미인 하나 골라 줄 것까지 미리 부탁해 둡시다."

하고 병화는 껄껄 웃어 버렸다.

"아무려나 합시다. 그때 가선 나두 과히 흉하지 않다고 하시면 수청을 듭지요."

경애도 지지 않고 대거리를 하다가 낯빛을 고치며 목소리를 낮춰서,

"그건 그렇다 하고, 피혁 씨의 눈에 몹시 든 모양인데 대관절

---

* 妾置家. 첩을 얻어 따로 살림을 차림.

승낙을 할 테요?"

하고 경애는 밑도 끝도 없이 묻는다.

"그 중매쟁이가 서투르군. 선도 보이고 내력도 캐봐야 승낙이고 뭐고 하지 않소."

병화는 기연가미연가하면서 우선 이렇게 수작을 붙여 보았다.

"선이야 어제 보지 않았소. 또 내력은 어젯밤에 내게 말한 것 같이 당신이 눈치챈 그대로만도 넉넉히 짐작할 게 아니오……."

경애는 이 멍텅구리가 정말 혼인 이르는 것으로만 고지식하게 알까 보아서,

"신방이야 벌써 서대문 밖, 독립문 밖에 꾸며 두었답디다마는 그건 당신 하기에 있으니까 들어가게 되면 들어가고 말면 말고…… 하하하……."

하며 경애는 웃으며 남자를 말뚱히 쳐다보았다.

병화도 그런 어림이 없던 것은 아니나 인제는 일이 딱 닥쳤구나! 하는 생각을 하니 마치 밤길을 걸으며 도둑이나 산짐승을 만날 듯 만날 듯 조바심을 하다가 검은 그림자와 딱 맞닥뜨린 것 같이 머리끝이 쭈뼛하면서도 이상히도 도리어 마음이 후련해지는 것이었다.

병화는 얼굴이 벌게지며 눈이 크게 뜨이더니 허허! 하고 웃음이 터져 나왔으나 그 웃음이 무엇을 의미한 것인지는 자기도 알 수 없었다.

"허지만 좀 더 자세한 이야기를 들어야 하지 않겠소? 첫째 당신을 내가 믿을 수 없으니 따라서 그 사람을 믿을 수가 있어야

김의경

지……."

한참 무슨 생각을 하는 눈치더니 병화가 조용히 말을 꺼낸다.

"되레 못 믿겠소? 나는 당신이 풋내기가 아닐까 그게 염려인데 말하면 내야 상관있나? 나는 중매 노릇만 할 뿐이지만 나중에 낭패가 되면 그이가 곤란이오. 애를 써 진권한 내 낯도 나지를 않을까 보아 걱정이지!"

"응, 그래서 어제 온종일 나를 면 서기를 시키느니 어쩌느니 하고 쪘고 까불었구려? 여보, 내 걱정은 말고 당신네들이나 무슨 장난들이 아닌지……."

"쓸데없는 소리 고만두슈. 김병화 씨가 무에 그리 장해서 우리가 함정 파고 끌어넣으려고 할 리가 있겠소. 그런 염려는 말고 단단한 결심을 가지고 일을 맡겠거든 오늘 밤으로라도 그 사람을 가서 만나 보슈. 나는 소개뿐이니까 자세한 것은 직접 이야기를 해보면 알리다."

"그 사람을 예전부터 알았습니까?"

"외가 쪽으로 어떻게 되어요. 어머니 조카뻘예요."

경애의 말로 하면 자기의 외삼촌이 수원 집을 팔아 가지고 올라와서 맡겼던 돈을 자기가 가지고 상해로 도망한 뒤에는 1년에 한두 번씩 소식이 있을 뿐이었고, 그동안 내리 외가에서 살다가 부친도 외가의 건넌방에서 돌아간 뒤에 비로소 따로 살림을 하게 되니까 외삼촌댁은 더구나 살 수 없고 집은 내놓게 되어서 지금은 새문 밖 현저동에서 아이들을 데리고 셋방살이를 하고 있는 터이라 한다. 그런데 상해에 있던 외삼촌이 그 후 얼마 만에 어느 방면으로 도망하였다던 이 조카, 즉 지금 온 피혁 군과 어디서 어떻게 만났는지 이번에 외삼촌의 편지를 가지고 별안간 찾아온 것이라 한다. 물론 외삼촌댁에게 보내는 안부 편지와 살림에 쓰라고 돈 100원을 부탁해 보낸 것이나 셋방 구석으로 떠돌아다니게 된 후로는 이태나 되도록 소식이 끊겼던 터이므로 피혁 군도 천신만고를 해서 집을 찾았으나 찾아가 보니 외가에는 묵을 방이 없고 한만히 여관에 들 수도 없고 해서 우선은 경애 집으로 끌고 와서 건넌방에 묵게 한 것이라 한다. 그러지 않아도 피혁 군이 떠날 때 경애의 외삼촌은 자기 집에나 자기 누님 집에 묵으라고 일러 보냈던 것이다. 이러한 관계로 피혁 군은 경애의 집에 묵으면서 사회의 물계도 살피고 경애의 위인을 엿보다가 그런 방면 사람 중에 아는 사람이 있느냐고 물으니까 처음에는 아는 사람도 없었고 또 무심코 들어 두었더니 얼마 후에 우연히 병화를 알게 되니까 병화 이야기를 피혁에게 하였던 것이라서 무슨 인연이 닿느라고 그런지 일이 여기까지 발전되어 온 것이라 한다.

경애는 피혁 군의 일이 어떠한 종류의 것인지 확실히 알 수도 없고 또 자기로서는 그런 일에 찬성인지 불찬성인지 자기의 마음조차 분명히 알 수는 없으나 어쨌든 애를 써 멀리 온 사람이요, 무슨 일을 의논해 보고 몇 마디 부탁만 하고 갈 것이니 튼튼한 사람 하나만 대어 달라니까 대어 줄 따름이라고 한다. 거기에는 물론 피혁 군 자신이 어서어서 제 일을 끝내고 달아나 버리려는 조바심도 있겠지만 경애로서는 눈치가 뻔하니만치 얼른 뚝 떠나보내야 우선 마음이 놓이겠다는 생각도 섞인 것이다. 그래도 뒤에 무슨 일이나 없을까? 자기가 '중매'를 들어 주니만치 옭혀들 경우가 되면 어쩌나 하는 겁도 없지 않기는 하나 그렇다고 모른 척할 형편도 아니요, 또 그런 성질도 아니었다.

'무슨 일이 있어도 하는 수 있나!'

이러한 각오도 가지고 있기는 하는 것이다. 그러나 될 수 있으면 만일의 경우에 발을 뺄 준비는 단단히 해두려고 약게 일을 꾸미는 것이다.

"난 몰라요. 다만 외가 쪽 오빠가 사윗감을 얻어 달라는데 마침 조덕기의 부자를 친히 아는 관계로 그 친구인 당신을 대어 준 데 지나지 않으니까 무슨 말썽이 나는 때라도 당신도 그렇게만 대답을 하시고 또 그렇지 않으면 그런 말 저런 말 다 고만두고 당신과 피혁 씨와는 전부터 아는 동무인데 피혁 씨가 당신을 직접 찾아가서 만났다고 해도 좋을 게 아니오. 그래서 당신과 나하고도 자연히 알게 된 것이라고 합시다그려."

경애는 일후에 무슨 일이 있으면 말이 외착* 나지 않게 하느라고 미리 부탁을 하는 것이었다.

"되우 겁은 나는 게로군! 나두 몰라! 내가 쫓아다니는 게 성가시고 보기 싫으니까 일부러 조상훈이와 모해를 해서 끌어넣은 것이라고 할걸……."

하고 병화는 남은 열심으로 하는 말을 여전히 농담으로 받아넘

---

* 外錯. 착오가 생겨 서로 어그러짐.

긴다.

"그런 쑥스러운 소리 그만두고 인제는 술도 정침[*]하고 정신 차려요."

경애도 그 말은 그만 집어치우자는 듯이 술잔을 들어 합환주를 해서 병화에게 주며 눈웃음을 쳐 보인다.

"이것이 모두 꾀임수였다. 그러나 이런 술은 수모가 먹여 주어야 할 건데……."

하고 병화는 웃으며 받아 마시고 잔을 돌려보내려니까,

"또 그런 컴컴한 소리!"

하고 경애는 웃는 눈을 흘기며 잔을 내미는 남자의 손등을 탁 때린다.

그럭저럭 전등불을 켜놓고서 밥을 먹고 나니 거의 7시나 되었다.

"그럼 이 길로 가보실래요?"

문밖에 나와서 경애는 물었다.

"글쎄, 좀 더 생각을 해보고……."

병화의 말눈치가 마음이 썩 내키지를 않는 것 같은 데에 경애는 잠깐 경멸하는 마음이 생겼다.

"왜…… 겁이 나는 게로구려?"

"흥! 아무러면 사람이 그렇게 얼뜰라구! 하지만 나두 인금두 캐어 보고 믿을 만한지 어쩐지 알아 놓고서야 말이지. 하여간

---

[*] 停寢. 일을 하다가 중도에서 그만둠.

본성명을 대주."

"그것두 당자더러 물어보세요."

경애는 가르쳐 주고 싶었으나 당자의 의향을 알 수가 없어서 말하기 거북하였다.

"그것 보우. 당신부터 나를 아직 탐탁히 믿지 못하기에 그러는 거 아니오?"

"그렇게도 생각하겠지만 당자가 자기 이름은 절대로 뉘게든지 비밀히 해달라니까……."

이 말을 들으니 그 본성명을 대면 운동자 축에서나 저편에서 짐작될 만한 인물 같기도 하였다. 두 사람은 더 이야기를 하려고 명치정(명동) 쪽으로 빠지는 으슥한 길로 들면서 수군수군 말을 잇는다.

"비밀히 한다는 약속을 했다면야 군이 알려고는 하지 않지만 일을 부탁하려는 내게까지 비밀히 하려고는 아니하겠지? 그뿐 아니라 이름을 듣고 알 만한 사람이면 문제없고, 나는 직접 몰라도 물어볼 만한 데 수소문을 해보고 믿을 만한지를 다져 놓고야 피차 만나겠다는 자리에 안 알려 주면 어쩌잔 말요?"

"그두 그렇지만 여기저기 떠들고 다니며 아무개가 들어왔다는 소문을 내놓으면 아무리 동지 간에라도 누설되기 쉽지 않아요?"

"그야 나두 그런 어림없는 짓을 할라구?"

"쓸데없는 소리 마슈. 단 세 사람이 한 이야기도 벌써 날만 새 면 흘러 나가는 세상에…… 당신네들의 실패가 모두 그런 데서 생긴 일이라고 그 사람이 그러던데?"

"그럼 당자를 만나 봬두 자기 본성명이나 내력은 말 아니할 테구려?"

"그야 모르지."

하고 경애는 한참 생각하다가 앞뒤를 돌아다보며 사람이 끊인 것을 보자,

"거기 나가서는 이우삼이라고 했답니다."

고 가만히 소곤소곤하였다.

"무어? 무어?"

병화는 채 못 들었는지 듣고도 자기 귀를 의심하는 것인지 급급히 묻는다.

"이우삼……."

경애는 또 한 번 소곤댔다.

병화는 다시는 입을 벌리지 않았다.

"알우?"

경애는 어린애처럼 남자의 콧구멍을 들여다보듯이 착 붙어서 쳐다본다. 병화가 채 대답할 새도 없이 큰 길거리로 나서게 되었다.

"자, 그럼 난 가우."

하며 병화는 아래편으로 돌쳐섰다.

"어디루?"

하고 경애가 발을 멈췄으나 병화는 그대로 휘죽휘죽 가다가 획 돌아서 다시 쭈르르 쫓아오더니 찬찬히 걸어가는 경애의 손을 뒤에서 꽉 쥔다. 경애는 깜짝 놀라며 섰다.

"난 누구라구? 애 떨어지겠소."

"몇 달 됐는데? 그럼 그렇다고 말을 해주어야지."

하고 병화는 웃다가,

"이번에는 둘째애 아버지 거요?"

하고 또 실없는 소리다.

"듣기 싫어요. 그렇단 말이지. 누가 정말 애 뺐다나."

"겨우 안심이 되는군! 그런데 이따가 만날까?"

다정스러이 묻는다.

"지금은 어딜 가우? 집에?"

"글쎄 어딜 가든지 이따 10시나 11시쯤 저리 가리다."

병화는 경애의 대답도 아니 듣고 또 획 떨어져 가버린다. 경애는 남자의 뒤를 돌아다보면서,

'저렇게 헐렁개비처럼 서두는 사람이 무슨 일을 할꾸?'

하는 생각을 하다가도 천진스러운 아이들 같은 거동이 도리어 사랑스럽다는 생각도 들었다.

경애는 지금 무슨 볼일이 있는 것은 아니나 병화를 끌고 집으로 가기는 싫었다. 인젠 그만큼 하여 주었으면 저희끼리 만나든 말든 내버려 두리라는 생각이다. 그러나 주의(主義)를 떠난 병화의 몸뚱이와 마음만은 그래도 아직 한 끝이 자기 손에 붙들려 있는 것 같았다. 지금까지는 피혁이의 심부름을 하느라고 친절히도 하고 실없는 농담도 하여 왔지만 그러는 동안에 어쩐둥 자기 마음의 한끝이 병화의 마음에 말려 들어간 것 같다. 아니, 병화라는 남자가 자기 마음속에 마치 옷자락이 수레바퀴 밑에 휘

말려 들어오듯이 말려 들어온 것이라고 하는 편이 옳을지 모른다. 경애는 그 옷자락을 탁 무질러 버릴까 하는 생각도 해보았으나 차마 그러기에는 용기가 부족하다.

두 사람은 만나면 실없는 농담으로 서로 비꼬고 놀리고 할 뿐이지, 젊은 남녀들의 감정을 과장한 로맨틱한 꿈도 없고, 서로 경대하고 사양하고 하는 애틋한 말 한마디 주고받은 일은 없으나 그래도 은근한 맛은 있는 것 같고, 만나지 않을 때는 그렇지도 않다가 만났다 헤어진 뒤면 미진한 것이 남은 것 같아 가는 자기 마음을 경애는 웃으며 들여다보는 것이었다.

'무슨 점을 보구 그럴꾸?'

하는 생각을 혼자 해볼 때도 있으나 특별히 무슨 점을 보고 그러는 것이 아닌 데에 도리어 사랑은 눈트는 거나 아닐까 하는 생각도 든다. 어쨌든 김의경인가 하는 여자의 뒤를 그처럼 열심으로 충실하게 캐어다 준 것을 보아도 그것이 한갓 경애에게 호의를 표한다거나 자기의 호기심으로만이 아닌 것 같다. 상관있는 남자의 결점을 찾아다가 그 여자에게 보여 주는 일. 그것은 연애하는 남자의 가장 야비하고 졸렬한 수단이지만 하여간 그것도 애욕의 표시는 표시다……

'나는 김병화를 사랑하나?'

경애는 혼자 생각해 보았다. 그러나 정말 사랑한다면 그런 위험한 일에 끌어넣지는 않았을 것 같다.

그러나 실상은 피혁이에게 끌어대 주느라고 친해진 것이니 사랑이 줏대가 아니라 일이 줏대다. 그는 고사하고 병화에게서 그런 일을 빼놓으면 무에 남는가? 다만 룸펜이다.

그건 그렇다 하고, 오늘 저녁에 상훈이를 어떻게 해줄까? 하는 생각을 경애는 해보았다. 섣불리 안동인가 하는 데로 불쑥 찾아가면 마치 난봉 피우는 남편을 붙들러 간 본마누라나 같아서 꼴사납고 김의경이의 코빼기야 보나마나 쑥스러운 일이요, 그렇다고 그대로 내버려 두기도 밍밍하다.

'무슨 묘안은 없을까?'

하며 우선 팔뚝의 시계를 보니 아직 7시도 아니 되었다.

주정꾼이 꾀는 데로 아직 들어가기도 싫고 누가 있었으면 산보라도 하고 '티홀'에 들어가서 차라도 먹으며 라디오나 들을까 하는 생각이 났으나 아무도 없다. 어쩐지 애련하고 막막한 것 같다. 오래간만에 '사랑하고 싶은 마음'이 샘솟는가 하는 생각을 하니 가슴속이 간질간질하여 혼자 웃어 보았다.

아이도 그만하면 살아났고, 병화가 풍을 치고 가는 꼴이 피혁을 찾아간 모양이니 집에는 갈 필요 없고…… 오래간만에 활동사진이나 잠깐 들여다볼까 하는 생각을 하며 황금정 전찻길에서 중앙관으로 꼽들었다.

"안녕합쇼? 구경 가십니까?"

무심코 지나려니까 누가 인사를 건다. 활동사진관 못 미쳐 자동차부 앞에 섰던 운전사다.

바커스에서 손님이 청하면 늘 불러 대는 데다 경애도 여러 번 타서 잘 안다.

경애는 알은체해 주고 구경을 들어갔다. 들어가 앉아서도 머리에는 안동 생각이 떠나지를 않으나 쫓아가기는 아무래도 싫다. 호텔에서 자기에게 사람을 보내듯이 인력거나 보내서 오나 안 오나 구경이나 할까 하는 생각을 해보았으나 인력거꾼인들 입으로만 가르쳐 주어서는 집을 찾을 것 같지 않다. 더구나 여기는 그런 사람 없다고 잡아떼어 버리거나 하면 공연한 헛수고만 할 것이다.

'자동차를 타고 가서 데려 내올까?'

지금 만난 운전사 생각이 나 이렇게 결심을 하자 엉덩이가 들먹거렸으나 이왕이면 한바탕 어우러지게 노는 판에 끌어내는 게 좋겠다 하고 시간을 보내고 더 앉았다.

9시가 치는 것을 보고 경애는 뛰어나와서 자동차에 올라앉았다. 아까 그 운전사는 아니나 역시 아는 사람이다.

자동차를 재동 못 미쳐 큰거리에 던져두고 경애는 운전사를 끌고 골목으로 들어섰다. 병화가 가르쳐 주던 대로 캄캄한 속을 차츰차츰 휘더듬어 들어갔으나 중턱에 들어가서는 게가 거기 같고 전등불도 없는 속에서 어리둥절하였다. 그러자 어느 구석에선지 대문이 찌걱 열리는 소리가 나며 소곤소곤하는 소리가 들린다.

경애가 운전사를 손짓으로 가만있게 하여, 두 검은 그림자는 귀에 신경을 모으고 섰다……

"어쩌면 좋아! 왜 왔더라고 하면 좋아요?"

겁을 집어먹은 젊은 여자의 목마른 목소리다.

"염려 없어! 내가 몸으로 슬쩍 막았는데…… 그리구 취한 사람이 무얼 분명히 보았을라구."

이것은 늙은 아낙네의 안위시키는 말소리다.

"누가 오줌만 누고 그렇게 곧 나올 줄 알았나요. 뒤보러 간다고 하기에 나오시라고 한 것인데요……"

또 이것은 다른 젊은 계집의 망단해하는 소리다.

"상관있나. 예전부터 나하고 친한 터이니까 다니러 왔던 것이라고 하든지 무어라고 좋도록 꾸며 대지."

노파의 목소리다.

"그러기로 병환은 저런데 밤중에 나다닌다고 할 게 아니에요?"

이것은 가려고 문밖에 나선 여자의 걱정이다.

"그러기로 제 속에만 넣어 두었지 소문이야 낼라구! 친환은 내버려 두고 술 먹으러 다니는 사람은 얼마나 낫기에! 자기가 창피해서두 모른 척할 테지."

"그두 그렇지만…… 일두 공교스럽게두 되느라구……."

"모두 내가 없었던 탓이지. 그러나 늦기 전에 어서 가요."

또 한참 소곤소곤하더니,

"안녕히 곕쇼."

"응, 잘 가거라."

"안녕히 가세요."

안에서 안 들릴 만큼 인사가 분주하더니 골목 밖으로 조그만 그림자가 쏙 나온다.

경애와 운전사는 인사하는 소리를 듣고 추녀 밑으로 비켜섰다. 나오던 여자는 멈칫하며 역시 이 집에 드나드는 축이겠지만 아는 동무인가 하고 바라보다가 모를 사람이니까 그대로 지나쳐 간다. 망토를 두르고 까만 털목도리에 폭 파묻힌 머리에는 밤빛 에도 금나비 금줄이 번쩍이는 조바위가 씌어 있다.

'분명히 저게 수원집인가 보다!'

경애는 속으로 웃었다. 병이 어쩌고 친환이 어쩌고 하는 것을 들으면 상훈이와 맞장구를 쳐서 빠져나올 수가 없어 숨어 있다 가 변소에 간 새에 도망을 해 나오다가 들킨 것이 뻔하다. 경애 는,

'잘들 놀아난다! 매당이란 말만 듣고 보지는 못하였지만 지금 나간 게 정말 수원집이라면 아들에게 못 먹으면 수원집에게서 먹으라는 판이로구나!'

하는 생각을 하며 운전사더러 그 집으로 들어가서 조상훈이를 찾으라고 하였다. 만일 없다고 하거든 큰댁에서 급히 오시라고 자동차를 가지고 사람이 왔으니 꼭 뵈어야 하겠다고 하라고 일 렀다.

경애가 뒤에서 바라보니 전등 달린 커단 새 대문이 어느덧 꼭 닫혔다. 운전사는 들이 흔들다가 안에서 대답이 있는지 가만히 섰다. 경애는 또 숨어 버렸다.

계집 하인이 나왔는지 중얼중얼하더니 운전사가 급히 뛰어나 오며,

"됐습니다. 이제 나오시는 모양인가 봅니다."

하고 이젠 저는 먼저 나가 있을 테니 둘이 만나 보라는 눈치다.

경애는 손짓을 하며 자기가 먼저 나가 있을 것이니 자동차 놓은 데까지 끌고 나오라 하여 운전사를 다시 들여보내 놓고 뺑소니를 쳐 나왔다.

경애가 불 끈 자동차 속에 먼저 들어가 앉았으려니까,

"어디란 말인가? 이때까지 문밖에 섰다던 사람이 예까지 나왔을 리가 있나?"

하고 상훈이가 술 취한 소리로 역정을 내며 동구 밖으로 나온다. 앞장을 선 운전사는 싱글싱글 웃으며,

"글쎄올시다, 먼첨 나오셔서 타셨나?"

하고 컴컴한 자동차 속을 들여다보며 문을 열더니,

"아, 여기 계십니다그려."

하고 운전사는 신기한 듯이 웃고 소리를 친다.

상훈이가 달려들어 들여다보려니까 경애가 해죽 웃으며 고개를 쏙 내민다.

"엉—."

상훈이는 경풍한 사람처럼 눈을 크게 뜨고 바라보더니,

"예이, 이 사람, 사람을 그렇게 속여!"

하고 운전사를 흘겨보았으나 경애에게로 돌리는 얼굴에는 웃음을 띠지 않을 수 없었다.

"창피하니 잠깐 들어오세요."

"이러구 어딜 갈 수는 없어."

하며 상훈이가 망단해하다가 올라서니까,

"가긴 누가 어디를 가재요?"

하고 경애가 자리를 비키며 운전사에게 눈짓을 한다. 운전사는 냉큼 뛰어올라서 불을 번쩍 켜고 고동을 틀려 한다.

"가면 안 돼! 모자두 안 쓰고 나왔는데……."

상훈이는 당황히 소리를 지르며 엉덩이를 들먹거리나 경애는 거기에는 대꾸도 아니하고,

"나두 버스 걸 노릇이나 해볼까! 올라잇!"
하고 깔깔 웃는다.

자동차는 뚝 떠났다.

상훈이는 열적은 웃음을 헤 웃어 보이고 가만히 앉아서 끌려가는 수밖에 없었다.

"감옥 자동차는 용수나 씌우더군마는 맨대가리로 어딜 가는 거야?"

상훈이는 그리 취하지도 않았지만 배반*이 낭자하게 벌여 놓고 잠깐 나와서는 이렇게 끌려가는 것이 하도 어이없고 생각할수록 우스웠다.

"당신 같은 팔자가 어디 있어요. 주지육림에 경국지색을 모아 놓고 밤 깊도록 노시다가 갑갑하실 때쯤 때를 맞춰서 바람이나 쐬시라고 나 같은 모던 미인이 자동차까지 가지고 등대를 하고…… 하하하……."

"어떻게 알았어?"

"냄새를 워낙 잘 맡거든요."

---

* 杯盤. 술상에 차려 놓은 그릇, 또는 거기에 담긴 음식. 또는 흥취 있게 노는 잔치.

"사냥개던가!"

하고 상훈이는 실소를 하다가,

"김병화 요새 만나지?"

하고 묻는다. 아범이 잃어버린 외투 속의 편지를 생각한 것이다. 매당집에 다니는 것을 자기 패의 몇몇 사람 외에는 바깥애밖에는 모르는 터이니 병화가 새에 들어서 뒤를 밟은 것인 듯하나 혹시는 경애 자신이 매당집에 무슨 연줄이 닿는지? 매당집이란 서울 바닥에서도 유수한 젊은 계집의 도가(都家)인지라 그렇기도 쉬운 일일 듯싶다. 하여간에 경애가 이렇게 쫓아온 것이 불쾌할 것은 없다. 제아무리 배 내미는 수작을 하였어도 다른 계집이 따르는 줄을 알고는 몸이 달아 붙들러 다니는 것을 보니 인제는 이편에서 배를 튀겨 보고 싶다.

"친환은 침중하신데 수원집마저 매당집에 사진*하시느라고 병구완하실 겨를이 없으신 모양이고 해서 내가 모시러 갔었습니다만 어떻게 자동차를 큰댁으로 대랄까요?"

경애는 야죽야죽 놀린다. 자동차는 창덕궁을 등지고 무작정하고 동구 안으로 내려간다.

수원집이란 말에 상훈이는 아까 매당집 마당에서 슬쩍 지나치던 것이 정말 수원집이었던가? 하는 놀라운 생각이 들면서 눈살을 찌푸려 보인다.

"이것 봐! 자동차를 다시 돌려!"

* 仕進. 벼슬아치가 규정된 시간에 근무지로 출근함.

그렇지 않아도 운전사가 갈 데를 물으려 할 때 상훈이가 운전대에 대고 소리쳤다.

"돌면 무얼 해요. 장충단으로 남산으로 한 바퀴 돌고서……."

운전사는 동대문 쪽으로 핸들을 돌렸다. 물론 애초에 여자가 탄 것이니까 여자 편의 지휘대로 들어야도 하겠지만 남자가 누구인지는 몰라도 술 먹다가 끌려 나와서 휘둘려 다니는 것이 우습기도 하고 둘이 하는 양이나 보려고 경애의 분부대로 하는 것이다.

"모자하고 외투나 찾아 입고 나서야지, 사람이 왜 그 모양이야?"

상훈이가 점점 더 싫증을 내는 것이 경애에게도 보기 좋고 운전사도 우스웠다.

"거기 두면 어디 가나요. 마나님이 어련히 잘 맡아 둘라구! 아, 그리구 큰댁에는 지금쯤 수원 마나님께서 들어가셨을 것이니까 거기두 염려 없을 게니 오늘 밤은 나하구 이렇게 돌아다니며 새십시다요."

상훈이는 인제는 경애가 얄미웠다.

"미쳤나, 밤을 새우고 자동차를 타고 돌아다니게."

"여러 말 마슈. 내가 아무러기루 자동찻삯 물리지는 않을 게니."

상훈이는 먹먹히 담배만 빨고 앉았다가 운전사가 들을까 봐 목소리를 더 낮춰서,

"수원집, 수원집 하니 그거 무슨 소린가?"

하고 묻는다.

"왜 딴전을 하슈? 창피하신 게군요?"

경애는 웃으며 남자를 돌려다본다.

"조금 전에 뒷간에서 나오시다가 마당에서 보시구두 그러슈? 자동차 속에서 내다보니까 망토를 오그려 입고 그 골목쟁이를 나오던데요?"

"미친 소리 마라. 잘못 본 게지. 그건 고사하고, 수원집을 어떻게 알아? 그뿐 아니라 수원집이 그런 데를 다닐 리가 있나?"

"수원집을 내가 왜 몰라요. 나도 '수원집'예요. 하하하…… 나두 수원 태생이란 말씀예요. 그건 그렇다 하고, 수원집은 왜 그런 데에 못 다닐 게 무어예요? 당신이 다니시거나 수원집이 다니거나…… 하하하…… 켯속* 잘 되었지요?"

상훈이는 얼굴이 벌게지며,

"지각없는 소리 마라! 그럴 리가 있나?"

하고 소리를 질렀다.

"왜, 내게 역정을 내실 게 무어예요. 꾸지람을 하실 테면 수원집을 가 보고 하시지……"

상훈이는 도깨비에 홀린 것 같았다. 지금 와서는 그 여자가 수원집이던 것이 가릴 수 없는 분명한 사실이지만 마당에서 마주친 것까지를 경애가 어떻게 본 듯이 알아내는지? 암만 생각해도 귀신이 곡할 일이다.

---

* 일이 되어 가는 속사정.

　　　　　　　　　　　　　　　　　　　삼대

자동차는 벌써 남산으로 허위덕거리며 올라간다.

자동차가 진고개 초입께까지 오니까 경애는 별안간 청목당 앞에 놓으라 명하고 상훈이더러 어서 내리라고 재촉이다. 맨대가리에 외투도 없이 내리기가 싫어서 무어 살 것이 있건 기다리고 앉았을게 어서 사가지고 오라고 한다. 상훈이 생각에는 경애를 데려다주고 자기는 그대로 탄 채 안동으로 가려는 것이다. 그러나 경애는 듣지 않았다. 저녁을 안 먹었으니 여기서 저녁을 먹여 달라고 졸랐다.

"그럼 너무 늦는데."

상훈이는 좀처럼 엉덩이를 들려고 않으나, 저녁을 이때껏 안 먹었다는 것을 그대로 내던지고 간달 수도 없다.

"저기서 기다릴 것만 걱정이에요? 마음대로 하슈."

경애가 화를 버럭 내며 먼저 튀어내려 버리니까 상훈이도 하는 수 없이 내외하는 사람처럼 툭 튀어나와서 쏜살같이 청목당으로 들어갔다. 경애는 생글 웃으며 층계로 올라가는 뒷모양을 바라보다가 운전사에게 돈도 치르지 않고 무어라고 한참 소곤거린 뒤에 따라 올라갔다.

상훈이는 의관 안 한 것을 연해 창피하게 생각하는 모양이나 그것은 자기가 멀리 온 것만 생각하는 것이지 보이가 보기에도 동리 사람, 이 근처의 어느 점원이나 회사 사람같이밖에 아니 보이는 것이다. 경애는 상훈이의 안절부절을 못하고 허둥대는 양을 멸시하는 눈으로 한참 바라보며 사오 년 전에 처음 볼 때는 그렇게도 무섭고 훌륭하고 점잖게 보이던 '조선생님'이 이럴 줄

이야 꿈엔들 생각하였으랴 싶었다.

"그 왜 그러세요. 화롯가에 엿을 붙이고 오셨소? 남잣골 샌님은 뒤지고 담뱃대만 들면 나막신을 신고도 동대문까지 간다는데 모자 안 썼기로 누가 시비를 걸 테니 걱정이시오……."

경애는 샐샐 웃다가,

"그런데 반했다는 색시 좀 보여 주시구려?"

하고 조른다.

"반하긴 늬게 반해. 요새 아이 문자로 30분 한 사람도 없네."

하고 상훈이는 웃고 만다.

"체통 아까우시게 엇먹기*를 다 하시구."

하며 경애는 웃다가,

"그럼 예서 저녁 먹고 내가 쫓아갈까?"

하고 웃는다.

"마음대로……."

데리고 가도 상관없을 것 같았다. 상관없다느니보다도 자랑이 될 것 같았다. 김의경이는 노할지 모르지만 도리어 제풀에 노해서 떨어져 주었으면 좋을 판이다. 이만쯤 되었으면야 경애는 다시 손아귀에 들어온 거나 다름없고 하니 마음이 느긋한 것이다. 그러나 다만 경애를 정말 들어앉혀서 살림을 시키려면 그런 데를 끌고 가서 못된 길을 터주어서는 안 되겠다는 염려도 없지는 않지만 그 역시 아까 수원집 놀래를 하던 것으로 보면 데리고 가

---

* 엇먹다 : 사리에 맞지 않는 말과 행동으로 비꼬다.

고 말고가 없이 당자가 벌써 매당집을 자기보다 더 먼저 친히 아는지도 모를 일이다. 어쨌든 저희들의 내평이나 캐어 보고 어쩌는 꼴을 보기 위해서도 데리고 갈까 하는 생각을 하였다.

저녁을 먹겠다던 경애는 아무것도 싫다 하고 큐라소라는 양주를 병째 갖다 놓고 마시고 앉았다.

상훈이는 저녁도 안 먹을 지경이면 어서 가자고 졸라 보았으나 점잖은 양반이 체통 아깝게 왜 이렇게 조급히 구느냐고 도리어 핀잔을 줄 뿐이다.

"병화는 요새 무얼 하고 있누? 언제 만났어?"

상훈이는 인제는 기진하였는지 앉았자는 때까지 앉았을 작정을 하고 자기도 술을 청해 마시며 말을 돌렸다.

"김병화한테 가 물어봐야 알지요"

하고 경애는 또 핀잔을 주다가,

"요새는 키스도 안 해주고 잡혀 먹을 외투도 없고 하니까 눈에 안 띄나 보더군요"

웃지도 않고 이런 소리를 한다.

"키스는 심심파적으로 하는 건가? 나는 무슨 까닭이 있다구!"

상훈이는 안심한 듯이 웃는다.

"왜, 샘이 나슈?"

이런 잡담을 하고 앉았으려니까 보이가 들어오더니,

"손님이 오셨습니다."

고 한다.

상훈이는 좀 눈이 뚱그레졌다. 병화가 또 오지나 않았나? 병화와 짜고서 무슨 짓을 하는 거나 아닌가? 하는 공연한 겁이 더 럭 났다.

"들어오시라고 해주게."

경애가 선뜻 대답을 하였다.

문간을 노려보고 앉았던 상훈이는 경풍한 사람처럼 소리를 치며 열적은 웃음을 커다랗게 터뜨려 놓는다.

경애는 고개를 떡 젖히고 들어오는 두 여자를 내려다보듯이 똑바로 쏘아본다.

사십 넘은 이드르르한* 아낙네의 웃는 이빨에서는 금빛이 번 쩍하였다. 그러나 들어오는 사람의 얼굴에서는 금시로 웃음이 스러지고 주춤 선다. 경애는 이것이 그 유명한 매당이로구나! 하 며 우선 초벌 간선만 하고 급히 시선을 그 뒤에 따른 젊은 '여학 생(다음 시대에는 없어질 말이지마는 아직까지도 여학생이라는 이 말에 는 여러 가지 뜻이 포함되어 있는 것이다)'에게로 옮겼다. 살갗과 눈 이 인형을 연상케 하나 경애의 눈에도 귀여운 아가씨로 비쳤 다. 이렇게 첫인상이 좋은 데에 경애는 도리어 동정하는 마음이 생겼다.

왼팔에 무거운 듯이 남자의 외투를 한 아름 안고 오른손에는 상훈이의 모자를 받들어 들었다.

'저런 애송이를 버려 놓았구나!'

하는 생각을 하고는 의경이에 대한 동정이 상훈이에 대한 반감

---

* 이드르르하다 : 번들번들 윤기가 돌고 부드럽다.

삼대

으로 변하였다. 4년 전 자기의 꿈이 눈앞에 나타난 것 같다. 그러나 의경이는 의외의 미인이 앙증하게도 딱 버티고 비웃는 낯빛으로 바라보는 데에 의기가 질리면서 반감이 가슴속에 모락모락 피어오르는 것을 깨닫자 경애와 마주치는 눈을 피하여 고개를 떨어뜨렸다.

"이런 법두 있소? 난 뒤보러 가셨나? 하두 시절이 험난하니까 어떤 놈에게 봉변을 당하셨나…… 하고 집안 식구를 다 내세워서 한 시간이나 동리를 뒤지고 법석을 하지 않았겠소."

매당은 조바위만 벗어 들고 죽은 사람의 손 같은 회색 장갑을 낀 두 손을 망토 뒤에 내밀어 떨어뜨리고 다가선다.

"흐흥…… 어떤 놈은 아니나 봉변은 봉변이야! 호흐흥!"
하고 상훈이는 실소만 하고 앉았다.

"실례올시다. 노시던 양반을 말없이 모시고 나와서!"
비로소 경애가 인사성 있게 웃어 보이고 알은체를 하며,

"하지만 캄캄한 데서 몇 시간씩 노시는 것보다 이렇게 바람두 쏘이시구 자리를 옮기셔서 노시는 것도 좋지 않습니까?"
하고 어서 앉으라고 권하였다.

매당은 이 젊은 계집애에게 한 수 넘어간 것도 분하고 누가 자동차를 보냈던지 간에 자기가 쫓아온다는 것보다 자동차를 다시 돌려보내서 상훈이를 데려가지 못한 것이 수에 접힌 것이지만 그렇다고 여기서 노해 보이거나 하는 것은 점잖지 않다고 생각하였다. 그래도 여걸이 동난 이 시대에서는 내가 여걸의 서리는 보는 터인데 희로애락을 얼굴에 나타내서야 체통이 되었는

가? 하는 자존심이 어떠한 때든지 한구석에 계신 것이다. 그러나 그것만이 아니다. 경애의 작인*을 잠깐 보니 한 모 쓸데가 넉넉히 있는지라 공연히 덧들여서는 잇속이 없다고 눈썰미 좋게 벌써 타점을 해놓은 때문도 있는 것이다. 원래 큰물은 청탁을 가리지 않는 법이니 우리의 서울이 가진 여걸의 여걸다운 점도 여기에 있다 할 것이다.

"누구신지? 처음 뵙는 자리에 이렇게 뛰어들어 미안합니다. 하지만 이 양반은 우리집 손님이니 그만 개평**을 떼시고 인제는 내놓으시는 것이 어떨까요? 하하하……."
하고 매당은 능청맞은 웃음을 커다랗게 내놓았다.

"그렇다뿐이겠습니까. 그럼 인젠 데려가시지요."
경애의 대답은 선선하였다. 그러나 그 웃음은 쌀쌀하다. 너희들의 얼굴은 보았으니 인제는 소용없다는 생각이다. 그러나 말이 이렇게 나가니 일껏 호의를 가지고 농담으로 데려가겠다고 한 매당으로서는 흥도 식고 말도 막혀 버려서,
'요년, 어린게 여간내기가 아니로구나.'
하는 생각을 속으로 할 뿐이다.

"자, 그만 일어서 봅시다. 쓸쓸하게 여기 앉아서 무얼 하는 거요. 이 아씨께는 미안하지만."
매당의 수작은 군색지 않을 수 없었다. 경애의 춤에 놀고 나서는 도리어 경애에게 미안하다는 인사 한마디라도 하지 않을

---

* 作人. 사람의 됨됨이나 생김새.
** 노름이나 내기 따위에서 남이 가지게 된 몫에서 조금 얻어 가지는 공것.

수 없게 된 것이 암만하여도 곱장사다.

"그러지 말고 어서들 앉으시구려. 실상은 이분이 오시라고 청한 것이니까 매사는 간주인*이겠지."

상훈이는 별로 경애에게 지다위**를 하려는 것은 아니나 실없이 이런 소리를 하자 매당의 얼굴빛은 여걸답지 않게 살짝 변하며,

"그럼 불러다 놓고 가라는 것은 너무 과하신 처분인데!"
하고 시비조로 입을 삐죽하였다.

매당은 벗어 든 조바위를 교의 뒤턱에 걸어 놓고 캥거루 앞발 같은 망토 귀의 두 손을 움직여서 담배를 붙인다. 마치 수갑 찬 죄수가 무엇을 먹는 것같이 병신성스럽다.

상훈이는 한참 바라보다가 픽 웃으며,

"그거 좀 벗어 놓구려. 오리발 늘어진 것 같게 결박을 잔뜩 지어 둘 게 무어요."
하고 여자들을 웃겨 놓으니까 매당도 성난 사람이 웃듯이 입이 비뚤어지며 실소를 하다가 그 말끝에 달아서,

"결박도 짓겠지. 오너라 가너라 하고 끌려다니는 사람이……."
하고 비꼬아 보며 자리에 앉는다. 의경이는 손에 들었던 것을 옷걸이에 걸어 놓고 이때껏 매당과 상훈이 사이에 무색한 듯 섰다가 매당이 앉는 것을 보고서야 따라 앉는다. 그것을 보니 경애에게는 매당의 몸종같이 보여서 가엾기도 하고 남의 일이건만 심

---

* 看主人. 집이나 물건은 그 주인이 보며 살핀다는 뜻을 한문 투로 이르는 말.
** 남에게 등을 대고 의지하거나 떼를 씀. 또는 자기의 허물을 남에게 덮어씌움.

김의경

사도 틀렸다.

"왜 그렇게 말씀을 하세요. 오너라 가너라 할 사람은 누구요, 그렇다고 올 사람은 어디 있겠습니까. 외투 모자를 찾으러 보내는 길에 저 아씨께 혹시 놀러 오시겠느냐고 여쭈어 보라고 한 것이지요."

경애는 어디까지 좋게 한 말이나 그러고 보면 매당은 불청객이 자리한 셈쯤 되었고 계집 붙여 주고 줄줄 쫓아다니는 뚜쟁이 꼴이 되고 말았다. 점점 더 앞이 꿀려만 들어간다.

"그리고 지금도 데려가신다기에 개평은 고만 떼겠습니다고 한 게 아닙니까."

매당은 수에 떨어지니까 나는 안 듣는다, 혼자 지껄여 봐라 하는 듯이 의경이와 소곤소곤 딴 이야기를 하다가 어디 갔다가 온 사람처럼 경애를 돌려다보고,

"내게 무어라고 하셨소?"

하고 딴청을 한다.

'예끼, 이 유들유들한 더러운 년!'

경애는 이런 생각을 하며 속으로 침을 탁 뱉었다.

"그런 놀래는 고만두고 무어나 먹고 유쾌히 놀다 갑시다."

하고 상훈이가 중재를 붙이듯이 가로맡으니까 매당은 간다고 일어난다.

"두 분이 잘 노시오."

비릿비릿하게 데려갈 건 무어냐는 생각이다. 의경이도 새침히 앉았기는 하나 속에서는 이를 악무는 터이다.

"천만의 말씀입니다. 참 정말 개평을 오래 떼어서 찾으러 오시게까지 한 것은 미안합니다."

경애도 시들한 수작을 하였다. 이렇게 되고 보니 이리저리 찢기던 조상훈이의 값이 금시로 폭락이다.

"개평, 개평 하니 내가 기생이란 말인가? 늙은이의 나잇값이라도 해주어야 하지 않나?"

하고 상훈이도 반지르르한 머리를 뒤로 쓰다듬으면서 일어선다.

경애도 일어섰다.

"그럼 이 아씨도 가시면 어떨까요?"

별안간 매당은 경애를 끌려 하였다. 여기까지 어림없이 끌려온 앙갚음으로도 데리고 가서 시달려도 주고 어떤 위인인지 캐어 보고도 싶은 것이다.

"나요? 나는 바빠서 못 가요. 실상은 여러분보다도 내가 먼저 가야 하겠습니다."

하고 경애는 정말 앞장을 서 가려 한다.

"뭇사람을 불러다 놓고 그런 법이 있나요. 외수* 전갈에 이렇게 온 사람도 있는데 회사**로라도 내게 좀 가셔야 할 거 아니오."

매당은 반은 시비하듯이 이런 소리를 한다.

"외수 전갈한 일은 없습니다. 어쨌든 참 정말 바빠서 곧 가봐야 하겠어요."

"젊은 아가씨가 밤에 무슨 사무가 그렇게 바쁘시우?"

---

\* 外數. 속임수.
\** 回謝. 사례하는 뜻을 표함.

매당은 놀리듯이 웃다가,

"오늘 조상훈 씨를 데려오신 것도 밤 사무의 한 가진가요?"
하고 남자처럼 커다랗게 웃는다.

"예, 나두 댁에서처럼 술장사를 하기 때문에요! 손님들을 앉
혀 놓고 왔기 때문에 곧 가야 합니다. 하지만 권번 사무소나 첩
쟁이나 첩쟁이 예비군이 꼬이는 데는 아니니까 그렇게 밤을 새
우지는 않습니다. 하하하."
하고 경애는 인사도 변변히 않고 홱 나와 버렸다.

경애는 큰길로 나오면서 혼자 생글 웃었다. 어찌나 통쾌한지
몰랐다. 그러면서도 정작 의경이와 말 한마디 건네 보지 못한 것
이 좀 부족하였다. 그러나 의경이에게 질투라든지 불쾌한 감정
은 고사하고 도리어 동정이 가는 것이 자기가 생각해도 이상하
였다. 물론 그 어린것을 적대로 해서 겯고틀거나* 하는 것은 가
당치도 않은 생각이었다.

경애는 바커스로 향하면서 아닌 게 아니라 인젠 남은 사무가
11시까지 병화가 오기를 기다리는 것밖에 없으나 병화를 만나
면 오늘 밤을 어떻게 지낼꾸? 하는 생각을 몽롱히 하였다.

* 겯고틀다 : 시비나 승부를 다툴 때에, 서로 지지 않으려고 버티어 겨루다.

삼대

# 가는 이

조의관은 사랑에 누워서는 모든 것이 비편하고 안심이 아니 되고 누가 자기에게 약사발이라도 안겨서 죽일 것만 같아서 야단야단 치고 안으로 옮아 들어왔다. 아들이 있고 손자가 있고 증손자까지 두었건마는 그래도 수원집만은 모두 못하였다. 수원집이 옆에 앉았기만 하면 병은 저절로 나을 것 같았다. 그러나 절대로 안정을 시키라는 늙은이를 떠메어 들여왔으니 아무리 네 각을 떠서 들여온 것은 아니지마는 늙은이의 노끈 같은 허리 가 아무래도 추슬렸을 것이다. 막 나을 고비쯤 되었던 허리가 다시 물러났는지 옮아온 며칠 동안은 허리뼈가 여전히 시큰거리고 쑤시고 부기가 더 성하여 갔다.

게다가 불질이 아무래도 심하니까 병실의 온도가 알맞지 못하여 조급한 성미에 이불을 시시로 벗기라고 야단이요, 그러는 대로 방문은 여닫고 하니까 감기 기운도 나을 만하다가는 다시 도지고 도지고 하여 인제는 시들부들 쇠하여 버렸다. 그러는 동안에 제일 무서워하던 폐렴이 곁들었다. 한의 양의가 번갈아 들며 집 안은 약 달이기에 꼭두식전부터 오밤중까지 잔칫집같이 뒤집어엎는다.

수원집은 어쨌든 살이 더럭더럭 내렸다. 이목은 번다한데 조금치라도 아이 보는 년에게까지 내색을 보이지 않으려니만큼 속은 더 썩는 것이다.

꼴 보니 병은 오래 끌 모양인데 앓는 어린애처럼 잠시 한때 곁을 떠나지 못하게는 하고 밤이나 낮이나 똥오줌은 받아 내야 하니 낮에는 남의 손을 빌리지만 밤에는 제 손으로 치워야 한다. 그럴 때마다 단잠을 깨우는 것도 죽겠지마는, 마음대로 문도 못열어 놓으니 방 안에 냄새가 탕진을 하여 몰래 향수 뿌린 비단 수건으로 코를 막고야 자는 버릇이 생겼다. 그러나 이불 속에 넣은 수건은 눈에 안 보이고 냄새는 맡히니까 영감은 웬 향내가 이렇게 나느냐고 군소리를 중얼중얼 하는 것이었다. 향내가 싫은 것이 아니라 자기에게서 무슨 냄새가 나니까, 그게 싫어서 향수로 소독을 하거니 하고 짜증을 내는 것이다.

그래도 수원집은 영감 앞에서는 입의 혀같이 살랑거렸다. 이번 판에 공을 들여 놓아야 100석이 200석이 될 것이 아닌가? 그것도 그렇지마는 이번에는 손자며느리도 먹어 내야 할 필요가 있었다. 아들 내외와 그만큼 버스러졌으니까 죽을 때라도 손자 내외에게 많이 몫을 지어 줄지 모를 일이니 손자 식구마저 떼어 놓으면 한 뙈기라도 그리 붙일 것을 이리로 더 붙이게 될 것은 인정의 어쩌는 수 없는 약점이겠기에 말이다.

"젊은것이 게을러 빠져서 못쓰겠어요."

조금만 영감의 눈살이 아드득 찌푸러지는 것을 보면 모든 것을 손자며느리에게 밀어붙이는 것이다.

"아직 어린것이 자식이 딸렸으니까 그럴 수밖에! 또 무에 들지는 않았나?"

영감은 그래도 손자며느리는 물 오른 가지에 달린 봉오리처럼 귀엽게 보는 것이었다.

"게다가 또 있으면 어째요. 하나를 가지고도 헤나지를 못하는 채신에……."

수원집의 입은 샐룩하였다.

"그래두 있을 때가 되면 있어야지."

영감은 손자가 이번에 다녀갔으니까 있으려니 하는 것이다. 수원집 몸에 있는 것만은 못하여도 계계승승하여 억만 대에 뻗칠 ×× 조씨의 손이 놀까 봐 이 영감은 병중에도 걱정인가 보다.

"몸은 편치 않으신데 별걱정을 다 하시우."

자기에게는 있어도 걱정이지마는 시기가 나는 것이었다.

"어쨌든 시어미란 게 버려 놓았어요. 네 것 내 것을 고렇게도 야멸차게 싹싹 가르고 요강 하나라도 이 방에서 나가는 것은 무슨 병이 붙어 나가는지 제 방 것을 부시면서도 건드리기는 고사하고 보기만 하여도 더러더러 하고 눈살을 찌푸리니 절더러 부시라는 건 아니지만 그게 말예요."

우선 초벌로 헐어 놓는 것이다.

"그야 부실 사람이 없어 그 애더러 하랄까."

영감은 그만만 해도 자기에게 피침한 일이니 듣기에 좋을 것은 없으나 이렇게 눌렀다.

"그러니 말씀이죠. 한 일을 보면 열 일을 안다고 약 달이는 것도 꼭 아랫것들에게만 맡겨 두고 모른 척하니 그래 지날 결에라도 떠들어 보면 못쓸 게 무어예요. 아니, 약은 그만두고라도 어른 잡숫는 찌개 한 그릇이고 숭늉 하나라도 정성이 있으면 더운가 찬가 애가 쓰이고 들여다보는 게 옳지 않아요……."

영감은 여기 와서는 잠자코 있지 않을 수 없다. 영감이 잠자코 말면 인제는 귀가 뚫렸고나 하고 수원집의 속은 신이 나서 입술이 더 나불거리는 판이다.

늙은이 좋다 할 사람 없고 게다가 병들면 오장이 여간 제대로 박히지 않고는 처자식이라도 머리를 내두를 것이지만 자여손(子與孫)이 남부럽지 않고, 그래도 경향 간에 누구라도 손꼽을 만한 천량을 가지고 앉아서도 늦게 의탁할 사람이라곤 뜨내기로 들어온 이나 다름없는 수원집 하나요, 세상에 없는 신약을 구하여 와도 하인년의 손에 달여 먹으니 졸아붙으면 물 타 올 것이요, 많으면 엎질러다 줄 것이다. 그걸 생각하면 그래도 괴롭다는 말 한마디 없이 고분고분히 시중을 드는 것이 신통하고 가상하다. 처음에 수원집을 끌어들일 때 말썽이 많고 온 집안이 반대하였지마는, 지금 생각하면 수원집이나마 없었더면 어떻게 되었을꼬? 죽을 때 물 한 모금이라도 떠 넣어 줄 사람은 그래도 수원집 하나뿐이다.

"덕기만 하더라도 제 처한테는 편지를 하면서 떠나간 뒤에 이때까지 영감께 상서는 없었지요?"

수원집은 덕기까지 쳐들었다.

"응, 도착하는 길로 한 번 오긴 왔지, 한데 언제 또 왔다고?"

"어제 또 왔나 보던데요."

영감은 손자며느리를 불러들였다.

"애, 아비에게서 편지가 왔니?"

"예."

"그럼 날 좀 보여야지."

영감은 젊은 애가 내외끼리 한 편지를 보자고 한다. 다른 때 같으면 그런 생각 없는 소리를 아니하였겠지만, 병석에 누운 뒤로는 신경이 흥분하여 망령 난 늙은이처럼 불관한 일에까지 총찰이 하고 싶고, 앓는 어린애처럼 노염을 잘 타는 데다가 수원집의 그 말을 들으니 화가 발칵 난 것이었다.

"별말 없어요. 책을 한 권 건넌방에 빠뜨린 것하고 넥타이 두고 간 걸 보내 달라는 거야요."

젊은 색시가 남편에게서 온 편지를 시조부 앞에 내놓기가 부끄러웠다.

"어쨌든 이리 가져와!"

영감의 말소리는 좀 역정스러웠다.

손자며느리는 웬 영문인지? 모른다느니보다는 또 수원집의 농간이려니 하는 생각을 하면서도 하는 수 없이 제 방으로 가서 편지를 가져다 바쳤다.

편지에는 사실 그 말밖에 없었다. 그러나 할아버님 병환은 좀 차도가 계시냐고 한마디 물었을 뿐인데 어린아이에 대하여는 감기 들리지 않게 주의를 하라는 둥, 젖을 종작없이 물리지 말라는 둥 잘 때에 젖을 물리지 말라는 둥 부인 잡지 권에서나 얻어

들었는지 하는 주의를 자질구레히 쓴 것이 영감에게는 눈에 거슬렸다.

'자깝스럽게* 어린것이 자식 귀한 줄은 아는 게구나.'
하는 생각을 하며,

"그래 부쳐 달라는 것은 부쳤니?"
하고 물었다.

무슨 난데없는 호령이 내리지나 않는가 하고 조심하여 시조부의 낯빛만 내려다보고 섰던 손자며느리는 마음이 죄이면서,

"아직 못 부쳤에요."
하고 대답을 한다.

"난 편지 쓸 새가 없고 하니 자세한 답장을 해주어라. 내 병이야기도 하고 나는 이번엔 아마 다시 일어날 수 없으리라고 하여라."

조부는 이렇게 이르고서 소포 부칠 것을 어서 싸서 사랑으로 내보내 지주사에게 부치라고 할 것과, 집안일에 네가 잘 주장을 해서 잘 거두라는 것을 한참 잔소리한 뒤에는,

"약 같은 것도 그렇지 않으냐? 네가 전력을 해서 달이지 않고 부엌데기나 어린 계집애년들에게만 내맡겨 두면 어쩌잔 말이냐? 약은 어쨌든지 간에 네 도리로라도 그러는 게 옳지 않으냐."

영감은 좀 더 단단히 말이 하고 싶으나 어린것을 그럴 수도 없어서 참는 것이었다.

* 자깝스럽다 : 어린아이가 마치 어른처럼 행동하거나, 젊은 사람이 지나치게 늙은이의 흉내를 내어 깜찍한 데가 있다.

그러나 손자며느리로서는 억울하였다. 다른 것은 몰라도 약 달이는 데에 자기같이 정성을 쓰는 사람이 이 집안 속에서 누구일까? 그렇게 말하면 수원집이야말로 공연히 떠들고만 다녔지 이때껏 약 한 첩 자기 손으로 달이는 것을 본 일이 없지 않은가! 그러나 분하여도 하는 수 없다. 친정 부모밖에는 이 집 속에서 하소연 한마디 할 데조차 없다.

"하느라고는 합니다마는……."

겨우 이렇게 한마디밖에는 말대답이 될까 봐 입에서 나오지를 않았다.

"글쎄, 그러니까 더 주의를 하라는 말이다."

영감은 이렇게만 일러 내보내 놓고도 손자의 편지에 자기 병 걱정은 한마디 없이 어린 자식 조심시키란 말만 한 것이 아무래도 못마땅하였다.

아침 후에 상훈이가 문안을 왔다. 영감이 누운 뒤로 아침저녁 문안만은 신통히도 궐하지 않는다. 요새라고 기를 쓰는 것은 아니나 경애를 만난 이후로 벌써 반 달짝이나 거진 매일 장취다. 그래도 나가서 잔 일은 요새로 어제가 처음이다. 어제 청목당에서 경애를 쫓아가는 수도 없고 여자들을 데려다주는 수밖에 없어서 택시로 매당집에를 또 갔던 것이다. 가서는 늘어져 붙었던 것이다. 의경이를 그리로 맞은 것은 단순히 이성에 대한 궁금증도 있었지만 당자를 만나 보고 좋도록 달래서 떼어 버릴 이야기도 하고 싶었던 것이었다. 원체 무슨 깊은 뜻이 있던 것이 아니요, 매당이 불러 대주니까 만나 본 것인데 의외로 달라붙는 수에 상훈이는 두통을 앓는 터이다. 물론 알 만한 사람의 집 딸인 줄도 짐작하는 터요, 당자도 여자고보를 마치고 보모학교까지 마쳐서 유치원에 다니는 것을 보면 지금 여자로는 상당한 자격이 없다고는 할 수 없으나 그건 그거요, 이건 이것이다. 제 말을 들어 보거나 하고 다니는 꼴을 보면 무척 귀엽게 자랐기도 하였고 재주도 있어서 장래에는 동경 가서 여자대학 영문과나 음악학교를 다닐 작정이었는데 집안이 급작스레 어려워져서 보모가 된 모양이다. 지금도 당자의 소원은 우선 동경으로 보내서 공부나 시켜 주었으면 좋을 말눈치나 상훈이는 그럴 흥미까지는 없다. 애를 써 공부를 시켜 놓으면 그때는 무슨 핑계를 대고서든지 빠져 달아날 것이니 말하자면 당자나 자기를 위한다느니보다도 장래 남편 될 어떤 놈의 좋은 일을 해주는 셈이니까 싫은 것이다. 그렇다고 데려다가 살림을 하기도 싫다. 정식 결혼을 하자는 것도 머릿살 아픈 노릇이지만 매당집 같은 데서 만나 본 계집을 제법 살림꾼으로 들여앉힌다는 것은 가당치도 않은 노릇이라고 생각하는 것이다. 어떤 남자나 그러한 것과 같이 이런 데 계집이란 한때 데리고 노는 데는 좋아서 덤비지만 살림을 하자는 말이 나오면 내남직할 것 없이 꽁무니를 슬슬 빼는 것이다. 당장 사정도 허락지를 않거니와 살림한대도 이런 데 한 번 발천을 해놓은 계집은 믿을 수가 없고 또 사실 언제나 제 버릇이 나오고 말기 때문이다. 가외 나이는 어리고 자기는 속은 어쨌든지 교인인데 될 말인가.

다만 어린 계집애를 버려 놓았다고 할지 모르나 버려 놓은 사람은 매당집이요, 애초에 이런 데에 발을 들여놓기가 잘못이지…… 자기가 안 버려 놓으면 누구든지 버려 놓을 놈이야 그득하지 않은가? 상훈이는 이렇게 스스로 변명을 하는 것이었다.

어쨌든 인제는 차차 코에서 단내가 나고 매삭 30원씩이나 돈을 내주는 것도 성가셔서 아주 단념해 버리라는 말을 하자 하자 하면서도 만나면 차마 입에서 나오지를 않고 하여 미루미루해 나오는 것이었으나 별안간 경애와의 문제가 일어난 이 판에야말로 결단을 내려고 어제 불러 본 것이라서 일이 그렇게 되고 보니 나중에 제풀에 암상을 내고 떨어지게 되면 다행한 일이지만 우선은 잘 달래서 피차 큰 소리 없이 하자고 어제 또다시 매당집으로 가서 늦도록 놀며 싸우며 하다가 자버린 것이었다. 의경이도 이때까지 저의 집에서 나와 자는 일은 없고 늦어야 12시면 돌아갔으나 워낙이 늦기도 하고 분한 김에 아무려나 될 대로 되라고 자버린 것이었다.

상훈이의 얼굴은 지지벌겠다. 아침 술은 절대로 안 먹건마는 자정 넘어까지 먹은 술인데 잠도 부족하니 더구나 깨끗이 깨를 않는 것이었다. 부친은 아들의 얼굴이 날마다 불그레한 것이 못마땅하였다. 문안이라고 병인의 방에 들어와서 잠깐 섰다가 나가는 것이건마는 그 2분이나 3분 동안이 피차에 지리한 것 같고 성가셨다.

"너 날마다 아침 술을 먹고 다니니?"

부친은 앓는 아비를 주기 있는 얼굴로 와서 보는 것이 더욱 못마땅한 것을 참고 참다가 하도 여러 날이니까 오늘은 터져 나오고 말았다.

"아니올시다!"

상훈이는 얼굴이 더 벌게지며 질겁을 해서 대답을 하였다.

"그렇겠지! 보통 교인도 술 담배는 안 먹는다니까…… 그렇지만 그런 얼굴을 하고는 다시는 내 앞에는 오지 마라…… 너는 지금 앓는 아비를 보러 온 거냐? 해정*을 하려고 술친구를 찾아다니는 거냐?"

영감은 돌아누워 버렸다. 상훈이가 먹먹히 섰다가 나오려니까,

"다시는 오지도 말고 죽어도 알릴 리도 없으니 어서 가서 술집에고 계집의 집에고 틀어박혀 있거라."

나가는 아들의 등덜미에 찬물을 끼얹듯이 이런 소리를 꽥 질렀다.

부친의 호령은 언제나 바악 할퀴는 것 같았다. 심장 밑이 찌르르하였다. 그럴 때마다 하속배나 어린 며느리자식 보기에도 창피한 증이 들었다. 여생이 얼마 안 남은 부친이니 그야말로 양지(養志)는 못할망정 자식 된 자기로서 제 속마음으로라도 향의(向意)만은 정성껏 하리라고 생각하다가도 주책없는 어린애처럼 배심이 드는 것이었다.

'내가 잘한 것이야 없지마는 효도 윗사람이 하도록 만들어 주어야 될 것이 아닌가?'

* 解酲. '해장'의 원말.

상훈이는 이런 생각도 하였다. 언제라도 부자간에 따뜻한 말 한마디 주고받은 것은 아니로되, 수원집이 들어온 후로 한층 더 심한 것을 생각하면 밤낮으로 으르렁대는 자기 마누라만 나무랄 수도 없을 것 같았다. 더구나 어제 매당집에 왔던 생각을 하면 도저히 이 집 속에 붙여 둘 수 없겠건만 부친의 일을 어찌하는 수 없었다. 부친만 돌아가면 자식이야 있든 없든 남 될 사람이요, 또 벌써부터 뒷셈 차리느라고 그런 데를 드나드는 것이겠지마는 큰 걱정은 까닭 없이 몇백 석이고 빼앗길 일이다. 그것도 잘 지니고 자식이나 기른다면 모르겠지만 어떤 놈 좋은 일이나 시키고 말 것이 생각하면 아까운 일이다. 그것을 장을 대고 벌써 어떤 놈이 뒤에 달렸는지도 모를 일, 달렸기에 병인을 내버려 두고 틈틈이 다니는 것일 것이다. 제 밑 들어 남 보이기니까 어제 매당집에서 피차 만났다는 말이야 영감님께 하고 싶어도 못하였겠지마는 오늘에 한하여 별안간 계집의 집에나 술집에 가서 틀어박혀 있으라고 부친이 역정을 내는 것은 웬일일꼬? 저는 발을 빠지고 또 무어라고 헐어 냈나? 정말 그렇다면 이편에서도 가만히는 안 있으련다! 상훈이는 혼잣속으로 이런 생각을 하며 아이 년이 업은 손자새끼를 얼러 주다가 사랑으로 나가려니까 안에서는 눈에 안 띄던 수원집이 사랑 문 앞께서 들어오다가 마주쳤다.

"매당집은 언제부터 알았습니까?"

상훈이는 지나쳐 들어가려는 수원집에게 순탄한 낯빛으로 물어봤다. 어제 보았다는 표시를 해서 발등을 디디려는 생각으로였으나 마당에 섰는 사람들에게나 방 안에 들릴까 봐 사폐 봐주어서 말소리만은 나직이 하였다.

"매당집요? 요전에 사귀었어요. 어제 종로까지 잠깐 무얼 사러 나갔다가 길에서 만나서 어찌 끄는지 잠깐 들렀었죠마는 나으리께서도 아셔요?"

상훈이는 유산태평*으로 목소리를 크게 지르는 데 우선 놀랐다. 남은 일껏 사정 봐주어서 은근히 묻는데, 저편은 한층 뛰어서 모두 들으라는 듯이 떠들어 놓는다. 더구나 어제 마주친 것은 시치미 딱 떼어 버리고 나으리께서도 아느냐고 묻는 그 담찬 소리에는 입이 벌어질 노릇이다.

"알고 모르고가 없이 어제 거기서 만나지 않았소?"

상훈이의 입가에는 웃음이 떠올라 왔으나 눈에는 꾸짖고 위협하는 빛이 어렸다.

수원집은 속으로 코웃음을 치면서도 깜짝 놀란 듯이,

"예, 난 설마 했더니! 그런데 나으리께서 어떻게 거기서 약주를 잡숫고 계셨에요? 그 집주인 사내 양반하고 친하세요?"

호들갑스럽게 딴청이다.

"에, 그럭저럭 알지만……"

상훈이 역시 어름어름하면서,

"그건 고사하고 매당을 언제 알았습디까?"

하고 또 캔다.

"글쎄, 요전에 알게 되었에요. 조선극장에를 갔더니 그이두 왔

---

* 遊山太平. 아무 근심 걱정 없이 한가하고 편안함.

는데 데리고 온 계집애년이 예전에 우리집에서 자라난 종년의 딸이겠지요. 그년하고 이야기를 하게 되어서 차차 알게 되었는데 어제는 한사코 자기 집을 배워 두고 가라고 끄는군요. 영감님은 저러시고 한가로이 놀러 갈 새는 없는데 뿌리치다 못해 잠깐 들러 보았지요."

말이 혀끝에서 풀리기는 하지만 힘 안 들이고 청산유수같이 나온다.

"하여간 그렇다면 몰라도 가까이 다니지는 말우. 남자들이 모여서 술이나 먹는, 말하자면 내외술집 비슷한 데니까……"

상훈이는 수원집의 말을 열 마디 다 곧이들을 수는 없으나 혹시 그랬을지도 모른다 하면서 이렇게 일렀다.

"예, 그런 데에요? 그럼 공연히 갔군요…… 퍽 잘사는 모양이요, 살림두 얌전한가 보던데 왜 그런 영업을 할까요. 주인 영감도 퍽 점잖은 영감이라던데요?"

수원집은 천만뜻밖의 소리를 듣는다는 듯이 연해 고개를 갸웃거린다.

"어쨌든 나는 남자니까 상관없지마는 다시는 가지 말우."
하고 상훈이가 헤어져 사랑 문에 발을 들여놓으려니까 최참봉이 뒷짐을 지고 담 밑에서 오락가락하고 있다.

상훈이는 최참봉을 보자 저절로 눈이 찌푸려졌다. 담 밑이 양지라 해서 거기서 어른거리는지도 모르겠으나 지금 자기네의 이야기를 들었을 것이 싫기도 하고, 날마다 대령하는 축이 아직 안 모여서 스라소니 같은 지주사만 지키고 들어앉았는 이 사랑에 수원집이 나왔으면 최참봉밖에 만날 사람이 누굴까. 최참봉이란 늙은 오입쟁이다. 파고다공원에 가서 천냥만냥하는 축이나 다름없으나 어디서 생기는지 인조견으로 질질 감고 번지르르한 노랑 구두도 언제 보나 울이 성하다. 또 그만큼 차리고 다니기에 파고다공원에는 안 가는 것이다.

어쨌든 이 사람은 수원집을 이 집에 들여앉힌 사람이니 주인 영감에게는 유공한 병정이다. 천냥만냥이 본업이요 그런 일이 부업인지, 계집 거간이 전업이요 땅 중개가 부업인지 그것은 닥치는 대로니까 당자도 분간하기가 좀 어려우리.

하여간 요전에 들어온 이 댁 어멈인가 안잠자기*인가도 이 사람의 진권이라 하니 자기 마누라 말마따나 이 세 사람이 한통속은 한통속일 것이라고 상훈이도 생각하였던 것이다. 일전 파제삿날에 수원집과 싸우고 온 마누라를 나무랄 때 마누라 입에서 들은 말이지마는, 제삿날도 문간에서 최참봉과 숙설거리다가 어디인지 갔다 왔다 하지 않던가. 소문에는 원체 최참봉과 그렇지 않은 사이나 살 수가 없어서 이리 들어앉은 것이라는 말도 귓결에 떠들어 온 것을 기억하고 있다. 어쨌든지 상훈이는 최참봉만 보면 달라는 것 없이 미웠다. 미운 사람에는 또 한 사람 있다. 제삿날 저녁에 말다툼하던 재종형 창훈이다. 이 두 사람을 꼼짝 못하게 만들어 놓아야 하겠다고 벼르는 것이나 이편이 싫어하면 저편도 좋아할 리가 없다. 상훈이가 밖에 나가서 하는 일거일동

* 여자가 남의 집에서 먹고 자며 그 집의 일을 도와주는 일, 또는 그런 여자.

을 영감에게 아뢰어 바치는 사람은 이 두 사람이다.

"요새 어떠슈? 살살 혼자만 다니지 말고, 어떻게 나 같은 놈도 데리고 다녀 보구려? 과히 해로울 건 없으리다."

최참봉은 이런 소리를 하고 껄껄 웃는다. 나이는 상훈이보다 육칠년 위나 말은 좀 높인다.

"어디를 가잔 말요?"

상훈이는 핀잔을 주며 냉소한다. 어젯밤 일이 벌써 이 놈팽이에게 보고가 들어갔고나 하니 더욱 불쾌하다.

"매당집에 자주 간답디다그려? 거기나 가볼까?"

하고, 상훈이는 고쳐 생각하고 앞질러 떠보았다.

"그거 좋지! 매당이란 말은 들었어도 이때껏 가보지는 못했어."

"수원집이 다 가는 데를 못 가봤어? 퍽 고루한데! 서울 오입쟁이 아니로군!"

"이 늙은 놈을 가지고 무슨 소리슈, 허허! 그런데 수원집이 그런 데를 가다니? 누가 그런 소리를 합디까?"

하며 최참봉은 자기 딸의 흉이나 나온 듯이 놀란다.

"지금 못 들었소?"

상훈이는 여전히 코웃음을 친다.

"무얼 들었단 말씀요?"

이 사람도 딴전이다.

"모르면 모르고……."

상훈이는 툭 뿌리치는 소리를 하고 휘죽 나가려니까 최참봉

은 혜 웃고 바라보다가,

"이따 만납시다요. 나는 약조를 어기는 법은 없으니까."

하고 소리를 친다.

안방에서는 영감이 들어와 앉는 수원집더러 무슨 이야기냐고 묻는다.

"어제 갔던 집 이야기예요. 나리도 그 집 영감하고 친하다나요. 어쩌면 벌써 아셨어!"

수원집은 어제 다녀 들어와서 지금 상훈이에게 한 말대로 영감에게 벌써 이야기를 해두었던 것이다.

"그 집 주인은 무엇 하는 사람인데?"

영감은 의심쩍어 묻는 것은 아니다. 의심쩍은 일이 있으면야 당자가 애초에 알려 바칠 리도 없고 더구나 아들의 친한 사람의 집이라니까 자기도 혹 짐작할 사람인가 하고 묻는 것이다.

"모르겠어요. 아마 같은 교회 사람인지도 모르겠어요."

수원집은 영감에게 매당이란 매(梅) 자도 입 밖에 아니 내었지만 매당에게 영감이 있다면 죽으로 있을지 몰라도 웬놈의 그런 남편이 있으랴마는 상훈이에게는 그 집 내평을 모른다는 표시를 하느라고,

"주인 영감은 퍽 점잖다지요."

하고 군소리를 해둔 것이요, 또 영감에게 들어와서도 아무쪼록 믿게 하느라고 상훈이와 친한 교인인가 보더라고 발라맞추는 것이다.

"상훈이 친구면야 모두 그따위들이겠지마는 아무튼지 친구를

잘 사귀어야 하는 거야. 여편네가 요새 세상에 까딱하면 타락하는 것은 모두 못된 년의 꾐에 넘어가는 것이니까…… 저만 봉변을 당하는 게 아니라 남편의 얼굴에 똥칠을 하게 되고 가문을 더럽히고……."

영감이 또 잔소리를 꺼내니까, 수원집은,

"염려 마세요. 한두 살 먹은 어린애니 걱정이십니까? 누구고 누구고 안 사귀면 그만 아닙니까?"

하고 말을 막아 버린다.

# 활동


경애가 바커스에서 자정이나 되어 집에 돌아와 보니 병화는 조금 전에 갔다 하고 건넌방의 피혁 군은 자는지 문을 첩첩이 닫고 감감하다.

"주무세요?"

하고 소리를 쳐보았으나 대답이 없었다.

혹시 병화와 길이 어긋나지나 않았을까 하는 생각이 없지 않았으나 그대로 들어와 자버렸다.

이튿날 이른 아침에 문도 안 열어 놓아서 문을 흔드는 소리에 부엌에서 불을 지피고 있던 모친이 나가 보니 얌전한 처녀애가 보따리를 끼고 덮어놓고 들어서면서,

"홍경애 씨 계시죠?"

하고 묻는다. 노파는 멀뚱히 쳐다보다가,

"들어가 보우."

하고 문을 지치고 들어왔다.

"얘, 내다봐라."

모친이 안방에다 대고 소리를 칠 새도 없이 건넌방에서 먼저 덧문이 펄썩 열리더니 피혁 군이 중대강이 같은 시퍼런 머리를

쑥 내밀며,

"새문 밖에서 오셨소? 이리 주슈."

하고 보따리를 냉큼 받으면서,

"추운데 애쓰셨소이다. 안방으로 좀 들어가시지요."

하고 인사를 한다. 그러나 처녀애는 아무 대답도 없이 머뭇머뭇하고 섰는 양이 주인을 좀 만나 보고 가려는 눈치다.

"애, 그저 자니? 손님 왔다."

모친이 또 한 번 소리를 치니까 그제서야 머리맡 미닫이를 밀치고 경애가 잠이 어린 눈으로 내다본다.

"어디서 오셨소?"

경애는 머리를 쓰다듬으면서 묻다가,

"새문 밖에서…… 저 김병화 씨께서……."

하고 필순이가 어름어름하는 것을 듣고는 반색을 하면서,

"예, 예, 어서 들어오셔요."

하고 부리나케 자리 속에서 나온다.

필순이는 곧 가겠다지도 않고 옷 입는 동안을 지체하여 안방문을 열기를 기다려서 들어갔다.

필순이는 병화의 부탁도 부탁이려니와 덕기의 편지를 본 후로 경애를 한번 보았으면 하는 호기심이 잔뜩 있던 판에 이렇게 속히 만나게 될 줄은 의외였다. 필순이는 첫눈에 예쁜 얼굴이라고 생각한 외에 별로 깊은 인상은 받지 못하였으나, 누구나 자고 난 얼굴이란 볼 수가 없겠건마는 이 여자는 갖추지 않은 얼굴 그대로도 남의 눈을 끄는 데에 필순이는, 약간 친숙한 마음까지

일어났다. 방에 들어선 필순이는 방 치장이 으리으리하고 경애가 남자의 고의적삼 같기도 하고 청인의 옷 같기도 한 서양 자리옷을 입은 양이, 눈 서투르면서도 더 예뻐 보이는 데에 잠깐 얼없이 섰었다. 자기 집 방 속을 머리에 그려 보고는 너무나 동떨어진 데에 불쾌와 반심이 생기는 것이었다.

'하지만 카페 같은 데 가서 벌어서 이렇게 잘살면 무얼 하는 건구! 기생이나 다를 게 없지!'

이런 생각을 하니 필순이는 도리어 더러운 것 같고 경멸하는 마음이 생겼다. 경멸하는 마음이 생긴다느니보다도 애를 써 경멸하는 마음을 먹어서 자기를 위로하고 부러운 생각을 누르려 하였다.

"김선생님 잘 가 주무셨에요?"

경애는 자기에게 병화 심부름을 온 줄 알고 물었다.

"예, 그런데 조선옷을 가지고 왔에요."

경애는 어떤 영문인지를 몰랐다.

"무슨 옷요? 어디 두었에요?"

"건넌방에요……"

경애도 필순이의 대답을 듣기 전에 그러려니 하는 짐작이 반짝 떠올라 왔던 것이다.

경애는 다시 한 번 고개를 끄덕여 보이고 무슨 생각을 하는 눈치더니, 발딱 일어나더니 벽에 걸린 외투를 떼어서 파자마(자리옷) 위에다가 들쓰며,

"김선생님 언제 오신대요?"

하고 묻는다.

"이제 뒤미처 오실걸요."

경애가 급히 방문을 열고 나가려니까, 필순이는 따라 일어서며,

"두루마기가 짧으면 내가 예서 고쳐 드리고 갈 테니 잠깐 입어 보시라고 하세요."

하고 소곤소곤 이른다.

"뉘 건데요?"

"집의 아버지 건데 짧을 듯하다고요. 저더러 고쳐 놓고 오라고 하셨으니까 짧건 가지고 오세요."

경애는 고개만 끄덕여 보이고 건넌방으로 건너갔다.

경애가 건넌방에 들어서며 눈을 크게 뜨고 깔깔 웃으니까,

"왜? 이상스러워?"

하고 피혁도 웃으며 빤빤한 머리를 쓱쓱 쓰다듬는다.

"아주 젊으셨는데. 다른 양반 같애요."

"그럴까?"

하고 머리맡 석경을 들어 본다.

"어느 틈에 깎으셨에요?"

"수염은 여기서 밀어 버렸지만, 하는 수가 있나. 현저동으로 가서 큰애더러 이발 기계 혹 빌려 볼 수 있느냐고 하니까, 얼른 제 동무에게 가서 빌려 가지고 와서 제법 깎아 놓겠지. 그 대신 이발료가 일금 1원이면 싼 셈이랄까 비싼 셈이랄까."

피혁은 픽 웃어 버린다. 현저동이란 경애의 외삼촌 집 말이다.

"1원 아니라 10원이라도 싸지요. 뭇사람이 드나드는 이발소에 가서 별안간 발갛게 깎다가 운수가 사나우려면 그중에 무에 있을지 누가 안다구…… 그래 어젠 어떻게 됐어요?"

"응, 잘 되었지."

피혁은 간단히 이렇게만 대답을 하고 한참 무슨 생각을 하다가,

"거기서 우수리만 날 주고, 나머지는 그대로 저 사람이 달랄 때 내주우."

하고 이른다.

경애는 더 캐묻지도 않고 잠자코 듣고만 있다.

"이따, 언제든지 떠날 테니 안 들어오건 떠났나 보다 하고 어머니께는 집으로 내려간다고 할 게니 그렇게 알아 두고 잘 지내우. 언제 또 만날지 모르지마는 지금 같은 그런 생활은 어서 집어치우고 저 사람을 좀 도와주도록 하우. 감독을 한다든지 감시를 할 수야 없겠지만, 옆에서 내용 아는 사람이 바라보고 있으면 행동이나 금전에 대해서 한만히 못하게 될 것이오. 또 그런 사람한테 적당한 여성이 있어서 위안도 해주고 격려도 해주면 용기가 나는 수도 있으니까, 말하자면 저 사람을 못 믿는 것이 아니나 반은 경애를 믿고 가는 것이오."

경애는 고개를 끄덕여 보였다.

"그렇다고 둘이 너무 깊어져 버려서 일이고 무어고 집어치워 버리고 술이나 먹고 떠돌아다니면 큰일이야! 밖에서도 그런 소문은 빠르고 사실이라면 그때는 참 정말 큰일이니까!"

피혁은 이런 부탁과 어르는 수작을 찬찬히 일렀다.

"에이 별걱정을 다 하시는군! 그렇게 못 믿으실 지경이면야 어떻게 부탁을 하셨에요."

하고 경애는 핀잔을 주듯이 웃는다.

"그야 못 믿는 것은 아니지만…… 깊이 사귀어 보지는 못했지마는, 아이 딴은 쓸 만하기에 부탁한 게 아닌가. 일이란 성패 간에 한번 믿으면 딱 맡겨 버리는 것이니까. 하루 이틀 새에 다른 사람 같으면 경솔하달 만큼 쏠어맡기고 가나 그래도 모든 게 염려 안 된달 수야 있나."

피혁의 말도 무리하지 않다고 생각하였다.

"아무려니 그까짓 돈 얼마에 타락할 사람도 아니요, 낸들 돈을 먹자면 먹을 데가 없어서 그까짓 것에 허욕이 동해서 일에 방해가 되게 할까요."

경애 말도 그럴듯하다고 피혁 군은 속으로 웃었다.

피혁 군의 말을 들으면 어제 병화와의 교섭이라는 것은 간단히 끝났다.

피혁이란 이름도 물론 본성명은 아니지만 저기로 나가서 처음에 쓰던 이우삼(李友三)이라는 변명으로 병화는 그가 누구인 것을 알고 탁 믿었던 것이었다. 이우삼이란 이름은 경찰의 '블랙리스트'에는 물론이요, 그동안 몇몇 사람 공판 때마다 재판소 기록에 오르내리던 이름이니만치 바깥에 있는 사람 중에서는 한 모퉁이의 두목인 것은 사실이요. 따라서 여기 있는 동지 간에는 본인이 누구인지는 몰라도 이름만은 잘 아는 것이었다. 어쨌든 그런 관계로 병화는 절대 신임을 하고 앞질러서 무슨 일이든지 맡으마고 나선 것이었다.

피혁이만 하여도 경계가 점점 심해져 가는 판에 머뭇거리고 있을 형편이 못 되었다. 자기가 맡아 가지고 온 두 가지 일 중에 한편 일은 쉽사리 끝나고, 이편 일이 이때껏 미루미루 끌려 내려온 것이었다. 물론 속을 알고 보면 한 계통의 한 종류 사람들에게 부탁을 하는 것이요, 후일 일이 탄로가 되는 날이면 너도 그런 일을 맡았던? 나도 이런 일을 맡았었다고 저희끼리 놀랄지 모르지마는, 지금은 설사 한자리에 자는 내외에게일지라도 서로 각각 비밀히 일을 안기고 가려니까 피혁이로서는 힘이 몹시 드는 것이었다.

하여간 일이 이만큼 무사히 낙착되었으니까 피혁은 피혁대로 불이시각하고 들고 뺄 일이다. 여기에 대하여는 피혁이 자신도 그렇게 생각하였지마는, 병화의 의견대로 조선옷을 입고 떠나기로 한 것이다. 그래서 병화는 어젯밤으로 필순이의 부친과 의논을 하고 그이의 단벌 출입복을 내놓게 하고 필순이 모친은 밤을 도와서 버선 한 켤레까지 짓게 하여 지금 필순이에게 주어 보낸 것이다.

필순이 부친의 키도 그리 작은 키는 아니나 그래도 두루마기가 작았다. 바지저고리는 그대로 입을 수 있어도 두루마기의 화장과 길이가 껑충한 것은 흉하였다. 흉하다느니보다도 남에게 얻어 입은 것이 뻔하여 급히 변장한 것이 눈치채어질까 봐 안 되었다.

피혁이는 그래도 관계없다고 하였으나 경애가 가지고 안방으로 건너왔다.

"시골 사람들은 정강이에 올라오는 것도 입는데 길이야 괜찮겠지. 화장만 좀 늘였으면 좋겠는데 그대루 두우. 어머니께 고쳐 줍시사 하지."

경애는 필순이에게 보이기만 하고 그대로 못에 걸려 하였으나 필순이는 예서 펴놓고 고치기가 어려우니 가지고 가서 고쳐 오마고 빼앗아서 싸려 한다. 싸겠다거니 말라거니 하며 승강이를 하는 판에 병화가 후닥닥 뛰어 들어온다.

전신의 신경을 달팽이의 촉각같이 예민하게 하고 앉았던 피혁이는 병화의 기색이 좀 다른 것을 보고 병화의 입만 쳐다보고 앉았다.

병화는 안방으로 경애를 따라 들어가서 잠깐 수군수군하더니 피혁을 불러 들어갔다.

또 조금 있다가 경애가 나오더니 아이 보는 년을 불러서 부엌 뒤로 끌고 나가더니 현저동 집에 가서 주인아씨께 잠깐 오시라고 전갈을 해서 뒷문을 열어 주어 내보냈다. 뒷문은 그전에 누렁물*을 쓸 때는 열어 놓고 썼었지마는, 뒤에 병원이 서게 되자 우물은 병원 안으로 들어가 버리고 병원 담과 이 집 사이에 토시짝 같은 골짜기가 생긴 뒤부터는 이 뒷문을 열어 본 적이 1년에 한두 번 있을까 말까 한 터이다. 그러나 경애가 이 집에 온 뒤에

---

* 누렁우물. 물이 맑지 않아서 먹지 못하는 우물.

두 번 이 문을 긴하게 쓴 일이 있었다. 그것은 두 번 다 남자를 들몰아 낼 때였다. 혼자 들어 엎데었다가 나갔던 모친이 닫아 둔 앞문으로 와서 흔들면 경애는 이 문으로 남자를 내보냈던 것이다. 그것도 상훈이와 헤어진 뒤에 한창 달떠 다닐 때 일이다. 지금 생각하면 까만 옛날 일이다. 그 남자는 지금 어디서 무얼 하누?

하여간에 아이 보는 년은 생전 여는 것을 보지 못하던 이 문을 열어 주고 이리로 나가라는 데에는 좀 이상한 듯이 주인아씨의 얼굴을 쳐다보았으나 하라는 대로 그리 나와서 전찻길로 빠져 염천교 다리로 향하여 꼬불꼬불 걸어갔다.

뒤미처서 피혁이도 이 문으로 빠져나가 버렸다. 셋째로는 필순이가 가지고 온 것보다도 더 큰 보따리를 끼고 나갔다. 그동안이 10분, 5분씩 격을 두어서 20분밖에는 걸리지 않았다.

병화는 피혁이에게 신길 고무신을 사가지고 온 것이었다. 피혁이는 병화가 서두르는 바람에 줄이느니 늘이느니 하던 두루마기를 급히 꿰고 나선 것이다. 그러나 만일 무슨 일이 있다면 다른 사람은 상관없으나 어린 계집애년의 눈에 띄어서는 큰일이다. 계집애년만 붙들어 가면 그런 듯이 보고 들은 대로 아뢰 바칠 것이다. 또 만일 잠깐 이년을 치운다 해도 앞문으로 내보냈다가 동구에서 서성대고 있는 사람이 정말 위태한 사람이면,

"애 애, 너의 집에 지금 누구누구 있던?"

하고 물어볼 것이니 일은 단통 당하고 마는 것이다. 창졸간에 생각난 것이 급한 대로 현저동에나 쫓아 보내는 것이다.

피혁 군은 두루마기 위로 속적삼이 허옇게 나오는 두 팔을 귀에 찌르고 정처 없이 나섰다.

'그 돈의 우수리'라는 300원을 주머니에 넣었으니 가려면 어디든지 갈 것이나 동으로 가나 서로 가나 세상 사람의 눈은 모두 자기의 얼굴만 바라보는 것 같다.

경애와 병화는 300원을 떼내고 남은 2천 원을 신문에 싸서 피혁이가 벗어 놓은 양복 외투와 함께 만만히 뭉쳐서 급한 대로 필순이를 주어서 내보내 놓고 모친더러는 뒤미처 또 현저동으로 쫓아가서 아이년을 거기 그대로 붙들어 두라고 이르게 하였다. 아이년이 오다가 붙들려도 아니 될 것이요, 이후 언제나 그년을 두어서는 손님이 묵고 갔다는 말이 그년의 입에서 나오고야 말 것이 염려되기 때문이다. 결국 아이년은 지금 내보낸 그대로 영영 하직시키는 수밖에 없었다.

모친은 어쩐 영문인지를 분명히는 몰랐으나, 외국에서 들어온 조카의 신상에 급한 일이 생긴 것인 줄만은 짐작 못하는 게 아니니까 하라는 대로 부리나케 옷을 갈아입고 나섰다. 나서면서도 병화와 젊은것 둘만 남겨 두고 가는 것은 마음에 꺼림칙하지 않은 것도 아니었다.

경애와 병화는 우선 한숨 돌리고 마주 앉았으나 모든 것이 애가 쓰이고 문간 쪽으로만 눈이 갔다.

그는 고사하고 돈과 피혁이의 양복을 필순이 집으로 가지고 가게 하였다가 거기도 위태할지 몰라서 바커스로 가서 기다리라고 집을 잘 일러 주기는 하였는데, 거기 역시 또 어떨지 겁이 난다.

경애는 이때까지 파자마에 외투를 입은 채 옷도 갈아입을 새가 없었다. 세수도 하기 싫었다. 그대로 병화와 마주 앉아서 담배만 빡빡 피우고 있다. 아무도 입을 벌리는 사람은 없으나 똑같은 불안과 그 불안을 어떻게 모면할까를 궁리하고 앉았는 것이다. 그러나 만일의 경우에 어떻게 대답을 하겠다는 것을 공론하지 않아도 피차의 생각은 똑같았다.

"제발 덕분에 무사히 넘어서야지 붙들리는 날이면 우리도 납작해지는 판이로군"

경애는 아직도 남의 일처럼 웃는다.

"하는 수 있나. 그건 고사하고 바커스에 어서 가보아야 할 텐데, 내가 나가다가는 뒤를 밟히지 않을까? 나두 뒷문으로 빠져나갈까."

하며 병화는 웃는다.

"큰일 날 소리! 그랬다가는 정말 야단나게! 앞으로 떡 버티고 나가다가 붙들리면 붙들리구 말면 말지 그야말로 하는 수 있나."

경애 말을 듣지 않아도 그렇기는 그렇다. 뒷문으로 새어 나간 줄을 알기만 하면 의혹을 더 낼 것이니 달아날 사람도 곧 뒤쫓기게 될 것이다.

"그런데 정말 형사인 걸 가지구 그러는지? 제 방귀에 놀라서 그러는 것은 아니오?"

"제 방귀에 어째요? 말버릇 얌전하다! 허허……"

병화는 커다랗게 웃으면서,

"궁금하거든 좀 나가 보구려."

한다.

경애는 발딱 일어나서 나간다. 반쯤 열린 문을 닫는 척하고 내다보니 아닌 게 아니라 골목 모퉁이에 양복쟁이 하나가 비스듬히 섰다가 여기서 문소리를 찌걱찌걱 내어 보니까 고개를 이리로 휙 돌리더니 다시 외면을 하고 누구를 기다리는 것처럼 길 밖을 내다보고 섰다.

경애는 말만 듣던 것과 달라서 딱 마주 바라보니 가슴이 선뜩하다.

"있어, 있어! 어떡하면 좋아요?"

나가기까지와 들어와서가 다르다.

"왜, 보니까 겁이 나지!"

"겁은 무슨, 죄졌나! 당신이나 벌벌 떨지 말우."

피차에 이런 실없는 소리나 하여 목줄띠에 닥친 불안과 공포를 서로 위로하려 하였다.

"이리 오너라……."

잠깐 있으려니 밖에서 소리를 치며 꼭 지친 문을 밀치고 우중우중 들어오는 구두 소리가 난다. 경애와 병화는 가슴이 덜컥하는 한순간이 지나니까 숨이 저절로 휘돌아 나오며 마음이 제대로 가라앉는다. 머리끝까지 화끈 솟아올랐던 피가 쭉 내려앉는 것 같다.

중문간에서 환도가 절그럭 하고 부딪치는 소리가 나면서,

"주인 없소?"

하고 소리를 친다.

경애가 마루 끝으로 나섰다.

"호구조사 왔소. 홍경애가 누구요?"

순사는 마루 끝에 와서 서며 집 안을 휙 돌려다본다.

"나예요."

"이소사는?"

"우리 어머님이세요."

"정례는?"

"딸년예요."

"애아버지는 없소?"

"없에요."

"어디 갔단 말요?"

"돌아갔에요."

"그래 세 식구뿐이란 말요?"

"예."

순사는 연해 이리저리 휘휘 돌려다보다가,

"이 구두는 뉘 거요?"

하고 축대에 놓인 허술한 구두를 가리킨다.

"손님의 것예요."

"방문을 좀 열어 보슈."

경애는 깔깔 웃으면서,

"호구조사 하시는데 손님 선도 보세요?"

하고 안방 문을 열어 젖뜨리니까 병화가 모자를 쓴 채 앉았다가 헤헤 웃어 보이며 일어나 나온다.

　순사는 병화의 얼굴을 뚫어지게 보면서,

　"호구조사는 유행병 때문에 하는 거니까요."

하고 변명을 하면서 건넌방을 열어 보아도 좋으냐고 묻는다.

　"아무도 없에요. 열어 보세요."

　순사는 건넌방 앞창을 열고 두리번두리번 자세히 본다. 그러
나 거기에는 낡은 구식 이층장과 자리가 쌓여 있고 반짇고리니
다듬잇돌이니 요강이니 하는 모친의 세간이 말끔히 치워 놓였
을 뿐이다.

　순사는 다시 부엌으로 가서 기웃하면서,

　"어머니는 안 계시우?"

하고 묻는다.

　"요 앞에 나가셨에요. 장안에 무어 사려구…… 그런데 이 겨
울에 유행감기도 전염병처럼 취체를 하나요?"

　경애는 생글생글 웃으며 오금을 박듯이 물었다.

　"누가 압니까. 하라니까 할 뿐이지요. 그런데 댁에는 이 외에
다른 식구는 없나요? 부리는 아이년이구 행랑 사람이구?"

　순사는 웬일인지 얼굴빛을 펴며 좋은 낯으로 묻는다.

　"아무도 없에요."

　"조용해 좋소그려. 방해되어 미안하우."

　순사는 젊은 남녀만 있는 것을 빈정대듯이 이런 소리를 하고
싱긋하며 나가 버렸다.

　병화의 뒤를 밟던 그 형사가 앞 파출소의 순사를 들여보내 본

것이었다. 그것도 병화의 얼굴을 아는 형사가 이 근처를 아침저녁으로 순행을 하다가 어제 깊은 밤에 병화가 무심코 파출소 앞을 지나는 것을 보았는데 오늘도 이른 아침에 이 근처에서 눈에 띄니까 뒤를 밟아 온 것이다. 저희의 소굴이 이리로 옮겨 왔나? 혹은 병화의 집이 자기 관내로 떠나 왔나 하여 다만 그런 단순한 의미로 쫓아 본 것이었으나 문패도 똑똑히 붙이지 않고 국세 조사 때에 붙인 쪽지에 이소사라고만 쓰인 것을 보고 한참 동정을 보다가 파출소로 가서 순사에게 물어보고는 대신 들여보낸 것이다. 아까 경애가 문간에 나가서 본 사람은 형사는 아니었다. 제 방귀에 놀란 사람은 실상 경애였다.

경애와 병화도 그만 짐작을 못하는 것은 아니다. 정복 순사를 들여보낸 것을 보면 피혁이를 노리고 있는 것이 아닌 듯도 싶다. 만일 그렇다면 형사가 언제든지 달겨들 것이 아닌가? 혹은 새벽녘에 자는 것을 에워싸고 들어와서 잡았을 것이다.

그러나 어쨌든 아슬아슬하였다. 이렇게 된 다음에는 어차피 경애도 주의 인물이 되기는 하였지만, 그들이 둘의 연애관계로만 생각한다면 다행한 일이다. 그러나 또 어느 때 정말 형사가 달겨들지 피차에 내놓고 말은 안 하나 마음이 놓이지를 않아서 바늘방석에 앉았는 것 같다. 그러나 우선 병화라도 나가 보고 싶었다.

나중에 바커스에서 만나기로 하고 병화는 필순이를 만나러 바커스로 갔다. 길을 돌아서 아무쪼록 호젓한 데로만 골라 갔다. 뒤에서 따르나 안 따르나를 보려는 것이었다. 결국 따르는 사람은 없었다. 도리어 이상하다는 생각과 서운한 생각을 깨달으면서도 바커스 앞에서 주의를 해 보고 들어섰다.

우중충한 속에 댕그러니 혼자 앉았던 필순이는 반기며 일어선다. 얼었다 녹은 얼굴이 발갛게 피었으나 난롯불은 인제야 반짝거린다.

"퍽 기다렸지?"

"별일 없었에요?"

"응, 복장 입은 놈이 하나 다녀갔지만 상관없어. 어서 집으로 가지."

하고 병화는 필순이를 재촉해 보내려다가,

"잠깐 가만 있어."

하고 양복을 홀홀 벗고 갈아입은 후에 보자기에는 자기 양복만 다시 싸서 준다.

"가다가 종로로 돌아서 아무 양복집에나 갖다 주고 뜯어진 것을 말짱히 꿰매고 고쳐 놓으라고 해주게. 좀 비싸더라도 그대로 맡겨 두고 가요. 영수증도 받고…… 혹시 집에도 누가 와 있으면 안 될 거니까 어디 다녀오느냐거든 공장에 가다가 배가 아파 다시 왔다고 하든 잘 말해요."

병화는 이렇게 뒤로 빠지는 문을 열어 주었다.

양복을 그대로 자기 방에 갖다 두면 혹시 가택 수색을 당할지 모르니까 아주 자기가 입어 버린 것이오, 자기 양복도 필순이가 가지고 들어가다가 어찌 될지 몰라서 처치를 하고 가게 한 것이었다.

주인 방은 그저 잘 리도 없는데 여전히 조용하다. 남은 외투를 쌀 신문지를 한 장 얻으려고 소리를 쳐보아야 감감하다. 방문을 두드리다가 열려니까 주부는 그제서야 밖에서 뒷문으로 들어온다. 손에는 반찬거리를 사 들었다.

"웬일예요. 이렇게 일찍들……"

하고 주부는 인사를 하다가,

"그 색시는 갔습니다그려?"

하고 방 안을 돌아다본다.

"내 누이라우. 양복을 이리 갖다 놔두라고 했는데…… 너무 일찍이 미안하외다. 한데 이거 좀 맡아 두슈."

하고 외투를 들어서 주부에게 전한다. 그 속에는 2천 원을 10원짜리와 100원짜리로 섞어 싼 뭉치가 들어 있다.

주부는 받아 들다가 주머니 속에 무엇이 묵직하고 처지는 것 같으니까,

"여기 무에 들었기에 이렇게 무거워요? 벤또바코?"

하고 웃는다.

"에, 벤또예요. 그대로 두슈."

병화는 대수롭지 않은 것처럼 대꾸를 하여 두고 물이 더웠거든 술이나 좀 데워 달라고 청한다.

주부는 외투를 자기 방에 갖다가 걸어 놓고 술부터 데울 차비를 차린다.

외투도 여기 두어서는 안 되겠다고 생각하기 때문에 이왕이면 지금이라도 곧 화개동으로 가지고 가서 원삼이를 주고 싶으

나 바깥이 어떤지를 분명히 몰라서 아직은 여기 앉아서 경애를 기다리자는 것이다.

두 시간이나 넘은 뒤에 경애가 왔다. 물론 별일은 없으나 모친이 돌아와서 아침을 같이 먹고 치장을 하고 나오느라니까 그렇게 늦은 것이었다.

"오늘 일은 어떻게 그럭저럭 넘어갔지마는 이젠 주의해야 해요. 여기마저 발이 달려오면 그때는 정말 성가실 테니까 너무 자주 만나지는 말게 합시다."

경애는 이런 소리를 하였다.

"그야 그렇지! 하지만 날마다 한 번씩이라도 안 만나고야 견디나."

병화는 비로소 바짝 죄었던 마음이 풀린 듯이 유쾌한 웃음을 터뜨려 놓는다.

"만나서는 무얼 해요. 이젠 당신하고 접근하기가 무서워요."

경애도 웃었다.

"유일한 동지요, 유일한……"

병화는 말끝을 끊고 또 웃어 버린다.

"유일한 무어야요?"

"글쎄……"

두 사람은 같이 웃어 버렸다. 당면한 걱정이 덜리니까 새삼스러이 더 가까워진 것 같고 행복스러운 애욕이 부쩍 머리를 드는 것이었다. 경애도 마찬가지였다.

"어쨌든 이동 좌담회를 하루 두어 번씩만 열어 봅시다."

병화의 발론이다.

"이동 좌담회구 뭐구 술두 이제 그만 해두어야 하지 않아요. 그이도 가면서 퍽 염려를 합디다."

"무어라구? 술 때문에?"

"술두 술이지마는 돈을 객쩍게 쓸 것도 걱정이요. 우리가 너무 친할까 보아서도 걱정이오……."

"허허허……."

병화는 커다랗게 웃고 만다. 그 웃음이 무엇을 의미하는지 경애는 좀 알 수 없어서 한참 남자의 얼굴을 바라보다가 고개를 떨어뜨렸다. 그러나 아직 세상에 물들지 않은 새파란 젊은 의기에 그까짓 돈 몇천 원에 욕기가 난다든지 일에 비겁하기야 하랴…… 하는 생각을 하였다.

"참 그런데, 이때껏 잊어버린 게 있군."

병화도 무슨 생각을 하다가 별안간 눈을 번쩍이며 말을 꺼낸다.

"조군이 떠날 때 이 집 주인의 부탁으로 오 무엇인가 하는 일본 여자의 소식을 물어봐 달라고 한 일이 있소?"

"왜 그러슈?"

"글쎄 말야, 편지 왔습디까?"

"왔에요. 그런데 덕기한테서 그런 말은 왜 기별을 해왔어요?"

"별일은 없고 일간 편지에 우연히 그런 말을 썼기에 물어본다면서 이때껏 잊었어! 그런데 오정자인가는 지금 들어가 있다지? 당신도 아우?"

"난 모르지만 그전에 여기 주인하고 친했던가 보더군."

"흥, 주인도 붉은가?"

"술 먹으면 붉을 때도 있지만 워낙 안 먹으니까 늘 하얗지."

경애는 웃지도 않고 시치미 뗀다.

"술장수야 냄새만 맡아도 붉지는 않아도 분홍빛은 되겠지, 허허허."

"글쎄, 하지만 다소 이해하는 정도겠지. 예전에 간호부로 있을 때 친한 것이라는데 그 오정자란 계집애가 판사의 딸이라니 놀랍지 않소."

"흥—."

병화의 대답은 간단하였다.

"어쨌든 이 집 주인이 주의를 받지는 않겠지?"

"아니, 왜?"

"주의를 받으면야 나두 올 수 없고 당신도 얼른 그만두어 버리는 게 좋으니까 말이지. 당분간은 대근신을 해야지 않소."

경애는 그렇다고 생각하였다. 그러나 여기에서 별안간 발을 빼는 것도 문제였다.

"어쨌든 돈을 쓰고 다니거나 하면 그것도 의심받기 쉬우니까 주의를 해야 해요."

경애는 병화가 요새의 마르크스 보이처럼 돈푼 생기면 금시로 헌털뱅이를 벗어 버리고 말쑥히 거들고 다닐 그런 사람이라고는 생각지 않으나 또 한 번 주의를 해두는 것이었다.

"별걱정 다 하는군! 그런데 그 돈을 언다 맡기면 좋겠소?"

"참 얻다 두셨소? 날 주슈. 내 처치를 해놓고 보고만 할게. 당신이 가지고 있으면 당장 발각되어요."

"외투 속에 넣어서 주인 방에 걸어 놓았는데 어떻게 할 테요?"

"잘됐어요. 그대루 두슈. 자세한 이야기는 나중 말하지."

병화는 조금 더 앉았다가 밤에 잠을 잘 못 자서 좀 가서 눕겠다고 하품을 연발하면서 가버렸다.

# 답장

"홍경애란 카페의 그런 여자인 줄만 알았더니 퍽 얌전하고 좋은 사람인데요."

"어떻게 좋아?"

"모던 걸은 모던 걸이지마는, 얌전하고 싹싹해 보이지 않아요?"

병화도 경애를 칭찬하는 것이 반갑기는 하나 단순히 싹싹하고 얌전하다고만 칭찬하는 것은 미흡하였다. 그보다도 경애가 자기네 일을 용감하게 도와주는 점을 칭찬하여 주었다면 더 좋았을 것이다.

"카페 계집애려니 하는 생각은 어떻게 해보았어? 뉘게 들었어?"

필순이는 대답이 딱 막혔다. 덕기의 편지를 몰래 보고 알았다는 말을 해도 좋을 것 같기는 하나 그만두어 버렸다.

"진고개 그 집에 다니지 않아요? 어쨌든 선생님 행복이십니다. 그런 좋은 데가 있는데 왜 여기서 이 고생을 하셔요. 어서 떠나셔요."

필순이는 놀린다.

"당치 않은 소리 말어! 그런데 참 여기 좀 앉어, 할 말이 있으니."

병화는 벽에 기대어 섰는 필순이가 가까이 앉기를 기다려서 은근히 말을 꺼낸다.

"공장도 인제는 멀미가 나지?"

"그저 그렇지요."

"흠……."

하고 병화는 잠깐 침음하다가,

"이젠 음력설도 얼마 아니 남았으니까 필순이도 열아홉이 되나? 스물이 되나?"

"그건 왜 물으세요?"

하고 필순이는 웃는다.

"아니, 내가 중매를 하나 들어 보려고, 허허허. 얌전한 신랑이 하나 있는데……."

병화는 또 금시로 실없어져 버린다.

"몰라요, 몰라요."

하며 필순이가 일어서려니까,

"잘못했어. 다시는 그런 소리 안 할게, 앉어요."

하고 병화는 빌어서 앉히고 그런 실없는 소리는 안 하리라고 생각하였다.

"그러니 지금 새삼스럽게 공부를 다시 시작한달 수도 없고 언제까지 공장엘 다닌달 수도 없고 시집은 가기 싫다고, 어떻게 하면 좋담? 그야 내가 걱정을 안 해도 아버지 어머니께서 더 걱정

삼대

을 하실 것이요, 필순이도 생각이 있겠지마는……."

"무어 걱정이야요. 죽어 버리면 고만이지요. 무에 알뜰한 세상이라구……."

필순이는 이런 소리를 잘 하였다. 이맘때 계집애는 이런 말이 입에서 저절로 나오는가 싶었으나 어쨌든 가엾은 일이라고 병화는 생각하였다. 일전에 받은 덕기의 편지가 생각났다. 청춘의 꿈을 아름답게 꾸게 해주어라…….

병화는 코웃음을 무심코 친다.

필순이는 혼자 실소를 하는 것을 말끄러미 쳐다보다가,

"왜 웃으세요?"

하고 묻는다.

"아니, 죽는다니 말야. 죽기는 그렇게 쉬운 일인 줄 아나?"

하고 병화는 덕기의 말을 냉소한 것이나 딴청을 하고 나서,

"그래 공부를 해보고 싶어?"

하고 묻는다. 머릿속에는 여전히 덕기의 생각을 하는 것이나 별안간 공부하겠느냐는 말을 꺼낸 것은 덕기의 말을 전하려는 것은 아니었다.

"왜요? 무슨 도리가 있어요?"

필순이는 덕기의 말이 나오고 마는 게다 하며 반색을 아니할 수 없었다.

"어쨌든 할 수 있다면 해보겠어?"

"글쎄, 어떻게 해요? 제일 집안 때문에!"

"집안일은 어떻게 되었든 간에."

"집안일만 되면 열아홉 아니라 스물아홉 되기로 못할 게 있어요?"

필순이는 덕기가 자기 집 생활까지 돌보아 주마고 하지나 않았나 하는 공상을 해보고는 고마운 생각과 그 사람이 왜 그처럼 열심일까 하는 의혹과 겁이 뒤섞여 났다.

"그래 공부를 하려면 무얼 하겠소?"

"아무거나 하지요."

사실 이것을 하겠다고 결정한 것은 없다. 그러나 장래 취직할 수 있는 점을 첫째 조건으로 생각하는 것이다.

"그러면 말야, 좀 멀리 떨어져 가야 공부할 길이 생긴다면 어떻게 할꾸?"

병화는 한참 주저하는 눈치더니 딱 결단했다는 표정으로 묻고서는 필순이의 얼굴을 바라본다.

"멀리 어디요? 일본요?"

필순이는 경도를 생각하였다.

"아니, 그런 데는 아니고, 좀 가기 어려운 데……."

병화의 말에 필순이는 자기의 공상이 깨어진 듯이 얼굴빛이 차차 변하여 간다.

붉은 나라 서울 모스크바로 공부하러 가지 않겠느냐는 말에 필순이는 놀라움과 실망을 느끼지 않을 수 없었다. 자기 집 사정을 번연히 알면서 왜 그런 소리를 하는가 진의를 알 수가 없었다.

"그런 데를 내가 어떻게 가요? 단 세 식구에서 내가 빠지면 어머니 아버지는 어떻게 사시게요?"

필순이는 그런 일을 생각만 하여도 눈물이 날 것 같다. 굶으나 먹으나 따뜻한 부모의 사랑에 싸여 있고 싶은 것이다. 예전에 잘살 때 집에 둔 개가 새끼 하나가 축이 난 것을 보고 먹지도 않고 온종일 들락날락거리던 것이 생각난다.

필순이는 그 생각만 하고도 눈물이 괸다. 노서아(러시아)라면 첫대바기에 머리에 떠오르는 것이 서백리아다. 망망무제한 저물어 가는 벌판에 다만 하나 어린 계집애가 가는 듯 마는 듯 타박거리며 가는 조그만 뒷모양이 원경으로 눈앞에 떠오른다. 그것이 자기라고 생각할 제 또 눈물이 솟을 것 같다.

"왜, 싫어? 어머니 치마꼬리에서 떨어질 수가 없어? 이런 속에 들어앉았으면 별수 있나? 시원하게 몇 해 동안 나돌아 다니며 공부도 하고 구경도 하고 오면 좋지 않어? 이 좁은 천지에 들어 앉았으려야 나는 싫어! 나도 뒤쫓아 갈 테니까 고독하다거나 염려될 거야 없지. 가보기로 하는 게 어때?"

병화는 열심으로 권한다. 그러나 필순이에게는 귓가로 들렸다. 덕기가 아무쪼록 그러한 데로 끌어넣지 못하게 하는 것과는 정반대로 자기 집 사정을 보다시피 뻔히 알면서 이렇게 강권하는 것이 한편으로는 무정한 것같이 생각되었다. 그러나 자기가 나가면 뒤미처서 쫓아오겠다는 말을 듣자 필순이는 눈이 반짝 뜨이는 것 같았다.

일도 일이거니와 둘의 세계를 모스크바에 찾아가자는 말인가? 그러면 이 사람이 이때까지 내게 대해서 유다른 생각을 가지고 있었던 것인가? 꿈에도 생각지 않았던 일이나 그렇다고 놀라지는 않았다. 그러나 덕기의 편지로 보거나 이때까지 서로 지낸 것으로 보거나 친하다면 남매간 같고 친구 같고 사제간 같았을 뿐인데 남에게는 그렇게 말을 하여도 그것은 가면이요, 제 속생각은 따로 있었던가? 만일 그렇다면 홍경애와의 관계는 어떠한 것인가?

그것은 또 그만두고라도 정작 공부를 시키겠다는 덕기의 말은 지날 결에도 꺼내지 않으니 그것은 웬일일꾸? 혹시는 어제 달아난 피혁이라는가 하는 사람을 쫓아가라는 말인가? 그렇다면 피혁이의 일을 도우라는 말인가? 혹은 아까 중매를 서마느니 신랑감이 있다느니 한 것으로 보아서 피혁이를 쫓아가면 자연히 공부도 되고 결혼도 하게 되리라는 계책으로인가?

필순이의 공상은 끝 간 데를 몰랐다.

"부모가 안 계시면 아무렇게도 좋겠지만…… 그것도 남같이 동기나 많으면 먼 데라도 가겠지마는 내가 없으면 어머니 아버지는 어떡허시라구!"

필순이는 또 한 번 같은 말을 탄식하듯이 뇌었다.

"만일 어머니 아버지께서 허락하신다면 어떡할 테요?"

"허락하실 리두 없구 또 그렇게까지 해서 공부하긴 싫어요. 나 같은 여자가 필요하시면 홍경애를 보내시면 어때요? 아무것도 모르는 나 같은 것이 그런 데를 가서야 공부도 안 될 것이요, 일도 안 될 게 아닙니까."

필순이는 아무래도 그런 일생의 무거운 짐을 지고 유랑의 생애를 보낼 생각은 없었다. 부잣집 며느리가 되어 가지고 호강하

삼대

자는 것은 아니나, 벌어서 부모나 봉양하다가 시집을 가게 되면 가리라는 생각밖에 그리 큰 생각은 없는 것이다. 공부를 하겠다는 것도 직공생활보다는 좀 더 수입 있는 직업을 얻자는 수단이다. 평소에 부친이나 병화에게 감화를 받기는 받았으나 그것은 자기만이 가지는 사상의 토대를 만들어 두는 정도에 그치는 것이었다.

"글쎄 말이야, 홍경애도 나갈 것이니 더욱 좋지 않은가. 내가 먼저 나가든 홍경애가 먼저 나가든 할 게니까 우리 모두 함께 나가서 마음 놓고 살아 보자는 말이지."

이 말에 필순이는 다시 의심이 든다. 아까 말눈치로 보아서는 둘이만 나가자는 것 같더니, 홍경애까지 데리고 가면 자기에게 무슨 애욕을 가지고 권하는 것이 아닌 것은 분명하다. 그렇다면 다만 일을 위하여서인가? 혹은 피혁인가 하는 사람과 무슨 연줄을 붙여서 그 사람의 사생활을 위하여서인가?

병화의 맡은 일 가운데 남녀 학생을 수삼 인 골라 보낼 것도 그중 하나였다. 필순이의 사정은 모르는 것이 아니나 공부하지 못해 애를 쓰는 판이니 어쩌면 나설 듯싶어서 물어본 것이나, 의외로 가정적 보통 여자와 다름없는 것을 보고 실망하였다. 경애도 가리라는 말은 실상 의논해 본 일도 아니요, 경애에게는 자식이 매달렸으니까 더욱 어려울 것이다. 그러고 보면 자기 아는 여자 가운데서는 별로 고를 만한 사람이 없다. 어쨌든 병화는 자기 맡은 일을 엉구어 놓고서는 뛰어나가고 싶으나 그전에 내보낼 사람을 내보내 놓아야 할 것이요, 또 이왕이면 필순이나 경애 같은 잘 아는 여성 하나를 내보내 두고 싶은 것이다.

"공부는 하고 싶어도 일본 같은 데 가서 편안히 대어 주는 학비나 받아 쓰고 할 자국을 구하자니 어디 그런 입에 맞는 떡이 있을라구."

병화는 웃는다. 그러나 그 웃음이 비웃는 것 같은 데에 필순이는 심사가 나서 잠자코 있다.

"그런 자국을 얻자면 돈 있는 늙은 놈의 첩 노릇이나 할 생각이 있으면 모르지마는 지금 세상에……"

병화의 불뚝심지는 또 이런 듣기 싫은 소리를 거침없이 하는 것이다. 필순이는 듣기가 분하였다. 그러면서도 덕기의 말은 여전히 털끝만큼도 꺼내지 않는 것이 이상하다. 이상하다느니보다도 미웠다. 만일 덕기에게 시기를 해서 그런다면 더러운 일이다.

"아무러면 몸 팔아 가며 공부하자나요."

필순이는 울고 싶은 감정으로 한마디 하였다.

"그렇게 노할 게 아니라 지금 세상이 그렇다는 말이지. 지금 세상은 교육이라든지 학문이라는 것이 직업을 얻기 위한 수단이라는 데서 또 한 걸음 더 타락해서 결혼 조건이나 여자의 몸 치장의 하나가 되었으니까 말이지. 기생도 여학교 출신이라면 벙어리처럼 소리 한마디 못해도 잘 팔리고 기생첩보다 여학생첩이라면 값이 나가는 세상이 아닌가. 허허허."

"그런 것도 있고 그렇지 않은 것도 있겠지요."

필순이는 앙하는 소리로 대꾸를 한다.

"그렇지 않은 사람은 누구야?"

병화는 덕기를 생각하며 물었으나 필순이는 대답을 주저한다.

"그래 그렇지 않은 사람이 공부를 하라면 할 텐가?"

필순이는 역시 대답이 없다. 대답이 없는 것은 그렇게 하겠다는 말이다.

"조덕기 군이 공부나 시켰으면 좋겠다고는 하지마는 남의 은혜란 무서운 것이오. 받으면 받으니만큼 갚아야 할 것이니 무엇으로 갚을 텐가? 갚기를 바라지 않는 사람이 이 세상에 얼마나 있을꾸?"

필순이는 그도 그렇기는 하다고 생각하였다.

"만일 조군이 독신이라면 나도 구태여 불찬성은 아니지마는 처자가 있지 않은가, 게다가 나이가 어리지 않은가?"

필순이는 고개를 떨어뜨리고 앉았을 뿐이다. 그 말도 옳은 말이라고 생각하는 것이다.

병화는 말을 끊어 버리고 필순이를 내보낸 뒤에 버둥버둥 누웠다가 일전에 받은 덕기의 편지를 생각하고는 오늘은 답장을 써볼까 하여 책상 앞으로 다가앉았다.

서랍을 우선 여니 덕기의 찢어진 편지가 나온다. 일전에 피혁이와 만나게 되던 날 나갈 제 또 무슨 일이 있을까 보아 휴지를 모두 찢어 버리는 길에 이 편지도 찢어 버리려다가 답장을 쓰고서 버리려고 아직은 둔 것이다.

혹시 필순이가 이 편지를 꺼내 보지나 않았을까 하는 생각을 하니 이렇게 눈에 띨 데에 넣어 둔 것이 안 되었다는 생각도 하면서 두 쪽이 난 봉투에서 꺼내서 맞붙여 가며 다시 한 번 훑어 보려니까 한편에는 제 차례대로 넣었으나 한 토막 편은 중간에 차례가 바뀌었다. 두 동강에 쭉 찢었다가 넣어 둔 것이니 바뀌면 두 편이 다 바뀔 것이다.

"흐흥, 꺼내 봤구나."

하며 병화는 하는 수 없다는 생각을 하였다.

무료한 세월이 고치에서 실 풀리듯이 지리하게도 질질 끌려 나가네. 불과 20여 세에 인생이 무료하대서야 나도 벌써 쓰레기 통에 들어갈 소리일세마는 좀 더 긴장한 그날그날을 못 보내게 될지? 도리어 감옥에 들어가 있는 사람은 긴장한 저항력과 풀려 나갈 앞날의 희망을 가지고 있을 터이니만치 이따위로 죽지 못해 사는 생명보다는 훨씬 값이 있을 것일세. 술도 돈 있어야 먹고 연애도 돈 있어야 하지 않나. 낮잠이나 잘 수밖에……

요새로 신경이 부쩍 날카로워진 병화는 이 편지를 중간에서 뜯어보지나 않을까 보아 일부러 이런 말을 쓴 것이다.

자네 요새 시험 준비로 바쁠 테지? 바쁜 자네로 보면 할 일 없어 빙빙 도는 내가 부러울지 모르겠지만 나는 자네가 새삼스 럽게 부러우이. 사실 내게 대해서 시간과 생명은 제이타쿠한 것 일세. 여보게, 제이타쿠란 말을 무어라고 번역했으면 좋겠나? 사치품이라 할까? 쓰고 남아서 주체를 못할 것이라 할까? 쓸데

없는 객담일세. 그러나 나보다도 더한 사람이 이 세상에는 얼마든지 있을 걸세. 자네가 말한 자살인가 정사인가를 한 두 여자야말로 세상에서는 사회적 의미가 어떠하니 교육상 어떠하니 하지만 그야말로 제이타쿠한 생명일세. 자네도 두 가지 원인이 있느니 어쩌니 하였지만 스무남은쯤 먹은 계집애가 인생에 대해서 무엇을 안다고 죽는단 말인가? 그런 거야말로 나마이키한 것, 건방진 것일세. 건방지다느니보다도 먹을 걱정이 없고 어리광으로 자라나서 나중에는 제 생명까지를 손에 가지고 다니는 배니티 케이스나 콤팩트쯤으로 알기 때문일세. 돈 있는 집 자제 쳐놓고 무에나 몸에 오래 지니는 법이 있던가? 아무리 값진 물건이라도 살 때뿐이지 고작해야 일주일만 가지면 벌써 시들해서 내던져 버리는 것일세. 유산계급의 여자는 말할 것도 없고 남자들도 있는 놈은 넥타이를 아침저녁으로 갈아매지 않나. 없는 놈이 천신만고를 해서 양복 한 벌이나 얻어 입어 보게. 이놈을 삼대 사대나 물려줄 듯이 아침저녁으로 솔질을 하고 신주 모시듯이 모시는 걸세. 자네 부친이 내리신 외투를 입고 다니기가 너무 아까워서 창고에 갖다가 넣어 두듯이 말일세. 그러나 외투는 요행히 찾아서 입고 다니네, 하하! ……이것도 탈선일세. 어쨌든 밥을 굶는 집 딸로서 시집만 조금 낮게 가보게, 죽으라고 고사를 지내도 죽을 리가 있나.

이렇게 말하면 '사람은 빵만으로 사는 게 아니라'고 설교가 나올 걸세마는 빵이 너무 많으면 체증이 생기는 경우를 생각해 보게. 귀한 집 자식이 꽤 까다롭고 트집이 많고 물리기를 잘 하는 법이지만 나중에는 생명까지 물리고 시들해진 것일세. 제이타쿠 제이타쿠 하니 이런 제이타쿠가 어디 있겠나. 만일 사람에게는 빵만이 아니라면 봉건적 유폐의 마지막 희생이라고나 볼 것일세. 오는 시대의 여성은 결코 결혼을 잘못했다거나 실연을 했다고 자살하지 않네. 제 갈 길을 뚫어 나갈 것일세. 거듭 말하거니와 사람은 빵만이 아니라 하지만 빵이 없을 때 사람은 대담하여지네, 용감하여지네. 지금의 중산계급더러 몰락하라고 하는 것은 결코 아니나 자연지세로 몰락하는 날 그들은 생활난으로 자살할지는 몰라도 그런 제이타쿠한 조건이나 생각으로 자살하지도 않을 것이요, 또 그때에는 봉건적 유물도 불살라 버리게 될 것일세. 우선 결혼 문제로 보더라도 없는 집 자식은 비교적 자유로운 결혼을 하지 않나. 부모가 넉넉할수록 지체를 보고 재산을 보고 더 심하면 정책 결혼을 하는 게 아닌가? 귀족과 부호가 결혼하거나 부호끼리 돈으로 결탁하는 결혼일수록에 봉건적 유풍은 더 지키는 법이 아닌가? 서울 동상전*의 사모관대나 활옷이나 장독교**나 하는 전세기의 고물이 지방으로 많이 팔려 가는 것은 무엇을 의미하나? 양반계급은 관념으로 봉건을 지키고 있게 되는 한편에 전일의 상민(상공계급)은 그 형식으로 봉건을 지키자는 것일세. 그리함으로써 양반 행세하게 되네마는 그들은 조만간 몰락하네. 그리고 장독교도 팔아 버리게 되고 사모관대도 뜯어서 걸레를 할 것일세. 그리하여 결혼

---

* 東床廛. 예전에, 서울 종로의 종각 뒤에서 재래식 잡화를 팔던 가게.
** 帳獨轎. 가마의 하나.

은 한 걸음씩 한 걸음씩 자유로워질 것이니 그때에는 성의 문제로 자살은 안 할 것이나 그 대신에 굶어 죽을 것일세. 굶어서 죽지 않는 사람은 뒤처져 남을 것일세. 간단명료하지 않은가! 하하…….

　그러나 누가 뒤처져 남을 건가? 자네인가? 나인가? 자네보다는 나일세. 자네는 자네 조부나 춘부보다 시대적으로나 의식으로 나에게 가까운 것을 아네마는 그래도 지금의 자네대로서는 나와 함께 숨을 쉬기는 어렵다는 말일세. 그런데 내가 뒤처져 산다는 말은 내 목숨을 가리켜서 한 말이 아닐세. 따라서 내가 관상쟁이가 아닌 다음에야 자네가 와석종신*을 못하리라고 예언을 하는 것도 아무것도 아닐세. 내가 산다는 것은 내가 가진 사상이 산다는 말이요, 내가 가진 소위 이데올로기가 산다는 말일세. 물론 지금의 내 사상이나 이데올로기가 영원성을 가진 고정한 것이 아닌 것은 나도 모르는 것이 아니나 더 새롭고 더 안정한 인류생활로 나가는 큰 계단으로서 가치가 있음을 의심하는 자네와 및 자네의 동류는 뒷발길로 걷어차고 시대는 앞으로 나가는 것일세. 내가 시대를 앞으로 끄는 것일까? 아닐세! 그것은 자네가 시대의 꼬리를 뒤에서 잡아당길 수 있다고 생각하듯이 망상일세. 나는 다만 시대에 끌려가는 시대의 동화자일 따름일세. 시대의 어자(御者)라고 생각하는 것도 건방진 생각일세. 시대란 무엇이냐고 내게 질문은 하지 말게. 여기서는 장황

* 臥席終身. 제명을 다하고 편안히 자리에 누워서 죽음.

한 설명이 필요치 않으니까. 그러나 다만 한 가지 할 말은 나와 및 나의 동지는 시대라는 큰 수레에 타기를 꺼려하는 자네네와 자네네 이하 사람에게 어서 올라타라고 군호하고 재촉하는 임무를 우선 맡았다는 것일세. 그러나 여간해서는 타야 말이지. 화물차에 한마(사나운 말)를 몰아넣기보다도 어려우이. 그러나 홰 안에 닭 쫓아 넣듯이 때가 되면 제 곳으로 찾아들겠지. 그러나 어려운 일일세. 한집에서 몇 해를 지내며 길러 내다시피 한 필순이만 두고 보더라도 나는 거의 실망일세. 나이 관계도 있고 성격 관계도 있겠지만 필순이 하나도 내 힘으로는 시대의 수레에 집어 올리지를 못하는 것을 생각할 제 새삼스러이 자기의 무력한 데 놀라지 않을 수 없네. 내가 무력한 것인가? 그를 나 닮으라고 강요하는 것이 근본적으로 잘못인가? 그것은 자네 판단에 맡기네. 하여간 필순이의 일은 자네에게 맡기네. 나를 중간에 세우지 말고 자네 뜻대로 자네 힘대로 하게. 자네에게 맡긴단 말도 잘못일세. 필순이 자신에게 맡기는 것이 옳을 것일세.

그러나 언제나 만날 날이 있을 것을 믿네. 필순이와 자네를 함께 만날지? 필순이가 앞서 오고 자네가 뒤처져 올지 그것은 모르겠지만 자네들이 시대의 꼬리를 붙들고 늘어지는 자네의 조부는 미구 불원하여 돌아가시지 않나. 그이의 지키시던 모든 범절과 가규와 법도는 그 유산 목록에 함께 끼어서 자네에게 상속할 모양일세마는, 자네로 생각하면 땅문서만이 필요할 것일세. 그러나 그 땅문서까지가 대수롭지 않게 생각될 날이 올 것일세. 자네에게는 시대에 대한 민감과 양심이 있는 것을 내가 잘 아니까 말일세.

　자네 부친. 그이는 자네 조부에게는 기독교도로서 이단이었지마는, 자네에게는 시대의식으로서 이단일 것일세. 그에게는 얼마 동안 술잔과 19세기의 인형의 무릎을 맡겨 두는 것도 좋은 일이나, 아편을 정말 자시지나 않게 주의를 하게.

　그리고 홍경애? 이 여자는 아마 자네 부친의 것이라느니보다도 내 것이 되기 쉬울 가능성은 있네마는 그는 19세기가 아니라 20세기의 인형일세. 그 정도로 나는 사랑할지 모르네. 그만 쯤 알아 두게. 더 쓸 것도 없고 쓰기도 싫으이. 부득요령의 잔소리일세. 그러나 요령 있는 말을 하다가는 감수(減壽)가 될 것이 아닌가…….

# 전보

영감의 병은 차차 눈에 안 띄게 침중하여 들어갔다. 따라서 지주사, 창훈이, 최참봉 들 사랑 사람은 밤중까지 안방에 들어와 살다시피 되었다. 그러나 영감은 병이 더하여 갈수록 아들과는 점점 더 대면도 하기를 싫어하였다. 상훈이는 인사를 차려서라도 아침부터 와서 밤에나 자러 가지마는, 사랑에서 빙빙 돌 뿐이다. 영감이 요새로 부쩍 더 그러는 데는 이유가 아주 없는 것은 아니다.

돌아갈 때가 가까워서 그런지 덕기를 보고 싶다고 몇 번이나 편지를 띄우고 전보를 쳤다. 그러나 아무런 회답이 없어 영감은 가뜩이나 손자놈을 못마땅하게 생각은 하면서도 날마다 아침저녁 차 시간만 되면 기다리는데, 상훈이는 그런 줄은 모르고 긴치 않게 한다는 소리가,

"아버지 병환이 그렇게 침중하신 터도 아니요, 그 애는 졸업시험이 며칠 안 남았으니 아직 그대로 내버려 두시지요."

하고 서두를 필요가 없다는 듯이 말렸다. 물론 그것은 앓는 부친이 자기 병에 겁을 내는 듯하여 안심을 시키느라고 한 말이요, 또 사실 덕기를 그렇게 시급히 불러낼 필요가 없어서 그렇게 한

말인데 부친은 불호령을 당장 터뜨렸다. 전보를 치고 편지를 해도 답장조차 없는 것은 아비놈이 중간에서 오지 못하도록 가로막기 때문이라고 야단을 하는 것이다.

영감이 덕기를 어서 불러다 보려는 것은 귀여운 생각에 애정으로 그렇지마는, 한 가지 중대한 것은 재산 처리를 손자를 앞에 앉히고 하려는 생각이기 때문이었다. 물론 아들을 쏙 빼놓고 하려는 것은 아니나, 어쨌든 손자까지 앞에 앉히고서 유언을 하자는 생각이다. 그것도 자기가 이번에 죽으리라는 생각은 아니나, 사람의 일을 모르겠고 어차피 언제든지 할 일이니까 나중 자기가 일어나서 또 어쩌든 간에 이 기회에 대강만이라도 처리를 하여 놓으려는 생각이 있느니만치 손자를 성화같이 기다리는 것이요, 따라서 상훈이가 덕기를 못 오게 방망이를 드는 것이라고 오해하는 것이요, 아들에게 금치산 선고까지라도 시키겠다고 야단을 치는 것이다. 그러나 상훈이로서는 부친의 그런 속셈이야 알 리가 없다. 하여간에 부친이 그렇게까지 하니까 자기라도 편지를 하든 전보를 놓겠으나, 창훈이가 전보는 연거푸 세 번씩이나 놓았으니 또 놓을 필요는 없다고 한사코 말리기도 하고, 자기 역시 저기서 벌써 떠났으려니 하는 생각이 들어서 오늘내일 새로는 들어오려니 하고 기다리는 터이다. 그러나 몇 오늘내일이 지나도 감감무소식이다. 영감은 그럴수록에 시시각각으로 야단이요, 손자를 망한 자식이라고 악담까지를 한다.

창훈이는 전보를 영감 앞에서 써서 제 손으로 부치러 나갔다. 그러나 그 이튿날도 역시 답장이 없다.

"어머니, 그 웬일인지 알 수가 없습니다그려. 병이 났는지? 떠나서 오는 중인지? 그러기루 온다 못 온다 무슨 말이 있을 게 아닙니까? 제가 한 번 다시 놓아 볼까요?"

손자며느리는 하도 답답하여 시어머니에게 이런 의논을 하였다. 시어머니도 요새는 날마다 오는 것이다. 자는 날도 있다. 그러나 안방에는 하루 한 번씩밖에는 못 들어간다. 시아버지의 노염이 풀리지 않은 데다가 덕기가 안 오는 탓이 건넌방 고식에게까지 간 것이었다.

"글쎄 말이다. 설마 전보를 중간에서 챌 놈이야 있겠니마는."

시어머니도 의아해하였다.

"누가 압니까, 무슨 요변들을 부리는지. 겁이 더럭 납니다그려."

고식은 이런 의논을 하다가 시누이가 학교에서 오기를 기다려 직접 나가서 전보를 놓고 들어오게 하였다.

경도에서 떠난다는 전보가 밤 11시에 배달되었다.

덕희의 이름으로 띄웠으니까 답전도 덕희에게 왔다.

노영감은 말은 몰라도 가나 글자를 볼 줄은 알았다. 손자며느리가 가지고 온 전보를 받아 들고,

"온 자식두……."

하며 안심한 듯이 반가운 빛이 돌다가 주소 씨명을 한참 들여다보더니,

"이게 뉘게로 온 것이냐?"

하고 묻는다.

"아가씨한테로 왔에요."

"응? 아가씨? 덕희에게로?"

영감은 좀 의외였다. 이 집으로 오는 편지는 조덕기 본제(本第)라 하고, 전보 같으면 어린 자식놈의 이름으로 하는 버릇이었을 뿐 아니라 이번에는 창훈이가 전보를 여러 번 띄운 터이니, 창훈이에게로 보내지 않으면 역시 자식놈의 이름으로 놓았을 터인데 어째 누이에게로 보냈을까? 영감은 좀 의외였다.

"아가씨가 아까 전보를 띄웠어요."

손자며느리의 말에, 병인은,

"그 웬일일꼬?"

하고 뒤로 가라앉은 눈이 더 커진다.

손자며느리는 조부의 말을 알 수가 없었다. 웬일이라니 웬일될 것이 없다.

"예서 아무 소리를 해야 그건 곧이들을 수 없어도 제 누이의 전보니까 그 무겁던 엉덩이가 이제야 떨어진 것인 게지요."

수원집이 옆에서 이렇게 씹는다.

"덕희더러는 누가 전보를 놓으라고 하던?"

조부가 못마땅한 듯이 묻는다.

"하두 답답하기에 제가 또 놓아 보라고 했어요."

"하여간 온댔으니 좋다마는 어째 너희들의 전보를 보고서야 떠날 생각이 났단 말이냐?"

"……"

일은 간단한 일이다. 그러나 그 간단한 일이 영감에게는 간단하지가 않았다.

"그동안 놓은 전보는 주소가 틀렸는가? 하숙을 옮겼다던?"

영감은 하숙을 옮긴 것을 자기에게는 속였던가 하는 의혹도 들었다.

"아녜요, 그대로 있나 봐요."

"그럼 웬일이냐? 시험으로 바쁘다는 아이가 그동안 어디를 갔었을 리도 없고…… 너희들이 다른 사람의 전보나 편지가 아무리 가더라도 떠나지 말고 너희가 기별하거든 오라고 일러 둔 게 아니냐."

영감은 자기 추측이 조금도 틀림없다는 듯이 역정을 낸다.

"그럴 리가 어디 있겠에요. 번지수가 틀렸던지 해서 안 들어갔던지 한 게지요."

손자며느리의 말도 그럴듯하기는 하였으나 영감은 그래도 그렇게 믿어서 집어치우려고는 아니하였다.

"그럼 전보가 아니 들어갔으면 돌아오기라도 하지 않겠니? 고만두어라. 그 애가 오면 알겠지."

돌아오면 알리라고 벼르기로 말하면 영감보다도 건넌방 속에서 더 벼르고 기다리는 터이다.

이튿날 저녁에는 덕기가 부산에 내려서 전보를 쳤다.

이때까지 시치미 떼고 있던 것과는 딴판으로 부산에 와서까지 병환이 어떠냐고 전보를 친 것을 보면 퍽 조바심을 하는 모양이다. 영감은 내심으로 기뻐하였다.

하룻밤을 새워서는 겨울날이 막 밝아서 덕기가 들어왔다. 정거장에는 창훈이와 지주사가 마중을 나가 데리고 들어왔다.

삼대

창훈이는 덕기가 그저께 덕희의 전보밖에는 받아 본 일이 없다고 하는 데 펄쩍 뛰며, 그게 웬일이냐고 덕기가 속이기나 하는 듯싶이 종주먹을 댄다.

"낸들 알 수 있에요. 하지만 이상하군요. 아저씨의 그 서투른 일본말로 번지수를 썼으니까 그렇지 않을라구."

덕기는 신지무의하고 이렇게 웃어만 버렸다. 어쨌든 조부가 그만하다는 데에 마음이 놓였다.

"이것 봐, 할아버지께서 무어라고 하시거든 전보 봤다고 얼쯤 얼쯤해 두어라. 전보 하나 똑똑히 못 놓는다고 또 벼락이 내릴 테니. 학교에서 여행을 갔다가 와서 비로소 전보를 보고 마침 떠나려는데 덕희의 전보가 또 왔더라고 하든지. 무어라고든지 잘 여쭈어 주어야 한다. 그동안 전보 사단으로 얼마나 야단이 났었던지……."

창훈이는 타고 오는 택시 속에서 연해 이런 당부를 하였다.

"그게 다 무슨 걱정이세요. 어쨌든 애들 쓰셨습니다. 그러나 다행히 그만하시다니 이 고비를 놓치지 말고 약을 바짝 잘 쓸 도리를 해야지요."

덕기는 창훈이가 병환의 경과 이야기는 안 하고 어느 때까지 전보 놀래만 하는 것이 못마땅하여 치사는 하면서도 핀잔을 주었다.

조부는 일어나 앉히라고 하여 앞뒤에서 부축을 하고 손자의 절을 받았다. 허리만은 조금 거동할 수 있게 되었지만 죽은 사람이나 누워서 절을 받는다는 미신이 기어코 일어앉히게 한 것이다. 병인은 죽을 사(死) 자만 눈에 띄어도 '사자'가 앞에 와서 막아선 것같이 질색을 하는 것이었다.

영감의 입에는 웃음이 어렸으나 보기에도 무서운 깔딱 젖혀진 두 눈은 노염과 의혹의 빛에 잠겼다.

"사람의 자식이 어디 그런…… 그런 법이 있니?"

영감은 말 한마디에 세 번 네 번씩 숨을 돌려야 한다. 일어앉혔다 누이니까 담이 더 끓어오르고 기운이 쪽 빠진 것 같다.

덕기는 조부가 허리를 쓰고 일어앉는 것을 보고 속으로 반겼으나 다시 누운 얼굴을 보고는 고개를 비꼬지 않을 수 없었다. 그렇게 혈색 좋던 조부의 얼굴이 불과 한 달 지내에 저렇게도 변하였을까 싶다. 누렇게 뜨고 꺼먼 진이 더께로 앉은 것은 고사하고 그 멀젊게 누런빛이 살 속으로 점점 처져 들어가는 것 같은 것이 심상치 않아 보였다. 여러 해 속병에 녹은 사람 같다.

"전보를 그렇게 치고 법석을 해야 편지 한 장은 고사하고 죽었다가 살아왔단 말이냐. 돈 30전이 없더란 말이냐?"

담이 글경거리면서도* 급한 성미에 말을 급히 죄어치려니 숨이 턱에 받혀서 듣는 사람이 더 답답하다.

"전보를 못 봤었에요."

"전보를 못 보다니? 그럼 노자는 어떻게 해 가지고 왔단 말이냐?"

영감은 펄쩍 뛴다.

---

* 글경거리다 : '글그렁거리다'의 준말. 가래 따위가 목구멍에 걸려 숨 쉴 때마다 거친 소리가 자꾸 나다.

삼대

"주인에게 취해 가지고 왔어요……."

덕기가 또 무슨 말을 하려는데, 창훈이가 옆에서 눈짓을 하는 바람에 말을 얼른 돌려서,

"그동안 스키를 하러 갔다가 와서 한꺼번에 전보를 받고 곧 떠났지요."

하고 꾸며 대었다. 덕기 역시 창훈이를 좋게 생각하는 터도 아니요, 또 조부를 속여 가면서 구차스럽게 변명을 하기가 귀찮아 이실직고를 하려다가 흥분된 조부가 그 위에 큰 소리를 내게 되면 모두 다 재미없을 것 같아서 창훈이가 눈짓을 하는 대로 말을 돌려대 버린 것이다.

"스키란 무어냐?"

"산에 올라가서 얼음 지치는 거예요."

"산에 가 얼음을 지치다니, 강에 가서 지친다면 몰라도?"

"일본에는 그런 게 있어요."

"일본이고 조선이고 얼음 지치는 것은 매한가지겠지. 그만두어라. 그런 얼토당토않은 거짓말을 듣자는 게 아니다."

조부는 역정을 내었다.

"허, 일본에 그런 게 새로 났니? 여기로 말하면 한강에서 얼음을 지치더라마는."

창훈이가 옆에서 이런 밉살맞은 소리를 하니까 수원집도 생글하고 비웃어 보인다.

조부가 거짓말로만 밀어붙이는 것이 다행하여 옆에서 부채질을 하는 것이지마는, 덕기는 일이야 어찌 된 것이든지 간에 일껏

자기 사폐 봐주느라고 꾸며 대는 것인데 이편을 거들지는 못할 망정 그런 공 없는 소리를 하는 것을 듣고는, 심사 나는 대로 하면 확 쏟아놔 버리고 싶었지마는, 이 자리에서 큰 소리를 내서는 안 되겠다고 잠자코 말았다.

"그래 전보환으로 보낸 돈은 어떻게 했단 말이냐?"

"못 받았에요."

학비인 줄 알고 받아서 주인을 주었다가 다시 취해 가지고 왔다든지 무어라고 꾸며 대고 싶었으나 심사가 틀려서 그대로 내뱉어 버렸다.

"아니, 그게 웬일일까? 자네 부치긴 분명히 부쳤나?"

"부치다뿐입니까. 영수증이 여기 있는데요. 참 드릴 것을 잊었습니다."

하며 창훈이는 지갑을 꺼낸다. 창훈이는 지갑을 한참 뒤적뒤적하더니.

"아마 집에 두고 왔나 봅니다. 제 손으로 부치지는 못하고 큰 놈을 시켰습니다마는 영수증이 있으니까 갈 데 있겠습니까?"

"그럼 이따가 가져오게."

영감은 어쩐 영문인지를 알 수가 없어서 갑갑하였다.

모든 것을 자기 손으로 또박또박하게 하지 않으면 마음이 안 놓이는 이 노인의 성미로, 이렇게 오래 누웠는 것도 화가 나는데, 일마다 모두 외착이 나는 것을 보고는 한층 더 화에 뜨는 것이다.

"영수증만 있으면 나중에 찾기라도 하지요. 잘 알아보지요."

덕기는 조부를 안정시키려고 더 길게 말을 하려 안 했다. 그러나 덕기가 시원스럽게 말을 안 하는 것이 조부가 보기에는 모두 속임수로 얼쯤얼쯤 묵주머니를 만들려는 것 같아 또 화가 나나 멀리 온 귀여운 손자라 참는 수밖에 없었다.

# 집

덕기는 한나절을 들어앉았는 동안에 머리가 지끈지끈하는 것은 고사하고 어쩐지 집 안에 무슨 이상한 공기가 떠도는 것 같은 감촉을 얻었다. 모든 사람의 얼굴에 나타난 불안정한 기분과, 서로 속을 엿보려는 듯한 시기와 의혹과 모색의 빛이 덕기에게까지 전염되어 오는 것을 부지중에 깨달았다.

언제라도 서로 마음 놓고 깔깔 웃는다거나 얼굴을 제대로 가지고 순편히 말 한마디라도 하는 사람들은 아니지만, 이번에 와서는 더욱이 거친 저기압이 집 안의 어느 구석을 들여다보아도 자욱하다. 그것이 무슨 까닭인지, 어디에 원인이 있는지 덕기는 알 수가 없다.

초상이 나려면은 까마귀가 깍깍 짖는다더니 조부가 참 정말 돌아가느라고 죽음의 음기가 솟아나서 그런지? 어른의 병환이 침중하니까 수심에 싸여서들 그런지? 그런 열녀 효부는 가문에도 없으니 그럴 리도 없다.

그러면 그동안에 또 무슨 대풍파가 있었던가? 덕기 자신이 늦게 왔다 하여 그러는 것인가? 그렇다면 죄는 창훈이에게 있는 것이다. 세 번이나 쳤다는 전보가 왜 안 왔을꼬? 돈은 어디로 떠

삼대

날아갔는고? 알 수 없는 일이다. 아내의 말을 들으면 안방으로 사랑으로 밤낮 몰려서 틈틈이 수군거리는 것들이 무엇인지, 그 중간에 무슨 요변, 무슨 동티가 있을 법하다는 것도, 아주 터무니없는 말은 아닐 것 같다.

이 음산한 공기가 모두 안방에서만 흘러나오는 것이 아니라 사랑이고 뒤꼍이고 그 몇 연놈들의 몸뚱어리가 슬쩍하는 데서면 풍겨 나오는 것일지도 모를 것 같다. 웬일일꼬? 돈? 돈 때문에? 돈 동록 냄새가 욕기의 입김에 서려서 쉬고 썩고 하여 나오는 냄새 같기도 하다. 그러나 돈을 어떻게 하겠다는 것인고……? 생각하면 뉘 집에서나 열쇠 임자의 숨이 깔딱깔딱할 때가 돌아오면 한 번은 겪고 마는 풍파가 이 집에서도 일어나려고 뭉싯뭉싯 저기압이 끓어오르는 것일지도 모른다. 덕기는 정신 바짝 차려야 하겠다고 생각하였다.

수원집의 태도도 퍽 이상해졌다. 온종일을 두고 보아야 모친과는 으레 그러려니 하더라도 건넌방 식구와는 잇살도 어우르지를 않고 영감 옆에 꼭 붙어 앉았다. 그래도 예전에는 덕기에게만은 거죽으로라도 좋게 대하더니 이번에는 덕기가 무슨 말을 걸어도 귀먹은 사람처럼 모른 척하다가 두 번 세 번 채쳐야만 마지못해 대꾸를 한다. 더구나 못된 짓은 덕기가 안방에 들어가는 것을 몹시 싫어하는 눈치인 것이다. 낮이고 저녁 결에 사람이 좀 비었을 때 혼자 누운 조부가 심심할까도 싶고 이야기할 것도 있어서 안방에를 들어서면 더욱 그런 내색을 보이나, 그렇게 못마땅하고 보기 싫으면야 앉았다가도 저만 획 일어서 나가 버리면 그만일 터인데 나가지도 않고 턱살을 치받치고 앉았다. 나가기는커녕 마루에나 뜰에 있다가도 덕기가 안방으로 들어가는 것만 보면 쪼르르 쫓아 들어오는 것이다.

타고 남은 검부재같이 눈자위가 가라앉은 무서운 두 눈만 껌벅거리고 누웠는 조부와 무슨 비밀한 이야기나 할 줄 알고 그 안달을 하는 것인지? 덕기는 눈살이 한층 더 찌푸려지건마는 내가 인제는 이 집의 줏대다! 하는 생각을 하면 얼굴빛 하나 말 한마디라도 한만히 할 수는 없었다. 어쨌든 모든 사람의 입을 틀어막고 쉬쉬하여 가며 건드리면 터질 듯한 큰 소리가 나오지 않게 주의를 해야 할 것이라고 생각하였다.

그러나저러나 대관절 사랑축들이 안방에를 왜 이렇게 꾀어드는지 알 수가 없는 일이다. 지주사는 한집 식구요, 약을 제 손으로 지으니까 말 말고라도 제일 눈에 거슬리는 것은 최참봉과 창훈이다. 어떤 때는 일가의 아저씨니 형님 아우니 말이 위문 옵네 하고 몰려들어서는, 잔칫집 모양으로 떠들썩하니 안에서도 거기 따라서 더운 점심을 짓네 어쩌네 하고 한층 더 부산한 것은 고사하고라도 사랑에들만 몰려도 좋을 것을 병실에까지 무슨 당회나 가족회의 하듯이 몰려서 뒤집어엎는 데는 머리가 빠질 일이다. 그러나 당자인 병인이 그렇게 떠들썩한 것을 좋아하니 어찌하는 수도 없다. 그래야 너 나 할 것 없이 모두 벌제위명*으로 큰일이나 보아주는 듯싶이 입으로만 떠들어 대고 수군거렸지

---

* 伐齊爲名. 겉으로는 어떤 일을 하는 체하고 속으로는 딴짓을 함을 이르는 말.

누구 하나 똑똑히 다잡아서 약 한 첩 조리 있게 쓰는 것도 아니다. 이럴 때마다 덕기는 부친이 좀 다잡아서 엄숙하게 집안을 휘둘러 놓았으면 하는 생각이 간절은 하나 역시 하는 수 없는 일이다. 그렇다고 어린 자기는 성겁도 안 서고 공부하는 애가 무얼 아느냐는 듯이 도리어 휘두르려고만 한다.

"아저씨, 그 영수증 가져오셨나요?"

덕기는 안방으로 건너가서, 저녁 먹고 와서 앉았는 창훈이에게 전보환 부친 표를 채근하여 보았다. 세 번씩 놓았다는 전보가 한 장도 들어오지 않은 것도 이상하거니와, 돈 부친 것까지 중간에서 횡령을 당하지 않았나 의심이 드는 것이었다.

"응, 여기 가져왔는데 그 애가 잘못 부치지나 않았는지 문기가 들어오면 자세히 물어보고 오려 했더니 아직 안 들어왔어."

창훈이는 눈에 잠이 어린 듯이 어름어름하며 지갑을 꺼내서 훔척거리더니, 착착 접은 종이를 꺼낸다. 등을 주황빛으로 인쇄한 것이 분명한 우편국에서 받은 돈 부친 표다.

덕기는 받아서 펴면서,

"이게 웬일예요?"

하고 놀라며 웃는다.

"왜 그러니?"

"이건 바로 돈표가 아닙니까. 이것을 보내야 돈을 찾아 쓰는 게 아닙니까."

"응? 그럼 영수증하고 바꾸어 보냈단 말야?"

"그렇지요. 그건 그렇고, 전보환으로 보냈다면서 이것은 통상

위체*가 아닙니까?"

"무어? 통상위체? 통상위체란 어떤 건가?"

"통상위체면야 편지에 넣어 보내는 게 아닙니까?"

"엉!"

하고 창훈이는 금시초문이라는 듯이 눈이 뚱그레지다가,

"온 자식두, 빙충맞은 못생긴 자식두 다 보겠군."

하며 아들을 혼자 나무란다.

"이리…… 이리 다오."

조부는 눈을 감고 누워서 삼종 숙질 간의 수작을 듣다가 눈을 뜨고 손을 내밀어 돈표를 받아 들고,

"그 왜, 에구에구, 얼빠진 그 애를, 에구에구, 시켰더란 말인가? 에구구, 그 앤 그렇다 하기로, 에구, 자네…… 자네두 이때껏 그런, 그런 분간이 없나…… 없단 말인가."

하며 당질을 나무란다.

"할아버지, 돈은 여기 표가 있으니 염려 마시고 어서 주무세요. 숨이 더 차신가 뵈온데!"

덕기는 조부의 앓는 소리가 듣기에 애석하였다.

"그러니까 돈하고 네게서 온 편지 겉봉을 안동해 주고 전보환을 부치라 했더니 이른 말은 까먹고 아무거나 돈표면 되는 줄 알고 받아서 그거나마 영수증 쪽을 찢어서 봉투에다가 넣어 부친 게로구나."

* 通常爲替. 통상환. 우편환의 하나. 환증서를 보통의 우편으로 보내 지정된 우체국에서 그 환금을 지급받게 한다.

창훈이는 변명 삼아 이런 소리를 하고 어처구니없는 듯이 웃는다.

영감은 몸이 덜 아프면 좀 더 목청을 돋워서 따졌을 것이나, 오늘은 저녁때부터 점점 더 기함이 되어 가는지 다시는 말이 없이 돈표를 덕기 앞으로 던지고 다시 눈을 감아 버린다. 그것을 보고 덕기는 이 판에 그까짓 놀래를 캘 것도 없어서 잠자코 돈표만 주머니에 집어넣고 창훈이에게도 나가자고 눈짓을 하여 가만히 나와 버렸다.

밤 10시, 정한 시간에 또 한 번 온 의사는 더하지도 않고 덜하지도 않으나 영양이 없는 데다가 오늘은 조금 흥분이 되어서 열이 생긴 것이니 그대로 안정하여 자는 대로 두라고 이르고 갔다.

이튿날 아침에는 문기가 와서 안방에 건성으로 잠깐 다녀 나오더니 건넌방에서 내다보는 덕기를 보고,

"아버지께 들으니까 무어 돈을 잘못 부쳤다구? 난 그런 게 처음이라 무언지를 알겠던가? 일본 놈이 반씩 반씩 하는 소리로 무어라고 하기에 그렇다고 고개만 끄덕거렸더니 돈표를 해주기에 어쩔까 하다가 급하기는 하고 어떻게 부칠지를 몰라서 우편국에서 봉투를 사다가 넣어서 등기로 부쳤네그려. 여기 이렇게 등기 부친 표가 있지 않은가."

하며 서류 부친 쪽지를 내어 주고 열적은 듯이 웃는다.

"상관있소. 이왕지사 그렇게 된 것을……"

하며 덕기도 좋은 낯으로 웃어 버렸다.

"어쨌든 돈은 잃어버리지 않았으니 하마터면 내가 곤경에 빠

질 뻔한 걸 불행 중 다행하이."

문기는 이런 소리를 하고 훌쩍 가버리는 양이 자기 부친에게 무어라고 듣고 변명 삼아 온 눈치다. 그러나 아무리 시골 성장이기로 그런 반편일 수야 있을까? 더구나 돈 동록에 눈이 새빨개진 창훈이 아저씨까지 그렇게도 환전 부치는 묘리에 어두울까 하는 생각을 하면 암만해도 곧이들리지 않았다.

"너 아범은 내가 어서 죽었으면 시원할 것이다. 너도 못 오게 하느라고 저희끼리 짜고 전보까지 새에서 못 치게 한 게 아니냐."

조부가 이런 소리를 할 제 덕기는,

"그럴 리가 있겠습니까?"

고 하기는 하였지마는 덕기도 의아는 하였다. 부친이 설마 그렇게까지 하랴 싶으나 창훈 아저씨라든지 최참봉이 부친에게 되돌아 붙어서 무슨 일을 하는 것인지 그도 모를 일이라고 의심이 난다. 그러나 아무래도 수원집과 부친이 악수를 할 리는 없고 창훈이와 부친의 새가 금시로 풀렸을 리도 없으니 십중팔구는 수원집이 중심이 되어서 무슨 농간이 있을 것이라고 생각된다.

"제아무리 그래야 밥이나 안 굶게 하여 주지, 그 외에는 막무가내하다."

조부는 이런 소리도 하였다.

"왜 그런 말씀을 하셔요. 그까짓 재산이 무업니까. 그런 걱정은 모두 병환 중이시니까 신경이 피로하셔서서 안 하실 걱정을 하십니다. 얼마 있으면 꼭 일어나십니다."

덕기는 조부를 안위시키려고 애썼다.

"네 말대로 되었으면 작히나 좋으랴만 다시 일어난대도 나는 폐인이나 다름없을 것이다. 어쨌든 이 금고 열쇠를 맡아라. 어떤 놈이 무어라고 하든지 소용없다. 이 열쇠 하나를 네게 맡기려고 그렇게 급히 부른 것이다. 이것만 맡겨 놓으면 인제는 나도 마음 놓고 눈을 감겠다. 그러나 내가 죽기까지는 네 마음대로 한만히 열어 보아서는 아니 된다. 금고 속에는 네 도장까지 있다마는 내가 눈을 감기 전에는 네 도장이라도 네 손으로 써서는 아니 된다. 이 열쇠는 맡아 두었다가 내가 천행으로 일어나면 그대로 내게 다시 다오."

조부는 수원집까지 내보내 놓고 머리맡의 조그만 손금고를 열라고 하여 열쇠 꾸러미를 꺼내 맡기고 이렇게 일러 놓았다.

"아직 제가 맡을 것이야 있습니까? 저는 할아버지 병환만 웬만하시면 곧 다시 갈 텐데요! 그리고 아범을 제쳐 놓고 제가 어떻게 맡습니까?"

덕기로서는 도리로 보아도 그렇지만 공부를 집어치우고 살림꾼으로 들어앉을 수도 없는 일이었다.

"다시 간다고? 못 간다. 내가 살아난대도 다시는 못 간다. 잔소리 말고 나 하라는 대로 할 뿐이다."
하고 조부는 절대 엄명이었다.

"하던 공부를 그만둘 수야 있습니까. 불과 한 달이면 졸업인데요."

"공부가 중하냐? 집안일이 중하냐? 그것도 네가 없어도 상관 없는 일이면 모르겠지만 나만 눈감으면 이 집 속이 어떻게 될지 너도 아무리 어린애다만 생각해 봐라. 졸업이고 무엇이고 다 단념하고 그 열쇠를 맡아야 한다. 그 열쇠 하나에 네 평생의 운명이 달렸고 이 집안 가운이 달렸다. 너는 그 열쇠를 붙들고 사당을 지켜야 한다. 네게 맡기고 가는 것은 사당과 그 열쇠, 두 가지뿐이다. 그 외에는 유언이고 뭐고 다 쓸데없다. 이때까지 공부를 시킨 것도 그 두 가지를 잘 모시고 지키게 하자는 것이니까 그 두 가지를 버리고도 공부를 한다면 그것은 송장 내놓고 장사 지내는 것이다. 또 공부도 그만큼 했으면 지금 세상에 행세도 넉넉히 할 게 아니냐."

조부는 이만큼 이야기하기에도 기운이 폭 빠졌다. 이마에는 기름땀이 쭉 솟고 숨이 차서 가슴을 헤치려고 한다.

"살림은 아직 아범더러 맡으라고 하시지요."

덕기는 그래도 간하여 보았다.

"쓸데없는 소리 마라! 싫거든 이리 다오. 너 아니면 맡길 사람이 없겠니. 그 대신 내일부터 문전걸식을 하든 어쩌든 나는 모른다."

조부는 이렇게 화는 내면서도 그 열쇠를 다시 넣어 버리려고는 아니하였다.

덕기는 병인을 거슬러서는 아니 되겠기에 추후로 다시 어떻게 하든지 아직은 순종하리라고 가만히 고개를 떨어뜨리고 있으려니까 밖에서 부석부석 옷 스치는 소리가 나더니 수원집이 얼굴이 발개서 들어온다. 이때까지 영창 밑에 바짝 붙어 앉아서 방 안의 수작을 한 마디도 놓치지 않고 엿듣고 앉았던 것이다.

덕기는 수원집이 들어오는 것을 보자 앞에 놓인 열쇠를 얼른 집어 들고 일어서 버렸다.

"애아범, 잠깐 거기 앉게."

수원집의 얼굴에는 살기가 돌면서 나가려는 덕기를 붙든다.

수원집은 열쇠가 놓였으면 우선 그것부터 집어 놓고서 따지려는 것이라서 덕기가 성큼 넣어 버리는 것을 보니 인제는 절망이다. 영감이 좀 더 혼돈천지로 앓거나 덕기가 이 집에서 초혼 부르는 소리가 난 뒤에 오거나 하였더라면 머리맡 철궤 안의 열쇠를 한 번은 만져 볼 수가 있었을 것이다. 금고 열쇠를 한 번만 만져 볼 틈을 타면 일은 피는 것이었다. 그러나 그 틈을 탈 새가 없이 이 집에 사자가 다녀 나가기 전에 덕기가 먼저 온 것이다. 덕기의 옴이 빨랐던지 사자의 옴이 늦었던지? 저희들의 일 꾸밈이 어설프고 굼뜬 탓이었던지? 어쨌든 인제는 만사휴의[*]다!

"이 댁 살림을 누가 맡든지 그거야 내 아랑곳 있나요. 하지만 지금 말씀 눈치로 보면 살림을 아주 내맡기시는 모양이니 이왕이면 나더러는 어떻게 하라실지 이 자리에서 아주 분명히 말씀을 해주시죠."

수원집은 암상이 발끈 난 것을 참느라고 발강던 얼굴이 파랗게 죽는다.

"무엇을 어떻게 해달라는 말인가?"

영감은 가슴이 벌렁벌렁하며 입을 딱 벌리고 누웠다가 간신

---

[*] 萬事休矣. 모든 것이 헛수고로 돌아감을 이르는 말.

히 대꾸를 한다.

"지금이라도 이 댁에서 나가라면 그야 하는 수 없이 나가지요. 그렇지만 영감께선 안 할 말씀으로 내일이 어떻지 모르는데 영 감만 먼저 가시는 날이면 저는 이 집에 한시를 머물 수 없을 게 아닙니까. 저년만 없으면야 영감이 가시면 나도 뒤쫓아 가기로 원통할 게 무에 있겠습니까마는, 요 알뜰한 세상에 무얼 바라고 누구를 바라고 더 살려 하겠습니까마는, 이럴 수도 없고 저럴 수 도 없는 제 사정도 생각해 봐주셔야 아니합니까!"

수원집의 목소리는 벌써 울음에 젖었다.

"그 왜 무슨 말을 그렇게 하슈?"

덕기가 탄하였다.

"내 말이 그른가? 자네도 생각을 해보게. 할아버지만 돌아가 시면 이 집안에서 나를 누가 끔찍이 알아줄 사람이 있겠나?"

수원집은 코멘소리를 하며 눈물을 씻는다. 덕기도 아닌 게 아 니라 그렇기도 하다는 생각은 하였으나 어쩌면 눈물이 마침 대 령하고 있었던 것처럼 저렇게도 나올까 싶었다.

"하지만 지금 할아버지께서 돌아가시는 거요. 또 내가 살림을 떼맡는 자국인가요. 이 자리에서 그런 소리는 도무지 할 게 아니 에요."

그래도 덕기는 타이르듯이 달랬다.

"쓸데없는 소리들 말고 어서들 나가거라. 무슨 소리를 어디서 듣고 공연한 잔말이야?"

영감은 기운도 없거니와 수원집의 말을 듣고 보니 측은한 생각이 들어서 눈을 감고 듣기만 하다가 한마디 순탄히 나무란다.

"이렇게 말씀하면 엿들은 것 같습니다만 지금 덕기에게 모두 살림을 내맡기시지 않으셨습니까? 그러면 덕기 듣는 데라도 제 일까지를 분명히 말씀해 두셔야 하지 않습니까? 실상은 집안사람을 다 모아 놓고 일러두셔야 할 게 아닙니까?"

"글쎄, 딱한 소리도 퍽 하슈. 지금 할아버지께서 돌아가시니 걱정이슈? 또 설사 할아버지께서……."

덕기는 돌아간다는 말을 입 밖에 내기가 싫어서 멈칫하다가 다시 말을 돌린다.

"……할아버지께선들 어련하실 게 아니오. 내나 아버지라도 무엇으로 생각하든지 조금치라도 부족하게야 할 리가 없지 않소. 사람을 지내보았으면 아실 게 아니겠소?"

덕기는 조용조용히 일렀다.

"내가 무슨 욕기가 나서 이런 소리를 하면 이 자리에서 벼락이라도 맞고, 우리 어머니 뱃속에서 아니 나왔네. 다만 하나 이것 하나(발치께서 자는 딸년을 눈으로 또 가리킨다) 때문에 앞일을 생각하면 캄캄하니까 그러는 게 아닌가."

영감은 깜박하고 스러져 들어가던 혼곤한 잠에서 깨인 듯이 몸을 틀며 눈을 번쩍 뜨더니 푹 꺼진 그 무서운 눈으로 휘휘 돌려다보고 나서,

"그저 잔소리냐? 떠들지들 마라. 어서들 자거라."

맥없는 소리를 잠꼬대같이 하고 또다시 눈을 스르르 감다가, 세 번째 눈을 번쩍 뜨며 안간힘을 쓰며 말을 잇는다.

"염려들 마라. 내가 내 생전에 이런 꼴을 볼까 봐 다 마련해 놓았다. 옷 마르듯이 다 공평히 나누어 놓았다. 누가 뭐라든지 소용없다. 우리 아버지께서 살아오셔도 할 수 없다. 치수에 맞춰서 말라 놓은 옷감을 누가 늘이고 줄일 수 있겠니! 내 앞에서 다시 그 댓말을 꺼내면 내 손으로 불 질러 버리고 죽는다……"

영감의 입에서는 긴 한숨이 흘러나왔다.

덕기가 나온 뒤에도 안방에서는 수원집의 흑흑 느끼며 종알종알하는 성난 말소리가 어느 때까지 그치지 않았다. 제 말마따나 이따 어떨지 내일 어떨지 모르는 등신만 남은 영감을 조르는 것이리라. 조르는 것이 아니라 들볶는 것이다. 제 생각에는 한 반이나 내주었으면 좋을 듯싶을 터이나 그 반은 또 어떤 놈에게 올려 버리려는 것일꼬? 첩이나 본마누라나 오장은 같을 것이겠건만 늙었든 젊었든 정이야 있든 없든 남편이라 이름 진 사람이 숨을 모는 그 자리에서까지 빚쟁이보다 더하고 물건 흥정보다 더하게 조르다니. 그야 자식이 못되면 운명하는 아비를 내던져 두고 형제끼리도 게걸거리며 싸우는 세상이지만…… 덕기는 다시 건너가서 수원집을 몰아대고 싶은 것을 참고 뒷일을 아내에게 일러 놓고 훌쩍 밖으로 나와 버렸다. 돌아온 후 이틀 만에 처음으로 문밖에 나서는 것이다. 어둔 지는 오래나 아직도 초저녁이다. 음력 섣달그믐이 내일모레라서 그런지 그래도 이 동리는 부촌이라 이 집 저 집에서 떡 치는 소리가 들리고 거리가 질번질번한 것 같다. 떡도 안 치고 설이란 잊어버린 듯이 쓸쓸한 집 안에 있다가 나오니 딴 세상 같다.

덕기는 전차에 올라탔다. 오는 길로 병화에게 엽서라도 띄울까 하다가, 분잡 통에 와도 변변히 놀고 이야기할 경황이 없을 것 같아 틈나면 가보지 하고 그대로 두었었다. 지금도 새문 밖으로 갈까, 경애를 찾아서 바커스로 갈까 망설이면서 그대로 전차에 올라타는 것이다.

전차가 조선은행 앞을 오니 경성우편국이 차창 밖으로 내다보인다. 불을 환히 켠 유리창 안에 사람이 어른거리는 것을 보자 덕기는 속으로 내릴까 말까 하며 그대로 앉았다가 사람이 와짝 몰려 들어오며 막 떠나려 할 제 뒤로 비집고 휙 내려 버렸다.

우편국 옥상 시계를 쳐다보니 아직 8시가 조금 지났을 뿐이다. 덕기는 그대로 우편국으로 들어섰다. 창훈이 말이 자기 손으로 경성우편국에서 전보를 놓았다 하니 물어보면 알리라는 생각을 하였던 터에 지금 이 앞을 지나니 생각이 다시 난 것이다. 우편국에서는 귀찮아하였으나, 좀 한가한 때라 그런지 그래도 돈 부쳤다는 날짜에서 전후로 일주일 간이나 경도로 띄운 전보지 축을 뒤져 보아 주었다. 그러나 짐작과 같이 경성우편국에서 놓은 전보라고는 덕희가 친 것밖에는 없었다.

덕기는 분한 생각이 들었다. 내일이라도 단단히 족쳐서 인제는 꼼짝을 못하게 만들리라고 단단히 별렀다. 조부는 부친만 가지고 의혹을 하나 창훈이가 앞장을 서고 최참봉은 수원집을 충동이고 하여 무슨 짓이든지 하려다가 못하니까 속인 것이 인제는 의심할 나위 없다고 생각하였다. 어지중간에 부친만 가엾다. 조부가 그대로 돌아가면 조부는 영원히 부친을 오해한 대로 돌아갈 것이요. 부친은 아무 영문도 모르고 이 집안의 객식구처럼 베도는 양을 생각하면 더 딱하다. 하여간에 시험을 못 보게 되더라도 잘 왔기도 왔고 수원집이나 부친에게 얼마씩 떼어 놓았는지는 모르겠지마는 조부의 처사도 옳다고 생각하였다. 부친에게 전부 상속을 안 하는 것은 자기로서는 좀 안되었으나 요즈음의 부친 같아서는 역시 자기가 맡아 놓고 부친이 돈에 군색지 않게만 하여 드리는 편이 부친의 신상을 위해서나 집안을 위해 도리어 다행하다고 생각하는 것이다.

덕기는 병화를 찾아서 새문 밖까지 나가기는 좀 늦고 집에도 10시에 의사가 오기 전에 대어서 들어가야 하겠기에 거기는 단념하고 잠깐 경애에게나 들러 보려고 본정통으로 들어섰다.

바커스에는 경애는 없고 전에 보지 못하던 미인이 하나 늘었다. 얼른 보기에도 일본 여자 같다. 주부는 반색을 하며 데리고서 자기 방으로 끌고 들어갔다.

"아이상요? 요새 좀 난봉이 났지만 인제 오겠지요."

주부는 이렇게 웃으면서 정답게 군다. 덕기는 너무 그런 데에 도리어 얼떨떨하였지마는, 오정자의 소식을 알아 기별해 주고 한 일이 있어 그러려니 하였다. 주부의 말을 들으면 경애는 요새 이 집에 전같이 육장 붙어 있지도 않고 놀러 다니는 눈치다. 병화도 가끔은 오나 그리 자주 오지는 않는다 한다.

어쨌든 경애도 기다릴 겸하여 잠깐 불을 쬐며 오정자 이야기를 하여 들려주기도 하고 오정자의 내력도 듣고 앉았으려니까 경애가 소리를 치며 들어온다.

"아, 이거 누구라구! 언제 왔어?"

경애는 반가이 인사는 하였으나 속으로는 그리 반가운 것도 아니었다.

덕기가 가까이 있다고 병화의 일에 쌩이질을 할 것도 아니요, 또 병화에게 마음이 쏠렸기로 둘의 행동을 감시한다거나 방망이를 놓을 것은 아니겠지마는 그래도 전번과 달라서 상훈이가 뒤를 쫓게 된 오늘날에는 덕기마저 한 축에 어울리게 된다는 것이 이편에나 저편에나 성가신 일이다.

"웅, 할아버지께서 그렇게 위중하서?"

'내 어쩐지 상훈이를 요새 며칠 볼 수가 없더라니!'

하는 생각을 하며 경애는,

'나두 머리 풀 일 났군!'

하고 속으로 웃었다.

"김군을 좀 만나야 하겠는데, 오늘 여기 오지 않을까?"

덕기는 말을 돌리고 눈치를 슬쩍 보았다.

"그이두 요새는 별로 볼 수 없습디다. 머리나 좀 깎구 다니는지."

경애는 지금 당장 만났다가 헤어져 오는 길이나 시치미를 뗀다.

덕기는 부친과 만나 봤느냐고 물어보고 싶었으나 그 말은 그만두고 아이의 병 위문을 하였다.

"에, 인젠 괜찮아."

덕기는 금고 속을 잠깐 생각해 보았다. 같은 조가이건만 그 속에는 그 애의 몫은 오리동록도 없을 게라고 생각하였다. 그걸 보면 수원집 소생이 얼마나 팔자 좋을지 모르나 나중에 어찌 될는지는 자라 봐야 알 것이 아닌가도 싶다.

아까 바에서 보던 계집애가 들어오더니 경애에게 소곤소곤하니까 웬일일까? 하는 듯이 고개를 비꼬다가 생글 웃으며,

"잘되었군! 당신이 만나시겠다는 친구 양반이 왔다는군."
하고 덕기더러 먼저 나가 보라고 한다.

경애는 참땋게* 헤어져 가던 사람이 왜 또 왔누? 하고 의아도 하였지만 별일이 있겠니 술을 못 잊어서 그렇겠지 하고 속으로 웃었으나, 병화 역시 요새로 부쩍 몸이 달아서 아우 타는 젖먹이처럼 잠시 한때를 안 떨어지려고 하는 눈치를 생각하면 나무랄 수만도 없는 것 같다. 그러나 좀 더 삼가 주었으면 좋을 것 같기는 하다.

"야ㅡ."
"야ㅡ 여전하이그려?"
"난 자네가 여기 온 줄 알고 쫓아왔네."

밖에서는 두 청년이 인사를 하느라고 떠들썩하다. 병화는 덕기가 뛰어나올 줄은 천만뜻밖이나 이렇게 인사를 하는 것이다.

"내가 온 줄 어떻게 알았나? 우리집에 갔었던가?"
"내 귀를 보게, 좀 큰가."
하고 병화는 껄껄 웃는다.

---

* 참땋다 : '참따랗다'의 준말. 딴생각 없이 아주 진실하고 올바르다.

삼대

"귀가 크면 장수는 한다지만…… 하하…… 어쨌든 잘 만났네. 자네 편지도 보고 왔지. 그게 여간 편지던가, 설교지, 통속강좌데그려."

덕기는 진심으로 반가워하였다.

"그동안에 자네 히니구(험구)가 늘었네그려?"

"자네 히니구는 줄었나?"

이만 나쎄의 청년은 험담과 조롱을 경쟁적으로 하기를 좋아하는 것이다.

"그러나 자네 웬일인가? 무슨 수가 있나?"

"왜?"

하며 병화는 머리를 쓰다듬는다.

"머리가 말쑥하고, 양복이 보지 못하던 거요…… 아마 크림도 바른 모양이지? 하하하……."

"응, 크림도 바르기는 발랐네마는 보지 못하던 양복이라니 고물상에서 사입은 양복인 줄 아나?"

병화도 껄껄 웃는다.

"하여간 크림만은 고물상 것이 아닐 것이니 좋지 않은가? 그러나 크림 값은 어디서 났나?"

"허, 별걸 다 묻는군."

"이로오토코(미남자)! ……축배나 한잔 올리고 싶으이마는 곧 가야 하겠어. 섭섭하이."

덕기는 앉지도 않고 가려 한다. 병화도 잡을 생각은 없으나 어쨌든 잠깐 앉으라고 붙들었다.

덕기는 병화가 감정으로나 기분으로나 퍽 멀어진 것같이 보였다. 동문수학하던 사람이 몇십 년 후에 만난 것처럼 무관하면서도, 서어한 그런 감정이었다. 어째 그럴까? 덕기는 생각하였다. 돈에 꿀리지 않는 모양이기는 하나 버젓하게 응대하는 그런 기색도 전에 못 보던 것이지마는, 전과 같은 침착한 기분이 없이, 무엇에 달뜬 사람처럼 건성건성 수작을 하는 양도 이상하다. 궁하던 사람이 금시로 피이면 기죽을 펴는 바람에, 너무 지나쳐서 있는 사람보다도 주짜를 빼는* 수도 없지 않지만 그 돈이 어디서 나온 것일까? 경애가 나와서 변변히 인사도 아니하고 무슨 말끝에인지, 서로 눈짓을 하는 것을 보니 그것도 전과는 다른 모양이다. 그러고 보면 달뜬 기분은 연애를 하느라고 그렇다고나 하려니와, 돈도 경애에게서 나온 것인가? 덕기는 모든 것을 경애와의 연애에 밀어붙이려 하였다.

그러나 사실 그렇다면 덕기의 처지는 대단히 우스웠다. 경도에 앉아서 편지로 실없는 말로 들을 때와 달라서, 이렇게 둘의 새가 좋은 꼴을 면대해 놓고 보니, 속이 느글느글하기도 하고 창피스럽기도 하다. 저희끼리 좋아하면 했지, 내야 어쩌는 수 있나 하는 생각이나 부친을 생각하면, 더구나 딸아이를 생각하면 이 현상을 무어라고 해석하면 좋을지 몰랐다. 어쨌든 자기로서는 눈감아 버리고 영영 모르는 척하는 것이 상책이요, 금후로는 경애와 만나지 말 일이요, 더욱이 두 남녀가 마주 앉은 자리에 끼

* 주짜를 빼다 : 난잡하게 굴지 아니하고 짐짓 조촐한 태도를 나타내다.

이지 않도록 기회를 피해야 하겠다고 생각하였다.

이야기가 자연히 외로 나가서 자리가 편치 않은 것을 깨달으며 지금 당장 여기 앉았기가 싫었다.

"자네 댁도 인제는 19세기에서 넘어서서 20세기로 들어오게 되네그려?"

병화는 다른 잡답으로 돌렸다.

"그 무슨 소리인가?"

덕기도 못 알아들은 것은 아니나 웃어 버린다.

"노영감도 인제는 며칠 안 남으셨으니까 차차 20세기 벽두의 인물인 젊은 영감 차지가 아니겠나. 조선의 기독교 왕국은 20세기 들어서부터 약 20년 동안의 역사밖에 없지 않았나."

"편지로 미진한 사회비평이 또 나오나? 그러나 우리 할아버지가 돌아가시는 데 시대적 의의, 사회적 의의가 있을 줄은 천만뜻밖일세! 우리집의 영광일세."

덕기는 비꼬아 본다.

"자네 조부만으로는 의의가 없을지 모르지만 확대경 아래 놓고 보면 그야 물론 시대적으로나 사회적으로나 의의가 있지 않은가. 가령 말하면 손가락으로 코를 푸는 것만 보더라도 지금 이 연대에는 사십 이상 사람에게 아직 남은 습관이나 10년 20년이 지난 뒤에 가서는 육칠십 먹은 사람…… 즉 지금의 사오십 된 사람이나 그런 행습을 그저 가지고 있을 것이 아닌가. 그런 조그만 행습 하나에도 시대적 의의가 있는데 자네 댁 같은 명문거족의 가정 현상이 어째 사회적, 또 시대적 반영이 아닐 수 있나. 나는 자네 가정을 흥미 있는 연구재료로 보고 있네."

"말하자면 우리집이 박물학 표본실이라는 말일세그려? 허허허, 에— 또 지금 몇 신가?"

하고 덕기는 총망히 시계를 보고 일어나며,

"고마우이! 밤낮 듣는 머릿골 아픈 잔소리나 자네의 그 강연이나마 오래간만에 들으니 유쾌하이! 그러면 자, 언제 또 만날까?"

하고 덕기는 가려고 서성댄다.

"왜? 듣기 싫은가? 하지만 정작 강연은 인제 나오네. 아무리 바빠두 좀 더 앉게."

병화는 이죽이죽하며 더 붙들려 한다.

"아니, 난 가보아야 하겠네. 의사가 올 테니까."

"자네의 지극한 효성으론 그렇겠지만 별수 있나. 며칠 못 가서 지극이 변하여 망극이 될 것을 하루 이틀 더 끌면 무얼 하나! 어서어서 갈 사람은 가고 청산을 해버린 뒤에 수원집도 얼른 풀어 놓아주고 자네도 뒷방 서방님을 면하여야 하지 않겠나. 그러나 이왕이면 예수교도 청산해 버리고 자네 시대를 집안에 건설해 놓게. 자네가 그렇다는 게 아니라 늙은이는 어서 돌아갔으면, 하는 생각이 뉘게나 있느니."

병화는 껄껄 웃는다. 예수교라는 것은 물론 상훈이를 가리킨 것이라.

"에이, 미친 사람, 내일이라두 놀러 오게."

하고 덕기는 나간다.

"응, 틈 있으면 가지."

병화의 대답이 탐탁지 않았다. 전 같으면 몇 시에 온다든지 꼭 기다려 달라든지 하며, 긴하게 대답이 나올 텐데 인제는 잔 돈에 꿀리지 않아서 그런가? 하는 생각을 하며, 덕기는 조그만 불쾌와 함께 혼자 냉소를 하였다

# 입원

이튿날 영감은 대학병원에 입원을 하였다. 덕기 부자는 수술을 할 터도 아니니 그만두자고 하였으나 수원집이 열심으로 권하고 창훈이가 찬성을 하는 것이었다. 수원집은 시중들기가 성가시니까 그러는가 보다고 누구나 생각하였다. 그러나 병인도 그리 탐탁지는 않은 말눈치면서도 그래 보았으면 좋을 것 같은 의견이기 때문에 저녁때 의사를 청하여 놓고 의견을 물으니 자기로서는 자신이 없느니만치 그래 보는 것도 좋다고 하여 저녁때 입원을 하게 된 것이다.

그러나 이 추위에 숨이 넘어갈 듯 갈 듯한 노인을 끌어다가 병원에 둔다는 것은 마음에 실쭉들 하였고 이왕 돌아갈 바에야 병원 구석에서 객사나 시키지 않는 것이 좋을 것 같건만 아들 손자라도 반대만 할 수 없었다.

병원에 쫓아갔다가 온 수원집은 손자며느리에게 상냥스러운 웃음을 띄워 가며 병원 이야기를 들려주었다. 삼동을 두고 양미간에 누벼 놓았던 내 천(川) 자도 오늘은 스러졌다.

"너두 내일 아침결에 한번 가 뵈어야지."

"예—."

"그 길에 아주 친정댁에도 묵은세배 겸 좀 다녀와야 하지 않겠니?"

"예—."

손자며느리는 어쩌면 저렇게도 금시로 변할 수가 있을꼬? 하고 얄밉기는 하였으나, 친정에 묵은세배까지 하고 오라는 말은 반갑지 않은 것도 아니었다.

안방이 금시로 환해진 것이 수원집을 또 웃겼다. 얼굴이 피었을 뿐 아니라 몸도 가벼워졌다. 평생에 들어 보지 못하던 빗자루도 들고 나고, 걸레도 들고 났다.

"이런 구살머리쩍은 속에 누우신 것보다 얼마나 좋은지 모르겠더라. 모두 정하고 조용하고 수증기 난로를 훈훈히 피워서 방안은 후끈거리구, 예쁜 색시들이 오락가락하구……."

늙은 병인에게 예쁜 색시가 무슨 소용이냐고 어멈은 깔깔 웃었다. 어멈도 안방마마에 못지않게 낄낄대고 좋아한다. 그러나 손자며느리만은 너무나 속이 빤히 보이는 데 눈살을 찌푸리지 않을 수 없었다.

"병이 안 나으려야 안 나을 수 없겠더라. 설두 못 차려 먹고 하였으니, 정월 보름 안으로 나으셔서 잔치를 한번 하면 오죽 좋겠니."

수원집은 이런 소리도 하였다. 저녁도 안방에서 모여서 먹었다. 수원집만 아니라 집안 식구가 누구나 무거운 짐을 내려놓은 것같이 한숨을 돌린 것 같고, 침울한 기분이 확 풀려 나간 것 같기는 하다. 그러나 수원집처럼 요렇게도 앓던 이 빠진 것처럼 시원해할 수야 있나. 대보름 안으로 나아서 이 집에 들어오기는커녕 그 안에 이 집 문전에 발등거리를 내어 달고 곡성이 났으면 춤을 출 것이다.

그래도 수원집은 저녁 후에 병원 간다고 어멈을 데리고 나갔다. 덕기가 병원에서 묵으려다가 자리도 만만하지 않고 하여 창훈이와 상노놈을 남겨 두고 자정에나 서조모를 데리고 돌아왔다. 덕기의 말을 들으면, 집에서는 저녁 7시에 나간 서조모가 병원에는 10시 가까이나 왔더라 한다.

"그동안에 어디를 갔었더람?"
하고 아내가 물으니까,

"낸들 아나!"
하고 덕기는 코웃음을 칠 뿐이었다. 하여간 최참봉이 한 30분 먼저 오고 서조모가 나중 들어온 것으로 보아서 덕기도 이상하다고는 생각하는 것이었다.

이튿날 개동*에 덕기는 병원으로 달아났다. 수원집도 아침 전에 다녀오마 하고 병원으로 갔다.

"너두 친정댁에까지 다녀오려면 일찍 서둘러야 할 것이니, 내 다녀올 동안에 얼른 밥을 해치우고 차비를 차리고 있거라."
고 일러 놓고 나갔다.

손자며느리는 별안간 왜 저렇게 인심이 좋아졌누 하는 생각을 하면서도 하라는 대로 치장을 차리고 있었다.

---

* 開東. 먼동이 틈. 또는 그런 때.

10시나 가까워 수원집은 돌아와서,

"서방님은 거기서 아침 사먹었다. 어서 가보아라. 어쩌면 오늘 저녁때나 내일엔 수술을 한다더라."

고 하며, 손자며느리를 늦는다고 재촉재촉하여 내보냈다.

"무어 이번에는 어른도 안 계시고 다례도 안 지내실 모양이니 아주 설을 쇠고 와도 좋다만…… 병원에 가건 서방님더러 물어보렴."

대관절 수원집이 무엇 때문에 이렇게도 마음이 내켰는지 손자며느리는 알 수가 없었다.

안방과 사랑을 함께 떠다가 병원에 옮겨 놓은 쪽쯤 되었다. 더구나 오늘이 섣달그믐이라 묵은세배꾼이 입원한 문안을 겹쳐서 아침결부터 몰려드는 것이다. 덕기 처가 가보니 병인은 고사하고 생사람도 조금만 앉았으면 머리가 내둘릴 지경이다. 그러나 어른들은 계시고 한데 별로 할 일은 없다 하여도 곧 빠져나오기가 어려워서, 손님들이 모여 있는 곁방에 잠깐 앉았으려니까 남편이 오더니 어서 집으로 도로 가자고 한다.

"다례를 잡숫게 하라시는데 어떻게 하나. 얼른 가서 간단히 차려 지내야지."

덕기 내외는 모친을 모시고 나서면서 지주사에게 돈 10원을 내주어서 배우개 장으로 흥정을 하러 보냈다. 창훈 아저씨와 같이 보내려고 찾아보았으나 어디를 갔는지 눈에 띄지 않았다.

별안간 다례를 지내게 된 것은 일전에 시골서 올라온 당숙 때문이었다. 오늘 아침에 와서 병 위문을 하고 섣달그믐날 수술을 하는 것은 아니 되었으니, 오늘 내일 이틀을 연기하여 초하루나 지낸 뒤에 하는 것이 좋겠다고 병인 앞에서 발론을 한 것이었다. 그러나 영감은 오늘이 그믐날이라는 말을 듣자 자기 병 이야기는 고사하고 손자를 돌려다보며,

"응? 오늘이 벌써 그믐이냐? 그럼 내일 다례 지낼 분별은 해놓았니?"

하고 놀라서 물었다.

"이 우환 중에 올해만은 안 잡숫기로 어떻겠습니까?"

덕기가 이런 소리를 하니까 조부는 소리를 지르고, 내가 살아서도 이럴 제야 죽은 뒤에는 어쩌려느냐고 야단을 치는 바람에 예예 하고 나온 것이다.

세 식구가 애 업은 년을 앞세우고 꼭 지친 대문 안을 들어서니 행랑에서 '누구요?' 소리를 경풍을 하도록 치며 뛰어나온다.

"에구, 어떻게 이렇게들 오세요. 안방마님은 출입을 하시나 보던데요."

어멈은 무슨 반가운 손님이나, 반가운 손님이라느니보다도 이 집 주인이 따버리라고나 한 불길한 손님이 들어오는 것을 못 들어오게 하느라고 막아 내려는 듯이 앞장을 서서 허둥지둥 뛰어들어간다.

'미친년두 다 많다. 제가 어째 앞장을 서누?'

누구나 이런 생각을 하고 쫓아 들어가니 대청이 텅 빈 것같이 인기척 하나 없고, 금방 뛰어 들어온 어멈도 어디로 갔는지 눈에 안 띈다.

수상하다는 생각이 마치 도둑이 들어와서 집 안을 돌아다닐 때 느끼는 것과 같은 비현실적 충동으로 누구의 가슴이나 콕 찌르는 것을 깨달았다.

　"모두들 나갔나?"

　덕기는 모친이나 아내가 무슨 기미를 챌까 봐 아무 일 없다는 듯이 목소리를 크게 내며 마루로 앞장을 서 올라왔다.

　그러나 여자들도 마루로 올라오려니까, 수원집이 사랑 편에서 고무신을 끌고 나릿나릿이 놀란 기색도 없이 들어오며 가라앉은 목소리로,

　"어째들 이렇게 함께 몰려왔누? 너는 안 가니?"

하고 방에 들어가려다 말고 마루 위에 섰는 손자며느리를 쳐다보며 올라온다. 가라앉은 목소리로 깐죽깐죽이 수작을 건네는 눈치가 조금도 평시나 다름없다.

　'웬일일꾸……?'

　누구나 이런 의심이 들어서 말문이 막혀 버렸다.

　"사랑에 아무도 없어요?"

　덕기는 건넌방에서 모자를 벗고 나오며 말을 걸었다.

　"아무도 없더군. 무얼 좀 가지러 나갔더니 얻다 두셨는지 눈에 안 띄어."

　수원집은 여전히 심상하고 침착하다.

　"무언데요?"

　"응, 할아버지 잘두루마기가 눈에 안 띄게 사랑에 그저 걸어두셨나 하구……."

"할아버지 잘두루마긴 병원에 입고 가셨는데요?"

덕기 처가 대신 대꾸를 하였다.

"응, 참 내 정신두."

하며 수원집은 풀없이 웃어 버린다. 어제 침대차로 영감을 모실 때 담요를 덮다가 잘두루마기를 내오라고 할 제 의걸이 속에 있다고 자기 입으로 해서, 손자며느리가 꺼내다가 병인 위에 덮고, 그 위에 또 담요를 덮던 것을 그렇게 잊어버렸을까? 사실 그렇다면야 어째서 어멈이 곤두박질을 해서 뛰어 들어갔던 것인가? 그건 그렇다 하고, 지금 어멈은 쥐구멍으로 안 들어간 다음에야 어디서 무얼 하고 있는가?

덕기는 사랑으로 나갔다. 사랑에는 금고가 놓였다…… 사랑에 아무도 없다는 말은 또 웬 말인가?

사랑에는 과시 아무도 없었다. 그러나 사랑 문을 지쳐만 둔 것은 웬일인가?

덕기가 사랑 문을 열고 소리를 치니까 어멈이 이번에는 안에서 대답을 길게 빼며 안쪽 문으로 나온다. 숨바꼭질을 하는 것이다.

"아무도 없는데 문을 이렇게 열어 두면 어떻게 하나?"

"제 방에 잠깐 나가느라고 열고 나갔에요."

덕기는 문을 걸라고 하고 조부의 방으로 들어갔다.

주머니의 열쇠를 꺼내서 다락 문을 열었다. 문을 열면서 내닫듯이 마주치는 것은 금고다. 이 집을 사서 들 제 금고를 들여놓느라고 다락을 뜯어고치고 밑바닥에 기와집 서까래 같은 강철

기둥을 세우고 하던 것이 엊그제 같은데 벌써 열몇 해가 지나갔다. 그리고 이 금고지기는 세상을 하직하려 한다. 조부의 일생은 말하자면 이 금고를 지키기에 소모되고 만 것이다. 언젠가 일고여덟 살 적에 조부는 금고를 열고 무슨 일을 하다가,

"덕기야, 너 이 속에 좀 들어가 보고 싶으냐? 말 안 들으면 이 속에 넣고 딱 잠가 버린다."

고 실없는 소리를 하며 웃던 것이 생각난다. 이제는 키가 갑절이나 되었으니 이 속에 들어가 갇히지는 않겠지만, 조부는 역시 자기를 이 속에 가두고 가려 한다. 덕기의 일생은 이 금고 앞에서 떨어져서는 안 될 것을 엄명하였다. 그리고 이 금고지기의 생애는 지금 이 순간부터 시작된 것이다. 왜 의심이 부쩍 들었나? 왜 지금 이 금고를 보살피러 나왔는가?

'내 일생에 하지 않으면 안 될 가장 중대한 일은 이 금고 여닫는 것과 사당 문을 여닫는 것 두 가지밖에 없단 말인가? 마치 간수가 감방 문을 여닫듯이. 그리고 그 중대한 사업이 오늘 이 자리에서부터 시작되는 것이다.'

덕기는 금고가 전에 어떻게 놓였었던지는 모르나 누가 건드렸다 하여도 놓인 그대로 있을 것이요. 열쇠를 몸에 지니고 있는 다음에야 누가 손을 델 것도 아니다. 그러나 속에 무엇무엇이 들어 있는지 궁금증이 더 난다. 판도라의 비밀상자도 아니니, 조부의 엄명을 어길지라도 잠깐 열어 보고 싶은 생각이 들어서, 전에 조부에게 배워 둔 대로 호수를 맞춰서 열어 보려 하였다. 조부는 집안 중에서 덕기에게만 금고 여는 비밀을 가르쳐 두었던 것

이다.

덕기는 묵은 기억을 더듬어 가며 금고의 배꼽을 뱅뱅 돌리다가 문턱에 부연 재가 떨어진 것이 눈에 힐끗 띄자,

'웬일일까?'

하며 자세히 보았다. 문 닫는 바람에 을크러졌기는 하나 분명 담뱃재다. 조부가 떨어뜨렸을까? 조부가 누운 지가 벌써 한 달이 넘었는데, 이 재가 한 달 묵은 재일까? 그러나 조부는 담뱃대 외에는 궐련을 안 먹는다. 조부가 담뱃대를 물고 금고 문을 열었을까? 이 재가 담뱃대의 재일까……?

아무래도 믿을 수 없는 일이다. 어멈 행동부터 수상하였다. 집안 식구를 어디로 내쫓았는지 안방 애보기년까지 눈에 안 띄는 것도 이상하였다. 사랑 문이 열려 있는 것이 의아하였다. 서조모가 잘두루마기를 가지러 사랑에 나왔더란 말이 어설프다. 어멈이 제 방 화롯전에 엿을 붙여 놓지 않았으면야 아니 제 방에 불이 붙기로서니 안으로 돌아 나가지 못하고 닫은 사랑 문을 왜 열고 나갔을꼬? 이렇게 생각하니 자기 아내더러, 무슨 인심이 뻗쳤다고 본가에 묵은세배를 다녀오라고까지 일렀을꼬? 다른 때 같으면, 병원에 가는 것도 바쁜데 어디를 나가느냐고 핀잔을 주었을지 모를 터인데, 핑계 좋겠다 제가 간다 하여도 못 가게 하였을 것이 아닌가? 결국에 집안 식구를 다 내쫓고 집 지킨다는 핑계로 혼자 들어앉아서 천천히 무슨 짓을 하려던 것이 아닐까? 그렇게 생각하니 창훈 아저씨가 아까 병원에서 눈에 안 띄던 것도 다시 의심이 난다. 최참봉 역시 아침에만 잠깐 보이더니 없어

졌었다.

'흥! 저희들이 무슨 짓을 하려던 것인구? 다락 문이야 맞은쇠
질*을 할지 모르지만, 금고까지 맞은쇠질을 할 재주가 있더람!
또 열어 보면 어쩌려던 건고? 도둑질을 못할 게 아니지만, 그런
섣부른 짓이야 할 리 없고 은행 통장을 꺼내서 축을 낸대도 당
장 발각될 것이요…… 땅문서의 명의를 고쳐서 감쪽같이 넣자
는 것인가? 유서 같은 것이 들었으면 변작을 해놓자는 것인가?
그랬다가 만일 할아버지께서 살아나신다면 어쩔 텐구…….'

얼굴이 비칠 듯이 어른거리는 금고 문에 손자국이 몹시 난 것
도 예전 같지는 않다. 덕기는 별안간 겁이 났다. 사랑 문이 열린
것을 보면 어떤 놈이든지 뺑소니를 쳤을 것 같기는 하나, 이 넓
은 속에 또 누가 어디 숨어서 엿보고 있는지도 모를 것 같다. 뒤
로 달겨들어서 깩소리도 못 치게 하고 나면 금고만이 멀뚱히 서
서 모든 사실, 모든 비밀을 알 것이다. 돈이란, 재산이란 이렇게
무서운 것이요, 어려운 것인 줄을 덕기는 비로소 깨달은 것 같
다. 금고문이 유착스럽게 삐긋이 열리자, 덕기는 차근차근히 뒤
지기 시작하였다.

첫대바기에 손에 잡히는 것은 유서, 유서라느니보다도 발기**를
적은 것이었다. 그 속에는 집안 식구의 이름이 거진 다 씌었다.
그리고 여남은 개가 되는 봉투에는 각각 임자의 이름을 써서 봉
하여 두었다. 덕기는 급한 대로 그 발기에 쓰인 이름과 봉투를

* 곁쇠질. 제 열쇠가 아닌 것으로 자물쇠를 여는 짓.
** 사람이나 물건의 이름을 죽 적어 놓은 글.

대조하여 보니 축난 것은 없다. 수원집의 몫과 덕기 자신의 몫도 그대로 있고, 봉투를 뜯었던 자국도 없다. 그 외에 은행 통장이라고 쓰인 봉투도 그대로 있고, 덕기와 조부의 큰 도장도 있다. 결국 저희들이 금고를 못 연 것이다.

덕기는 다시 안심이 되면서 그 발기를 자세자세 들여다보고 앉았다⋯⋯.

필자는 여기에 조씨 집 재산이 어떻게 분배되었는가를 잠깐 공개할 필요가 있다.

귀순이(수원집 소생) — 50석

수원집 — 200석

덕희(덕기 누이) — 50석

덕희 모(며느리) — 100석

덕기 처 — 50석

상훈 — 200석

덕기 — 1,500석

창훈 — 현금 500원

지주사 — 현금 200원

이것은 물론 대략 쳐서 그렇다는 것이니. 그중에 수원집의 200석 같은 것은 상훈이의 200석의 거의 갑절이나 될 것이요, 또 덕기의 1,500석이라는 것도 나머지를 다 쓸어맡긴 것이니 실상은 2,000석까지는 못 가도 1,700~1,800석은 될 것이다.

그 외에 은행 예금 중 큰 것으로 1만 원과 남문 밖 정미소와 지금 들어 있는 집이 덕기의 차지요, 수원집은 태평통(태평로)에 있는 열다섯 칸 집을 줄 것이요, 북미창정 집은 상훈이의 소생이 있다 하니 그 모에게 내줄 것이며, 현재 자기가 수중에 넣고 쓰는 예금 통장에는 얼마가 남든지 덕기가 명의를 바꿔 가지고 장비를 쓴 뒤에 남는 것으로 창훈이와 지주사 몫으로 700원을 제하고 남는 것은 3분파하여 상훈이, 덕기, 수원집의 3인이 나눌 일까지 명기하여 놓았다. 조부가 쓰던 통장에는 두 은행 것을 합하면 7,000~8,000원 되니 장비로 3,000원쯤 쓴대도 남는 것을 나누면 용돈으로 1,000여 원씩은 가져갈 모양이다.

그 외에 주의사항으로는 미성년자의 소유와 덕기 모친과 덕기 처의 몫은 두 계집애(귀순이와 덕희)가 자라서 시집갈 때까지, 또 모친과 처는 죽을 때까지 덕기가 감독하고 보관할 것을 써놓았다. 이것으로 보면 수원집이 이 집에서 죽지 않을 것을 생각하고 귀순이의 장래를 덕기에게 부탁한 것이요, 또 며느리나 손자 며느리의 몫을 따로 정한 것은 장래 이혼을 한다든지 무슨 풍파가 있을 경우까지를 염려하고 한 것 같았다.

산(産)을 남겨 줌이 도리어 화를 만년에 끼치는 수도 없지 않기로, 내 생전에 이처럼 분배하여 놓은 것이니, 이는 나의 절대 의사라. 다시는 변통하지 못할지며, 지어 덕기 하여는 장래 조씨 집의 문장(門長)이라 덕기 자신에게 줌이 아니라 조씨 일문에 대대로 물려 내려갈 생활의 자료를 위탁함이니 덕기 된 자모름지기 1푼 1리라도 임의로 하지 못할지니라…….

운운한 유언도 끝에 씌어 있다.

그리고 이 재산 처분은 자기가 죽은 뒤 안장을 마치고 여러 사람 앞에 공개하여 분배해 주되, 특히 여자들의 몫만은 3년상을 마친 뒤에 내줄 것도 자세히 기록하여 있다. 이것은 수원집 하나를 특히 구속하려는 것이다. 수원집이 딴 남편을 해 갈지라도 3년이나 마치고 가게 하자는 것이요. 그러노라면 네 살 먹은 귀순이도 학교에 갈 나이도 될 것이니 아무의 손으로나 기르게 될 것이니까, 그것을 생각하고 한 것이다.

유서에 쓰인 날짜는 불과 10여 일 전이니, 그 침중한 가운데서도 만일을 염려하여 오밤중에 혼자 일어나 엉금엉금 금고에 매달려서 꺼내고 넣고 하였을 것을 생각하니, 덕기는 조부가 가엾고 감격한 눈물까지 날 것 같다. 조부의 성미와 고루한 사상에 대하여서나, 부자간에 그처럼 반목하는 것은 덕기로서도 불만이 없지 않으나, 자손을 위하여 그렇게 다심하게도 염려하는 것을 생각하면 고맙다.

분배해 놓은 것이야 일조일석에 한 것이 아니요. 몸이 편할 때에 시름시름하여 두었겠지마는, 늙은이가 아무도 모르게 혼자서 죽은 뒤의 마련을 하던 그 쓸쓸한 심정이나 거동을 상상하여보면 또 눈물이 스민다. 이 유서 한 장을 쓰기에도 남 자기를 기다려서 며칠을 두고 썼을지 모를 것이다.

남들은 노래에 수원집에게 홀딱 빠졌으니 그 재산이 성할 수야 있겠느냐고, 덕기가 듣는 데서까지 내놓고 뒷공론을 하였지만, 결국 수원집 모녀 편으로는 250석이니, 결코 적은 것은 아니나 상훈이는 단 200석밖에 차례에 안 간 것을 생각하면, 많은 편이라고 하겠다.

그러나 원체 상훈이에게 200석이라는 것은 너무나 가엾다. 이것이 모두 영감의 고집불통 때문도 때문이지마는, 봉제사 안 하는 예수교 동티다. 결국 영감의 봉건사상이 마지막으로 승리의 개가를 불러 보는 것이다. 그러나 덕기가 재산은 상속하였을 망정 조부의 유지도 계승할 것인가? 그는 금고 문지기는 될 수 있을지언정 사당 문지기로서도 조부가 믿듯이 그처럼 충실할 것인가?

덕기는 다시 집어넣고 채운 뒤에 병원에 전화를 걸어 보았다. 창훈이를 찾았으나 아직 안 왔다 한다. 최참봉도 역시 없었다. 오거든 곧 전화를 걸어 달라고 일러두고 안으로 들어가 보니 서조모는 나가고 없다. 병원에 갔다고 한다. 내일 다례 지낼 것을 차리려고 병원에 있던 사람까지 끌고 왔는데 수술하는 것 같으면 모르지만 왜 그리 시급히 갔을꼬? 실상은 내가 사랑에서 혼자 거례를 하고 있으니 그렇게 몸이 달았으면야 슬쩍 눈치를 보러 나왔을 터인데 안 나온 것을 보면 금고에 눈이 벌게진 기미를 보일까 보아 냉정한 태도를 가작하는지도 모를 일이다. 지주사가 흥정을 해가지고 오니까 그제서야 창훈이가 왔다.

"어디를 가셨었나요?"

덕기는 유심히 얼굴을 쳐다보았다.

"응, 집을 내몰리게 되어서 좀 돌아다녔으나 어디 있어야지. 사글세 집이라곤 여간 몇백 원 보증금을 준대도 구하는 도리가 없고…… 그 큰일 났어."

창훈이는 혀를 찬다. 별안간 집 놀래는 금시초문이다.

"지금 댁도 사글세 집이던가요?"

"그럼 별수 있나…… 하여간에 과동이나 한 뒤에 내쫓겼으면 좋으련마는, 주인이 일본 놈이라 김장해 넣고 한 그런 조선 사람의 사정이야 알아주나."

"그러기로 음력 섣달그믐이나 정초에 내쫓을라구."

별안간 집 놀래를 꺼내는 것도 역시 까닭이 있어 그러는 게 아닌가 싶었다. 할아버지 생전에 집 한 채라도 굳히려고 하는 건지 모를 듯하다. 조부는 서울 안에 집이라고는 이 집 외에 단 두 채밖에 안 가졌던 모양이기에 유서에도 그렇게 쓰신 것이 아닌가 생각하였다.

"아따, 시원한 소리도 한다. 일본 놈이 우리 구력설이야 생각한다던가!"

창훈이는 덕기가 차차 이 집 주인이 될 테니까 그런지 별안간 '하게'를 붙이면서,

"이런 때 자네 할아버지께서 어떻게 집이나 한 채 내주셨으면…… 더두 말고 조그마한 오막살이라도 한 채 주셨으면 사람을 살리시는 일체이겠건만……."

하고 혼잣소리처럼 껄껄 웃는다.

"할아버지께서 웬걸 집을 사두신 게 있을라구요."

"흥, 자네는 한층 더하이그려. 허허…… 인제 자네두 살림을 맡을 테니까 그두 그렇겠지마는, 지금 할아버지께서 처맡으신 것만 해두 서울 안에 오륙 채는 될 것일세. 이 집이나 화개동 집, 북미창정, 태평통, 그런 것까지 합하면 10여 채일세. 아무러면 자네가 더 잘 알겠나."

"그건 고사하고, 그래 정말 섣달그믐날 집을 보러 다니시니까 보여 드립디까?"

덕기도 웃어 버렸다.

"그럼, 내가 거짓말인 줄 아나? 무엇하자고 거짓말을 하고 또 병원은 내버려 두고 온종일 이 추위에 나돌아 다니겠나! 다 틀렸군! 다 틀렸어! 나는 자네게 청이나 해서 할아버지께 말씀을 좀 해달라렸더니……."

덕기는 아무래도 창훈이 말이 곧이들리지 않았다.

이때까지 어디 가서 무슨 짓을 하다가 와서 집 보러 다녔다고 꾸며 대는 것으로밖에 아니 들렸다.

"수술은 오늘 안 하시나?"

"병원에 아니 다녀오셨군요?"

"응, 인제 가볼 텔세마는 할아버지께 오늘 저녁에라도 아까 그 말씀을 해주게."

"여쭈지요. 그런데 병원에는 가시지 않아도 좋으니 다례 지낼 분별이나 좀 해주슈. 흥정은 대강 해왔지만."

창훈이를 부르려고 전화를 건 것도 덕기 혼자만은 다례를 어떻게 지낼지 엄두가 아니 나서 그런 것이다.

"그것 보게, 할아버지만 아니 계시면 벌써 이렇지 않은가. 그래두 집안에는 늙은 사람이 있어야 하는 걸세."

창훈이는 공치사를 하며 저 아니면 못할 제 소임을 맡았다는 듯이 외투 모자를 벗어 놓고 판을 차린다. 그동안에 덕기는 물건만 들여보내고 사랑으로 나간 지주사와 셈을 따지러 나갔다. 사랑 안방에서 지주사와 돈 셈을 하고 나서 지주사는 나가다가,

"이건 뉘 목도리야?"

하고 장지 구석에 매화분을 받쳐 놓은 사방탁자 밑에 내던져 둔 누런 목도리를 집는다. 덕기도 눈이 둥그레서 바라보았다.

"창훈이 것인가 본데."

지주사는 신지무의하고 그대로 못에 걸고 나가 버린다.

덕기는 속으로 코웃음을 치며 안으로 들어갔다.

"아저씨, 아까 사랑에서 나오실 제 떨어뜨리신 것 없어요?"

다짜고짜로 창훈이를 붙들고 물었다.

"무어? 사랑에를 누가 들어갔기에?"

"그럼 아저씨 목도리는 어쩌셨소?"

"응? 목도리? 자네 별걸 다 묻는구면."

하며 창훈이는 열적은 웃음을 띠다가,

"거기 외투 놓인 데 있겠지. 거기 없으면 병원에 두었나?"

하고 과일 봉지를 뒤적거린다.

"이때까지 집 보러 다니시는 동안에 목이 시린 것도 모르셨습디까? 하하하……."

덕기도 웃다가,

"아저씨, 혼이 다 나가셨습니다그려? 그러지 마세요. 아저씨! 그러지 마세요."

하고 의미 있게 바라본다.

"무얼 그러지 말라는 말인가? 내 목도리가 어디 있던가?"

"어디 있을 듯싶어요?"

"집에서 잊어버리고 나오지 않았으면 병원에 있거나 큰사랑에 있을지도 모르지. 어제 그 분잡 통에 사랑에 두었었던가? 집은 저렇고 여기 오면 또 여기 일로 얼이 빠지고 하니 젊은 놈이라도 정신을 못 차리겠는데 인젠 나도 나이 있지 않은가."

창훈이는 이런 소리를 하고 혼자 웃는다.

"아침에 병원에 폭 싸서 두르고 오신 걸 분명히 봤는데 지금 사랑에 떨어져 있으니 목도리에 발이 달렸나요?"

"글쎄, 발이 달렸나? 그 왜 거기 있나."

창훈이는 태연무심히 대꾸를 하고 웃는다.

"그렇게 흔적을 내고 다니시면야 좀 서투르지 않은가요."

"무에 서투르단 말인가?"

창훈이는 눈을 똑바로 뜬다.

"나 같으면 좀 더 교묘히 할 수가 있단 말씀예요. 황송한 말씀입니다만 꼬리를 밟혀서야……."

덕기는 조소를 하였다. 참고 참았던 미운증이 복받쳤다.

"뭐야? 그게 말이라고……? 버릇없이! 돈이 없으면 어른도 어른 같지 않아 보이니?"

창훈이는 눈을 부르댄다.

"잘못했습니다. 그러나 그 목도리를 금고 속에 떨어뜨리시지 않은 것만은 다행한 일입니다."

덕기는 좀 더 들이대 주고 싶었다.

"무어 어째? 금고를 누가 어쨌단 말이냐?"

창훈이는 더한층 핏대를 올린다.

"고만두세요. 다만 이후부터는 그러시지 마시라는 말씀예요. 주책없는 사람들이 부질없는 짓을 하더라도 아저씨는 말리셔야 할 것이 아닙니까. 그것을 한층 더 뛰어서 앞장을 서시면야 남이 알면 욕을 해요! 욕을 해요!"

"글쎄, 내가 무슨 욕먹을 짓을 했단 말인가? 내 목도리가 어째 거기에 있는지는 모르겠네마는 사람 잡을 소리 아닌가? 거기 좀 앉게. 분명히 이야기를 좀 들어 보세."

"들어 보시나마나 눈이 있고 귀가 있으면서 범연한 말씀을 할라구요! 어쨌든 전보는 놓으신 것입니까, 안 놓으신 것입니까. 그것부터 좀 따져 보시지요."

오늘이 섣달그믐날이다. 아주 셈을 닦아 보려고 덕기가 도리어 판을 차린다.

"그건 또 무슨 소린가? 자네 무엇에 씌었나?"

"씌인 사람은 따로 있겠지요. 경성우편국에서 이달 한 달 치 전보지를 모조리 뒤져 보았으면 그만이지요. 광화문우편국에서 놓으신 것을 잘못 생각하신 것인가요?"

"허, 그거 참 누구를 꼭 말려 죽이려 드는군……."

창훈이는 항렬 높은 것과 나이 많은 것만 앞세우고 몸부림을

삼대

하듯이 펄펄 뛰다가 외투 모자를 뭉뚱그려 들고 사랑으로 나가서 지주사더러 목도리를 가져오라 하여 외투 속으로 두르면서,

"눈에 뜨이건 집어다 두었다가 줄 일이지 왜 알알이 뒤집어 발려 떠들어서 말썽을 만드나? 내남없이 늙으면 어서들 죽어야 해."

하며 혀를 찬다.

"죽겠거든 자네나 죽게그려. 길동무가 없어 못 죽나?"

10년이나 떨어진 창훈이는 언제나 만만한 지주사를 휘두르지만 까닭 없이 핀잔을 맞는 것이 지주사는 불쾌하였다.

"나는 아직 좀 있다가 죽겠네만 자네 따위를 길동무를 해서는 무얼 하나, 공연히 짐만 되게!"

창훈이는 화풀이를 지주사에게 하고 나니까 조금은 마음이 풀렸다.

"피차일반일세. 자네 따위 날탕패하고 저승에까지 같이 가면 지옥 문도 안 열어 줄 테니 공중에 걸린 원귀가 되라구! 사람이 맘보가 고와야 하는 거야."

지주사는 저편이 마음을 돌린 눈치를 보고 슬금슬금 핀잔맞은 대거리를 하려는 것이다. 쬔 병아리 같은 지주사는 언제나 저편이 휘두를 때는 가만 내버려 두었다가 누그러지기를 기다려 갉죽갉죽 비위를 긁어서 앙갚음을 하는 것이다.

"내 맘보가 어쨌단 말이야?"

창훈이는 눈을 부르대며 다시 쉰다.

"억울한가? 제 똥 구린 줄은 누구나 모른다지만……."

지주사는 초근초근히 골을 올리고 앉았다.

"무어 어째? 이놈아, 내가 승야월장*하는 걸 봤니? 무슨 까닭으로 맘보가 어쩌니 제 똥이 구리니 하는 거냐?"

저 한 일이 있는지라 지주사는 단순히 골을 올리려고 한 말이나 창훈이에게는 제 발등이 저려서 예사로이 들리지 않는 것이다.

"이거 왜 핏대를 올리고 덤비나. 종로서 뺨 맞고 행랑 뒤에서 눈 흘기는 것도 분수가 있지 왜 내게 와서 화풀이인가?"

"무어 어쩌고 어째? 늙은 놈이 밥이나 치우고 한구석에 가만히 끼어 앉았는 게 아니라 제 목숨에 뒈지지를 못하려고 왜 요러는 거야? 그러면 무에 생길 줄 아니? 이것두 밥값 하느라고 하는 소리냐?"

"이 자식아, 너두 늙은 부형을 모셔 봤겠구나? 나〔年齒〕를 대접하기로 의법이 그런 소리가 나오니?"

지주사는 배쭉배쭉 웃으며 농담을 또 걸었으나 창훈이는 그래도 날뛰며 내가 무슨 못된 짓 하던 것을 보았느냐고 종주먹을 대었다.

"내게는 이 집이 종조 댁이다. 무슨 말을 해도 상관없는 사람이다. 너 같은 놈에게 그런 소리를 듣고 가만있을 내가 아니다. 너는 덕기가 이 집 차지를 하게 된다니까 제 딴은 긴하게 뵈느라고 쏘삭거리고 알랑거리는지 모르겠다만 잘못하면 다리 뼉다귀가 성하지 못할 게니 정신을 차려."

* 乘夜越牆. 밤중을 틈타서 남의 집 담을 넘어 들어감.

창훈이는 어린애처럼 조가라는 떠세를 한다.

"글쎄 내가 뭐랬다고 이 지랄인가? 여기가 자네 종조 댁이 아니라고 누가 그러던가? 어서 가게. 자네 술 취했네그려."

지주사는 빌었다.

"잔소리 말어! 아가리를 함부로 놀리다가는 네 명에 못 거꾸러질 게니, 실없는 말이 아니라 정신 바짝 차려라."

창훈이는 으르딱딱거리고 홀쩍 가버렸다.

덕기는 왁자한 소리에 사랑 문 밑에 나와서 엿듣다가 창훈이가 나가니까 그제야 사랑으로 나와서 지주사를 따라 방으로 들어가며,

"왜 그래요? 어쨌다는 거예요?"

하고 묻는다. 덕기는 지주사를 꼬염꼬염해서 속을 뽑아 보자는 것이다.

"아닐세, 실없는 농담이 농과성진*해서 그런 거지만 술잔 먹은 게로군."

지주사는 이렇게 집어치우려 한다.

"저이들이 어떻게 하겠다는 건가요? 아까 낮에도 여기 모여 쑥덕거린 모양이니?"

덕기는 지주사의 입에서 말을 낚아 내려는 것이다.

"아무러면 저희들이 별수 있나. 그 망한 놈들. 나더러 정신 차리라데마는, 참 자네야말로 정신 차리게."

---

* 弄過成嗔. 장난도 지나치면 상대편의 노염을 사게 됨.

"왜요?"

"왜라니? 지금 저희는 무슨 큰 수나 나는 듯이 지랄들인데."

지주사는 어차피에 자기는 그 축에 끼이지 못할 것이요, 당장 창훈이에게 욕먹은 것이 분하기도 하지만, 아무래도 이 노인은 20년 동안 이 집 밥으로 늙었고 죽으면 이 집에서 묻어 주려니 하는 터이라, 공덕을 생각기로 아직 어린 이 주인을 뚱길 것은 뚱겨 주고 하여 뒤를 보살펴 주어야 하겠다고 생각하는 것이다. 워낙이 난 대로 늙었고 주변성 없이 자라난 사람이요, 계집이 있나 자식이 있나 20년 홀아비로 지낸 사람이 별안간 육십이 넘어서 계집을 얻을 것도 아니요, 계집 안 보려면 가벼운 옷이 소용 없고 게다가 술조차 육십 평생에 모두 모아야 한 잔쯤 먹었을까? 기껏 오입이 담뱃대나 먹는 것인데 옷은 철철이 더우면 서늘하게 추우면 덥게 부숭부숭히 해주것다 세끼 밥 두둑이 먹여 주것다 담배용에 옹색지 않으면야 다른 욕심이 날 까닭이 없다. 지주사는 그저 그만한 대로 자지러져 죽을 사람이다.

이러한 지주사의 눈으로 창훈이나 최참봉을 보면 그놈은 맨 미친놈이요, 제 분수 모르는 천둥벌거숭이요, 욕심 불한당이다. 지주사는 제 깜냥대로의 의분까지 느끼는 것이다.

"그래, 집의 아버지께서는 뭐라고 하십디까?"

덕기는 부친이 한통속인지 아닌지부터 알려 하였다.

"천만에! 그만하면 눈치도 알겠고 요량이 안 나서나. 이것은 자네게만 말일세마는 아무튼지 수원집이란 큰 말썽일세. 할아버지께서는 알고도 모르는 척하시는지, 할아버지만큼 분명하신 어른이 왜 그대로 내버려 두시는지 알 수 없네."

"그야 그런 줄 아시기로 어쩌시겠습니까."

"그두 그렇지만 하여간 이번에 일은 당하고 마는 것이니 그렇게 되건 줄 것 주어서 어서 배송을 내버리게. 저는 저것(다락을 손가락질한다)이 못 잊어서 떠나려 하지 않겠지만 그저 내 말대로만 하게."

"무슨 말을 들으신 게 있으면 일러 주십쇼그려."

덕기는 다가앉는다.

"들은 게 있나마는, 그 뒤에는 매당집이라는 년이 또 있네그려. 자네 어르신네도 거기 가서 술잔이나 자시고, 수원집과 맞장구를 친 일도 있다네!"

이 말에 덕기가 귀가 번쩍 띄었다.

"하여간 그년의 집이 저희 패가 모이는 웅덩이라데. 여기서 쑥덕거리지 않으면 틈틈이 거기로 모여서 숙설거려 가지고는 모든 일을 잡질러 놓는 걸세그려."

"매당집이란 어디기에 아버지도 그런 축에 끼실까요? 같이 무슨 공론인지를 하시나요?"

덕기는 부친을 그렇게까지 의심하는 것이 못내 죄가 되겠다고는 생각하였으나 그래도 못 미더웠다.

"아냐, 자세는 몰라도 그럴 리는 없지. 그러나 매당이란 위인이 나는 보진 못했어도, 장안에 유명한 못된 년이요, 남의 등 쳐먹기로 생화를 삼는 위인이니까 자네 어르신네와 수원집을 좌우로 끼고 안팎벽을 치는 것인가 보데그려. 두 군데서 다 얻어먹든지 그렇지 못하면 어디든지 한쪽 등이라도 쳐먹자는 게지."

"응, 그래요?"

덕기는 자기의 이해관계보다도 세상 물정을 또 하나 알게 된 것이 반가웠다.

"그건 고사하고 이런 말은 자네만 알아 두게마는, 원래 최참 봉이란 자가 수원집과 떨어지려야 떨어질 수 없는 관계인가 보 데. 말하자면 오늘날 이러한 일을 꾸미려고 계획적으로 수원집 을 들여보냈나 보데. 거기에 창훈이가 툭 튀어든 것이나, 그놈들 이 헉 하고 나가자빠질 날이 있을 것이지."

지주사는 열심이다.

"그런 사람들에게 약을 쓰라고 내버려 두었으니 병환이 나으 시려야 나으실 수가 있겠어요."

"여부가 있나!"

약을 잘못 썼으리라는 말에 지주사가 신이 나서 여부가 있느 냐고 대답하는 것을 들으니 덕기는 가슴이 다 찌르르하는 것같 이 놀랐다. 그러나 지주사는 거기에 대한 분명한 대답은 모피하 는 눈치였다.

덕기는 지주사가 거기 가서는 어름어름해 버리는 것이 더욱 의심이 났다. 무심코 들었던 아내의 말도 다시 머리에 떠오른다. 약은 다른 사람은 건드리지도 못하게 하고 꼭 어멈만 맡겨 달여 서 안방에 들여가는 시중만은 자기에게 시키는데, 그나마 조부 가 듣는 데서 손자며느리가 약을 안 달이느니 정성이 없느니 하 고 들큰거리지나 않았으면 좋으련만 사람을 미치게만 만드니, 이

삼대

럴 수도 없고 저럴 수도 없다고 아내가 하소연할 제, 수원집의 예증*이거니 하고 들어만 두었으나, 지금 생각하니 그것도 의심이 난다.

어멈이란 위인이 너름새 좋게 뉘게나 굽실대고 일도 시원스럽게 해주는 바람에, 처음에는 모두 좋아하였으나 두고 볼수록 뚜쟁이감이나 기생집 어멈같이 능글능글하고 수다스러운 점이 뉘게나 밉살맞게 보여 왔다. 어쨌든 그 어멈에게 약을 맡겨 달이게 하였다는 것이 덕기에게는 실쭉하다.

그러나 아무리 지주사에게 이리저리 캐물어야 알고도 모른다는지 정말 몰라서 모른다는지 분명한 대답을 못 들었다.

'두고 보면 알리라!'

덕기는 우선은 단념하는 수밖에 없었다.

여편네들만 빼놓고 남자들은 병원에 모여서 과세를 하였다. 낮전에는 번하던 병인이 저녁때부터 혼수상태에 빠졌다가 새벽녘에나 조금 정신을 차리는 것이었다. 의사는 어차피에 원기를 돋아야 수술을 할 것이니까 며칠 연기하는 것이 도리어 좋겠다고 하였다. 수술이라야 큰 절개수술을 하는 건 아니요, 좌우쪽 갈빗대 사이에 고름이 든 것을 뽑아낸다는 것이나, 원체 허약해져서 선뜻 손을 대기가 어렵다는 것이다.

의사도 왜 이렇게 탈진을 했는지 알 수가 없다고 의아해하였다. 돈 있는 사람이니 아무리 노쇠는 하였더라도 보약도 상당히

---

* 例症. 평소에 늘 보이는 좋지 않은 버릇.

먹었을 것이고 한데 이렇게까지 의식이 혼몽하도록 체력이 감손하였다는 점을 의아해했다.

초하룻날 다례도 지내고 삼사 일은 무사히 넘어갔다. 그래도 의사는 수술에 착수를 못하고 있었다. 어디가 어떤지를 모르게 까부라져 들어갈 뿐이다. 영양분이라고는 들어가기가 무섭게 되받아 나왔다.

'비소중독?'

의사는 우연히 이런 의문이 떠올라 왔다.

"암만해도 알 수가 없는데…… 아마 무슨 중독이 되었나 보외다."

의사는 고개를 기울였다.

"무슨 중독일까요?"

덕기는 눈이 뚱그레서 바짝 채쳐 보았다.

"글쎄, 그야 좀 더 두고 증세를 봐야 알겠지요."

의사의 대답은 그밖에 없었다. 주사가 하루에도 몇 차례씩 딴딴히 굳어진 노인의 혈관 속으로 빨려 들어갔다. 영양분 대신에 주사로 명맥을 버티어 가는 것이다.

덕기는, 위보를 듣고 위문 겸 병원으로 찾아온 이때까지의 주치의와 병원의 박사와 대면을 시켰다. 될 수 있으면 입회 진단을 하여 달라는 것이다.

두 의사는 피차의 경과를 보고하고 각기 그동안 투약한 처방전을 가져다가 서로 바꾸어 보았다. 진단이 틀렸으면 틀렸지 처방으로 보아서는 결코 중독될 여지가 없다. 그러나 배설물을 검

삼대

사한 결과를 주치의에게 보이니까 주치의는,

"허—?"

하고 놀라며 고개를 비꼬았다.

이렇게 되니 남은 의문은 한방의에게로 돌아갔다. 두 의사는 한참 상의한 결과 덕기에게 한약방문과 약 찌꺼기가 있으면 그것을 가져다 달라고 하였다. 의사들은 한약에 유의하느니만큼, 한약재의 연구에 대하여 흥미를 더 가지고 있는 것이었다.

덕기도 여기서 무슨 단서가 나올까 하는 생각으로 아무도 시키지 않고 자기가 한방의에게로 갔다. 약 찌꺼기도 그대로 있다면 자기 손으로 긁어모아 가지고 올 생각이다.

한방의는 덕기를 따라 병원에 가서 양의들에게 자기의 진단을 개진하고 방문을 내보였다. 한방의가 내상외한*으로 집중을 하여 다스려 나왔다는 것은 그럴듯하나, 신열이 보통 감기의 열이 아니요, 폐렴으로 해서 내발하는 열인 것은 미처 몰랐던 모양이다. 하여간에 한약에서도 중독될 만한 의점은 발견할 수 없었다. 더구나 약 찌꺼기라는 것은 찾으려야 찾을 수 없었다.

하여간에 병인은 해독제로 완화는 시켜 놓았으나, 이 때문에 신장염과 위장 카타르**가 병발하고, 시력이 점점 쇠약하여 갔다. 이만하면 비소중독이란 진단은 결코 오진이 아닌 결정적 사실이요, 또 이것은 의학상 귀중한 연구재료로 아직 보류하려니와 당장 어디서부터 손을 대야 할지 의사는 거의 절망이었다.

---

* 내상외한(內傷外寒) : 기력이 쇠하여 생긴 병과 밖의 찬 기운으로 생긴 병.
** catarrh. 조직은 파괴되지 않고 점막이 헐면서 부어오르는 염증.

이 법석 통에 수원집은 감기몸살이라 하여 꼼짝을 안 하고 드러누워서 병원에도 사흘이나 아니 갔다. 그래도 수술을 한다는 날에는 수원집도 깽깽 일어나서 병원에 나왔다. 그러나 그 앓는 소리는 옆의 사람이 듣기에도 송구스러웠다. 앓는 소리만 들으면 영감보다도 이 젊은 마누라가 먼저 죽을 것 같았다.

"하두 오래 병구완하시느라고 저렇게 되었구려. 병구완하다가 먼저 돌아가리다."

일갓집 아낙네들은 이렇게 인사를 하는 게 아니라 놀렸다.

"대신 나를 잡아가면 작히나 좋겠습니까."

수원집은 숨이 턱에 닿는 소리로 이런 대답을 해서 여러 사람을 웃겼다.

하여간에 수술은 하였다. 수술이래야 가슴의 고름을 빼내는 것이다. 그 덕에 병인은 신열이 쑥 내려갔으나 그 대신에 기함이 심하여 혼수상태에 빠져 버렸다.

이틀 동안을 눈 한 번도 못 떠보고 그대로 자지러져 들어가던 숨을 마지막 들이긋고 말았다.

의사는 무이해한 가족들이 수술을 잘못하였다고 청원할까 봐 비소중독을 앞장세웠고, 또 누구나 의사의 말을 믿었으나, 그 원인이 어디 있었느냐는 점에 이르러서는 의사가 말 못하는 거와는 딴 의미로 아무도 개구를 못하였다. 의사는 다만 의학상 과학적 문제로만 생각하나, 여러 사람은 법률 문제, 형사 문제로밖에 아니 보이는 것이었다. 여기에 한두 사람 혹은 그 이상의 범죄자가 있을 것을 예상하는 것이기 때문에 아무도 제 속말을

삼대

못 꺼내는 것이다.

의사가 연구재료로 해부를 해보아도 좋을 듯이 말을 꺼낼 제 맨 먼저 찬동의 뜻을 표시한 사람은 상훈이었다. 덕기는 실상은 그렇게 하자고 하고 싶었으나 일가의 시비가 무서워서 대담히 입을 벌리지는 못하였다.

과연 당장에 우박이 상훈이의 머리 위에 쏟아졌다.

"자네 환장을 했나? 자네 인제는 기를 쓰나? 조가의 집에 인제는 마지막으로 똥칠을 하려는 건가?"

첫 우박이 창훈이의 입에서 쏟아졌다.

나이 오십이나 된 놈이 지각 반 푼어치 없이, 어서 분별을 해서 시체를 모셔다가 발상을 하고 안장할 도리를 차리는 게 아니라, 푸줏간에서 소 잡듯이 부모의 시체를 갈가리 찢어발기려는 그런 놈의 집안 망할 자식이, 천지개벽 이후에 있겠느냐고 욕설이 빗발치듯 하고 구석구석이 모여서는 대격론이 일어나는 것이었다.

부모가 아니라 원수더란 말인가? 생전에 삐진 소리를 좀 하셨다고 돌아가시기가 무섭게 칼질을 해서 부모를 욕을 보이자 하니 성한 놈이면 육시처참을 할 일이요, 미쳤다면 그놈부터 우릿간을 짓고 가두든지, 아주 조씨 문중에서 때려잡아 버려야 할 일이라고 떠들어 놓는 사람도 창훈이었다.

그런 놈이니 제 아비에게 비상이라도 족히 먹였을 것이요, 제 죄가 무서우니까 시신도 안 남게 갈가리 찢어발겨 없애서, 증거가 안 남게 만들어 가지고 불에 살라 버리든지, 약병에 채워서 우물주물 만들려는 그런 무도한 생각을 하는 것이라고, 봉인첩설*을 하는 것도 최참봉과 창훈이다. 누구도 또 그럴듯이 듣는 것이다. 이러노라니 수원집은 정신을 차리지 못하고 병실에서 울어 젖히고, 수십 명 몰려든 사람들은 제각기 한마디씩 떠들어 놓고, 병원은 한 귀퉁이가 떠나갈 지경이다.

상훈이는 주먹 맞은 감투가 되어서 잠깐은 물러앉는 수밖에 없었다. 할 말이 없는 게 아니요. 입이 없어 말을 못할 것은 아니로되, 공격의 칼날이 날카로울 때는 은인자중하여야 할 것이라고 돌려 생각한 것이다. 만일 금고 열쇠가 상훈에게로 왔던들 이 사람들이 상훈이를 이렇게까지 무시는 못하였을 것이다. 무시는커녕 창훈이가 팥으로 메주를 쑨다 하여도 네, 네 하였을 것이다. 상훈인들 해부를 꼭 하자는 것도 아니다. 어떤 연놈들의 악독한 음모가 있었다면 그것을 밝히겠다는 일념으로 선뜻 찬성은 하였으나, 기위 의사가 두 사람이나 증명하는 바에야 해부까지 할 필요도 없고, 또 후일 문제 삼자면 오늘날 안장하고서라도 다른 도리가 얼마든지 있는 것이다.

생각하면 더운 김도 가시기 전에 부모의 시신에 칼을 댄다는 것은 비록 묵은 관념이 아니기로, 차마 못할 일이니 창훈이들의 주장이 옳지 않은 것은 아니요. 또 누구가 듣든지 옳다고 하겠으니까 한층 더 기고만장을 하여 상훈이만을 못된 놈으로 몰아붙이는 것이나, 계제가 좋아서 하기 쉬운 옳은 말 한마디를 하였

---

* 逢人輒說. 만나는 사람마다 이야기하여 소문을 널리 퍼뜨림.

삼대

다고 그 뒤에 숨긴 큰 죄악이 감추어지고 삭쳐질 것은 아니다.

'두고 보자. 언제까지 큰소리를 할 것이냐!'

고 상훈이는 이를 악물었다.

시체는 발상 안 한 대로 침대차에 옮겨서 집으로 모셔다가 빈소를 아랫방으로 정하고 안치하였다. 발상에 상훈이는 곡을 아니하였다. 이것이 또 문젯거리가 되었으나, 상훈이는 내친걸음에 뻗대 버렸다. 사실 눈이 보송보송하고 설운 생각이라고는 손톱만큼도 아니 났다. 그래도 울지 않는 자기가, 눈이 통통히 붓도록 눈물을 짜내는 수원집이나 '어이, 어이' 하고 헛소리를 하는 창훈이보다는 월등히 낫다고 상훈이는 생각하는 것이다.

상훈이의 존재는 완전히 무시되었다. 덕기는 깃것만 안 입었을 따름이지 승중상*을 선 것이나 다름없었다. 조상꾼도 상훈이에게는 절 한 번뿐이요, 덕기에게로 모여들어서 이야기를 하고, 모든 분별을 창훈이가 휘두르면서 덕기에게 허가를 맡거나 사후 승낙을 맡는 형식만 취하였으나, 상훈이에게는 누구나 접구를 안 하려 하였다.

상훈이는 꾸어다 놓은 보릿자루 모양으로 사랑 안방 아랫목에 멀거니 앉았는 수밖에 없었다. 그러나 덕기로서는 부친에 일일이 품을 하지 않을 수 없었다. 그것은 무시를 당하는 부친이 가엾어서도 그렇고 도리로도 그러하였다.

그러나 상훈이는 절대로 무간섭주의였다. 무슨 말을 물으나,

---

* 承重喪. 아버지를 여읜 맏아들이 할아버지나 할머니가 돌아가셔서 치르게 된 초상.

"너 알아 하렴, 의논들 해서 좋도록 하렴."

할 뿐이다.

그러노라니 덕기가 중간에서 성가셨다. 성가신 것은 고사하고 일이 뒤죽박죽으로 두서를 차리지 못하고 돈만 처들어갔다. 주인 부자가 이 모양이니, 누구나 먹을 콩 났다고 눈을 까뒤집고 덤비는 축뿐이라, 나중에는 저희끼리 으르렁대고 저희끼리 헐어내기에 상두꾼들이 악다구니들을 하는 거나 다름없었다.

그래도 이럭저럭 칠일장으로 발인을 하게 되었다. 누가 보든지 호상이었다. 상제는 삿갓가마를 안 타고 프록코트에 통건을 감아 입고 고모(실크 햇)를 쓰고 상여 뒤에서 걸었다. 상제가 걸으니 덕기도 걸었다. 그 외에는 200여 대의 인력거가 뱀의 꼬리같이 뻗쳤다.

"잘 나간다. 팔자 좋다! 하지만 망한 놈이지. 아무러면 애비 에미 거성을 입기 싫어하는 그런 후레자식이 어디 있누? 천주학쟁이란 모두 그런가!"

아침밥도 못 먹고 모여 선 구경꾼들은 상제의 귀에까지 들리게 떠들어 댔다. 그러나 그 뒤에는 얼마나 크고 작은 죄악과 불평과 원성이 따르는 줄 누가 알랴.

이리하여 조부의 일대는 오늘로 영결하였다.

# 새 출발

"붕바, 붕바……."

연해 고무나팔은 누르나 언제부터 탄 자전거인지 핸들도 잘 꼬느지 못하고 휘뚝거리는 품이 어느 상점 배달부인지 차림차리를 보아서는 몹시 서투르다.

자전거가 천변에서 엉금엉금 기듯이 골목으로 꼽들려니까 휘죽 나오던 행랑 친구의 외투 자락이 앞바퀴에 스치며,

"정신 차려요. 좁은 골목에 소 몰듯이! 사람 치겠소."

이런 볼멘소리가 탄 사람의 멱살을 쥐어박듯이 들린다.

탄 사람은 중심을 잃은 앞바퀴를 혀 빼문 뱀의 대가리처럼 내두르다가 떨어지듯이 간신히 덜컥 내려서 푹 눌러쓴 방한모에다 손을 대며 치인 사람에게 인사를 하려다가,

"아, 원삼 씨 아니슈?"

하고 놀란다.

원삼이는 그 사람보다도 한층 더 놀라면서,

"아, 이거 누구시라구? 이거 웬일이세요?"

하고 입을 딱 벌리고 웃는다.

"왜 서툴러 뵈우? 허허……."

하며 일본 상점의 배달원도 자기 옷을 내려다보고 웃는다. 일본 반찬 장수나 생선 장수같이 전으로 만든 정강이에 올라오는 덧옷 위에 혁대를 띠고 진흙투성이의 고무장화를 신은 것이라든지 방한모를 눌러쓰고 까맣게 더러운 병정 장갑을 낀 양이 설렁탕 배달부는 물론 아니나 점원으로는 서투르다.

"그래, 지금 무얼 하세요?"

"무얼 하다니, 별수 있소. 벗어부치고 고용살이라도 해야 살지 않소."

병화는 태평 세상으로 또 껄껄 웃는다.

"괜한 말씀 마십쇼. 아무러면……."

"아무러면이라니. 근육노동 하는 놈은 별사람 있습디까. 먹을 건 없고 사지는 튼튼하면 두루마기 벗어 젖히고 덤비는 거지. 내 남직할 것 없이 무슨 알뜰한 행세를 해보겠다고 요모조모 보고 있겠소."

"그두 그렇지요만 안 해보시던 노릇을 졸지에 됩니까, 허허허."

원삼이는 못 믿겠기도 하고 희한하기도 하다는 듯이 자꾸 아래위를 훑어본다.

"무어나 제 고비에 닥치면 하는 것이지. 원삼 씨는 처음에 행랑살이를 할 제 어떱디까? 매한가지 아뇨. 하지만 창피하다는 생각이 없는 것만은 그래도 내가 한층 낫지!"

"그래, 지금 우리 댁 서방님 만나 뵈러 가십니까?"

"웅, 서방님인지 남방님인지 인젠 나 같은 하천배하고는 놀려고나 하겠소마는 그 대신에 물건이나 많이 팔아 달려고 인사

를 여쭈러 가는 판이오. 하하하…… 어쨌든 내게 한번 놀러 오
우. 여기서는 좀 멀지만 화개동 댁에서는 삼청동으로 해서 추석
문으로 빠지면 효자동 종점이 아니 되우? 바로 그 종점에서 조
금 내려오노라면 산해진(山海珍)이란 간판 붙인 일본 식료품 상
점, 말하자면 일본 반찬 가게가 오른편 새로 지은 일본집 틈에
있는데 그리만 와서 나를 찾우."

"에, 주인은 일본 사람이구요?"

"응! 일본 사람이라면 일본 사람이오…… 그야 우리는 일본 사
람 아니오."

병화는 이런 소리를 하고 웃어 버린다.

"언제부터 거기 가게 됐에요?"

"며칠 안 되지만…… 어쨌든 그 댁에서두 대놓고 잡숫게 할
게니 이따라두 놀 겸 오구려. 한턱내리다."

병화는 총총한 듯이 어서 헤어지려다가,

"아, 그 외투의 흙이나 떨우. 미안하게 되었소"

하고 인사를 한다.

"괜찮습니다."

원삼이는 외투에 묻은 자전거 바퀴의 흙을 떨면서,

"아 참, 이 외투를 주셔서 그동안 어찌나 생광스럽게 입었는지
요. 요전 초상 때 날마다 밤을 새울 때 이게 없었더라면……"

하고 인사를 한다. 이 외투는 바커스에 맡겨 두었던 피혁 군의
외투다. 병화의 헌 외투를 바커스의 하인에게 경애가 선뜻 주어
버린 뒤로 병화는 원삼이에게 약속한 것을 이행 못하다가 마침

이 외투가 나니까 그날 갖다가 준 것이었다.

"별소리를! 자, 그럼 이따 만납시다."

병화는 인사를 하고 덕기의 집으로 자전거를 끌고 들어갔다.

원삼이는 병화와 헤어져서 화개동으로 가면서 혼자 빙긋빙긋 웃었다. 병화가 그렇게 똑 떨어져 버렸다 하기로 하필 일본 사람에게 가서 고용살이를 할꼬? 그건 고사하고 우리는 일본 사람 아니오— 하는 말을 생각하면 병화가 그동안에 그렇게도 변했단 말인가 하며 섭섭한 생각도 들었다.

"서방님 계신가요?"

병화는 사랑 마루 끝에 와서 소리를 치다가, 큰사랑 아랫목에 앉은 서방님이 유리로 내다보니까, 허리를 굽실한다. 그래도 덕기는 미처 못 알아보았는지 유리 안의 고개가 없어지고는 데렁데렁 자기네들 이야기 소리만 난다.

"식료품상이올시다. 댁에 용달을 터주셨으면 하는뎁쇼……."

"그만두우."

방 안에서 다른 사람 목소리가 난다.

"적으나 많으나 전화만 하면 금시로 배달해 드리고 즉전이나 다름없이 본값에 해드립니다."

덕기는 목소리가 귀에 익어서,

"어느 집이오?"

하고 다시 한 번 내다보다가 문을 활짝 열며,

"사—람은! 이게 무슨 장난인가? 연극하나?"

덕기는 일변 놀라며, 웃으며 뛰어나온다.

"천만의 말씀입니다. 오늘이 개시인데, 한 자국 떼주십쇼그려."

병화는 싱글거리며 연해 허리를 굽실거린다.

"정말인가? 허허허…… 사람두!"

덕기뿐 아니라 방 안 사람이 번갈아 가며 내다보고는 빙긋빙긋 웃으나 병화는 반죽 좋게 버티고 서서 조른다.

"그런데 이건 별안간 어디서 얻어 입었나? 지금 무슨 연습을 하는 건가? 이러고 어디를 갈 모양인가?"

덕기는 여러 가지 의혹이 창졸간에 들었다. 댓새 전에 장삿날 반우터*에서 잠깐 만난 후로는 못 보았지마는 그때도 멀쩡히 양복을 입고 왔었는데, 그동안에 또 무슨 객기를 부리고 이 꼴로 돌아다니는지 우스운 것보다도 궁금하다.

"어서 올라오게. 도무지 왜 그리 볼 수가 없나?"

"가만히 계십쇼, 내 일부터 하고요."

하고 병화는 가슴에 찔렀던 광고를 쑥 꺼내서 한 장 준다.

"흥, 정말인가? 자네가 하나?"

"서방님 같은 분이 한밑천 대주시면야 모르겠습니다마는, 두 불알만 가진 놈이 무얼 하겠습니까."

"말씀 좀 낮춰 하시지요."

"황송한 처분입니다."

"허허…… 그만하면 주문 도리로는 급젤세. 자, 그만하고 이젠 좀 올라오게."

---

* 장사 치른 뒤에 신주를 모시고 집으로 돌아오는 길목.

새 출발

"바빠서 올라갈 새는 없어요. 그럼 통장 하나 두고 갑니다."

하고 가슴패기에서 이번에는 통장을 꺼낸다. '조' 자까지 미리 쓰고 한 장 넘겨서는 3전 수입인지까지 붙여서 도장을 딱딱 찍어 놓은 것이다.

"이력차이그려? 언제 다 이렇게 배워 두었던가?"

덕기는 친구의 얼굴을 신기하다는 듯이 멀끔히 쳐다보며 웃는다. 바커스에서 잠깐 만난 뒤로는 초상 중에 조상 왔을 때 보았고, 반우터에서는 고개만 끄덕하고 헤어졌으니 자세한 이야기는 들을 새도 없었기는 하지만, 어떻게 된 셈인지를 알 수가 없다. 경애와 벌였나? 바커스의 한 끄트머리인가?

"자네 같은 위험 인물을 가외 일본 사람이 쓸 리도 없고, 누구하고 시작을 했나?"

"누구하고라니 혼자는 왜 못하나요?"

"이젠 어른께 말공대할 줄도 알고 제법 됐네."

덕기는 아까부터 병화의 깍듯한 존대가 듣기 싫었다.

"백만장자와 반찬 장수와 너무 왕청 떨어지기도 하지만, 장사꾼의 분수를 지켜야지요, 서방님! 김병화는 어제까지의 김병화가 아니라, 산해진 식료품상 점원인 김병화입니다. 그쯤만 알아주시고 소인은 물러갑니다. 물건이나 많이 팔아 주십쇼."

병화는 빙글빙글하며 꾸벅 인사를 한다.

"잘들 논다. 옛날 임성구*가 살아왔구나!"

---

*林聖九. 1887~1921. 신극 초창기의 연극인.

삼대

덕기는 어처구니가 없어 웃기만 하다가,

"쓸데없는 소리 말고, 좀 자세한 이야기나 듣세그려. 대관절 조선 사람에게 팔아먹자면야 일본 반찬 가게를 할 필요가 없고, 일본 사람에게 팔자면 자네 같은 불경이(적색분자라는 뜻)는 문전에도 얼씬 못하게 할 거니 장사가 될 리가 있나?"

하고 덕기는 우선 그 점을 염려하는 것이다.

"불경이라니요? 저의 상점에는 막불경이는 아직 안 갖다 놓았습니다마는, 마른 고추, 실고추는 다 있습니다. 그 외에 붉은 것을 찾자면 홍당무가 있삽고, 일년감*도 있삽고, 연시도 좋은 놈이 있습니다만 일본집에는 형사 데리고 다니며 보증을 하고 팔면 될 게 아닙니까."

병화는 웃지도 않고 주워섬긴다.

"흥, 팔자는 좋으이! 보호 순사를 데리고 다니면서 팔면 떼일 리도 없고 좋기는 좋을 거야, 하하……."

병화가 산해진에 돌아와 보니 경애가 와서 앉았다.

"그럴듯하구려. 우리집에도 콩나물 1전어치하고 두부 한 채만 배달해 주구려."

"예! 그럽죠. 댁이 어딥니까?"

"남산골 솔방울 구르는 집이오. 고명파도 잊어버리지 마우."

경애는 깔깔 웃고 말았다. 필순이도 옆에 섰다가 따라 웃으며,

"선생님같이 자전거를 타고 다니시는 게 아니라 끌고 다니시

---

* 토마토.

면야 배달은 다 하셨지."

하고 필순이는 두 팔을 내저으며 자전거 타는 흉내를 낸다.

"그래도 책상물림의 서방님으로서는 제법이지. 대관절 주판질이나 할 줄 아우?"

경애는 옆에서 또 까짜를 올린다.

"주판은 여기 졸업생이 계신데!"

하고 병화가 필순이를 가리키니까 필순이는 부끄러운 듯이 고개를 꼬고 웃는다. 필순이는 사실 일주일이나 주판 놓는 것을 배워 가지고 왔다.

"그런데 벗고 나와서 일을 좀 하든지 어서 가든지 하우. 양장 미인이 떡 버티고 앉았으면 영업 방해요."

"나 같은 사람이 앉았어야 영업이 잘 되어요. 일본 사람은 담배 가게와 목욕탕에는 간반무스메(간판으로 계집애를 두는 것)를 내앉히지 않습디까?"

"그러면 아주 지붕 위에 올라가 앉았지 않으려우? 마네킹 걸처럼."

이런 실없는 소리를 하고 있으려니까, 일본 하녀가 통장을 들고 와서 파 한 단과 치리멘자코(멸치) 한 근을 가지고 간다.

몇 집 걸러 일본 하숙에서 온 것이라 한다. 뒤미처서 일본 노파가 달걀 세 개에 팥 닷 곱을 사러 왔다. 싸전은 아니지마는 일본식으로 잡곡을 놓아 둔 것이다. 팥은 병화가 되어 주고 달걀은 필순이가 집어 주었다. 이것은 맞돈이라 노파가 1원짜리를 내주니까 필순이가 주판을 재격재격하더니 조그만 철궤를 쩔그렁 열고 79전을 거슬러 준다.

"얼마를 거슬러 주었어?"

"79전요. 끝이 9전, 달걀이 4전씩 12전이죠?"

"응!"

하고 병화는 웃었다.

경애는 두 사람의 일거일동을 빤히 노려보고 있다가 깔깔깔 웃는다.

"똑 걸맞은 양주 같구려. 아주 익숙한 품이 몇 해 해본 사람 같은데!"

경애는 둘이 젊은 내외처럼 은근하게 의논을 해가며 물건을 파는 양을 보고, 저러다가 아주 떨어지지 않게 되면 어쩌나 하는 불안과 투기가 나기도 하나 한편으로는 서투른 솜씨에 잘못 팔까 봐 바르르 떨면서 애들을 쓰는 것이 불쌍히도 보이는 것이다. 그러나 술이나 먹고 게걸거리고 다니던 병화가, 이렇게 벗어부치고 나서서 서둘러 대는 것을 보니 이번 일이야 영리사업이라느니보다도 까닭이 있어서 하는 일이지마는, 어쨌든 무얼 시키나 쓸모가 있고 평생에 굶어 죽을 사람 같지 않다고 속으로 기뻐했다. 지금 세상에 이만한 활동력이 있고 게다가 돈이나 살림에만 졸아붙을 위인이 아니요, 무어나 큰일을 해보려는 뜻을 가진 청년도 드물겠다고 생각하면 한층 더 믿음직하고 사랑하는 마음이 솟는 것이다. 뜻 맞는 손아래 오라비 같은 귀여운 생각도 든다. 그럴수록에 필순이에 대한 막연간 질투심이 머리를 드는 것 같아서 거죽으로는 웃음으로 그런 잡념을 쓱쓱 지워 버

새 출발

리나, 속으로는 애가 쓰이기 시작하는 것이다.

　그러면서도 경애 자신이 이 상점을 집어 차고 들어앉고 싶은 생각은 아무래도 아니 났다. 실상은 경애가 먼저 앞장을 서서 찬성하고 서둔 일이나, 벗고 나설 용기가 나지는 않는다. 발론의 시초는 조그만 화장품상이나 잡화상, 그렇지 않으면 털실이니 레이스니 하는 것을 주장을 삼고 어떤 여학교 하나를 끼고서 학용품상을 벌여 볼까 한 것이었다. 물론 자본은 상훈이에게 기댈 작정이었다. 상훈이도 거기에는 찬성이었다. 자기 아버지가 돌아가면, 급히 돌아가지 않으면 이것도 저것도 허사지만, 돌아가만 놓으면 돈 몇천 원이고 못 돌리랴 싶어서 아무려나 해보라고 반승낙은 한 것이었다.

　그러자 마침 지금 이 상점 자리가 난 것이다.

　이 상점은 400원에 샀다. 바커스 주부가 새에 든 것이다.

　방물 장사니 잡화상이니 하고 의논이 분분한 판에, 주부가 아는 일본 사람으로, 얌전하게 반찬 가게를 하다가 남편이 노름에 몸이 달아서 거덜이 나니까, 홧김에 넘기려는 것이 있으니 그것을 사서 해보겠느냐고 지나는 말로 한 것이 의외로 얼른 낙착이 된 것이다. 처음에는 집값이 2천 원, 전화 300원, 현물 500원이란 금이었으나, 집은 사글세 30원, 전화도 세로 정하고 남은 물건만 400원에 넘겨온 것이다.

　등이 몰려 넘겨온 것이니, 사는 사람으론 손은 안 되었다. 그러나 집은 다른 작자라도 나면 팔 작정이라는데, 일본 사람 촌이 되어 가는 이 좌처를 빼앗기면 안 될 터이니, 어차피 곧 사야 할 형편이다. 400원은 병화가 덜컥 치렀으나 집을 사자면 상훈이가 셈이 피어야 할 것이니, 결국에 조의관이 돌아가기를 기다리는 사람은 여기도 또 하나 있는 셈이었다. 이제는 돌아갔으니 집을 사게 될 듯도 하다.

병화의 400원은 물론 피혁이가 주고 간 속에서 나온 것이나, 경애의 명의로 치렀고 이 상점의 명의도 경애로 되어 있다.

피혁이가 그 돈을 줄 때 반찬 장사를 하라고 한 것이 아니면 야 병화도 그 돈을 헐어서 첫대바기에 쓴다는 게, 하고많은 장사 중에 왜반찬 가게를 벌였으니, 양심이 있는 놈 같으면 낯이 뜨뜻하였을 것이다. 피혁이는 보도 듣도 못하던 김병화더러 애인과 같이 반찬 가게나 벌이고 생활 안정이나 하여서 살이나 피둥피둥 찌라고, 수륙만리의 머나먼 길을 갖은 고초를 다 겪고 다녀 간 것인가……

피혁이가 그 돈을 줄 때 다만 홍경애의 손만을 거쳐 넘어가게 한 것이 실수라고도 할 것이다. 병화와 서로 제주*할 만한 또 한 사람을 맞붙여 놓고 부탁을 하였더면, 저희끼리 헐고 뜯고 하여 지금쯤 병화는 얻어맞아도 상당히 얻어맞았을 것이요, 경향 간 소문도 파다할 것이니 병원 아니면 경찰서에 들어가 앉았을 것이요, 산해진의 간판도 비거서향풍(飛去西向風)하였을 것이다.

사실인즉 산해진의 간판도 아직 아니 붙였으니, 동지 간에 내용은 고사하고 병화가 일본 반찬 가게를 냈다는 소문도 아는 사

---

* 制肘. 곁에서 간섭하여 마음대로 못하게 함.

람이 아직은 없다. 이후 전일의 동지가 소문을 듣고 찾아오는 사람이 있더라도 두 번부터는 절대로 발그림자도 못하게 단연 거절할 작정을 병화는 단단히 하고 있는 판이다.

필순이는 그게 걱정이었다.

"어제까지 놀던 사람을 어떻게 야멸차게 못 오게 할 수야 있겠어요. 그러면 심사가 나서라도 짓궂이 더 와서 성이 가시게 할 것이요, 입을 모으고 무슨 훼방이든지 놓을걸요."

필순이는 교제도 다 끊는다는 말을 들을 제, 자기도 아는 사람이 많은데 어떻게 찾아오는 사람을 냉랭히 대접을 해서 보낼까가 적지 않은 걱정이었다.

"아무러면 어떠리? 제까짓 놈들 뉘게 와서 흑작질을 할라구!"

병화의 팔심은 믿음직하기는 하지만, 필순이더러 모스크바로 달아나자고 한 지가 한 달도 채 못 되는 사람의 말이 이러하다. 필순이는 안심이 지나쳐서 겁이 도리어 났다. 병화를 경멸하는 마음도 조금은 없지 않다.

어쨌든 필순이 집은 이리 옮겨 왔다. 필순이를 공장에서 들여앉히기 위하여 이 장사를 하는 것만도 아니요, 필순이 집에서 없는 살림에 공밥을 이삼 년 먹고 살 도리를 차려 주느라고 급히 벌인 것도 아니나 하여간 필순이 집 세 식구는 다시 살아난 것 같았다. 또 필순이는 가게를 보게 하고 부모는 안에서 살림을 맡아 주게 하는 것이 십상 알맞았다. 경애는 처음에는 식구가 많고 반대하였으나 남의 사람보다는 나은 점이 쓸모라고 찬성하고 말았다.

필순이는 요새 같은 깊은 겨울에도, 첫차가 나오는 소리가 뚜르르 나면 일어나서 가겟방에서 자는 병화가 깰까 봐 조심조심 빈지를 열고 가게를 내노라면, 병화도 지지 않고 같이 일어나서 남대문 장으로 서투른 자전거를 빙판 위에 달리는 것이다. 그러노라면 필순이 부친도 조선옷은 안 어울린다 하여 고물상에서 주워 온 헌 양복바지에 재킷을 푸근히 입고, 가게 속에 놓인 화로 앞에 나와 앉는다. 모든 것이 아직 연습이요 시험이었으나, 평화롭고 전도에 빛이 보이는 것 같아서 흥이 났다.

필순이는 첫차 소리를 듣고 일어나면 막차가 들어간 뒤에야 자리에 눕지만 고단은 하면서도 자리 속에서까지 물건 값을 외우고 파는 솜씨를 연구하기에 어느 때까지 잠이 아니 왔다. 요새는 공부하겠다는 생각도 잊어버렸다. 그러나 가다가다는 덕기 생각이 떠오르기도 한다. 상점 구경을 오면 부끄러워서 어떻게 볼꾸? 하는 생각을 하고는 혼자 얼굴이 붉어지다가도 파르스름한 점원복을 입고 익숙한 솜씨로 물건을 파는 양을 보여 주고 싶은 충동도 일어난다. 그러나 벌겋게 얼어서 터진 팔목을 걷어 올린 것도 보일 것이 걱정이다.

# 진창

　덕기는 오늘 병화의 상점 구경을 나섰다.

　초상 이후로 처음 출입이다. 복재기*지만 상제 대신 노릇도 하여야 하고, 집안 처리도 할 일이 많아서 바빴기도 했지만, 정초에 나다닐 필요가 없어서 오래간만에 길 구경을 하는 것이다.

　전차가 효자동 종점 가까워졌을 때 덕기는 차 속에 일어서서 박람회 통에 일자로 부쩍 는 일본 집들을 유심히 보았으나, 산해진이란 간판은 눈에 아니 띄었다. 차에서 내려서 되짚어 내려오며 차츰차츰 뒤지다가 좌등상점(佐藤商店)이란 간판이 붙은 가게의 유리문 안을 기웃해 보니, 과실이 놓이고 움파니 미나리니 하는 것이 눈에 띈다. 담배도 있다. 담배나 한 갑 사며 물어보리라 하고 다가서니 여점원이 해죽 나온다. ……필순이다! 덕기는 주춤하며 뒤로 물러설 뻔하였다. 필순이도 가슴에서 두방망이질을 치며 얼굴이 확 취해 올라와서 어쩔 줄을 몰랐다.

　"여기 계신 줄은 몰랐군! 김군은 있나요?"

　덕기는 하여간 들어섰다.

---

* 1년이 안 되게 상복을 입는 사람. 복인(服人).

498　　　　　　　　　　　　　　　　　　　　　　　삼대

"이리 올라앉으세요. 이제 곧 오시겠죠."

조그만 다다미방에는 이전 병화 방에서 보던 일긋거리는 밥상만 한 책상이 놓이고, 화로 앞에는 방석 서너 개가 깔렸다.

덕기는 신기한 듯이 상점 안을 이 구석 저 구석 둘러보다가,

"어디 배달 나갔나요?"

하고 방문턱에 걸터앉았다.

"아녜요. 서대문 감옥에 나가셨어요. 이제 곧 오시겠지요."

필순이는 부리나케 방 안을 치우고 방석을 내놓으며 권하였다.

"감옥에는 왜?"

"저번에 들어간 이들을 면회도 하고, 식사 차입도 하려고요. 벌써 가셨으니까 좀 있으면 오십니다."

필순이는 덕기가 곧 간다고 할까 봐 애를 쓰면서, 복제 당한 인사를 하고 싶으나 무어라고 할지 몰라 얼굴이 또 발개졌다.

감옥 친구에게 차입을 할 만큼 셈평이 펴인 것도 고마운 일이지만, 셈이 좀 돌렸다고 감옥 친구들을 잊지 않고 귀한 돈에 차입이라도 하는 것은 무던하다고 덕기는 생각하였다.

"그런데 좌등이란 간판이니, 일본 사람 것을 샀나요?"

덕기의 이 말에 필순이는 좀 의아하였다. 병화는 돈이 덕기에게서 나온 듯이 말을 하던데 덕기는 아무것도 모르는 수작이다. 필순이도 피혁이가 돈뭉치를 두고 간 줄을 알기 때문에 이 상점도 그것으로 하는 줄 알았더니 병화는 절대로 그 돈이 아니라고 부인하여 왔다.

"그전 사람 이름인데 아직은 그대로 둔다나 봐요. 이 동리 단골이 떨어질까 보아서……."

그도 그럴듯하다고 생각하였다. 그러나 대관절 돈은 누가 대는 것일꼬? 덕기는 역시 궁금하였다.

이야기를 하는 동안에 구지레한 양복쟁이 둘이 길거리에서 원광으로 기웃거리는 것이 내다보이다가 없어지더니, 또 조금 있다가 한 청년이 성큼 들어서며,

"좌등이 있소?"

하고 우락부락히 묻는다.

옷 꼴이라든지, 길게 자란 머리라든지, 사쿠라 몽둥이는 아니지마는 이 겨울에 우악스러운 단장을 짚은 것이라든지, 험상스러운 눈을 잠시 한때 가만두지 않고 두리번거리는 것이라든지, 형사도 아닐 것 같고, 전일의 병화가 다시 온 것 같으나, 필순이도 보지 못한 사람이다.

"좌등이는 떠났습니다."

"그럼 주인이 누구요?"

"홍경애 씨예요."

"홍경애? 남자요? 여자요?"

"여자예요."

"그이 남편은 누구요? 바깥주인은 없소?"

"일 보는 이 있어요."

"누구요?"

"김청 씨예요."

"그 김청이는 어디 갔소?"

"어디 나갔에요."

"당신은 누구슈?"

"나두 일 보는 사람예요."

"당신이 김청이 부인이슈?"

"아뇨."

하고 필순이는 얼굴이 발개지며 눈을 찌푸린다.

"그럼 김청이는 언제 들어오?"

"모르겠어요."

청년은 첫마디부터 끝마디까지 홀닦아세우는 소리를 하다가 휙 나가 버린다.

"누구세요? 왜 그러세요?"

필순이는 쫓아 나가며 물었으나 그 괴상한 청년은 대답도 없이 뺑소니를 친다.

"일본 사람을 찾아온 것 같지도 않고 김군을 아는 모양도 아니요. 얼른 보기에는 쌈하러 다니는 장사패나 주의자 같지 않소?"

"글쎄 말씀입니다."

필순이는 눈을 깜짝거리며 얼굴이 해쓱해서 무슨 생각을 하고 섰다.

"친구들은 여전히 쫓아다니겠지요?"

"별로 오는 이는 없어요. 얼마 동안은 관계를 끊겠다고 하세요."

"그래 김청이라고 행세를 하나요? 형사들은 안 오겠군요?"

"예, 형사들은 이렇게 맘을 잡고 실속을 차리게 되어서 마치 환자가 병이 나으면 의사가 파리채를 날리듯이, 저희 벌이가 안 되겠다고 놀리면서도 어쨌든 고마운 일이라고 저희들 집에도 통장을 트자 하고, 친구들도 몇 군데 소개까지 해주다시피 좋아들 하지요."

"흥, 그러나 으레 형사들의 버릇으로 다른 데 가서는 김 아무개는 이젠 아주 마지메(착실)해져서 돈벌이에 맛을 들이고 어쩌고 한다고 봉인첩설을 할 것이니까, 친구들이야 변절한(變節漢)이라고 가만있지 않겠지요."

덕기는 지금 왔던 청년이 병화를 문책하러 온 동지일 것이라는 말눈치를 보인다.

"선생님은 그런 것도 벌써 짐작하고 계셔요."

"흐응!"

덕기는 친구가 무슨 봉변이나 아니 당할까 염려가 되었다. 그러나 병화가 정말 그렇게까지 변절을 하였을까? 경애에게 홀깍 반해서 경애가 시키는 대로 반찬 가게의 배달부 노릇도 못할 것은 아니요, 또 먹고살자면 사내답게 벗고 나서서 이것도 해보고 저것도 해보는 것이지만, 그렇다고 동지를 배반하고 형사들의 도움까지를 받는다는 것은 좀 생각할 일이다. 그것도 처음부터 형사의 도움을 받자는 것이 아니요, 또 이용할 수 있으면야 이용한 대도 상관이 없는 일이지마는, 반감을 가진 사람으로는 문제를 삼자면 얼마든지 삼을 수 있는 것이다.

"홍경애가 돈을 내놨나요?"

덕기는 주인이 경애라고 하던 말을 생각하고 물었다.

"그렇다나 봐요."

얼마나 들었는지는 모르지만 경애에게 이만큼 벌일 돈이 있을까? 결국에 부친에게서 나온 것이나 아닐까? 그렇다면 병화의 관계는 어떻게 되었는가? 알은척하기에도 싫은 일이나 역시 궁금하다.

"하여간 어떠슈? 고되시지요."

덕기는 한참 제 생각에 팔렸다가 은근히 물었다.

"고될 거야 무엇 있어요. 처음 해보는 일이라 손 서투르고 애가 쓰여서요……."

서로 이런 통사정을 할 만큼 어느 틈에 친해졌는가? 하면 필순이는 신기한 것 같다.

"실상은 좀 더 공부를 하였으면 하는 생각을 했지마는, 아무거나 경험 삼아 해볼 데까지 해보는 것도 좋겠지요. 하지만……."

덕기는 또 한참 만에 말을 꺼내면서 병화의 편지에 필순이 일은 너 알아 하라고 한 말이 생각났다. 그러나 모처럼 재미를 붙여서 하는 것을 또다시 마음을 헛갈리게 하면 안 되겠다고 생각하고 말을 끊어 버렸다. 필순이는 덕기의 뒷말을 기다리고 한참 섰다가,

"공부를 할 처지도 못 되지요만, 제 따위가 무슨 공부를 하겠어요."

남자의 말을 다시 끌어내려 하였다.

"어쨌든 필요한 때 말씀만 해주시면 좋을 대로 의논이라도 해드리지요."

덕기는 퍽 대담한 소리를 한다고 생각하면서 어쨌든 마음먹은 대로 한마디 표시를 하였다. 그러나 자기의 이런 호의를 필순이가 혹시 의심하거나 오해하지나 않을까 염려도 되었다.

필순이는 확실히 반기는 낯빛이다. 얼굴이 발개지며 입 속으로 무어라고 대답을 하는 모양이나 덕기에게는 잘 들리지 않았다. 아마 고맙다는 말일 것이다.

"야, 어려운 출입 했네그려."

병화는 문전에 자전거를 세우고 소리를 치며 들어온다.

오늘은 양복 외투에 의관이 분명하다.

"오늘은 신사가 되어서 말공대가 변하였나?"

"물건을 사러 와보게그려."

"그럼 마마콩 1전어치 사볼까."

하고 덕기는 지갑을 꺼내는 체한다.

"예, 고맙습니다. 그러나 저희에게는 그런 구멍가게 물건은 없습니다."

필순이는 생글생글 웃다가,

"그런데 조금 아까 수상한 사람이 왔어요. 형사 모양으로 으르딱딱거리고 갔는데 또 올 눈친가 봐요."

하고 자세한 이야기를 들려주려니까, 병화는 다 듣지도 않고,

"응, 알았어. 염려 없어."

하고 말을 막는다.

"오시다가 만나셨에요?"

"아니, 만나지는 않았지마는 별일 없는 거야."

병화는 태연히 웃어 보이나, 별일 없는 것이라는 그 말이 별일 있다는 반어(反語)로 들렸다.

"몽둥이쩜을 하러 온다데. 누구라든가 하는 일본 형사하고 동사를 한다던가, 형사가 돈을 대주어서 한다는 소문이 났데그려."

덕기가 실없이 넘겨짚는 소리를 하니까, 병화는,

"잘 들어맞혔네."

하고 웃다가 덕기를 끌고 안으로 들어간다. 상점 방에 연달린 방은 다다미방이요, 다시 꿉들어 서면 거기는 온돌방이다. 덕기는 거기서 필순이의 모친을 만났다. 바느질을 하고 앉았다가 반색을 하며 일어나서, 복제 인사를 하고 피해 나간다. 필순이 집이 이리로 떠나온 것을 보고 덕기는 또 의아했다. 얼른 보기에 병화는 이 집 사위 같다는 생각이 들었다.

"자네 어디서 그런 소리를 들었나?"

필순이 모친을 내쫓고 둘이만 마주 앉자 병화가 말을 꺼냈다.

"왜? 사실은 사실이지?"

덕기는 자기의 실없는 소리가 들어맞았는가 싶어서 도리어 속으로 놀랐다.

"설마 그럴 리야 있나마는, 일부에서 오해하고 있는 것은 사실인가 보이. 지금 감옥에를 갔더니, 그 속에 들어앉은 사람까지 벌써 내가 이 일을 벌인 것을 알지 않겠나. 누가 면회를 가서 내 말을 했던가 보데마는, 아까 왔다는 게, 물론 그 축일 듯하기에 말일세."

"애초에 그자들과 발을 뚝 끊어 버린 것이 잘못 아닌가. 양해를 얻어 둘 일이지."

"그까짓 자식들과 양해는 무슨 양해인가. 공연히 헐고 다니는 축은 우리 편과는 또 다른 ××파니까, 말하자면 기분적 테러패 (폭력단)들이거든."

"그럼 자네 패에서는 어떤 모양인가?"

"우리 패야 얼마 남았나. 하지만 그 사람들도 지금 와서는 나를 옹호한다느니보다는 방관하는 모양이지. 어쩌면 내게 직접 맞닥뜨릴 수가 없으니까, 저자들이 떠들고 다니는 것을 속으로는 도리어 좋아라 하고 구경이나 하거나, 부채질을 하는 모양일 터이지."

"그러니 말일세. 왜 별안간 고립을 해버리나? 게다가 형사들의 주선을 받고 하니까, 더 의심을 받게만 되지 않았나?"

"그야 상관없어. 의심을 받거나 말거나, 그놈들이 와서 두들겨 패거나 말거나…… 그렇지만 자네에게 하나 부탁할 게 있네."

"무어?"

"내가 이걸 시작할 때 벌써 천 원 가까이나 쓰고 앉았네. 이 점방을 넘겨오는 데는 400원밖에 안 들었지만 무슨 물건이 변변히 있던가. 그래서 오륙백 원어치나 우선 들여놓았는데……."

덕기는 돈 말이 나오는구나 하고 들을까 말까 하는 것부터 속으로 생각하며,

"그래 그 돈은 불시에 어디서 나왔단 말인가?"

하고 말허리를 자른다.

"어디서 나왔든지 간에 말일세. 어쨌든 그 돈이 자네에게서 나왔다고 누구에게든지 해왔으니, 무슨 일이 있어서 조사를 당하든지 또는 무릎맞춤*을 할 경우에는, 자네가 천 원을 무조건으로 나를 주었다고만 대답해 주게. 그리고 천 원의 수수(주고받는 것)는 자네 조부가 돌아가시기 전에 조부가 가지셨던 현금을 꺼내다가 병원에서 주었다고만 해주게."

덕기는 혼자 깔깔 웃었다.

"그거 어렵지 않은 일일세. 그런 헛생색이면야 얼마든지 내줌세마는, 그래 그 천 원이란 것은 어디서 나온 것이기에 그렇게 쉬쉬하는 건가?"

"그걸 말할 지경이면야 자네게 이런 얼뜬 부탁을 하겠나!"

"형사, 저쪽에서 돌아 나왔다는 게 사실인가?"

"자네두 미쳤나? 설마 나를 그렇게 사귀었단 말인가?"

하며 병화는 분연해 보인다.

"그럼 자네는 어서 가게."

하고 창황히 일어선다.

"왜 이리 축객인가? 좀 더 이야기하세."

"그자들이 또 들를 거니까 자네가 있으면 재미없네."

"그러면야 더구나 갈 수 없지 않은가."

---

* 두 사람의 말이 서로 어긋날 때, 제삼자를 앞에 두고 전에 한 말을 되풀이하여 옳고 그름을 따짐.

"흥! 자네 따위 샌님이 한몫 거들어 주려나? 자네 같은 부르주아는 어설피 걸리기만 하면 뼈도 추리기 어려울 걸세, 허허허."

하며 병화는 자기 방으로 들어가서 양복을 벗고 점원 옷으로 부덩부덩 갈아입는다.

"두부살에 바늘뼈던가! 하하. 그런데 자네 지금 편쌈판에 나가나?"

덕기는 구두를 신고 내려서며 웃었다.

"편쌈도 하고, 일도 보고……."

병화는 유산태평으로 껄껄 웃는다.

덕기는 그래도 그대로 갈 수가 없어서 잠깐 서성거리려니까 문이 드르르 열리며 아까 왔던 청년이 문밖에 우뚝 서서 병화를 건너다보고 고갯짓으로 부른다. 병화는 기다렸다는 듯이 선뜻 나서며 덕기더러,

"그럼 자넨 어서 가게. 내일모레 새에 만나세."

하고 나가다가 문 안에 진흙 발자국이 드문드문 몹시 난 것을 보자 필순이를 돌아다보며,

"이게 웬 흙이 넉절했나. 좀 쓸어 버려요."

하고 소리를 친다.

필순이는 대답을 하며 쫓아 나왔으나 이런 것 저런 것 경황이 없었다.

밖은 한나절 녹인 땅이 벌써 꺼덕꺼덕 얼어 간다. 두 청년은 무슨 이야기를 하는 눈치도 없이 햇발을 비껴 받으며 종점으로 걸어간다. 필순이와 덕기는 쓸쓸한 뒷모양을 바라보다가 전차

종점을 지나쳐서 더 올라가는 것을 보자, 덕기가 잠깐 다녀오마 하고 따라 선다. 필순이는 덕기마저 걸려들까 봐 애가 쓰이기는 하나 말릴 수도 없었다.

그들이 추성문으로 돌아서려 할 제 병화가 획 돌려다보더니 덕기가 뒤를 밟는 줄 알자 손짓으로 가라고 한다. 덕기가 줄달음질을 하여 가는 것이 멀리 보인다. 기다리고 섰던 병화가 잠깐 무어라고 하더니 덕기는 돌아서 다시 온다.

"무어라고 해요?"

모녀가 나란히 섰다가 소리를 친다.

"추성문 안으로 해서 삼청동 친구의 집으로 간다는군요. 삼청동 110번지로 가는데, 한 시간 안으로 올 것이니 아무 염려 말라기는 하나 내가 쫓아간대도 들어갈 수는 없고, 집에 좀 가봐야는 하겠고……."

덕기는 집에서 저녁상식을 안 지내고 자기를 기다릴 것을 생각하면 어서 가보아야는 하겠다. 한 번쯤 상식 참례를 안 하기로 상관없을 듯하나 첫 삭망도 안 지낸 터에 아직은 여편네들만 맡겨서 지내게 할 수가 없었다. 그러나 무슨 핑계같이 알 것이 안 되기도 하였다.

"암 그러시죠. 별일이야 있겠습니까."

필순이 모친은 이렇게 대꾸를 하여 주면서도 속으로는 역시 애가 쓰여서,

"너 아버지는 어딜 가서 이때껏 안 오시니?"

하며 걱정을 한다.

진창

"하여간 오시거든 곧 좀 가보시라 하시지요. 나도 집에 가서 상식만 지내고 또 오지요."

덕기는 자기 집에 전화를 걸어 놓고 갔다.

필순이가 한소끔 모여드는 손님을 혼자 치르고 나니까, 벌써 전등불이 들어왔으나 간 사람은 감감하고, 부친도 돌아오지를 않는다. 모친은 저녁밥을 지어 놓고 나와서 마주 붙들고 걱정을 할 따름이나, 어떻게 하는 수도 없다. 무슨 일을 꼭 당하는 것만 같아서 입의 침이 바짝바짝 마를 뿐이다. 필순이는 시시각각으로 문밖에 나가서 병화가 가던 추성문 쪽을 부연 열사흘 달빛에 비쳐 보고 서서, 검은 그림자만 가까이 와도 가슴이 덜렁하고, 올라오는 전차 속에 비슷한 사람만 띄어도 반색을 하였으나 모두 눈속임이었다.

6시나 되어 덕기에게서 전화가 왔다. 상식을 지내고서 거는 모양이다. 그저 감감무소식이란 말을 듣고 누구나 사람을 얻어서라도 보내 보는 것이 좋겠다고 하면서 자기는 밥을 먹고 오마 한다. 여기서도 사람을 구해 보낼 생각은 있으나 아주 낯 서투른 사람을 보낼 수 없어 부친만 들어오기를 기다리는 판이었다.

"어머니, 암만해두 제가 갔다 와야 하겠어요."

필순이는 또 모친을 졸랐다. 벌써부터 필순이가 나서겠다는 것을 모친은 날이 저물었는데 달은 있다 하여도, 어린 딸을 내 놓아서 삼청동을 헤매게 할 수가 없어서 조촘조촘하고 붙들어 둔 것이다. 필순이 역시 가게를 모친만 맡겨 두어서는 손님이 와도 담배 한 갑 변변히 팔 수가 없을 것도 걱정이 되어 멈칫거렸으나, 부친도 이렇게 늦는 것을 보니, 어디서 함께 붙들려서 곤경을 치르지나 않는가 싶은 겁이 펄쩍 들게 되자 이제는 모친도 잡지를 않았다.

이런 때 경애나 와주었으면 하는 생각이 간절하나 오늘 온종일 경애는 얼씬도 안 하고 하루해가 졌던 것이다.

필순이를 내보내 놓고 모친은 안절부절을 못하며 문을 열고 내다보고 섰으려니, 전화가 또 때르르 운다. 이번도 덕기에게서 온 것이다. 덕기는 필순이가 갔다는 말을 듣고 자기도 삼청동으로 다녀서 오마고 한다. 그만만 해도 적이 마음이 놓였다.

그런 후에도 얼마 만에 우비 씌운 인력거 한 채가 쭈르르 오더니 상점 앞에 뚝 선다. 쓰러질 듯이 내리는 사람은 홍경애다.

이 여자가 언젠가처럼 또 취했나 보다 하는 얄미운 생각이 나면서도 반가웠다.

"어디루 오슈?"

"병화 씨, 병화 씨 없에요?"

두 사람은 동시에 마주쳤다.

"병화 씨는 벌써 아까 해 있어서⋯⋯."

하고 필순이 모친은 대답을 하다가 깜짝 놀라며,

"이거 웬일이오?"

하고 경애의 왼편 뺨을 가까이 들여다본다. 한쪽 볼이 부풀어 오른 데다 퍼렇게 멍이 들었다. 불빛에 자세히 보니 그편 눈도 충혈이 되고 작아졌다.

필순이 모친은 가슴이 서늘해지며 우선 머리에 떠오르는 것은 자기 딸의 얼굴이었다.

"그럼 그때 나가서 안 들어왔에요? 누구하구?"

경애의 목소리는 울음이 섞인 것처럼 콧소리로 약간 떨었으나 주기도 없지는 않았다.

"글쎄. 그래서 지금 필순이를 쫓아 보내고 기대리는 중인데, 대관절 어디서 저렇게 되었어요?"

경애는 입을 악물고 눈물이 글썽글썽하다가, 거기에는 대답을 안 하고,

"인력거꾼부터 보내 주셔요."

하고 방문턱에 주저앉아 버린다.

인력거꾼에게 어디서 왔느냐고 물으니, 화개동 청요릿집에서 왔다고 한다. 저 부르는 대로 80전을 한 푼 깎지 않고 주고, 급히 들어와서 그 청요릿집에 누구누구 있었더냐고 물어보았으나, 경애는,

"아실 것 없에요. 나 혼자 있었에요."

할 뿐이다. 경애까지 이렇게 된 것을 보니 자기 남편도 무사하지는 않으리라는 또 한 가지 애가 늘었다.

아무리 물으나 경애는 잠자코 앉아서 무엇을 골똘히 생각하는 눈치다가 눈물을 똑똑 떨어뜨린다. 지금 욕을 보던 것을 생각하고 분에 못 이겨서 쓴 눈물이 스며 나오는 것이었다.

"그래 따님은 어디로 찾아 나선 것인가요?"

경애는 한참 만에 목소리를 가다듬어 가지고 묻는다.

"삼청동 110번지라던가!"

경애는 발딱 일어선다. 두 눈은 금시로 마르고 복수의 일념에 타는 살기가 쭉 내솟았다.

"에구 천만에! 이러고서 또 어디를 가신단 말요. 조덕기 씨도 간다고 했으니까 조금만 기다려 보십시다."

필순이 모친은 지성으로 말렸으나, 이 근처 인력거 방이 어디냐고 연해 물으며 쏜살같이 달아 나간다.

필순이 모친이 쫓아 나가 보니 경애는 인력거 방을 찾아가는지 종점 편으로 종종걸음을 쳐 간다. 아까 인력거에서 내릴 때는 곧 쓰러질 것 같더니, 저렇게 생기가 돌올한* 것을 보면 악이 받쳐서 그렇기도 하겠지만 자기가 곤욕을 당한 게 아니라, 누구보다도 병화가 붙들려 갔다는 바람에 눈이 뒤집힌 모양이다.

경애는 인력거 방을 찾느라고 진명여학교 편으로 꼽들려는 모양이더니, 주춤 서며 멀리 바라보는 거동이다. 이것을 본 필순이 모친도 정신이 홱 돌며 길로 나서서 부연 달빛에 비쳐 보니, 검은 그림자 한 떼가 이리로 향하여 온다. 설마 이 밤중에 추성문으로 넘어오랴 싶었으나, 경애가 곧장 달아나는 것을 보고는 필순이 모친도 정신없이 뛰기 시작하였다.

의외다! 좌우로 부축을 해서 앞에 선 사람은 분명히 자기 남편이다. 그 뒤에 흰 두루마기 입은 사람은 누굴까? 미처 덕기가 베 두루마기를 입었을 것은 생각지 못하였다. 경애가 달아나서 매달리듯이 붙드는 사람은 병화였다.

---

* 돌올(突兀)하다 : 높이 솟아 우뚝하다. 또는 두드러지게 뛰어나다.

"이게 웬일이냐? 에구머니, 생사람을 이게 무슨 일이냐?"

모친은 숨이 턱턱 막히며 우는 소리를 떤다.

"떠, 떠 떠들지 말어……."

딸과 외투 입은 원삼이에게 부축된 남편은, 숨이 턱에 받는 소리로 말렸다.

"제 애비 에미를 죽인 원수란 말이냐, 사람을 이렇게 만들 수가 있니. 선생님은 어떠시냐?"

병화는 인력거꾼에게 부축이 되었는데, 그래도 걸음은 싱싱히 걷는다.

"먼저 가서서 자리를 펴놓으시고 방에 불이나 때놓으셨는지!"

베 두루마기에 중절모자를 쓴 덕기가 병화 옆에서 걸으며 주의를 시켰다.

필순이 모친은 울며불며 천방지축 앞서 달아난다.

"처음엔 청요릿집에 갔었습디까?"

하고 경애가 묻는다.

"청요릿집이라니?"

병화는 코피가 나서 손수건을 오려 막았기 때문에 코 먹은 소리를 하나 흥분된 기운 있는 음성이다.

"그럼 청요릿집 안 가셨구려? 망할 놈들!"

"청요릿집에 붙들려 갔던 게로군?"

"에, 술이 얼정히 취한 놈이 바커스로 와서 당신이 급히 오란다고 하기에 따라갔었더니 세 놈이나 앉아서 찧구 까불구 마냥 먹구 그리고 간죠(셈)는 나더러 하라고……."

경애는 치가 떨리는 소리를 한다.

"그러기로 당신까지야 그럴 게 무어 있나."

덕기가 한마디 한다.

"손은 대지 않았겠지?"

병화가 천천히 묻는다.

"개돼지 같은 놈들이 무슨 짓은 안 하겠기에요!"

"어떻게 합디까? 때립디까?"

병화는 자기 맞은 것은 여하간에 경애에게까지 손을 댔다는
데에 가슴이 아프고 분통이 터졌다.

"차차 이야기하지요. 한데 어디를 다치셨소? 결리거나 쑤시진
않우?"

"쑤시긴…… 아무렇지두 않지만 코피가 좀 나서……."

병화는 의외로 태연하다.

"어디서 뒹굴었기에 모두 진흙투성이슈? 몇 놈이나 돼요?"

"모두 여섯 놈이나 되지만 술 먹은 세 놈이야. 아마 그놈들이
청요릿집에서 온 놈이겠지마는 되레 혼 좀 났을걸……."

겨우 상점 앞에 와서 불빛에 보니 그 꼴이란 당자들도 놀라지
않을 수 없었다. 며칠을 두고 녹인 수렁이 거죽만 살얼음이 잡힌
데서 30분 넘어나 뒹굴었으니, 양복은 진흙으로 배접*을 한 거
나 다름없고 손과 얼굴이란 차마 볼 수가 없다. 몸을 제대로 가
누지 못하는 필순이 부친은 오히려 얼굴은 상한 데가 없으나, 병

---

* 褙接. 종이, 헝겊 또는 얇은 널조각 따위를 여러 겹 포개 붙임. 또는 손이나 발이 튼 곳
에 헝겊 따위를 밥풀칠해서 단단히 붙임.

화는 넉절을 한 진흙 위에 선지피가 고랑을 져서 흐르고 입가는 사람 잡아먹은 호랑이의 입이 저럴까 싶었다. 오른손 등은 깨물렸는지 살점이 뚝 떨어져 나가고 그저 피가 줄줄 흐른다. 구경꾼이 모일까 봐서 옆 골목쟁이로 해서 안으로 데려다 놓고, 씻기고 벗기고 하기에 한참 부산하였다. 그동안에 덕기는 이때껏 따라온 인력거꾼에게 후히 행하를 하여 돌려보냈다. 이것은 수하동서 타고 간 인력거꾼이다. 인력거는 삼청동 편 돌층계 아래에 놓아두었기 때문에 이 사람은 다시 추성문 안으로 넘어가서 끌고 갈 모양이다.

덕기는 인력거를 타고 화개동으로 가서 원삼이를 불러 가지고 앞장을 세웠으나 무슨 일이 있을까 보아 인력거꾼까지 응원대로 데리고 다닌 것이었다.

그다음에 덕기는 원삼이를 시켜서 가게 빈지를 얼른 들이게 하고 일변 전화통에 매달려서 자기 집 단골 의사를 불러내고 섰다.

# 취조

그들은 일곱 사람의 작당이었다. 실상 그중에서 한 사람만이 모든 내용을 알고 이 한 사람이 지휘를 한 것이다.

한 사람에게, 두 사람씩 매달려서 붙들어 갔다. 맨 먼저 출입한 필순이 부친이 근처에서 장맞이*를 하던 사람에게 붙들려 갔고, 병화를 지키던 한 패는 병화가 상점에서 튀어나와서 내려가는 전차를 획 잡아타는 바람에 놓치고서 돌아올 때까지 반나절이나 장맞이를 하여 잡은 것이다.

그러나 그중에도 제일 곤경을 받은 사람은 경애였다.

보지 못한 사람이 바커스로 와서, 병화가 술이 몹시 취했는데 당신만 데려오라고 야단이니 잠깐만 가자고 서두르는 바람에 쫓아 나섰던 것이다. 안국동서 전차를 내려서 화개동 마루턱의 조그만 더러운 청요릿집으로 끌고 들어가는 대로 따라 들어갔더니 병화는 없고 대낮부터 취한 놈이 하나 앉아서 손목을 붙들고 모가지를 휘어 끼고 실랑이를 하는 바람에 우선 혼이 났다.

"병화 어디 갔나?"

---

* 사람을 만나려고 길목을 지키고 기다리는 일.

"병화? 그놈 벌써 지옥 갔네. 만나고 싶건 지옥 가서 찾게."

저희끼리 이런 수작을 할 때는 겁이 또다시 더럭 나고 강도 굴에 붙잡혀 왔구나! 하며 떨었다. 경애는 어떡하든지 빠져나오려고 앙탈도 해보고 꾸짖어도 보고 고분고분히 강권하는 대로 술잔도 들어 보고 하였으나, 기회를 엿보다 일어서려면 한 놈이 문부터 가로막는 데에 하는 수가 없었다. 한 놈은 마냥 먹고 앉아서 경애를 양갈보로 알았는지 팔이 떨어지도록 좌우 쪽에서 끌어당기며 갖은 추태를 다 부렸다. 그중에도 듣기 싫은 것은 병화에 대한 욕설이요, 또다시 놀란 것은 무턱대고 돈 내놓으라는 것이다.

돈이라는 말에 경애는 어쩔하였다. 모든 비밀이 탄로된 줄 알았었다. 병화도 그 때문에 벌써 붙들려 가지나 않았나 애가 쓰이고 이 사람들이 형사들의 끄나풀이 아닌가도 싶었다. 그러나 경무국의 기밀비를 먹은 것을 내놓으라고 얼러 대는 데에 가서 경애는 겨우 안심이 되었다.

"언제부터 경무국에 드나드나? 5천 원 나왔다더구나? 김병화에게 2천 원 주어서 장사시키면야 3천 원은 남았겠구나? 우리들에게 그것만 슬쩍 주면 우리 대장에게고 뉘게고 시치미를 딱 떼고 눈감아 버릴 것이요, 당장에라도 보내 주마꾸나."

이렇게 얼러도 대고 달래기도 하는 것을 듣고는 비로소 안심도 되고 속으로 코웃음도 쳤다.

"김병화에게로 가십시다. 그러면 김병화하고 의논을 해서 결정합시다."

경애는 곧 들을 듯이 좋은 낯으로 선선히 나섰다. 그러나 그들은 듣지를 않았다. 나중에는 뺨을 갈기며 위협을 하였다. 이러기를 두세 시간이나 하다가 저희도 하는 수 없던지 수군거리고 나서 병화를 부르러 간다고는 하였으나 인제는.

"너 가라…… 난 싫다."

하고 저희끼리 또 한참 실랑이를 하다가 결국에 경애를 데려온 자가 술이 덜 취하였다 하여 어름어름 나가더니, 얼마 만에 데려오던 병화는 안 오고, 또 다른 나이 지긋한 청년을 데리고 들어왔다. 주정꾼에게 또다시 실랑이를 받고 앉았던 경애는 하여간 맑은 정신을 가진 청년을 만난 것만 다행하였으나 이번에야말로 불한당의 두목이 들어온 것 같아서 속은 더 떨렸다.

이 청년은 쑥 들어서면서 배반이 낭자한 것을 보고 두 주정꾼을 나무랐다.

"무슨 술들을 웬 돈이 있어서 이렇게 먹는 거야? 저리들 나가!"

하고 눈을 부라리며 소리를 치니까, 두 청년이 쥐구멍을 찾듯이 슬슬 피해 나갔다. 경애는 어쨌든 마음이 시원하고 이 청년이 도리어 믿음직한 것 같기도 하였다.

"언제 오셨나요?"

그 청년은 경애더러 앉으라 하고 점잖이 말을 붙였다. 경애는 이자가 시킨 일이고나 하는 생각으로 밉고 분하면서도 점잖은 수작에 더욱 마음이 놓이기는 하였다.

"당신이 나를 꾀여 왔소? 당신은 누구요?"

하고 경애는 덤벼들었다.

"나는 김병화 군의 친구예요. 미안하게는 되었습니다만 묻는 말씀을 한마디만 분명히 대답을 해주시면 곧 가시게 할 것입니다."

이렇게 말을 꺼내 놓고 병화가 쓰는 돈의 출처를 대라는 것이었다.

"남의 돈 쓰는 것을 내가 어떻게 알아요? 그까짓 말 묻자고 바쁜 사람을 속여서 이런 데로 끌어오셨소?"

"그까짓 말이 아니라, 필요하니 이실직고를 하슈."

"난 몰라요."

"그럼 이것부터 말을 하슈. 저번에 댁에 와서 묵고 간 사람 아시겠지요? 지금 어디 가서 있나요……."

경애는 가슴이 덜컥 내려앉았다.

두 청년이 기밀비 5천 원 놀래를 하며 등을 쳐 먹으려고 하는 것과는 달라서, 정통을 쏘며 조짐을 하는 데에 경애는 진땀이 빠졌었다. 달래고 어르고 하는 품이 여간 형사에 질 바가 없었을 뿐 아니라, 나중에는 서너 번 뺨까지 후려갈기며,

"너 같은 년이 농락을 부려서 김병화를 유혹하고 타락시킨 것이니까, 너부터 그대로 둘 수는 없다!"

고 곧 사람을 잡을 것같이 서둘렀다. 그런 말을 들으면 확실히 병화나 피혁의 동지 같기도 하나 혹시는 동지인 척하고 속을 뽑는 것인지도 모를 일이요, 설혹 동지라도 발설을 할 것이 못 되니 경애는 맞아 죽는 한이 있어도…… 하는 비장한 결심을 하였

던 것이라 한다.

이렇게 부대끼기를 또 한 시간이나 하였을 때쯤 되어서 또 보지 못하던 청년 하나가 기웃이 들여다보니까, 가만히 앉았으라 하고 나가서는 수군수군하고 들어와서 '나는 바빠서 가기는 가지만 일간 다시 만날 기회가 있을 게니, 잘 생각해 두었다가 그때는 토악질을 해야 돼!' 하고 의외로 뒤가 무르게 총총히 가버리더라 한다.

이것은 병화를 불러다 놓았다는 기별이 왔기 때문이었던 것이다. 병화는 일장 설화를 가만히 듣고 누웠다가,

"미안하우. 애썼소."

하고 위로를 할 따름이다.

그러나 경애는 그러고도 또 주정꾼들에게 붙들렸더라 한다.

"막 나오려는데 어디 숨었었던지 그 두 놈이 화닥닥 나오는 것을 보고는 참 정말 눈물이 핑 돌아요. 그래 하는 수 없기에 이번에는 취한 사람을 덧들여서는 안 되겠다 하고 또 얼마 동안을 살살 달래고 빌고 한 뒤에 셈을 해오라고 해서 선뜻 치러 주니까 그제서야 좀 마음이 풀리겠지요."

"그럼 술 사먹여 가며 매 맞은 셈쯤 되었구려?"

필순이 모친은 옆에서 남편의 허리를 주물러 가며 분해 못 견딜 듯이 한마디 한다.

"그건 어쨌든지 저희끼리도 말이 외착이 나니 그 웬일예요?"

"응, 한편에서는 기밀비니 어쩌니 하고, 두목 가는 사람은 '그런 말'을 하니까 말이지."

병화가 얼른 알아듣고 대답한다.

"그러나 무슨 일이든지 한두 사람 이외에야 그 아래서 노는 사람들이야 제멋대로 떠들 것이 아니겠소. 그뿐 아니라, 그 두 사람은 진정한 동지도 아니요, 말하자면 여기 집적 저기 집적 하고 돌아다니는 덜렁꾼이지."

"내 그저 그런 듯싶더군! 기밀비 3천 원이 어디 있는지 저희들이 먹겠다고 허욕이 나서 덤비는 수작이 왜 그리 덜 익었누 하였지."

경애는 비로소 생긋 코웃음을 쳐 보인다.

"그런 위인들이면야 어디 믿고서 일을 하겠나."

덕기가 분개를 한다.

"그러게 누가 탐탁히 일을 시키나! 그렇지만 그런 사람도 있어야 되거든! 무슨 일이나 혼자 하는 줄 아나? 우선 오늘 일만 해도 경애 씨를 후림새 있게 불러오는 데는 난봉깨나 피워 보고, 덜렁대는 그런 모던 보이가 적임자요. 또 김병화가 기밀비를 먹었다 하는 소문을 내놓자면 그런 자들을 이용하는 것이 신문에 광고를 내는 것보다 훨씬 효과가 있단 말일세. 그런 위인이란 저희 집 재산을 다 까불리고 인제는 요릿집은 고사하고 술 먹을 밑천도 없고 기생집에 가야 푸대접이요. 다마쓰키(당구)도 돈 들고 집에 들어앉았자니 갑갑하고 하니까, 일이 있으나 없으나 잠항정처럼 싸지르는 축이니 발은 넓어서 안 가는 데가 없으니까, 필요한 때 무슨 말 한마디만 들려 내보내면 신문 호외 이상으로 당장 그 소문이 쫙 퍼지네그려. 따라서 또 그 대신에 소문을 알아 들이는 데도 그만큼 유리한 게 없을 게 아닌가. 내가 이런 장사를 벌인 것도 그런 사람을 먹여 기르자는 것일세."

"흥, 맹상군 식인가? 하지만 아는 도끼에 발등 찍힌다고 그런 덜렁쇠면야 불리할 때도 많지 않겠나."

"그야 주의를 해야지. 하지만 그 대신에 잘 양성만 해놓으면 그중에서 정말 동지를 얻을 수도 있는 게 아닌가."

병화의 눈치가 경애를 붙들어다가 족친 데는 분개를 하나 자기가 봉욕한 것은 그리 분해하지 않는 것이 덕기나 그 외 사람들에게 좀 이상해 보였다.

"자. 그러니 자네는 인제 어떻게 할 텐가?"

덕기가 물었다.

"어떻게 하긴 무얼 어떻게 하나. 오해하면 오해했고 맞았으면 맞았지 별수 있나."

병화는 맥없이 웃고 담배를 집으려고 팔을 쳐들다가 몹시 아픈 듯이 얼굴을 찡그린다.

"자네도 인젠 늙었네그려?"

"늙기야 하였겠나마는 주책없는 놈들과 대거리를 해서 싸우기로 하특 시원할 건 무어 있나! 참아 버리는 게 수지."

"그런 양이 있는 것도 좋지만 명예를 위해서야 가만있을 수 있나. 그것도 만일 정말 자네게 감 잡히는 일이 있다면 하는 수 없지만……."

덕기는 그래도 병화에게 큰소리 못할 조건이 있어서 수그러지려는 것으로밖에 아니 보였다.

"오늘만 살고 내일 죽나! 오해도 풀릴 날이 있겠지!"

병화의 대답은 간단하였다.

"그 부픈 성미가 다 어디로 가고 자네 언제부터 그렇게 낙천가가 되었나?"

하고 덕기는 실소를 하다가,

"돈 천쯤이나 그까짓 것에 매수가 되어서 명예고 주의고 양심이고 헌신짝같이 버렸다면 자네 동지는 고사하고 나부터라도 절 교일세."

하며 막가는 말을 해보았다.

"자네도 그렇게 오해를 하면야 하는 수 없지 않은가."

병화도 냉소를 한다. 두 청년은 잠깐 먹먹히 앉아서 담배를 피울 뿐이다. 필순이 부친은 꿍꿍 앓는 소리를 한다. 다른 사람들도 의사가 왜 이렇게 안 오나 하는 생각들을 하며 고개를 떨어뜨리고 앉았다.

"악선전을 하는 것은 돈 출처 때문이 아닌가? 그러면 왜 시원스럽게 공개를 못하는 건가?"

덕기는 한참 만에 또 말을 꺼낸다.

"출처야 뻔하지 않은가! 출처를 말해서 곧이들을 사람이면야 이렇게까지 문제가 되겠나."

덕기는 병화의 말을 분명히 알아들을 수 없었다. 뻔한 일이라니, 혹시는 경애가 부친에게 졸라다가 새로운 정부인 병화에게 준 돈이기 때문에 세상에 소문이 나면 창피할까 봐 속이는 듯도 싶다. 그래서 아까도 덕기가 내놓았다고 하라는 것인지도 모를 것 같다.

"어쨌든 단순하면야 공개 못할 것도 없고 또 덮어놓고 악선전을 하는 사람들도 이상치 않은가?"

"고만두게. 그까짓 이야기는 하면 무얼 하나."

하고 병화는 얼른 집어치우려는 눈치다가 다시 한마디 한다.

"남의 비밀이란 누구나 알고 싶어 하는 것이지만 알아 놓고 보면 큰 짐이 되는 걸세. 그 비밀을 지켜 주기는 더 어려운 일이나 지켜 주지 못할 때의 고통도 여간 큰 것이 아니니까……."

이 말에 덕기는 또 한 겹 무에 있고나 하는 생각을 하였다.

"부득이 알자는 것도 아닐세마는 자네의 태도를 보면 당연히 받을 만한 응징이나 타격을 받았으니까 분해도 참겠다는 생각 같으니 말일세."

"글쎄…… 그렇게 보이나?"

하고 병화는 웃었다.

"사실 다른 사람은 몰라도 나는 그 사람을 도리어 충분히 이해하고 있네. 나라도 어제까지 굶어 돌아다니던 놈이 별안간 가게를 내네 어쩌네 하고 흥청거리면야 저놈이 은행소 담 구멍을 뚫었나 할 게 아닌가! 게다가 주의니 투쟁이니 하던 놈이 일본 반찬 가게를 열고 형사들이 칭찬을 하고 다니면야! 또 게다가 이런 미인이(경애를 가리킨다) 그림자같이 붙어 다니면야 샘도 나고 의혹도 나지 않을 건가, 하하……."


의사가 왔다.

의사는 필순이 부친부터 진단을 하더니 당장이라도 입원을 시켰으면 좋겠다고 한다. 오른편 맨 끝 갈빗대가 하나 부러졌다 한다. 여러 사람은 의외의 중상인 데에 놀랐다.

병화를 보고는 오른 어깨의 타박상과 왼손 등의 살점이 떨어진 것밖에는 큰 상처라고는 별로 없으나 손등의 상처는 입으로 뜯거나 그대로 상한 것이 아니라 예리한 칼 같은 것으로 저며 떨어진 것인데 골막이 상하였으니 이것도 시급히 병원으로 가야 한다는 것이다.

그놈들이 칼까지 가졌었고나 하는 생각에 여러 사람은 소름이 끼쳤다.

병화는 자기는 손등에 약만 발라 달래서 곧 일어나고, 필순이 부친은 서둘러서 입원을 시키게 하였다.

의사가 의전 병원에 있었던 관계로 전화로 당직인 친구를 불러내 가지고 곧 수속을 하게 주선을 하여 주었기 때문에 손쉽게 결정이 되었다.

병화도 입원하는 사람을 따라간다고 나섰으나 좌우에서 말려서 주저앉았다. 사실 몸도 아프거니와 필순이 모녀를 따라 보내자면 경애더러 집을 보랄 수도 없으니, 자기가 처지는 수밖에 없었다. 의외로 덕기가 대신 가주마고 나서는 것은 고마웠다. 의사는 먼저 가버리고 덕기와 필순이 모녀가 병인과 함께 택시로 떠났다.

빈집에서는 경애가 병화를 간호하고 묵을 차비를 차렸다. 정신을 차리고 조용히 앉으니 이제야 시장기가 돈다. 저녁밥상을

삼대

보아 놓은 대로 손을 댄 사람이 없었을 것이나 경애의 발론으로 적선동 소바집에 전화를 걸었다.

국수가 오니까 병화는 필순이 모녀가 공복일 것도 애가 쓰이고 자리를 잡았는지 궁금하다고 전화부터 걸러 나간다.

"내가 걸게, 식기 전에 어서 잡수세요."

경애가 앞장을 서는 것을 뿌리치고 손수 걸러니까 경애는 감기 든다고 외투를 떼어다가 병화의 등에 걸쳐 주고 냄비를 찾다가 병화의 국수만 국물을 따라서 데운다.

전화를 걸고 들어온 병화는 그것을 무얼 야단스럽게 데우고 하느냐고 입으로는 군소리를 하여도 속으로는 기뻤다. 살림이나 하는 부부 같은 재미도 있지만 이십몇 년 만에 난생처음으로 남의 따뜻한 정에 싸이는 것이 위없이 행복하였다.

"지금 곧 수술을 할 모양이라는군. 암만해도 좀 가봐 주어야 하겠는데……."

병화는 망단해서 음식 먹을 생각도 없어졌다.

"그렇게 위중하대요?"

"수술만 하면 별 탈은 없다지만, 까닭 없는 조군이 밤을 샌다는데 내가 가만있을 수야 있나! 조군은 어쨌든, 수술을 한다는 자국에……."

"그두 그렇지만 당신이 어디 성하슈? 무정해 그런 게 아니라 하는 수 없는 사정이요, 덕기가 있어 주마는 데야…… 당신이 가신다고 수술이 더 잘될 것도 아니요……."

경애는 아무래도 내보내지는 않을 작정이다.

"그야 그렇지만 인사가 되었나."

"정 하면 내가 대신 갔다 오지. 그건 고사하고 성한 사람들이나 이 추운데 무얼 먹어야지요. 아주 여기서 무얼 시켜 보낼까?"

"응, 우선 그렇게 하는 게 좋겠지. 먹을 경황들도 없겠지만."

경애는 다시 나가서 소바집에 전화를 또 걸었다. 소바집은 여기와 병원 새에 있으니까, 시켜 보내기에 꼭 알맞았다. 그 길에 병원에도 전화를 걸고 덕기를 불러내서 저녁을 시켜 보내니 필순이 모녀를 강권해서라도 먹이라고 일러 놓았다.

병화는 경애가 전화를 거는 소리를 가만히 들으며, 필순이네를 언제 친하였다고 저렇게 다정히 하나 하는 생각을 하면 또 감사하였다.

"벌써 수술실에 들어갔는데 15분만 하면 끝난다는군. 그리고 다 간정되면 덕기가 이리 올 테니 아예 야기 쐬고 올 것 없다구!"

경애는 전화를 끊고 들어와서 이런 소리를 하며 상을 차린다.

병화는 가만히 듣고만 앉았다가 눈물이 글썽글썽해졌다. 모든 사람이 가엾고 불쌍하고 그리고 다정하고 고마운 생각을 하면 저절로 창연하면서도 기쁘고 감격에 넘쳐서 눈물이 나는 것이다. 경애의 기구한 신세도 가여웠다. 그 경애가 오늘 자기 때문에 반나절이나 발발 떨며 감금을 당하고 얻어맞고 죽었다 살아난 듯이 고초를 겪은 것을 생각하면 미안한 것은 둘째요 애처롭다. 그 경애가 지금 이 앞에서 안달을 하며 되레 자기를 위로하고 간호하려고 애를 바둥바둥 쓴다. 그 맘보가 귀여우면서 가련한 것이다.

필순이의 세 식구, 현저동 아래턱 오막살이를 면하고 나온 지가 겨우 열흘도 못 되었다. 이제는 운수가 돌아와서 아침 먹으면서 저녁 걱정은 않게 되었다고 좋아한 것도 꿈이 되고 남편은 갈빗대가 부러져서 생사가 오락가락하는지 살아나도 성하게 다니는 꼴을 못 볼지 알 수가 없는 이 광경을 당한 두 모녀의 마음을 생각하면, 측은도 하고 눈물이 아니 나올 수 없다. 또 그 당자는 어떤가! 감옥살이에 지치고 나와서는 허구한 날 굶주리고 들어앉았다가 어쨌든 처자나 굶기지 않게 된다는 바람에 마음에 없는 장삿속을 배우겠다고 터덜거리고 다니다가, 죄 없이 뭇매를 맞았으니 그 꼴도 마주 볼 수 없이 가엾고 딱하다…….

덕기, 이 사람은 금고지기다. 그러나 금고지기로 늙지 않겠다고 보채는 서방님이니만치 그에게도 또 숨은 고통이 있겠지만, 팔자에 없는 고생을 하느라고 밤을 새워 주는 것을 생각하면 어쨌든 고마운 일이다. 지금 이 경우에 필순이에 대한 호기심이니 무어니 한 것을 계교라 하랴…….

병화는 모든 사람을 사랑하는 마음이 가슴에 넘쳤다.

"장개석(蔣介石)이도 결코 나쁜 사람이 아니야. 나쁘기는커녕 그놈의 본심은 오늘 알았어! 알고 보니 그만한 놈도 없어!"

병화는 젓가락을 짜개서 들고 별안간 이런 소리를 혼잣말처럼 중얼중얼한다. 경애는 뭐요? 하는 듯이 고개를 쳐들고 말뚱히 바라본다. 이 사람이 잠꼬대를 하나? 너무 들볶여서 실성을 했나? 겁도 났다.

"그게 무슨 소리슈? 장개석이가 어째요."

"하하하……."

인제야 제정신이 든 듯이 웃는다. 병화는 여러 사람들의 심성과 사정을 생각하다가 거기 연달아서 무심코 나온 말이었다.

"장개석이 몰라? 하하하……."

또 웃는다.

"무에 씌셨소? 왜 이러슈?"

경애도 의아한 눈으로 바라보며 웃지 않을 수 없다.

"이때껏 시달리던 장개석이 말이야? 장훈이 말이야!"

"그 사람이 장훈이래요? 장개석이야?"

두 사람은 마주 웃었다.

그 두목 가는 청년은 조선에는 희성(稀姓)인 장가(蔣哥)였다. 그래서 별명이 장개석이다.

"그래, 장개석이가 어쨌단 말예요?"

"자식이 의뭉하단 말이야."

병화는 국수를 쭈룩쭈룩 두어 번 훑어 넣는다.

"무에 의뭉해요?"

경애는 너무나 의외의 소리에 눈이 뚱그레진다.

"우리가 결국 그놈한테 한 수 넘어갔어……."

시장한 줄도 몰랐던 장위를 건드려 놓으니까, 무작정하고 들어오라는 모양이다. 국수 한 그릇이 두 입에 들어갔다.

"천천히 잡수세요. 이야기나 해가며……."

몸 아픈 사람이 체할 것도 걱정이지만 이야기 듣기도 경애는 급하였다.

그러나 병화는 먹기가 급하다. 두 그릇을 후딱 하고 나는 것을 보고 경애는 자기 몫으로 남은 한 그릇을 마저 권하였으나 병화는 나쁜 것을 참고 담배를 붙여 문다.

"그래 이야기를 하세요."

경애는 궁금해 못 견뎠다.

"무어?"

누구 속을 태우려는 사람처럼 딴청이다.

"장개석인가 장훈인가 말예요! 이 양반이 정말 실성을 했나?"

웃음 반 핀잔 반이다.

"응, 그건 그쯤만 알아 두어요."

"누구를 놀리슈? 못할 말이면야 왜 애초에 꺼냈더란 말씀요?"

경애는 병화가 그래도 자기를 못 믿고, 어느 한도 이외에는 실정을 토하지 않는 것이 늘 불만이었다.

"……"

병화는 담배만 피우고 앉았다가 가만히 누워 버린다. 한 팔은 뻐근하고 속으로 아프고 한 손은 쑤시고 부어올라 왔다.

"여자라고 해서 사념을 하지만 그런 건 구식, 봉건사상이에요! 구태여 알자고 애를 쓰는 것도 아니지만, 영문이나 시원스럽게 알고 얻어맞아 가며 다녀야지! 그것도 아주 처음부터 내가 관계 안 한 것이면 모르지만……"

경애는 토라진 수작을 하며 빈 그릇을 포갬포갬해서 밀어 놓고 자기 주머니에서 해태표를 꺼내 화롯불에 뱅뱅 돌려 가며 골고루 붙인다.

똑똑 똑똑…….

"담배 파우, 담배 파우……."

눕고 앉고 한 사람은 귀를 세우며 마주 보았다.

"어렵지만 좀 나가 보우."

말이 떨어지기 전에 경애는 벌써 방문 밖으로 나갔다.

"무슨 담배예요?"

안에서 소리를 치며 질러 놓았던 조그만 안빗장을 빼니까 빈 지짝에 달린 샛문이 밖으로 펄썩 열리며 찬바람이 확 끼치고, 뒤미처서 꺼먼 두루마기를 입은 자가 꾸부리고 기어 들어온다.

경애는 머리끝이 쭈뼛하며 한 걸음 뒤로 물러섰다. 하마터면 소리를 칠 뻔하였다.

거기에 미소를 띠고 우뚝 선 사람은 아까 청요릿집에서 시달리고 족치던 그 무서운 청년이다. 지금 병화가 금방 말하던 장개석이다. 장훈이다.

검정 수목 두루마기에 꾀죄죄한 목도리를 비틀어 끼우고 흰 고무신에 중같이 덧버선목이 대님 위로 올라오게 신은 양이, 변장한 형사 같으나 분명히 아까 본 그 사람이다.

사람을 놀리는 듯한 미소를 여전히 머금고 턱으로 안을 가리키며,

"김군 있나요?"

하고 제잡담하고 올라가려 한다.

경애는 아까 병화의 말을 들은 게 있어 다소 안심은 되나, 이 밤중에 별안간 달겨든 것을 보니 그래도 미진한 것이 있단 말인

삼대

가? 또 작당을 해 오지나 않았을까, 하는 의심도 나서,

"가만히 계시오."

하고 제지를 하여 놓고 밖에 누가 또 있나 없나를 보려고 문을 다시 열려니까, 그동안에 병화가 부스럭부스럭 일어나 나온다.

"어서 올라오게."

병화는 놀라는 기색도 없고 그렇다고 반기는 양도 아니다.

"응, 마침 잘됐네. 올라갈 건 없고 궁금해서 잠깐 들렀네."

하고 붕대 처맨 손으로 눈을 주며,

"과히 다친 데는 없나?"

하고 웃는다.

뺨 때리고 아픈가 아픈가 하고 물어 가며 때리는 사람도 이 세상에는 있는지? 덜 다쳤다면 더 때려 주마고 쫓아왔는지? 때려 놓고 위문 오기란 술 먹여 놓고 해장 가자 부르러 오기보다 더 친절한 일인지? 병화의 대답이 또 요절을 하겠다.

"나는 그만하면 겨우 연명은 되네마는, 이 동무(필순이 부친)는 갈빗대가 단 하나 부러졌네."

하고 병화는 손가락 하나를 쳐들어 보인다.

"허허……."

장개석 군은 염치 좋게 너털웃음을 내놓더니,

"그래 누워 있나!"

하고 묻는다.

"부러진 갈빗대는 두면 무얼 하나? 성가시다구 아주 떼버리러 갔네."

"허허허……."

또 허허허……다.

"자네 솟증* 안 나나? 가는 길에 의전 병원에 들러 보게. 지금 쯤 오려내 놨을 게니 갖다가 쟁여를 먹든 구워를 먹든……."

병화도 빙긋해 보인다.

"허허허…… 자네 노했나?"

"노할 거야 있나마는 어린애들을 시켜서 늙은이를 그게 무슨 짓인가?"

병화는 눈을 찌푸려 보인다.

"게다가 백정놈들 모양으로 연장까지 가지고!"

"여보게 형평사** 사람 들으리! 하지만 이 세상 놈들 쳐놓고 어떤 놈은 인백정 아닌가?"

장개석 군은 코웃음을 치다가,

"하여간 미안하이. 그렇게까지는 하지 말라고 단속을 하였건만 그예 그렇게 되고 말았네그려. 하나 지난 일을 어쩌나. 자, 난 가네. 어떻게 됐나 궁금해서 잠깐 들른 걸세. 아까 내 말대로 오해는 결코 말게."

장훈이는 훌쩍 나가 버렸다.

옆에 섰던 경애는 어이가 없어 말이 아니 나왔다. 이 사람들이 참 정말 실성을 하였단 말인가? 자기네 딴은 운치 있는 농세 상으로 알고 하는 짓들인가? 서로 약은 체를 하고 서로 딴죽을

---

* 소증(素症). 푸성귀만 너무 먹어서 고기가 먹고 싶은 증세.
** 衡平社. 일제강점기에, 천민 계급의 사회적 지위 향상을 목적으로 조직된 정치적 결사.

삼대

걸어 넘기는 패를 쓰는 것이란 말인가? 귓구멍이 막힐 노릇이다.

"사람이 죽네 사네 하는데 그것들이 희락요! 무엇들요?"

경애는 문을 단단히 잠그고 들어와 앉으며 시비를 한다.

"저도 겁이 났든지 애가 쓰이든지 해서 위문을 온 모양이지."

병화는 번듯이 누우며 웃어 버린다.

"꼬락서니 하고 할 일은 무척 없는가 보아. 사람 죽여 놓고 초상 치러 주러 다닐 놈 아닌가! 그게 고작 한다는 일이야?"

경애는 분하고 미워 죽겠는 모양이다.

"그런 게 아니야. 제 딴은 나를 위해서 기밀비를 먹었다고 소문을 내놓은 것이라서, 젊은 애들이 듣고 일어나서 너무 날뛰니까 끌려간 것이요. 손찌검은 하지 말라고 당부한 것도 사실은 사실인 모양이야."

"어림없는 소리두 퍽 하우. 면에 못 이겨서두 그렇구 뒷일이 무서워서두 그렇게 말하지. 누가 내가 앞장을 서서 했다고 그럴까. 또 돈만 해두 하필 기밀비만 돈일까. 정말 변명을 해주자면 친구가 대어 준 것이라면 어때서, 하고많은 말에 꼭 기밀비 문제를 꺼낼 게 무어더란 말씀요."

"응, 그런 게 아니지. 피혁이가 여기 들어와서 실상은 나보다도 장훈이를 먼저 만난 건 사실인 모양이야. 누가 어디서 언제 얼마를 주었는지 안다. 아는 사람은 주고받은 사람 외에 두 사람이 있다. 홍경애와 자기다. 그런데 그 돈으로 별안간 홍경애와 반찬가게를 열었으니, 둘이 먹어 버리고 입 쓱 씻으면 고만일 줄 아느냐? 장훈이의 첫째 문제가 이거란 말이야……."

먹어도 소리나 없이 슬금슬금 먹어 버리거나 뒤떠들고 가게를 벌이고 하면 당국에서나 동지 간에 기밀비가 아니면 밖에서 들어온 돈이라고 단통 떠들 것이니, 그러고 보면 남의 일까지 방해가 될 것이다. 더구나 형사들이 거죽으로는 김병화가 마음잡았다고 추어주고 다니지만, 실상은 무슨 냄새를 맡아 내려고 그러고 다닐 것일 것이다. 벌써 냄새를 맡았는지도 알 수가 없다. 턱 걸리기만 하면 이따 어떻게 될지, 내일 어떻게 될지 마음을 놓고 일을 하는 수가 없다.

병화가 붙들려 들어가서 피혁이 사건이 단서가 난다면 장훈이도 단박에 경을 치는 것이다. 그러고 보니 첫째는 장훈이 일파와 읍각부동*이라는 것을 저들에게 알릴 필요가 있다. 전기의 절연체로 막아 버리듯이 딱 끊어 버리면 장훈이에게 불똥이 튀어 올 리는 없다. 또 만일 기실은 외국에서 들어온 돈 때문에 반목을 한다고 당국이 노려보더라도 얻어맞은 놈이 먹었다 할 것이요, 때린 놈은 못 얻어먹은 분풀이를 한 것이라 할 것이니, 장훈이에게는 유리한 발뺌이 될 것이다. 장훈이는 앞질러서 변명을 해두자는 것이다.

둘째는, 김병화를 반성시키자는 것이니! 계집에게 빠져서 그렇든지 돈에 팔려서 그렇든지 간에 둔마된 투쟁욕을 각성시키고 회복시키자는 것이다. 또 그리함으로 말미암아 타락해 가는 다른 동지에게 볼모를 보이고 징계를 하고 방부제로 쓰자는 것

* 邑各不同. 규칙이나 풍속이 각 고을마다 차이가 있음. 또는 사람마다 의견이 서로 다름.

536                                                                          삼대

이다.

셋째는, 기밀비를 먹었다고 소문을 내놓아야 장훈이 일파와 충돌이 일어날 이유가 생기기도 하지만 한편으로는 병화에 대한 경찰의 의혹이 엷어질 것을 생각한 것이다. 기밀비란 한 군데서만 나오는 것도 아니지만 저희끼리도 어느 구멍에서 어떻게 나왔는지를 모르기 때문에 특별한 사건이 생기지 않으면 세상에서 떠드는 대로 그런가 보다 하고 내버려 두거나, 도리어 저희 끄나풀로 이용하려 드는 것이다. 사실 지금 병화가 이용을 당하고 있는지는 모르겠으나 아무리 이용이 된대도 설마 피혁이가 다녀 나갔다는 것까지 알려 바칠 리가 없겠고, 또 만일 병화가 무슨 일을 은근히 한다면 당국의 주의가 없어지느니만치, 일시 오해를 받는 것이 성이 가시기는 해도 도리어 편한 점도 있을 것이다. 이것은 만일의 경우에 병화의 뒷길을 터주자는 것이다.

물론 장훈이는 제 비밀을 한 마디도 입 밖에 내지 않았다. 장훈이의 말은 간단하였었다.

"자네, 그 돈 내게 주게."

장훈이는 맡긴 돈처럼 만나는 길로 손을 내밀었다.

"돈이 무슨 돈인가?"

"두말 말고 내놓게. 반찬 가게 하라고 준 것도 아니요, 홍경애 용돈 쓰라고 준 것도 아니니까……."

"자네 언제 내게 돈 맡겼나?"

장훈이는 아무 말 안 하고 벽장에서 뚤뚤 뭉친 봇짐을 꺼내서 툭 던지며,

"그럼 이걸 사가게!"

하였다.

"무언가?"

"무어나마나 풀어 보게그려. 그 값어치는 될 게니."

병화가 안 펴보니까 장훈이가 폈다.

검정 두루마기와 구두 한 켤레와 그리고 조그만 백동 권총 한 자루다.

"이 두루마기 눈에 익겠네그려? 이 구두도 보았겠네그려?"

장훈이는 셋째로 권총을 가리키며,

"이것은 자네에게 쓰자는 것은 아니었으나 자네가 이것도 안 사간다면 그 값에 자네 목숨을 내가 사겠네. 그 대신 그 돈은 홍경애에게 유산으로 주면 그만 아닌가!"

이때의 장훈이의 입가에는 그 독특한 쌀쌀한 미소가 떠올라왔었다.

"알았네! 그러나 지금 사지는 못하겠네. 돈으로 사지는 못하겠네."

"무엇으로 사겠나?"

"목숨으로!"

"그럼 자네 지금 하는 일은 무언가? 반찬 가게는 무언가?"

"보호색! 사람에게도 보호색은 필요한 걸세."

두 사람의 문답은 간단명료하였다.

"그럼 두말 안 하네. 이 두루마기와 구두만 해도 자네가 변장을 시켜서 내보낸 증거는 확실하니까, 아무리 변심을 하는 한이 있어도 후일 자네 입으로 탄로는 못 시키렷다! 자네만 아니라 두루마기 임자며 그 딸 그 아내…… 여러 사람이 엇걸렸으니까! 그러기에 내가 이렇게 한만히 자네에게 보이는 것일세……."

"어쨌든 어서 집어넣게. 그리고 자네가 가지고 있는 것은 위험하니 잘 처치를 하게."

아까 삼청동에서 만나서 한 이야기는 이것뿐이었다.

"그 두루마기, 구두가 뉘 걸 듯싶소?"

병화는 장훈이와 만났던 일장설화를 하다가 물었으나 경애는 놀라는 기색도 없이,

"글쎄, 왜 게다가 벗어 놓고 갔을까?"

하고 눈만 깜박거린다.

"두루마기가 원체 작아서 장훈이 것과 바꿔 입었다는군. 그때 바로 서울을 떴을 줄 알았더니, 어디 가서 앉아서 장훈이까지 만나고 간 거야."

경애는 고개를 끄덕여만 보인다.

피혁이는 그때 병화가 사다가 준 고무신이 너무 커서 대가래 같기도 하고, 급한 판에 조선 버선을 바꿔 신고 하기가 거추장스러워서 그대로 신던 구두를 신고 갔는데, 그것도 장훈이에게 벗어 맡기고 간 모양이다. 그러나 육혈포가 웬 것인지? 그것만은 장훈이도 그 댓말은 안 하였다.

장훈이는 언제 무슨 일로 가택 수색을 당할지 모르니까, 두루마기와 구두는 집에서 입고 끌던 것이요, 무기만 다른 데 감추어 두었던 것을 찾아다가 오늘 활극에 잠깐 쓴 것이었다.

"제가 정말 그러면야 부하를 시켜서 사람을 죽도록 패기까지 할 거야 무어 있겠소?"

경애는 그래도 미심쩍었다.

"그러지 않아도 헤어질 때 혹시 그놈들이 가만있지 않을 듯하니 조심하라고 은근히 일러 주더군."

"참, 당신두 왜 이렇게 어림이 없으슈! 뒤로 일러 주기까지 할 테면야 부하를 그리 못하게 말릴 게 아니겠소."

"웅, 그렇지만 나하고 수군거린 뒤에 당장 표변을 해서 도리어 말리면 그놈의 기밀비인가를 둘이 나누어 먹기로 타협이 되었다고 부하들이 들고일어날 테니까, 장훈이 역시 암만 부하라도 그 당장에는 어찌하는 수 없거든. 그뿐 아니라 장훈이로서는 어느 때든지 육박전이 한 번 나서, 우리들 새는 영영 갈라섰다는 것을 세상에 알리자는 것이거든! 그래야 서로 일을 하기가 편하고 나 역시 기밀비를 먹고 반동분자로 회에서 제명을 당하였다는 소문이 나는 것은 해롭지 않은 판에 되레 잘된 셈이지. 필순이 어른만은 좀 가엾게 되었지마는……."

"예이, 듣기 싫소! 아무러면 당장 칼부림이 날 줄 알면서 멍텅구리처럼 어슬렁어슬렁 이 밤중에 그 무서운 길로 들어서는 사람이 어디 있단 말요? 큰길로 못 돌아올 게 무어란 말요?"

"그러지 않아도 그럴까 하다가 그놈들 주정꾼을 마침 만났는데, 그놈들도 오늘 그 일에 한통속일 줄야 알았나. 애초에 나를 부르러 온 놈들 역시 테러패들이기에 걸렸고나 하는 생각은 하였어도, 장훈이가 시킨 것일 줄은 천만의외였거든! 딱 가보니 그

놈이겠지."

"여보, 그 천치 같은 얼빠진 소리 좀 그만하우. 장가에게 한 수 넘어갔다지만 한 수커녕 두 수 세 수…… 나중에는 몇백 수나 넘어갈지? 참 수 났소!"

경애는 신이 나서 퍼붓고 코웃음을 친다.

"왜?"

"왜가 무어예요! 안팎벽을 치고 알로 먹고 꿩으로 먹고 하자는 수작 뻔하지! 그래도 정신이 덜 나신 게로구려?"

경애는 혀를 찬다.

"설마……."

병화는 자신 없는 눈초리로 빙그레하며 눈을 껌벅거리고 천장만 바라보다가,

"그럼 두루마기고 권총이고는 어디서 났더람?"

"그러게 알로 먹고 꿩으로 먹는단밖에! 그이(피혁)는 벌써 반죽음은 되어서, 지금쯤 어느 유치장 속에든지 꽁꽁 얼어 누웠을 것이오. 장가야말로 그 신이야 넋이야 하는 기밀비를 먹어도 상당히 먹었을 게지!"

"설마……."

"설마가 사람 죽여요! 이 밤이 못 새어서 오토바이 한 패가 달려들 테니 두고 보슈!"

경애는 입술을 뾰족해서 내던지듯이 핀잔을 준다(오토바이 한 패란 형사대 말이다).

"결단코 그럴 리 없지!"

병화도 마음이 오락가락하였으나 조금 있다가 용기를 뽐내서 단연히 이렇게 한마디 하였다.

"어쨌든 오늘 예서 주무시지 맙시다."

"별소리를! 정 그렇게 마음이 안 놓이거든 집으로 가서 자구려."

병화가 되레 핀잔을 주었다.

"당하면 같이 당하지! 집에 가서 자면 마찬가지 아닌가!"

말이 떨어지기도 전에 전화가 때르릉 때르릉 하고 불만 환한 점방에서 울린다.

"병원에선가?"

경애는 입으로는 이런 소리를 하였으나 도깨비 이야기한 뒤에 밖에 나갈 때와 같이 가슴이 뭉클하며 뒤숭숭해진다.

"긴상 있습니까?"

전화통을 떼어 든 경애의 얼굴은 해쓱하여졌다. 발음이 조선 사람 같지 않기 때문이다.

"누구세요? 왜 그러세요?"

경애의 혀는 뻣뻣하였다.

"나는 금천이올시다."

경애도 상점을 벌인 뒤로 이 사람을 몇 번 만나서 안다. 그러나 부전부전히 인사할 경황도 없어 그대로 수화기를 앞턱에 놓고 뛰어 들어갔다.

"누구? 금천이?"

병화는 누운 채 묻는다.

"어떻게 하시려우? 없다고 할까?"

경애는 놀란 기색을 감추려 하였다.

"받지!"

하고 병화는 낑낑 일어난다. 경애도 없다고 한들 소용없을 것을 돌려 생각하였다.

"허허, 용하게 아셨구려?"

"아니, 손등을 좀……."

"무얼 취해서들 그런 거지요."

"글쎄, 하하하…… 그렇게 흔한 기밀비면야 나 같은 놈도 좀 주었으면 고마울 일이지만, 핫하하……."

저편에서 껄껄 웃는 소리도 수화기 옆에 붙어 섰는 경애에게 까지 들린다.

"내일 아침 9시? 예, 가지요. 그러나 거기서 재울 필요야 없지 요? 아무쪼록 깨워서 보내 주시지요."

"예, 그럼 내일 뵙지요. 안녕히 주무슈."

전화는 탁 끊겼다.

병화가 '하하하'를 연발하면서부터 경애도 얼굴을 펴며 따라 서 상긋하고 섰다가, 전화통에서 떨어지자 병화의 성한 손을 매 달리듯이 붙들며,

"내일 오래요?"

하고 묻는다.

"응! 그런데 그 취한 패가 붙들렸다는군!"

"어떡해서?"

"모르지. 그런데 궐자*가 나를 놀리는데, 기밀비를 혼자만 먹지 말고 한턱낼 일이지 동냥도 아니 주고 쪽박 깨뜨리는 셈으로 때려만 주었느냐고."

"그래, 웃으셨구려? 헌데 그놈들이 경찰서에까지 가서 기밀비 놀래를 한 게로군?"

"그야 취중에 오죽 들쌨을라구. 그러나 오늘은 유치장에 재우고 안 내보낸다는데."

"고소해라!"

경애는 자기 감정을 과장하여 입으로는 이런 소리를 해도, 그렇게 고소하기까지 하지는 않았다.

그러나 내일 왜 오나 그것이 경애에게는 또 걱정이었다. 당장 와서 데려가지 않는 것을 보면 사건을 중대시하는 것이 아닌 모양이기는 하나, 어디로 뛸 염려가 없으니까 슬머시 늦춰 주어 놓고 옭아 넣으려는 술책이나 아닐까, 경애는 그것이 걱정이었다. 병화도 그런 염려가 아주 없지는 않으나, 경애를 안위시키느라고 도리어 경애의 신경과민을 웃어 주었다.

덕기는 자정 가까워서 전화만 걸고 자기 집으로 돌아갔다. 늦기도 하였지만 경애와 단둘이만 있는 데 오기가 싫기 때문이었다.

하여간 수술한 경과는 양호하다 한다.

흥분과 혼란과 신음 속에서 밤을 드새고 나서 신새벽에 병화

---

* 厥者. '그'를 낮잡아 이르는 말.

는 경애만 남겨 두고 병원으로 달아났다. 병 위문도 급하고 손등의 붕대도 갈아 매야 하겠지만, 9시에는 경찰서에 출두할 것이 커다란 일이었다.

오늘은 가게도 못 열었다. 며칠 안 되는 터에 안 열어서는 안 되었으나, 사람도 없고 자고 나니까 손이 더 쑤시고 저려서 빈지부터 여는 수가 없었다.

그러나 다행히 병화가 나서자 필순이가 달겨들었다. 아침 후에 모친과 교대하기로 하고 가게를 내러 온 것이다.

병화는 길에서 만나서 역시 가게를 쉬자고 하였으나, 필순이는 들어오는 길로 가게를 부랴부랴 내었다. 경애도 벗고 나서서 한몫 거들었다.

"선생님은 나 혼자만 맡겨 두는 게 미안하다고 그러시지만, 안 열면 되나요. 단골도 있고 한데…… 이런 때일수록에 할 건 해야지요."

필순이가 이런 소리를 할 제 경애는 필순이가 다시 한 번 쳐다보였다. 고맙고 기특하다.

"한 시간만 견습을 하면 나 혼자도 볼 수 있으니 물건 값부터 가르쳐 주고 병원에 어서 가보우."

"천만에! 난 무얼 아나요."

두 여자는 다른 걱정 다 잊어버린 듯이 깔깔대어 가며 의취 좋게 가게를 보았다.

조금 있으려니 원삼이가 터덜터덜 온다. 병화가 가다가 오늘만 일을 보아 달라고 불러 보낸 것이다.

원삼이는 오는 길로 벗어부치고 달겨들었다.

"이래 봬두 무어든지 할 줄 압니다. 밥두 짓고 국두 끓이고 배달을 나가라시면 자전거도 탈 줄 압니다. 그러나 여기 서방님같이 사람은 치고 다니지 않습니다."

원삼이는 여자들을 웃겨 가며 빗자루부터 들고 나서 서둘러 댄다.

아침결에 경애가 집과 바커스에 다녀오자 필순이는 병원으로 가서 모친과 교대를 하였다. 그때까지 병화는 경찰서에서 나오지 않았다.

필순이는 병상 앞에 지키고 앉았다가 부친이 잠이 혼곤히 드는 것을 보고, 가만히 나와서 유리창 밖으로 길거리를 내다보고 섰다. 마주 보이는 것은 개천을 새에 두고 부연 벌판에 우뚝 선 광화문이다. 날이 종일 흐릿하여 고단하고 까부라지는 필순이의 마음은 한층 더 무거웠다.

무슨 연들을 개천 속에서 날리는지 두 패 세 패가 조무래기들에게 휩쓸려서 법석들이다.

'오늘이 명일이로군. 연이고 널이고 내일까지뿐이다.'

이런 생각을 하니, 언제라고 남의 집 처녀들처럼 새 옷을 입고 널을 뛰러 다니고 하며 설을 쇠어 본 일도 없지만, 올해는 널뛰는 소리도 들어 봤던가 싶다. 어쩐지 자기만은 어려서부터 세상 처녀들과 뚝 떨어진 딴 세상에서 자라난 것 같다.

세상이 쓸쓸하고 처량한 생각에 잠겨 들어가서 맥을 놓고 한참 섰으려니까, 실컷 울고 싶기도 하고, 무엇인지 깜짝 놀랄 만

삼대

한 일이 닥쳐올 듯이 마음이 덜렁덜렁하는 것 같기도 하여, 지향을 할 수가 없는 것을 깨달았다. 그러나 그 놀랄 만한 일이란 결코 불행하거나 슬퍼서 가슴이 터지게 울 것 같은 그런 일 같지도 않고, 그렇다고 덜먹지고 시원스럽게 깔깔 웃을 일도 아닐 것 같으나, 무엇인지는 알 수 없는 행복스러운 그림자가 곤한 봄날에 단잠이 소르르 올 듯이, 차츰차츰 손 닿을 데까지 기어드는 것같이 공연히 마음에 키우는 것이었다. 처녀가 혼인 날짜를 받아 놓았을 때와 같이 울고 싶은 것도 아니요 웃고 싶은 것도 아닌 것 같으면서, 역시 울고도 싶고 웃고도 싶은 그런 얼떨떨한 공상에 잡혀 들어가나, 기실은 무엇을 공상하는지 아무것도 머리에 떠오르는 것은 없다. 다만 가슴속이 답답하면서 근질근질하여 시원스러운 사이다 한 컵 마시거나, 손이 닿는 데면 살살 긁어 보고 싶을 뿐이다.

필순이의 머리에는 어느덧 덕기가 안 오나? 하는 생각이 떠올라 와서 병원 앞으로 향하여 오는 사람이면 유심히 바라본다. 아침에 상점으로 전화를 걸고 병원으로 오마고 하였던 것이다.

'그러나 지금 그이가 오나 보다 하고 기다리고 섰는 것은 아니다. 되레 와도 성가시고 부끄러워…….'

필순이는 혼잣속으로 이렇게 변명을 하며 머리에서 덕기 생각을 쓱쓱 지워 버리려니까, 이번에는 덕기의 누이동생이라는 사람이 머리에 떠오른다. 한 번도 보지는 못했으나 행복스럽게 깔깔대며, 큰 집 속을 휘젓고 다니는 곱게 꾸민 예쁜 아가씨로 상상이 되는 것이다. 고 또래의 계집애들이 모여 서서 널을 뛰며

취조

발칵 뒤집어 놓는 양이 눈에 보이는 것 같기도 하다.

'어떻게 팔자가 좋으면 일생을 그렇게 아무 근심 걱정 없이 지내누?'

부러운 듯이 이런 생각을 하다가 그런 생각을 한 것조차 부끄러운 듯이 얼굴이 발개지며, 그 생각도 잊어버리려 하였다. 아버지와 김선생님이 좌우에 서서 '지각없는 못생긴 소리 작작 해!' 하고 소리를 치는 것 같아서 정신이 반짝 들며 병실 문을 홱 돌려다보았다. 부친의 음성이 분명히 들리는 것 같아서 방문을 갸웃이 열어 보니, 세 개가 놓인 침대 중에 저편 창문 밑으로 누운 부친은 그대로 자는 모양이요, 다른 병인들의 하얗게 센 얼굴들만 이리로 향하여 기웃한다. 필순이는 문을 굳게 닫고 섰던 자리로 와서 선다.

'하루에 입원료가 3원씩, 한 달이면 90원…… 하루에 팔리는 것이 처음이라 그런지 5원어치나 될까 말까 한데, 게다가 몇 식구씩 매달려서 먹고, 입원료 치르고…… 이익은 고사하고 이러다가는 밑천째 들어먹겠다…….'

필순이의 생각은 또다시 어두워 들어갔다.

'어쨌든 이불이나 한 채 어서 만들었으면…….'

필순이가 한시가 바쁘게 애걸을 하는 것은 부친의 금침이다. 삼동이나 난 부친의 때 묻은 백지장 같은 이불을 들쓰고 누운 양은 차마 볼 수가 없다. 남볼썽에도 얼굴이 뜨뜻하고 창피하다. 병원 이불을 한 채 주마고는 하는데, 뒤집어씌우는 껍질을 빨러 가서 오지 않았으니 조금만 참으라는 것이다. 게다가 먼저 들어

온 사람이 좋은 데를 차지했으니, 한데로 난 창밑이라 외풍이 심하다. 병화가 아까 와서 보고 이불이 추울 테니 자기 것을 가져다가 덮어 주라고 하더란 말을 모친이 집에 와서 하나, 다다미방에서 자느라고 일전에 일본 이불 한 채를 사다가 며칠 덮지도 않은 것을 염치없이 갖다가 더럽힐 수도 없지만, 당장 병화는 무얼 덮으라고 가져올까…….

필순이는 꽁꽁 앓으면서 입 속으로 돈! 돈! 할 뿐이다.

'저러다가 감기가 들어서 폐렴이 되고 더치시면 어쩌나?'

겁이 펄쩍 난다. 상여 뒤에 따라가는 자기 모양이 눈앞에 떠오른다. 눈물이 핑 돌며 고개를 흔들었다. 그러자 유리창에 물이 묻었는지 눈에 눈물이 서렸는지 어른어른하며 비스듬히 아래로 양복 입은 덕기가 종친부 다리를 건너서려는 것이 보인다.

가슴의 피가 머리로 쭉 솟는 것을 애써 가라앉히며 필순이가 눈물을 살짝 씻고 내려다보니, 덕기는 벌써 다리를 건너선다. 여기서 먼저 알은체를 할까 하였으나 그만두었다. 유리창을 열고 손짓을 하여 보이며 반기는 웃음의 인사 한마디라도 내려보내고, 아래서는 되받아 올려 치치고 하면 그 얼마나 운치 있는 일이요 행복스러우랴 했으나, 지금의 자기 처지는 그러한 화려한 행동을 막는 것을 필순이는 잘 요량하고, 달뜨려는 제 마음을 걷잡았다.

웃음 한 번이라도 절제를 하는 것은 자기 부친이 병석에 있음으로만이 아니다. 신분이 다르고 교육이 다르고 빈부가 갈리고 그리고 계급이 나뉜 그 사람에게, 함부로 웃어 보이고 따르는 눈치를 보이는 것은 아양이나 부리는 노는계집 같을까 하여, 필순이의 자존심이 허락지를 않는다. 그러나 저편이 고맙게 구는 것이 고맙지 않은 게 아니요, 그의 지체와 재산과 교양을 벗어 놓은 덕기란 사람만은 어디인지 모르게 아담하고 탐탁하고 언제보나 반가운 것을 또 어찌하랴. 필순이는 언제든지 반갑고 기꺼운 웃음이 눈매와 입가에서 피어 나오다가는 무슨 바늘 끝이 옆구리를 꼭 찌르는 것처럼 살짝 감추는 것이었다. 두 번 감추면 두 번만큼, 열 번 감추면 열 번만큼 마음에 서려서 남아 있으리라. 그것은 마치 압착된 산소나 질소 같은 것이다. 고화(固化)하면 살에서 나오는 '무'처럼 일생의 고질이 되어, 비지같이 웅크러터져 나와서 큰 흠이 질 것이요, 그대로 서려 있다면 언제든지 한 번은 폭발이 되고 말 것이다.

병원 문 앞까지 다가온 덕기는 벌써 알아보고 위층을 쳐다보며 웃는다. 필순이도 미소로 대답을 하고, 창 앞을 떠나서 찬찬히 층계로 향하였다. 내려가서 맞으려는 것이다.

현관에 올라온 덕기와 만나서 나란히 돌아서려니까 밖에서 자전거를 부리는 소리가 나며 문을 열고,

"서방님!"

하고 부른다. 원삼이다.

"벌써 넘어오셨에요?"

원삼이는 꾸벅하고 일변 자전거에 실은 짐을 풀어 들여다 놓으려 한다.

"응, 애썼네."

덕기가 받으려니까 필순이가 대신 뺏듯이 받으며,

"무얼 이렇게 가져오셨어요?"

하고 두 볼이 살짝 발개졌다. 한 손에 든 것은 과실 광주리요, 한 손에 든 것은 길 떠나는 행구같이 가죽띠로 비끄러맨 누런 담요였다.

"아씨, 오늘은 산해진 배달 겸 댁의 아범 겸 두 가지 심부름을 함께 왔습니다."

원삼이는 껄껄 웃고 나가 버린다. 담요는 댁의 심부름이요, 과실은 덕기가 산해진에서 사서 함께 가지고 온 것이라는 뜻이다.

"좀 쉬어서 녹여 가시구려. 또 저리 가시우?"

필순이가 밖에 대고 소리를 치니까,

"에이, 괜찮습니다. 바빠서 어서 가봐야지요. 인제 마님이 오신댔으니까, 아씨는 저리 오시겠지요?"

원삼이는 자전거를 돌려놓고 몇 마디 하고는 획 올라앉아서 기세 좋게 나간다.

두 사람은 나가는 뒷모양을 바라보며 마주 웃었다.

"쓸모 있지요? 아주 댁에 데려다 두어도 좋겠지만……."

"잠깐 지내봐두 퍽 좋은 이예요. 하지만 자기가 와 있으려 할지도 모르고 또 화개동 댁에서 내놓으시겠어요."

"그야 어떻게든지 하지요."

긴 복도를 걸으면서 이런 이야기를 하다가 덕기는 말을 돌려서,

"그 담요요, 하나는 내 것이니까 상관없지만 하나는 할아버지

쓰시던 건데 어떨까요? 돌아가실 때는 덮으시지도 않기는 하였
지만……?"

하고 의향을 물었다.

"온 천만의 말예요. 아무러면 어떻습니까만, 이런 걸 왜 또 가
져오셨에요. 여러 가지로 온 무어라 할지……."

"아무러면 어떻습니까. 어제 보니 추우실 것 같아서 마땅한
이불이 있으면 가져올까 하다가, 이것이 되레 편할 듯해서……
그러나 기하는 사람은 역시 기하니까……."

"그렇게 말씀하면 병원 이불이나 침대는 산 사람만 깔고 덮었
을까요. 어쨌든 가져오셨으니 받기는 합니다만 둘씩은 과하니
하나만 빌리시고 선생님 것은 가져가세요."

"그런 걱정 마세요."

덕기는 제지를 하고 병실로 들어갔다.

필순이는 지금도 이불 걱정을 막 하고 난 판에 어찌나 고맙고
생광스러운지 목이 꼭꼭 메는 것 같아서 말이 아니 나왔다. 게
다가 돌아간 조부의 물건이라고 기하고 께름칙하지나 않을까,
그것까지를 염려하여 주는 그 마음을 무어라고 할지 이루 치사
를 할 수도 없다.

담요 두 장을 속으로 거죽으로 푸근히 덮어 주니 병인도 좋아
하는 기색이나, 말할 기력도 없는지 인사 한마디 변변히 못한다.

덕기는 조금 앉았다가 필순이더러 나가자고 눈짓을 하여 데
리고 복도로 나왔다.

아까 필순이가 섰던 유리창 앞에 나란히 서서 덕기는 이때껏

참았다는 듯이 담배를 꺼내 붙이며,

"김군 소식 못 들었지요?"

하고 찬찬히 말을 꺼낸다.

"아직 못 들었에요. 왜요? 무슨 일이 있에요?"

필순이는 연거푸 묻는다.

"조금 전에 가택 수색을 해갔다는군요."

"에? 상점에를요?"

필순이는 놀랐다.

"어머니께서도 혼자 퍽 놀라셨겠지만, 경애 씨도 찾더라는데 목욕 간 것을 집에 갔나 보다고 했다는데, 한 놈은 아직 남아서 지키고 있더군요. 나도 누구냐고 묻는 것을 물건 사러 온 것처럼 하고 과실을 사서, 들려 가지고 간 담요와 함께 원삼이더러 가져 오라 하고 나와 버렸지요. 그것도 마침 원삼이가 밖에 나와 섰다 가 미리 귀띔을 해주고 어머니께서도 눈짓을 하시기에 모른 체 하였으니까 그대로 빠져나왔지, 그렇지 않았더면 언제까지 붙들 려 앉았었을지 모르지요. 가는 사람마다 그 자리에 금족을 시 키거나 데려간다니까."

"그럼 어머니도 못 나오시겠군요."

필순이는 여기서 먼저 갔다가 자기마저 붙들리고 모친도 빠 져나오지 못하게 되면 병원 일을 어떻게 하나 애가 쓰였다. 그러 나 '피존' 한 갑에 10전 하고 매코가 5전씩인 것밖에는 해태표만 되어도 얼마에 팔지를 모르는 모친에게 가게를 보여 둘 수도 없 는 일이다.

"전화를 좀 걸어 보고 올까요?"

"어머니 오시라구?"

"글쎄요. 어머니가 오시는 걸 보고 제가 가야 하겠어요."

필순이는 아래로 내려갔다가 얼마 만에 웬 양복 입은 남자 하나를 뒤에 달고 올라온다. 덕기는 즉각적으로 그게 누구인 것을 알아차렸다.

"여기 계십니다."

필순이는 덕기에게 눈짓을 하고 망단한 기색으로 그 남자를 돌아다보았다.

덕기는 객의 얼굴을 버티고 서서 바라보며, 속으로는 필순이를 데리러 온 게 아닌 눈치에 우선 안심이 되었으나, 그래도 마음이 선뜩하지 않을 수 없었다.

손은 모자를 벗으며,

"조덕기 씨신가요?"

하고 사람을 놀리는 듯이 빙긋하며 지나치게 공손하다. 덕기는 불쾌하면서도 자기가 재산가라는 의식을 똥겨 주는 것을 깨달았다.

필순이도 돈의 위력을 생각하였다. 속이야 어쨌든 남이 일컫기를 만석꾼의 숨은 부자라는 조 아무개의 손자, 엊그제 장사를 지내고 오늘에는 갈데없는 상속자라니, 금단추의 학생복 입은 이 꼴이야 이무기가 다 된 형사 나리 눈에 찼으랴마는 그래도 허리가 구부러지는 것이다.

"××서에 있습니다. 댁에 지금 전화를 걸어 보니 여기 오셨다고 해서……. 미안합니다만 잠깐만 같이 가시죠."

"무엇 때문인가요? 김병화 군에게 돈 대었다고 그러는 건가요?"

덕기는 한 수 더 뜨려고 이렇게 웃었다.

"가십시다. 그러나 남 애를 써 마음을 잡고 생화를 붙들려는 사람을 자꾸 들쑤셔서 다시 악화를 시키면 안 되지 않았나요?"

"여부가 있나요. 별일야 있겠습니까? 공연히 한편에서 떠들어 대니까 참고로 그러는 거겠지요."

생각하였더니보다는 분명한 어조와 태도에 형사도 끌려 들어갔다.

덕기가 병실에 벗어 놓은 모자를 가지러 들어가려니까 필순이가 앞질러 들어가서 중절모를 집어다 주며,

"경애 씨도 들어갔대요. 형사는 그래두 그저 있대요."
하고 소곤소곤한다.

"그럼 여럿이 와서 에워싸고 있는 게로군요."

아까는 하나만 남아 있는 줄 알았는데, 경애를 데려가고도 또 지키고 있다는 것을 보면 일이 퍽 중대하여진 것 같아서 덕기도 좀 놀랐다.

"그럼 여기 계시겠소? 어머님 오신대요?"

덕기는 형사를 따라나서며 물었다.

"못 오신대요. 예서 기다릴 테야요."

필순이의 목소리는 흐려졌다. 지금 가면 영영 못 올 사람같이만 생각이 들어서 금시로 마음을 걷잡을 수가 없어졌다. 뚝 떠나

보내고 나니 맥이 풀리고 발인한 초상집에 혼자 남은 것같이 쓸쓸하고 별안간 믿고 살 데가 없어진 것같이 마음이 텅 비어진 것을 깨달았다.

만일 피혁이 일 같으면 자기도 불려 갈 터인데, 형사가 다녀가면서도 아무 말이 없는 것을 보면 거기까지 일이 커진 것 같지는 않다고 필순이는 생각하였다. 모두 이렇게 붙들려 갈 지경이면야 자기도 불려 간들 어쩌랴도 싶다. 그러나 어머니 혼자 남으면 어쩌나 하는 생각을 하니 겁이 난다느니보다도 집안일이 아니 될 것 같다. 도대체가 덕기까지 붙들려 가는 데에 실망이 되어서 이런 막가는 공상을 한 것이나, 다시 생각하면 덕기야 아무 죄 없지 않은가? 오늘 해전으로 못 나온대도 곧 놓일 것은 분명하다. 그렇게 생각을 하니 까부라져 들어가던 마음에 다시 생기가 난다.

깜박깜박 졸음이 올 것 같은 어둠침침한 병실에 간신히 마음을 진정하고 앉았던 판에 의외로 모친이 뛰어드는 것을 보고 필순이는 무척 반가웠다.

"어머니! 어떻게 오세요?"

필순이는 내달으며 눈물이 다 났다.

"응, 어서 가봐라. 원삼이만 맡겨 두고 왔다. 둘이 다 전화를 걸 줄 알아야지. 그래 기별두 못하고 뛰어왔다."

"형사는 갔어요?"

"응, 지금 막 갔다. 그런데 조선생님은?"

"불려 가셨어요. 형사가 와서."

"엉, 그거 안됐구나! 가엾어라. 저걸 어떡하니? 어제 잠두 잘 못 잤을 텐데!"

모친도 아들이나 그렇게 된 듯이 놀랐다.

필순이가 상점에 가서 앉으니 오늘은 유난히도 손님이 붙어서 꾸준히들 들락거린다. 서투른 탓도 있지만 새로 개업을 하였다 하여 남보다는 싸게 팔고, 파 한 뿌리라도 낫게 주기 때문일 것이다.

손님이 삐기만* 하면 필순이는 문턱에 나서서, 눈으로는 위아래를 살피랴 귀로는 전화통을 지키랴 점점 더 은근히 조바심을 하였다. 병화나 경애는 좀처럼 나올 것 같지 않으나 덕기는 몇마디 물어보고 곧 내보낼 것 같았다.

원삼이도,

"서방님이 웬일이신가? 서방님이야 왜 이렇게 늦으실 까닭이 있나?"

하고 들락거리다가,

"아씨, 서방님 댁에 전화나 좀 걸어 보십쇼."

하는 말에 자기 집으로 바로 갔을 리도 없고 나왔으면 으레 전화라도 걸었을 줄은 알면서도 갑갑한 마음에 걸어 보았더니 거기서는 꿈속이다. 되레 놀랄까 봐 알리지도 않았다.

밤이 들어 8시나 되어서야 덕기에게서 전화가 왔다. 필순이는 살아난 것 같았다. 그러나 한 시간 전쯤 나왔으나 무슨 급한 일

---

* 삐다 : 괸 물이 빠지거나 잦아져서 줄다. 또는 모였던 사람들이 차츰 줄어들거나 흩어져 없어지다.

이 있어 집으로 바로 왔는데 곧 가마는 말에 필순이는 풀이 좀 빠졌다.

무슨 급한 일인지는 모르겠으나 한 시간 전에 나왔다는 사람이 인제야 전화를 걸어 주는 것이 필순이에게는 좀 섭섭하였다. 좀 섭섭으로 언론이 아니라 무엇에 속은 것 같았다.

눈이 빠지게 기다린 것은 결국에 제가 아쉽고 저 혼자 생각이지 저 사람이야 무슨 정성이 뻗쳤다고 저녁도 안 먹고 가까운 자기 집을 두고 여기부터 치달아 올라오랴고 돌려 생각을 하니 바로 다녀갈 줄만 믿었던 자기가 어수룩하다. 그러나 마음이 놓이면서도 한편으로는 서운하고 무엇을 놓친 것 같은 생각은 역시 한층 더하였다.

그러면서도 10시까지나 덕기가 아니 오는 것을 보고는 또 조바심을 하며 기다려지는 것이었다.

10시 친 뒤에 덕기는 겨우 인력거를 타고 왔다. 반갑기는 하나 속에 한 가지 또 뭉친 게 있어서 얼마나 고생하였느냐고 묻는 인사도 데면데면하여질 수밖에 없었다. 오늘에 한하여 별안간 왜 이렇게 노염 타게 되었는지 필순이도 제 마음이 이상하다.

"돈 천 원 준 증거를 보여 달라고 형사가 집으로 쫓아와서 장부고 무엇이고 뒤져 간다고 하기에 데리고 갔었지요."

하며 덕기는 바로 자기 집으로 간 것과 늦게 전화를 건 변명을 하였다. 필순이의 마음은 풀리기 시작하였다.

"그래 보여 주셨에요?"

"분명한 것은 없으나 할아버지께서 돌아가시기 전전날에 1천

삼대

500원 소절수*를 떼어 낸 것이 있으니까, 그것을 보여 주었지요."

필순이는 안심이 되었다.

"그건 고사하고 경애 씨는 혹시나 올지 몰라도 김 군이야 그렇게 곧 나올 것 같지 않기에 지금 경애 씨 집에 가서 통기를 해놓고 두 사람 식사와 솜옷과 덮개를 들여보내 주고 오느라고 한참 실랑이를 하였소이다. 곧 내보낼 테니 고만두라고 하는 것을 나오면 그대로 가지고 나오더라도 넣어 두어야 하지 않아요. 간신히 떠맡기기는 했는데…… 어찌 될지? 어쩌면 소절수 떼낸 증거가 있으니까 곧 나올 듯도 싶지만……."

이 말에 필순이는 이때껏 덕기를 부족하게 생각하였던 것이 속으로 부끄러웠다. 자기는 생각도 못했던 의복 금침까지 마련해 준 것을 생각하니 더 얼굴이 홧홧하여지고 덕기가 한층 더 치어 보였다.

"저편에서들도 들어갔나요?"

필순이는 그것이 제일 궁금하였다. 아까 아침에 경애가 걱정하듯이 어제 지랄들을 버릇던 장훈인가 장개석인가가 꽂은 것인지? 그렇다면 모든 것이 절망이요, 이번에는 자기 차례가 돌아올 것이니까 말이다. 별일이야 없지만 피혁이의 옷 심부름 한 것만은 걸리는 것이다. 만일에 토악질을 하라고 잡아 두들기면 어쩔꾸? 제 힘에 버티어 낼 수가 있을까? 그때 되어 봐야 알 일이지만 마음이 약해질까 봐 걱정이다.

---

* 小切手. 수표.

"장훈인가 하는 자는 아마 안 붙들려 들어왔나 보던데요. 분명치는 않으나."

필순이는 가슴이 뜨끔하였다. 그다음에는 분하고 장훈이가 미운 생각에 무심코 입술을 악물고 얼이 빠져 앉았다.

"무슨 생각을 하슈? 그리 걱정 마세요. 단순한 문제니까 곧들 나오겠지요."

덕기는 친절히 위로를 하였다.

"자, 그럼 아씨! 어서 진지나 잡숫지요. 살찐 사람 따라 붓나요."

원삼이가 옆에 섰다가 틈을 타서 권한다. 자기가 권한다느니보다도 덕기가 권하도록 시키는 것이다.

"그저 안 자셨나요? 그럼 어서 자시지요."

덕기는 놀라서 권하며,

"나도 실상 이제껏 그대로 있는데! 원삼이, 무어나 좀 사오지."

"에구, 이때껏 그대로 계세요? 진지는 있지만 꾸드러지고 반찬도 마땅치 않고……."

필순이는 덕기보다도 놀랐다. 그러나 부잣집 서방님을 아무거나 대접할 수도 없고 필순이는 어쩔 줄을 몰랐다.

"무얼 시킬까요. 양식 같은 것은 없을 거요."

원삼이도 눈을 껌벅거리며 알맞은 것을 생각을 한다.

"이 사람아, 양식은 당치 않어!"

하고 나무라며 웃으며,

"설렁탕 안 자시겠어요?"

하고 필순이에게 묻는다.

"난 싫어요. 난 아무것두 먹고 싶지 않아요."

"어쨌든 설렁탕 세 그릇만 잘 시키게."

"저두 안 먹습니다. 저는 하두 시장하기에 먼저 먹었습죠."

"그래두 또 한 그릇 못 먹겠나. 아니, 그보다도 막걸리가 긴할 게지?"

"천만의 말씀 맙쇼. 이 판에 술이 다 무업니까."

원삼이가 질겁을 하니까,

"남더러는 양식을 먹으라면서 그러나?"

하고 덕기는 웃었다.

원삼이가 자전거로 달려가서 두 그릇을 시켜다가 놓으니 필순이도 대객 삼아서 마주 앉았다.

"어서 턱 마음을 놓고 천천히 잡수슈."

덕기는 앓는 누이동생이나 위로하듯이 풀이 빠져서 앉았는 필순이를 도리어 권한다.

필순이는 왜 그런지 또 울고 싶은 것을 참았다. 오늘은 내가 왜 이러나? 하고 자기도 자기 마음을 알 수 없었다. 다치고 잡혀 가고 해서 심란도 하겠지만 이 남자의 친절한 말을 들을수록에 눈물은 자꾸 복받치는 것이다.

"제 걱정 마시고 어서 시장하실 텐데 잡수세요."

필순이는 마음을 가라앉혔으나 울음 섞인 목소리가 나올까 봐서 애를 썼다.

"전 선생님께……."

필순이는 몇 술 먹다가 목소리가 제대로 나온다는 자신이 생기니까 다시 말을 꺼냈으나 잘못하면 목이 멜 것 같아서 멈칫하였다.

덕기는 고개를 쳐들고 뒷말을 기다린다.

필순이는 그만두어도 좋은 것을 공연히 선불리 꺼냈다고 후회하였으나 부리를 따놓은 다음에야 말을 맺어야 할 것이다.

"선생님께 저는 죄를 지었에요."

그래도 또 말끝이 얼얼하여졌다.

"왜요?"

덕기는 악의 없는 코웃음을 친다.

"전화도 늦게 걸어 주시고 10시가 돼두 안 오시기에…… 저 궁금해서 애쓰는 생각만 하고……."

덕기는 하하…… 웃었다. 듣고 보니 아무것도 아니나 솔직하게 그런 소리를 하는 것을 들으니 소녀답게 귀엽고 더 정답다.

"그렇게 애를 쓰고 진지도 못 잡숫고 돌아다니시는 줄은 모르고 되레 섭섭하게 생각을 하고 원망을 하였어요. 그렇게 생각만 한 것도 죄가 될 것 같아서……."

목소리가 또 흐려진다.

"천만에! 그런 소리 마세요. 내가 미처 전화도 곧 못하고 다닌 것이 잘못이지요. 외려 내가 미안합니다."

조금도 꾸밈없고 보탬 없이 진정에서 우러나는 그 한마디가 깨끗한 그 마음 그대로인 양하여 덕기는 다만 기뻤다. 아름다운 예술이나 큰 진리를 묻고 듣는 것같이 빛난 기쁨에 만족하였다.

이 여자의 몸의 어디서 고무 냄새가 날까! 어디서 직공 티가 보일까! 직업이란 그 사람의 육체만 외곬으로 기형적으로 발육시킬 뿐 아니라 정신상 심리상으로도 변작시키는 것이건마는 이 여자를 누가 보기로 어제까지 고무공장에 다니던 사람이라 할까. 자기의 직업에 동화하지 않는다는 것, 자기의 주위와 환경에 휩싸이지 않는다는 것, 다시 말하면 직공이 직공답게 되어 버리지 못한다는 것은 그 당자에게 도리어 고통일 것이다. 그러나 그것을 소시민성으로 직공 생활이라는 것을 천하게 생각하거나 자기의 가문이나 교육이 다른 허섭스레기 직공과는 다르다고 동배를 천히 여기는 자존심에서 나오는 것이라고는 못할 것이다. 저 타고난 본바닥, 제 천성이 깨끗하고 기품이 높은 것이야 어찌하는 수 없는 것이다. 적어도 필순이의 경우에는 그런 것이다.

덕기는 이런 생각을 하다가 근자에 유물론적으로 기울어진 자기의 사상과는 모순이 되지나 않는가 하는 생각도 하여 보았다. 필순이가 주위 환경에 지배되지 않고 제1천성이 흔들리지 않는다는 말은 심령의 최후 승리를 믿는 유심적 해결에 기울어지려 함이 아닌가도 싶다. 덕기의 생각은 흐려졌다. 그러나 분명한 판단도 얼른 나서지 않거니와 또 그런 생각에 팔려 있을 때도 아니었다.

"언제 교회에 다녀 보신 일이 있나요?"

덕기는 불쑥 이렇게 물었다.

"왜요?"

필순이는 눈이 똥그래서 쳐다본다.

"아니, 글쎄 말예요. 예수의 말을 배우지도 않고 실행하니 말예요."

하고 덕기는 웃어 버린다.

"그게 무슨 소리세요?"

"예수의 말에 마음의 간음이란 말이 있지 않아요? 혼자 마음에 먹은 일도 죄가 된다고……."

"그야 그렇지요!"

필순이는 거침없이 대답을 하며 생글 웃었다.

덕기는 무어라 대답할지 몰랐다. 그러나 그 말에 곧 찬성을 하지 못하는 것은 자기 마음이 벌써 더러워진 때문이라는 생각이 들기는 하였다.

"당신의 그 마음을 언제까지든지 잘 길러 나가세요. 나는 다만 그 마음을 바라보며 거기에 절하고 기쁨을 느낄 따름이지요……."

필순이도 얼굴이 발개지며 무어라고 대답할 말이 막혔다.

"그런데 이 상점은 무슨 돈으로 샀는지 혹 들으셨나요?"

덕기는 한참 만에 말을 돌렸다.

필순이는 못 들었는지 고개를 숙인 채 앉았다가,

"자세 모르겠어요."

하고 고개를 쳐든다. 그러면서도 또 속이는 수밖에 없는 것이 미안하였다.

"경애 씨가 내놓았나요?"

그만두어 주었으면 좋으련만 또 묻는 데에는 어쩔 수가 없다.

"모르겠어요."

하고 대답은 하였으나 이 남자까지를 속이는 것은 역시 죄가 될 것 같다. 속이는 것은 이 남자를 못 믿는다는 뜻이다. 그만큼 친절히 해주는 사람에 대한 정리도 아니다. 필순이는 한참 망설이다가,

"누가 그동안 왔었지요."

하고 제풀에 말을 꺼냈다.

"응?"

덕기는 귀가 번쩍하였다.

"그래서 돈을 주고 간 모양인데 그걸로 시작했나 봐요."

필순이는 이러한 큰 비밀을 제 입으로 꺼내기가 그래도 무서웠다.

"그래서 만일 그 사람만 잡혔으면 일은 쉽게 끝이 안 날 것이요. 저두 어쩌면 잡혀갈지 모르겠어요."

필순이 저도 잡혀갈지 모른다는 자겁지심을 숨기느라고 웃어 보였다.

"예? 당신은 무슨 일을 했기에."

필순이도 위태롭다는 데에 덕기는 놀랐다.

그러자 밖에서 데런데런하는 소리가 난다. 두 사람은 본능적으로 깜짝 놀라서 말을 뚝 끊고 유리알로 내다보니 경애 모녀가 인력거에서 내린다.

경애 모친은 곧 내보낸다는 말에 지키고 있다가 마침 나오는 딸을 데리고 가려 했으나, 경애가 이리로 온다니까 상점 구경 겸

따라온 것이다.

모친은 병화를 앞세우고 장사를 한다는 데 반대는 아니하였으나, 병화와 관계가 생길까 봐 애를 쓰는 판에, 어제 딸이 여기서 잤다는 말을 오늘 아침에 듣고 내심에 불쾌도 하고 애가 쓰이는 것이었다. 그러나 다친 사람을 병구완하느라고 그랬다는 데야 하는 수 없었으리라고 생각한 것인데, 아까 덕기에게 자세히 들으니 필순이 집 식구는 다 나가고 둘이만 묵었다는 것을 듣고 인제부터는 가만 내버려 둘 수 없다고 속으로 앓는 것이다.

첫째 이 상점은 상훈이가 벌여 준 것으로 믿는 터이다. 피혁이가 돈을 맡기고 갔는지 그때 사정은 모를 뿐 아니라 저희 주제에 목돈을 만들 것 같지도 않으니 으레 상훈이에게서 나왔으리라고 믿는 것이다. 어쩌니 저쩌니 해도 상훈이와는 미운 정 고운 정이 다 들었고, 자초를 생각하면 은인이다. 게다가 아이가 달렸다. 몇 해 동안 그렇게 버스러져 지냈다 하여도 언제든지 다시 만나 살고야 말리라고 믿었던 것인데, 노영감이 돌아가자 장사를 시킨다는 말을 듣고 이제는 제 곬으로 들어서는구나 하며 반색도 하고, 으레 그럴 것이라고 생각한 것이다.

인제는 말없이 구순히들 살기만 하면 재산이야 덕기 앞으로 갔다 하여도, 쌈지의 것이 주머니의 것이요, 주머니의 것이 쌈지 것이니, 여생을 편히 지낼까 보다고 찰떡같이 믿는 것이다. 그러나 떠꺼머리 총각 같은 그놈의 병화라는 놈과 어울려서는 위태롭다. 전자에는 피혁이 때문에 교제를 한 것이라 할지라도, 이번 장사를 시작할 때에도 데리고 하는 것은 암만해도 마음이 안 놓였다. 상훈이가 승낙을 하였기에 병화를 내세운 것이요, 또 병화 몫으로는 필순이란 계집애가 있다고는 하지만 만일에 삐뚝해서 상훈이의 의혹을 사게 되면 모처럼 풀리려는 돈구멍이 막힐 것이요. 이래저래 말썽만 벌어져 놓을까 봐 처음부터 딸에게 다진 일이라서. 그놈 때문에 이런 봉변이 생기고, 게다가 자세 듣고 보니 이때껏 상훈이는 이 상점에 발그림자도 안 했다니 도무지 그 내평을 알 수가 없다.

경애 모친은 필순이는 본 둥 만 둥 하고 덕기에게만 인사를 한다.

"에구, 이 추운데 어서 댁으로 가실 일이지 감기 드시겠군" 하며 호들갑스럽게 인사를 하다가, 설렁탕 그릇을 물려 놓은 것을 보더니,

"저런! 설렁탕을 어떻게 자셨소!" 하고 또 놀란다.

덕기는 웃기만 할 수밖에 없었다.

경애 모친은 수선스럽게 이 방 저 방으로 돌아다니며 뒷간까지 열어 보고 오더니,

"여름 한 철은 그런대로 살 수 있지만 난 겨울에는 못 살겠다!" 하고 누가 와서 살라는 듯이 이런 소리를 한다.

딸은 못마땅하였다. 모친의 생각에는 사위가 사준 집이니 내 딸의 집, 내 집이라고 휘젓고 다니는 것이겠지만, 필순이 보는 데 민망하였다.

"어서 어머니 가슈."

딸은 성이 가셔서 어서 쫓아 보내려는 것이다.

"왜, 넌 안 가련? 같이 가자꾸나."

"난 나중 가요. 내 걱정은 마시고 어서 가셔서 주무세요. 아이가 깼으면 안 될 테니요."

"오늘은 어서 가서 뜨뜻이 무어라도 먹고 편히 쉬어야 하지 않니."

데리고 가려거니 안 가려거니 하고 모녀가 다투는 판에, 병화가 툭 튀어 들어오며, 뒤미처서 원삼이 처가 함께 온 것처럼 따라 들어온다.

모여 앉았던 사람은 너무나 의외인 데에, 우중우중 일어서며 반색을 하였다.

"처음부터 문제가 될 게 있나! 어쨌든 여러분들 애를 써서 미안하군."

병화는 고단한 기색도 없이 큰소리를 치며 들어와 앉는다.

"좀 저 온돌방으로 들어가서 눕구려. 몸부터 녹여야지."

경애가 먼저 권한다. 모친은 내심으로 못마땅하였다.

"아 참 그렇게 하게. 저리 들어가세."

덕기도 끌었다.

"아니, 춥지도 않고 자네가 들여보낸 밥을 먹어서 든든하이. 그러나 이야기는 차차 하기로 하고 오늘은 개업 피로연 겸 한턱 먹세. 앓는 이는 미안하지만, 이렇게 잘 모였으니!"

병화는 손등 아픈 것도 잊어버리고 매우 신기가 좋은 모양이다.

원삼이 처는 제가 온 사연을 발설할 틈을 타려고, 한옆에 원삼이와 느런히 비켜섰다가,

　　"어서 갑시다."

하고 재촉을 하면서 좌중에 대하여,

　　"젊은 영감님께서 야단이세요. 온종일 집안일은 모른 척하고 무엇 하느라고 틀어박혔느냐고 하세요."

하며 하소연을 한다.

# 부모

원삼이를 역정스럽게 불러 가는 것을 보면 상훈이가 감정이 난 모양이다. 누구나 그 뜻을 알았다. 경애 모친은 그럴수록에 병화가 밉살스럽고 병화 앞에서 알찐거리는 딸이 못마땅하였다.

경애는 생각하였다.

'노하겠건 노하렴! 이 집을 사주든 오므라져 들어가든 할 대로 하렴. 자식? 정 말썽을 부리겠거든 데려가라지! 어머니도 잘 맡아 기르실지 모르겠지만, 더구나 내 일에 새삼스럽게 총찰을 하실 경우가 무슨 경우더람! 아무리 부모기로 시집 하나 변변히 안 보내 주고, 지금 와서 병화에게 돈 없다고 쌍지팡이 짚고 나설 염의가 있지!'

경애는 애초에 상훈이와 그렇게 된 것이 모친이 상훈이의 돈에 장을 대고* 그래도 좋을 듯이 귀뜀을 하기 때문에 용기가 나서 내뻗어 버린 것이지, 만일에 모친만 다잡아서 안 된다고 뿌리치고 다른 데로 시집을 보냈다면 오늘날 이렇게는 안 되었으리라고 생각하는 것이다. 그렇다고 모친을 그다지 원망은 안 하나

---

* 장을 대다 : 욕심을 내어 벼르거나 또는 주목한 사실로 하여 눈여겨보다.

지금에 제 마음대로 겨우 병화를 붙든 것을 반대하는 데는 화가 나는 것이다.

원삼이 내외가 간 뒤에 경애는 재촉재촉해서 모친을 먼저 보냈다. 모친은 경찰서로 가지고 갔던 경애의 옷이며 금침을 가지고 가겠다고 실랑이를 하는 것을 기어이 빼앗아 두었다. 얼마 동안은 병인을 위하여서도 여기서 묵어야 하겠고, 이제는 상점 일을 탐탁히 다잡아 보아야 하겠다고 생각하는데, 마침 이부자리를 가져오게 된 것은 잘된 것이다.

모친은 부르르 화를 내고 가려다가, 그래도 마음이 아니 놓이는지 문턱까지 배웅 나온 딸을 데리고 나갔다.

"너 어쩌자고 그러니?"

모친은 으슥한 데 비켜서서 딸을 족친다.

"무얼요?"

딸은 무슨 말이 나오려는지 모르는 것은 아니나, 입을 빼쭉하며 대꾸를 하였다.

"무어라니, 일껏 마음을 돌려서 이렇게 가게까지 내주었는데, 남의 공을 모르고 너는 너 할 대로만 하면, 누구는 역심이 아니 나겠니?"

"누가 가게를 내주고, 무얼 나 할 대로 했에요?"

딸의 말은 점점 뽀롱뽀롱 빗나가기만 한다.

"원삼이가 자기 상점이나 다름없는 여기 와서 일한다고 역정을 내는 걸 봐도 알 일이 아니냐? 네가 어제 예서 자고 하니까 화가 나서 그런 게 아니냐. 어쨌든 지금 또 덧들여 놓으면 어쩌잔 말이냐?"

"저 화를 내고 안 내고 누가 압니까?"

"어쨌든 잔소리 말고 그놈 병화란 놈을 내쫓아야 한다. 그놈을 밥 먹여 가며 두어야 경찰서로 불려나 다니고 매나 얻어맞으러 다녔지 소용이 뭐냐?"

"그건 걱정 마시고 어서 가세요."

경애는 속이 바르르하는 것을 참고 큰 소리 없이, 어서 가게만하려 하였다.

"걱정이 왜 안 되니. 그놈하고 공연히 엉정벙정하다가는 요거나마 들어먹고 이제는 굶어 죽어! 왜 정신을 그래도 못 차리니?"

"글쎄, 공연한 소리 마시고 어서 가세요."

경애의 목소리는 다시 퉁명스러워졌다.

"내가 가는 게 걱정이야?"

모친의 목소리도 불끈하였다.

"가령 먹을 것은 먹고 혹 불어세는* 한이 있더라도 조금은 몸조심도 하고, 저편을 달래서 이 집값이라도 치르게 하고, 차차네 마음대로 어떻게든지 할 게 아니냐?"

"누구를 불어세란 말예요? 어떤 년은 누구 등쳐 먹으려만 다니는 그런 더런 년인 줄 아셨습디까?"

경애는 발끈 터지고 말았다.

"그럼 뭐냐? 지금 하는 짓이?"

---

* 불어세다 : 사람을 따돌려 보내다. 불어세우다.

"누가 무슨 짓을 했단 말예요? 이 상점을 누가 벌였기에 말씀예요? 집 임자를 내쫓고 어떡하라시는 거야요? 이 상점에 조가의 돈이 오리동록이나 든 줄 아슈?"

경애는 안 하려던 말까지 해버렸다.

"그럼 뉘 돈이란 말이냐? 이때까지 한 말은 모두 거짓말이었단 말야?"

"거짓말이든 정말이든 그건 그렇게 알아 무얼 하실 테에요? 계집에 미쳐서 저 아버지한테도 신용을 잃고 땅섬지기나 얻어가지고, 그게 분해서 자식까지 의절하려 덤비는 그놈을 무얼 바라고 어쩌란 말예요?"

경애는 분김에 그대로 퍼붓는다.

"그게 무슨 소리냐?"

"모르시거든 가만 계세요. 행세하는 자식이 있고, 귀머리 맞풀고 이삼십 년을 살던 조강지처까지 내몰려고, 나이 오십이나먹은 놈이 입에서 젖내가 나는 년을 집구석으로 끌어들이고 지랄을 버릇는, 그게 사람이라고 생각하슈?"

"무어?"

경애 모친은 모든 것이 금시초문이었다. 그러나 캐물어야 그런 건 자세히 알아서 무엇하느냐고 딸은 핀잔만 준다.

전차에 올라앉아서도 딸의 말이 정말일까? 병화란 녀석한테홀깍 빠져서 상훈이와 떨어지려니까 있는 흉 없는 흉을 떠들쳐내는 것은 아닌가? 곰곰 생각하여 보았다. 모친은 전차가 총독부 앞에 오자 홧김에 이 길로 상훈이에게 가보리라고 차를 내려

버렸다.

11시가 넘었으니 늦기는 하였으나 무슨 이야기를 하면 오히려 늦은 뒤가 좋고 지금 들어앉은 것을 분명히 알았으니 이 길로 가지 않으면 또 언제 붙들어 볼지 모른다고 생각한 것이다. 그뿐 아니라 어떤 년인지 정말 집에 끼고 있다면 자는 데 뛰어 들어가 한바탕 북새를 놀아 주는 것도 좋은 일일 것 같다. 우선 어떤 년 인가도 보고 내 딸자식은 어떻게 할 테요. 외손자새끼는 어쩔 테 냐고 단단히 담판도 하고 이래저래 부그르르 끓어오른 화풀이 라도 하고 싶다.

또 그년하고 헤어질 수 있으면 헤어지게 하고 딸과 살게 하고 싶으나 정 하면 말이 난 판에 귀정을 내고 단 몇십 석이라도 아이 몫을 떼내자는 생각이다. 그러나 그렇게 된대도 병화와는 떨어져야지. 그대로 두면 상훈이에서 졸라 낸다 해도 결국에 그놈 좋은 일 하고 말 것이 염려다.

대문은 닫혔으나 찌걱찌걱 흔드니 행랑에서 단통 '누구세요?' 하고 소리를 친다.

"이거 웬일이십니까?"

금방 효자동에 있던 사람이 이 밤중에 달려든 것을 보고, 또 무슨 일이 났나 하여 놀란 것이다.

"영감 계시지?"

따라 들어서며 묻는다.

"지금 막 나가셨에요."

"무얼! 주무시니까 어려워서 그러겠지만 급한 말씀이 있으니 좀 여쭙게!"

"아니와요. 정말 나가셨에요."

"이 밤중에?"

"아, 영감께서야 인제 초저녁이시지요."

하며 원삼이는 웃는다.

"그럼 색시는 있겠군?"

"색시가 누굽니까?"

원삼이는 또 헤헤…… 웃는다.

"어쨌든 사랑 문을 좀 열게."

경애 모친은 사랑 문으로 향한다.

"들어가 보시나마나 아무도 없어와요. 색시는 그저께인가 그
끄저께 왔다가 도루 갔에요."

"흥―."

딸의 말이 아주 거짓말은 아니로군 하는 생각이 들었다.

"그럼 안에는?"

"안에야 마님이 계십죠. 그런데 왜 그러세요?"

원삼이는 이 마님이 왜 이렇게 몸이 달았는지 영문을 알 수가
없다.

"정녕 없지?"

"그렇게 못 믿으시겠거든 들어가 보세요. 하지만 이따라도 또
데리고 오실지 모르지요. 첫날 와서 주무시고 한바탕 야단이 난
뒤에는 밤이면 이슥해서야 같이 들어와 주무시니까요."

"흥!"

"만나시려면 내일 아침에 일찍이 오십쇼."

그도 그럴듯하다고 생각하였다.

"그래, 야단은 무슨 야단인가?"

"마님께서 가만 계신가요. 문전이 더러워지고 자식 길러 먹을 수 없다고 야단을 치시고, 영감께 데리고 나가라 하시니, 말씀이야 옳죠만 영감님은 또 어디 그렇게 호락호락하십니까. 되레 마님께 나가라고 야단이십죠……. 암만해두 이 댁두 어떻게 되시려는지? 전에는 영감께서 약주 한잔을 잡수셔도 쉬쉬하시고 그런 외입을 하시기로 누가 김이나 맡겠습니까마는, 뭐 요새는 그대로 마구 터놓고 밤이나 낮이나 기를 쓰시는 것 같아요. 노영감을 쫓아가시려고 돌아가실 때가 되어 그런지, 재산이 아드님께로 가서 화에 떠서 그러신지 알 수가 없습니다……."

"흥, 그 색시가 이 집 차지를 하겠다는 거로군?"

"그렇습죠. 그 색시가 무어 애가 들었다나요. 그건 고사하고 저기 안동 사는 매당집이라든지 하는 그 댁 마님의 수양딸이라나요. 그래서 그 염병떼* 마님이 앞장을 서서 서둘러 대기 때문에 아마 영감님께서도 울며 겨자 먹기로 쩔쩔매시구 어쩔 줄 모르시는가 봐요……."

경애 모친은 들을 것을 다 듣고 나서,

"그럼 내일 올게, 영감께는 암말 말게."

이렇게 부탁을 하여 놓고 나와 버렸다.

---

* 몹시 심하게 쓰는 떼.

　　　　　　　　　　　　　　　　　　삼대

상훈이는 경애가 산해진에서 침식을 하고 있는 모양이라는 말을 원삼이에게 듣고 화증이 나서 다시 뛰어나간 것이다. 오늘은 고단도 하고 의경이가 안 올 듯도 하여 일찍 들어왔다가, 신새벽에 나간 원삼이가 밤이 들도록 산해진에 틀어박혀 있다는 데 역정이 나서 불러오라고 한 것이었다. 오늘 신새벽에 병화란 놈이 와서 아침 단잠을 깨워 원삼이를 빌리라고 하기에 사랑방에는 의경이도 자고 하는데, 긴 잔소리가 하기 싫어서 선뜻 그러라고 해서 배송을 내기는 하였지만 원체 그 산해진이란 경애가 병화를 데리고 하는 것이 못마땅하여 한 번도 들여다본 일이 없는 터이다. 집을 사달라고 조르니까 그러마고는 하였지만 돈도 문제려니와 병화와 동사를 하는 동안은 결코 사줄 생각은 없다.

상훈이는 안동 네거리에서 전화를 빌려서 산해진에 걸고 좀 만나자 하니 경애는 나올 수 없다는 냉랭한 대답이었다. 오늘이야말로 귀정을 짓자는 생각으로 30분이라도 좋으니 편할 대로 아무 데서나 만나자고 애걸하다시피 하여도 경애는 도저히 나갈 수 없으니 내일 아침에 댁으로 가마고 한다. 하는 수 없이 그러라고 약속을 하였다. 의경이가 오늘은 와서 자지 않을 테니까 내일 아침에 경애가 온대도 상관없다고 생각한 것이다.

귀정을 내자, 내 것은 밤낮 그게 그 소리 같지만 경애의 확적한 의향을 들어 보고서 의경이 일을 조처하자는 것이다.

의경이는 싫은 것도 아니요, 좋은 것도 아니다. 경애만 분명히 말을 하면 언제든지 떼어 버릴 수 있다고 생각하는 것이다. 그리고 병화와 갈라서기만 한다면 설혹 무슨 관계가 있다 하여도 그까짓 것쯤은 눈감아 버리고 집도 무슨 짓을 해서든지 사줄 생각이다.

그러나 의경이 편에서야 그렇게 하라고 내버려 둘 리가 있는가. 요새로 부쩍 죄어치는 것이다. 의경이는 집에서도 나오고 유치원도 벌써부터 흐지부지 그만두어 버렸다. 게다가 몸 안 한 지가 넉 달이라 한다. 언제인가 상훈이가 청목당으로 붙들려 간 것을 매당집과 함께 가서 경애를 만나 보고 오던 날 매당집에서 그대로 자버린 뒤로는 영영 집에서 뛰어나온 것이다. 그 이튿날 유치원도 그만두라고 부친이 가두어 버렸으나 언제까지 갇혀 있을 사람도 없지만 밖에서도 갇혀 있게 내버려 두지도 않았다. 또 사실 배는 불러 가는데 집 속에 있을 형편도 못 되었다. 매당집이 제가 낳은 딸같이 어— 하고 잔뜩 끼고 있는 바람에 그 날개 밑에 폭 싸여 있던 것이다.

그러나 때는 돌아왔다. 조의관이 덜컥 돌아가니 좋아할 사람도 하고많은 중에 매당집은 더구나 한숨 휘 돌렸다. 파리 한 마리가 죽어 자빠지면 어느덧 벌써 개미 거동이 일어나서 이놈의 송장을 끌어가기에 '영치기 영차' 하고 까맣게 덤벼서 뒤법석을 하는 것이다. 매당은 개미의 여왕이다. 매당집은 개미굴이다.

"아우님 차례로는 얼맙디까?"

"난 몰라요! 단 200석이라우! 귀순이 몫으로 50석!"

"흥, 그거라두 우선 받아 두는 게지."

매당과 수원집이 초상 뒤에 만나서 조상으로 주고받은 첫인사가 이것이었다.

"우리 조카님이 수 났더군!"

수원집이 의경이를 보고 비양대며 하는 말이었다.

"얼마?"

매당은 눈이 커졌다.

"200석! 게다가 현금이 한 이삼천 원 차례에 가겠지."

"단 200석야?"

장래 사위, 상훈이가 단 200석이라는 데 놀라 자빠졌다.

"하지만, 그렇게 꼼꼼하고 바자위게[*] 하고 간 영감이 정미소 하나만은 뉘게로 준다는 말이 없이 유서에도 안 써놓았으니 인제 좀 말썽일걸! 우리도 그까짓 정미소에는 쌀섬이나 있으려니 했더니, 웬걸 영감이 꼭 가지고 쓰던 장부에 보면 줄잡아도 현금 이삼만 원 넘고 집이며 가게며 할 만하다는데!"

수원집보다도 매당집의 입에 침이 괴었다.

"일 맡아보는 놈이 홀깍 집어삼키면 어쩌누?"

"장부가 뻔하니까 그렇게두 못 된대. 어쨌든 영감이 그걸 왜 잊어버렸던지……."

어쨌든 매당집은 새판으로 팔을 걸고 나설 차비를 차렸다. 그래서 우선 의경이부터 단단히 굳히려고 급기야에는 화개동 집으로 끌고 가서 여기서 살림을 시키라고 복장을 안긴 것이었다.

"이왕이면 화개동 집으로 들어가서 살자. 어차피 나는 쫓겨나고 화개동 마누라가 큰집으로 들어갈 것이니까. 얼른 서둘러

[*] 바자위다 : 성질이 너그러운 맛이 없다.

야지 그렇지 않으면 홍경애에게 자리를 뺏길걸⋯⋯."

수원집이 충동이지 않아도 매당도 그런 짐작이 없지는 않았다. 수원집으로서는 어서 떼어 가질 것을 떼어 가지고 태평통 집으로 옮아가자는 것이다.

유서대로 3년씩이나 상청을 지키고 있을 맛도 없거니와 따로 나가 앉아야 남편을 골라도 고르고 정미소를 3분파하자고 떼도 써볼 수 있지, 한집 속에 있으면 맞대해 놓고 싸우기도 어렵다. 어쨌든 그러자면 화개동 집이 뒤집혀서 덕기 모가 밀고 들어오게 되고 따라서 수원집이 쫓겨 나가는 모양이 되면 남 듣기에라도 3년을 못 참아서 제 몫만 찾아 가지고 달아났다고는 안 할 것이요, 되레 내쫓은 며느리가 심하다고 할 것이다.

아니나 다를까, 의경이가 오던 이튿날 아들에게 쭈르르 와서 하소연을 하니 아들도 그럴듯이 듣는 모양이다. 수원집은 속으로 웃으며 저희가 무어라 할 때까지 가만히 구경만 하고 있고, 매당도 우선 그렇게 걸어 놓았으니 좀 뜸을 들여서 또 한 번만 북새를 놓으면 제대로 되리라고 생각하는 것이다.

하필 큰마누라를 내쫓고 들어앉아야 맛이 아니지만 언제든지 모녀가 아들에게로 가고 말 것이니 그 뒤에 경애가 새치기를 할까 봐 앞질러서 두는 것이다.

아무려면 그 200석이 1년을 갈 텐가, 이태를 갈 텐가? 계집자식을 먹여 살릴 테니 걱정인가. 어느 년의 코 아래 진상이 되든지 까불리고 말 바에야 의경이나 주어서 자식이나 살게 하고 의지를 하게 하여야지, 정미소는 아무 말 없이 돌아갔으니까 으레

삼대

상훈이 차지가 될 것이니 그것으론 더 늙기 전에 한번 써보고 그거나마 다 털어먹건 새 옷 한 벌 입혀서 큰집, 아들의 집으로 데밀어 두면 개구멍받이가 들어온다고 내밀 리야 있을라구, 싫어도 제 아비요, 미워도 제 남편이면야 망령 나자 철난 것만 다행해서 늙게 편히 먹이고 입히다가 환갑 진갑 지내고 잘 파묻어까지 줄 것이니 그런 상팔자야 또 어디 있을라구!

매당집은 수원집과 의경이를 앞에 놓고 이런 소리도 하였다. 경애의 자식 몫으로는 집 한 채와 가게를 벌여 주었으니까 의경이의 뱃속에 든 것 몫으로는 그 200석을 뺏고야 말겠다는 것이요, 또 정미소를 차지하게 되면 그 돈 쓸 때까지만 의경이더러 살라는 것이다.

이튿날 경애는 일찌거니 화개동으로 찾아 나섰다. 10시쯤 가마고는 했으나 의경이가 가기 전에 자는 것을 습격하자고 몸이 고된 것을 일찍 일어난 것이다. 이편에서 싫어하는 것같이 되어서는 돈도 아니 나오고 체면에 좋지 못하니까 의경이 때문에 물러나는 것처럼 뒤집어씌워야 말하기가 어엿하겠기에 그러는 것이다.

경애는 다짜고짜 안으로 들어갔다. 주인마님은 안방에서 유리 구멍으로 내다보다가 고개를 오므라뜨리고 원삼이 처만 부엌에서 밥상을 보다가 그래도 어제 한 번 보아서 낯이 익다고 반색을 한다.

"에구 어떻게 오세요?"

하고 멋모르는 어멈은 안방에다 대고 마님을 부른다.

마님은 시키지 않은 짓도 한다는 듯이,

"왜 그래?"

소리를 몰풍스럽게 지르고 내다보며 인사도 하는 둥 마는 둥이다. 사오 년 전 감정이 그대로 남아 있는 모양이지만, 사랑에 하나 자빠져 있는데 또 하나가 기어드는 것도 보기 싫고, 도대체 이따위들을 딸자식에게 보이기가 싫은 것이다.

"얼마나 속이 썩으십니까. 잠깐 지나는 길에 영감께 권고나 하고 갈까 하고 왔습니다."

경애는 비아냥거리는 듯도 하고 동정하는 듯도 한 소리를 하고 사랑으로 쭈르르 나가 버렸다.

마루 위로 잡담 제하고 올라서며 문을 똑똑 두드리니 두런두런 이야기하던 소리가 뚝 그치고 상훈이가 마주 나오다가 몹시 놀라며 당황해한다. 의경이는 세수를 하고 체경 앞에 돌아앉아서 머리를 가리고 앉았고, 영감은 지금 막 일어난 모양이다.

체경 속에 비친 의경이는 잠깐 놀라는 기색이더니 시치미 떼고 생긋 웃으며 그대로 앉아서 빗질을 하고 있다.

"신혼 초에 신혼여행을 한다든지 하지 않고 이게 뭐예요. 남의 집 귀한 따님을 데려다 놓고 곁방살이를 시키다니?"

경애가 첫대바기에 농조로 붙이는 바람에 상훈이는 허허 하고 웃어 버렸다. 의경이도 거기에 끌려 생글 웃고 돌아다보며 인사를 한다.

이 여자의 입에서 가시 돋친 소리가 나오지 않는 것만은 다행하나, 그래도 노하고 덤비지 않는 것을 보니 상훈이는 마음에 덜 좋았다. 큰마누라가 바가지를 긁는 것은 큰마누라답지 않고 성가시기는 하지만 그래도 내 사람이기 때문이다. 그러나 경애가 껄껄 웃고 마는 것은 벌써 마음이 천리만리 떨어져 나간 증거다.

"살림이나 시작하시고 구경 오라고 하실 일이지, 한참 재미있게 지내시는 자랑 하려고 부르셨소?"

"살림은 누가 살림한대?"

상훈이는 열적게 웃는다.

"또 남 못할 소리를 하시는구려?"

하고 나무라듯이 남자를 흘겨보다가 의경이를 돌려다보며,

"여보 아씨, 이 어른은 곧잘 미친 체하고 떡 목판에 엎드러지는 양반이니 정신 차리고 꼭 붙들우. 그녀이나 내나 팔자가 사나워 이렇게 되었지만 마음을 한군데 꼭 붙이고 풍파 없이 잘 살아야 하지 않소."

하며 큰마누라나 된 듯싶이 이런 듣기 좋은 소리를 한다.

의경이는 생글생글 웃기만 하면서 머리를 틀어 얹고 핀을 여기저기 찌르고 앉았다.

"당신두 거울하고 의논을 해보슈. 머리에는 눈발이 날리고 돈 한 푼이라도 쓰면 없어지는 것은 고사하고 욕이에요. 100원을 쓰면 100원어치, 천 원이면 천 원어치의 욕이 들어오는 것이에요. 욕 주머니를 차고 천당에를 가서 하느님께 끌어 달라고 보채실 작정이면 모르겠지만……."

"죄가 무거워서 올라갈 수는 있구요! 해해해. 경기구 같은 욕주머니면 몰라두!"

의경이가 새치기를 하는 바람에 경애도 웃고 말았다.

상훈이는 이런 진담의 권고를 들어 보기는 이 세상에서 처음이었다. 듣기에 창피하기도 하고 어줍지 않아 보이기도 하나 한편으로는 고맙기도 하기는 하다. 그러나 다시는 말을 붙여 볼 여지가 없게 되어 가는 것이 안타까웠다.

인제는 단념해 버려야 하겠구나 하는 생각을 할수록 이 여자에게 더욱 마음이 끌리는 것을 깨달았다.

진탕 먹고 입고 법석을 하거나 진고개 바닥으로 싸지르며 쓸 것 못 쓸 것 함부로 사들이거나 하며 세월을 보내야지 그렇지를 않으면 온종일을 톡톡 쏘고 짜증만 내는 이런 어린애는 하루 이틀은 데리고 지내기엔 재미가 날지 몰라도, 한 달 두 달 1년 이태를 어떻게 데리고 살까? 벌써 초로(初老)의 고비를 넘어선 자기에게는 철이 들고 살림을 잡을 만하게 된 경애가 알맞게 생각이 드는 것이다. 그러나 아무래도 남의 사람 같다.

"병화는 장사를 할 모양인가, 어떻게 할 모양이야? 운동자면 운동을 하거나 비승비속으로 남만 성가시게 그게 무어란 말인가?"

상훈이는 그래도 둘의 사이를 뗄 여지가 있을까 하고 한마디 걸어 보았다.

"남의 걱정은 왜 이렇게 하슈? 지금 남의 걱정 하시게 되었소?"

경애는 병화라는 이름을 쳐드는 것까지 듣기 싫어서 핀잔을 주었다.

"남의 걱정이 아니라 그 모양으로 끌고 다니는지, 끌려 다니는지 알 수 없으나 어쨌든 쌈질이나 하고 붙들려 다니면 장사도 아니 되고 성이 가시지 않아?"

"속 시원한 소리두 퍽 하슈. 그러기에 내가 차지를 하자면 저 들여놓은 돈을 얼른 빼내 주어서 배송을 내자는 거지."

"모두 얼마만 있으면 된단 말야?"

상훈이는 다가앉는 말눈치다. 의경이의 눈은 깜작깜작해지며 다음 말에 귀를 반짝 든다.

"2,500원. 3천 원까지는 있어야 해요."

두 사람은 잠자코 말았다. 상훈이는 그 돈만 내놓으면 병화를 내쫓겠느냐고 다지고 싶으나 의경이 때문에 입을 닫쳐 버리는 것이다.

안에서 어멈이 밥상을 들고 나온다. 겸상이다.

"나는 세수도 안 했는데, 왜 이리 급하냐?"

주인 영감은 역정을 내면서, 일어서는 경애를 붙든다. 자기는 나중 먹을 테니 둘이 먼저 먹으라는 것이다.

두 분이 재미있게 자실 것을 말이 되느냐고 하고 경애가 코웃음을 치며 나오려니까 사랑 문을 찌걱찌걱 흔드는 소리가 난다.

어멈이 흥넣게* 나가서 여니, 경애 모친이 들어온다. 전도 부인처럼 손에는 검정 우단 주머니를 들고 자줏빛 목도리를 코밑까지 칭칭 감았다. 모녀는 서로 놀라며 주춤하고 상훈이는 어이없이 해 웃고 바라만 보고 섰다.

---

* 흥녀케. 서둘러 황급히. 부리나케.

경애는 모친을 그대로 끌고 가려 하였다. 말눈치 같아서는 다소간 해줄 모양인데, 공연히 덧들여 놓으면 창피만 스럽고 불끈하는 성미에 내키던 마음이 다시 들이그을까 봐 살살 달래자는 것이다.

그래도 모친은 한바탕 푸념을 한 뒤에 모녀를 못 데려가겠거든 일평생 먹을 것을 내놓거나. 그것도 안 들으면 재판을 하겠다고 막 잘라 말하였다.

"자식두 걸어서 재판질을 한다는데 왜 내가 재판을 못하겠니! 너는 무엇하러 비릿비릿하고 구칙칙하게 줄줄 쫓아만 다니는 거냐? 세상에 ×× 달린 놈이 동이 났더냐?"

이 마님이 언제부터 이렇게 마구 뚫은 창구멍이 되었는지, 상훈이는 예배당 시대를 생각하면 자기도 변하기는 하였지만 놀라지 않을 수 없었다.

자식을 걸어서 재판질을 한다는 것은 상훈이 들어 보라는 말이다. 정미소를 덕기가 두말없이 곱게 바치면 모르거니와, 그렇지 않으면 소송이라도 제기한다는 소문이 있기 때문이다. 사실 여부는 당자에게 듣지 못하였으니 아직 알 수 없으나 창훈이와 최참봉까지도 인제는 팽팽하고 깔끔한 덕기에게 붙어서 먹을 것이 없을 성싶은데, 또 한 가지는 상훈이가 초상 때에 무시를 당한 것이 더욱 분해서 돌아간 노영감의 중독 문제를 쳐들고 흑백을 가리려는 기미가 보이기 때문에 형세는 일변하여 상훈이에게로 돌아 붙어 가지고 정미소를 안 내놓으면 소송한다고 떠들고 다니는 것이다. 이것은 우선 엄포지만 그 길에 지금 들어 있는

삼대

집도 명도 신청을 하겠다고 소문을 내놓는 것이다. 그것은 노영감이 전답은 덕기의 것을 모두 명의를 바꾸어 놓았으니까 꼼짝 건드릴 수 없으나 이 큰 집만은 명의를 그대로 두고 덕기가 들어 있으라고 유서를 썼을 뿐이니까, 법률상으로 상속권이 있는 상훈이가 주장을 하면 차지할 수 있는 이유로다. 물론 덕기의 성미로 고소까지 하도록 만들 리야 없을 것을 알기 때문에 상훈이를 에워싸고 있는 놈들이 변죽을 울리고 다니는 것이다.

어쨌든 경애 모친은 이렇게까지 막 잘라 말하려고 온 것은 아니었는데, 의경이가 자기 딸보다 어리고 이쁜 것 같은 것이라든가 부부처럼 들어앉았는 것을 보니 심사가 치밀어서 마음먹은 것과는 딴청의 소리가 나온 것이었다.

그러니만치 길거리에 나와서는 금시로 후회를 하고,

"말이 그렇지만 어린것을 생각하기로 아주 인연을 끊는 수야 있니. 입에서 젖내 나는 것하고, 꼴 보니 오래갈 것 같지도 않지 않으냐?"

하며 이번에는 다시 딸을 달래려 든다.

경애는 모친의 얼굴을 쳐다보았다. 모친의 쥐었다 폈다 하는 수단이 이렇게 늘었을 줄은 의외였다. 그러나 암만해도 상훈이를 놓치는 것이 아까워하는 양이 답답하여 말도 하기 싫었다.

이날 낮에 덕기 모친은 침모더러 자기 금침과 옷장을 실려 보내라고 이르고 아들의 집으로 가버렸다.

영감은 암만해야 쇠귀에 경 읽기로 점점 더 빗나갈 뿐이요, 늙은 년 젊은 년들이 신새벽부터 패패이 꼬여 들어서 저자를 벌이는 그 꼴이야 이제는 더 볼 수 없다는 것이다.

영감은 시원할 것도 없으나, 되어 가는 대로 내버려 두었다.

아들이 왔다 갔다 하고 한참 뒤숭숭하였으나, 결국 이틀 후에는 영감만 남겨 두고 원삼이 식구까지 모두 떠나 버렸다. 원삼이 내외는 있을 맛도 없는 판에 매당이 제 사람을 들이려고 행랑도 내놓으라니까 마침 잘되었다고 산해진으로 가게는 되었으나 거기는 방세가 없어서 효자동 근처에 셋방을 얻어 들고 원삼이만 상점 일을 보게 되었다.

덕기 모친의 세간을 부덩부덩 디미니 수원집은 무슨 생각이 들었는지 안방은 내놓지만, 3년상을 마쳐야 떠나지 않느냐고 점잖게 버티어 보았다. 어쨌든 난 모르겠으니 자기 세간은 광 속으로라도 몰아넣고 방 하나만 내놓으라고 일러 놓은 후 화개동으로 조카님, 의경이가 집 드는 구경을 갔다. 인제는 매당집 마당에서 마주칠 때와 같이 상훈이에게 싸고 기이고 하지도 않거니와 덕기를 배척하는 공동 목적으로인지 한편이 되어서 매우 구순하고 의논성스럽게 지내는 터이다.

매당은 신이 났다. 시집간 딸을 세간이나 내주듯이 큰마누라의 세간짐이 문전을 채 떠나기 전에 동생 형님 하는 축을 앞뒤로 거느리고 쭉 들어섰다. 그래야 매당이 가지고 온 것이라고는 성냥통 한 갑뿐이다. 집 안을 들부셔 내고 안방에 채를 잡고 앉아서 세간을 사들이는 판이다. 살던 솜씨요 하던 솜씨라, 발기가 머릿속에 있고 말 한마디면 떼그르하고 영등같이 들어서는 것이다.

심부름꾼은 창훈이와 최참봉이다. 이 마누라쟁이의 손으로 수양딸 조카딸 아우님 들의 세간을 1년에도 한두 번 내는 것이 아니요, 그럴 적마다 최참봉이 심부름을 한 것이니 최참봉도 이력이 뻔하다. 그러고 보니 종로 시정에서 매당이 적어 내보내는 발기를 뉘 분부라고 거역할 것이냐.

'값은 좀 비싸도 물건만 좋은 것으로'라는 것이 이 마누라의 섬탁*이다. 어차피 돈 쓰는 놈은 따로 있으니 사는 사람도 그렇겠지만 파는 사람도 물건만 눈에 차게 쭉쭉 뽑아서 들여놓아 주면 한 푼 깎지 않고 군소리 없이 제격제격 치러 주게 하니, 이 마누라의 신용과 위세가 더 떨치는 것이다.

장전에 기별해서 화류 삼층장, 체경이 번쩍거리는 의걸이, 금침은 아직 없어도 금침장, 사방탁자, 문갑, 요강받침, 체경, 보료, 안석, 장침, 사방침, 무엇무엇…… 찬장, 뒤주는 찬간으로 들여 모시고 마루에는 양식으로 꾸민다. 유기전에서 사람이 들어왔소. 사기는 어멈을 데리고 차집이 손수 사러 나간다. 부엌에서는 솥을 거는데 건넌방에서는 이 집 저 집 침모마님이 모여 앉아서 금침을 마르기에 부산하다. 어느 날이 납채, 어느 날이 성례인지 혼인집 몇 갑절 나게 안팎이 뒤웅신을 신고 야단법석이다.

그래야 원삼이 친구들은 한 푼 벌이 구멍에 걸리지도 못하고 세간짐이 들어갈 때마다 숙설거리는 것이다.

"며칠이나 살려누?"

---

* 섬탁. 굳게 믿어 지키고 있는 생각.

"어떤 히사시가미*인지 큰마누라 내쫓는 날로 저렇게 끌어들이고서도 신상이 좋을라구!"

"아따! 이 사람. 년이야 말할 것 있나. 놈이 죽일 놈이지!"

"천주학도 쏙 들어갔나 보네만 늙은 놈이 아서라 말아라?"

"아무튼지 보배야! 큰 밑천이야. 나두 딸 하나만 얌전히 낳았으면 부원군 노릇 하련만……."

"이르다뿐인가! 우리 언년이년을 열두 살만 먹여 기생방에 박네그려……."

"그래서?"

"다섯 해만 키우면 ××대감 막내마마가 되네그려."

"그래서?"

"허허…… 막내딸은 있어도 막내마마야 있겠나마는 어쨌든 막내니까 귀여움은 흠씬 받겠네그려."

"아따 말만 하게그려."

"더 들어는 뭘 하나! 그때 쏙 올라서면 변리 놔서 두 잔 낼 테니 오늘 한 잔 내보란 말일세."

"그거 좋은 말일세. 그 변리 한 잔부터 자네가 내보게. 5년 후에 먹을 거 다가먹세그려?"

"아차차! 언년이부터 어서 만들어 놓아야 하겠네. 하하하!"

"허……."

없는 놈은 객쩍은 입씨름으로 충복도 하고 어한도 하나 있는

---

* ひさしがみ. 일제강점기 당시 앞머리는 풍성하게 만들어 빗고 뒷머리는 틀어 올린 헤어스타일. 여학생을 상징하는 머리 모양이었다.

삼대

양반은 부른 배를 내리느라고 싸움으로 악다구니를 하는 것이다.

매당은 집 든 지 대엿새 만에 열 상점 스무 점방에서 뽑아 들여온 발기 한 묶음을 상훈이 앞에 내놓았다. 상훈이는 펴보지도 않고 그대로 집어서 최참봉을 주며 덕기에게 갖다가 주라고 명하였다.

아들이 장성하면 아비가 장가를 들이고 자식이 난봉이면 싫어도 어쩌는 수 없이 아비가 해우차*를 치러 주거니 자식이 아비의 해웃값을 못 치러 줄까. 하물며 첩치가하고 세간 사서 물건값 치르라는 아비의 엄명을 거역할 그런 불효, 그런 후레자식이 어디 있을까…… 상훈이도 그렇게 생각하고 매당도 그렇게 생각하고 의경이도 그렇게 믿는 것이다.

덕기는 최참봉이 주는 것을 받아서, 한 장 두 장 석 장까지는 펴보았으나 그대로 다시 착착 접어서 최참봉에게 내주며 나는 이런 물건 사들인 일 없다고 내던지는 소리를 한다.

최참봉도 받지 않았다.

"자네 어르신네 분부니까 자네 알아 할 것 아닌가."

덕기는 그도 그럴듯해서 주머니에 넣고 화개동으로 올라갔다. 대관절 어떤 형편인가 구경이나 하자는 생각이다.

안방에서는 떠들썩하고 마루에서도 요란스러이 도마질을 하는 한편에서 상을 보고 무슨 잔칫집 같으나, 그보다도 덕기는 들

---

* 해웃값. 기생, 창기 따위와 관계를 가지고 그 대가로 주는 돈.

어서면서부터 집을 잘못 찾았나? 하는 생각이 들 만치 모두 눈 서투르다. 세간이 눈 서투르고 사람이 눈 서투르다. 마루 끝에 여자의 흰 고무신이 쭉 늘어 놓은 것을 보고는 올라설 용기도 아니 났다. 뜰과 마루에서 오락가락하며 음식을 차리던 여편네들은 낯 서투른 남자 손님을 흘금흘금 바라만 보다가 누구인지 안방에 대고 소리를 치니까, 방 안이 잠잠해지며 최참봉이 내다본다.

"어서 올라오게."

덕기는 안방 문을 열고 들어서려니까 뿌듯이 들어앉은 젊은 아낙네들이 호령이나 부른 듯이 와짝 일어서며 미인의 시선이 일제 사격을 하는 바람에 덕기의 얼굴은 화끈 달았다. 어떤 얼굴이 어떻게 생기고 누가 무엇을 입었는지는 눈에 하나도 보이지 않았으나, 그 여자들이 들어서는 자기와 바꾸어 행렬을 지어 마루로 나간 뒤에 머리에 남는 것은 몸맵시가 일매지게[*] 기생 같다는 인상뿐이다.

'기생을 이렇게 많이 불러다가 놀이를 꾸미시나?'

덕기는 이렇게 생각하며 혼잣속으로 입을 딱 벌렸으나 필시 매당집에 다니는 그런 계집들이 집알이 온 것이려니 하는 생각도 들었다.

그러나 팔선녀인지 몇 선녀인지 빼고 나니까 거기에는 서조모가 생긋 웃으며 쳐다보고 앉았고 그 옆으로 우둥퉁하고 거벅스

---

[*] 일매지다 : 모두 다 고르고 가지런하다.

삼대

러운 중로 부인이 앉았는 것이 놀랄 것은 없어도 무심하였던 덕기에게 좀 의외였다.

아랫목 새 보료 위에는 부친이 잠자코 담배를 피우며 앉았다.

창훈이는 눈에 안 띄고 최참봉만 옆으로 수원집과 느런히 앉았다.

"거기 앉게그려."

수원집이 말을 건다.

"어제 예서 주무셨습디까?"

덕기는 어제 서조모가 집에 들어와 자지 않은 것을 생각하고 수인사로 한마디 하였다.

"응, 한데 어떤가? 아주 딴 집같이 눈이 부시지?"

수원집은 덕기가 무슨 말을 하러 온 것인 줄 알기 때문에 짓궂이 이런 소리를 하고 방 안을 새삼스레 돌려다본다. 덕기도 아무 말은 아니하였으나 무심코 방 안을 돌려다보았다.

유리같이 어른거리고 찬란한 속에서도 덕기의 눈을 놀라게 하는 것은 방 안 사람의 얼굴이 아랫목에서도 보이고 윗목에서도 보이고 맞은 벽에도 있고 자기의 얼굴과 그 뒤에 일자로 쭉 걸린 여자 망토와 조바위와 목도리들이 찬란히 마주 비치는 중에도 긴 상당의 한 귀퉁에서 저 끝을 바라보듯이 맞은편 체경 속에 망토와 목도리의 행렬이 쭉 뻗어 나간 것같이 들여다보이는 것이다.

무심하였더니 덕기의 뒤에도 체경이 달려서 마주 선 체경이 몇 겹으로 반사를 하는 것이었다. 도대체 이 집은 체경으로 도

부모

배를 한, 말하자면 체경 방이었다. 아무리 큰 이발소라도 체경이 일자로밖에는 달리지 않았건만 이것은 또 무슨 취미인고? 하며 덕기는 오래 앉았을수록 알지 못할 공기가 압박을 하는 것을 깨달았다.

"아까 그건 봤니?"

부친이 비로소 말을 붙이나 아들은 다음 말을 기다리고 가만히 앉았다.

"치를 수 없거든 거기 두고 가거라."

역정스러운 목소리나 여자 손들이 많은데 구차스럽게 세간 값으로 부자 충돌하는 꼴은 보이기 싫기 때문에 아들의 입을 미리 막으려는 것이다.

"안 치러 드린다는 것은 아닙니다마는……."

덕기는 너무 오래 잠자코 앉았을 수 없어서 말부리만 따고 또 가만히 고개를 떨어뜨리고 앉았다. 그러나 복통이 터져서 속은 끓었다. 속에 있는 말이나 시원스럽게 하고 싶으나 부친 앞에서 그럴 수도 없다.

"이 판에 용이 이렇게 과하시면 어떡합니까? 여간한 세간 나부랭이야 저 집에 안 쓰고 굴리는 것만 갖다 놓으셔도 넉넉할 게 아닙니까?"

사실 부지깽이 한 가지라도 사들이고 800원 가까운 돈을 모아서 치른다는 것은 누가 치르든지 어려운 일이다.

"이 판이 무슨 판이란 말이냐? 그따위 아니꼬운 소리 할 테거든 그거 내놓고 어서 가거라."

삼대

아침 해장이 미끄러져서 온종일 은근히 취한 영감은 화만 버럭버럭 내고 호령이다.

"할아버지께서 산소에 돈 쓰신다고 반대하셨지요. 그걸 생각하시기로……."

"무어 어째? 널더러 먹여 살리라니? 걱정 마라. 아니꼽게 네가 무슨 총찰이냐? 그러나 정미소 장부는 이따라도 내게로 보내라."

부친은 이 말을 하려고 트집을 잡는 것이었다.

"정미소 아니라 모두 내놓으라셔도 못 드릴 것은 아닙니다마는 늘 이렇게만 하시면야 어디 드릴 수 있겠습니까."

"드릴 수 있고 없고 간에, 내 것은 내가 찾는 게 아니냐?"

"왜 그렇게 말씀을 하셔요. 제게 두시면 어디 갑니까?"

"이놈 불한당 같은 소리만 하는구나. 돈 몇백 원도 못 치러 주겠다는 놈이 무어 어째?"

부친은 신경질이 일어났는지 별안간 달려들더니 주먹으로 뺨을 갈기려는 것을 덕기가 벌떡 일어서니까 주먹이 어깨에 맞았다.

덕기는 술에 취한 이를 덧들여서는 아니 되겠다 하고 마루로 피해 나와 버렸으나 금시로 정이 떨어지는 것 같고, 그 속에 앉은 부친은 딴 세상 사람같이 생각이 들었다.

남의 눈을 꺼리고 소문을 무서워할 때는 위선자이기는 하여도 그래도 상식적 보통 사회의 한 사람이었다. 그러나 종교고 가면이고 다 집어던지고 난 오늘날에는 어느 편으로나 철저한 것만은 오히려 취할 점이요, 자기 자신도 무거운 갑옷투구나 벗어 놓은 듯이 가뿟할지 모르겠으나 이렇게도 타락하여 갈 수야 있나 하고 놀라지 않을 수 없다.

'아버지도 인제는 저러시다가 세상을 떠나시는 것이다!'

혼자 탄식을 하였다.

'르네상스 이후에 하느님을 잃고 산업혁명으로 빵을 잃은 현대인에게는 그래도 싸워 뺏겠다는 의기도 있고 희망도 있다. 적어도 새로운 신앙을 얻었다. 그 신앙은 싸움을 시도하고 싸움 속에서 빵이 나올 것을 다시 신앙케 하였다. 그러나 아버지는 신앙과 빵을 차차 잃어버려 가는 도중에 있는 양반이다. 전연히 잃어버린 사람보다 한끝을 아직 붙들고 있는 사람은 어떻게 생각하면 행복하다 할지 모르겠지만 결코 그런 것도 아닌 모양이다. 전부를 잃어버린 사람은 일시는 절망하고 방황할지는 몰라도 어떤 길이든지 새로운 길이 열리는 것이지만 잃어버려 가는 도중에 있는 자에게는 절망이나 방황이나 단념이나 새로운 진취나 희망이 없는 대신에 불안과 초조와 자탄과 원망 속에서 옷에 불붙은 사람 모양으로 쩔쩔맬 따름이다. 절망도 없는 대신에 희망도 없다. 진취적 기력도 없는 대신에 이왕이면 모든 것을 내던지겠다는 용단도 없다. 어떻게 하면 이대로라도 끌어 나갈까 하는 초조와 번민과 애걸뿐이나 이렇게 불안을 잊어버리자니 주색밖에는 위안이 없게 되는 것이다. 그러나 마시면 마실수록, 쾌락을 얻으면 얻을수록 고통은 더하여질 것이다. ……집의 아버지는 현대인도 아니었다. 몰락의 운명을 앞에 두고 화에 뜨니까 저러시는 것이다. 그것을 생각하면 도리어 가엾으시기도 하나 그것은 아버지 일개인의 운명만도 아니다. 전 유산계급인의 공통한 고통이다……'

덕기는 이렇게 생각함으로써 부친을 미워하는 마음을 죽이고 이해하며 동정하려 하였다.

덕기는 집에 돌아와서 50원, 60원. 많은 것은 백수십 원이요, 적은 것은 오륙 원까지 되는 소절수를 10여 매나 떼어서 상점 발기와 함께 지주사를 내주고 곧 가서 셈을 하고 오라 하였다.

최참봉을 시키면 저희끼리 또 무슨 동티를 내고 두 번 세 번씩 치르라고 성화를 받칠지 모르겠고 상인들을 불러들이면 소문만 왁자하여 창피스러운 것은 고사하고 우선 모친의 귀에 들어갈 것이 염려이기 때문에 쉬쉬하고 지주사를 시키는 것이다.

필순이는 과일 광주리를 싸놓고도 딱 결단을 하고 나서기가 어려웠다. 누가 무어라고 하는 것은 아니나 겸연쩍은 것이다. 병화라도 어서 가보라고 한마디 해주었으면 좋을 성싶으나 일부러는 아니겠지만 모른 척하고 장부를 뒤지고 있다.

덕기가 몸져누운 지 벌써 사흘이다. 가보고 싶은 마음이야 소식을 듣던 그 시각부터 있었으나 모친과 교대로 병원에 가랴 사람은 달리는데 상점 일 보랴, 빠져나올 겨를도 없거니와 병화가 앞질러서 인사는 자기가 잘 해주마고 하는 말에 가보겠다고 냅뜰 용기가 나지를 않았던 것이다. 모친도 너는 주제꼴 하고 안 되었으니 내가 한번 가보고 와야 하겠다 하고 어제오늘 지내 온 터이다. 그러나 어젯밤에 병화가 다녀오더니.

"아마 독감인 게야. 게다가 몸살도 겹친 모양이오. 어쨌든 길을 떠났다가 앓아누운 것보다는 잘 되었지."

하며 필순이더러 내일은 잠깐 가보고 오라고 하는 바람에 새 기운이 나서 오늘 가려는 것이다.

덕기는 이삼 일 내로 경도로 가려 하였던 것이다. 좀 늦기는 하였으나 시험 일자에 댈 수가 있으니까 잘 보든 못 보든 졸업시험이나 치르고 오려던 것이다. 그러나 돌아오면서부터 병구완하랴 초상 치르랴 하여 몸이 휘진 데다가 필순이 부친이 입원하던 날 같은 때는 야기를 쏘이고 자정 넘어까지 돌아다녔고 또 경찰서에 붙들려 가던 날도 낮부터 나와 가지고 새벽에야 들어가서 잤다. 게다가 모친이 이사를 오네, 이를테면 깃것도 안 벗은 상제님일 부친이 그 법석을 하네 하여 마음이 더한층 상하고 보니 심신이 피로할 대로 피로하여 몸살이 덜컥 나서 드러누운 것이다. 몸살에 감기가 끼었다. 상한인가도 싶다.

필순이는 더욱 미안하고 애가 쓰이는 것이 부친이 입원하던 날 너무 애를 써서 그 빌미로 눕게 된 것이나 아닌가 하는 것이다.

"아씨! 이거 무거워 들고 가시겠습니까. 제가 자전거에 놓아 가지고 쭈르르 갖다 두고 올게 아씨는 전차 타고 옵쇼."

원삼이가 이렇게 서두르는 바람에 필순이는 옷을 차리고 광주리를 들고 나왔다. 귤 같은 것도 좀 좋은 것을 사달라고 하고 싶은 것을 그대로 참고 상점에 있는 것을 골라 넣었지만 이 잘량한 것을 사람을 시켜 보내는 것도 우습고 정성으로 가져가는 것이니 손수 들고 가고 싶은 것이다.

　나올 제 병화는 다시 불러서 여기서 간 줄 알면 주인마님이 싫어할 것이니 꾸며 대고 오래 앉았지도 말라고 일렀다.

　가르쳐 주는 대로 찾아와 보니 생각하였더니보다도 문전이 너무나 으리으리하고 대문 안에 들어서서도 어느 문으로 들어가야 안이 되는지 몰라서 어름거리다가 여자 목소리가 나는 데로 가려니까 마주 보이는 안대청 앞에 섰는 원삼이 처가 반색을 하며 뛰어나온다. 원삼이 처를 여기서 만날 줄은 의외였거니와 주인마님한테는 산해진에서 간 것을 속이랬는데 이 여편네 입에서 말이 날 것이니 (낯 서투른 집에서 아는 사람을 만난 것은 반가우나) 그것이 우선 걱정이었다. 그러나 귀띔을 해둘 겨를도 없다.

　마루에 섰는 남치마에 행랑저고리 입은 색시가 안방 문을 열고 들여다보며 무어라고 하는 것은 아마 주인아씨인 모양이다.

　필순이는 가지고 온 것을 마루에 놓고 인도하는 대로 방 안으로 들어갔다. 가슴속이 어수선하고 모든 것이 눈에 똑바로 보이지를 않았다. 다만 얼굴만 홧홧 달아올라 왔다.

　머리를 동이고 누웠던 덕기는 웃어 보이며 일어나 앉으려 하였다. 눈에는 열이 솟아서 벌겋고,

　"밖이 춥지요?"

하고 인사를 하는 소리가 숨이 턱에 닿는 소리다.

　큰솥골*로는 자는 아이를 누이고 양복장 고리에 와이셔츠가

---

* 큰솥 거는 제일 큰 아궁이와 연결된 온돌의 골.

매달리고 한 것을 보니 안방이 덕기 방인 모양이다. 수원집이 안방을 내놓으니까 모친은 아들과 바꾸자고 하여 안방 차지를 하게 되고 살림도 며느리에게 맡겨 버린 것이다.

필순이는 할 말이 없는 사람처럼 고개만 떨어뜨리고 앉았으려니까 주인아씨가 과일 광주리를 들고 들어와서 앞에 앉으며,

"손님이 가지고 오신 거예요."

하고 보자기를 푼다.

다시 보니 후덕스럽게 밋밋한 맏며느님이라고 필순이는 생각하였다. 그러나 무어라고 인사를 할 수도 없어서 역시 꿀 먹은 벙어리처럼 앉았을 수밖에 없다.

# 고식

　주인아씨의 눈에 비친 필순이는 상냥하고 얌전한 처녀였다. 활짝 피지는 못하였으나 조촐한 미인이었다. 어깨통이 꼭 집은 듯이 예뻐 보이는 것도 마음에 들었다. 그러나 남편이 밖에 나가면 이런 여자들하고 교제를 하거니 하는 생각을 하면 역시 덜 좋았다.

　밖에서 어멈에게 들어서 누구인지는 짐작하겠으나 그런 가게에 나서서 일하는 여자 같지도 않아 보인다. 그러나 반찬 가게에서 물건 파는 계집애 같든 안 같든 병화라던가 하는 주인이 날마다 다녀가는데 이 계집애가 왜 특별히 왔을꾸? 조금 의심이 든다. 김병화란 사람의 아내거나 그렇지는 않더라도 그렇고 그런 여자인가 보다고도 생각해 보았다.

　아내는 이런 공상을 하면서 병인 앞에 놓인 과실 예반에 광주리의 귤을 덜어 놓고 앉았으려니까 남편은 선뜻 그 귤을 들어서 까며 손님에게도 권하다가,

　"무얼 좀……?"

하고 눈짓을 한다. 무얼 좀 손님 대접을 하라는 말이다. 아내가 알아차리고 일어서려니까,

"추우니 뜨뜻한 것을 잘 해오구려."

하고 또 이른다. 과자나 차 같은 것을 가져올까 봐 이르는 것이다. 이 집 규모에 (덕기 대에는 차차 어떻게 될지 모르지만) 손님 대접이란 밥이요 정초가 되면 떡국이나, 그것도 여간 경우가 아니면 내지를 않는 것이다. 다만 덕기 손님만은 신식으로 과자와 차를 내는 것이다. 그도 그럴 것이, 하루에도 안팎에 오는 손님이 10여 명씩 되는데 일일이 어쩌는 수 없기 때문이다. 그런데 지금 이 손님에게는 뜨뜻한 것으로 잘 차려 오라는 분부다. 극상등(極上等) 손님 대접을 하라는 말이다.

아내가 고개를 갸웃하며 나오려니까 필순이는 일어섰다. 이런 대가에 와본 일도 처음이라 내심으로 쭈뼛거려지는데 음식 대접을 받는다는 것은 대접이 아니라 죽을 고역을 치르느니나 다름없는 일인데 더구나 병 위문 와서 대접받고 앉았을 수는 없다. 어서 풀어 내보내 주었으면 시원할 것만 같다. 올 때는 그립고 다정한 마음으로 왔으나, 와서 맞대하고 보니 이 집 밖에서 보던 덕기와 이 집 안에서 보는 덕기가 딴사람같이 멀어진 것을 깨달았다. 덕기가 반겨 하고 다정히 구는 것은 조금도 변함이 없건마는 어째 그런지 사이에 무엇이 탁 가린 것 같고 전에 무관히 대하던 감정이 솟아 나오지를 않아서 혼자 실망하는 것이었다.

"그까짓 대접이야 하든 안 하든 잠깐 앉으세요. 인제 좀 있으면 내 누이도 학교에서 올 것이요, 좀 이야기할 것도 있어서 잠깐 다녀가시라고 김군더러 부탁을 한 것인데……."

덕기가 할 말이 있어서 오라고 하였는데야 뿌리치고 나갈 수도 없다.

"상점 일 때문에 오래 나와 있을 수 있어야지요."

이야기할 것을 어서 하라고 재촉하는 대신에 필순이는 이런 소리를 하고 앉았다.

"그두 그렇지만 좀 쉬는 때도 있어야지요."

병인은 아픈 중에도 유쾌한 듯이 웃어 보인다.

음식상은 당장 들여왔다. 정초가 지났으니 봐놓았던 세배상을 들어다 놓는 것은 아니련만 있는 집이라 다르다고 필순이도 속으로 놀랐다. 만두를 말고 마른 것, 진 것, 꿀에 잰 인절미 합까지 한 상이 뿌듯하다.

"모두 만든 지가 오래된 게 돼서 맛은 없지만 천천히 많이 잡수세요."

안면 있는 원삼이 처가 상을 들여다 놓으니까 주인아씨가 뒤에서 들여다보며 인사를 하고 문을 닫아 준다.

원삼이 처는, 이 집 행랑것이 수원집이 이사하는 데로 따라가면 대신 와서 들 작정으로 낮에만 와서 시중을 들고 있는 것이다. 셋방살이를 나서 몸도 편하고 남에게 어엿한 대접을 받는 것도 좋기는 하나, 남편이 산해진에서 버는 잗다란 돈냥으로는 살수도 없거니와, 이런 크나큰 댁을 버리고 외톨로 나가 살기가 싫다는 것이다. 마님 아씨와 정도 들었지만 제살이*로는 아무래도 굶어 죽을 것만 같이 안심이 안 되고, 이렇게 풍성풍성히 먹고

---

* 남에게 의지하지 않고 자기 힘으로 살아감. 또는 그런 살림.

입을 수가 없는 것도 한 이유였다. 덕기는 원삼이 내외의 이 말을 듣고 해방된 흑노(黑奴)라는 생각을 하며 웃었으나 웃고만 넘길 일 같지도 않다고 생각하였다.

필순이는 상을 받고 앉아서 얼떨하였다. 무엇부터 먹어야 할지 젓가락을 임의로 놀릴 수가 없었다. 편육은 초장에 찍어 먹고 꿀은 떡 찍어 먹으라고 놓은 줄은 알지만 잘사는 일가조차 없이 자라난 필순이는 보지 못하던 음식이 한두 가지가 아니다.

일어나 앉았는 덕기는 아내가 뒤쪽되고* 아무렇게나 차려다 줄까 봐 염려를 했더니 이렇게 갖추갖추 잘 차려 온 데에 만족하였다.

필순이는 상을 돌려 내보내고도 곧 일어날 수 없어서 좀 더 앉았었으나 일어설 때까지 덕기의 입에서 할 말이 있다던 것은 못 듣고 말았다.

"또 언제 오시려우? 내일이라도 틈 있거든 들러 주시구려. 이렇게 누웠으려니까 갑갑하고 심심해서……."

헤어질 때 남자의 다정하고도 애소하는 듯한 이런 소리를 듣고, 필순이는 심약해진 병자를 동정하는 마음보다도, 남자가 무심중에 뒤로 바싹 껴안아 주는 듯한 무서운 마음과 기쁜 생각에 또다시 얼굴이 확 취하면서 남자의 말을 누가 들었을까 봐 애가 쓰였다.

"예, 봐서요."

---

* 뒤쪽되다 : 엇나가거나 반대가 되다.

삼대

이렇게 얼버무려뜨리면서 나오기는 하였으나, 병원과 달라서 이런 데는 자주 올 수 없지 않느냐고 방패막이를 미리 해두었더면 내일 기다리지나 않을 것을 왜 그 말을 못했던가 연해 후회를 하였다.

'내일 오긴…… 미쳤나!'

필순이는 한옆에서 내일 오겠다고 발버둥질 치는 마음을 나무라듯이 혼잣소리를 하며,

'그런 남부럽지 않은 아내에 자식이 있는데 무에 어떻다구…… 심심하니 갑갑하니 다 공연한 소리지.'

이렇게도 생각을 하여 자기의 정을 떼려고 하였다. 언제라고 덕기가 총각이거나 독신생활을 하는 남자라고 생각한 것은 아니나, 처자가 갖추고 호강스럽게 사는 양을 보기 전과, 본 뒤가 마음이 여간 달라진 것이 아니다. 남자의 다정한 말과 고맙게 구는 태도에 빠질 듯하던 마음이, 그 아내 그 자식 그 호화로운 살림을 생각하면, 자기 따위는 교제도 그만두어 버려야 할 것이라고 낙망에 가까운 단념이 드는 것이다. 아까 그 집 안방에 들어가면서부터 전일에 병원에서나 산해진에서 보던 덕기와는 딴판 같고, 두 사람 사이에 무에 막힌 것같이 말문이 꼭 막힌 것도 이러한 실망과 자격지심 때문이었다. 생각할수록 덕기의 그 친절이란 것도 요새 돈푼 있는 집 자식들의 비열한 취미나, 파적 삼아 남의 집 애를 농락하는 그런 수단같이 생각이 든다. 잘못해서 정을 폭 쏟아 놓았다가는 자기도 홍경애가 되지나 않을까? 그 아비의 그 아들이다! 그리고 홍경애는 아침저녁으로 맞대해 본다.

필순이는 덕기의 집에를 가서 모든 형편을 제 눈으로 보니만치 마음이 퍽 달라진 것을 자기도 이상히 생각하였다. 그리고 경계하는 마음이 부쩍 들었다.

'……그러나 하겠다던 말은 무슨 말인가?'

틈만 있으면 역시 한 생각이요. 잠자리에 누워서도 오늘 지낸 그 중대한 사건의 되풀이다. 덕기의 집을 방문한 것은 필순이의 이십 평생의 중대한 사변이다.

'역시 공부를 하라는 권고일까.'

그렇다면 외려두 나은 일이지만 만일에, 만일에.

"사랑을 받고 안 받는 것이 자유라면 사랑을 하는 것도 자유겠지요. 내 처자의 존재는 당신의 양심이 허락하는 위대한 선언을 막아 버리겠지요. 그러나 대담하여질 수는 없을까요? 처자 있는 사람은 사랑을 요구할 자격이 없을까요? 처자 있는 사람을 사랑을 하는 것은 불명예인가요? 죄인가요? 다 그렇다 하여도 마지막으로 사랑을 할 자유는 그래도 있겠지요?"

만일에 남자의 입에서 이런 말이 나오면 어떻게 할꾸? 무어라고 대답을 할꾸?

필순이는 어느 신문 소설에서 얻어 본 이러한 글귀를 머릿속에 외워 보면서 황홀하고 감미한 감정에 잠겨들어 가다가 깜짝 깨며 내가 꿈을 꾸었나? 하고 이불을 오그려 잡고 생긋 웃었으나 웃음이 스러지고는 또 걱정이다.

'참 정말 처자가 있는 남자를 사랑한다는 것은 죄인가? 불명예인가? 그러나 저편에서 너는 사랑을 거절한대도 나 혼자라도

606                                                    삼대

마음으로 일평생 사랑할 자유가 있다고 하면 그때는 어떻게 할꼬? 그러는 남자를 한편에서 바라만 보고 다른 남자에게로 시집을 가두 좋을까? 그렇게 가는 시집이 행복할까?'

필순이의 생각은 실 엉키듯이 엉클어 들어갔다.

이튿날 새벽에 눈을 똑 뜨면서부터 필순이의 머리에 떠올라오는 것은 '오늘 가보나?' 하는 생각이다. 밤새도록 청기와집을 지었다 헐었다 하였어야 아무 흔적도 남지 않았다.

'죽어 버렸으면!' 하는 생각이 환한 전등불 앞에서 매무시를 하고 섰는 필순이의 머리에 무두무미하게 불쑥 일어났다.

덕기라는 남자의 존재를 마음에서 뿌리를 빼놓고 자기 생활을 생각할 제 살맛이 어디 있는지 알 수가 없는 것이다. 그러나 필순이는 이러한 비관이 어디서 생겼는지를 분명히 몰랐다. 캐어 보려고도 아니하였다. 그러므로 덕기를 언제부터 왜 이렇게도 깊이 생각하게 되었는가? 하는 의심도 들지 않고 변해진 자기 마음에 놀라지도 않았다. 다만 살기가 귀찮고 부친은 저렇게 앓아누웠는데 상점 일마저 잘 안 되어 가니 모든 게 신산하고 살 재미가 없어서 죽고 싶다고 한 것이라고 몽롱히 생각하는 것이다.

분주한 아침 시간을 보내고 밥을 해치운 뒤에 경대 앞에 앉으니까 걸어질린* 눈이 꼭꼭 조인다. 그대로 쓰러져서 한잠 자고 났으면 몸이 가뜬할 것 같으나 병원에를 어서 가야 할 터이다. 따

---

* 걸어질리다 : 기운이 없거나 병이 나서 눈꺼풀이 맥없이 열리고 눈알이 우묵해지다.

져 보니 간밤에 세 시간밖에 못 잤다. 밤새도록 하던 공상이 또 머리에 떠오른다. 덕기의 안상한* 사람을 어르는 듯한 웃는 낯이 거울 속에서 피어오르는 것 같다. 열에 뜬 퀭한 눈에 눈물이 핑 도는 것같이도 생각이 든다. 어제 본 그 얼굴이요, 그 눈이다.

'밤새에 좀 어떠신구?'

머리를 풀어헤치며 이런 생각을 하다가 누가 어떻단 말인가? 자기 부친 말인가? 덕기 말인가? 필순이는 누구를 마음에 먼첨 먹고 그런 걱정을 하였나 하고 생각하다가 얼굴이 혼자 홧홧해 올라왔다. 무슨 죄를 지은 것 같았다.

'나두 미쳤어.'

하며 필순이는 제 마음을 나무랐다. 부친의 병보다도 피도 뼈도 섞이지 않은 다른 남자의 병이 더 애가 쓰이다니 환장한 년 아니고야 그게 말인가! 남이 들을까 무서웠다. 만일에 부친과 덕기가 똑같이 숨을 몬다면 어디로 먼저 달아날까? 하는 공상을 해보고는 그런 주책없는 공상을 해보는 것부터 죄가 될 것 같다.

'내가 미쳤어! 무엇에 씌었나?'

필순이는 또 한 번 이런 생각을 하고 혼자 거울 속에 웃어 보였다. 그러나 왜 그런지 머리는 좀 잘 빗어야 하겠다고 족집게로 이마 앞을 뽑고 눈썹을 매만지고 하였다.

밖에서 시계 치는 소리가 뗑뗑 난다. 필순이는 마음이 어수선 해지면서 귀를 기울이고 헤어 보았다. 10시다.

---

* 안상(安詳)하다 : 성질이 찬찬하고 자세하다.

가본다면 오전 중으로 잠깐 다녀와야 하겠다고 생각하고 손을 잽싸게 놀렸다. 어제 못 오겠다고 분명히 말을 안 했으니 가보아야만 할 것 같다. 눈을 껌벅껌벅하고 기다리고 누웠는 양이 보이는 것 같다. 어쨌든 하고 싶다는 이야기가 궁금하다. 전화로 못 간다는 기별이라도 하고 싶으나 그 집에 전화는 사랑에 매달렸으니 사랑 사람에게 전갈로 기별하기는 싫었다. 가리라 생각이 난 다음에는 꼭 가야 할 이유와 변명은 얼마든지 있었다. 그리고 또 점심 대접을 받거나 하면 안 될 테니까 아침결에 잠깐 다녀서 병원으로 가려는 것이다.

필순이는 못에 걸어 놓았던 후락한 남세루치마를 떼어서 떨면서 김선생이 옷이나 한 벌 해주려나 하는 생각을 하다가 주책없는 제 생각을 또 나무랐다. 부친은 저렇고 한데 무슨 염의로 그런 생각을 하랴 싶었으나 그 번화한 집에 날마다 똑같은 이부연 치마를 입고 가기가 싫은 것은 사실이다. 그러나 요거나마 3년 동안 전당국에를 몇십 번이나 들락날락했는지 그걸 생각하면 이거라도 인제는 급한 때면 꿰고 나서게 된 것만 다행하다. 그래도 저고리만은 어제 입었던 인조견 숙수저고리를 집어치우고 저번 이사 통에 얻어 입은 자줏빛 아단저고리를 입었다.

11시나 되었을 터인데 덕기 집에는 이제야 아침이 한창이다. 필순이는 가뜩이나 쭈뼛거리는 마음을 참으며 마루 앞으로 들어서려니까, 부엌에서 어멈이 중얼거린다.

"이렇게 일찍 아침을 얻어먹으러 오나……"

중간 말은 안 들리나 분명히 이런 소리가 들릴 때, 필순이는 모닥불을 얼굴에 끼었는 듯하였다. 원삼이 처는 눈에 안 띄고 부엌 어멈은 원시 있는 모양이다.

건넌방에서도 인기척은 알았을 터인데 한참 만에야 주인아씨가 무엇을 씹으며 내다본다. 덜 좋은 기색이다.

마루로 올라서 안방 문 앞으로 가려니까 건넌방에서,

"어째 또 왔누? 계집애년이 날마다……."

어쩌고어쩌고 숙설거리는 소리는 모친의 목소리인 모양이다. 필순이는 방문을 곱게 열고 뒤에서 등덜미를 탁 쳐서 들이미는 듯이 뛰어 들어오다시피 하였다.

덕기는 잠이 어리어리하였던지 눈을 반짝 뜨며 반기는 웃음을 친다. 그러나 필순이는 그것이 반갑다기보다도 여러 사람의 눈에 안 띄는 방 안으로 숨게 된 것만 다행하였다.

"좀 어떠세요? 너무 이렇게 와서 미안합니다……."

"온 천만에! 내가 할 소리를 하시는구려."

덕기는 이 계집애가 무슨 욕을 보고 들어온 줄은 모르고 껄껄 웃었다.

"오늘 못 올 건데 어머니께서 밤새 어떠신가 알고 오라고 하셔서 잠깐 다녀가려고 들렀에요."

필순이는 또 변명이다.

"참 그야말로 너무 미안합니다. 한데 아버지께서는 좀 어떠신가요?"

"네, 그저 그만하세요."

필순이가 겨우 인사가 끝나니까 멈칫멈칫하며 일어서려 한다.

이 집 문전까지 벼르고 왔던 모든 배포는 쏙 들어가고 바늘방석에 앉은 것처럼 자리도 녹기 전에 들먹거려지는 것이다. 들어올 제는 어쩐둥 들어왔지만 인제는 나갈 일이 걱정이다. 건넌방에서 밥들을 먹는 동안에 어서 소리 없이 빠져나가고만 싶다.

"곧 가봐야 하겠어요."

내보내 달라고 애원하듯이 인사를 하며 일어서려 한다. 모든 것이 절망이다. 이 집에를 다시는 오지 않을 뿐 아니라 이 남자와도 이 이상 더 교제를 마는 것이 옳다고 생각이 들었다. 의좋은 젊은 내외가 사는 집에 자주 온 것이 잘못이라 할지 모르겠지만 자기가 다녀간 뒤에 집안 식구가 찧고 까불고 흉을 볼 것이 뻔하고 어쩌면 이 남자도 한통속이 되어서 웃지나 않을까 하는 겁도 난다.

"오자마자 왜 이러슈? 지금 어디로 가시는 길이기에? 병원에는 다녀오셨겠지?"

"네."

병원에도 안 가고 여기부터 왔다면 무엇에 반해 미쳤다고 도리어 속으로는 웃을 것 같아서 또 거짓말을 했다.

'내가 왜 이렇게 마구 터놓고 거짓말을 실실 하나?'

하며 필순이는 자기 마음뿐만 아니라 몸까지 더러워져 가는 것 같았다.

"상점 일은 잘 되어 가시오?"

덕기가 다시 말을 붙인다.

"그저 그렇지요."

또 한참 만에,

"요새도 홍씨가 거기서 묵나요?"

하고 묻는다.

"아뇨. 요새는 아침저녁으로 와서 일만 거들어요."

덕기는 또 무슨 혼자 생각에 골똘인 모양이다. 다시 말을 돌린다.

"공부는 고만두신다면 그럼 인제는 어떻게 하실 테요."

무얼 어떻게 하겠느냐는 건지 대답이 난처하다.

"아주 장사꾼으로 나서시겠소?"

하며 덕기는 대답할 말을 터준다.

"되어 가는 대로 하지요."

어제부터 하고 싶다던 이야기가 인제 나오는구나 하며 필순이는 정신이 반짝해졌다.

"그야 그렇겠지요. 여자란…… 여자고 남자고 다 그렇겠지만…… 더욱이 여자란 혼자 살기는 어렵게 만들어진 것이니까!"

하며 덕기는 이론을 좀 캐려는 눈치다가 기운이 지쳐서 긴 말은 하기 싫은 듯이 한마디로 끊어 버린다.

"쉽게 말하면 얼른 의탁할 사람을 택하시란 말씀요. 어차피 할 결혼이면야 아주 속히 귀정을 내고 심신을 꽉 한 고장에 담는 것이 제일 좋을 듯싶은데……?"

"……!"

필순이는 적잖이 놀랐다. 이 남자의 입에서 결혼 말이 나올 줄은 의외였다. 결혼을 하라면 누구하고 하라는 것인가? 좋은 신랑감이 있으면 자기 매부부터 삼으려 할 것이 아닌가……

덕기의 입에서 병화의 말이 나올 제 필순이는 머리를 무엇으로 얻어맞은 듯이 뻑적지근하였다.

"김군도 만족일 것이오. 필순 양도 불만은 없겠지요?"

이 사람이 속을 떠보느라고 객담으로 이러는 것인가? 약간 분한 생각까지 들었다.

'그건 안 될 말씀예요. 홍경애가 떨어지나요!'

하고 우선 속 답답한 소리를 딱 잘라 버리고 싶었으나, 홍경애 문제는 고사하고 필순이 자신이 이때까지 결혼하고 싶다는 생각을 해본 일도 없거니와 더구나 병화에게 그런 감정이란 꿈에도 가져 본 일이 없으니 애초에 이러고저러고가 없는 일이다. 병화란 사람하고 친한 것은 병화와 덕기보다 못할지 모르나 결국에 친구일 따름이다. 어떻게 말하면 오라비나 삼촌 같은 것인지도 모른다. 필순이도 그렇게 생각하여 왔거니와 병화도 그밖에 더 생각하지는 않고 있을지 모른다.

"그렇게 되면 홍씨와 어떻게 되느냐고 그게 염려일 듯도 하지만 그거야 같이 장사를 하노라니까 친해졌을 뿐이지 별일 있나요. 원체 홍씨란 사람이 살림을 얌전히 들어앉아 할 위인도 아니지만, 어차피에 길게 못 갈 것이오, 김군도 말눈치가 부득이 질질 끌려가는 모양이니까 어쨌든 그런 염려는 조금도 없어요."

필순이는 여전히 듣고만 앉았다. 덕기만치나 분명한 사람이 왜 이런 소리를 하나 싶다. 경애와 관계가 아주 끊인 뒤면 모를 일이지만 무슨 맛으로 둘의 새를 타고 들어가서 말썽거리를 버르집어 놓으라는 것인지 알 수가 없다. 그것도 병화의 자청이라면 또 모르겠지만 지금 형편에 경애와 떨어질 리는 만무한 노릇이니 그런 말을 꺼냈다가 병화가 싫다면 두 사람의 감정만 버스러질 것이요, 싫다고 거절할 수도 없고 그렇게 할 수도 없는 곤경에 빠지는 경우라면 더욱이 피차에 점직하고* 난처만 한 노릇이다.

"김선생님이 무어라고 하세요?"

남 보기에는 아무렇지도 않은 것 같아도 그동안 경애와 틀렸나? 하는 생각이 들었다.

"그러니까 김군만 승낙을 한다면 필순 양은 합의하신 모양이지요?"

묻는 말은 대답을 안 하고 말빙자(言質)를 잡으려 한다.

필순이는 자기 속을 떠보려는 것이나 아닐까 하는 의혹이 들었다. 그럼 왜 속을 떠보려는 것인가?

"하여간에 홍씨로 말하면 혹 짐작하시는지는 모르겠으나 우리집 사람이나 다름없고 장래라도 우리집에서 뒤를 거두어 주어야 하겠지요. 그건 하여간에 우리집 사람이라고 김군과 한 걸음 더 나간 관계에 서지 말라는 법도 없고 또 그 사람들의 자유의사를 막을 경우도 아니 되기는 하나 그렇지 못한 사정도 여러 가지 있고 더욱이 나와 친한 김군하고 그렇게 된다는 것은 나로서는 될 수 있으면 피하여 주었으면 하는 생각이 있기에 겸두겸

---

* 점직하다 : 부끄럽고 미안하다.

삼대

두해서 이렇게 권하는 것입니다⋯⋯."

필순이는 들을수록 실망을 느꼈다. 결국에 그 두 사람을 벌려 놓는 수단으로 자기를 이용하겠다는 말밖에 아니 된다. 더 심하게 말하면 자기 집안일이나 자기 체면을 번듯하게 만들려고 강권하는 것밖에 아무것도 아니다.

덕기는 또 대꾸도 안 하는 말을 꺼낸다.

"어차피에 그 두 사람은 그런 장사꾼은 못 되니까 얼마 안 가서 집어던지고 제각기 떨어져 갈 모양이니 그렇게 되면 댁에선들 살림이 또다시 말이 아니 될 게 아닌가요? 그러니 아주 내 말대로 하고 필순 양은 가게에 전력을 써서 생활 안정이나 얻게 하고 김군은 김군대로 자기 일을 하여 가게 하면 좋지 않아요? 그러노라면 나 역시 어디로 보든지 가만있지는 않을 것이니 설혹 가게에 재미를 못 보더라도 또 어떻게든지 도리를 차려 드릴 수도 있겠지요."

말은 그럴듯하다. 그러나 그 호의는 무엇을 의미하는가? 결국 자기의 이복 누이동생이 막역 친구인 병화더러 아버지라고 부르는 꼴만 안 보게 해주었으면 그 값으로 생활의 보조라도 해주마는 말이 아닌가?

필순이는 더 듣기도 싫었다. 이 남자에게 이때까지 속았던 것 같은 분한 생각이 들었다. 그야 이 남자가 무어라고 해서 속은 것도 아니요, 속인 것도 아니지만 어느 정도만큼 끌어내 놓고 사람의 마음을 뒤설레를 쳐놓은 뒤에 자기만 살짝 빠져 달아난 것 같은 미운 생각이 드는 것이다. 남자의 호의를 그대로만 믿지 않고 한 겹 더 실어서 화려한 공상의 나래를 자유로 펴던 자기의 얼뜬 마음이 생각할수록 제풀에 부끄럽고 분한 것이다. 그러나 차라리 이 기회에 이렇게 해서 이 남자에 대한 애착심을 깨끗이 씻어 버리고 마는 것도 무거운 짐을 벗어 놓듯이 시원하고 가뜬할 것도 같다.

필순이는 종시 아무 말이 없었다. 이야기가 이야기이니만치 마음에 있기로 선뜻 대답하랴 싶기는 하나 그래도 무슨 말이든지 한마디 들어 보고 싶었다.

"김군 생각이 어떨지 몰라서 그러세요? 하지만 필순 양만 결심하시면……."

"고만두세요. 다시는 그런 말씀 마세요. 저는……."

저는…… 하고 말이 막힐 만치 필순이의 말은 급하고 노기를 띠었다. 얼굴이 발개지며 눈물까지 글썽글썽해진 것 같았다.

덕기는 깜짝 놀랐다. 자기는 아무쪼록 호의를 가지고 한 말인데 이렇게까지 격노를 시킬 줄은 천만의외다.

'웬일일까. 내가 무슨 실언을 했나?'

하는 생각을 하면서도 그 노염이 병화와는 딴 문제로 자기에 대한 어떤 호감이나 기대가 어그러진 데서 생긴 것이나 아닌가 하고 놀라우면서도 내심으로는 은근히 반가운 생각이 드는 것을 깨달았다. 이상한 것은 병화에게 더할 수 없는 호의를 가지고 혼인 중매를 하려 하면서도 이 색시가 신랑감을 부족하게 생각하는 눈치가 보이는 것이 결코 불쾌치 않은 자기의 감정이다.

'대관절 자기는 이 혼인이 되기를 바라는 것인가? 안 되기를

삼대

바라는 셈인가?'

덕기는 자기의 감정이 올곧지 못한 것을 혼자 분개하였다.

'눈결에 본 동리 처녀가 시집을 간대도 까닭 없이 시기는 생기는 것이다. 사람의 마음이란 그렇게 간사하고 더럽게 된 것이 약점이다.'

덕기는 무심코 이런 생각을 하면서 자기의 답지 않은 마음을 접어 넣으려 하였다.

그러자 방문을 열며 모친이 들여다본다. 필순이는 일어나서 고개를 숙여 보였다.

덕기는 모친이 들어오면 필순이를 소개하려 하였으나 그럴 새도 없이 모친은 역정스럽게,

"약을 먹었으면 푹 뒤집어쓰고 땀을 내야 하지 않니?"
하고 나무란다.

덕기는 무엇보다도 필순이의 얼굴이 쳐다보였다. 누가 듣든지 손님 때문에 병조섭 못하겠다는 들떼놓고* 하는 소리로밖에 아니 들렸다. 필순이도 무안스럽거니와 덕기도 무안스러웠다.

필순이는 가뜩이나 한데 한층 더 얼굴이 발개지며 가겠다고 인사를 한다. 덕기가 붙들 새도 없이 모친이 앞질러서,

"그럼 미안하지만 오늘은 가주우. 몸이나 성해지거든 또 놀러 오우."
하고 앓던 이 빠진 듯이 이런 소리를 하고 몸을 비켜서 길을 터

* 들떼놓고 : 꼭 바로 집어 말하지 않고.

주었다.

필순이의 귀에는 덕기가 무어라고 인사하는 소리도 안 들렸다. 분하고 창피하고 울고 싶고 한 것을 참으며 천방지축 나왔으나 어떻게 구두를 신었는지 나올 제 누구들이 있었는지 하나도 생각나는 것이 없으나 건넌방에서 여학생이 내다보던 것만은 생각난다. 그게 아마 늘 말하던 덕기 누인 듯싶다.

덕기는 화가 났다. 부친과 불화한 뒤로 요 몇 해 동안 모친의 성격이 일변하였고 또 그것을 한편으로는 이해도 하고 동정도 하지만 필순이를 가겟집 계집애라고 넘보아서 그렇게까지 무안을 주어 보낸 것이라느니보다도 점잖은 집 실내마님의 체모가 아니요, 아들의 낯 깎이게 한 것밖에 소득이 무엇인가 하는 생각을 하면 분해 못 견디겠다.

"그건 시집간 년이냐? 아무리 반찬 가게 년이기루 여기를 무엇하자고 남자를 찾아서 날마다 오는 거냐? 너두 체통이 있어야지. 아무리 너 아버지 내력이기루 세상에 계집년이 없어서 그따위 가게쟁이 딸년을 안방구석으로 끌어들여서 씩둑꺽둑하고 들어 엎덴단 말이냐? 그러구서 집안 꼴이 되겠니? 네가 집안 어른야! 어른 된 체통이 있어야지."

모친은 방문을 닫고 추운 마루에 담배를 피워 물고 앉아서 판을 차리고 나무란다. 덕기는 잠자코 누웠다.

한편이 수그러지니 한편은 더 기가 나는 것이다. 모친은 점점 더 히스테리가 도져 나온다.

"너두 누구 못할 노릇을 하고 집안 식구를 굶겨 죽이려고 지

삼대

금부터 그런 데 눈을 뜨는 것이냐? 당장 네 눈으로 보면서도 그러니? 너두 따라 미치련? 부자가 경쟁 속으로 계집에 눈이 뒤집혔다면 네 꼴도 얌전할라!"

은근히 며느리 역성을 든다.

"너는 그런 꼴을 보고 왜 가만있니? 네 오장은 어떻게 된 거길래 어제도 그년을 대접을 하고 시중을 들어 주니?"

이번에는 며느리를 다시 들큰거린다.

"그럼 어쩝니까. 첩을 얻건 어쩌건 제가 압니까?"

며느리가 깔깔 웃으려니까,

"주책없는 소리 말고 입을 닥치고 가만있어!"

하며 안방에서 소리를 꽥 지른다. 화풀이가 아내에게로 간 것이다.

시어머니는 어제부터 며느리를 추겨 냈다. 며느리가 시앗 볼까 봐 걱정이 된다느니보다도 왜 그런지 그래 보고 싶은 것이다. 그렇다고 아들 내외가 의가 좋기를 바라는 것도 아니다(원체 그리 의취가 좋지도 못하지만). 혹시는 둘의 의를 버스러지게 하느라고 내외 싸움을 붙이는 것인지도 모를 일이다. 하여간 모든 사람을 들쑤시고 들큰대고 하는 버릇이 근자로 부쩍 늘었다. 할 일은 없고 먹고 입는 데 걱정이 없으면 그러지 않아도 꽤 까다로워지는 법인데 게다가 히스테리증이 점점 도져 가는 터이다. 그 히스테리증도 10년 가까운 동안 영감과 말다툼으로 세월을 보내는 동안에 얻은 병이다. 게다가 홍경애 사단이 있은 뒤로는 과부살이나 다름없어졌으니 그도 그럴 것이다.

고식                                                     619

지금은 (이렇게 한데 모여 사는 것이) 첫 서슬이니까 아들도 위하고 며느리도 위하고 손주새끼도 귀여워하지만, 위하는 척이라도 하지만 두고 보아야 알 일이다. 딸이나 시집을 보내고 나면 초로의 고독과 적막을 더 느낄 것이요, 며느리만 성가실 것이다. 있고 없고 간에 외며느리 고운 데 없다고 예부터 일러 오지만 발뒤꿈치가 달걀 같아서 고운 데 없는 것이 아니라 열의 아홉은 보는 사람의 탓이나 들볶이기도 할 것이요, 말썽도 적잖이 있을 것 같다.

덕기는 모친의 잔소리에 머리가 더 아프고 속이 상하나 이를 악물고 참느라니 곧 뛰어나가고만 싶다. 아무 사정 모르고 머리 튼 여자면 모두 노는 년 같고 첩감으로만 보는 것이 딱하다. 하도 몹시 데면 회도 불어 먹는다지만 신식 여자에게 데어 본 구식 여자의 눈에는 마치 서양 사람의 얼굴은 모두 똑같이 보인다는 셈으로 '여학생'이라면 그게 그거 같고 그게 그거 같은 모양이다.

그것은 고사하고 자기도 부친 같은 난봉으로 몰아붙이는 것은 인격적 모욕을 받은 것같이 불쾌하였다. 그러나 변명무로이다. 필순이는 그런 여자가 아니요, 자기는 부친과 다르다고 하여야 서양 사람의 코는 다 석판에 박아 낸 것같이만 보이는 모친의 눈에 필순이의 어디가 어떻게 다른지 짐작이 나설 리 없다.

모친의 잔소리는 언제 끝이 날지 몰랐다. 언턱거리*만 턱 집으면 속에서 볶이던 불평을 다 풀어 내놓아야 후련해지는 모양이

---

* 남에게 무턱대고 억지로 떼를 쓸 만한 근거나 핑계.

삼대

다. 그리고 무슨 문제든지 부친에게다 끌어다 대는 것이다. 그리고 결론은 부친이 거적을 쓰고 기어드는 꼴을 보고야 눈을 감는다는 것이다.

덕기는 부친이 아무리 잘못한다고 생각하여도 이런 악담에는 몸소름이 끼치며 듣기 싫었다.

"인제는 고만하세요. 아무렇기로 저희들 앞에서 그런 말씀을 하십니까."

덕기는 참다참다 못해서 한마디 하였다.

"흥, 그래두 자식은 애비 따르는 것이다. 너부터 듣기 싫겠지만 두구 봐라. 내 말이 하나나 그른가! 종로 바닥에 침을 질질 흘리면서 거적을 들쓰고 걸으면서도 꾸벅꾸벅 조는 것들은 처자식이 없고 먹을 것이 없고 배운 것이 없어서 그렇게 되었다던?"

덕기는 깜짝 놀라며 머리가 선뜩하였다. 저번에 돌아와서 바커스에서 병화를 처음 만나던 날 자네 어르신네는 정말 아편이나 자시지 말게 하라는 의미의 말을 하던 것이 생각난다. 그때는 무심코 들었으나 모르는 사람은 자기뿐이요, 벌써 소문이 날 만치 되었나? 하는 겁이 더럭 났다.

"무슨 말씀을 들으셨에요?"

방에서 한참 만에 묻는다.

"들으나마나 매당이란 년이 그거에 미쳐서 그 생화를 벌이고 돈푼 있는 놈이라면 끌어들인다는데 그 솜씨에 게다가 오십이 넘은 이가 이십도 못 된 젊은 년을 얻고……."

"하지만 설마 거기까지야…… 요새도 약주를 잘 잡숫나 보던데요."

술과 아편과는 상극이라는 말을 들었기에 이런 안심도 되는
것이다.

"아직야 그렇겠지……."

하고 모친은 한숨을 쉬다가,

"아까 왔던 년두 매당집엔가를 드나드는 년일 거라. 수원집도
그 속이요…… 삼대 사대를 다 그릇된 구렁으로 끌어넣으려는
거다. 무슨 연줄이든지 닿았을 게지. 고무공장에 다니고 그만큼
해반주그레하게 생긴 년이 성할 리도 없고 성한 년이면야 미쳤다
고 젊은 놈의 꽁무니를 줄줄 쫓아서 남의 집 안방에까지 제 집
드나들 듯 따라 들어오겠니!"

"그건 다 공연한 말씀예요. 그런 여자가 아니에요."

덕기는 기가 나서 변명을 하였다.

"그런 여자는 별다르다던! 수원집이 사오 년을 사는 동안에
그런 데 다니던 줄은 귀신인들 알았겠니?"

"그렇다뿐예요. 그렇기에 저는 첩을 얻을 테거든 알 만한 집
딸로 무던한 사람이면야…… 이왕 가만 있지 않을 게니 그저 사
람 하나만 얌전하면 좋겠어요."

며느리도 마루에서 말참견을 하려니까,

"무얼 안다고 덩달아 이래?"

하고 덕기가 방에서 소리를 버럭 지른다.

# 소문

"자네, 그 천 원은 헛생색만 내고 말 텐가?"

"천 원 주지 않았나? 경찰서 조서에까지 적혔으면야 게서 더한 증거나 어디 있나?"

병화도 껄껄 웃었다.

"그러지 말고 오늘 이행해 보게."

"그럴 의사 없는데."

"피스톨 구경을 해야 하겠나?"

"자네는 원체 조선 사람의 돈, 흰 돈은 쓰지 않기로 결심하지 않았나. 외국서 들어온 붉은 돈을 가지고 왜음식 장사나 하는 외국 무역상 아닌가? 허허허……"

"무어? 어째? 흰 돈이란 백동전이요, 붉은 돈이란 동전 말인가?"

하며 병화는 또 껄껄 웃었으나 속으로는 다소 놀랐다.

"왜? 겁이 나나? 하여간 아직도 밑천이 달리지는 않을 것이요, 정말 천 원을 내놓으면 이번에는 감옥까지 가란 말인가?"

"3년 징역을 한다면 천여 일 아닌가? 하루 1원씩 쳐서 천여 원이니 우수리는 와리비기(에누리)하고 천 원만 내게."

"천 일 일수로 부어 가면 어떻겠나?"

"허허……."

"하하……."

병화는 웃으면서도 기위 덕기의 입에서 '붉은 돈'이란 말이 나왔으니 아주 자세한 사정을 말해 버릴까 말까 속으로 망설였다. 필시 필순이에게 들었을 것이니, 도리어 자세한 이야기를 해두는 것이 나을 것 같으나 도대체 여자란 입이 가벼워 못쓰겠다고 필순이를 속으로 나무랐다.

병화의 생각으로서는 말썽이 되던 천 원이니 그것을 정말 내게 하여 상점을 확장하겠다는 것도 한 조건이지마는 또 한편으로는 후일 또 무슨 일이 있는 경우에 덕기가 내났다던 천 원이 실상은 그 소위 '붉은 돈' 속에서 쓴 것이라는 것이 발각되는 날이면 덕기의 신상에도 좋지 않으리라고 하여 이래저래 끌어내자는 것이다.

덕기도 얼마간 도와는 주려던 터이라 듣고 보니 그도 그럴듯해서 정미소에 전화를 걸어서 현금 500원을 갖다가 당장 주고 나머지는 두 은행의 소절수를 날짜를 달리하여 석 장에 별러서 써주었다. 천 원짜리 소절수를 떼어 주면 또 저번처럼 말썽이 생길까 봐 그런 것이다.

"그런데 요새 이상한 소문이 들리니 웬일인가?"

병화는 돈을 넣고 제 볼일은 인제 다 봤다고 일어서려다가 지나는 말처럼 꺼낸다.

"무어?"

"대단히 좋지 못한 소문인데. 자네 의사한테 돈 먹인 일 있나?"

"무어? 그거 무슨 소린가?"

덕기는 누웠다가 일어나 앉는다.

"글쎄, 그럴 리는 없을 텐데! 약을 잘못 써서 노영감이 돌아가셨는데, 초상 뒤에 자네가 의사들에게 돈을 먹인 것을 보면 내용이 있는 일이라고들 한다네그려!"

"누가 그러던가?"

덕기는 눈이 휘둥그레진다.

"누구랄 건 없구……."

"바른대로 말을 하게그려."

"어쨌든 약을 잘못 쓴 것은 사실인가? 의사들에게 얼마나 주었나?"

"공연한 미친놈들이 그런 소리를 내놓으면 입을 틀어막느라고 돈푼 준 줄 알고 그러는 거겠지만, 대관절 뉘게 들었나?"

"원삼이가 제 친구에게 들었다고 어제 저녁에 눈이 똥그래 와서 그러데그려."

"원삼이가? 그래 원삼이는 뉘게 들었다던가?"

덕기는 출처가 의외의 방면인 데에 다소 놀라면서 원삼이가 직접 자기에게는 왜 말이 없나 하는 생각도 하였으나, 그런 말이란 더구나 아랫사람으로서는 맞대해 놓고 말하기가 어려울 것이다.

"별일이야 있겠나만 한 입 걸러 두 입 걸러 퍼져 나가면 성가시지 않은가?"

"온 말 같지 않은! 어떤 놈들이 그런 소리를 하고 다니는지…… 어쨌든 원삼이를 좀 보내 주게. 그런데 여보게, 아주 잠깐 물어볼 말이 있네."

병화는 또다시 앉았다.

"무엇 말인가?"

"자네 언제까지 장사를 할 텐가?"

"하는 대로 하지. 기한이 있는 일인가. 가령 나는 손을 떼는 일이 있더라도 잘만 되면야 누구든지 들어앉아서 하면 될 게 아닌가."

"그야 그렇지! 그런데 재미를 보아 가는 모양인가?"

"어쨌든 잘 되겠지. 아직 한 달도 채 못 되네만 밑질 리야 없고 그런대로 뜯어먹기는 하겠지."

"자, 그러니 말일세, 자네도 인제는 믿을 만한 사람을 얻어서 일가를 이루어야 하지 않겠나?"

"그거 무슨 소린가? 모두 믿을 만한 사람만 모이지 않았나?"

"하기는 그렇지만 이 사품에 아주 결혼을 하는 게 어떠냐는 말일세?"

"온 당치 않은 소리! 내가 그걸 시작한 것이 나도 유자생녀(有子生女)하고 배 문질러 가며 거드럭거리고 살자고 하는 거면 모르겠네마는 저것은 장래에 내 사유물이 아니라 동지의 쌀자루 밥통으로 만들자는 것일세. 무슨 일을 하나 먹기는 해야 하고 자금이 다소 있어야 하지 않나. 우선 필순이네 세 식구를 굶기

삼대

지 않고, 나도 일시적 호신지책으로 시작하였지만 차차 커질수록 우리들의 공동기관을 만들 작정이란 말일세. 누구나 들어와서 교대해 가며 일은 할 수 있지만 먹는 것 외에 이익을 배당하려든지 한 푼이라도 축을 내서는 안 될 일, 나부터도 그 멤버의 한 사람일 따름일세."

"그건 그렇다 하고 자네 개인 문제는 어떻게 할 텐가?"

"내 개인 문제라니? 이대로 살아가면 그만 아닌가? 결혼을 해서 사지를 결박을 시키지 않아도 붙들어 매지 못해서 애를 쓰는 동아줄이야 얼마든지 있지 않은가! 필순이 어른을 보게. 누구나 결혼을 하면 그 모양으로 폐인밖에 더 되겠나?"

"그렇게 한편으로 생각할 게 무에 있나마는 그럼 필순이 문제는 어떻게 하고 홍경애와는 어떻게 할 셈인가?"

병화는 흐흥 하고 웃다가,

"알아듣겠네. 필순이로 말하면 제가 결혼할 때까지 물질적으로는 내가 어디까지 보호해 주지만, 그다음 일은 제 자유에 맡기고 제 부모가 알아 할 것이 아닌가. 내가 그 이상 간섭한다면 당자에게 불행이니까. 그리고 홍경애로 말해도 다만 이대로 우정 관계를 계속할 뿐이지 더 다시 발전될 것도 아니요, 결코 오래가리라고도 생각지 않네."

"어디 일이란 그렇게 자네 형편만 좋게 되는 건가? 만일 거기서 소생이 있게 된다든지 하면 지금 생각같이 간단히 처치가 되나! 그러니까 오래 못 갈 바에야 아주 얼른 처리하고 결혼을 하라는 말이지."

"누구하고? 홍하구?"

"홍하고야 자네 형편에 되겠나. 주의 사상이라든지 생활 정도라든지, 또 우리들 체면을 보든지……."

"응, 알았네. 자네 생각에는 홍하고 만일 결혼을 한다든지 공동생활 같은 형식으로 산다면 자네 체면부터 좋지 않을 듯하니 단념하고 필순이에게 장가를 들라는 말이지! 또 혹은, 이건 내가 너무 넘겨짚는 생각인지 모르겠지만, 필순이에 대한 자네 감정이나 유혹을 청산해 버리고, 단념을 해버리기 위해서 그렇게 해달라는 말인지도 모르겠네마는, 나는 도무지 모를 일일세. 되어 가는 대로 할 수밖에 없고, 자네 알아 할 일은 자네가 알아 하게! 난 모르네."

"무얼 나더러 알아 하란 말인가?"

"필순이 일 말일세! 그렇다고 자네더러 데려가라는 말은 결코 아닐세. 다만 내게 올 소질이 없는 사람이요. 또 내게 와서 평생을 고생시키기는 가여우니 어쩌나. 나로서는 불간섭주의를 써야 할 게 아닌가. 그렇게 걱정을 안 해도 저 갈 데로 가게 되겠지. 그리고 홍으로 말하더라도 설사 나와 산다기로 자네가 창피하다거나 성가실 일이 무언가? 친구의 부친과 살던 사람이라고 덕의상 체면상 안되었단 말인가? 안되었다고 생각하는 사람은 생각하는 거요, 상관없다고 생각하는 것도 제멋 아닌가! 어쨌든 지금 나는 그런 것으로 머리를 썩일 여유가 없네! 그까짓 일이야 아무렇게 해결하기로 상관있나!"

병화는 벌떡 일어서려 한다.

"그러나 한편에서 요구를 하면 어쩔 텐가?"

덕기는 마지막 또 다진다.

"누가? 필순이가? 그럴 리도 없지만, 그렇다 하더라도 나는 단연 거절일세. 필순이는 내 동지 될 위인도 아니요, 자네 말과 같이 그의 행복을 위하여서도 안 되고, 또 누구나 부모까지 맡을 만한 여유 있는 사람이 아니면 안 되네!"

원삼이를 기다리다 못하여 덕기가 몸소 사랑으로 나가서 전화를 걸었다. 낡[癒] 고비에 외기를 쐰다고, 모친이 성화같이 나무랐으나 기동은 할 만하고 그 길에 필순이에게 사과라도 하고 싶었던 것이다.

불러 달랄 것도 없이 전화통에는 필순이가 나왔다. 역시 그 목소리가 반가웠다. 저편에서도 반기는 말소리나 그전같이 웃는 목소리는 아니다.

전화를 끊고 나서 덕기는 멀거니 한참 섰었다.

자기의 이때까지의 노력이나 생각이 조금도 자기 마음에 부끄러울 것 없는 정당한 일이었던 것은 누가 보든지 인정할 것이다. 그러나 거기에 조금치도 허위가 없었던가? 진정으로 그 두 사람의 행복을 똑같이 축복하는 것이었던가? 필순이의 장래를 염려하듯이 병화의 행복도 조금도 못지않게 염려하여 줄 성의가 있는가? 만일 그 두 사람이 기뻐서 약혼을 하였다면 자기의 마음은 어떠하였을까? 일생의 처음이요 마지막일지도 모르는 마음의 상처를 고이 덮어서 가슴속에 넣어 두고 평생을 살아갈 용기가 있을까?

'나도 남모를 위선자다!'

그러나 이것만은 사실이다. 어서 필순이가 남의 사람이 되어 버려 주었으면 자기는 더 깊어지기 전에 멀리 떨어져 버리겠다고 생각한 것만은 사실이다. 그걸 생각하면 아까 병화가 남의 마음을 꼭 집어내서 '감정을 청산하고 유혹에서 벗어나려는 수단'이라고 하던 말이 남의 폐부를 찌르는 듯이 아프고도 시원하다. 그러나 유혹에서 벗어나려는 그 노력도, 그 사람을 위한다는 것보다 자기를 위한 일이다. 이기적이다. 역시 위선자다.

하여간에 일의 결과로 보면 결국 두 사람이 결혼 안 한다는 것을 떠보고 다져 본 데 지나지 않는다. 그러나 떠본 결과에 인제는 어떻게 하려는가? 자기도 모를 일이다.

병화는 자네 알아 할 일은 자네가 알아 하라 하였다. 그렇다고 덕기더러 데려가라는 것은 아니면서 필순이는 부모까지 먹여 살릴 만한 사람에게 보내야 하겠다고 하였다. 사실 그래야 하기는 할 처지이다. 그러나 데려가지는 말라면서 알아 하라는 뜻은 결국에 먹을 걱정 없는 집 자식을 골라서 중매를 하라는 말인가? 도시 필순이에 대한 병화는 비마르크스주의자다.

필순이를 동지로 지도하려 하지 않는 것은 필순이의 성격도 성격이려니와 ×× 속에 틀어막는 것이 가엾어서 그렇다고 하겠지만 한 걸음 더 나가서 있는 집 며느리로 들여보내려는 것은 결혼으로 부르주아화하려는 것이다. '마네킹 걸'은 안 만들겠다고 하던 병화로서는 너무 모순이다.

'그러니 결국에 어떡한다는 것인가?'

덕기는 역시 별 묘책이 없었다. 그러나 어제 아내가 '이왕 첩을 얻을 테거든 알 만한 집 딸, 사람만 얌전하면 좋겠다'고 하던 말이 머리에 떠오른다. 아내는 으레 첩을 얻을 것으로 미리 알아차리고 있는 말눈치다. 덕기는 그 아내의 심중을 생각하고 혼자 웃었다. 원체 아내란 위인이 구식으로는 무던한 사람이라 생각하였거니와 그 말을 들을 제 의외였다. 그러나 모친의 감화를 받으면, 감화라느니보다도 충동을 받으면 또 어떻게 변할지 모르겠다고 생각하였다.

그건 여하간에 '첩!' 그 말이 안되었다. 그렇게 될 리도 없겠지만 만일에 그렇게 된다면 필순이가 가여웠다.

원삼이가 사랑 마당으로 툭 튀어들며 덕기의 공상은 깨어졌다.

원삼이는 화개동 병문에서 노는 제 동무들에게 들었는데, 또 그 동무는 그 동네 술집에서 옆 사람들이 술을 먹어 가며 숙설거리는 것을 듣고, 어렴풋이 짐작한 것을 원삼이에게 물어보았던 것이라 한다. 그러나 술 먹으며 이야깃거리로 하던 그 사람들이 누구던가는 알 길이 없다. 다만 양복 입은 젊은 사람이라는 것밖에는 종을 잡을 수 없다. 그야말로 남대문 입납*이다.

덕기는 아무리 생각을 해보아도 이 집에나 화개동에 드나드는 사람 중에 양복 입은 젊은 애가 누구일지 짐작이 안 나선다. 친구들이 없지 않으나, 근자에 친한 사람들은 경도 있는 유학생

---

* 入納. 삼가 편지를 드린다는 뜻으로 봉투에 쓰는 말.

들이요 서울 있는 사람은 중학교 동창생으로 모두 전문학교에 다니지 않으면 교회 방면 사람들이니, 선술집 같은 데 들어설 사람은 없다. 그 외에 노상안면쯤 있는 사람으로서야 의사에게 돈을 먹였느니 하는 남의 집 내막까지 참견할 것은 못 된다.

하여간 원삼이더러는 제 동무라는 자를 불러 가지고 오라 하였다.

원삼이는 자전거를 타고 화개동에를 다녀오더니 그자가 없어서 일러 놓고 왔으니까 이따 밤에라도 데리고 오겠지만, 못 만나면 내일 아침에는 어떡하든지 붙들어 가지고 오마 하고 가버렸다.

"그거 큰일났네. 암만해두 또 어떤 놈들이 흑작질일세그려."

지주사는 옆에서 듣고만 있다가 입맛을 다신다.

"글쎄 말입니다. 누구든지 이 집안 내용을 빤히 아는 놈의 입에서 나오지 않았겠습니까? 도둑이 제 발이 저려서 그러는지요…… 만일 그런 게 확적하면야 이번에는 가만 내버려 두지 않습니다."

덕기는 이를 악무는 소리를 한다.

"도둑이 도둑야 소리만 질렀으면 좋으련만, 그래 놓고 뒤로 돌아가서 또 도둑질을 하려니까 걱정이지."

"물론 그러자고 하는 짓이 아니겠습니까."

"그래 의사들에게 무얼 좀 주었나?"

"선사를 하였지요. 으레 할 것이 아닙니까. 다른 자들이야 집의 단골이니까 약간 손수세만 하고, 병원의 일본 의사야 애도 썼고 박사란 체면도 보아서 좀 넉넉히 보냈지요."

"얼마나?"

"그것도 물건으로 하려다가 조수 말이 현금이라도 상관없다고 하며 도리어 현금이 좋을 것같이 말을 하는데, 일이백은 좀 적은 것 같기에 300원을 보냈지요."

"300원 템*이!"

하고 지주사는 놀란다.

"그래야 우리 안목으로는 많은 돈 같지만 저 사람들이야 그까짓 것 한 달 월급도 못 되지 않습니까?"

덕기는 남이 많다고 하면 아무쪼록 변명을 하였다. 실상은 500원을 준 것인데 남 듣기에는 300원으로 깎는 것이다. 다른 의사들에게는 이삼십 원짜리 상품권을 보냈는데, 병원 의사에게만 조선 사람 조수에게 현금 200원과 과장에게 500원은 많은 것이었다. 명목은 이번 조부의 병인, 즉 비소중독의 원인 따라서 한약재에 비소 성질의 것이 있나 없나를 연구하는 데 그 비용으로 다소라도 보태 쓰라는 것이었으나 기실은 그 문제를 연구는커녕 쓱싹해 달라는 의미로였다.

지주사부터라도 그것이 의문이었다. 그 300원이라는 것이 정말 무슨 일이 있는 것을 덮어 두어 달라고 입수세로 준 것인지? 또 정말 그렇다면 덕기 자신이 겁이 나는 것을 하고 그리한 것인지? 혹은 덕기는 아무 죄 없고 내심으로는 분하나 가문이라든

---

* 생각보다 많은 정도라는 뜻을 나타내는 말.

지 세상 체면을 보느라고 이왕지사 죽은 사람을 살릴 수도 없고 하니까 울며 겨자 먹기로 눈감아 버리고 도리어 덮어 주어 버렸는지? 그 점이 모호하기는 하다. 그러나 지금도 덕기는 이를 갈아붙이는 수작으로 도둑이 제 발이 저려서 그러는 것이라고 이번이야말로 가만두지 않겠다는 말을 들으면 덕기에게는 조금도 뒤가 컴컴한 일이 없는 것 같기는 하다.

또 그러나 일의 장본인이 상훈이에게 있기 때문에 덕기로는 어쩌는 수 없이 물려지내는 것이나 아닐까……?

마지막으로 이런 추측도 든다. 즉 덕기가 창훈이와 최참봉과를 끼고 천하에 용납지 못할 짓을 하여 놓고 일이 끝난 뒤에는 그놈들에게 후히 논공행상도 안 하고 툭 차버리기 때문에 앙심을 먹고 상훈이에게로 되돌아 붙어서 일을 탄로시키려는 것이나 아닐까 하는 것이다. 그러나 덕기로서는 이미 열쇠 꾸러미를 맡고 제게로 상속이 올 것이 분명할 뿐 아니라 그 당시에 덕기는 나중에야 경도에서 돌아왔다. 그 외 여러 가지 전후 사정으로 보아서 덕기가 주동이 될 이유가 없기는 하다.

# 용의자의 떼

"가쵸도노(과장 영감)! 오늘 저녁에라도 일제히 착수를 할까요?"

경찰 고등과장이 인제는 퇴사를 할까 하는 생각을 하며 난로 앞으로 와서 안락의자에 앉아서 담배를 꺼내 물려니까 금천 형사가 들어와서 품을 한다.

"응? 글쎄…… 무어라고들 하던가?"

과장은 그리 탐탁지 않은 대답이었다.

"어차피 그놈들이야 무어 압니까. 어쨌든 확신은 있는 일이요, 일부를 건드려 놓은 다음에야 철저하게 나가야 하지요."

금천 형사는 이번 일에 고등과장이 우유부단인 것이 불평이었다. 그 이유를 모르는 것이 아니라 과장이 ××서장 시대에 조덕기의 조부와 비교적 가까이 지낸 관계가 있다. 돈 있는 사람을 괄시 못할 점도 있다. 그러나 금천이로서는 타오르는 공명심을 걷잡을 수도 없고 과장이 그럴수록 고집을 세워 보고도 싶은 것이요, 그만한 확신도 있는 것이다.

물론 덕기 자신의 문제나 그 가정 내의 문제는 발견됨을 따라서 분리를 시켜서 사법계로 넘길 성질의 것이나 고등계 소속의 금천 형사로서 노리는 점은 따로 있는 것이다. 즉, 덕기 조부의 독살이 사실이라면, 그리고 그 주범이 조덕기라면 분명히 그 교사자는 김병화라는 단안이다.

첫째, 부호 자제와 ××주의자가 그렇게 친할 제야 아무 의미 없는, 동문수학하였다는 관계뿐이 아닐 것, 둘째, 경도부 경찰부에 의뢰하여 조사해 본 결과 특별히 불온한 점은 인정치 않으나, 덕기의 하숙에 두고 나온 책장에 마르크스와 레닌에 관한 저서가 유난히 많다는 점, 셋째, 덕기가 돈 천 원을 주어서 장사를 시키는 점, 넷째, 작년 겨울에 한참 동안 두 청년이 짝을 지어 바커스에 드나들었는데, 그 여주인도 다소간 분홍빛이 끼었다는 점! 등등으로 보아서 조덕기는 그 소위 심퍼사이저(동정자)일 것이다.

그런데 재산이 아무 이유 없이 당연한 가독 상속자인 조상훈이를 젖혀 놓고 손자에게로 갔다. 여기에는 무슨 음모든지 있을 것이요, 그 배후에는 김병화가 있지 않으면 안 될 것이다. 이러한 의문이 상식적으로만도 넉넉히 드는 터에 항간에는 중독설과 의사 매수설이 자자하다. 마침내 금천이는 단독적으로 단연히 일어섰다.

그때의 과장은 좀 더 확증을 붙들 때까지 참으라고 며칠을 눌러 나오다가, 하도 성화같이 조르는 바람에 어제 오후에 겨우 승낙을 하여 주었다. 과장은 부하가 공명심에 날뛰는 것을 경계하여 누르려는 생각도 있지만, 좀 더 다른 계통으로 노려 보는 것이 있기 때문이다. 작년 겨울의 검거가 끝난 후 벌써 이삼 개월이나 되니, 그 잔당 사이에 아무 책동이 없을 리가 없을 것인데, 표면상으로는 매우 잠잠하고 김병화란 자는 천만의외에 식료품 장사 중에도 일본식 반찬 가게를 시작한 것이 결코 홑벌로 볼 것이 아닌 일편에, 외지의 정보는 구구하나마 여러 계통의 인물이 책동 잠입하는 형적이다. 물론 그런 종류의 정보란 열이면 열을 다 들을 수는 없으나 열의 한둘은 사실일 것인데, 여기서는 아무리 부하를 동독해도 감감무소식이다. 지금 서울의 거두는 거의 일망타진하였으나, 그중 온건한 자로서 김병화와 장훈이가 그 또래 중에서는 중심인물이다. 그러나 그 온건이라는 것이 폭발탄의 껍질같이 두루뭉수리의 온건인지 모를 일이다. 과장은 이런 방면에 더 착목을 하고 있기는 하나, 금천이의 관찰도 무리치 않게 생각이 든 것이다.

어쨌든 과장이 고개를 전후로 흔드는 것을 보고, 금천 형사도 오늘 아침 막 밝으면서 효자동 부근 파출소로 가 앉아서 복장 순사를 보내어 원삼이 내외를 데려갔다.

병화가 기다리다 못하여 원삼이 집에를 갔다가 깜짝 놀라 뛰어와서 금천이에게 전화를 걸어 보니까 금천이는 무슨 일인지 모르겠으나 서(署)로 물어봐 주마 하고 조금 있다가 다시 전화를 걸고,

"웅, 별거 아니야. 그 근처에 절도 사건이 생겼는데 참고로 불려 갔다는군. 그 동리로 새로 떠나갔다니까 누군지 모르고 그런 게지. 내 이따 서에 들러서 잘 말하고 빼놓아 주지."

이렇게 친절한 회보를 하여 주었다. 경찰부와는 상관없는 것

처럼 해서 병화를 오늘 하루 안심시켜 두려는 것이다. 사실 병화는 기연가미연가하면서도 어쨌든 종로서 사법계에 붙들려 간 줄만 알고 오늘 온종일 나오기를 기다리는 것이요, 덕기에게도 그렇게 기별을 하여 두었다. 그러나 덕기는 자기 일 때문이려니 하는 불안을 느끼며 하회만 기다리고 있는 판이다.

병화가 점두에서 대객을 하고 필순이는 안에서 밥을 짓느라고 부산한 판에 전화가 때르르 오더니 효자동 파출소에서 필순이를 잠깐 오라고 한다. 원삼이에 관한 말을 몇 마디 잠깐 물어볼 것이 있으니 곧 오라고 하는 것이다. 병화가 안에 들어가 본즉 필순이는 부엌에서 밥을 안치고 막 불을 지피고 앉았다.

"파출소에서 부르는데 잠깐 얼른 가보우."

"김 서방이 거기 있대요?"

"글쎄 거기 있는지? 하여간 원삼이 일로 잠깐 물어볼 게 있다는군."

"꼭 나더러 오래요?"

"응! 누구든지 대신 가면 어떻겠느냐니까 안 된다는군."

필순이는 아무래도 좀 덜 좋았다.

"밥은 어떡하나?"

"내 볼게. 어서 가보지. 저자에 순사가 오거나 하면 사람만 꼬이고 더 안 되었으니까……."

"혼자 어떡하시나…… 가게도 보셔야 하고…… 밥이 끓는 소리가 나거든 곧 들어와서 불을 물리고 숯불은 화로에 담으세요. 그리고 내가 늦거든 병원에 전화를 걸고 어머니께 곧 오시라고 하세요. 어쩌면 병원 저녁은 벌써 지났으니까 김 서방두 없구 한데 오시련만……."

필순이는 행주치마를 벗어 들고 마루로 올라간다.

"병원에서 어떻게 내버려 두고 오실 수가 있나. 전화로 파출소로 부를 제야 무어 오래 걸리기야 할라구."

필순이는 그럴 듯싶었다. 저고리만 갈아입고 목도리도 없이 양말에 고무신을 끌고 나섰다.

점방에 손님이 또 얼씬하니까 병화는 허둥허둥 뛰어나오며 사람의 일을 모르니 목도리라도 하고 가라고 이를 것을 미처 못 이르고 그대로 보냈다. 어느덧 전등불이 들어왔다. 길거리에서 떠들고 하는 소리에 밥 끓는 소리가 날 리도 없지만 멀거니 앉아서 필순이 생각을 하다가 밥솥 생각을 하고 안으로 들어가 보니 한 아궁지의 불은 타던 끄트머리가 아궁지 밖으로 떨어졌고 밥 타는 냄새가 후르르 끼친다. 허둥허둥 불은 그러넣고 솥뚜껑을 열어 보니 밥은 잘 지어진 모양이나 단내가 몹시 끼친다.

'경애는 오늘은 별로이 더 늦나?'

하는 생각을 하여 일러 놓은 대로 화로에 불을 담고 있으려니까 심란하다. 생전 못 해보던 부엌일까지 하고 앉았는 제 꼴을 생각할수록 을씨년스럽기도 하다. 이러다가 하나둘씩 붙들려 들어가면 나중 일이 어떻게 될까 겁도 펄쩍 났다.

불을 담아다가 가겟방에 놓고 멀거니 앉았으려니 벌써 7시를 친다. 파출소에 잠깐 가보려 하나 가게 볼 사람이 있나! 경애가 왜 안 오나? 겁겁증이 나 가만히 앉았을 수가 없다. 그러자 전화가 온다. 나가 받으니 덕기다. 지금 바깥에 내외를 불러 갔는데 여기는 별일 없느냐는 통기다. 필순이가 파출소로 불려 갔다는 말에는 덕기도 펄쩍 놀라는 모양이다. 하여간 원삼이 내외와 덕기 집 하인 내외를 불러 간 것으로 보면 일은 별일 아니요 덕기 집안일일 것이니 안심은 된다.

그런 지도 얼마를 기다려야 누구 하나 얼씬을 안 한다. 오늘은 저녁때부터 유난히 쌀쌀해져서 그런지 벌써부터 손님도 발이 끊겼다.

8시를 친다. 생각다 못하여 병원에 전화를 걸까 하니까 놀라서 병인을 내던져 두고 뛰어올 생각을 하니 그럴 수도 없어 그만두고 허실수로* 파출소에 전화를 걸어 보았다. 순사가 교대를 하였는지 전화 받는 순사는 모른다고 한다. 알고도 모른다는지 거기 앉혀 두거나 가두어 두고도 그러는지는 알 수는 없으나 설마 가두어 두었으랴. 본서로 데려간 것이리라고 생각하니 가슴이 서늘해진다.

조금 있다가 덕기에게서 또 전화가 왔다. 필순이가 나왔나 궁금해서 거는 것이나 덕기는 다른 이야기도 있고 하니 오마고 하고 전화를 끊었다. 병화는 그만만 하여도 마음이 의지가 되는 듯이 온다는 말이 반가웠다.

조금 있으려니 올라오는 전차에서 꺼먼 그림자가 툭 튀어 내려서 이리로 향하여 오는 모양이 유리창 밖으로 비쳐 보인다. 그

---

* 허허실실로. 되면 좋고 안 되어도 그만인 속셈으로.

동안 벌써 덕기가 오나? 하고 병화는 마주 나가며 문을 열려니까 반갑지 않은 손이 마주 선다.

병화도 데리러 오지나 않았나 하는 겁도 약간 들었다.

오늘은 안면 있는 조선 형사다.

"잠깐 갑시다."

"누가? 왜 또 풍이 동했소?"

병화는 아무쪼록 농담으로 살살 달래서 말눈치라도 얻어들어 보려는 것이다.

"모르지. 금천이가 잠깐만 만나자니까."

"집이 비어서 어떻게 갈 수 있나. 병원에 전화를 걸어서 우리 집 따님이나 불러다 놓고!"

"그렇게 능장을 부려 되나. 돈은 몰아서 몸에 지니고 잠그고 가지. 염려 말아요. 한 30분만 하면 나올 거니."

그러면서도 형사는 무슨 마음이 내켰던지 전화를 건다. 그러나 저편에서는 안 듣는 모양이다.

"안 되겠다는데. 그럴 거 무어 있나. 열쇠는 저 사람을 저리 오라고 해서 주어 보내지."

병화는 그렇게 하는 수밖에 없다고 병원에 전화를 걸었다. 필순이 모친과 경찰부 문 앞에서 만나기로 약속을 하여 놓고 그래도 아무쪼록 천천히 돈을 헤어 낸 뒤에 경애에게 편지를 써놓고 옷을 든든히 갈아입고 하였다. 그래도 그때까지 덕기는 오지 않았다. 할 수 없이 그대로 나섰다.

종점으로 올라가서 전차를 타고 내려가며 불이 환히 켜진 상점 유리창 안을 바라보고는 처량한 생각과 섭섭한 마음을 이기지 못하였다. 웬일인지 영영 하직을 하고 멀리 귀양살이나 가는 것같이 생각이 든다. 이번 검거의 수단이 다른 때와 다른 것이 이상하여 안심이 안 되는 것이다.

조금 내려오니까 우비 씌운 인력거 한 채가 올라가는 것이 보인다. 맑은 날에 우비를 씌웠을 제야 않는 덕기일 것이 분명하다. 무슨 핑계든지 하고 조금 더 기다려서 만나 보고 올 것을 잘못하였다고 후회하였다. 전차에서 내려서 도청 앞으로 향하려니까 저편에서는 벌써 알아차리고 내닫는다.

"필순이는 어디 갔어요?"

목소리가 떨렸다.

"먼저 들어갔에요. 곧 나오겠지요."

필순이 모친은 금시로 목이 말라서 말이 아니 나왔다. 얼굴이 파랗게 죽은 것이 컴컴한 속에서도 보인다.

병화는 열쇠를 내주며,

"어쩌면 조군이 기다릴 테니 얼른 가보세요. 우비 씌운 인력거가 내려오거든 붙들고 물어보슈."

하고 돌아섰다.

헤어져 들어가는 병화를 한참 바라보다가 저 속에 필순이가 있고나 하는 생각을 하니 발길이 돌아서지를 않는다.

상점 앞에 인력거 탄 사람과 끄는 사람이 멀거니 섰는 것을 보고는 필순이 모친은 그래도 까부라지던 기운이 돋아 오른다. 덕기는 인력거꾼을 보내고 따라 들어갔다.

병화가 파출소에를 갔든지 동리에 잠깐 나갔으려니 하고 기다리던 덕기는 적잖이 놀랐다. 그러고 보면 혹시나 병화의 사건이 중심이거나 두 사건이 엎친 데 덮치지나 않았나 하여 겁이 났다. 덕기는 이번에는 자기 차례라는 생각을 하니 병이나 어서 조섭하여 놓아야 하겠다고 생각은 하면서도 이 아낙네를 혼자 내버려 두고 갈 수도 없는 사정이다.

경애에게 글발을 써놓고 조금 있으면 올 자기에게는 아무 말이 없었던 것이 좀 섭섭하기도 하였으나 하여간 경애나 오면 만나 보고 가리라 하고 외투와 목도리로 몸을 녹여 가며 앉았다가 10시가 넘는 것을 보고 덕기는 택시를 불러 타고 경애를 찾아나섰다.

경애는 바커스에도 없었다. 하루에 한 번씩은 들여다보는데 온종일 안 오기에 산해진에 있나 보다고 생각하였다.

저희 집으로 가보았으나 거기에도 없다. 오늘 아침 10시쯤 해서 경애 모친이 나무를 받으러 나간 새에 나갔는데 계집애의 말을 들으면 어떤 양복 입은 사람이 와서 같이 나갔다 하기에 병화가 와서 데리고 나간 줄만 알고 있었다 한다. 병화 집 식구가 거진 다 잡혀갔다는 말을 듣더니 이 노파는 허둥지둥 옷을 끼어 입으며 일변 병화의 구설을 해가며 따라나섰다.

그놈이 또 때갔으면야 분명히 요년도 붙들려 갔으리라는 것이다. 덕기도 십중팔구는 그럴듯하여 같이 택시를 타고 경찰부로 갔다.

고등과장에게 면회를 청하였으나 사퇴하고 없었다. 중간에 선 형사는 경애가 붙들려 왔는지 모르겠으나 어쨌든 조금 기다리라 한다. 그러나 자정이 가까워 오도록 쓸쓸한 방 속에 경애 모친과 마주 앉혀 둘 뿐이더니 덕기를 취조실로 옮겨 갔다.

금천이는 덕기를 부르자면 과장의 동의를 구하여야 하겠고 여러 가지 성가신 일이 많을 터인데 마침 과장도 없는데 제풀에 온 것이 다행하여 이대로 우그려 넣을 작정이다.

사건은 사법계와 고등계가 연락을 취하여 오늘 저녁부터 일제히 활동을 개시한 것이다. 사법계에서는 화개동을 중심으로 활동하는 것이다. 고등계에서 필순이를 불러 갈 때 사법계에서는 화개동서 최참봉과 창훈이를 불러 가고 매당집도 모셔다 놓았다. 원삼이 내외를 먼저 데려간 것은 화개동 집의 내평과 병화의 신병이라든지 상점 일을 알자는 것이요, 덕기 집 내평은 원삼이만으로는 분명치 않아서 그 집 바깥아범 내외도 데려온 것이다. 그러나 원삼이는 병화에게 외투를 얻어 입은 일과 제 친구가 선술집에서 들었다는 소문만은 결코 입을 벌리지 않았다. 하여간 인제는 사법계로서 부를 사람은 수원집과 상훈이와 상훈의 첩뿐이다.

덕기에게 첫대바기에 묻는 것은 의사의 말을 들으면 500원을 받았다는데 왜 남들에게는 300원만 주었다고 하느냐는 점이다. 조수에게 준 200원과 합해서 500원이라고 대답을 하였으나 그러면 그 돈이 연구비의 보조라면서 어찌 개인에게 명목을 따로 따로 지어서 주었느냐는 것이다. 덕기는 대답이 꿀렸다.

비소중독이 사실인 줄 알면서 부친을 해부해 보자는 데 어째서 반대를 하였는가? 자식이 만일 그런 경우를 당하였으면야 핵실*도 하고 고소도 하였을 것 아닌가? 만일 상속할 재산도 아무 것도 없었더면 배상을 물리기 위하여도 들고 일어나지 않았을 까? 아랫사람의 변사는 말썽을 일으켜도 윗사람의 변사는 묵주머니를 만들어 버리려는 경향이 있는 것은 반드시 재산 상속 문제뿐만 아니라 정신적 의미의 이유도 있기는 있는 것이다. 그러나 덕기의 문제에 있어서는 일반적 경향이나 심리 문제로만 해석할 것이 아니었다. 여기에 대하여 덕기는 조부의 유해를 욕보이기 싫으므로 다만 한약의 연구 결과를 기다리려 하였노라고 대답하였으나 군색하지 않을 수 없었다. 다만 한 가지 헛된 풍문이 자자하여져서 치의가 일문일족에 돌아가면 누워서 침 뱉기니 가문과 개인의 명예를 위하여 떠들기 싫었던 것이라는 점만은 취조하는 금천 형사도 그럴듯이 생각하였다. 더구나 조부는 생전에 금고 열쇠를 내주고 재산 분배를 자기 손으로 하여 놓은 다음에야 덕기가 무슨 불평이 있어서 악랄한 수단을 썼겠느냐는 점이 덕기에게는 위없이 유력한 변명이 되었다.

둘째는 필순이가 병화의 심부름을 다니고 병화와의 돈거래에는 필순이가 사이에 들지 않았는가?

셋째는 병화와 경애가 어떤 동기로 친해졌는가 하는 점이었다.

그러나 이 점에 대하여 경찰로서는 별로이 소득이 없었다. 덕

* 覈實. 일의 실상을 조사함.

기는 이날 대접해서 숙직실에서 자게 하였다. 내보내도 좋겠지만 의사에게 준 500원이니 300원이니 하는 문제가 해혹될 때까지 두려 하는 것이다. 그뿐 아니라 덕기가 비록 중독 사건에는 죄가 없다 하여도 병화와의 관계가 중대한 것이다.

금천이는 중독 사건은 수원집 일파를 사법계에 맡겨서 취조하는 것이 첩경이라 하여 그리로 넘기고, 병화와 경애 문제는 경애 모를 닦달하면 무엇이든지 나오리라 믿었다.

"술집에서 만난 놈이겠지만 그놈 바람이 잔뜩 키인 헐렁이지요. 그놈 때문에 나까지 이 욕을 보는 것도 분한데, 내 딸이 그렇게 어림없이 그놈하고 무슨 일을 할 듯싶소. 어서 내 딸이나 내놔 주시구 그놈은 한 10년 징역을 시켜 주슈."

노파는 이런 딴청을 하며 게두덜대었으나 차차 취조해 가는 중에 이 노파의 남편이 그 유명한 홍××이라는 말에 금천 형사는 눈이 커다래졌다. 더구나 이 여자도 야소교인이다. 결코 이렇게 말귀도 못 알아듣고 이면 경우 없이 덤빌 구식 여자가 아닌데, 이러는 것은 공연히 미친 체하고 떡목판에 엎드러지는 수작이 아닌가 하고 금천이는 마음을 단단히 먹었다.

더구나 본가 편의 이야기가 나왔을 제 오라비가 상해로 달아난 뒤에는 부지거처란 말에 또 놀랐다. 이 집안 내력들이 이렇구나 하고 벼르는 것이다.

"그래 그 오라비 이름은 무어야?"

"×××라고 하지요. 그놈도 죽일 놈이지요."

"응? ×××!"

금천 형사는 눈이 등잔만 해졌다.

경애 자신은 아직 변변히 취조를 못했으나, 대강 병화와의 관계만 물어보기에 급하여 저희 집 내력을 이때껏 몰랐더니 알고 본즉 맹랑하다.

"참 그런데 저번에 왔던 그 사람 요새는 어디 있나요? 그저 댁에서 묵지요?"

금천이는 자기 친구의 소식이나 묻듯이 별안간 좋은 낯으로 묻는다.

"누구요? 우리 시누님요? 아직 집에 계셔요."

수원서 사촌 시누가 와서 요새 묵고 있는 것은 사실이다.

"아니, 오라버니한테서 온 사람요."

"10여 년을 처자가 굶어 죽게 되어도 저만 벌어서 쓰고 돈 한 푼 안 보내는 그런 도적 같은 놈이 무슨 정성이 뻗쳐서 사람까지 보내요. 그놈 우리집 판 돈까지 알켜 가지고 달아난 그런 몹쓸 놈예요."

맨 딴청만 한다.

물론 넘겨짚고 물은 말이지만 이 노파의 대답이 그럴듯은 하면서도 너무 능청스러운 점이 도리어 의심이 난다.

"그런데 오라버니 집이 지금 어디란 말요?"

"현저동 어디에 산다는데 가본 일도 없어요."

"돈을 얼마나 떼였는지 동기간에 절연을 하여서야 그거 되었나요."

금천이는 능청맞게도 잘하는 조선말로 이렇게 한가로운 수작

을 하고 웃다가,

"그래 조카자식들도 있겠지요?"

하고 말을 돌린다.

"둘이나 있어요."

"벌어들 먹을 만하게 자랐나요?"

마치 여러 해 격조한 친구의 집안을 걱정해 주는 것 같다.

"예, 큰놈은 열아홉 살이나 먹고 작은놈은 열여섯인지 열일곱
인지……."

금천 형사는 요놈들을 데려다가 물어보리라 생각하였다.

"바쁘신가요? 좀 급한데."

방한모에 조선옷을 입은 자가 취조실로 황황히 들어오며 말
을 건다.

"응, 가져왔나?"

"갖다가 세 군데 물어봐야 판에 박은 듯이 똑같습니다."

"응? 무어라구?"

"본새가 외국 건 외국 건데 상해제도 아니요, 미국제도 아니
라구요."

"그럼 어디 거란 말인가?"

"묻지 않아도 노서아제지요!"

"그래 얻다 두었나?"

"여기 가졌에요."

하고 그자는 금천 형사 앞에 앉았는 노파에게로 눈을 보낸다.
두루마기 귀에 손을 찔러서 그 속에 무엇을 가지고 있는 것은 경

애 모친도 눈치채었으나, 일본말로 수작을 하기 때문에 무슨 소리인지 알 수는 없었다.

금천 형사는 이 여자 때문에 가진 것을 내놓지 않는 줄 알았으나, 감출 필요가 없을 것 같아서,

"어디 좀 보세."

하고 손을 내밀며 노파의 얼굴을 쳐다보았다.

두루마기 속에서 흙투성이의 너덜뱅이 노랑 구두 두 짝이 쑥 나오는 것을 보자, 경애 모친의 눈은 번쩍하며 고개가 뒤로 끄덕하여졌다. 두 형사의 눈은 노파의 얼굴에서 차차 떠나면서 저희끼리 마주쳤다.

무거운 침묵이 노파의 등덜미를 짓누르는 것 같았다.

경애 모친의 목구멍 속에서는 땀방울이 똑똑 소리를 내면서 떨어지는 것 같았다.

형사들은 뜻밖의 단서를 잡은 듯이 속으로 춤을 추었다.

"이 구두 뉘 것인지 알겠지?"

금천 형사의 눈은 금시로 험악하여졌다.

"뉘 건데요?"

"뉘 건데라니?"

옆에 섰던 부하가 마루청을 탕 구르며 덤벼들어서 경애 모친의 어깨를 으스러져라 하고 후려잡고 흔들어 놓으니, 애고고 소리를 치며 바닥에 뒹구는 것을 발길로 두어 번 걷어찼다. 우선 얼을 빼놓자는 것이다.

장훈이 일파는 지금 몰아들인 것이다. 구두는 장훈이 집에서

가져온 것이다.

장훈이에게는 두목이니만치 형사들을 풀어 보내면서 하나는 그 구두를 가져다가 몇몇 구둣방에서 감정을 하여 오라 한 것이다.

금천이는 저번 일이 있은 뒤부터 보지 못하던 구두를 장훈이 집의 사랑방(사랑방이래야 행랑방이나 다름없지만)에서 보고 눈여겨보아 오던 것이다. 사흘돌이로 장훈이 집에를 순행하듯이 들여다보았지만, 다녀간 사람이나 묵고 간 사람은 없다는데 주인이 집 속에서 끄는 헌 구두가 새로 생긴 것이 이상하였던 것이다. 더구나 그 구두는 장훈이에게는 대가래 같아서 출입에는 못 신는 모양인 것이다.

물론 가택 수색은 하였으나 다른 소득은 없었다. 어쨌든 무슨 언턱거리든지 잡아 가지고 이 판에 장개석이 일파와 김병화 일파를 뿌리를 빼자는 것이다. 두 사람이 일자이후로 반목 중에 있을 듯한데, 매 끝에 정이 들었는지 싸운 뒤에 도리어 친해진 듯한 눈치가 보이는 것이 수상하던 터이라, 구두 조건을 얽어 가지고 한번 건드려 보자는 것이다.

"너의 집에서 장훈이와 김병화를 불러다가 노서아에서 들어온 놈과 만나게 해주었지?"

이제는 금천이도 노파에게 '너'라고 마구 다룬다.

"그런 일 없에요. 아무것도 모르는 등신 같은 늙은이를 왜들 이러세요?"

경애 모친은 우는소리로 애걸을 하였다.

"네가 그랬다는 게 아니라, 네 딸이 그랬다는 말이야!"

또 소리를 벼락같이 친다. 형사들도 물론 입에서 나오는 대로 넘겨짚는 소리다.

"우리 딸년은 분이나 바르고 향수나 뿌리고 밤을 낮으로 알고 돌아다닐 줄이나 알지, 그 외에 무슨 일을 하였겠에요?"

이 노파도 남편의 덕에 이런 곤경도 좋이 치어나서 엄살로 목소리는 떨어도 여간해서는 속까지 떨리지 않으나, 저놈의 구두 하나만은 보고 볼수록에 뜨끔하다.

'그 빌어먹을 놈이 신기 싫으면 쓰레기통에라도 넣고 달아를 나거나! 누구 못할 노릇을 하려고 어디다 벗어 놓고 달아나서 이 불티를 낸단 말람……!'

어떻게 되는 조카인가 하는 피혁이를 속으로 원망하고 앉았으나 원망한들 무엇하랴.

"그런 딸이 어째 김병화 같은 놈하고 사느냔 말야? 김가가 분장수야? 향수 장수야? 백만장자야?"

"낸들 알겠습니까만 인물이 깨끗하고 허우대가 좋은 놈이 슬슬 꾀는 바람에 그 미친년이 멋모르고 따라다니겠지요. 그 놈팽이가 말뼈다귀로 된 놈인지 쇠뼈다귀로 된 모양인지 전들 알겠습니까?"

"흥, 아주 말 잘하는데! 남편, 홍선생님한테 배운 게로군."

하고 금천이는 까짜를 올리면서,

"그래 이 구두는 정말 모르겠소?"

하고 다시 순탄한 목소리로 묻는다.

"알면 안다지, 무엇하자고 속이겠어요."

"응, 그럴 테지!"

금천 부장(순사부장)은 비꼬듯이 대꾸를 하고 부하에게 선선히 눈짓을 하니까, 옆에 섰던 형사가 별안간 '일어나!' 하고 소리를 버럭 지른다.

"대접을 받고 싶거든 바른대로 자백을 하는 게 아니라!"

부하는 혼자 중얼거린다.

경애 모친은 하도 무서운 큰소리에 밑을 찌르는 듯이 벌떡 일어나면서 이상히도 사지가 찌르르 하는 것을 깨달았다. 10년 전 남편 때문에 붙들려 갔을 때도 두 차례 세 차례씩 그 몹쓸 고생을 당하였다. 또 그러려고 끌고 가는 거나 아닌가? 하는 겁이 펄쩍 나서 두 다리가 허청 놓이며 부르르 떨린다……. 그러나 하는 수 없었다. 입 한 번만 벙긋하면 내 딸이 생지옥으로 떨어지는 판이다. 차라리 내가 예서 숨이 끊길지언정 우리 경애를 삼사 년 콩밥을 먹일 수는 없다!

거의 한 시간 뒤에 경애 모친은 어두컴컴한 속에서 만들어 붙인 고무손 같은 손으로 흑흑 느끼면서 옷을 주워 입고 형사를 따라 환한 방으로 다시 왔다. 아래위 어금니가 딱딱 마주쳐서 입을 어우를 수도 없고 어디 가 앉을 기운도 없다. 손발은 여전히 내 살 같지가 않고 빠질 것만 같다.

"말 한마디에 달렸는 것을 그걸 발악은 하면 무얼 하우? 내 몸 괴로운 것은 고사하고 귀한 내 딸도 당장 그 지경을 당할 것을 생각하면 자식의 정리를 생각해서라도 얼른 시원스럽게 불어 버릴 게 아니오. 우리야 범연히 그럴 리가 있나! 손샅*같이 알기에 그러는 것을 속이려면 되나! 나 같으면 내 자식이 그런 곤경을 치를까 보아서라도 선뜻 한마디 할 테야⋯⋯."

이렇게 달래는 것이었다.

---

* 손가락과 손가락의 사이.

# 젊은이 망령

아이들이 잡혀갔다는 말을 듣고 상훈이는 스르르 큰집에를 들렀다. 일자이후로는 처음이다. 아들이 누명을 쓰게 된 것이 고소까지는 생각지 않으나 애가 쓰일 것은 조금도 없다. 덕기가 그런 무서운 짓을 했으리라고 믿지는 않으니까 콩밥까지 먹으리라고는 생각지 않으나 사오 삭이고 어쩌면 1년쯤은 눈에 안 뜨일 것이니 우선 다행한 일이다.

젊은 놈 기운에 1년쯤 미결감 구석에 들어가서 공부나 하고 나오면 제게도 수양이 될 것이지, 이렇게쯤 생각하는 것이다. 그러나 자기가 자식을 모함하겠다는 생각은 꿈에도 없었고 뭇놈들이 있는 말인지 없는 말인지 떠들어 놓아서 이렇게 된 것이니 내하*오 양심상으로도 조금도 책임이 없다고 생각하는 것이다.

시어머니는 건넌방에서 내다보지도 않고 며느리만 나와서 맞는다.

"이놈은 몸 성하냐? 어디 나갔니?"

"안방에서 잡니다."

---

* 奈何. 어찌함 또는 어떠함의 뜻을 나타내는 말.

시아버지는 손주를 보겠다고 안방으로 들어갔다. 아닌 적엔 손주새끼가 왜 그리 귀여워졌는지?

영감은 아무도 없는 안방에 들어가서 자는 아이를 언제까지 들여다보고 앉았는지 도무지 감감하다.

건넌방에서 모친이 부어 앉았다가 며느리더러,

"애, 무얼 하시나 좀 건너가 봐라."

아들이 밉다고 손주새끼의 목을 눌러 죽이기야 할까마는 첩을 얻은 뒤로는 무엇에 씌인 사람처럼 얼굴까지 뒤틀리고 눈자위가 바로 놓이지 않아서 다니는 사람이니까 남편이요 시아버지 건만, 무시무시하여 정이 떨어지는 터이다.

"그저 잡니까?"

며느리가 방문 앞에서 머뭇거리다가 인기척을 내고 문을 방긋이 여니까, 발치께로 놓인 아들의 책상 앞에 돌아앉아 무엇을 꿈적꿈적하다가 깜짝 놀라며 돌아다본다.

"응, 애, 잠깐 들어오너라."

"무얼 찾으세요?"

책상 서랍이 열려 있다.

"사랑, 문갑 열쇠 어디 있는지 아니?"

"모르겠에요. 거기 어디 있겠지요."

열쇠 꾸러미는 조그만 손금고에 넣어서 다락 앞 턱에 넣어 둔 것을 아나, 모른다고 하여 버렸다. 손금고의 열쇠는 물론 덕기가 돈지갑 속에 넣고 다니는 것이다.

"다른 게 아니라 내 물건 하나를 초상 중에 문갑 속에 넣어

둔 것이 있는데, 경찰서에 곧 갔다 뵈어야 이 애가 놓여 나올 테
구나……."

하고 망단한 듯이 먼 산을 쳐다보고 앉았다가,

"넌 정말 모르니?"

하며 며느리에게 애원하듯이 하며 얼굴을 쳐다본다. 알고도 속
이는 며느리는 면구스러웠다. 마치 난봉자식이 휘 들어와서는
남의 눈을 기어가며 집안을 들들 뒤지는 것 같아서 보기에 딱하
고 흉하다.

"얘, 할아버지 쓰시던 조그만 금고 어디 갔니?"

"여기 있에요."

하고 며느리는 다락 문을 열고 금고를 내다가 앞에 놓았다.

"열쇠 가져오너라."

시아버지는 반색을 하며 비로소 의기양양하여진다.

"집에 두고 다니지 않아요."

영감은 다시 낙심이 되었다. 어린애가 장난감 만작거리듯이
대그럭거리며 마진쇠질*을 하려 한다. 체통이 아깝다.

며느리는 휙 나오려다가,

"경찰서에서 가져오라 하시니 그러면 누구를 보내서 열쇠를
내달라고 해 오랄까요?"

하고 물었다.

문갑에 무에 들었는지도 모르겠으나 그것만 가져가면 제 남

---

* 곁쇠질. 제 열쇠가 아닌 것으로 자물쇠를 여는 짓.

편이 나온다는 말에 그래도 마음이 솔깃하여 열쇠가 있으면 시원스럽게 열고 싶었다.

"그만두어라. 어떻게 열리겠지."

며느리가 건넌방에 와서 그런 이야기를 시어머니한테 하니, 펄쩍 놀라며,

"애, 쓸데없는 소리 마라. 공연한 말씀이다. 큰 금고 열쇠가 함께 꿰어 있을 줄 알고 그걸 훔쳐 가려고 얼렁얼렁하시는 소리다." 하고 벌떡 일어나서 후닥닥 문을 밀치고 나간다. 며느리는 또 무슨 야단이 날까 봐 조마조마하기는 하나 가만히 앉았으려니까, 안방 문이 우당퉁탕하더니 철궤를 들어서 마루로 탕 내부딪는 소리가 육간대청에 떼그르하고 울린다.

"왜, 우리마저 쪽박을 차고 나서는 꼴을 보려우? 낮도둑놈 모양으로 무슨 까닭에 여기까지 쫓아와서 작은 열쇠 큰 열쇠 하고 법석요? 그놈의 금고째 떠메가든지! 이 짓 하려고 자식을 그 몹쓸 데로 잡아 넣었구려? 이 죄를 다 어디 가서 받을 테요?"

소리를 바락바락 지르려니까, 영감은 검다 쓰다 말없이 모자를 들고 나와서 내려가다가 며느리보고,

"난 모르겠다. 형사들더러 와서 가져가라지." 하고 홀쩍 가버렸다.

덕희는 책보를 끼고 들어오면서 좌우 방문이 열리고 식구들이 우중우중 섰는 것을 보고 또 눈살을 찌푸렸다. 지금 전차에서 내리자 원광으로 부친의 눈길과 마주쳤으나 모른 척하고 획획 가버리는 뒷모양을 몇 번이나 바라보면서, 심사가 좋지 못한

것을 참고 들어오는 판인데, 집안 꼴이 또 이 모양이다. 덕희는 누구 편을 들고 말고 없이 요새는 집이라고 들어올 생각이 없다. 학교에서나 동무의 집에서 엉정벙정 지낼 때는 남과 같이 웃고 떠들다가도 집에를 들어와 앉으면, 무엇이 짓누르는 듯이 답답하고 누구의 얼굴이나 보고 싶지 않고 누구의 말이나 듣고 싶지 않다.

부친이야 원체 말할 것도 없고 남보다 좀 나을 따름이지만 덕희는 모친과도 맞지를 않았다. 모친과 같은 전 세상 사람과는 맞을 리도 없지만 하루에도 몇 차례씩 끌어내 놓는 푸념이나 히스테리 증세에는 머리를 내두를 지경이다. 이 집안에서 다만 한 사람 오라비만은 같은 시대에서 호흡을 하고 얼마쯤 이해를 해주고 귀해 주는 점으로 제일 마음에도 맞고 남에게 자랑도 되었다. 그러나 그 오라비가 저 모양이 되었다.

"아버지 다녀가셨소?"

덕희는 오라범댁에게 물었다.

"그런데 또 왜 그러시우? 싸우셨소?"

"아니라우. 금고 열쇠를 찾으러 오셨더라우."

"아버지도 딱하시지!"

덕희는 한숨을 쉬었다.

"오빠는 저렇게 고생인데 그건 빼놓아 주실 생각은 아니하시구 금고가 못 잊히셔서. 돈이 뭐구? 재산이 뭐구?"

공부방인 아랫방을 열고 들어가면서 덕희는 혼잣소리를 한다.

"망령? 나이 아직 육십도 못 되어서 망령이야? 철 안 나고 계집 바치는 분수 보아서는 스무남은도 못 되었을라."

모친은 마루 끝에 앉아서 또다시 시작이다.

덕희는 문을 꼭 닫고 책상 앞에 가만히 앉아 버렸다. 말대꾸를 하면 모친이 점점 더 화가 치밀어서 저녁도 못 자실 것이요, 귀가 아파서 못 견딜 것이니까. 그러나 모친의 말이 옳지 않은 것도 아니라고 생각하였다. 오십이 막 넘은 부친과 같은 중노인이면야 말이 노인이지 한참 활동할 때다. 남의 나라 사람은 칠팔십이 되어도 사회에 나서서 젊은 사람 못지않게 사업을 하고 대신 노릇도 하건만 우리나라 노인은 오십만 넘으면 그저 먹고 눕고 술타령이나 하고 계집에나 눈이 뒤집히니 그게 웬일인지 덕희는 노인이라면 미운 생각이 난다. 부친만 미운 게 아니라 세상의 노인, 조선의 노인이 미웠다. 노인이라고 다 미울 리야 있나! 노인 떠세나 하고 주색에 미친 그런 노인 말이지! 덕희는 칠십이 불원한 동무의 부친이 조그만 반찬 가게를 벌이고 매일 새벽이면 장을 보러 다니고 한다는 말을 생각하여 보고는 돈 있고 팔자 좋은 노인이나 그런가 보다 싶었다.

저녁밥을 막 먹으려니까 지주사가 상노놈을 들여보내서 경관이 오셨는데 안에를 잠깐 들어가서 검사를 하신다 선통을 하여 놓고 형사를 둘이나 데리고 들어왔다.

덕기의 방이 안방이냐고 묻더니 조사할 터인데 지주사 외에 방 임자가 들어와서 섰으라 하고 두 사람이 앞장을 서서 방 안으로 들어간다. 입회를 하라는 것이다. 시어머니는 젊은 며느리를 들여보낼 수도 없고 당자도 싫다고 하여 자기가 대신 들어갔

다. 며느리와 딸과 침모들은 마루에 떨고 서서 하회를 기다리고
있다.

형사들은 장문을 모조리 열고 쑤석거려 보고 책상 서랍을 뒤
지고 책장을 열어 보고 다락 속도 대강대강 뒤져 보더니 조금
아까 다시 집어넣은 철궤를 들어내며,

"이건 게로군!"

하며 저희끼리 숙설거리더니 열어 보아도 좋으냐고 묻는다.

"열쇠가 없어서 못 열어요."

"없어두 상관없소. 이것을 가져오라는 명령인데 만일 이 속에
돈이 있으면 안 될 테니까 그러는 것이오."

하고 한 자가 꼬부라진 쇠꼬챙이 하나를 외투 주머니에서 꺼내
어 몇 번 쑤석쑤석하니까 덜컥하고 열린다. 섰던 사람들은 신기
도 하고 놀랍기도 하였다.

형사들은 용돈으로 넣어 둔 100원 미만의 돈과 열몇 개의 열
쇠를 주인이 보는 데서 헤어서 다시 넣고 그 외에 세금과 물건
값을 치른 영수증 축을 떠들쳐 보고 나서는 이것들을 분명히 자
기네들이 맡아 가지고 간다 하며 철궤를 다시 닫으려 하니까 방
문 밖에서 덕기댁이,

"그건 가지고 가시더라도 그 밑에 있는 통장과 도장들은 두고
가세요."

하고 소리를 친다. 그들은 반색을 하며 위에 놓였던 나무 갑을
드니까 그 밑에 저금통장 두 권과 덕기 부처의 도장 두 개가 나
온다. 덕기의 것은 용돈에 쓰려는 것인지 천 원 내외의 것이요,

덕기댁의 것은 그야말로 벙어리에 돈 모으듯 한 저금통장이다.

형사들은 죄다 몰아넣어 가지고 나섰다.

"허지만 누구신지나 알아야지요. 나중에 어디 가서 찾아올지요?"

며느리가 시어머니에게 소곤거리는 것을 듣고,

"누군 알아 뭐 하우. 경찰부 고등계로 오면 고만이지만 이 일이 끝나기 전엔 안 내줄 거요."

하고 한 자가 퉁명스럽게 대꾸를 하니까, 또 한 자가,

"정 미심쩍다면 명함을 두고 갈 테니 나를 찾아오면 될 거요."

하고 홀척홀척 지갑에서 명함 한 장을 꺼내서 지주사를 내준다.

"옳지, 그렇게 하는 게 좋군! 지주사! 잘 맡아 두슈."

덕기 모친은 잘되었다 생각하고 지주사를 단속한다. 그러나 집 속에서 사람이나 들볶고 영감 흉하적이나 하라면 하였지 이런 일을 당하면 차근차근하고 생각 도는 품이 공부 못했고 구박받는 며느리만도 못하다.

그러나 사랑 문갑에 든 것을 꺼내 가려고 열쇠를 찾는 터이면야 금궤까지 가져갈 묘리도 없을 것이요 문갑을 열어 보겠다 할 터인데 아무 말 없이 그대로 가버리는 것이 좀 미심쩍기도 하다. 만일 이따가라도 또 와서 정말 문갑을 뒤져 간다면 화개동 영감의 말이 확변이 될 것이요. 그보다도 반가운 것은 덕기가 밤중에라도 놓여나올 일이다.

11시나 되어서 안에서는 첩첩이 닫고 첫잠이 들려 할 제 대문이 열리는 소리가 안방에 들린다. 안방에서는 덕기댁이 깨어 있

었다. 형사가 또 오거나 그 금궤를 갖다 보고 변명이 되어서 남편이 이 밤 안으로 놓여나올 것만 같아서 잠을 못 이루고 옷 입은 채 누웠다가 벌떡 일어나며 윗목에서 잠이 든 침모마님을 흔들어 깨웠다.

"사랑에 누가 온 모양인데 좀 같이 나가 보세요."

노파는 벌떡 일어났다.

뜰로 내려서려니까 건넌방에서,

"누구냐?"

하고 모친이 소리를 친다.

"그저 안 주무셨에요? 사랑에 누가 온 모양이기에 뒷방마님하고 나가 보려는데요."

"응, 나가 봐라. 나두 나간다."

사랑 마당으로 나서니까 지주사가 의관을 하고 나오고 마루 끝에는 꺼먼 그림자가 우뚝 앉았다.

지주사는 이편이 눈에 띄자 다가오면서,

"형사들이 화개동 영감을 모시고 왔는데 영감두 오늘은 댁에 못 들어가기 쉽다고 나더러 가서 이르고 오라고 하는구면."

하고 수군거린다.

"왜 복만이 없에요? 복만이나 태진이를 보내시지요."

복만이는 상노아이요. 태진이는 이 집에서 장가까지 들여 준 젊은 청지기다.

"그 애들은 자요."

"자두 깨지요. 어쨌든 깨워 놓고라도 가셔야지요."

그러자 마루 끝에 앉아서 내려다보던 형사가 일어나 내려오라 하며,

"무슨 이야기들이야? 어서 갈 사람은 가지."

하고 상관없는 일에까지 참견이다.

지주사는 찔끔하여 돌쳐나가고 뒤에서 시어머니가 나오더니 축대 위로 올라가서 마루 앞으로 가려니까 형사가 가로막는다.

"누가 왔는데 내 집 안에 내가 못 들어간단 말이오."

"주인 영감이 왔으니까 안에서는 들어가지 않아도 좋단 말요."

말이 몹시 딱딱하다.

주인마님은 옥신각신하다가 한옆으로 비켜서는 수밖에 없다. 그 뒤에 며느리와 침모는 팔짱을 끼고 오그리고 섰다.

태진이와 복만이가 그제야 허둥허둥 제 방에서 나왔다.

"젊은 놈이 잠은 무슨 잠들이냐. 집 안에 도적놈이 들어오는지 무슨 일이 났는지도 모르고 그저 처먹고 쿨쿨 자빠져 자기만 하면 세상이냐?"

화풀이가 애꿎은 데로 터졌다. 젊은 놈들이기에 잠이 많지 육칠십 먹은 노인이 잠 많으랴만 지주사는 영감 오셨다고 해서 깨어 나왔는데 도적놈이 들어온 줄도 모르고 잔다고 야단이다. 영감이 도적놈이란 말인가?

"에? 영감마님이 도둑질을 들어왔어요?"

복만이는 깜짝 놀라서 자다 깬 목소리로 아씨께 커다랗게 묻는다.

"얘, 잠이 취했니? 정신 차려라."

하고 아씨는 나무란다.

"떠들지 말어!"

형사도 소리를 꽥 지른다.

자다 깬 사람은 어느 구석에서 육혈포가 쑥 나올 것같이 얼떨떨한 김에 머리끝이 으쓱해진다.

웬 거레를 그리 하는지? 문갑 속만 뒤진다면 다락 문 닫는 소리가 날 리도 없으련만 발끝부터 얼어 올라오다가 아랫배가 꼿꼿하여질 때나 되어서 다락 문 닫는 소리가 나고 영감의 큰기침 소리가 연거푸 나더니 양복쟁이 둘이 마루로 나선다.

"거기 왜들 섰니? 들어가거라."

영감은 여자들을 보고 나무라듯이 한마디 하고 앞장을 서서 내려온다.

"어떻게 되었에요?"

시어머니는 말을 하기 싫어하니까 며느리가 대신 물었다.

"응, 내일쯤은 놓여나올 거다. 마음 놓고들 자거라."

영감은 청지기와 복만이더러 문신칙 잘하라고 일러 놓고 형사들에게 꺼들려 나갔다.


"영감! 지금 댁으로 가서는 안 되었지요? 지기를 길에서 만나거나 하면……."

"만나면 어떤가. 하여간 택시를 불러 타세."

세 사람은 황금정으로 나와서 택시를 불러 탔다.

"저희들은 오늘 밤으로라도 들고 뺍니다. 논공행상은 당장 하셔야 하십니다."

"염려 말게. 지금 가는 길로 줌세그려."

"하지만 잘못하면 3년. 어쩌면 오륙 년은 콩밥 귀신이 될 텐데, 천 원씩은 너무 약소합니다. 어쨌든 3년 동안 처자식 굶지 않을 만큼 만들어 놓고, 들고 빼든 때가든 해야 하지 않습니까?"

한 자가 이렇게 조르니까, 또 한 자는,

"여부가 있나! 하지만 가만있게. 설마 영감께서 이렇게 성공한 바에야 처분이 계시겠지."

하고 추겨 댄다.

"큰 것 하나씩 주셔도 아깝지는 않습니다."

큰 것 하나라는 말은 만 원씩 말이다.

"아따, 이 사람들 퍽으나 조급히 구는군. 그런데…… 아차차 잊어버린 게 하나 있네그려."

상훈이는 놀라는 소리를 한다.

"무엇 말씀요?"

"자네들 처음 갔을 때 지기에게 주었다는 형사의 명함 말일세. 큰사랑 건넌방이 지기의 방이니까 거기 들어가 보면 어디든지 놓였을 텐데…… 허허, 그거 낭패다."

상훈이는 자동차를 돌리라고 하여 다시 가서 뒤져 가지고 오자고 한다. 그 명함은 상훈이에게 언제인가 찾아왔던 형사의 명함을 이용한 것이었다. 손금고를 압수해 올 제 상훈이는 지갑 속에 있던 그 명함을 꺼내 주며, 만일 무슨 표적을 달라거든 내주고 아무쪼록 쓰지 말라고 신신당부를 하여 보냈던 것이다.

"염려 없습니다. 경을 쳐도 가짜 형사질을 한 저희가 경을 치지 영감께야 아무 상관 없습니다."

"누가 경을 치든지 간에 다른 것은 집안 내의 일이니까 어떻게든지 되겠지만, 그것이야 인장 도용이나 공문 위조 사용과 같이 말썽만 되는 날이면 큰일 아닌가."

"그렇게 애가 쓰이시면 당장 뺏어다가 영감께 도로 드릴 테니 얼마 내시렵쇼?"

"이 사람! 자네는 아는 게 얼만가? 얼마든지 줄게 뺏어만 오게 그려."

"글쎄 얼마 주시겠습니까?"

"어떻게 뺏어 온단 말인가?"

"어떻게 뺏어 오든지 그거야 아실 거 있습니까. 얼마란 값만 치십쇼그려."

"얼마만 했으면 좋겠나?"

"처분대로지요."

"그럼 100원 하나만 줌세."

"그건 너무 헐합니다. 잘못하면 사람 목숨 하나 값이나 되는데요."

"미친 사람! 하여간 200원 줌세."

"정녕 그러시지요? 그럼 쓰십쇼."

"증서를 말인가?"

"아니요. 소절수요."

"쓰지…… 그래 어떻게 뺏어 오나?"

"하여간 쓰십쇼. 그리고 그 길에 저희들 상급까지 써줍쇼."

"그건 안 돼! 당장 현금이 그렇게는 없으니까."

하며 상훈이는 만년필과 소절수 책을 꺼내서 200원 소절수를 떼니까, 한 자가 껄껄 웃으며 한 손으로는 돈표를 받고 한 손으로는 외투 주머니에서 명함 한 장을 꺼내서 맞바꾸었다. 분명히 그 명함이다.

"주지 않았었네그려?"

상훈이는 안심은 되었으나 돈 200원이 아까웠다.

"주지 않기는요, 하지만 그만큼 약삭빨리 안 하고 되겠습니까."

"잘 되기는 했네마는 명함 한 장에 200원은 과한데."

"아까우십니까? 아깝건 도로 바꾸시지요."

이자들과 공모를 하여 이때껏 부려 먹고도 아직 돈 한 푼 맛을 안 보였을 뿐 아니라 위협 비슷이 조르는 바람에 못 이기는 척하고 준 것이었으나 너무나 얼뜨게 빼앗긴 것 같아서 불쾌하기도 하였다.

내일 나온다던 사람은 그 내일의 짧은 해가 다 지도록 감감무소식이다.

그래도 영감마저 붙들려 갔나 하는 염려도 있고, 영감만은 다녀 나왔으면 소식을 알리라고 지주사를 화개동으로 보내 보니, 거기서는 도리어 여기서 무슨 기별이 있기를 고대하고 있더라 한다. 어제 늦은 밤에 형사 두 사람이 영감을 데리고 와서 작은집(의경이)마저 자동차에 실어 가지고 가버렸다는 하회뿐이다.

고년, 첩년이야 한 10년 가두어 두었다가 내놓았으면 좋겠지만, 영감까지 들어가서 유치장에서 묵을 생각을 하니 아들만은 못하여도 가엾은 생각이 든다. 세상이 마음대로 되었으면 덕기 부자는 오늘 저녁으로 놓여나오고, 고년과 경애만은 하다못해 1년만이라도 경을 뽀얗게 치고 나왔으면 시원하기도 하려니와, 그러노라면 영감도 마음을 잡고 여러 해 버스러졌던 의취도 돌아서게 되련만…… 덕기 모친은 갖은 공상에 잠이 안 왔다. 하여간 그렇게 생각하니 영감의 뒷배를 봐주는 사람이라고는 없다. 무엇을 먹고 그 추운 속에서 덮개도 없이 벌써 이틀이나 어떻게 지내는지 날이 새거든 우선 금침이나 가지고 몸소 가보아야 하겠다고 생각하였다. 이렇게 생각하니 천리만리 떨어졌던 영감이 급작스레 가까워지고 남편의 옥바라지에 공을 들인다는 것이 그다지 장한 일은 아니로되, 그래 놓아야 남편의 마음도 돌아서게 할 수단이 되겠고, 한편으로는 젊었을 때의 정분이 새로 난 듯이 아까까지 욕을 하던 남편이 그지없이 정답게 생각된다.

날이 막 밝으며부터, 마님은 안방 다락 속에 배송을 내두었던 영감의 자리보퉁이를 끌어내고 장 속을 뒤져서 평복 일습을 내놓고 수건을 사오너라. 비누니 치마분이니 하고 한참 법석을 하더니 자기도 곱게 분세수를 한 후, 온종일 한데서 떨고 있어도 좋을 만치 든든히 입고 나섰다. 바깥애가 없으니까 지주사를 데리고 자동차로 나갔다. 그래야 집안에서는 누구나 밤새로 돌변한 마님을 비웃는 사람은 없었다. 도리어 마님이 하는 일 중에 제일 잘하는 일이라고 생각들 하였다.

마님이 나가신 지 불과 담배 한 대 태울 동안쯤 되어서 자동차 소리가 밖에서 다시 난다. 가시다 말고 도로 돌아오시나 보다 하고 대문간을 바라보려니까 덕기가 마당으로 성큼 들어선다.

집안 식구들은 죽었던 사람이 살아온 듯이 젊은 댁네부터 눈물을 찔찔 흘리며 내달아 맞으려니까 중문간에서 양복쟁이 둘이 주춤하며 기웃거린다.

'또 왔구나!'

하는 직각이 누구의 머리에나 떠올랐다.

덕기는 떠들지들 말라고 집안사람을 제지하고 그 사람들을 불러들인 뒤에 마루로 올라서며 아내더러 다락의 손금고를 내오라고 한다.

"예? 금고요?"

방 안으로 피해 들어간 아내는 눈이 둥그레졌다.

"손금고 말요. 열쇠만 꺼내 와도 좋아요."

덕기가 소리를 치며 방문 앞으로 가려니까,

"어제 경찰서에서 가져갔는데요."

하고 안방에서 대답을 한다.

물론 형사들도 들었다.

"무어야?"

덕기도 마주 눈이 커다래지며 형사들을 돌아다보았다. 이 사람들도 눈이 둥그레졌다.

"아버님께서 경찰서에 안 계셔요? 어머니께서 지금 차입하러 가셨는데요?"

"무어? 아버지께?"

덕기가 다시 형사에게 대고 일본말로 무어라무어라 하니까, 형사들은 도리질을 하는 양이 그럴 리 없다고 하는 눈치다.

"그래 언제 가져갔더람? 누구라고 합디까? 무슨 표적이 있겠지?"

"명함 두고 갔어요. 지주사가 가졌는데 지금 지주사도 어머니 모시고 갔어요."

덕기는 형사들하고 의논을 한다.

"그럴 리 없는데. 설사 어느 서에서 저희끼리 경쟁적으로 취조를 한대도 경찰부에 보고는 있을 것이지."

한 자가 동관에게 이런 소리를 하니까 한 자는 유창한 조선말로 방문 안에 섰는 덕기댁을 바라보며 묻기를 시작한다.

"어느 서에서 왔답디까?"

"자세 모르겠어요."

"어떻게 생겼습디까? 몇 사람입디까?"

"두 사람인데 밤중이요, 가까이 보지 못해서 모르겠어요."

"밤중에? 밤중에 가택 수색을 왔을 리가 있나."

형사는 혼잣소리를 하다가 말을 잇는다.

"어느 서인지도 모르는데 차입은 어디로 하러 가셨나요?"

"그래서 아마 경찰부인가 보다 하고 그리 가셨어요."

"영감두 오셨습디까?"

"네! 처음에는 혼자 오셔서 열쇠를 찾다가 가신 뒤에 형사가 와서 가져갔지요. 그리고 아버님께서 형사들과 같이 사랑으로 오셨어요."

형사들은 서로 싱글 웃으며 고개를 커다랗게 끄덕여 보인다.

마님 일행은 금천 부장의 호위로 자리보퉁이를 다시 실어 가지고 돌아왔다. 형사들이 사랑으로 나가 앉아서 금천 형사에게 전화로 보고를 하여 여기서 간 사람들을 보내 달라니까 금천이가 직접 데리고 온 것이었다. 형사들은 지주사가 맡았다는 명함을 우선 찾자는 것인데 분명히 머리맡 고비에 찌른 명함이 없어졌다.

형사들은 일 한 가지가 더 생긴 것이 귀찮다느니보다 활기가나는 것을 깨달았다.

그러나 원시 상훈이와 첩도 오늘쯤은 마지막으로 검거를 하려던 판인데 금고 열쇠가 상훈이의 수중에 들어간 것을 보고는 상훈이를 진작 붙들지 않았던 것을 후회하였다. 따라서 덕기에게는 더욱더 유리하여졌다.

오늘 덕기를 데리고 온 것은 덕기의 땅문서와 조부의 유서를 보자는 것이다. 조부가 죽기 전에 분재를 해놓은 것만 보면 덕기는 당장 놓이는 것이었으나 그저께 밤중에 상훈이가 가짜 형사들과 같이 와서 지주사를 화개동으로 심부름 보내고 이 방에서 무슨 일을 하였다면야 금고 속이 비었을 것이라고 추측하였다.

그러나 지주사의 말을 들으면 그 소위 형사대들과 상훈이가 자동차를 타고 가서 첩을 데리고 나갔다 하니 우선 그 자동차가 어디 것인지부터 조사해 보아야 하겠다고 생각하였다. 또는 상훈이가 지방으로 뛰었다 하더라도 조선 안에서 어디든지 피

해 앉아서 사람을 내놓아서 울안의 고리대금업자나 은행 방면
과 담판 중일 것이며 멀리 갔대야 대판 같은 데로 가서 빚을 내
려고 활동 중일 것이니 이러한 방면을 수탐해야 하겠다고들 생
각하였다.

　금천이는 형사들을 내보내서 이 집 부근에 있는 자동차부터
이 잡듯이 조사하게 수배를 하고 자기는 덕기를 다시 데리고 경
찰부로 갔다.

# 피 묻은 입술

희미한 전등불이 으스름하게 내리비치는 쓸쓸한 긴 복도를 급한 발자취가 우르르 몰린다.

문을 꼭꼭 닫고 괴괴하던 이 방 저 방에서 풀석풀석 문이 열리며 고개만 내밀고,

"왜 그러나?"

"무슨 일야?"

하며 수면 부족으로 충혈된 눈들이 번쩍인다.

무슨 사건인 줄을 알자 누구나 '흥!' 하고 놀라는 것도 아니요, 근심하는 기색도 아니나 저마다 살기는 더 뻗치고 얼굴들도 모질어졌다. 방방이 하나씩 차고앉아서 밤을 도와서 취조를 하는 것이었다.

금천 부장은 부하들의 보고를 듣고 나서 한 사람에게는 당자를 이리로 데려오라고 명하고, 한 부하에게는 의사에게 곧 오도록 전화를 걸라고 지휘하였다.

밖에서는 각 취조실마다 문 앞에 순사를 하나씩 배치하여 출입을 금한 뒤에 조금 있더니 검정 외투를 얼굴까지 뒤집어씌운 송장 같은 것을 오륙 명의 환도 없는 순사가 네 각을 뜨고 허리

를 받치고 하여 가만가만히 모셔 온다.

이번에는 구두를 벗고 슬리퍼를 신었기 때문에 발자취 소리가 없을 뿐 아니라 누구나 의식이 엄숙한 장례에 참렬한 것처럼 말이 없었다. 모든 것에 비밀을 요하기 때문이었다.

금천 부장실 앞에 지키고 섰던 순사가 문을 여니까 환한 불빛이 낭하로 쫙 끼얹듯이 퍼져 나온다.

네 각을 뜬 송장이 스며들어 가듯 불빛 속으로 꼬리를 감추니까 순사는 밖으로 문을 닫아 주었다. 그러자 방문마다 지키던 순사들은 거둥이 지나간 뒤처럼 우우 몰려서 저편으로 가버렸다.

금천 형사의 방 안이다. 흙 마룻바닥에 떠들여 온 것을 내던지듯이 덜컥 내려놓으니까, 이때까지 송장인 줄만 알았던 사람이 외투 자락 속에서 꿈틀하며 '으응' 신음하는 소리가 난다.

금천 부장이 앞으로 다가오자 부하가 덮었던 외투를 휙 벗겼다.

얼굴이 아니라 시꺼먼 선지 덩어리다. 코, 입, 뺨…… 할 것 없이 그대로 넉절한 선지 핏덩이다. 사람의 얼굴이 아니라 마치 그믐 밤중에 메줏덩이를 손 가는 대로 뭉쳐 놓은 것 같다. 입이 어디가 붙었는지 알 수 없다. 다만 눈만 반짝하고 뜬다.

"이게 무슨 못생긴 짓인가? 큰 뜻을 품은 일대의 남아가 비겁하게도 이렇게 죽는단 말인가? 비소망어평일*이지, 장군이 이렇게 비루할 줄은 몰랐군……!"

---

* 非所望於平日. 평소에 바라던 바가 아님.

금천이는 피투성이의 얼굴을 눈살을 찌푸리고 들여다보며 달래는 듯 나무라는 듯 이런 소리를 하였다. 듣는 데 따라서는 비웃는 어조 같기도 하다.

"지사란 무사의 정신에 사는 것이다! 그리고 무사는 죽음을 깨끗이 잘 하여야 하는 것인데 이것이 무슨 추태란 말인가? 이왕 죽으려면 저 피스톨로(자기 책상 위에 놓인 피스톨을 가리킨다) 비장하고 남자다운 최후를 마친다면 오히려 장쾌하지나 않을까? 하여간 장훈이! 자네는 이젠 마지막 아닌가! 시운이 불리해서 뜻은 이루지 못하였을지라도 내 먹었던 큰 뜻은 세상에 알려 놓고 죽어야 하지 않겠나! 자기의 명예를 위해서도 그렇고, 내 뜻을 이을 동지를 얻기 위해서도 그렇지 않은가? 그러니 꼭 세 마디만 들려주게. 저 피스톨이 피혁이가 주고 간 것인가? 혹은 피스톨만은 다른 데서 나온 것인가? 또 피스톨을 가지고 무슨 일을 하려 하였던 것인가? 그다음에는 폭발탄은 장군이 김병화에게 맡겼던 것인지? 김군이 장군에게 맡긴 것인지 그 점만 말을 해주게. 이것은 김병화를 위해서 자네가 변명해 주어야 할 일이 아닌가? 나만 죽어 버리면 그만이라고 무책임하게 그대로 내버려 두면 뒤에 살아남은 사람이 고생 아닌가?"

금천이 보기에도 당장 숨을 모는 것 같지는 않으나 심약해진 이 판에 무슨 말이든지 시키자는 것이다. 그러나 대답하기 싫어서 숨겨 가졌던 약을 먹고 혀를 깨물어 버린 사람이 지금 와서 대답할 리가 있을 리 없다. 장훈이 입에서는 사흘 낮 사흘 밤을 두고 다만 모른다는 말 한마디 외에 다른 말이라곤 나온 것이 없다. 이런 쇠귀신 같은 놈은 경찰부 설치 이래 처음 본다고 혀를 내두르는 터이다. 그러노라니 약을 안 먹었다 하여도 장훈이는 앞길이 얼마 안 남았을 만치 되었다. 자루 속에 뼈다귀를 넣은 것 같은 것이 장훈이의 몸이었다.

장훈이는 눈을 떴다 감았다 하며 혼곤한 듯이 금천 형사의 말을 듣다가 육혈포 폭발탄이란 말을 듣자 정신이 반짝 든 듯이 무서운 눈을 똑바로 뜨고 한참 노려보다가 입을 쭝긋하며 무엇을 훅 내뿜는다. 금천 부장은 고개를 돌리며 나는 듯이 일어났으나 얼굴과 가슴에 유산탄을 받은 듯이 핏방울 천지다.

옆에 섰던 부하가 눈자위를 곤두세우며 이놈아! 소리를 치고 발길로 허구리를 지르나, 장훈이는 눈도 안 떠보고 가만히 누워 있다.

더운물을 떠 들여온다. 양복을 벗어서 빤다. 금천이는 와이셔츠를 벗어 놓고 속셔츠 바람으로 세수를 한다 하며 한창 법석통에 의사가 달려들었다.

"얼른 좀 보아 주시고. 어떻게 해서든지 살려 놓아야 하겠는데……."

금천이는 수건질을 하며 의사를 동독시킨다. 숨만 걸린 자식을 애처로워하는 자부(慈父)와 같다. 의사는 이런 경우를 하도 많이 보았는지라 유도(柔道)군이 제 손으로 죽여 놓고 제 손으로 소위 활(活)을 넣어서 살리는 그런 종류의 사실이려니만 생각하고 우선 맥을 짚어 보려다가, 무엇인지 독약을 제 손으로 먹었다는 말에 다소 놀라면서,

676                                                        삼대

"허, 무언데? 어디서 났길래…… 먹은 지가 오랜가요?"

하고 좀 서두르기 시작한다.

"그럼 이 피도 독약 때문에?"

"아뇨, 그건 혀를 끊기 때문에…….'

의사는, 갓 잡은 쇠머리나 뒹굴리듯이 피에 뒤발*을 한 머리를 주무르면서 무지스럽게 입을 뻐개고 혀를 빼내서 만져 보더니,

"서너 군데 몹시 찢어지기는 했어도 끊어지지는 않았군!"

하고 혼잣소리를 한다.

경애 모친의 친정 조카, 경애의 외사촌 오라비 두 놈의 입에서 피혁이가 왔던 것, 피혁이가 떠날 때 저희들 손으로 머리를 깎아 준 것까지 알게 되자, 일시는 경애와 병화가 죽을 고비를 여러 번 넘겼으나 모든 것은 장훈이에게로 몰아붙여 버렸다. 경애는 위협이 무서워서, 병화를 진권해 주었으나 때마침 연애관계가 시작되어 가는 판이었으므로 병화가 직접 관계하는 것이 무섭고 또 병화도 그런 데서 인제는 발을 빼려 하던 판이기 때문에 서로 의논하고 또 한 다리를 넘겨서 소개해 준 것이 장훈이라고 주장하였다. 장훈이에게 둘이 다 얻어맞은 것도 장훈이를 피혁이에게 소개만 하여 주고 저희들은 발을 쏙 빼어 버린 것과 자기의 비밀을 탄로시켜서 일에 방해가 될까 봐 미리 제독을 주느라고 그런 것이라고 변명하였다. 어쨌든 경애나 병화나 무어라고 꾸며 대든지 조금도 외착이 날 염려는 없었다.

* 온몸에 뒤집어써서 바름.

"언제 무슨 일을 당하든지 자네 편할 대로 대답을 해두게. 나는 어느 지경에를 가든지 벙어리가 되거나 정 급하면 이렇게 할 테니."

하고 장훈이는 제 모가지에 손가락으로 금을 그어 보인 일이 있었다. 병화와 경애는 미리부터 입을 모아도 두었지만, 장훈이를 절대로 믿는 것이다.

사실 장훈이는 제 말대로 하고 말았다.

만주 방면에서 들어왔다가 나간 친구에게 실없이 얻어 두었던 코카인, 그것이 장훈이의 목숨을 빼앗으리라는 것은 자기도 생각지 못하였던 일이다.

장훈이는 그 코카인을 종이에 싸서 양복 조끼 주머니에 넣어 두었었다. 그것이 어느 덧주머니 바대가 미어져서 속으로 들어가 버렸다. 안과 거죽 새로 떨어져서 옆구리의 도련께에 처져 있었던 것이다. 장훈이를 처음 유치장에 넣을 제, 당번 순사는 물론 주머니 세간을 모조리 뺏었지만, 이것만은 손에 만질 리가 없었다. 당자 역시 잊어버렸었다. 그러나 사흘 낮 사흘 밤을 두고 죽을 곤경을 치르고 나니까 졸립다는 것보다도, 아프다는 것보다도 죽고 싶다는 생각뿐이다. 평시에 먹었던 마음, 병화에게 일러 둔 말이 머리에 떠올라 오면서 누가 일러 준 듯이 생각나는 것은 언제인가 얻어서 주머니에 넣고 다니며 심심하면 꺼내어 친구들에게 보이고 냄새를 맡고 하던 코카인이다. 그러나 어쨌던고? 생각이 아니 났다. 언제부터인지 눈에 아니 띄었으나 얻다가 집어 둔 생각도 아니 난다. 잃어버렸는지도 모르겠으나 또 생각나는 것은 조끼 끝에 무엇인지 종이 부스러기 같은 것이 들어가서 만지작거리던 것이다. 호주머니 속이 열파를 하여서 연필 끄트머리고 동전푼이고 넣으면 새어 들어가기 때문에 그것도 아마코 풀려고 가지고 다니던 원고지 부스러기려니 하고 신지무의해 버렸던, 그것이 생각났다. 만져 보니 여전히 손에 만져졌다. 탈옥수가 쇠꼬챙이나 얻은 듯싶이 반가웠다.

장훈이는 입은 채 조끼 안을 쭉 찢었다. 미어지도록 닳아빠진 헝겊 조각은 손을 대기가 무섭게 발발 나갔다. 손에는 종이 봉지가 묻어 나왔다. 이것을 들고 보니 꺼내기 전에 반기던 것과는 딴판이다. 용기가 줄었다. 절망과 공포가 아찔하고 눈앞을 스쳐 가는 것 같았다.

'지금 죽어? 그러나 그 뒤에는?'

이런 생각을 하다가 못생긴 생각도 한다고 혼자 나무랐다. 쓸데 있는 당면한 일은 생각이 안 나고 쓸데없는 죽은 뒤의 일은 무엇하자고 생각하는가 하고 혼자 화를 버럭 내었다.

'내가 지금 죽기로 비겁하다고 치소를 받을 리는 없는 일이다.' 고 또다시 생각하였다.

'당장 고통을 견디지 못해서 죽는 것은 아니다. 몇십 명의 숨은 동지를 대신해서 죽는다는 것도 말이 아니다. 그들 개인이나 그들의 가족을 고통과 불행에서 건져 주려는 그따위 희생적 정신이란 것은 미안하나마 내게 없다. 나는 다만 조그만 시험관 하나를 죽음으로 지킬 따름이다. 그 시험관은 자기네 일의 결정적 운명을 좌우하는 것이요, 지금 이 시각도 몇몇 우수한 과학적 두뇌를 가진 동지들이 머리를 싸매고 모여 앉아서 연구를 계속하는 것이다. 이 연구와 실험도 미구불원에 성공할 것이다. 이것을 죽음으로 지켜 주는 것이 지금 와서는 나의 거룩한 천직이다. 그것 하나만으로도 내 죽음은 값이 있는 것이다. 그러나 그 시험관의 결과를 못 보는 것만은 천추의 유한이다. 하지만 그 역시 내 눈으로 보자던 것도 아니었다. 어차피 성불성간*에 그 시험관과 함께 이 몸도 없어질 것은 벌써벌써 각오하였던 것이 아닌가⋯⋯.'

장훈이는 저녁밥을 먹고 나서 물을 마실 때 위산이나 먹듯이 코카인을 들어뜨려 버렸다. 혀를 깨문 것은 계획하였던 바도 아니요, 자기도 의식 있이 한 노릇이 아니었다.

이날 새벽에 장훈이는 27세의 일생을 마쳤다.

---

* 成不成間. 일이 되든지 안 되든지 간에. 일의 됨과 안 됨에 불구하고.

# 석방

"아버지, 그 명함 가지셨에요? 어서 나가야 할 텐데 명함이 있어야지요……."

"아, 나는 나가지만 필순이! 이필순이 나갔에요? 좀 만나게 해주세요. 때리지는 마세요. 그 여자가 아무 죄도 없는 것은 나도 알아요……."

"피스톨요? 몰라요……."

"미안합니다. 고맙습니다. 병이 나으면 집으로 가도 좋지요?"

병인은 이런 헛소리를 연거푸 주워섬기다가 눈을 번쩍 뜨고 휘휘 돌려다보고는 다시 잠이 스르르 들면서 또 헛소리를 생시보다도 더 또렷하게 되풀이를 하는 것이다.

덕기는 경찰부에서 독감이 도진 것을 참고 지냈다. 병을 감추어 가며 참고 있었다. 약을 사다 달라거나 하면 병 핑계나 하려고 엄살하는 듯이 알 것 같아서 도리어 내색도 보이지 않고 지내 왔다. 실상은 그보다도 태산 같은 걱정이 많아서 해가*에 신열이 오르락내리락하는 것쯤이야 생각할 여지가 없었다.

---

* 奚暇. 하가(何暇). 어느 겨를.

부친의 소식, 금고 속, 집안에서 걱정들 할 것, 필순이의 소식, 병화의 고초…… 생각하면 몸 아픈 것쯤은 문제가 아니었다.

그러나 집에 잠깐 끌려갔다가 온 뒤로 신열이 부쩍 더하여져서 몸을 제대로 가누고 앉았을 수가 없었다. 그래도 훈련원 벌판 같은 유치장 속에서 이틀 밤을 새웠다. 그 이튿날 아침에 불려 나가다가 유치장 턱에서 쓰러져 버린 것을 그대로 끌려 나가서 요행히 고등과장이 부른 것이기 때문에 눈자위와 말 더듬는 것을 보고 서둘러 주어서, 의사를 불러다 뵈고 저희끼리 의논을 하고 한 뒤에 말하자면 고등과장이 책임을 지고 의전 병원으로 옮겨다가 가둔 것이다. 물론 집에는 가지 못하게 하는 것이요, 의전 병원에서는 경찰부 사람 하나를 맡아서 치료하는 것이지 보통 개인의 입원이 아니었다. 그렇기 때문에 형사는 육장 하나가 와서 머리맡에 지키고 앉았는 것이다. 그 외에는 모친과 아내가 마주 지키고 앉았을 뿐이요, 아무에게도 면회를 불허하였다. 필순이의 부모가 한 병원 속에 있고 필순이 모친이 어제야 소식을 듣고 찾아왔건만 만나 보이지 않았다. 고식도 이때만은 형사가 고마웠다.

"재산 다 없어져서 도리어 시원해요, 어머니! 거리에는 나앉지 않게 할 테니 염려 마세요."

이런 소리도 생시에 수작하듯이 영절스럽게* 한다.

모친은 병인을 흔들었다. 그러나 꿈과 열 속에서 헤매는 병인

---

* 영절스럽다 : 아주 그럴듯하다.

삼대

은 제풀에 눈이 떨어질 때나 떠 보았지 죽은 사람이나 다름없었다.

아내는 이렇다 저렇다 말이 없이 벌써 사흘 동안을 앉은 자리에 형사와 비스듬히 꼭 붙어 앉아서 시중을 들고 간호를 하는 것이다. 매무시 하나 고쳐 매는 일이 없고 세수 하나 똑똑히 하지 못하였다. 시어머니가 바꾸어 가며 자라고 하여야 꼬박꼬박 졸기는 하여도 팔베개를 한번 하고 누워 본 일이 없다. 아이는 이제는 젖 떨어졌으니까 암죽이고 무어고 먹여서 보아 달라고 맡겨 놓고 와서, 사흘 동안 그림자도 못 보았어야 보고 싶지도 않다. 다만 병인 하나 외에는 하늘이 무너져도 눈 하나 깜짝할 일이라고는 없다고 일심 정력을 병인의 숨소리와 검온기(檢溫器)에 모으고 있는 것이다. 오늘은 시어머니는 쉬러 가고 친정 모친이 와서 같이 밤을 새워 줄 모양이다.

그러나 이런 중에도 야속하고 겁이 나는 것은 헛소리 속에 필순이 놀래가 자꾸 나오는 것이다. 어떻게 정이 들었으면 혼돈천지인 이런 중에도 헛소리로 그런 말을 할까? 그야말로 오매불망이다. 생시에 먹은 마음이 취중에 나온다고, 뼈에 맺히지 않았으면야 그렇게도 간절한 말이 나올까? 아니, 경찰부에서 형사에게 애걸하던 말을 그대로 주워섬기는 것이 아닌가! 생각할수록 정이 떨어지고 앞일이 캄캄하여지는 것 같았다. 재산 없어지고 시앗 보고! 구차살이나 시앗쯤이면 외려두 웃고 넘길 일이지만, 이혼 문제까지 난다면 이를 어쩌나? 하는 공상을 곰곰 할 때는 피로한 머릿속에 정신이 확 들며 눈이 반짝 띄는 것이었다. 그러나 이것이야말로 꿈속 같은 일이요. 설사 그런 일이 닥쳐온다기로 지금 당장 생사가 왔다 갔다 하는 병인 앞에서 이게 무슨 주책 없는 객적은 망상이랴 싶어 자기 마음을 나무라 보았다.

'아니다, 우리 남편만은 양반의 집 점잖은 장손으로 설마…….' 이렇게 위안하려 하였다.

그래도 사흘 나흘 지나니까, 침대 발치에 걸어 놓은 증세표에 분홍 연필로 그어 나가는 줄이 차차 내려가고 하루에도 몇 번씩 올랐다 내렸다 하던 산봉우리 같은 것의 층하가 적어지고 잔잔 한 물결같이 그려 나가게 되었다.

간호부들도 인제는 마음 놓았다고 내 일같이 기뻐들 하였다.

독감이란, 속병이 아니니까 다른 증세를 끼지 않고 나으려면 금시다. 그렇게 무섭게 앓던 사람이 열이 내리기 시작하니까, 닷 새 엿새 만에는 기동을 하여 일어나 앉게 되고, 곡기를 뚝 끊었 던 사람이 우유만이라도 목구멍에 넘어가게 되었다.

집안사람들은 고맙기는 하나 속히 낫는 것도 반갑지 않았다. 죽으면 데려갈 '사자'처럼 머리맡에 지키고 앉았던 형사에게 살 려 놓아도 또 빼앗길 것이 겁이 나서, 병인이 이만한 분수로만 좀 더 오래 끌었으면 좋겠다고들 생각하였다.

"이젠 마음을 놓게 되었어도, 보시다시피 원체 약한 애가 앓으 며 불려 가서 그 모양이 되어 왔습니다. 이번에는 훨씬 소복[*]이 될 때까지 참아 주시도록 어려우시지만 말씀 좀 잘 해주셔요."

[*] 蘇復. 원기가 회복됨, 또는 원기가 회복되게 함.

모친이 입으로만 간청하지 말고 두셋이 번을 갈아 드는 그자들에게 10원 한 장씩이라도 담뱃값이나 하라고 넌지시 쥐어 주었더면 좋을 것을, 그럴 수단도 없거니와 내 자식 죽이러 온 사자로만 보이니 무섭고 밉기만 하였다.

무어라고 보고를 하였는지 이튿날 오후에 불시에 자동차를 가지고 데리러 왔다. 다리가 떨리고 아래가 허전거리는 사람을 인사 사정없이 끌어다가 싣고 달아났다.

그러는 중에도 덕기는 필순이 부친의 병실에를 다녀가려고 하였으나 형사들이 듣지 않았다. 다만 간호부를 보내서 필순이 모친을 현관에 서서 불러다가 잠깐 만나 보았다. 필순의 모친도 눈물을 떨어뜨리며,

"이 애는 잘 있어요?"

하고 필순이 소식을 물어야 덕기인들 알 수 있는 일인가.

그래도 상점을 닫아 버린 후 입원료에 몰려서 죽을 지경이라는 것과 병인이 화에 떠서 그런지 나날이 쇠약해 간다는 소식은 알았다. 덕기는 자동차에 올라앉아서 아내를 가까이 오라 하여 정미소에 기별해서 용돈을 들여다가 그중에서 필순이 부친의 입원료를 치러 주라고 형사들만 듣게 간신히 일렀다.

댁내는 덜 좋았다. 다른 사람 같으면야 앓는 사람 구원한다면 가져다가라도 바치겠지만 돈이 아까운 게 아니라 도무지 그 계집애 어머니와 잇살을 어우르기가 싫었다.

"무어라던?"

시어머니가 위층으로 올라가며 당장 묻는다.

"용돈 들여다 쓰래요."

여기까지만 대답을 하고 말려다가 만일 시치미를 떼버린다면 더구나 자기 임의로만은 못 할 것 같기도 해서,

"지금 그이 남편 입원료를 보내 주래요."

하고 일러바치고 말았다.

"별소리를…… 이 법석 통에 내 코가 석 자다."

으레 그럴 줄 알았다.

"하지만 나와서는 안 보내나요. 야단만 만나지요."

"야단이 무서우냐. 그놈들 때문에 남의 자식 생병이 들어 죽게 되었는데 가외 약값까지…… 게다가 이게 모두 고년이 쏙삭이고 다닌 동티인데…… 너무 어수룩두 하다!"

하루는 수원집 동티라 하고 이튿날은 영감의 동티라 하고 또 그다음 날은 경애 동티라고 야단이더니 오늘은 필순이 동티가 되었다. 내일은 또 누구 차례일꾸?

범절이 분명한 시어머니면야 며느리가 남편을 어려워 안 하면 꾸짖을 터인데 도리어 야단이 무서우냐고 핀잔을 준다.

어쨌든 안 보내도 시어머니 분부라면 책임은 면할 것이니 잘되었다고 생각하는 것이다.

덕기는 경찰부에 들어가서 이번에는 사법계 순사부장에게로 갔다.

"정미소는 조부 유서에 어떻게 처분하라고 씌었던가?"

첫대바기에 묻는 것이 이것이었다. 덕기는 깜짝 놀랐다. 묻는 것이 새판인 것을 보면 그동안 부친이 잡혀 와서 정미소 문제가

삼대

새로 나왔는가? 혹시는 부친의 행방은 여전히 몰라도 누구의 입에서 그 말이 나온 것인가? 어떻게 대답을 하여야 부친에게 유리할지 알 수 없다. 그러나 어쨌든 사실대로 유서에는 아무 말 없었다고 대답하였다.

"그럼 유언이라도?"

"유언도 하실 새가 없었지요."

"그러면 지금 누가 관리하는가?"

"내가 하지요."

"부친이 달라면 주려 하였는가?"

"그야 적당한 때 드리려 하였지요."

"조부가 부친에게 상속한다는 유서를 따로이 써주었다는 말을 혹시 들은 일이 있었던가?"

여기 와서 덕기는 깜짝 놀랐다. 부친이 그동안 법석을 한 것은 큰 금고 속에 있는 조부의 도장을 집어다가 그런 유서를 위조해 가지려고 그랬던 것인가 보다 하는 짐작이 들었다.

"아마 그런 듯도 해요."

덕기가 부친을 싸고도는 눈치를 보고 부장은 덕기를 입으로는 으르딱딱거리면서도 속으로는 제 아비보다 낫다고 생각하였다.

"되지 않게 종교가! 되지 않게 민족운동자!"

상훈이가 평소부터 예수교인이요 사회에서 꺼떡대려는 위인이니만치 밉게 보던 차에 이번 일을 보니 아주 개차반이로구나 하는 멸시하는 생각이 들어서 이 김에 단단히 골려 주려는 것이다.

대접하여 주자면 교분이 있는 고등과장이 사건을 맡아 가지고 아무쪼록 유리하게 무사타첩을 못해 줄 것은 아니겠지만 고등과장은 발을 빼고 사법계로 넘겨서 절도, 인장 도용, 문서 위조, 사기 횡령 등…… 대자가웃*이나 되는 길다란 죄명을 붙여서 용수를 씌울 예정이다. 형편 보아서는 사건을 또 한 번 뒤집어서 그가 그런 범죄를 한 동기는 독립자금을 만들려고 한 것이라고 체면 좋게 뒤집어씌워 주려는 것이다. 그렇게 되면 다시 고등계로 넘기게 될 것이요, 치안유지법이나 보안법으로 두둑한 철갑옷을 입혀 주게 될 것이다. 사건이 '고등'이 되고 상등 죄명을 붙여 주면서도 명예일 것이니 도리어 고마워하리라고 부장은 혼자 웃는다.

어쨌든 사건이 두셋씩 겹처서 두서를 차리지 못하기 때문에 간단한 상훈이 사건부터 집어치우려는 것이다.

부장은 가방 속에서 종이 한 장을 빼내어 펴놓으며,

"이것이 뉘 필적인가?"

하고 묻는다. 조부의 유서다. 뉘 손으로 꺼냈든지 이것을 보면 부친은 잡힌 모양이다.

다음에 또 한 장 내놓았다.

"그럼 이것은?"

덕기는 대답할 수 없었다. 처음 것과 같은 날짜로 정미소를 상훈이에게 준다는, 역시 조부의 유서이다. 물론 필적도 같다.

---

* 가웃 : 수량을 나타내는 표현에 사용된 단위의 절반 정도 분량의 뜻을 더하는 접미사.

삼대

"조부의 필적입니다."

분명히 대답하였다.

"잘못하면 위증죄가 될 것이니 잘 생각해 말을 해. 조부의 도장은 어디 있었나?"

"금고 속에 넣어 두었는데 아버지가 달라셔서 드렸습니다."

"언제? 왜 달라던가?"

"정미소 명의를 고치시느라고 그랬던 것이겠지요."

"언제 주었어?"

부친이 언제라 하였는지 외착이 날까 봐서 좀 뻥뻥하다. 그러나 수원집에게 태평통 집문서를 내어 줄 때 썼으니까 그다음으로 대어야 하겠다 생각하고,

"지난달이던가요?"

하고 부장의 눈치를 보았다.

부장은 더 추궁하지 않고 옆에 앉았는 부하에게 눈짓을 한다. 부하는 슬쩍 일어나 나갔다.

'부친을 불러다가 무릎맞춤을 안 하나?'

하는 생각을 하면서 이 자리에서 만나면 어쩌나 하는 겁이 났다.

5분도 못 지나서 문이 펄쩍 열린다. 휙 돌아다보던 덕기는 목덜미에 칼이 들어오는 것같이 고개를 덜컥 떨어뜨리며 뛰어 일어났다.

그 꼴! 사람의 자식이 되어서는 차마 못 볼 노릇이다. 수갑을 질러서 포승으로 허리를 질끈 동이고 흙이 뒤발을 한 모자를 채플린 식으로 씌웠다. 흐트러진 머리카락이 앞으로 옆으로 흐트

러진 것도 채플린 식이다. 그러나 결코 연극이 아니다. 추악하고
도 잔인한 현실이다. 자식의 이런 꼴을 부모가 보고 느끼는 것
은 그것은 불쌍하고 애처로운 애정이지만 자식이 부모의 이런
꼴을 보고 먼저 앞서는 것은 뼈저린 애정보다도 장상의 위신이
모독되는 점에 대하여 일종의 허무감과 동정이 일어나고 그다음
에는 창피한 생각이 나는 것이다. 그 창피는 자기 개인과 맞상대
자까지를 포함한 일문일족의 씨족적 불명예를 느끼는 데서 나오
는 것이다.

부장은 잠자코 입가에 조소를 머금으며 상훈이를 훑어보다
가, 앉기를 기다려서 가방을 열고 문서 뭉치를 꺼내더니 부자의
앞에 내던지며 사실해 보라고 한다. 손의 자유를 잃은 부친은
가만히 고개를 떨어뜨리고 앉았고, 덕기가 펼쳐 보았다.

금고에 넣어 둔 땅문서 집문서가 모조리 끌어 나왔다. 사실해
보나마나 없어진 것이 있기로 지금 와서 어쩌랴만 그래도 헤어
보았다.

그중 모친의 땅문서 두 장이 축이 났다. 부친의 앞에서 없어
졌다 하기도 난처하나 영영 잃어버려서는 안 될 것이요, 이왕지
사 이렇게 된 다음에는 하는 수 없다 하고 이실직고를 하였다.

부장은 문서 받은 표를 덕기에게 씌고 나서 상훈이에게 향하
여, 도장을 언제 받았느냐고 물었다.

"아버지께서 돌아가실 때 받았습니다."

"뉘게서?"

"금고 속에 있는 것을 부친이 이 애를 시키셔서……."

하고 덕기를 가리켰다.

"조덕기!"

부장은 웃으면서,

"지난달에 금고 속에 있던 도장을 꺼내서 부친에게 주었다 하였지?"

상훈이는 부장이 자기에게부터 물어 준 것을 다행히 생각하였었다. 아들놈이 아무리 분하더라도 아비를 징역시키려고 들지는 않을 것이니, 자기의 대답이 여간 엉터리없는 수작일지라도 덕기가 이 자리에서 모두 거짓말이라고 적발은 아니할 것이니 일은 도리어 피었다고 기뻐하였던 것이다. 그러나 지난달에 도장을 주었다고 대답을 벌써 해둔 모양이니, 상훈이 얼굴은 똥 친 막대기가 된 지도 옛날이지만 인제는 꼼짝할 수 없이 다 늙게 용수를 쓰는구나, 하니 눈앞이 팽팽 돌린다.

부장은 부자가 얼굴이 벌게서 얼이 빠져 앉았는 것을 한참 바라보다가 껄껄 웃는다. 원체 이 사람은 짓궂이 이 늙은 신사를 욕을 보이고 놀림감을 만들려고 도망 갈 죄인도 아니건만 다시 착고*를 채워서 덕기 앞에 이 꼴로 끌어낸 것이다. 상훈이는 대구에서 아침 7시 차에 첩과 함께 도착한 것을 아침결에 대강 취조만 하고 이때까지 두 끼니 밥만 먹여서 다른 방에 앉혀 두었다가 덕기를 불러다 놓은 뒤에 지금 두 번째 불러들여서 다시 취조를 시작하는 것이다.

* 着錮. '죄수를 가두어 둘 때 쓰던 형구'를 뜻하는 '차꼬'를 한자를 빌려서 쓴 말.

부장은 또다시 부하더러 첩을 불러들이라고 명하였다. 의경이가 소리부터 휘뚝휘뚝하는 구두 소리를 내며 들어온다. 상훈이는 찻간에서는 멀리 떨어져 앉기 때문에 말은 못하였어도 마주 보고는 왔지만 여기 들려 와서는 각 방에 두었기 때문에 온종일 그리웠는지 휘죽 둘러다보고 눈으로 알은체를 한다. 형사는 덕기를 사이에 두고 상훈이와 격리시켜서 의경이를 앉혔으나 덕기는 거들떠보지도 않았다.

"이 속에 얼마 들었어?"

부장은 앞에 놓였던 조그만 트렁크를 밀치며 묻는다. 덕기는 아까부터 그 가방도 부친의 것인가 하였지만, 알고 보니 그 속에는 돈이 든 모양이다. 모친의 땅을 판 돈이나 잡힌 돈일 것이다.

"2,300원이지요."

의경이는 조금도 겁내는 기색 없이 서슴지 않고 대답한다. 덕기는 액수가 적은 것을 듣고 잡혔구나 생각하였다.

"3,500원에 잡혔다고 하지 않았나?"

대구로 도망을 해서 고리대금을 쓴 것이다.

"하지만 그런데 천 원 하나는 선변 떼고 구문 주고 해서 다 쓰고 200원은 밥값 주고 용썼지요."

부장은 압수해 두었던 열쇠를 내던지며 열고 꺼내서 세라고 명하였다. 의경이는 깡충 일어나서 가방을 열고 화장품 갑이며 잔다란 여행 제구를 쑤석쑤석하더니 신문지 봉지를 꺼내서 100원짜리 스무 장과 10원짜리 서른 장을 척척 세어서 한가운데 놓고 다시 앉는다.

"이것은 아직 여기 맡아 둘 것이로되 보관하는 수속도 귀찮고 해서 우선 문서와 함께 내주는 것이니 영수증이나 쓰게."

덕기가 영수증을 쓰는 동안에 부장은 의경이를 놀리는 어조로 사담처럼 문초를 한다.

"본마누라의 땅을 잡혀서 큰돈을 쥐여 주니까, 한층 더 정이 들고 영감이 귀여웠겠지?"

"하하하…… 좋지 않을 것도 없지요만 잠깐 맡은 것이지, 어디 나더러 쓰라는 것이던가요."

조금도 걱정하는 빛이 없이 생글생글 웃어 가며 대거리를 한다.

"네가 졸라서 이런 짓을 시킨 거지?"

"조르긴, 큰마누라가 땅을 가졌는지 하늘 조각을 베어 가졌는지 누가 알기나 했나요. 영문도 모르고 놀러 가자니까 끌려 나섰지요."

"그럼 왜 하고많은 문서 중에 큰마누라 몫부터 없애게 하였니? 나 먹긴 싫고 남 주긴 아깝다는 셈으로 큰마누라 명의로 있는 것이 작으니까 차지하긴 싫고 그대로 두기는 배가 아프고 하니까 그것부터 없앱시다 하고 옆에서 한마디 충동였지?"

"모르죠. 큰 것은 잡을 사람도 살 작자도 안 나서니까 그동안 무비 쓴다고 작은 것을 골라서 잡혔다니까 그런가 보다 하였지요."

부장의 묻는 수작이 옭아 넣도록만 음흉하게 슬슬 돌려 대는 구나 하는 생각을 하며, 말끝을 잡힐까 봐 정신을 바짝 차린다.

부장은 슬쩍 다시 농치면서,

"이왕이면 느긋한, 그 속에서 큼직한 것 하나를 떼어 가질 일이지? 저렇게 환귀본처*하는 걸 보면 분하고 아깝지?"

하고 또 껄껄 웃는다.

"징역하게요?"

"아무러면 징역 안 하나! 허허!"

"내가 왜 해요! 무슨 죄가 있다구? 여필종부니까 가자면 가고 오자면 올 뿐으로 달려 다닌 것까지 죄ㄴ가요?"

"옳은 말이야. 여필종부이기에 남편이 감옥에 들어가면 아내도 따라 들어가야지, 헛허허······."

"하하하!"

취조실 안의 칼날 같은 서리는 녹고 어느덧 봄바람이 부는 듯하다.

덕기는 30분 후에 부자가 부장의 설유를 듣고 놓여나왔다. 설유가 아니다. 짭짤한 훈계였다.

"······영감 나이 몇이시오? 오십은 되었겠구려? 사십에 불혹이요, 오십이면 지천명 아니오? 글 거꾸로 배우셨구려! 아들 보기 부끄럽지 않소?"

부친에게는 이런 투로 나무라는 것이었다. 삼십이 넘은 자식 같은 새파란 젊은 애에게 이런 욕을 보고 앉았는 부친이 가엾다기보다는 밉고 분하고 절통하다.

---

* 還歸本處. 환귀본주(還歸本主). 물건이 본래의 임자에게 돌아감.

삼대

"이립지년*밖에 안 되는……"

하고 부장은 그 능갈친 조선말로 연해 문자를 써가며 이 늙은 난봉꾼을 준절히 훈계한다.

"나 같은 젊은 놈이 난봉을 피운다면 욕은 하면서도 그래도 마음잡을 날이 있거니 하고 용서도 하겠지만, 이거야 늦게 배운 도적놈이 날 새는 줄 모른다고, 어디 영감 생전에 마음잡을 날 있겠소? 여든을 먹어도 이 모양이면야 얼른 죽는 게 자손을 위하고 사회를 위하여 다행한 일이 아니겠소? 아니 원체 글을 거꾸로 배웠으니까 종심지년**이 되면 게다가 망령도 겹쳐서 내 마음대로 하겠다고 한층 더 뜰 거 아니오? 조선이 오늘날 왜 이렇게 되었소? 모두 당신 같은 늙은이 때문이 아니오? 그 큰일 났소! 난 이 덕기 군이 가엾소. 부모 때문에 얼굴을 쳐들고 세상에 나다닐 수가 없게 돼서야 이걸 어디 가서 호소를 한단 말요! 벙어리 냉가슴 앓기지……."

덕기는 쥐구멍이 있으면 들어가고 싶었다. 그러나 상훈이는 요 방자스러운 놈이…… 하는 분기에 떠서 나오려던 부끄러운 생각도, 뉘우치는 마음도 쏙 들어가고 말았다.

욕을 보이려고 일부러 자식 앞에 놓고 개 꾸짖듯 하는 것이 더 분하기는 하나 어찌하는 수 없으니까 숨만 씨근벌떡하고 앉

---

* 而立之年. 이립(而立)은 서른 살을 달리 이르는 말이다. 공자가 서른 살에 자립했다고 한 데서 나왔다.
** 從心之年. 종심(從心)은 일흔 살을 달리 이르는 말이다. 공자가 일흔 살에 마음이 하고자 하는 바를 따라도 법도를 넘지 않았다고 한 데서 나왔다.

았다.

"당신네 같은 겉늙은이는 세상이 거꾸로 됐다고 하지 않을 걱정은 합디다만 난봉 피울 젊은 놈은 마음잡고, 치산하고 치가할 늙은이는 난봉 피우는, 그따위로 거꾸로 되는 세상은 그래도 불행 중 다행이오. 원체 난봉자식이 아비 죽기를 죄이는 법이니까 이번 중독 사건도 당신의 짓이라고 우리는 인정하우……?"

부장은 중독 사건, 정면으로 독살 미수 사건은 수원집 일파에게 지목을 하고 거의 단서를 잡게 되었지만, 이렇게 한번 딱 을러 보았다.

"모두 내가 잘못이니까 그렇게 생각하시기도 용혹무괴*이겠지만, 결단코 그럴 리야 있겠습니까."

상훈이는 여기 와서는 아찔이라 하는 수 없이 허리를 굽히고 말을 낮추어서 애원하였다.

"그럼 무어란 말야? 재산을 자식에게 뺏기게 되니까, 그따위 천하에 무도한 짓을 한 거지?"

소리를 버럭 지른다.

상훈이는 그저 죽여 줍쇼 하는 듯이 고개를 떨어뜨리고 앉았다.

"또 이 틈을 타서 재산을 강도질이나 다름없이 훔쳐다가 팔고 잡히고 한 것은 제 죄가 무서우니까 잡히기 전에 멀리 외국으로 도망을 하여 거기서 일생을 저 혼자만 편안히 살려는 그런 흉악

---

* 容或無怪. 혹시 그런 일이 있더라도 괴이할 것이 없음.

삼대

한 그런 무도한 계획이었지? 그래 처자는 알몸뚱이로 노두에 방황하더라도 나 혼자만 주색에 파묻혀서 잘살자지만 세상 일이 그렇게 마음대로 되나? 천도가 무심할 리 없거든!"

"그건 다 공연한 말씀입니다."

"그러면 무어야? 어째 그랬단 말야? 그 큰돈을 만들어서 무엇에 쓰자던 생각이었단 말이야? 꼴답지 않게 독립운동 자금을 대주려고 한 게지? 계집에 눈이 뒤집히고 술에 미쳤어도 명예심은 남아서 대통령이라도 하라면 하고 싶지? 예전 동지들에게서 위협 편지가 몇 장이나 왔어? 해외에 있는 사람들은 멋도 모르고 상속했으니 인제는 돈 좀 쓰라고 위협은 하고 도망은 해야 하겠고 하니까 반은 동지들의 환심도 사고 명예도 얻기 위해서 그런 데 쓸 작정 하고 반은 생활비로 준비해 가지고 가려던 것이지?"

"결탄코 그렇지 않아요. 자세한 이야기를 차차 하지요."

"잔소리 말어! 여기서는 조사가 다 되어 있으니까 무슨 소리를 꾸며 대야 소용없어!"

이렇게 을러대다가 인제는 정말 취조를 개시하려는지 상훈이만 남기고 덕기더러는 집으로 나가 있으라 하고 의경이는 유치장으로 넣어 버렸다.

덕기는 병화 등의 공산당 사건, 독살 사건, 상훈이 사건 등 어느 데나 관계가 깊으나 범죄 사실은 하나도 나타난 것이 없고 더욱이 병중이니까 특히 내보내서 정양을 하게 하는 것이나 수시로 필요한 때 부를 것이니 서울을 떠나지 말라고 일러 내보냈다.

덕기는 경찰부에서 나오는 길로 턱 드러누운 것이 닷새 만에 야 좀 번하여졌다. 이번에는 독감이 다시 촉상을 한 데다가 몸 살과 심화가 겹쳐서 전에 못지않게 혹독갑스럽게 앓은 것이다.

정신이 맑아 가니까 경찰부 속 소식이 궁금해서 못 견딜 지경 이다.

"아버지 어떻게 되셨는지 소식 있어?"

그래도 부친 소식부터 먼저 물었다.

"모르겠어요. 원삼이 내외는 나왔지요."

"응? 원삼이가 나왔어? 언제?"

반기며 놀라며 한다.

"그저께요."

"아, 그럼 왜 내게는 안 알렸소."

"알리고 말고. 원삼이도 앓아누웠대지만 당신은 무슨 정신 계 셨나요."

내가 그렇게도 몹시 앓았는가 하는 생각을 하였지만 원삼이 가 나오는 길로 앓아누웠다니 되우 혼이 난 게로구나 싶었다.

"그런데 병원에는 보내 주었소?"

아내는 못 들었는지 잠자코 있다가 또 한 번 채치니까 가만히,

"아뇨."

한다.

"그 왜 이때껏 안 보냈단 말야? 진작 그렇단 말이나 하지."

역정을 내었다. 하기는 자기도 열에 떠서 무심했던 것이다.

아내가 잠자코 있으려니까 마루에서 오락가락하며 무얼 하던

삼대

모친이 들어오며 대신 말을 가로맡는다.

"그건 내가 보내지 말라 하였다. 여기서도 이 법석 통에 무슨 돈이 있다고 보내겠니. 아까 제 딸이 나왔다니까 이제는 서방질을 하든 남방질을 하든 해서 약값 못 갚겠니."

아들은 잠자코 말았다. '딸이 나왔대요?' 하거나 '필순이가 나왔에요?' 하고 놀라고 반가워할 일이로되 서방질이니 무어니 하는 소리에 눈살부터 찌푸려진 것이다.

아내는 자는 아이를 누이고 나가 버렸다. 모친도 아들이 못마땅한 듯이 외면을 하고 입을 닫쳐 버리는 데야 더 말을 꺼낼 수 없어서 뒤따라 나왔다.

어느 때든지 모친의 잔소리를 막는 방법을 새로 하나 발견하였다는 생각을 하며 덕기는 일어나서 책상의 만년필과 편지지를 집어다가 엎데어서 편지를 쓰고 지갑에서 돈을 꺼내 넣어서 봉해 놓았다.

복만이가 약국에서 오니까 불러들여서 편지를 주며,

"누가 묻든지 모른다 하고 핑 갔다 오너라."

하고 일러 내보냈다.

오라고는 하였지만 저번 일이 있는지라 올 리는 없을 것 같고 자기는 그렇게 속히 기동할 수 있을 것 같지 않은데 어떻게 하면 곧 만나 볼까 궁리를 하고 누웠으려니까 복만이가 답장을 가지고 왔다.

병환이 어서 쾌차하셔야지 그래서 어떡합니까. 가 뵙지 못하는 것 용서하여 주옵소서. 마음에 없는 게 아니라 사정이 그렇습니다. 저희들이 무슨 제 집 사정을 보아주어서 내보냈겠습니까만 아버지께서 위중해 가시니까 어머님이 날마다 경찰부로 울고 다니시기 때문에 속히 내보내 준 셈이외다. 어차피에 가둬두어야 소용이 없으니까 그렇겠지요마는…… 그러나 남아 계신 분들이 더 애가 쓰입니다. 장훈 씨는 그 속에서 돌아가셨다지요? 김선생님이 큰일이외다. 아버님은 오래 못 사실 것입니다. 저는 도무지 어떤 증세인지 종을 잡을 수는 없습니다마는…… 또 왜 돈을 보내 주셨습니까. 일전에 어머니께로 선생님 부인께서 보내 주셔서 입원료는 치렀다는데요. 도로 보내 드리려 하였으나 이따 어떠실지 내일 어떠실지 모르고, 만일 일을 당하는 나달이면 빈손으로는 안 되겠기에 염체없이 받아 두었습니다. 하루바삐 쾌차하셔서 만나 뵈옵기만 복축합니다. 아니 가 뵈옵는다고 꾸지람 마시옵소서.

_ 이필순 상서


필순이가 안 오는 것은 역시 일전에 모욕을 당한 것이 분해서 그렇겠지만 그렇기로 이런 때에 묵은 감정을 그대로 품고 있는 것은 섭섭하였다. 그는 하여간 필순이 부친이 그렇게 위중한가 하고 놀랐다. 또 돈을 보내 주고도 자기에게 속이는 아내의 마음도 알 수가 없었다.

"왜 내게 속여? 돈을 보내 주었다는데?"

편지를 보고 나서 방 걸레를 치는 아내를 가벼이 나무라면서도 마음에는 좋았다.

아내는 건넌방 쪽으로 눈짓을 하며 떠들지 말라는 표시를 한다. 생각해 보니 그렇지 않아서 몰래 보내 주었는데 아까는 시어머니가 마루에서 들을까 봐 속인 것이라 한다.

얼굴이 홀쭉해진 원삼이가 아침결에 동부인을 하고 왔다. 원삼이 처도 얼굴이 세이고 입술에 핏기가 비쳤다. 푸석인 남편과 달라서 앓지는 않았으나 10여 일이나 갇혔던 동안에 여자의 마음이라 너무나 심로를 한 끝에 남편의 병구완에 더 지친 것이었다.

"애썼네, 어쨌든 다행하이."

덕기는 이렇게 위로를 하였다.

"좋은 구경, 좋은 경험 하였어와요. 살아서 지옥 구경 했으니 좀 좋은 일입니까."

원삼이는 이런 소리를 하고 웃었다.

처는 여기 두고 원삼이만 병원에 위문을 갔다 온다 하고 나가 버렸다. 그러나 오정 전에 간 사람이 저물녘이 되도록 오지 않는 것을 보고 원삼이 처는 병도 낫기 전에 술을 먹나 보다고 애를 썼다. 덕기도 병원 소식이 듣고 싶어서 기다리다가 복만이더러 병원에 전화를 걸어 보라 하니 조금 전에 나갔다 한다.

병원에 이때까지 있었다면 무슨 일이 난 게로군 하고 있으려니까 뒤미처 원삼이가 왔다.

"이때까지 거기 붙들려 있었어와요. 사람이 귀하고 사내 하나 없이 모녀분만 애를 쓰고 계시니까 어쩌나 반가워하시는지 어디

빼치고 돌아설 수가 있어야지요…… 또 곧 가봐야 하겠습니다."

"그래, 병세는 어떻던가?"

"벌써 글렀나 뵈와요. 오늘 밤을 넘기기가 어려울 것 같애요."

"허."

덕기는 놀라는 소리를 하며 좀 가볼까 하는 생각을 하였으나 모친이 꾸지람을 할까 봐 주저하였다.

"무슨 일이 있거든 곧 전화라도 걸게."

덕기는 밥을 먹고 다시 가는 원삼이더러 일렀다. 그러나 자정이 되도록 아무 소식은 없었다. 이튿날 새벽 날이 밝은 뒤에 사랑에서는 전화 소리에 잠들을 깨었다. 복만이가 뛰어 들어오더니,

"서방님, 기침하셨에요?"

하는 소리가 마루 앞에서 난다.

"왜 그러니?"

덕기는 소스라쳐 일어났다.

"병원에서 전화가 왔습니다. 돌아가셨답니다."

덕기는 부리나케 소세를 하고 모친 모르게 도망꾼처럼 빠져나왔다. 인력거를 잡아타고 달렸건만 병원에 가보니 벌써 시체는 고간으로 옮겨다 놓았다. 필순이 모녀는 덕기에게 좌우로 매달리듯이 하며 울었다.

장사는 비용 관계도 있고 시체는 집으로 안 들여간다고 하여 거기서 우물쭈물 내가려는 것을 그래도 그렇지 않다고 덕기가 우겨서 집으로 옮겨 가게 하였다. 이삼백 원 장비는 자기가 내놓

삼대

을 작정이다. 그러면서도 덕기는 자기 부친이 경애 부친의 장사를 지내 주던 생각을 하며 자기네들도 그와 같은 운명에 지배되는가 하는 이상한 생각이 들지 않을 수 없었다.

필순이만은 잠가 둔 집을 열고 쓸고 하러 한 걸음 먼저 효자동으로 갔다. 10여 일을 비워 놓았던 집이라 쑥 들어서니 찬바람이 혹 끼치고 가게에 놓인 채소며 과실들은 꽁꽁 얼어 비틀어져서 먼지가 케케 앉았다. 파출소로 불려 가던 때가 벌써 몇몇 해나 된 듯싶건만 무엇을 보나 그때 그대로 놓인 것이 신기하고도 눈물을 자아냈다.

부엌에 들어가서 먼지가 뽀얗게 앉은 솥뚜껑을 열어 보니 그날 저녁때 지어 놓고 나간 밥이 그대로 얼어붙어 있다. 필순이는 혼자 목을 놓고 울었다.


시체를 침대차로 옮겨 오니 안면 있는 형사들이 호위하듯이 따라왔다. 병원에서 미리 약속이 있어서 기별을 해준 모양 같다.

덕기가 경찰부 소식을 물으니까 부친의 사건과 서조모 들의 사건은 불원간 검사국으로 넘어가게 되겠지만 김병화 사건은 폭탄의 출처 때문에 아직도 끌리리라는 말눈치였다. 폭탄은 실험해 본 결과 놀랄 만한 위력을 가진 것인데 외국에서 들어온 것 같지 않은 특수성을 띤 것이 더욱 의문이라 한다.

〈끝〉